rororo

Bernard Cornwell, geboren 1944 in London und aufgewachsen in Essex, arbeitete nach seinem Geschichtsstudium an der University of London lange als Journalist bei der BBC, wo er das Handwerk der gründlichen Recherche lernte (zuletzt als «Head of Current Affairs» in Nordirland). 1980 heiratete er eine Amerikanerin und lebt seither in Cape Cod und in Charleston/South Carolina. Weil er in den USA zunächst keine Arbeitserlaubnis erhielt, begann er Romane zu schreiben. Im englischen Sprachraum gilt er als unangefochtener König des historischen Abenteuerromans. Seine Werke wurden in über 20 Sprachen übersetzt – Gesamtauflage: mehr als 30 Millionen Exemplare. Die Queen zeichnete ihn mit dem «Order of the British Empire» aus. Die Romane um den Krieger Uhtred wurden Vorlage für eine international erfolgreiche TV-Serie, die bereits in die vierte Staffel geht.

«Es hat mir schlicht die Sprache verschlagen. Das zieht einen ja rein wie großes Leinwandkino.»
(DENIS SCHECK, SWR 2 «LESENSWERT» ZU «WOLFSKRIEG»)

«Von allen lebenden und toten Autoren, die ich je gelesen habe, schreibt Bernard Cornwell die besten Schlachtenszenen.» (GEORGE R. R. MARTIN)

«Wie ‹Game of Thrones›. Nur echt.»
(THE OBSERVER)

Bernard Cornwell

Das Königsschwert

Historischer Roman

Aus dem Englischen
von Karolina Fell

Rowohlt Taschenbuch Verlag

Die Originalausgabe erschien 2019 unter dem Titel
«Sword of Kings» bei HarperCollins Publishers, London.

2. Auflage März 2026

Deutsche Erstausgabe
Veröffentlicht im Rowohlt Taschenbuch Verlag,
Rowohlt Verlag GmbH, Kirchenallee 19, 20099 Hamburg,
Oktober 2020

Redaktion Jan Möller
Karte S. 8 Peter Palm, Berlin

Covergestaltung any.way, Barbara Hanke / Cordula Schmidt,
nach dem Original von HarperCollins Publishers Ltd 2019
Coverabbildung CollaborationJS / Arcangel, Shutterstock
Satz aus der Janson Text, InDesign bei CPI books GmbH, Leck
Druck und Bindung CPI books GmbH, Leck
ISBN 978-3-499-00332-5

Kontaktadresse nach EU-Produktsicherheitsverordnung:
produktsicherheit@rowohlt.de

FSC www.fsc.org
MIX
Papier | Fördert gute Waldnutzung
FSC® C083411

Das Königsschwert
ist für
Suzanne Pollak

Inhalt

N
S
Trente
NORDSEE
MERCIEN
OST-
ANGLIEN
Ouse
Ligan
Celmeresburh
Werlameceaster
Wicumun
Hergas
Fughelness
Temes
Elentone
Lundene
Sceapig
Swalwan-Kanal
Cyningestun
Wey
Fæfresham
Contwaraburg
WESSEX
Wintanceaster
ÄRMELKANAL
0
20
40
60 km

Ortsnamen

Die Schreibung der Ortsnamen im angelsächsischen England war eine unsichere und regellose Angelegenheit, in der nicht einmal über die Namen selbst Übereinstimmung herrschte. London etwa wurde abwechselnd als Lundonia, Lundenberg, Lundenne, Lundene, Lundenwic, Lundenceaster und Lundres bezeichnet. Zweifellos hätten manche Leser andere Varianten der Namen vorgezogen, die unten aufgelistet sind, doch ich habe mich in den meisten Fällen nach den Schreibungen gerichtet, die entweder im *Oxford Dictionary of English Place-Names* oder im *Cambridge Dictionary of English Place-Names* für die Jahre um die Herrschaft Alfreds von 871 bis 899 zu finden sind. Doch selbst diese Lösung ist nicht narrensicher. So wird die Insel Hayling im Jahr 956 sowohl Heilincigae als auch Hæglingaiggæ geschrieben. Auch bin ich selbst nicht immer konsequent geblieben; ich habe die moderne Bezeichnung Northumbrien dem älteren Norðhymbralond vorgezogen, weil ich den Eindruck vermeiden wollte, dass die Grenzen des alten Königreiches mit denjenigen des modernen Countys identisch sind. Aus all diesen Gründen folgt die untenstehende Liste ebenso unberechenbaren Regeln wie die Schreibung der Ortsnamen selbst.

Andefera	Andover, Wiltshire
Basengas	Basing, Hampshire
Bebbanburg	Bamburgh, Northumberland
Beamfleot	Benfleet, Essex
Caninga	Insel Canvey, Essex
Ceaster	Chester, Cheshire
Celmeresburh	Chelmsford, Essex
Cent	Kent
Cestrehunt	Cheshunt, Hertfordshire
Cippanhamm	Chippenham, Wiltshire
Colneceaster	Colchester, Essex
Contwaraburg	Canterbury, Kent
Crepelgate	Cripplegate, London
Cyningestun	Kingston upon Thames, Surrey
Dumnoc	Dunwich, Suffolk
East Seax	Essex
Elentone	Maidenhead, Berkshire
Eoferwic	sächsischer Name für York, Yorkshire
Fæfresham	Faversham, Kent
Farnea-Inseln	Farne-Inseln, Northumberland
Fearnhamme	Farnham, Surrey
Ferentone	Farndon, Cheshire
Fleot	Fluss Fleet, London
Fughelness	Foulness, Essex
Gleawecestre	Gloucester, Gloucestershire
Grimesbi	Grimsby, Lincolnshire
Hamptonscir	Hampshire
Heahburh	erfundener Name für Whitley Castle, Alston, Cumberland
Heorotforda	Hertford, Hertfordshire

Humbre	Fluss Humber
Jorvik	dänisch/norwegischer Name für York, Yorkshire
Ligan	Fluss Lea
Lindcolne	Lincoln, Lincolnshire
Lindisfarena	Heilige Insel Lindisfarne, Northumberland
Ludd's Gate	Ludgate, London
Lupiae	Lecce, Italien
Lundene	London
Mædlak	Fluss Medlock, Lancashire
Mærse	Fluss Mersey
Mameceaster	Manchester
Ora	Oare, Kent
Sceapig	Insel Sheppey, Kent
St. Cuthbert's Cave	Sankt Cuthberts Höhle, Holburn, Northumberland
Strath Clota	Königreich im Südwesten Schottlands
Suðgeweork	Southwark, London
Swalwan	Gezeitenfluss The Swale, Themsemündung
Temes	Fluss Themse
Toteham	Tottenham, Großraum London
Tuede	Fluss Tweed
Weala	Bach Walbrook, London
Werlameceaster	St. Albans, Hertfordshire
Westmynster	Westminster, London
Wicumun	High Wycombe, Buckinghamshire

Wiltunscir	Wiltshire
Wintanceaster	Winchester, Hampshire

ERSTER TEIL
Ein Narrengang

Eins

Gydene wurde vermisst.

Sie war nicht mein erstes Schiff, das verschwand. Die wilde See ist gewaltig, und Schiffe sind klein, und *Gydene*, was einfach ‹Göttin› bedeutete, war kleiner als die meisten. Sie war in Grimesbi am Humbre gebaut und *Haligwæter* getauft worden. Sie war ein Jahr lang zum Fischfang genutzt worden, bevor ich sie kaufte, und weil ich kein Schiff namens *Weihwasser* in meiner Flotte haben wollte, bezahlte ich einer Jungfrau einen Schilling, damit sie in den Kielraum pisste, taufte die *Haligwæter* auf *Gydene* um und gab sie den Fischersleuten von Bebbanburg. Sie warfen ihre Netze weit vor der Küste aus, und als die *Gydene* nicht zurückkehrte, an einem Tag, an dem kräftiger Wind herrschte, der Himmel grau war und sich die Wellen schäumend und hoch an den Felsen der Farnea-Inseln brachen, nahmen wir an, sie wäre von den Brechern überrollt worden und hätte dem kleinen Dorf von Bebbanburg sechs Witwen und beinahe dreimal so viele Waisen beschert. Vielleicht hätte ich nicht an ihren Namen rühren sollen. Alle Seeleute wissen, dass man das Schicksal herausfordert, wenn man einen Schiffsnamen ändert, aber sie wissen auch, dass Jungfrauenpisse ein böses Schicksal abwendet. Doch die Götter können ebenso grausam sein wie die See.

Dann kam Egil Skallagrimmrson von seinem Land,

das ich ihm zugesprochen hatte, Land, das die Grenze meines Gebietes zum Reich Constantins von Schottland bildete, und Egil kam übers Meer, wie er es immer tat, und im Laderaum der *Banamaðr*, seines Schlangenschiffs, lag ein Toter. «Am Tuede angespült worden», erklärte er mir, «das ist einer von Euren Männern, oder?»

«Am Tuede?», fragte ich.

«Auf dem Südufer. Hab ihn auf einer Sandbank entdeckt. Aber zuerst haben ihn die Möwen gefunden.»

«Das sehe ich.»

«Er war einer von Euch, oder?»

«War er.» Der Name des Toten lautete Haggar Bentson, ein Fischer, Rudergänger auf der *Gydene*, großgewachsen, zu trinkfreudig, vernarbt von zu vielen Schlägereien, ein Haudrauf, ein Frauenschläger und ein guter Seemann.

«Der ist nicht ertrunken, oder?», stellte Egil fest.

«Nein.»

«Und die Möwen haben ihn nicht umgebracht», scherzte Egil.

«Nein», sagte ich, «die Möwen haben ihn nicht umgebracht.» Stattdessen war Haggar zu Tode gehackt worden. Seine Leiche war nackt und bleich wie ein Fisch, bis auf die Hände und das, was von seinem Gesicht noch übrig war. Tiefe Wunden verliefen über seinen Bauch, seine Brust und seine Oberschenkel, und die See hatte die grausamen Schnitte reingewaschen.

Egil berührte mit dem Stiefel eine klaffende Wunde, die Haggars Brust von der Schulter bis zum Brustbein gespalten hatte. «Ich würde sagen, er ist an einem Axthieb gestorben», meinte er, «aber vorher hat ihm jemand die Eier abgeschnitten.»

«Ich hab's gesehen.»

Egil beugte sich zu dem Leichnam hinab und drückte dessen Unterkiefer herunter. Egil Skallagrimmrson war ein starker Mann, dennoch kostete es ihn eine gewisse Anstrengung, Haggars Mund zu öffnen. Der Knochen machte ein knackendes Geräusch, und Egil richtete sich wieder auf. «Die Zähne haben sie ihm auch rausgerissen», sagte er.

«Und die Augen.»

«Das könnten die Möwen gewesen sein. Haben eine Vorliebe für Augäpfel.»

«Aber die Zunge haben sie ihm gelassen», sagte ich. «Armer Hund.»

«Elende Art zu sterben», stimmte mir Egil zu, dann wandte er sich zur Hafeneinfahrt um. «Kann mir nur zwei Gründe denken, um einen Mann zu foltern, bevor man ihn tötet.»

«Zwei?»

«Zum Vergnügen? Vielleicht hat er sie beleidigt.» Er zuckte mit den Schultern. «Der andere Grund ist, ihn zum Reden zu bringen. Warum hätten sie ihm sonst die Zunge lassen sollen?»

«Sie?», fragte ich. «Die Schotten?»

Egil sah wieder den verstümmelten Leichnam an. «Er muss irgendwen verärgert haben, aber die Schotten haben sich in letzter Zeit ruhig verhalten. Sieht nicht nach ihnen aus.» Er zuckte erneut mit den Schultern. «Könnte etwas Persönliches sein. Ein anderer Fischer, den er gegen sich aufgebracht hat?»

«Keine weiteren Leichen?», fragte ich. Die Mannschaft der *Gydene* hatte aus sechs Männern und zwei Jungen bestanden. «Kein Wrack?»

«Bisher nur dieser arme Hund. Aber die anderen könnten noch draußen im Wasser treiben.»

Viel mehr gab es nicht zu sagen oder zu tun. Wenn nicht die Schotten die *Gydene* erbeutet hatten, war es vermutlich ein norwegischer Plünderer oder ein friesisches Schiff gewesen, die das frühsommerliche Wetter genutzt hatten, um sich an Hering, Kabeljau und Schellfisch aus dem Fang der *Gydene* zu bereichern. Wer auch immer es gewesen war, die *Gydene* war verloren, und ich vermutete, dass die überlebenden Mitglieder ihrer Mannschaft auf die Ruderbänke ihres Eroberers gesetzt worden waren, und diese Vermutung wurde nahezu Gewissheit, als zwei Tage, nachdem mir Egil den Leichnam gebracht hatte, die *Gydene* selbst nördlich von Lindisfarena an Land getrieben wurde. Sie war nur noch ein entmasteter Rumpf, kaum noch schwimmfähig, als sie von den Wellen auf den Strand geworfen wurde. Leichen tauchten keine mehr auf, nur das Wrack, das wir am Strand liegen ließen, in der Gewissheit, dass es die Herbststürme zertrümmern würden.

Eine Woche, nachdem die zerstörte *Gydene* an Land geschlingert war, verschwand ein weiteres Fischerboot, dieses Mal an einem so ruhigen und windstillen Tag, wie die Götter je einen werden ließen. Das verlorene Schiff hatte den Namen *Swealwe* getragen, und ebenso wie Haggar hatte sein Schiffsführer die Netze gern weit draußen auf See ausgeworfen, und die ersten Einzelheiten über das Verschwinden der *Swealwe* erfuhr ich, als drei Witwen nach Bebbanburg kamen, angeführt von ihrem zahnlückigen Dorfpriester namens Pater Gadd. Er ruckte mit dem Kopf. «Da waren…», begann er.

«Waren was?», fragte ich und widerstand dem Drang, das zischende Geräusch nachzuahmen, das der Priester wegen seiner Zahnlücken machte.

Pater Gadd war ängstlich, kein Wunder. Wie ich gehört hatte, beklagte er in seinen Predigten, dass der Lehnsherr seines Dorfes ein Heide war, doch nun, wo er von Angesicht zu Angesicht vor diesem Heiden stand, hatte sich sein Mut verflüchtigt.

«Bolgar Haruldson, Herr. Er ist der…»

«Ich weiß, wer Bolgar ist», unterbrach ich ihn. Er war ein weiterer Fischer.

«Er hat zwei Schiffe am Horizont gesehen, Herr. An dem Tag, an dem die *Swealwe* verschwunden ist.»

«Es gibt viele Schiffe», sagte ich, «Handelsschiffe. Es wäre seltsam, wenn er keine Schiffe sehen würde.»

«Bolgar sagt, sie sind zuerst nach Norden und dann nach Süden gefahren.»

Der ängstliche Narr brachte nicht viel Vernünftiges heraus, aber schließlich verstand ich, was er sagen wollte. Die *Swealwe* war auf die See hinausgerudert, und Bolgar, ein erfahrener Mann, sah, wo sie hinter dem Horizont verschwand. Dann sah er, wie sich die Mastspitzen der beiden Schiffe in Richtung der *Swealwe* bewegten, eine Weile verharrten und wieder umkehrten. Die *Swealwe* hatte sich jenseits der Horizontlinie befunden, und das einzig sichtbare Zeichen ihrer

Begegnung mit den geheimnisvollen Schiffen bestand darin, dass sich deren Masten nordwärts bewegt und dann innegehalten hatten, um anschließend südwärts zu fahren, und das klang nicht nach der Fahrt eines Handelsschiffs. «Ihr hättet Bolgar zu mir bringen sollen», sagte ich. Dann gab ich den drei Witwen Silber und dem Priester zwei Pennys dafür, dass er mir die Neuigkeit überbracht hatte.

«Welche Neuigkeit?», fragte mich Finan an diesem Abend.

Wir saßen auf der Bank vor dem Palas von Bebbanburg, hatten den Blick über die östlichen Befestigungsanlagen hinweg auf die runzelige Spiegelung des Mondes in der weiten See gerichtet. Aus dem Palas tönten Gesang und Gelächter von Männern zu uns heraus. Das waren meine Krieger, bis auf die etwa zwanzig von ihnen, die auf unserer hohen Mauer Wache hielten. Ein schwacher Ostwind trug den Geruch des Meeres zu uns. Es war ein ruhiger Abend, und auf dem Gebiet von Bebbanburg hatte Frieden geherrscht, seit wir ein Jahr zuvor über die Hügel gezogen waren und Sköll in seiner hochgelegenen Festung besiegt hatten. Nach diesem grausigen Kampf hatten wir geglaubt, die Norweger wären geschlagen und der westliche Teil Northumbriens abgeschreckt, doch Reisende brachten Nachricht über die hohen Pässe, dass immer noch Nordmänner kamen, ihre Drachenboote an unserer Westküste landeten und ihre Krieger Land für sich suchten. Allerdings nannte sich kein Norweger mehr selbst König, wie es Sköll getan hatte, und keiner überquerte die Hügel, um auf den Weiden von

Bebbanburg Unruhe zu stiften, und so herrschte eine Art Frieden. Constantin von Alba, das einige Männer Schottland nennen, stand mit den Norwegern von Strath Clotha im Krieg, die von einem König namens Owain angeführt wurden, und Owain ließ uns in Ruhe, und Constantin wollte Frieden mit uns, bis er Owains Norweger besiegen konnte. Es war das, was mein Vater einen «schottischen Frieden» genannt hatte, und das bedeutete, dass ständig und zügellos Rinder gestohlen wurden, aber Rinder wurden immer gestohlen, und wir schlugen jedes Mal zurück, indem wir in die schottischen Täler vorstießen, um uns ebenfalls Vieh zu holen. Wir raubten genauso viele Tiere, wie sie raubten, und es wäre viel einfacher gewesen, wenn es keine Raubzüge gegeben hätte, doch in Friedenszeiten muss jungen Männern das Kriegshandwerk gelehrt werden.

«Die Neuigkeit ist», erklärte ich Finan, «dass dort draußen Plünderer sind», ich nickte in Richtung der See, «und sie haben sich zwei von unseren Schiffen gegriffen.»

«Plünderer gibt es immer.»

«Aber diese hier gefallen mir nicht.»

Finan, mein engster Freund, ein Ire, der mit der Leidenschaft seines Volkes und dem Geschick der Götter kämpfte, lachte. «Hast du einen üblen Geruch in die Nase bekommen?»

Ich nickte. Es gibt Augenblicke, in denen das Wissen von nirgendwo kommt, von einem Gefühl, von einem Geruch, der nicht gerochen werden kann, von einer Befürchtung, die keine Ursache hat. Die Götter schützen uns, und sie senden uns dieses unvermittelte Prickeln in den Adern, diese Sicherheit, dass sich in einer unschuldsvollen Landschaft Mörder verbergen. «Warum sollten sie Haggar foltern?», fragte ich.

«Weil er ein sauertöpfischer Bastard war, versteht sich.»

«Das war er», sagte ich, «aber es scheint mir um Ärgeres als das zu gehen.»

«Und was willst du jetzt tun?»

«Mich auf die Jagd machen, natürlich.»

Finan lachte. «Ist dir langweilig?», fragte er, aber ich sagte nichts, was ihn erneut zum Lachen brachte. «Dir ist langweilig», unterstellte er mir, «und du brauchst einfach einen Vorwand, um mit der *Spearhafoc* zu spielen.»

Und das stimmte. Ich wollte mit der *Spearhafoc* aufs Meer, und deshalb würde ich jagen gehen.

Die *Spearhafoc* hieß nach den Sperbern, die in den spärlichen Wäldern von Bebbanburg nisteten, und sie war, ebenso wie die Sperber, eine Jägerin. Sie war langgezogen, mit einem niedrigen Freibord mittschiffs und einem herausfordernden Bug, den ein geschnitzter Sperberkopf krönte. Sie war von einem friesischen Brüderpaar gebaut worden, das aus seinem Land geflohen war und am Ufer des Humbre eine Werft eröffnet hatte. Dort hatten die beiden die *Spearhafoc* aus guter mercischer Eiche und Esche gemacht. Sie hatten den Rumpf geformt, indem sie elf lange Planken an jede Seite des Spantenskeletts nagelten, dann einen Mast aus biegsamem northumbrischem Kiefernholz aufgerichtet, der mit Leinen verspannt war und eine Rah trug, von der stolz ihr Segel herabhing. Stolz, weil das Segel mein Zeichen zeigte, das Zeichen von Bebbanburg, den knurrenden Wolfskopf. Der Wolf und der Sperber, beide Jäger und beide schonungslos. Selbst Egil Skallagrimmrson, der wie die meisten Norweger sächsische Schiffe und sächsische Seemänner verachtete, lobte die *Spearhafoc* widerstrebend. «Allerdings», hatte er zu mir gesagt, «ist sie eigentlich nicht sächsisch, nicht wahr? Sie ist friesisch.»

Sächsisch oder nicht, die *Spearhafoc* glitt durch die enge Hafenzufahrt in einen dunstigen, sommerlichen Tagesanbruch hinaus. Seit ich von der *Swealwe* erfahren hatte, war eine Woche vergangen, eine Woche, in der sich meine Fischer nie weit vom Land entfernten. Die Küste hinauf und hinab regierte in allen Häfen von Bebbanburg die Angst, und so fuhr die *Spearhafoc* aus, um Vergeltung zu üben. Es herrschte Flut, Wind gab es keinen, und meine Ruderleute zogen die Riemen kräftig und gut durch, trieben das Schiff gegen die Strömung, sodass wir eine breiter werdende Kielwasserspur hinter uns herzogen. Die einzigen Geräusche waren das Knarren der Riemen in den Ruderlöchern, das Zischen des Wassers entlang des Rumpfes, der träge Wellenschlag am Strand und die einsamen Schreie der Möwen über der mächtigen Festung von Bebbanburg.

Vierzig Mann legten sich in die langen Riemen, weitere zwanzig kauerten entweder zwischen den Ruderbänken oder auf der Bugplattform. Alle trugen Rüstung, und alle waren bewaffnet, wenn auch die Speere, Äxte und Schwerter der Ruderer noch mittschiffs bei den

Schilden aufgestapelt waren. Finan und ich standen auf dem kurzen Deck des Steuermanns. «Vielleicht kommt später noch Wind auf», meinte Finan.

«Vielleicht auch nicht», grummelte ich.

Finan fühlte sich auf See niemals wohl und hatte auch meine Liebe zu Schiffen niemals verstanden, und er begleitete mich an jenem Tag nur, weil es Aussicht auf einen Kampf gab. «Allerdings ist, wer auch immer Haggar getötet hat, vermutlich längst weg», murrte er, als wir aus der Hafenzufahrt ausliefen.

«Vermutlich», stimmte ich ihm zu.

«Also verschwenden wir unsere Zeit.»

«Sieht sehr danach aus», sagte ich. Die *Spearhafoc* richtete ihren Bug auf die lange, träge Dünung aus, und Finan musste nach dem Hintersteven greifen, um sein Gleichgewicht zu halten. «Setz dich», sagte ich zu ihm, «und trink einen Schluck Ale.»

Wir ruderten dem Sonnenaufgang entgegen, und mit der Wärme des Tages kam schwacher Westwind, der ausreichte, um meine Mannschaft die Rah zur Mastspitze hinaufziehen und das Wolfskopf-Segel lösen zu lassen. Die Ruderleute ruhten sich dankbar aus, während die *Spearhafoc* über die langsam wogende See zog. Das Land war in dem Dunst hinter uns verschwunden. Bei den Farnea-Inseln waren ein paar kleine Fischerboote gewesen, doch sobald wir weiter draußen auf See waren, sahen wir keine Masten oder Schiffsrümpfe mehr, als wären wir allein auf der weiten Welt. Die meiste Zeit konnte ich das Steuerruder im Wasser nachschleifen lassen, während uns das Schiff langsam ostwärts brachte, vorangetrieben von einem Wind, der kaum ausreichte, um das schwere Segel zu füllen. Die meisten meiner Männer schliefen, während die Sonne höher stieg.

Traumzeit. So, dachte ich, musste Ginnungagap gewesen sein, dieses Nichts zwischen dem Feuerofen des Himmels und dem Eis darunter, das Nichts, in dem die Welt erschaffen worden war. Wir segelten in eine blaugraue Leere, in der meine Gedanken ebenso langsam dahinwanderten wie das Schiff. Finan schlief. Immer wieder sackte das Segel zusammen, wenn der Wind nachließ, um sich mit einem dumpfen Geräusch wieder aufzublähen, wenn die schwache Brise zurückkehrte. Der einzige echte Hinweis darauf, dass wir uns überhaupt bewegten, war das sanft gekräuselte Kielwasser der *Spearhafoc*.

Und in diesem Nichts dachte ich an Könige und an den Tod, denn Edward lebte noch immer. Edward, der sich als *Anglorum Saxonum Rex* bezeichnete, als König der Angeln und der Sachsen. Er war König von Wessex und von Mercien und von Ostanglien, und er lebte noch immer. Er war krank gewesen, er hatte sich erholt, er war erneut erkrankt, dann hatte es Gerüchte darüber gegeben, dass er im Sterben läge, doch Edward lebte noch immer. Und ich hatte geschworen, zwei Männer zu töten, wenn Edward starb. Dieses Versprechen hatte ich gegeben, doch ich hatte keinerlei Vorstellung, wie ich es halten sollte.

Denn um es zu halten, würde ich Northumbrien verlassen und bis ins Kernland von Wessex gehen müssen. Und in Wessex war ich Uhtred der Heide, Uhtred der Gottlose, Uhtred der Heimtückische, Uhtred Ealdordeofol, was Uhtred der Oberteufel heißt, und am häufigsten wurde ich Uhtredærwe genannt, was einfach Uhtred der Bösartige bedeutet. Ich hatte in Wessex mächtige Feinde und nur wenige Freunde. Dies gab mir drei Wahlmöglichkeiten. Ich könnte mit einem kleinen Heer einfallen, das unweigerlich geschlagen werden würde, ich könnte mit einigen wenigen Männern gehen und Gefahr laufen, entdeckt zu werden, und ich könnte meinen Schwur brechen. Die ersten beiden Möglichkeiten würden zu meinem Tod führen, die dritte zu der Schande eines Mannes, der nicht zu seinem Wort gestanden hatte, zu der Schande, ein Eidbrecher zu sein.

Eadith, meine Frau, hatte keinerlei Zweifel daran, was ich tun sollte. «Brich den Eid», hatte sie mit scharfer Stimme zu mir gesagt. Wir hatten in unserer Kammer hinter dem großen Palas von Bebbanburg gelegen, ich hatte zu den Deckenbalken hinaufgeschaut, die von Rauch und nächtlichen Schatten geschwärzt waren, und ich hatte geschwiegen. «Lass sie sich gegenseitig umbringen», hatte sie mich gedrängt. «Das ist ein Streit der südlichen Länder, nicht unserer. Wir sind hier sicher.» Und sie hatte recht, wir waren sicher in Bebbanburg, dennoch hatte mich ihre Forderung aufgebracht. Die Götter achten auf unsere Versprechen, und einen Eid zu brechen bedeutet, ihren Zorn herauszufordern.

«Willst du für einen dummen Eid sterben?» Auch Eadith war wütend gewesen. «Ist es das, was du willst?» Ich wollte leben, aber ich wollte ohne den Makel der Ehrlosigkeit leben, der an einem Eidbrecher haftet.

Die *Spearhafoc* lenkte mich von dieser verzwickten Lage ab, als sie im auffrischenden Wind schneller wurde. Ich griff nach dem Steuerruder und spürte, wie der

Druck des Wassers durch seinen langen Eschenschaft übertragen wurde. Zumindest diese Wahl war leicht. Fremde hatten meine Männer abgeschlachtet, und wir segelten über eine vom Wind gekräuselte, im Sonnenlicht funkelnde See, um Rache zu nehmen. «Sind wir schon zu Hause?», fragte Finan.

«Ich dachte, du schläfst.»

«Hab nur gedöst», knurrte Finan, dann richtete er sich auf und sah sich um. «Da draußen ist ein Schiff.»

«Wo?»

«Dort.» Er deutete nach Norden. Finan hatte ein besseres Sehvermögen als jeder andere Mann, den ich jemals gekannt hatte. Er mochte älter werden, wie ich auch, und doch war sein Blick so scharf wie immer. «Nur ein Mast», sagte er, «kein Segel.»

Ich starrte in den Dunst, ohne etwas zu sehen. Dann glaubte ich, ein Flackern vor dem blassen Himmel zu erkennen, eine feine Linie wie ein zittriger Rußfaden. Ein Mast? Ich verlor die Linie aus dem Blick, entdeckte sie wieder und richtete das Schiff nordwärts aus. Das Segel ächzte, bis wir das Steuerbordschot einholten, dann legte sich die *Spearhafoc* wieder in den Wind, und das Wasser schäumte lauter an ihren Flanken entlang. Meine Männer rührten sich, geweckt von der unvermittelten Lebhaftigkeit der *Spearhafoc*, und richteten ihre Blicke auf das Schiff in der Ferne.

«Hat kein Segel gesetzt», sagte Finan.

«Es läuft gegen den Wind», sagte ich, «also rudern sie. Wahrscheinlich ein Handelsschiff.» Kaum hatte ich das gesagt, verschwand der feine Strich am dunstigen Horizont, ersetzt von einem neu herabgelassenen Segel.

Ich beobachtete das Schiff, nun, wo das verschwommene Rechteck des Segels viel leichter zu erkennen war als der Mast. «Es dreht in unsere Richtung», sagte ich.

«Es ist die *Banamaðr*», sagte Finan.

Darüber lachte ich nur. «Das vermutest du!»

«Das ist keine Vermutung», sagte Finan, «sie hat einen Adler auf dem Segel, es ist Egil.»

«Das kannst du sehen?»

«Du nicht?»

Unsere beiden Schiffe segelten nun aufeinander zu, und gleich darauf konnte ich einen weiß gekalkten obersten Plankengang erkennen, der sich deutlich gegen die dunklere, untere Beplankung des Rumpfs abhob. Zudem konnte ich den großen, schwarzen Umriss eines Adlers mit ausgebreiteten Schwingen auf dem Segel erkennen und den Adlerkopf auf dem hohen Bugsteven. Finan hatte recht, es war die *Banamaðr*, ein Name, der ‹Töter› bedeutete. Es war Egils Schiff.

Als die *Banamaðr* näher kam, ließ ich das Segel herunter, sodass sich die *Spearhafoc* in den auffrischenden Wellen wiegte. Es war ein Zeichen an Egil, dass er längsseits kommen konnte, und ich beobachtete, wie sein Schiff in einem Bogen auf uns zulief. Es war kleiner als die *Spearhafoc*, aber ebenso schlank, ein Räuber friesischer Bauart und die größte Freude Egils, der, wie beinahe alle Norweger, auf See am glücklichsten war. Ich sah zu, wie sich das Wasser weiß am Scheg der *Banamaðr* brach, während sie weiter drehte, wie die große Rah heruntergelassen wurde und die Männer das Segel an Bord zogen, die lange Rah mit dem aufgerollten Segel längsschiffs drehten, und dann schwenkte die *Banamaðr*, so glatt, wie es sich ein Seemann nur wünschen konnte, auf unserer Steuerbordseite längsseits ein. Ein Mann im Bug der *Banamaðr* warf eine Leine herüber, eine zweite flog von ihrem Heck zu mir, und Egil rief seiner Mannschaft zu, sie solle Segeltuch oder Umhänge über den hellen obersten Plankengang legen, damit das Holz ihrer und unserer Schiffsflanken nicht aneinanderstieß und scheuerte. Er grinste mich an. «Tut Ihr, was ich glaube, dass Ihr tut?»

«Meine Zeit vergeuden», rief ich zurück.

«Vielleicht auch nicht.»

«Und Ihr?»

«Ich suche nach den Bastarden, die Eure Schiffe geraubt haben, versteht sich. Kann ich an Bord kommen?»

«Nur zu!»

Egil wartete ab, um den Wellengang einzuschätzen, bevor er zu uns herübersprang. Er war ein Norweger, ein Heide, ein Dichter, ein Seemann und ein Krieger. Er war hochgewachsen, ebenso wie ich, und trug sein blondes Haar lang und ungezähmt. Sein Gesicht war bartlos, und sein Kinn sprang hervor wie der Bug eines Drachenbootes, er hatte tiefliegende Augen, eine Axtklinge von einer Nase und ein leutseliges Wesen. Männer folgten ihm bereitwillig, und Frauen noch bereitwilliger. Ich kannte ihn erst seit einem Jahr, doch in diesem Jahr hatte ich ihn zu schätzen und ihm zu vertrauen gelernt. Er war jung genug, um mein Sohn zu sein, und er hatte siebzig norwegische Krieger mitgebracht, die mir im Gegenzug für das Land, das ich ihnen am Südufer des Tuede gab, den Treueid geleistet hatten.

«Wir sollten nach Süden», sagte Egil lebhaft.

«Nach Süden?», fragte ich.

Egil nickte Finan zu, «Guten Morgen, Herr», denn zu ihrer beiderseitigen Belustigung nannte er Finan stets «Herr». Dann sah er wieder mich an. «Ihr vergeudet Eure Zeit nicht. Wir sind einem schottischen Handelsfahrer auf dem Weg nach Norden begegnet, und er hat uns erzählt, dass dort unten vier Schiffe waren.» Er nickte Richtung Süden. «Weit draußen auf See», sagte er, «außer Sicht vom Land. Vier sächsische Schiffe, die nur abgewartet haben. Eines von ihnen hat ihn aufgehalten, drei Schillinge Zoll verlangt, und als er nicht zahlen konnte, haben sie ihm die gesamte Fracht gestohlen.»

«Sie wollten ihm Zoll berechnen?»

«In Eurem Namen.»

«In meinem Namen», sagte ich leise vor Wut.

«Ich war auf dem Rückweg, um es Euch zu berichten.» Egil warf einen Blick auf die *Banamaðr*, in der etwa vierzig Mann abwarteten. «Ich habe nicht genügend Männer, um es mit vier Schiffen aufzunehmen, aber zu zweit könnten wir einiges gegen sie ausrichten, oder?»

«Wie viele Männer sind auf den Schiffen?» Finan war mit erwartungsvollem Blick aufgestanden.

«Auf dem, das den Schotten angehalten hat, waren vierzig. Er hat gesagt, zwei von den anderen waren ungefähr genauso groß und das letzte kleiner.»

«Wir könnten einiges gegen sie ausrichten», sagte ich rachsüchtig.

Während er uns zuhörte, hatte Finan Egils Mannschaft beobachtet. Drei Männer wuchteten den Aufsatz mit dem Adlerkopf vom Bug. Sie legten das schwere Holzstück auf das kurze Vorderdeck, dann halfen sie den anderen, die das Segel aufschnürten. «Was tun sie?», fragte Finan.

Egil wandte sich zur *Banamaðr* um. «Wenn dieser Abschaum ein Schiff mit einem Adler auf dem Segel sieht», sagte er, «wissen sie, dass wir ein Kampfschiff sind. Und wenn sie meinen Adler sehen, wissen Sie, dass ich es bin. Also drehe ich das Segel um.» Er grinste. «Mein Schiff ist klein, sie werden uns für leichte Beute halten.»

Ich verstand, was er im Sinn hatte. «Also soll ich Euch folgen?»

«Mit Euren Rudermännern», regte er an. «Wenn Ihr unter Segel fahrt, entdecken sie Euch früher. Wir locken sie mit der *Banamaðr* als Köder an, und dann könnt Ihr mir helfen, sie zu erledigen.»

«Helfen?», wiederholte ich spöttisch und brachte ihn damit zum Lachen.

«Aber wer sind sie?», fragte Finan.

Und das war die Frage, die an mir nagte, als wir uns nach Süden wandten. Egil war auf sein Schiff zurückgekehrt, das uns, mit der graubraunen Seite seines Segels nach vorn gekehrt, vorausfuhr. Trotz Egils Vorschlag lief auch die *Spearhafoc* unter Segel, allerdings wenigstens eine halbe Meile hinter der *Banamaðr*. Meine Männer sollten nicht durch anstrengendes Rudern erschöpft sein, falls sie ein Kampf erwartete, und so hatten wir vereinbart, dass Egil mit der *Banamaðr* umkehren würde, wenn er die vier Schiffe sichtete. Er würde umkehren und vorgeben, Richtung Küste zu fliehen, und den

Gegner, so hofften wir, damit in unseren Hinterhalt locken. Ich würde unser Segel herunterlassen, wenn Egil umdrehte, sodass der Gegner den großen Wolfskopf nicht sah, sondern uns einfach für ein weiteres Handelsschiff hielt, das leichte Beute versprach. Wir hatten den Sperberkopf vom Bug heruntergenommen. Diese großen geschnitzten Symbole sollten die Götter friedlich stimmen, die Gegner schrecken und böse Geister verjagen, doch die Sitte gebot es, sie in sicheren Gewässern abzunehmen, und weil sie deshalb nicht an den Bug genagelt oder geschäftet waren, ließ sich das leicht bewerkstelligen.

«Vier Schiffe», sagte Finan ausdruckslos, «Sachsen.»

«Und schlau dazu», sagte ich.

«Schlau? Du nennst es schlau, dich mit einem spitzen Stock zu stechen?»

«Sie greifen Schiffe von Bebbanburg an, die anderen dagegen drangsalieren sie nur. Wie lange wird es dauern, bis König Constantin hört, dass Uhtred von Bebbanburg schottische Schiffsladungen beschlagnahmt?»

«Wahrscheinlich hat er es schon gehört.»

«Und wie lange dauert es dann noch, bis die Schotten beschließen, uns zu bestrafen?», fragte ich. «Constantin mag gegen Owain von Strath Clota kämpfen, aber er hat immer noch Schiffe, die er an unsere Küste schicken kann.» Ich sah der *Banamaðr* nach, die im Westwind leicht krängte und eine weiße Kielwasserspur hinter sich herzog. Für ein kleines Schiff war sie schnell und wendig. «Irgendwer», fuhr ich fort, «will uns in einen Streit mit den Schotten verwickeln.»

«Und nicht nur mit den Schotten», sagte Finan.

«Und nicht nur mit den Schotten», pflichtete ich ihm bei. Schiffe aus Schottland, aus Ostanglien, aus Friesland und aus sämtlichen Heimatländern der Nordmänner segelten an unserer Küste vorüber. Selbst Schiffe aus Wessex. Und ich hatte niemals Zoll auf ihre Fracht erhoben. Ich fand, dass es nicht meine Angelegenheit war, wenn ein Schotte mit einem Schiff voller Pelze oder Tonwaren an meiner Küste vorbeisegelte. Wohl wahr, wenn ein Schiff einen meiner Häfen anlief, erhob ich eine Gebühr, doch das tat jedermann. Nun aber war eine kleine Flotte in meine Gewässer gekommen und erhob eine Abgabe in meinem Namen, und ich hatte einen Verdacht, woher diese Flotte gekommen war. Und wenn ich recht hatte, dann waren die vier Schiffe von Süden gekommen, von den Landen Edwards, *Anglorum Saxonum Rex*.

Die *Spearhafoc* tauchte ihren Bug in die grüne See, sodass weiße Gischt über ihr Deck spritzte. Auch die *Banamaðr* stampfte, vorangetrieben von auffrischendem Westwind, mit dem wir beide südwärts segelten, um die Schiffe zu jagen, die meine Pächter getötet hatten, und wenn ich mit diesen Schiffen recht behielt, dann hatte ich es mit einer Blutfehde zu tun.

Eine Blutfehde ist ein Krieg zwischen zwei Familien, die beide geschworen haben, die andere zu vernichten. Meine erste Fehde hatte ich erlebt, als Kjartan der Grausame die gesamte Hausgemeinschaft Ragnars abschlachtete, des Dänen, der mich wie einen Sohn bei sich aufgenommen hatte. Ich war bereitwillig in diese Fehde eingetreten, und ich hatte sie auch beendet, indem ich sowohl Kjartan als auch seinen Sohn tötete, doch bei dieser neuen Fehde hatte ich einen sehr viel mächtigeren Gegner. Einen Gegner, der weit südlich in Edwards Wessex lebte, wo sie eine Streitmacht aus Hauskriegern aufstellen konnten. Und um sie zu töten, musste ich dorthin gehen, wo diese Streitmacht darauf wartete, mich zu töten. «Sie dreht um!», unterbrach Finan meine Gedanken.

Die *Banamaðr* drehte in der Tat um. Ich sah ihr Segel herunterkommen, sah, wie sich das Licht des späten Vormittags in den Ruderblättern brach, die außenbords geschoben wurden. Sah, wie die langen Riemen eintauchten und durchgezogen wurden, und sah, wie sich die *Banamaðr* westwärts kämpfte, als würde sie nach der Sicherheit eines northumbrischen Hafens suchen.

Wie es schien, war die Blutfehde zu mir gekommen.

Ich hatte Æthelhelm den Älteren gemocht. Er war der reichste Alderman von Wessex gewesen, Herr über viele Besitzungen, ein geselliger und sogar großzügiger Mann, und doch war er als mein Gegner und mein Gefangener gestorben.

Ich hatte ihn nicht getötet. Ich hatte ihn gefangen genommen, als er gegen mich kämpfte, und ihn dann mit all der Ehre behandelt, die seinem Rang gebührte. Doch dann hatte er ein Schweißfieber bekommen, und obwohl wir ihn zur Ader gelassen hatten, obwohl wir unsere christlichen Priester bezahlt hatten, damit sie für ihn beteten, und obwohl wir ihn in Pelze gewickelt und ihm die Kräuter gegeben hatten, von denen die Frauen meinten, sie könnten ihn heilen, war er gestorben. Sein Sohn, Æthelhelm der Jüngere, verbreitete die Lüge, ich hätte seinen Vater getötet, und er schwor Rache. Er schwor, eine Blutfehde gegen mich zu führen.

Doch ich hatte Æthelhelm den Älteren als Freund angesehen, bevor seine älteste Tochter König Edward von Wessex heiratete und dem König einen Sohn schenkte. Dieser Sohn, der Enkel Æthelhelms des Älteren, Ælfweard, wurde der Ætheling. Kronprinz Ælfweard! Er war ein verdrießliches, verwöhntes Kind gewesen und zu einem griesgrämigen, übellaunigen und selbstsüchtigen jungen Mann geworden, der sich durch Grausamkeit und Eitelkeit auszeichnete. Ælfweard jedoch war nicht Edwards ältester Sohn, sein ältester Sohn war Æthelstan, und auch Æthelstan war mein Freund.

Und warum war Æthelstan nicht der Ætheling? Weil Æthelhelm der Jüngere das Gerücht verbreitete, das falsche Gerücht, Æthelstan sei ein Bastard und Edward habe Æthelstans Mutter niemals geheiratet. Und so wurde Æthelstan nach Mercien verbannt, wo ich ihn kennengelernt und den Jungen mit der Zeit auch zu bewundern gelernt hatte. Er wuchs zu einem Krieger heran, zu einem Mann der Gerechtigkeit, und der einzige Fehler, den ich an ihm finden konnte, war sein leidenschaftliches Festhalten an seinem Christengott.

Und nun war Edward krank. Es war bekannt, dass er bald sterben würde. Und wenn er starb, würde es einen Kampf zwischen den Unterstützern Æthelhelms des Jüngeren geben, der Ælfweard auf dem Thron haben wollte, und denjenigen, die wussten, dass Æthelstan der bessere König wäre. Wessex und Mercien, geeint in einem brüchigen Bund, würden durch einen Krieg auseinandergerissen. Und deshalb hatte mich Æthelstan um einen Schwur gebeten. Den Schwur, dass ich bei König Edwards Tod Æthelhelm töten und so seine Macht über den Adel brechen würde, der in der Versammlung des Witans den neuen König bestätigen musste.

Und deshalb würde ich nach Wessex gehen müssen, wo ich Feinde zuhauf hatte.

Denn ich hatte einen Eid geschworen.

Und ich hatte keinerlei Zweifel daran, dass Æthelhelm die Schiffe in den Norden geschickt hatte, um mich zu schwächen, mich abzulenken und, wenn das Glück auf seiner Seite war, mich zu töten.

Die vier Schiffe tauchten im sommerlichen Dunst auf. Sie wiegten sich in der sommerlichen See, doch als sie uns entdeckten, zogen sie ihre Segel auf und machten sich an unsere Verfolgung.

Die *Banamaðr* hatte ihr Segel heruntergelassen, damit die vier Schiffe nicht den schwarzen Adler darauf sahen, der nun nach achtern gezeigt hätte, während sie vorgab, Richtung Westen zu fliehen. Und wir hatten unser Segel ebenfalls heruntergelassen, als wir die *Banamaðr* umdrehen sahen, damit der Gegner den Wolfskopf von Bebbanburg nicht sah.

«Jetzt rudert!», rief Finan den Männern auf den Bänken zu. «Rudert!»

Der sommerliche Dunst löste sich zunehmend auf. Ich konnte erkennen, wie sich die fernen Segel im böigen Wind blähten und wie sie zu Egil aufholten, der auf jeder Seite nur drei Ruderleute eingesetzt hatte. Mehr Riemen zu zeigen hätte verraten, dass sein Schiff kein Handelsfahrer, sondern ein Schlangenschiff voller Männer war. Ich fragte mich einen Moment lang, ob ich seinem Beispiel folgen sollte, dann aber kam ich zu dem Schluss, dass die vier Schiffe in der Entfernung ein einzelnes Kampfschiff wohl nicht fürchten würden. Sie waren in der Überzahl, und ich hatte keinen Zweifel daran, dass diese Männer geschickt worden waren, um mich zu töten, wenn sie eine Gelegenheit dazu bekamen.

Also würde ich sie ihnen verschaffen.

Aber würden sie die Gelegenheit auch ergreifen? Vordringlicher war, dass sie, schnell vorangetragen von dem lebhaften Wind, den Abstand zur *Banamaðr* verkürzten, also beschloss ich, mich zu zeigen, und rief meiner Mannschaft zu, sie solle das große Segel wieder aufziehen. Der Anblick des Wolfskopfs würde dem Gegner zu denken geben, dennoch würde er gewiss von einem Sieg in dem bevorstehenden Kampf ausgehen, selbst gegen Uhtredærwe.

Das Segel schlug, als es aufgezogen wurde, knallte im Wind, dann wurde es dichtgeholt, und die *Spearhafoc* neigte sich mit zunehmender Geschwindigkeit in die See. Die Riemen wurden eingeholt, die Ruderleute legten ihre Kettenhemden an und griffen nach ihren Schilden und Waffen. «Ruht euch aus, solange ihr könnt!», rief ich ihnen zu.

Die See war nun weiß gefleckt, auf den Wellenkämmen rollte Gischt. Die *Spearhafoc* tauchte den Bug ein, das Deck wurde überschwemmt, dann stieg sie wieder empor, bevor sie in das nächste Wellental hinabfuhr. Das Steuerruder lag schwergängig in meinen Händen, und ich benötigte all meine Kraft, um es nach vorn zu drücken oder zurückzuziehen, während es unter der Geschwindigkeit bebte. Ich segelte weiter südwärts, um die vier Schiffe zu stellen, sie herauszufordern, und nun tat Egil das Gleiche. Zwei Schiffe gegen vier.

«Denkst du, das sind Æthelhelms Schiffe?», fragte Finan.

«Wem sollten sie sonst gehören?»

«Er wird auf keinem von ihnen sein», knurrte er.

Darüber lachte ich nur. «Er ist sicher zu Hause in Wiltunscir. Er hat diese Bastarde angeheuert.»

Die Bastarde bildeten nun eine Linie quer über unseren Kurs. Drei der Schiffe schienen etwa so lang zu sein wie die *Spearhafoc*, während das vierte, das sich am weitesten östlich befand, kleiner war, nicht größer als die *Banamaðr*. Dieses Schiff blieb angesichts unserer Jagd nach Süden zurück, als sollte es nicht in einen Kampf verwickelt werden. Wir waren noch immer weit entfernt, aber ich hatte den Eindruck, dass die Besatzung des kleineren Schiffs aus sehr wenigen Männern bestand.

Anders als auf den drei größeren Schiffen, die weiter auf uns zufuhren. «Sie sind gut bemannt», sagte Finan ruhig.

«Egils Schotte meinte, dass ungefähr vierzig Krieger auf dem Schiff waren, das ihn aufgehalten hat.»

«Ich schätze, es sind mehr.»

«Wir werden es herausfinden.»

«Und sie haben Bogenschützen.»

«Tatsächlich?»

«Ich kann sie sehen.»

«Wir haben Schilde», sagte ich, «und Bogenschützen mögen ein ruhiges Schiff, keines, das wie ein ungezähmtes Fohlen herumspringt.»

Roric, mein Diener, brachte mir meinen Helm. Nicht den stolzen Helm mit dem Silberwolf auf dem Helmscheitel, sondern einen zweckdienlichen Helm, der meinem Vater gehört hatte und der stets an Bord der *Spearhafoc* blieb. Die metallenen Wangenstücke waren verrostet und durch gesiedetes Leder ersetzt worden. Ich zog den Helm über den Kopf, und Roric schnürte die Wangenstücke zusammen, sodass ein Gegner nichts außer meinen Augen sehen würde.

Drei der Schiffe führten keine Symbole auf ihren Segeln, doch das westlichste, das der außer Sicht liegenden northumbrischen Küste am nächsten war, führte eine zusammengerollte Schlange, die wohl, ebenso wie unser Wolf, aus Wolle gewebt war. Das riesenhafte Tuchstück war mit Tauen verstärkt, die ein rautenförmiges Muster bildeten, durch das sich die schwarze Schlange zeigte. An den Bug des Schiffes schlug weiß schäumend das Wasser.

Egil hatte die *Banamaðr* gewendet, sodass er nun, statt eine unbeholfene Flucht westwärts zu den Häfen der northumbrischen Küste vorzutäuschen, neben der *Spearhafoc* südwärts segelte. Ebenso wie ich hatte er sein Segel aufgezogen, und seine Mannschaft holte es in dem Moment dicht, in dem wir auf eine Höhe mit ihm kamen. Ich legte die Hände um den Mund und rief über die aufgewühlte See: «Ich halte auf das zweite zu!» Ich deutete auf das Schiff, das als nächstes neben dem mit dem Schlangensegel fuhr. Egil nickte, um zu bestätigen, dass er mich gehört hatte. «Aber angreifen werde ich das mit der Schlange!» Erneut deutete ich nach vorn. «Und Ihr auch!»

«Ich auch!», rief er zurück. Er grinste. Unter dem Rand seines Helmes wehte sein blondes Haar heraus.

Der Gegner hatte eine Linie gebildet, damit je zwei seiner Schiffe eines von unseren bedrängen konnten. Sollte ihnen das gelingen, konnten sie sofort von beiden Seiten entern, und die Schwert-Arbeit wäre kurz, erbittert und blutig. Ich ließ sie in dem Glauben, dass ihr Plan Erfolg haben würde, indem ich etwas vor dem Wind auf das zweite Schiff im Westen zusteuerte, und ich sah die beiden anderen größeren Schiffe leicht ihre Richtung wechseln, um sich auf die Stelle auszurichten, an der wir ihrer Vermutung nach auf ihre Linie treffen würden. Sie fuhren noch immer weit auseinandergezogen, mit wenigstens vier oder fünf Schiffslängen zwischen sich, doch ihre Linie rückte immer enger zusammen. Das kleinere Schiff, das langsamer war als die anderen, fiel indessen weiter zurück.

Auch Egils Schiff, das kürzer war als meines und deshalb nicht so schnell, fiel zurück, und ich befahl, die Schot an Steuerbord zu lockern, damit die *Spearhafoc* langsamer wurde, dann drehte ich mich um, winkte Egil zu und deutete auf meine Steuerbordseite, damit er dorthin aufholte. Er verstand, und allmählich schob sich die *Banamaðr* rechts neben mich. Wir würden den Kampf gemeinsam aufnehmen, aber nicht dort, wo es sich der Gegner erhoffte.

«Bei Gott!», fluchte Finan. «Dieser große Bastard hat eine Menge Männer!»

«Welcher große Bastard?»

«Der in der Mitte. Siebzig Mann? Achtzig?»

«Wie viele sind auf dem Schlangen-Bastard?»

«Vielleicht vierzig, fünfzig?»

«Genügend, um einem Handelsfahrer Angst einzujagen», sagte ich.

«Vor uns scheinen sie jedenfalls keine Angst zu haben», bemerkte er trocken. Die drei größeren Schiffe hielten immer noch Kurs auf uns, in der Zuversicht, dass sie in der Überzahl waren. «Sieh dich mit diesem großen Bastard vor», sagte Finan und deutete auf das mittlere Schiff, das die größere Besatzung hatte.

Ich musterte das Schiff, auf dessen Bug ein weiß gekalktes Kreuz emporragte. «Es spielt keine Rolle, wie viele Männer sie haben», sagte ich, «sie gehen davon aus, dass wir nur vierzig sind.»

«Ist das so?» Meine Selbstsicherheit schien ihn zu belustigen.

«Sie haben Haggar gefoltert. Was konnte er ihnen erzählen? Sie werden gefragt haben, wie oft unsere Schiffe auf See gehen und wie stark sie bemannt sind. Was hätte er dann gesagt?»

«Dass du zwei Kampfschiffe im Hafen hast, dass die *Spearhafoc* das größere davon ist und dass ihre Besatzung normalerweise aus vierzig Mann besteht, es manchmal aber weniger sind.»

«Ganz genau.»

«Und dass es üblicherweise Berg ist, der mit ihr auf See geht.»

Berg war Egils jüngster Bruder, dem ich viele Jahre zuvor an einem walisischen Strand das Leben gerettet hatte und der mir seither gut und treu diente. Berg war enttäuscht gewesen, als er bei dieser Fahrt zurückbleiben musste, doch wenn Finan und ich mit dem Schiff hinausfuhren, war er der Beste, um die verbleibende Bemannung von Bebbanburg zu befehligen. Normalerweise hätte ich meinen Sohn damit beauftragt, doch er war im Bergland von Northumbrien unterwegs, um eine Streitigkeit zwischen zwei von meinen Pächtern beizulegen.

«Sie denken, wir sind etwa vierzig Mann», sagte ich, «und sie schätzen, die *Banamaðr* hat ungefähr dreißig.» Ich lachte, dann berührte ich das Heft von Schlangenhauch, meinem Schwert, bevor ich zu Egil hinüberrief: «Jetzt umschwenken!» Ich wuchtete das Steuerruder windwärts, und die *Spearhafoc* tauchte mit dem Bug abwärts, als sie herumschwang. «Das Segel spannen!», rief ich. Die Falle schnappte zu, und nun würde die Schlange erfahren, wie der Wolf und der Adler kämpften.

Ich hatte das Segel der *Spearhafoc* anziehen lassen, um sie wieder zu beschleunigen. Sie war schneller als die gegnerischen Schiffe. Jedes Mal, wenn sich das Schlangenschiff auf einer Welle aufrichtete, konnte ich den dichten Algenbewuchs an seiner Unterseite sehen. Es war langsam. Wir selbst ließen unsere Schiffe bei Ebbe abtrocknen und kratzten die Unterseiten sauber, sodass wir schnell blieben. Ich wandte mich wieder zur *Banamaðr*. «Ich habe vor, den Bastard zu versenken», rief ich, «und danach schwenke ich ostwärts auf den zweiten zu!»

Egil winkte, und ich nahm an, dass er mich gehört hatte. Nicht, dass es darauf angekommen wäre. Die

Spearhafoc lief voraus, so hart am Wind, wie ich es nur wagte, doch sie bahnte sich ihren Weg schnell, zerschnitt die weiß aufschäumende See mit ihrem Scheg. Sie war nun so tödlich wie ihr Name, und Egil würde früh genug begreifen, was ich vorhatte.

«Du willst sie rammen?», fragte Finan.

«Wenn es mir gelingt. Und du sollst im Bug stehen. Wenn ich sie nicht richtig treffe, musst du drüben an Bord gehen und ihren Steuermann töten. Und dann ihr Steuerruder ins Wasser werfen.»

Finan ging nach vorn und rief einige Männer zu sich. Wir kamen nun immer näher an das Schlangenschiff heran, dicht genug, um eine Gruppe Männer in seinem Bug zu sehen und auch die Speere, die sie trugen. Ihre Helme spiegelten das Licht. Ein Mann hielt sich am Vorstag fest, ein anderer hob seinen Speer. Mittschiffs befand sich eine Gruppe Bogenschützen, die Pfeile schon an die Sehnen gelegt. «Beornoth!», rief ich, «Folcbald! Kommt her! Mit euren Schilden!» Beornoth war ein schwerblütiger, verlässlicher Mann, ein Sachse, Folcbald dagegen ein riesenhafter Friese, einer meiner stärksten Krieger. «Ihr sollt mir Deckung geben», sagte ich. «Seht ihr die Bogenschützen? Sie werden auf mich zielen.»

Der Steuermann befand sich an der verletzlichsten Stelle eines Schiffs. Die meisten meiner Männer kauerten im Bauch der *Spearhafoc* hinter ihren Schilden, Finan war zum Bug gegangen, wo er zusammen mit sechs Männern ebenfalls eine Sperre aus Schilden bildete, doch ich musste am Ruder stehen. Bald würden die Pfeile abgeschossen werden, und wir rauschten durch die grünen Wogen und waren so nah an das Schlangenschiff herangekommen, dass ich die Nägelköpfe an seinem Rumpf sah. Ich warf einen Blick nach links. Die Besatzung der drei anderen gegnerischen Schiffe hatte gesehen, worauf wir aus waren, und umgeschwenkt, um Hilfe zu leisten, doch dieser Schwenk bedeutete, dass sie nun gegen den Wind fuhren und ihre Segel an den Mast gedrückt wurden. Die Männer drängten sich, um die Segel herunterzuholen und die Riemen in die Ruderlöcher zu schieben, aber sie waren langsam, und ihre Schiffe wurden vom Wind zurückgeschoben und stampften schwer in der bewegten See.

«Jetzt!», knurrte Beornoth und hob seinen Schild. Er hatte gesehen, dass die Bogenschützen ihre Pfeile abschnellen ließen.

Ein halbes Dutzend Pfeile traf auf das Segel, andere zischten vorbei und gingen im Meer unter. Ich hörte die Wellen tosen, den Wind im Takelwerk singen, und dann drückte ich gegen das Steuerruder, legte all meine Kraft in den aufragenden Schaft, und ich sah das Schlangenschiff auf uns zudrehen, was sein Steuermann schon einige Momente früher hätte tun sollen, doch nun war es zu spät. Wir waren dicht an sie herangekommen und kamen schnell noch dichter heran. «Speere!» Finan rief die Warnung vom Bug aus.

«Brassen!», brüllte ich. Ein Pfeil glitt am oberen Rand von Folcbalds eisenbeschlagenem Schild ab, eine Speerklinge zog eine Furche durch das Deck zu meinen Füßen, dann krängte die *Spearhafoc* in die Wende, und in einer Windböe tauchte ihre Reling unter. Ich kämpfte um mein Gleichgewicht, ein Pfeil bohrte sich tief in den

Achtersteven, dann richtete sich die *Spearhafoc* wieder auf, das Segel ächzte, als wir uns in den Wind drehten, Wasser strömte aus den Speigats, und über die Geräusche der See und das Heulen des Windes hörte ich die Warnrufe der Gegner.

«Festhalten!», rief ich meiner Mannschaft zu.

Und wir prallten auf.

Der Ruck des Halts warf uns heftig nach vorn. Ein gewaltiges splitterndes Geräusch ertönte, erschrecktes Gebrüll, das Strudeln von Wasser, Flüche. Der Achterstag neben mir spannte sich besorgniserregend, und einen Augenblick lang glaubte ich, unser Mast würde über den Bug stürzen, doch die verdrillte Robbenhaut hielt, obwohl sie bebte wie eine eben angezupfte Harfensaite. Beornoth und Finan fielen hin. Die *Spearhafoc* war auf den Rumpf des Schlangenschiffs aufgefahren und glitt nun mit lautem Knirschen zurück. Wir hatten uns gegen den Wind gedreht, um den Gegner zu rammen, und ich hatte befürchtet, dass wir Schwung verlieren und den Gegner schwächer treffen würden als beim Rammen mit dem Wind, doch Gewicht und Geschwindigkeit der *Spearhafoc* hatten ausgereicht, um den Rumpf des Schlangenschiffs zu zerschmettern. Unser Segel wurde nun vom Wind gegen den Mast gedrückt und schob uns zurück, allerdings schien es so, als habe sich unser Bug in den Rumpf des Schlangenschiffs verkeilt, denn die beiden Schiffe hingen aneinander fest, die *Spearhafoc* trieb langsam nach Backbord herum, und dann begann sie zu meinem Schrecken den Bug zu senken. Gleich darauf hörte ich ein scharfes Knacken, die *Spearhafoc* erbebte, es erklang ein Reißen, und mit einem Mal richtete sie sich wieder auf. Ihr Bug war an den zerschmetterten Planken des Schlangenschiffs hängen geblieben, nun aber war sie wieder frei.

Das Schlangenschiff sank. Wir hatten es mit unserem Bug getroffen, dem stärksten Teil am Rumpf der *Spearhafoc*, und wir hatten sein niedriges Freibord so mühelos zertrümmert, wie man ein Ei aufschlägt. Wasser strömte ein, das Schiff bekam Schlagseite, und sein Kielraum, der mit Ballaststeinen beladen war, lief schnell voll. Seine Mannschaft, angetan mit Kettenhemden, war dem Tode geweiht, bis auf die wenigen Krieger, denen es gelungen war, sich an unser Schiff zu klammern. Inzwischen wurden wir rückwärts auf die anderen gegnerischen Schiffe zugetrieben, die endlich ihre Riemen ins Wasser gebracht hatten und sich mühten, uns zu erreichen. Wir schlingerten. Ich brüllte meinen Männern zu, sie sollten das Backbord-Schot des Segels einholen und das Steuerbord-Schot lösen. Rechts von mir lag das Schlangenschiff seitlings in einem weißen Gischtstrudel, umringt von Treibgut, und dann verschwand es. Als Letztes wurde ein kleines dreieckiges Banner auf der Spitze seines gekippten Masts in die Tiefe gezogen.

Ich drückte das Steuerruder herum, betete, dass die *Spearhafoc* genügend Fahrt hatte, damit das große Ruderblatt Wirkung entfaltete, doch sie war noch zu langsam. Unsere Gefangenen, es waren fünf, waren an Bord gehievt worden, und Finan hatte Männer von uns angewiesen, ihnen die Kettenhemden, Helme und Schwertgürtel abzunehmen. «Schaut nach hinten, Herr!», sagte Folcbald beunruhigt. Das gegnerische Schiff, das uns am nächsten war, das mit dem weiß gekalkten Kreuz auf dem hohen Bug, holte zu uns auf. Es war so lang wie die *Spearhafoc* und wirkte sehr viel schwerer. Seine Mannschaft war größer als die todgeweihte Besatzung des Schlangenschiffs, aber sein Befehlshaber hatte nur vierundzwanzig Mann an die Riemen gesetzt, ein Dutzend auf jeder Seite, weil er die übrigen zum Sprung auf die *Spearhafoc* bereithalten wollte. Im Bug standen behelmte Krieger und mittschiffs drängten sich weitere. Das sind wenigstens siebzig, dachte ich, vielleicht auch mehr. Die ersten Pfeile flogen, und die meisten waren zu hoch ausgerichtet und trafen unser Segel, einer aber jagte dicht neben mir vorbei. Unwillkürlich versicherte ich mich, dass Schlangenhauch an meiner Seite hing, und rief nach Roric.

«Herr?», erwiderte er.

«Halte meinen Schild bereit!» Das kreuzbekrönte Schiff hielt voll auf uns zu, und wir wurden vom Wind in seine Richtung getrieben. Das Schiff war nicht schnell, weil es gegen den Wind gerudert wurde, es war schwer, und es saßen zu wenige Männer an den Riemen, also war zu bezweifeln, dass es uns versenken konnte, wie wir das Schlangenschiff versenkt hatten, aber die Höhe seines Bugs würde es seinen Kriegern ermöglichen, auf unser breites Deck zu springen.

Dann kreuzte unvermittelt die *Banamaðr* vor unserem Bug. Sie lief vor dem Wind, und ich sah Egil das Steuerruder in Richtung des kreuzbekrönten Schiffs ziehen. Der Steuermann dieses Schiffs sah den Norweger kommen, und auch wenn die *Banamaðr* nur halb so groß war wie sein Schiff, fürchtete er wohl, gerammt zu werden, denn er rief seinen Ruderleuten auf der Backbordseite zu, rückwärts zu rudern, und richtete sein Schiff dadurch auf Egils bedrohlichen Bug aus. Er war inzwischen nah bei uns, so nah! Ich schob das Steuerruder herum, doch es sprach noch immer nicht an, was bedeutete, dass die *Spearhafoc* wie tot im Wasser lag und weiter auf den Gegner zugetrieben wurde. Ich ließ den Schaft des Steuerruders los und nahm meinen Schild von Roric. «Macht euch bereit!», rief ich. Dann zog ich Wespenstachel, meinen Sax, und die kurze Klinge fuhr zischend aus der pelzgefütterten Scheide. Brechende Wellen schwappten zwischen unseren Schiffen. Das gegnerische Schiff hatte sich Egil zugewandt und würde nun breitseits mit uns zusammenstoßen, und seine Mannschaft, bewaffnet und im Kettenhemd, stand zum Sprung bereit. Ich sah ein halbes Dutzend Bogenschützen ihre Bögen heben, dann brach unvermittelt Durcheinander an Deck des kreuzbekrönten Schiffs aus, als die *Banamaðr* an seiner Backbordseite entlangglitt, um seine Riemen zu zerschmettern. Die Schäfte der Riemen schnellten hart gegen die Bäuche der Rudermänner, das Schiff schien zu zittern, die Bogenschützen schwankten, und ihre Pfeile flogen ziellos umher. Egil löste sein Segel, sodass es frei im Wind flatterte, während er umdrehte, um seinen Bug gegen das Heck des Gegners zu schieben. Er hatte Männer mit langen Bartäxten bereitstehen, um das gegnerische Schiff zu entern. Der Bug der *Banamaðr* glitt am Heckbereich des Gegners ab, beide Schiffe schlingerten, die Äxte fuhren nieder, um die beiden Rümpfe zueinander zu ziehen, und ich sah den ersten kreischenden Norweger auf das Heck des kreuzbekrönten Schiffes springen.

Dann prallten wir auf. Zuerst fuhren wir in die Steuerbord-Riemen des gegnerischen Schiffes, die splitternd zerbarsten, uns aber auch noch einen Moment fernhielten. Ein riesenhafter Mann, den Mund zum Schrei aufgerissen, machte einen Satz zur *Spearhafoc*, doch sein eigenes Schiff schwankte, als er sprang, und sein herausforderndes Gebrüll verwandelte sich in einen verzweifelten Ruf, als er zwischen die beiden Schiffe fiel. Mit den Armen rudernd, versuchte er sich an unsere Reling zu klammern, aber einer meiner Männer trat seine Hände weg, und er versank, in die Tiefe gezogen von seiner Kettenrüstung. Der Wind trieb unser Heck erneut gegen das feindliche Schiff, und ich sprang auf seine Steuerplattform hinüber, gefolgt von Folcbald und Beornoth. Egils wilde Norweger hatten schon den Steuermann getötet und kämpften nun mittschiffs, und ich rief meine Männer hinter mir her. Ich sprang von der Steuerplattform herunter, und ein Junge, der noch ein Kind war, schrie vor Entsetzen. Ich beförderte ihn mit einem Tritt unter eine Ruderbank und knurrte ihm zu, er solle dort bleiben.

«Da kommt noch einer von den Bastarden!», ertönte von der *Spearhafoc* der Ruf Oswis, der einst mein Diener gewesen und dann zu einem bereitwilligen, gefährlichen Kämpfer geworden war, und ich sah das letzte der drei größeren Gegnerschiffe zur Rettung des Seglers kommen, den wir geentert hatten. Thorolf, Egils Bruder, war mit nur drei Mann an Bord der *Banamaðr* geblieben, und nun setzten sie ihr Schiff frei und ließen es vom Wind aus dem Weg des neu ankommenden Gegners tragen. Weitere meiner Männer sprangen zu mir herüber, doch wir hatten wenig Platz zum Kämpfen. Auf dem breiten Deck des Schiffs drängten sich überall Krieger, die Norweger, deren Schildwall über die gesamte Breite des Schiffs reichte, arbeiteten sich von einer Ruderbank zur nächsten vor. Die gegnerische Mannschaft war eingeschlossen zwischen Egils erbarmungslosen Angreifern und Finans Männern, denen es gelungen war, die Bugplattform zu erreichen, von der aus sie ihre Speere niederfahren ließen. Nun bestand unsere Herausforderung darin, das dritte Schiff zu besiegen, das auf uns zugerudert wurde. Ich stieg wieder auf die Steuerplattform.

Das näher kommende Schiff führte, ebenso wie das, auf dem wir kämpften, ein Kreuz auf dem Bug. Es war ein dunkles Kreuz, das Holz mit Teer bestrichen, und dahinter standen dicht an dicht die bewaffneten und behelmten Krieger. Das Schiff war schwer und träge. Ein Mann im Bug rief dem Steuermann Anordnungen zu und deutete nordwärts. Langsam drehte das Schiff in diese Richtung, und ich sah die Männer im Bug ihre Schilde heben. Sie hatten vor, uns von unserem Heck aus zu entern und Egils Männer in den Rücken zu fallen. Die Ruderer auf der Steuerbordseite des Schiffes zogen ihre Riemen durch die Ruderlöcher ein, und das große Schiff driftete langsam auf uns zu. Die Ruderer nahmen Schilde auf und zogen ihre Schwerter. Ich nahm wahr, dass die Schilde nicht bemalt waren, weder ein Kreuz noch ein anderes Symbol trugen. Wenn diese Männer von Æthelhelm geschickt worden waren, und das erschien mir immer sicherer, war ihnen offenkundig befohlen worden, diese Wahrheit zu verschleiern. «Schildwall!», rief ich. «Und bereitet euch auf den Aufprall vor!»

Es musste ein Dutzend Mann mit mir auf der Steuerplattform gewesen sein. Für weitere war kein Platz, dennoch planten die Gegner, deren Schiffsbug höher war als unser Heck, zu uns herüberzuspringen. Ich spähte durch den fingerbreiten Spalt zwischen meinem und Folcbalds Schild und sah den massigen Bug nur ein paar Fuß entfernt vor mir. Eine Welle hob ihn an, dann fuhr er auf uns herab, ließ den obersten Plankengang zersplittern, bevor der dunkle Bug knirschend über unser Heck schrammte, während ich unter dem Zusammenprall taumelte. Aus dem Augenwinkel sah ich einen Mann mit erhobener Axt auf mich zuspringen, und ich hob meinen Schild und spürte sein Erbeben, als sich die Axtklinge in das Weidenbrett grub.

Nahezu jeder Kampf an Bord eines Schiffes ist ein Durcheinander von viel zu dicht stehenden Männern. Auf dem Schlachtfeld neigt auch der unnachgiebigste Schildwall dazu, sich auseinanderzuziehen, weil die Männer versuchen, sich Platz für ihre Waffen zu verschaffen, doch dafür ist auf einem Schiff kein Raum. Dort gibt es nur den übelriechenden Atem eines Gegners, der dich zu töten versucht, den Andrang von Männern und Stahl, die Schreie der von Klingen durchbohrten Opfer, den rohen Gestank von Blut in den Speigats und das Gedränge des Todes auf einem schwankenden Deck.

Und deshalb hatte ich Wespenstachel gezogen. Eine

kurze Klinge, kaum länger als mein Unterarm, doch im Gedränge des Todes ist kein Platz, um ein Langschwert zu schwingen. Nur dass es kein Gedränge gab. Das Schiff hatte uns gerammt, hatte den Plankengang zerschmettert, doch noch während sich weitere Gegner bereitmachten, zu uns herunterzuspringen, hob eine Welle ihr Schiff an und trieb es zurück. Nicht weit, kaum einen Schritt, doch der erste Mann, der lossprang, ruderte mit den Armen, während die Schiffe auseinandertrieben. Der Axtmann, dessen Klinge noch immer in meinem Schild steckte, war auf das Deck gefallen, und Folcbald zu meiner Rechten stieß seinen Sax abwärts, und der Mann kreischte wie ein Kind, als die Klinge die Kettenrüstung durchbohrte, Rippen brach und sich in seine Lunge grub. Ich trat dem Mann in sein kreischendes Gesicht, rammte ihm Wespenstachel durch seinen dichten Bart, und sah das Blut über die hellen Decksplanken laufen.

«Es kommen noch mehr!», rief Beornoth hinter mir. Ich riss Wespenstachel seitwärts, verbreiterte den blutigen Schnitt in der Kehle des Axtmannes, dann hob ich meinen Schild und ging dahinter halb in die Hocke. Ich sah den dunklen Bug wieder über uns aufragen, sah ihn wieder unseren Rumpf treffen, und dann traf etwas Schweres auf meinen Schild. Ich konnte nicht sehen, was es war, doch es tropfte Blut von dem Eisenrand. «Hab ihn erwischt!», rief Beornoth. Er stand dicht hinter mir, und er hatte, wie die meisten Männer in der zweiten Reihe, einen Speer mit Eschenschaft schräg auf den hohen Bug des gegnerischen Schiffes ausgerichtet. Männer, die auf uns zusprangen, setzten sich der Gefahr aus, von diesen langen Klingen aufgespießt zu werden. Ein weiteres Heben der Wellen trennte die Schiffe erneut, und der sterbende Mann rutschte von meinem Schild, als Beornoth seine Speerklinge freizog. Aber der sterbende Mann bewegte sich noch, und Wespenstachel schlug erneut zu. Das Deck war nun rot, rot und schlüpfrig. Ein weiterer Gegner, das Gesicht wutverzerrt, machte einen gewaltigen Satz und rammte seinen Schild vorwärts, um unsere Linie zu durchbrechen, doch Beornoth drückte von hinten gegen mich, der Schild des Mannes prallte auf meinen, und er taumelte rückwärts an die Reling. Er stieß seinen Sax an meinem Schild vorbei, den zahnlosen Mund in tonloser Raserei geöffnet, doch die Spitze seiner Klinge glitt an meinem Kettenhemd ab, und ich rammte meinen Schild vorwärts, und der Mann fluchte, als er zurückgedrängt wurde. Wieder drückte ich meinen Schild voran, und mit einem lauten Aufschrei stürzte der Mann zwischen die Schiffe.

Der Wind trieb uns erneut auf das gegnerische Schiff zu. Sein Bug war gute drei Fuß höher als das Heck, auf dem wir standen. Fünf Kriegern war es gelungen, zu uns herüberzukommen, und alle fünf waren tot, und nun versuchte der Gegner auf diesem hohen Bug, uns mit Speeren niederzumachen. Ich hörte, wie sie von einem Mann ermutigt wurden. «Das sind Heiden! Tut Gottes Werk! Entert und vernichtet sie!»

Aber sie hatten nicht das Herz zum Entern. Sie mussten auf die wartenden Speere zuspringen, und ich sah einige der Gegner mittschiffs gehen, wo es einfacher war, zu uns herüberzukommen, nur dass Egils Männer ihr Todeswerk verrichtet hatten und nun auf den nächsten Kampf harrten. «Beornoth!» Irgendwie gelang es mir, mich zur zweiten Reihe zurückzudrängen. «Bleib hier», erklärte ich ihm, «sorg dafür, dass diese Bastarde beschäftigt sind.» Ich ließ ihm sechs Mann zur Unterstützung, die übrigen führte ich zur blutbespritzten Mitte des Schiffs. «Oswi! Folcbald! Wir gehen rüber! Ihr alle! Kommt mit!»

Wind und Wellen drehten uns, sodass die beiden Schiffe jetzt jeden Moment nebeneinanderliegen würden. Die Gegner warteten in der Mitte ihres Schiffes ab. Sie hatten einen Schildwall aufgestellt, was mir zeigte, dass sie nicht entern wollten, sondern uns dazu herausforderten, an Bord ihres Schiffes zu springen und vor ihren Schilden zu sterben. Sie schrien keine Kampfrufe, sie wirkten angsterfüllt, und ein angsterfüllter Gegner ist schon halb besiegt. «Bebbanburg!», brüllte ich, stieg auf eine Ruderbank, nahm Anlauf und sprang. Der Mann, der gerufen hatte, wir seien Heiden, schrie immer noch. «Tötet sie! Tötet sie!» Er befand sich auf der hohen Bugplattform, wo ein Dutzend Männer weiter sinnlos mit Speeren auf Beornoth und seine Gefährten zustießen. Der Rest der Mannschaft, und ich bezweifelte, dass es mehr als vierzig Kämpfer waren, stand uns in der Mitte des dunklen Schiffs gegenüber. Der Mann vor mir, ein Jüngling mit entsetztem Blick, einem Lederhelm und einem verbeulten Schild trat zurück, als ich aufkam. «Willst du sterben?», knurrte ich ihn an. «Leg deinen Schild nieder, Junge, und du bleibst am Leben.»

Doch stattdessen hob er den Schild und stieß ihn

gegen mich vor. Er schrie bei dem Vorstoß, obwohl er nicht verletzt war. Ich fing seinen Schild mit meinem ab, drehte meinen, sodass seiner ebenfalls gedreht wurde, und so war sein Körper frei für Wespenstachels tödlichen Stoß, der ihn tief unten im Bauch traf. Ich riss die Klinge aufwärts, weidete ihn aus wie einen fetten Lachs. Folcbald war zu meiner Rechten, Oswi zu meiner Linken, und zu dritt durchbrachen wir ihren schwachen Schildwall, stiegen über sterbende Männer, rutschten mit den Stiefeln durch Blut. Dann hörte ich Finan rufen: «Ich habe ihr Heck!»

Ein Mann griff mich von rechts an, Folcbald brachte ihn zum Stolpern, Wespenstachel fuhr über seine Augen, und er schrie immer noch, als ihn Folcbald über Bord hievte. Ich drehte mich um und sah, dass Finan und seine Männer auf der Steuerplattform waren. Sie warfen die Toten von Bord und, soweit ich das beurteilen konnte, auch die Lebenden. Der Gegner war nun in zwei Gruppen getrennt, eine im Bug, die andere zwischen meinen Männern und Finans Leuten, denen sich Egils kampfeslustige Krieger angeschlossen hatten. Egil selbst bahnte sich mit seinem Schwert Adder, das rot war bis zum Heft, einen Weg zwischen den Ruderbänken. Männer schraken vor seiner norwegischen Raserei zurück. «Legt die Schilde nieder!», rief ich unseren Gegnern zu. «Legt eure Waffen nieder!»

«Tötet sie!», schrie der Mann im Bug. «Gott ist auf unserer Seite. Wir können nicht besiegt werden!»

«Ihr könnt sterben», knurrte Oswi.

Ich hatte zwanzig Mann bei mir. Zehn von ihnen ließ ich die Angreifer hinter uns in Schach halten, die übrigen führte ich zum Bug. Wir stellten einen Schildwall auf und rückten langsam vor, behindert von den Ruderbänken und den abgelegten Riemen. Wir schlugen mit den Klingen auf unsere Schilde, wir brüllten Beleidigungen, wir waren der anrückende Tod, und die Gegner hatten genug. Sie ließen ihre Schilde fallen, warfen ihre Waffen weg und knieten nieder, um sich zu ergeben. Weitere meiner Männer kamen an Bord, zusammen mit Egils Norwegern. Ein gellender Schrei sagte mir, dass hinter mir ein Mann starb, aber es war der letzte Schrei der besiegten Mannschaft, denn dieser Gegner war geschlagen. Ich warf einen Blick nach rechts und sah, dass auf dem vierten gegnerischen Schiff, dem kleinsten, das Segel dichtgeholt worden war, und es Richtung Süden davonjagte. Sie flüchteten. «Dieser Kampf ist beendet», rief ich den Gegnern zu, die sich nun unter dem Kreuz an ihrem Bug drängten. «Sterbt nicht sinnlos.» Wir hatten ein Schiff versenkt und zwei erbeutet. «Legt eure Schilde nieder!», rief ich, während ich weiter voranging. «Es ist vorbei!»

Schilde polterten auf das Deck. Speere und Schwerter wurden fallen gelassen. Es war vorbei, abgesehen von einem trotzigen Kämpfer, einem einzigen. Er war jung, hochgewachsen, und er hatte einen dichten blonden Bart und einen feurigen Blick. Er stand mit einem Langschwert und einem schmucklosen Schild im Bug. «Gott ist auf unserer Seite!», rief er. «Gott wird uns nicht verlassen! Gott scheitert niemals!» Er hämmerte mit der Klinge auf seinen Schild. «Nehmt eure Waffen und tötet sie!»

Keiner seiner Gefährten rührte sich. Sie wussten,

dass sie besiegt waren. Nun bestand ihre einzige Hoffnung darin, dass wir sie am Leben lassen würden. Der junge Mann, über dessen Kettenhemd eine Silberkette mit einem Kruzifix hing, schlug ein letztes Mal mit dem Schwert gegen seinen Schild, stellte fest, dass er auf verlorenem Posten stand, und dann sprang er zu meiner Überraschung von der Bugplattform und ging zwei Schritte auf mich zu. «Seid Ihr Uhtredærwe?», wollte er wissen.

«Manch einer nennt mich so», räumte ich milde ein.

«Wir wurden geschickt, um Euch zu töten.»

«Du bist nicht der Erste, der mit diesem Auftrag ausgeschickt wurde», sagte ich. «Wer bist du?»

«Ich bin der Auserwählte Gottes.»

Sein Gesicht wurde von seinem Helm umrahmt, einem schönen Stück Handwerkskunst, mit Silber ziseliert und auf dem erhabenen Helmscheitel von einem Kreuz gekrönt. Er war gutaussehend, groß und stolz. «Hat der Auserwählte Gottes auch einen Namen?», fragte ich. Nebenbei warf ich Oswi Wespenstachel zu und ließ Schlangenhauch aus seiner mit Wolle gefütterten Scheide gleiten. Der Auserwählte Gottes schien zum Kampf entschlossen, und er würde allein kämpfen, also würde es genügend Raum für das grausame Werk Schlangenhauchs geben.

«Meinen Namen», sagte der junge Mann hochmütig, «muss nur Gott wissen. Pater!», rief er und drehte sich um.

«Mein Sohn?», gab eine schroffe Stimme zurück. Sie kam von einem Priester, der unter den Speermännern im Bug gestanden hatte, und ich erkannte ihn an seiner

Stimme als den Mann, der zu unserer Abschlachtung ermutigt hatte.

«Komme ich in den Himmel, wenn ich hier sterbe?», fragte der Jüngling ernst.

«Du wirst noch heute an der Seite Gottes sitzen, mein Sohn. Du wirst von den gebenedeiten Heiligen umringt sein. Und jetzt verrichte Gottes Werk!»

Der junge Mann kniete für einen Moment nieder. Er schloss die Augen und bekreuzigte sich unbeholfen mit dem Schwert in der Hand. Egils Männer, meine Männer und die überlebenden Gegner sahen ihm aufmerksam zu, und ich bemerkte, dass sich die Christen aus meiner Mannschaft ebenfalls bekreuzigten. Beteten sie für mich oder baten sie um Vergebung dafür, dass sie kreuzbekrönte Schiffe erbeutet hatten? «Sei kein Narr, Junge», sagte ich.

«Ich bin kein Narr», erwiderte er stolz, während er sich wieder aufrichtete. «Gott wählt keine Narren aus, um sein Werk zu tun.»

«Und das wäre?»

«Die Welt von Eurer Sündhaftigkeit zu befreien.»

«Nach meiner Erfahrung», sagte ich, «erwählt euer Gott beinahe immer Narren.»

«Dann werde ich Gottes Narr sein», erwiderte er trotzig. Hinter ihm ertönte ein Klappern, und er drehte sich aufgeschreckt um, nur um zu sehen, dass ein weiterer seiner Gefährten Speer und Schild weggeworfen hatte. «Du solltest mehr Glauben haben», erklärte er dem Mann verächtlich, dann drehte er sich zu mir um und griff an.

Er war tapfer, das versteht sich. Tapfer und närrisch.

Er wusste, dass er sterben würde. Vielleicht nicht von meiner Hand, aber wenn es ihm gelang, mich zu töten, würden ihn meine Männer erbarmungslos niedermachen, was bedeutete, dass diesem Narren bewusst war, dass er nur noch wenige Zeit zu leben hatte, doch er glaubte an ein anderes Leben in der sonnigen Ödnis des christlichen Himmels. Und glaubte er auch, dass er mich töten könnte? Im Kampf ist nichts gewiss. Er hätte mich töten können, wenn er sowohl die Schwertkunst als auch den Umgang mit dem Schild beherrscht hätte, die einen großen Krieger ausmachen, doch ich vermutete, dass seine Zuversicht nicht in schwer erworbenen Fähigkeiten wurzelte, sondern in dem Glauben, dass sein Gott die Hand ausstrecken und ihm den Sieg verleihen würde, und dieser närrische Glaube trieb ihn zu dem Angriff auf mich.

Während seines Gebets hatte ich meine Hand aus den Ledergriffen meines Schildes gezogen und hielt es nun allein an der äußeren Schlinge fest. Er musste das bemerkt haben, doch er dachte sich nichts dabei. Ich hielt sowohl den Schild als auch das Schwert niedrig, wartete, bis er nur noch sechs oder sieben Schritte entfernt war, dann zog ich meinen linken Arm zurück und warf den Schild. Ich schleuderte ihn abwärts, kraftvoll und in Richtung seiner Füße, und wie zu erwarten stolperte er über den Schild, und ein Heben der Wellen ließ ihn seitwärts auf einer Ruderbank landen, und ich trat vor, holte mit Schlangenhauch aus, und meine Klinge traf mit einem dumpfen Geräusch auf seine und zerbrach sie. Zwei Drittel seines Schwertes klapperten über das Deck, während er verzweifelt mit dem übriggebliebenen Stumpf gegen meinen Oberschenkel vorstieß. Ich beugte mich vor und packte ihn am Handgelenk. «Bist du wirklich so aufs Sterben aus?», fragte ich ihn.

Er kämpfte gegen meinen festen Griff an, dann versuchte er, mich mit dem eisenbeschlagenen Rand seines Schildes zu treffen, der an meinen Oberschenkel schlug, ohne mir weh zu tun. «Gebt mir ein anderes Schwert», forderte er.

Darüber lachte ich nur. «Antworte mir, Narr. Bist du wirklich so aufs Sterben aus?»

«Gott hat mir befohlen, Euch zu töten!»

«War es nicht vielmehr ein Priester, der dir das Gift ins Ohr geträufelt hat, dass du mich töten sollst?», fragte ich.

Er wollte wieder seinen Schild gegen mich rammen, also hielt ich Schlangenhauch dazwischen. «Gott hat es mir befohlen», beharrte er.

«Dann ist dein angenagelter Gott ein ebenso großer Narr wie du», sagte ich grob. «Woher kommst du, Narr?»

Er zögerte, doch ich quetschte sein Handgelenk und bog ihm den Arm schmerzhaft zurück. «Wessex», murmelte er.

«Das weiß ich schon von deiner Aussprache. Aber von wo in Wessex?»

«Andefera», sagte er widerstrebend.

«Und Andefera», gab ich zurück, «ist in Wiltunscir.» Er nickte. «Wo Æthelhelm der Aldermann ist», fügte ich hinzu und sah ihn bei Æthelhelms Namen zusammenzucken. «Lass das Schwert los, Junge.»

Er leistete Widerstand, doch ich bog sein Handgelenk erneut zurück, sodass er das zerbrochene Schwert fallen ließ. Nach dem Heft mit seinen Verzierungen aus Golddraht zu schließen, war es ein kostspieliges Schwert gewesen, und doch war es unter Schlangenhauchs Hieb zerbrochen. Ich warf Oswi das Heft zu. «Nimm diesen heiligen Narren und fessle ihn an den Mast der *Spearhafoc*», sagte ich, «er kann weiterleben.»

«Aber die *Spearhafoc* möglicherweise nicht», erklärte Finan trocken. «Sie geht unter.»

Ich schaute über das Deck des dazwischenliegenden Schiffs hinweg und sah, dass Finan recht hatte.

Die *Spearhafoc* sank.

Auf der *Spearhafoc* waren zwei Planken beschädigt worden, als sie das erste gegnerische Schiff gerammt hatte, und Wasser strömte in ihren Bug. Bis ich an Bord war, lag das Vorschiff schon tief im Wasser. Gerbruht, ein hochgewachsener Friese, hatte die Decksplanken aufreißen lassen und ließ nun Männer die Ballaststeine herausholen und zum Heck tragen, um das Schiff in der Waagerechten zu halten. «Wir können es stopfen, Herr!», rief er, als er mich sah. «Das Leck ist nur auf einer Seite.»

«Brauchst du Männer?»

«Wir schaffen das schon!»

Egil war mir ins Heck der *Spearhafoc* gefolgt. «Das letzte werden wir nicht erwischen», sagte er, den Blick auf das kleinste gegnerische Schiff gerichtet, das nun schon beinahe den südlichen Horizont erreicht hatte.

«Ich hoffe, dass ich dieses hier retten kann», sagte

ich grimmig. Gerbruht mochte zuversichtlich sein, das Leck auf der *Spearhafoc* stopfen zu können, aber der Wind frischte auf, und die Wellen wurden höher. Ein Dutzend Männer schöpften das Schiff aus, manche von ihnen mit Hilfe ihres Helms. «Immerhin», fuhr ich fort, «können wir auf einem von diesen Schiffen nach Hause fahren.» Ich nickte zu den beiden Seglern, die wir erbeutet hatten.

«Das sind Mistkähne», sagte Egil, «zu schwerfällig!»

«Sie könnten als Frachtensegler nützlich sein», meinte ich.

«Und noch nützlicher als Feuerholz.»

Gerbruht, die Hände im Bilgewasser, stopfte Lumpen in die Lücke der gesplitterten Planken, während andere Männer weiter Wasser über Bord schöpften. Eines der beiden gegnerischen Schiffe leckte ebenfalls, es war das Schiff mit dem weiß gekalkten Kreuz, das beschädigt worden war, als sich das letzte Schiff in den Kampf eingemischt hatte. Sein Bug war von dem größeren Segler getroffen worden, und das Leck befand sich an der Wasserlinie der Verplankung. Wir schickten die meisten unserer Gefangenen auf dieses Schiff, nachdem wir ihnen ihre Waffen, ihre Kettenhemden, ihre Schilde und ihre Helme abgenommen hatten. Wir nahmen ihnen das Segel, das neu und kostspielig war, und ihre paar mageren Vorräte. Etwas steinharter Käse, ein Sack mit feucht gewordenem Brot und zwei Fässer Ale. Ich ließ ihnen nur sechs Riemen, dann schnitt ich die Leine durch, die das Schiff festhielt. «Ihr lasst sie gehen?», fragte Egil überrascht.

«Ich will diese Bastarde nicht in Bebbanburg durchfüttern», sagte ich. «Und wie weit werden sie wohl kommen? Sie haben nichts zu essen, nichts zu trinken und kein Segel. Die Hälfte von ihnen ist verwundet, und ihr Schiff hat ein Leck. Wenn sie einen Funken Verstand haben, rudern sie an Land.»

«Gegen den Wind.» Die Vorstellung belustigte Egil.

«Und wenn sie es an Land schaffen», sagte ich, «haben sie keine Waffen. Also willkommen in Northumbrien.»

Wir hatten elf der Fischer gerettet, die auf der *Gydene* und der *Swealwe* gefahren waren. Alle waren gezwungen worden, für ihre Entführer zu rudern. Unsere eigenen Gefangenen waren sämtlich entweder Westsachsen oder Männer aus Ostanglien und Untertanen König Edwards, sofern er noch lebte. Ich hatte ein Dutzend von ihnen behalten, um sie mit nach Bebbanburg zu nehmen, darunter auch den Priester, der seine Männer so leidenschaftlich dazu angetrieben hatte, uns abzuschlachten. Er wurde zu mir auf die *Spearhafoc* gebracht, deren Bug noch immer zu tief im Wasser lag, doch Gerbruhts Anstrengungen dämmten die schlimmsten Folgen des Lecks ein, und dass ein großer Teil des Ballasts nach achtern geschafft worden war, hatte den Rumpf in eine ausgewogenere Lage gebracht.

Der Priester war jung und stämmig, mit einem runden Gesicht, schwarzem Haar und sauertöpfischer Miene. Er hatte irgendetwas Bekanntes an sich. «Sind wir uns schon begegnet?», fragte ich.

«Nein, Dank sei Gott.»

Er stand an Deck vor der Steuerplattform, bewacht von einem grinsenden Beornoth. Wir hatten das Segel aufgezogen und fuhren nordwärts, nach Hause, vorangetrieben von dem beständigen Westwind. Die meisten meiner Männer waren auf dem großen Schiff, das wir erbeutet hatten, nur wenige waren noch auf der *Spearhafoc*, und diese wenigen schöpften noch immer Wasser. Der junge Mann, der geschworen hatte, mich zu töten, war an den Mast gefesselt, von wo aus er mich finster anstarrte. «Dieser junge Narr», sagte ich zu dem Priester und nickte in Richtung des Mastes, «stammt aus Wessex, Ihr aber klingt nach Mercien.»

«Das Königreich Gottes hat keine Grenzen», gab er zurück.

«Anders als meine Nachsicht», sagte ich, worauf er schwieg. «Ich bin aus Northumbrien», fuhr ich fort, ohne seine herausfordernde Haltung zu beachten, «und in Northumbrien bin ich ein Aldermann. Also nennt Ihr mich Herr.» Er schwieg beharrlich, sah mich nur böse an. Die *Spearhafoc* war immer noch langsam, wollte ihren Bug nicht heben, aber sie segelte heimwärts. Die *Banamaðr* und das erbeutete Schiff leisteten uns Gesellschaft, um uns aufzunehmen, falls die *Spearhafoc* sank, doch ich hatte von Augenblick zu Augenblick immer mehr das Gefühl, dass sie überleben und aufs Ufer gezogen würde, um wieder instand gesetzt zu werden. «Ihr nennt mich Herr», wiederholte ich. «Von wo seid Ihr?»

«Aus dem Königreich Gottes.»

Beornoth holte mit seiner fleischigen Hand aus, um den Priester zu schlagen, doch ich schüttelte den Kopf. «Seht Ihr, dass wir in Gefahr sind zu sinken?», fragte ich den Priester, der dickköpfig schwieg. Wie ich annahm, konnte er nicht beurteilen, dass die *Spearhafoc* nicht etwa ihren Untergang vor sich hatte, sondern ihre Herrlichkeit wiedergewann. «Und wenn wir sinken», fuhr ich fort, «fessle ich Euch zu diesem törichten Kind an den Mast. Es sei denn natürlich, Ihr erzählt mir, was ich wissen will. Von wo seid Ihr?»

«Ich wurde in Mercien geboren», sagte er widerwillig, «doch Gott hielt es für nötig, mich nach Wessex zu schicken.»

«Wenn er mich noch einmal nicht Herr nennt», erklärte ich Beornoth, «kannst du ihn so heftig schlagen, wie es dir gefällt.» Ich lächelte den Priester an. «Wo in Wessex?»

«Wintanceaster», sagte er, hielt inne, spürte, dass Beornoth seine Hand bewegte, und fügte hastig hinzu, «Herr.»

«Und was», fragte ich, «hat ein Priester aus Wintanceaster in einem Schiff vor der northumbrischen Küste zu tun?»

«Wir wurden geschickt, um Euch zu töten!», knurrte er, und dann schrie er auf, weil ihm Beornoth auf den Hinterkopf geschlagen hatte.

«Seid stark im Herrn, Pater!», rief der junge Mann vom Mast herüber.

«Wie heißt der Schwachkopf?», fragte ich erheitert.

Der Priester zögerte einen kleinen Moment und warf dem jungen Mann einen Seitenblick zu. «Wistan, Herr», sagte er.

«Und Euer Name?», fragte ich.

«Pater Ceolnoth», erneut hielt er kurz inne, bevor er hinzufügte, «Herr.»

Und da wusste ich, warum er mir bekannt vorkam und warum er mich hasste. Ich musste lachen. Und wir schleppten uns weiter nach Hause.

Zwei

Wir brachten die *Spearhafoc* heim. Es war nicht einfach. Gerbruht hatte das Leck abgedichtet, doch der schlanke Rumpf schlingerte noch immer auf der nachmittäglichen See. Ich ließ das Schiff von einem Dutzend Mann ausschöpfen und fürchtete, schlechteres Wetter könne sein Untergang sein, doch der böige Wind war gnädig, wurde zu einer stetigen Brise aus Westen, und die kabbelige See beruhigte sich, und das Wolfssegel der *Spearhafoc* trug uns langsam nach Norden. Der Abend dämmerte, als wir die Farnea-Inseln erreichten und uns zwischen ihnen und dem Westhimmel dahinschleppten, einem rot gestreiften Glutofen aus wildem Feuer, vor dem sich schwarz die Befestigungsanlagen von Bebbanburg abhoben. Die Mannschaft war erschöpft, als sie das angeschlagene Schiff durch die enge Fahrrinne in den Hafen von Bebbanburg ruderte. Wir setzten die *Spearhafoc* auf den Strand, und am Morgen würde ich sie mit Ochsengespannen über die Flutlinie ziehen lassen, wo ihr Bug ausgebessert werden konnte. Die *Banamaðr* und das erbeutete Schiff folgten uns durch die Hafenzufahrt.

Ich hatte auf unserem mühsamen Nachhauseweg mit Pater Ceolnoth gesprochen, doch er hatte sich als mürrisch und verstockt erwiesen. Wistan, der junge Mann, der geglaubt hatte, sein Gott wünsche meinen Tod, war in kläglicher Stimmung und ebenfalls keine Hilfe gewesen. Ich hatte sie beide gefragt, wer sie in den Norden geschickt habe, um mich zu töten, doch keiner wollte antworten. Ich hatte Wistan von dem Mast losgebunden und ihm einen Stapel erbeuteter Schwerter gezeigt. «Du kannst eines nehmen und noch einmal versuchen, mich zu töten», erklärte ich ihm. Er wurde rot, als meine Männer lachten und ihn aufforderten, das Angebot anzunehmen, doch er unternahm keinen Versuch mehr, Gottes Werk zu tun. Stattdessen setzte er sich auf eine Ruderbank, bis ihn Gerbruht zum Schöpfen aufforderte. «Willst du am Leben bleiben, Bursche? Dann fang an, Wasser rauszuschütten!»

«Ist Euer Vater», sagte ich zu Ceolnoth, «Ceolberht?»

Er wirkte überrascht, dass ich es wusste, doch in Wahrheit hatte ich nur geraten. «Ja», sagte er knapp.

«Ich kannte ihn als Jungen.»

«Das hat er mir erzählt», sagte der Priester, hielt inne, und fügte hinzu, «Herr.»

«Er hat mich damals nicht gemocht», sagte ich, «und ich wage zu behaupten, dass er mich immer noch nicht mag.»

«Unser Gott lehrt uns zu verzeihen», sagte er, allerdings in dem bitteren Ton, den Christenpriester anschlagen, wenn sie gezwungen werden, eine unbequeme Wahrheit einzugestehen.

«Und wo ist Euer Vater jetzt?», fragte ich.

Er schwieg eine Weile, doch dann entschied er offenkundig, dass er mit seiner Antwort keine Geheimnisse verriet. «Mein Vater dient Gott in der Klosterkirche von Wintanceaster. Ebenso wie mein Onkel.»

«Es freut mich, dass sie beide noch leben!», sagte ich, obwohl es nicht zutraf, weil ich sie alle beide nicht mochte. Sie waren Zwillinge aus Mercien, glichen sich wie ein Ei dem anderen. Sie waren zusammen mit mir als Geiseln gehalten worden, in Gefangenschaft der Dänen, und während Ceolnoth und Ceolberht mit diesem Schicksal haderten, hatte ich es begrüßt. Ich mochte die Dänen, die Zwillinge aber waren glühende Christen, Söhne eines Bischofs, und man hatte sie gelehrt, alle Heiden seien Ausgeburten des Teufels. Nach ihrer Freilassung hatten sie sich beide für das Priesteramt ausbilden lassen und einen inbrünstigen Hass auf das Heidentum entwickelt. Das Schicksal hatte gewollt, dass sich unsere Wege recht häufig kreuzten, und sie hatten mich immer verabscheut, mich einen Feind der Kirche und Schlimmeres genannt, und irgendwann hatte ich ihnen eine Beleidigung mit einem Fußtritt heimgezahlt, der Pater Ceolberht die meisten seiner Zähne gekostet hatte. Ceolnoth sah seinem Vater bemerkenswert ähnlich, aber ich hatte erraten, dass der zahnlose Ceolberht seinen Sohn nach seinem Bruder nennen würde. Und so war es.

«Und was hat der Sohn eines zahnlosen Vaters in northumbrischen Gewässern zu tun?»

«Gottes Werk», war alles, was er sagte.

«Fischer foltern und töten?», fragte ich, und auf diese Frage hatte der Priester keine Antwort.

Wir hatten all jene als Gefangene mitgenommen, von denen wir glaubten, dass sie auf den besiegten Schiffen den Befehl geführt hatten. In dieser Nacht sperrten wir sie in einen leerstehenden Stall, der von meinen Männern bewacht wurde, Pater Ceolnoth und den elenden Wistan jedoch hatte ich zum Essen in den großen Palas eingeladen. Es war kein Festmahl, die meisten Angehörigen der Garnison hatten schon früher gegessen, und so war es lediglich ein Mahl für die Männer der Schiffsbesatzungen. Die einzige anwesende Frau, abgesehen von den Dienstmägden, war Eadith, meine Gemahlin, und ich setzte Pater Ceolnoth an ihre linke Seite. Auch wenn ich den Priester nicht mochte, gestand ich ihm die Würde seines Amtes zu, eine Geste, die ich sofort bedauerte, als er seinen Platz auf der Bank der Ehrentafel einnahm. Er hob die Hände zu den rauchgeschwärzten Deckenbalken und begann mit lauter, durchdringender Stimme zu beten. Ich schätze, das war mutig von ihm, aber es war der Mut eines Narren. Er bat seinen Gott darum, Feuer auf diese «pestilenzialische Festung» herabregnen zu lassen, sie zu verwüsten und den Schändlichkeiten, die innerhalb ihrer Mauern vor sich gingen, ein Ende zu bereiten. Ich ließ ihn einen Moment geifern, bat ihn dann, still zu sein, und als er einfach nur lauter wurde und seinen Gott anflehte, uns in die Jauchegrube des Teufels hinabzuschleudern, winkte ich Berg zu mir. «Bring den heiligen Bastard zu den Schweinen», sagte ich, «und kette ihn dort an. Er kann den Säuen predigen.»

Berg zog den Priester aus dem Palas, und meine Männer, selbst die Christen, jubelten. Wistan sah nur schweigend und niedergeschlagen zu. Er machte mich neugierig. Sein Helm und sein Kettenhemd, die nun mir gehörten, waren von hochwertiger Machart und verwiesen auf eine hohe Geburt. Zudem spürte ich, dass er trotz all seiner Torheit ein nachdenklicher junger Mann war. Ich machte Eadith auf ihn aufmerksam. «Wenn wir fertig sind», erklärte ich ihr, «bringen wir ihn in die Kapelle.»

«In die Kapelle!» Sie klang überrascht.

«Er möchte wahrscheinlich beten.»

«Tötet das Jüngelchen einfach», warf Egil fröhlich ein.

«Ich glaube, er wird reden», sagte ich. Wir hatten schon viel von den anderen Gefangenen erfahren. Die kleine Flotte aus vier Schiffen war in Dumnoc in Ostanglien zusammengestellt und mit gemischten Mannschaften von diesem Hafen, von anderen ostanglischen Häfen und aus Wessex besetzt worden. Die meisten Männer stammten aus Wessex. Sie wurden gut bezahlt, und man hatte ihnen eine Belohnung in Aussicht gestellt, wenn es ihnen gelang, mich zu töten. Die Anführer der Flotte, so hatten wir erfahren, waren Pater Ceolnoth, der Jüngling Wistan und ein westsächsischer Krieger namens Edgar gewesen. Ich hatte nie von Edgar gehört, auch wenn die Gefangenen behaupteten, er sei ein berühmter Krieger. «Ein großer Mann, Herr», hatte mir einer erklärt, «sogar größer als Ihr! Mit einem vernarbten Gesicht!» Der Gefangene war furchtsam erschauert, als er sich an ihn erinnerte.

«War er auf dem Schiff, das untergegangen ist?», hatte ich gefragt. Wir hatten niemanden gefangen genommen, der Edgars Beschreibung entsprach, also nahm ich an, dass er tot war.

«Er war auf der *Hælubearn*, Herr, dem kleineren Schiff.»

Hælubearn bedeutete «Kind der Heilung», aber es war auch ein Begriff, mit dem sich die Christen selbst bezeichneten, und ich fragte mich, ob alle vier Schiffe fromme Namen getragen hatten. Wahrscheinlich schon, denn ein weiterer Gefangener, der das Holzkreuz umklammerte, das vor seiner Brust hing, sagte, Pater Ceolnoth habe sämtlichen Männern versprochen, dass ihnen all ihre Sünden vergeben würden und sie geradewegs in den Himmel kämen, wenn es ihnen gelänge, mich niederzumachen. «Warum sollte Edgar auf dem kleinsten Schiff gewesen sein?», hatte ich mich laut selbst gefragt.

«Es war das schnellste, Herr», erklärte mir der Gefangene. «Die anderen Schiffe sind saumäßig zu segeln. Die *Hælubearn* ist vielleicht klein, aber sie ist wendig.»

«Was hieß, dass er entkommen konnte, wenn es Schwierigkeiten gab», hatte ich säuerlich angemerkt, und die Gefangenen hatten nur genickt.

Aus Ceolnoth würde ich vermutlich nichts herausbringen, Wistan jedoch war anfällig für Freundlichkeit, und deshalb brachten ihn Eadith und ich nach dem Essen zur Kapelle von Bebbanburg, die neben dem großen Palas auf einem niedrigen Felsvorsprung steht. Sie ist aus Holzbalken erbaut, wie der größte Teil der Festung, aber die Christen unter meinen Männern hatten sie mit einem Boden aus Steinplatten ausgelegt und Teppiche darauf ausgebreitet. Die Kapelle ist nicht groß, vielleicht zwanzig Schritt in der Länge und halb so breit. Es gibt keine Fenster, nur einen hölzernen Altar am östlichen Ende, ein paar Melkschemel und an der Westwand eine Bank. Drei der Wände sind mit einfachem Wollstoff verhängt, um die Zugluft abzuhalten, während auf dem

Altar ein silbernes, blankpoliertes Kreuz und zwei stets brennende Kerzen stehen.

Wistan schien verwirrt, als ich ihn hineinführte. Besorgt sah er Eadith an, die wie er ein Kreuz um den Hals trug. «Herr?», fragte er, unruhig.

Ich setzte mich auf die Bank und lehnte mich an die Wand. «Wir dachten, du möchtest vielleicht beten», sagte ich.

«Es ist ein geweihter Ort», versicherte Eadith dem Jungen.

«Wir haben auch einen Priester», ergänzte ich. «Pater Cuthbert. Er ist unser Freund und wohnt hier in der Festung. Er ist blind und alt und fühlt sich an manchen Tagen unwohl, dann bittet er einen Priester aus dem Dorf, ihn zu vertreten.»

«Im Dorf gibt es eine Kirche», sagte Eadith. «Du kannst morgen hingehen.»

Nun war Wistan vollends ratlos. Man hatte ihn gelehrt, ich sei Uhtred der Gottlose, ein starrsinniger Heide, ein Gegner seiner Kirche und ein Priestertöter, doch nun zeigte ich ihm eine christliche Kapelle in meiner Festung und erzählte ihm von christlichen Priestern. Er starrte mich an, dann Eadith, und ihm fehlten die Worte.

Schlangenhauch trug ich selten, wenn ich in der Festung war, doch ich hatte Wespenstachel an der Hüfte hängen, und nun zog ich das Kurzschwert und drehte es um, sodass das Heft zu Wistan zeigte. Dann schob ich ihm die Klinge über die Steinplatten auf dem Boden zu. «Dein Gott sagt, du musst mich töten. Warum tust du es dann nicht?»

«Herr…», begann er, dann fiel ihm wieder nichts ein, das er sagen konnte.

«Du hast mir erklärt, dass ihr geschickt worden seid, um die Welt von meiner Sündhaftigkeit zu befreien», betonte ich. «Weißt du, dass man mich Uhtredærwe nennt?»

«Ja, Herr.» Seine Stimme war kaum mehr als ein Flüstern.

«Uhtred der Priestertöter?»

Er nickte. «Ja, Herr.»

«Ich habe Priester getötet», sagte ich, «und auch Mönche.»

«Nicht vorsätzlich», warf Eadith ein.

«Manchmal auch vorsätzlich», sagte ich, «zumeist aber im Zorn.» Ich zuckte mit den Schultern. «Erzähl mir, was du sonst noch über mich weißt.»

Wistan zögerte, dann fand er seinen Mut wieder. «Ihr seid ein Heide, Herr, und ein Kriegsherr. Ihr seid mit den Heiden gut Freund, Ihr ermutigt sie!» Wieder zögerte er.

«Sprich weiter», sagte ich.

«Es heißt, Ihr wollt Æthelstan als König von Wessex, weil Ihr ihn verhext habt. Dass Ihr ihn benutzen werdet, um Euch selbst des Throns zu bemächtigen.»

«Ist das alles?», fragte ich belustigt.

Er hatte mich nicht angesehen, nun aber hob er den Blick und schaute mir geradewegs in die Augen. «Sie sagen, Ihr habt Æthelhelm den Älteren umgebracht und seine Tochter gezwungen, Euren Sohn zu heiraten. Und dass sie geschändet wurde! Hier, in Eurer Festung.» Sein Gesicht war voller Wut, und in seinen Augen standen Tränen, und einen Herzschlag lang dachte ich, er würde Wespenstachel an sich reißen.

Dann lachte Eadith. Sie sagte nichts, lachte einfach nur, und ihre augenscheinliche Erheiterung verblüffte Wistan. Eadith sah mich fragend an, und ich nickte. Sie wusste, was dieses Nicken bedeutete, und ging in die windgepeitschte Nacht hinaus. Die Kerzen flackerten heftig, als sie die Tür öffnete und schloss, brannten aber weiter. Sie bildeten die einzige Beleuchtung der kleinen Kapelle, somit sprachen Wistan und ich in beinahe völliger Dunkelheit miteinander. «Es wird kaum ein Tag, an dem kein Wind geht», erklärte ich sanft. «Wind und Regen, Regen und Wind, das ist das Wetter von Bebbanburg.»

Er schwieg.

«Erzähl mir», sagte ich, noch immer an der Wand der Kapelle sitzend, «wie habe ich Aldermann Æthelhelm getötet?»

«Wie soll ich das wissen, Herr?»

«Was wird in Wessex darüber gesagt, wie er gestorben ist?» Er antwortete nicht. «Du bist doch aus Wessex, oder?»

«Ja, Herr», murmelte er.

«Also erzähl mir, was die Männer in Wessex über den Tod von Aldermann Æthelhelm sagen.»

«Sie sagen, er wurde vergiftet, Herr.»

Ich musste beinahe lächeln. «Von einem heidnischen Zauberer?»

Er zuckte mit den Schultern. «Das müsst Ihr wissen, Herr, nicht ich.»

«Dann, Wistan aus Wessex», fuhr ich fort, «lass

mich dir erzählen, was ich weiß. Ich habe Aldermann Æthelhelm nicht getötet. Er ist trotz all unserer Fürsorge am Fieber gestorben. Er hat die Sterbesakramente eurer Kirche erhalten. Seine Tochter war bei ihm, als er starb, und sie wurde weder geschändet noch in die Ehe mit meinem Sohn gezwungen.»

Er sagte nichts. Das Licht der hohen Kerzen spiegelte sich in Wespenstachels Klinge. Der Abendwind rüttelte an der Kapellentür und fuhr klagend um das Dach. «Erzähl mir, was du von Prinz Æthelstan weißt», sagte ich.

«Dass er ein Bastard ist», erklärte Wistan, «und Ælfweard den Thron rauben will.»

«Ælfweard», sagte ich, «der ein Neffe des gegenwärtigen Aldermanns Æthelhelm und König Edwards zweitältester Sohn ist. Ist Edward noch am Leben?»

«Ja, Lob sei Gott.»

«Und Ælfweard ist sein zweitgeborener Sohn. Dennoch fordert ihr, dass er nach seinem Vater König werden soll.»

«Er ist der Ætheling, Herr.»

«Der älteste Sohn ist der Ætheling», betonte ich.

«Und vor den Augen Gottes ist Ælfweard der älteste Sohn König Edwards», beharrte Wistan, «weil Æthelstan ein Bastard ist.»

«Ein Bastard», wiederholte ich.

«Ja, Herr», sagte er dickköpfig.

«Morgen», erklärte ich, «mache ich dich mit Pater Cuthbert bekannt. Du wirst ihn mögen! Ich sorge hier in der Festung für seine Sicherheit, weißt du, warum?» Wistan schüttelte den Kopf. «Weil Pater Cuthbert», fuhr ich fort, «vor vielen Jahren närrisch genug war, um den jungen Prinz Edward mit einem hübschen Mädchen aus Cent zu verheiraten, der Tochter eines Bischofs. Dieses Mädchen ist im Kindbett gestorben, aber es hat zwei Kinder geboren, Eadgyth und Æthelstan. Ich sage, Pater Cuthbert war närrisch, weil Edward von seinem Vater keine Erlaubnis zur Heirat hatte, trotzdem wurde diese Ehe von einem christlichen Priester in einer christlichen Kirche gesegnet. Und diejenigen, die Æthelstan sein wahres Erbe absprechen, haben seither versucht, Pater Cuthbert zum Schweigen zu bringen. Sie würden ihn töten, Wistan, damit die Wahrheit niemals bekannt wird, und das ist der Grund, aus dem ich dafür sorge, dass er in dieser Festung sicher ist.»

«Aber…», begann er, und wieder wusste er nicht, was er sagen sollte. Sein ganzes Leben lang, was meiner Schätzung nach etwa zwanzig Jahre waren, hatte ihm jedermann in Wessex erklärt, Æthelstan sei ein Bastard und Ælfweard der Thronerbe Edwards. Er hatte diese Lüge geglaubt, er hatte geglaubt, Æthelstan sei von einer Hure in die Welt gesetzt worden, und nun zerstörte ich diesen Glauben. Er glaubte mir, obwohl er mir nicht glauben wollte, und deshalb schwieg er.

«Und du denkst, dein Gott hätte dich geschickt, um mich zu töten?», fragte ich.

Noch immer sagte er nichts, schaute nur auf das Schwert hinunter, das vor seinen Füßen lag.

Ich lachte. «Meine Frau ist Christin, mein Sohn ist Christ, mein ältester und engster Freund ist Christ, und mehr als die Hälfte meiner Männer sind Christen. Hätte dein Gott da nicht einen von ihnen damit beauftragt, mich zu töten, statt dich zu schicken? Warum hätte er dich den ganzen Weg von Wessex bis hierher senden sollen, wenn es hier hundert oder mehr Christen gibt, die mich niedermachen könnten?» Er rührte sich nicht. «Der Fischer, den ihr gefoltert und getötet habt, war auch Christ», sagte ich.

Bei diesen Worten fuhr er auf und schüttelte den Kopf. «Ich habe versucht, es zu verhindern, aber Edgar…»

Seine Stimme erstarb, doch ich hatte das winzige Zögern vor dem Namen Edgar bemerkt. «Er heißt in Wahrheit nicht Edgar, oder?», fragte ich. «Wer ist er?»

Bevor er antworten konnte, öffnete sich mit einem Knarren die Kirchentür, und Eadith führte Ælswyth in das flackernde Kerzenlicht. Ælswyth blieb stehen, sobald sie eingetreten war, starrte Wistan an, und dann lächelte sie entzückt.

Ælswyth ist meine Schwiegertochter, die Tochter meines Gegners und die Schwester seines Sohnes, der mich ebenso sehr hasst, wie es sein Vater getan hatte. Ihr Vater, Æthelhelm der Ältere, hatte vorgehabt, sie zur Königin zu machen, ihre Schönheit gegen irgendeinen Thron der Christenheit einzutauschen, doch mein Sohn hatte ihr Herz gewonnen, und seither hatte sie in Bebbanburg gelebt. Bei ihrem Anblick musste man denken, dass ein so zartes, blasses und dünnes Mädchen niemals die harten Winter und erbarmungslosen Stürme Northumbriens überleben konnte, ganz abgesehen von den Qualen einer Kindsgeburt, doch Ælswyth hatte mir zwei Enkelsöhne geschenkt, und sie schien die Einzige in der ganzen Festung zu sein, die unempfänglich für die Gliederschmerzen, das Niesen, Zittern und Husten war, die unsere Wintermonate begleiteten. Sie wirkte schwach, aber sie war stark wie Stahl. Ihr liebliches Gesicht strahlte vor Freude, als sie Wistan sah. Sie hatte ein Lächeln, mit dem sie das Herz des gröbsten Rohlings schmelzen lassen konnte, doch Wistan erwiderte ihr Lächeln nicht, sondern starrte sie mit offenem Mund an, als hätte er einen Schock erlitten.

«Æthelwulf!», rief sie aus und ging mit ausgebreiteten Armen auf ihn zu.

«Æthelwulf!», wiederholte ich belustigt. Der Name bedeutete «edler Wolf», und der junge Mann, der sich Wistan nannte, mochte zwar edel aussehen, doch wölfisch wirkte er ganz und gar nicht.

Æthelwulf errötete. Er ließ sich von Ælswyth umarmen, dann sah er mich verlegen an. «Ich bin Æthelwulf», räumte er in einem Ton ein, der anklingen ließ, dass ich den Namen erkennen sollte.

«Mein Bruder!», sagte Ælswyth glücklich. «Mein jüngster Bruder!» In diesem Moment entdeckte sie Wespenstachel auf dem Steinfußboden. Stirnrunzelnd sah sie mich an, wartete auf eine Erklärung.

«Dein Bruder», sagte ich, «wurde geschickt, um mich zu töten.»

«Euch töten?», gab Ælswyth erschrocken zurück.

«Als Rache dafür, wie ich dich behandelt habe», fuhr ich fort. «Wurdest du nicht geschändet und in eine unerwünschte Ehe gezwungen?»

«Nein!», widersprach sie.

«Und all das», sagte ich, «nachdem ich deinen Vater ermordet hatte.»

Ælswyth sah zu ihrem Bruder auf. «Unser Vater ist am Fieber gestorben!», erklärte sie mit scharfer Stimme. «Ich war während seiner gesamten Krankheit bei ihm. Und niemand hat mich geschändet, niemand hat mich zur Ehe gezwungen. Ich liebe diesen Ort!»

Der arme Æthelwulf. Er sah aus, als wären ihm gerade die Grundfesten seines Lebens entrissen worden. Er glaubte Ælswyth natürlich, wie hätte er das auch nicht tun können? Ihre Miene war freudig und ihre Stimme begeistert, während Æthelwulf aussah, als würde er gleich anfangen zu weinen.

«Lass uns schlafen gehen», sagte ich zu Eadith, dann wandte ich mich an Ælswyth. «Und ihr beide könnt miteinander reden.»

«Das werden wir!», sagte Ælswyth.

«Ich schicke einen Diener, der dir zeigt, wo du schlafen kannst», erklärte ich Æthelwulf, «aber du weißt, dass du hier ein Gefangener bist, oder?»

Er nickte. «Ja, Herr.»

«Ein Gefangener, der mit allen Ehren behandelt wird», fügte ich hinzu, «aber wenn du versuchst, die Festung zu verlassen, wird sich das ändern.»

«Ja, Herr», sagte er wieder.

Ich hob Wespenstachel auf, klopfte meinem Gefangenen auf die Schulter und ging schlafen. Es war ein langer Tag gewesen.

Also hatte Æthelhelm der Jüngere seinen jüngsten Bruder ausgeschickt, um mich zu töten. Er hatte eine Flotte ausgestattet, der Besatzung Gold geboten und einen widerwärtigen Priester auf den Schiffen eingesetzt, um Æthelwulf rechtschaffenen Zorn einzuflößen. Æthelhelm wusste, dass es nahezu unmöglich wäre, mich zu töten, solange ich in der Festung war, und ebenso wusste er, dass er nicht genügend Männer schicken konnte, um mich auf meinen Ländereien in einen Hinterhalt zu locken, ohne dass diese Männer entdeckt und von meinen northumbrischen Kriegern niedergemacht wurden, also war er schlau gewesen. Er hatte Männer geschickt, um mich auf See in einen Hinterhalt zu locken.

Æthelwulf war der Anführer der Flotte, doch Æthelhelm wusste, dass sein Bruder, auch wenn ihn der Hass seiner Familie gegen mich erfüllte, kein besonders rabiater Mann war, und so hatte er Pater Ceolnoth mitgeschickt, um Æthelwulf zu heiliger Torheit anzutreiben, und darüber hinaus hatte er einen Mann geschickt, den sie Edgar nannten. Nur war dies nicht sein wirklicher Name. Æthelhelm hatte gewollt, dass niemand erfuhr, wem die Flotte in Wahrheit Gefolgschaft leistete oder dass mein Tod mit seinen Befehlen in Verbindung stand. Er hatte gehofft, man würde Seeräubern die Schuld geben, oder einem norwegischen Schiff auf der Durchfahrt, und deshalb hatte er die Anführer angewiesen, nicht ihre eigenen Namen zu benutzen. Æthelwulf war zu Wistan geworden, und ich erfuhr, dass Edgar in Wahrheit Waormund war.

Ich kannte Waormund. Er war ein hünenhafter Westsachse, ein brutaler Mann, dessen Gesicht von der rechten Augenbraue bis zum linken Unterkiefer von einer Narbe gezeichnet war. Ich erinnerte mich an seine Augen, die so ausdruckslos waren wie Steine. In der

Schlacht war Waormund ein Mann, den man an seiner Seite haben wollte, denn er war zu schreckenerregender Gewalt fähig, doch er war auch ein Mann, der in dieser Grausamkeit schwelgte. Ein starker Mann, sogar noch größer als ich, und erbarmungslos. Er war ein Krieger, und auch wenn man seine Unterstützung im Kampf begrüßen mochte, würde nur ein Narr Waormund zum Feind haben wollen.

«Warum», fragte ich Æthelwulf am nächsten Morgen, «war Waormund auf eurem kleinsten Schiff?»

«Ich habe ihm befohlen, auf dieses Schiff zu gehen, Herr, weil ich ihn aus meiner Nähe haben wollte! Er ist kein Christ.»

«Er ist ein Heide?»

«Er ist ein Tier. Es war Waormund, der die Gefangenen gefoltert hat. Ich habe versucht, ihn aufzuhalten.»

«Aber Pater Ceolnoth hat ihn ermutigt?»

«Ja.» Æthelwulf nickte kläglich. Wir gingen auf dem seewärts gelegenen Befestigungswall von Bebbanburg entlang. Die Sonne glitzerte auf dem leeren Meer, und eine leichte Brise trug den Geruch von Tang und Salz heran. «Ich habe versucht, Waormund aufzuhalten», fuhr Æthelwulf fort, «und er hat mich verflucht, und er hat Gott verflucht.»

«Er hat Euren Gott verflucht?», fragte ich erheitert.

Æthelwulf bekreuzigte sich. «Ich sagte, Gott würde ihm seine Grausamkeit nicht verzeihen, und er sagte, Gott sei noch viel grausamer als der Mensch. Also habe ich ihm befohlen, auf die *Hælubearn* zu gehen, weil ich seine Anwesenheit nicht ertragen konnte.»

Ich ging ein paar Schritte. «Ich weiß, dass mich dein

Bruder hasst», sagte ich dann, «aber warum hat er dich in den Norden geschickt, um mich zu töten? Warum gerade jetzt?»

«Weil er weiß, dass Ihr einen Eid darauf abgelegt habt, ihn zu töten», sagte Æthelwulf, und diese Antwort erschreckte mich. Ich hatte diesen Schwur tatsächlich geleistet, aber ich hatte geglaubt, er wäre ein Geheimnis zwischen Æthelstan und mir, und doch wusste Æthelhelm davon. Wie hatte er es erfahren? Kein Wunder, dass mich Æthelhelm tot sehen wollte, bevor ich versuchte, diesen Eid zu erfüllen.

Der Bruder meines geschworenen Feindes sah mich unruhig an. «Ist das wahr, Herr?»

«Ja», sagte ich, «aber nicht, bevor König Edward stirbt.»

Æthelwulf war zusammengezuckt, als ich ihm diese grausame Wahrheit sagte. «Aber warum?», fragte er. «Warum wollt Ihr meinen Bruder töten?»

«Hast du deinen Bruder gefragt, warum er mich töten will?», gab ich erzürnt zurück. «Antworte nicht, ich weiß, warum. weil er glaubt, ich hätte euren Vater getötet, und weil ich Uhtredærwe bin, der Heide, Uhtred der Priestertöter.»

«Ja, Herr», sagte er leise.

«Dein Bruder hat versucht, Æthelstan zu töten», sagte ich, «und er hat versucht, mich zu töten, und da fragst du dich, warum ich ihn töten will?» Dazu sagte er nichts. «Erklär mir, was geschieht, wenn Edward stirbt», forderte ich ihn schroff auf.

«Ich bete, dass er am Leben bleibt.» Æthelwulf bekreuzigte sich. «Er war in Mercien, als ich ging, Herr, aber er war bettlägerig. Die Priester haben ihn aufgesucht.»

«Um ihm die Letzte Ölung zu geben?»

«So hieß es, Herr, aber er hat sich zuvor erholt.»

«Und was geschieht, wenn er sich nicht mehr erholt?»

Er hielt inne, wollte mir nicht die Antwort geben, von der er wusste, dass ich sie nicht hören wollte. «Wenn er stirbt, Herr», erneut bekreuzigte er sich, «wird Ælfweard König von Wessex.»

«Und Ælfweard ist euer Neffe», sagte ich, «und Ælfweard ist ein Stück Wieseldreck mit einem Spatzenhirn, aber wenn er König wird, glaubt dein Bruder, ihn lenken zu können, und er glaubt, dass er Wessex durch ihn regieren kann. Nur gibt es dabei ein Problem, nicht wahr? Nämlich dass Æthelstans Eltern wirklich verheiratet waren, was heißt, dass Æthelstan kein Bastard ist. Und deshalb wird es Aufstände geben, wenn Edward stirbt. Sachsen werden gegen Sachsen kämpfen, Christen gegen Christen. Ælfweard gegen Æthelstan. Und ich habe vor langer Zeit einen Eid darauf abgelegt, Æthelstan zu schützen. Ich wünschte manchmal, ich hätte es nicht getan.»

Überrascht blieb er stehen. «Wirklich, Herr?»

«Wirklich», sagte ich ohne weitere Erklärungen. Ich zog ihn weiter auf dem langen Festungswall. Es stimmte, dass ich geschworen hatte, Æthelstan zu schützen, doch ich wusste immer weniger, ob ich ihn mochte. Er war zu fromm, zu sehr wie sein Großvater, und, das wusste ich auch, zu ehrgeizig. Es ist nichts Falsches am Ehrgeiz. Æthelstans Großvater, König Alfred, war ebenfalls ein Mann von großem Ehrgeiz gewesen, und Æthelstan hatte den Traum seines Großvaters geerbt, den Traum von der Vereinigung der sächsischen Königreiche Britanniens. Wessex war in Ostanglien eingefallen, es hatte Mercien geschluckt, und es war kein Geheimnis, dass Wessex Northumbrien regieren wollte, mein Northumbrien, das letzte britische Königreich, in dem Männer und Frauen die Gottheit ihrer eigenen Wahl anbeten durften. Æthelstan hatte geschworen, niemals in Northumbrien einzurücken, solange ich lebte, aber wie lange konnte das sein? Kein Mensch lebt für immer, und ich war schon alt, und ich fürchtete, dass ich mit der Unterstützung Æthelstans mein Land der Herrschaft südlicher Könige und ihrer habgierigen Bischöfe auslieferte. Und doch hatte ich jenem Mann einen Eid geschworen, der dies am wahrscheinlichsten wahr werden lassen würde.

Ich bin Northumbrier, und Northumbrien ist mein Land. Meine Leute sind Northumbrier, und Northumbrier sind entschlossen und zäh, aber wir sind ein kleines Land. Nördlich von uns liegt Alba mit all seinen unersättlichen Schotten, die uns berauben, beleidigen und unser Land stehlen wollen. Im Westen liegt Irland, wo die Norweger leben, die niemals mit dem Land zufrieden sind, das sie haben, und immerzu mehr wollen. Auf der anderen Seite der See im Osten sind die ruhelosen Dänen, und sie trachten weiterhin nach meinem Land, in dem sich schon so viele Dänen angesiedelt haben. Also haben wir im Osten, im Westen und im Norden Gegner, und wir sind ein kleines Land. Und im Süden sind die Sachsen, ein Volk, das unsere Sprache spricht, und auch sie wollen Northumbrien.

Alfred hatte immer geglaubt, dass alle, die Englisch sprechen, in demselben Land leben sollten, dem Land seiner Träume, dem Land, das er Englaland nannte. Und das Schicksal, dieses Luder, das unser Leben lenkt, hatte gewollt, dass ich für Alfred und seinen Traum kämpfte. Ich hatte Dänen getötet, ich hatte Norweger getötet, und jeder Tote, jeder Schwerthieb hatte die Herrschaft der Sachsen erweitert. Northumbrien konnte nicht überleben, das wusste ich. Es war zu klein. Die Schotten wollten das Land, aber die Schotten hatten andere Gegner; sie kämpften gegen die Norweger von Strath Clota und von den Inseln, und diese Gegner lenkten König Constantin ab. Die Norweger von Irland waren furchterregend, doch sie konnten sich kaum jemals auf einen gemeinsamen Anführer einigen, was ihre Krieger allerdings nicht daran hinderte, mit ihren drachenköpfigen Schiffen über die Irische See zu kommen und sich an der wilden Westküste Northumbriens niederzulassen. Die Dänen waren Britannien gegenüber inzwischen vorsichtiger. Die Sachsen waren zu stark geworden, und deshalb fuhren die dänischen Schiffe auf der Suche nach leichter Beute weiter nach Süden. Und die Sachsen wurden immer noch stärker. Ich wusste also, dass Northumbrien eines Tages fallen würde, und ich hielt es für wahrscheinlich, dass es an die Sachsen fallen würde. Das wollte ich nicht, aber dagegen anzukämpfen hieß, das Schwert gegen das Schicksal zu erheben, und wenn dieses Schicksal unausweichlich war, und das glaubte ich, dann war es besser, wenn Æthelstan Wessex erbte. Ælfweard war mein Gegner. Seine Familie hasste mich, und wenn er Northumbrien eroberte, würde er mit der gesamten Macht des sächsischen Britanniens gegen Bebbanburg ziehen. Æthelstan dagegen hatte geschworen, mich zu schützen, ebenso wie ich geschworen hatte, ihn zu schützen.

«Er benutzt dich!», hatte mir Eadith bitter vorgehalten, als ich ihr meinen Schwur gestand, bei Edwards Tod Æthelhelm den Jüngeren zu töten.

«Æthelstan?»

«Gewiss! Und warum unterstützt du ihn? Er ist nicht dein Freund.»

«Ich mag ihn recht gern.»

«Aber mag er dich auch?», hatte sie gefragt.

«Ich habe geschworen, ihn zu schützen.»

«Männer und Schwüre! Glaubst du, Æthelstan wird seinen Schwur befolgen? Glaubst du, er wird nicht in Northumbrien einrücken?»

«Nicht solange ich lebe.»

«Er ist ein Fuchs!», hatte Eadith gesagt. «Er ist ehrgeizig! Er will König von Wessex sein, König von Mercien, König von Ostanglien, König von allem! Und es kümmert ihn nicht, wen oder was er vernichtet, um das zu bekommen, was er will. Ganz gewiss wird er seinen Schwur brechen! Er hat nie geheiratet!»

Ich starrte sie an. «Was hat das damit zu tun?»

Sie hatte unmutig gewirkt. «Er hat keine Liebe in sich!», hatte sie beharrt und mich dann ratlos angesehen, weil ich nicht verstand, was sie sagen wollte. «Seine Mutter ist gestorben, als sie ihn auf die Welt gebracht hat.» Sie bekreuzigte sich. «Jedermann weiß, dass der Teufel solchen Kindern seinen Stempel aufdrückt.»

«Meine Mutter ist auch gestorben, als sie mich auf die Welt gebracht hat», erwiderte ich.

«Du bist anders», hatte sie gesagt. «Ich traue ihm nicht. Und du solltest hier bleiben, wenn Edward stirbt!» Das war ihr letztes Wort gewesen, und sie hatte verbittert geklungen. Eadith war eine starke, kluge Frau, und nur ein Narr lässt den Rat einer solchen Frau außer Acht, doch ihr Ärger machte mich wütend. Ich wusste, dass sie recht hatte, aber ich war starrsinnig, und ihr Unmut bestärkte mich nur noch darin, den Schwur zu halten.

Finan hatte Eadith zugestimmt. «Wenn du nach Süden gehst, werde ich mitkommen», hatte der Ire zu mir gesagt, «aber wir sollten nicht gehen.»

«Willst du, dass Æthelhelm am Leben bleibt?»

«Ich würde ihm gern die Augäpfel ausstechen, indem ich ihm Seelenräuber in seinen fauligen Hintern ramme», hatte Finan gesagt und dabei von seinem Schwert gesprochen. «Aber dieses Vergnügen sollte ich besser Æthelstan überlassen.»

«Ich habe einen Schwur geleistet.»

«Du bist mein Herr», hatte er gesagt, «aber du bist dennoch ein verdammter Narr. Wann brechen wir auf?»

«Sobald wir von Edwards Tod hören.»

Ein Jahr lang hatte ich darauf gewartet, dass einer von Æthelstans Kriegern die Nachricht vom Tod des Königs aus dem Süden brachte, doch drei Tage nach meinem ersten Gespräch mit Æthelwulf kam stattdessen ein Priester. Er traf mich im Hafen von Bebbanburg an, wo die *Spearhafoc*, frisch instand gesetzt, zu Wasser gelassen wurde. Es war heiß an diesem Tag, und ich half mit nacktem Oberkörper den Männern, die den schlanken Rumpf zum Strand hinunterschoben. Im ersten Moment glaubte der Priester nicht, dass ich Herr Uhtred war, doch Æthelwulf, angetan mit der Kleidung eines Edelmannes, versicherte ihm, ich sei tatsächlich der Aldermann.

König Edward, erklärte mir der Priester, war noch am Leben. «Lob sei Gott», fügte er hinzu. Der Priester war jung, erschöpft und hatte sich wundgeritten. Sein Pferd war eine schöne Stute, aber wie ihr Reiter war sie staubig, schweißüberströmt und am Ende ihrer Kräfte. Der Priester war angestrengt geritten.

«Ihr habt diesen weiten Ritt auf Euch genommen, um mir zu sagen, dass der König noch lebt?», fragte ich ruppig.

«Nein, Herr, ich bin gekommen, um Euch eine Nachricht zu bringen.»

Ich hörte mir seine Nachricht an, und in der Morgendämmerung des nächsten Tages ging ich nach Süden.

Ich verließ Bebbanburg mit nur fünf Mann als Begleitung. Finan war einer von ihnen, das versteht sich, während die anderen vier alle gute Krieger waren, geschickt mit dem Schwert und mir treu ergeben. Ich ließ den Priester, der mir die Nachricht gebracht hatte, in Bebbanburg und erklärte meinem Sohn, der aus den Bergen zurückgekehrt war und während meiner Abwesenheit die Garnison befehligen sollte, ihn gut zu bewachen. Ich wollte nicht, dass sich die Neuigkeiten des Priesters verbreiteten. Ich wies meinen Sohn zudem an, Æthelwulf mit allen Ehren, aber als Gefangenen zu behandeln. «Auch wenn er vielleicht nur ein unschuldiger Narr ist», sagte ich, «will ich nicht, dass er in den Süden reitet und seinen Bruder davor warnt, dass ich komme.»

«Sein Bruder wird es trotzdem erfahren», hatte Finan trocken bemerkt. «Er weiß ja auch schon, dass du geschworen hast, ihn zu töten.»

Und das, dachte ich, während ich im Trab über die lange Straße nach Eoferwic ritt, war seltsam. Æthelstan und ich hatten uns gegenseitig Schwüre geleistet und vereinbart, diese Schwüre geheim zu halten. Ich hatte diese Vereinbarung gebrochen, indem ich Eadith, Finan, meinem Sohn und seiner Frau davon erzählt hatte, aber sie alle besaßen mein Vertrauen, dass sie das Geheimnis bewahren würden. Wenn Æthelhelm davon wusste, dann musste Æthelstan es jemandem verraten haben, der seinerseits Æthelhelm von der drohenden Gefahr berichtet hatte, und das ließ darauf schließen, dass es unter Æthelstans Dienstleuten Spitzel gab. Das war keine Überraschung, in der Tat hätte es mich gewundert, wenn Æthelhelm niemanden gehabt hätte, der ihm aus Mercien Bericht erstattete, doch es bedeutete, dass mein Gegner vorgewarnt war und wusste, welche Bedrohung ich darstellte.

Es gab noch einen weiteren Menschen, dem ich von meinem Schwur erzählen musste, und ich wusste, dass er nicht glücklich darüber sein würde. Ich hatte recht. Er tobte.

Sigtryggr war mein Schwiegersohn gewesen, und nun war er König von Northumbrien. Er war ein Norweger, und er hatte seinen Thron mir zu verdanken, was hieß, dachte ich reumütig, dass ich für Sigtryggr dasselbe war wie Æthelhelm für Edward. Ich war sein mächtigster Edelmann, der einzige Mann, den er entweder besänftigen oder töten musste, aber er war auch mein Freund, wenngleich er vor Wut schäumte, als ich ihn in dem alten Römerpalas von Eoferwic aufsuchte. «Ihr habt versprochen, Æthelhelm zu töten?», knurrte er mich an.

«Ich habe einen Schwur abgelegt.»

«Warum!» Es war keine Frage. «Um Æthelstan zu schützen?»

«Es ist Jahre her, dass ich diesen Schwur zu seinem Schutz…»

«Und er will, dass Ihr wieder nach Süden geht!», unterbrach mich Sigtryggr. «Um Wessex vor seinem eigenen Durcheinander zu retten! Um Wessex zu retten! Das ist es, was Ihr letztes Jahr getan habt! Ihr habt diesen Bastard Æthelstan gerettet. Dabei hätte uns sein Tod genutzt! Aber nein, Ihr habt dem elenden Pisser das Leben gerettet. Ihr werdet nicht gehen, ich verbiete es.»

«Æthelstan», betonte ich, «ist dein Schwager.»

Darauf stieß Sigtryggr ein einzelnes Wort aus, dann versetzte er dem Tisch einen Fußtritt. Ein römischer Krug aus blauem Glas fiel zu Boden und zersplitterte, was einen von Sigtryggrs Wolfshunden zum Winseln brachte. Er richtete seinen Zeigefinger auf mich. «Ihr dürft nicht gehen. Ich verbiete es!»

«Brichst du deine Eide, Herr König?», fragte ich.

Er knurrte nur und ging wütend auf dem Fliesenboden auf und ab, dann drehte er sich wieder zu mir um. «Wenn Edward stirbt», sagte er, «werden die Sachsen anfangen, sich untereinander zu bekriegen. Ist es nicht so?»

«Wahrscheinlich», sagte ich.

«Dann lasst sie kämpfen!», sagte Sigtryggr. «Betet, dass sich die Bastarde gegenseitig umbringen! Das ist nicht unsere Angelegenheit. Und während sie untereinander kämpfen, können sie nicht gegen uns kämpfen!»

«Aber wenn Ælfweard gewinnt», erklärte ich, «wird er uns doch noch angreifen.»

«Glaubt Ihr, Æthelstan würde das nicht tun? Glaubt Ihr, er würde kein Heer über die Grenze führen?»

«Er hat versprochen, das nicht zu tun. Nicht, solange ich lebe.»

«Und das kann nicht mehr allzu lange sein», sagte Sigtryggr und ließ es wie eine Drohung klingen.

«Ihr habt seine Zwillingsschwester geheiratet», gab ich zurück.

«Denkt Ihr, das wird ihn hindern?» Sigtryggr starrte mich finster an. Er war zuerst mit meiner Tochter verheiratet gewesen, die bei der Verteidigung Eoferwics umgekommen war, und nach ihrem Tod hatte König Edward die Heirat von Sigtryggr und Eadgith erzwungen, indem er mit einem Einmarsch drohte, falls sich Sigtryggr weigern sollte, und Sigtryggr, der gerade von anderen Gegnern überfallen worden war, hatte zugestimmt. Edward behauptete, ihre Ehe sei ein Symbol für den Frieden zwischen den sächsischen Königreichen und dem norwegisch regierten Northumbrien, aber nur ein Narr erkannte nicht, dass der wahre Grund für diese Heirat darin bestand, eine sächsische, christliche Königin in einem gegnerischen Land einzusetzen. Falls Sigtryggr starb, wäre sein Sohn, mein Enkel, zu jung, um die Regierung zu übernehmen, und die Dänen und Norweger würden sich niemals mit der frommen Eadgyth als Regentin einverstanden erklären, sondern an ihrer statt einen aus ihren eigenen Reihen auf den Thron Northumbriens setzen und damit den sächsischen Königreichen einen Grund zum Einmarsch liefern. Sie würden vorgeben, Eadgyths rechtmäßige Stellung wiederherstellen zu wollen, und so würde Northumbrien, mein Land, von Wessex geschluckt werden.

All das war wahr. Und trotzdem würde ich in den Süden gehen.

Ich hatte einen Schwur geleistet, und nicht nur Æthelstan, sondern auch Æthelflæd, die König Alfreds Tochter gewesen war und einst meine Geliebte. Ich hatte geschworen, Æthelstan zu schützen, und ich hatte geschworen, seine Feinde zu töten, wenn Edward starb. Uns mag Reichtum, Land und Erfolg vorherbestimmt sein, und all das war mir beschieden worden, doch wenn wir sterben, treten wir in das Nachleben mit nichts als unserem Ansehen ein, und ein Mann ohne Ehre hat kein Ansehen. Ich würde meinen Eid halten.

«Wie viele Männer nehmt Ihr mit?», fragte Sigtryggr.

«Nur vierzig.»

«Nur vierzig!», wiederholte er höhnisch. «Und was ist, wenn Constantin von Schottland einfällt?»

«Das wird er nicht. Er hat zu viel mit dem Kampf gegen Owain von Strath Clota zu tun.»

«Und die Norweger im Westen?», wollte er wissen.

«Dic haben wir letztes Jahr geschlagen.»

«Und sie haben neue Anführer, es kommen neue Schiffe an!»

«Dann schlagen wir sie nächstes Jahr», sagte ich.

Er setzte sich wieder, und zwei seiner Wolfshunde kamen zu ihm, um gestreichelt zu werden. «Mein jüngerer Bruder ist aus Irland gekommen», sagte er.

«Bruder?» Ich hatte gewusst, dass Sigtryggr einen Bruder hatte, aber er war kaum je erwähnt worden, und ich hatte gedacht, er würde in Irland bleiben.

«Guthfrith», er sprach den Namen mürrisch aus. «Er erwartet, dass ich ihn kleide und ernähre.»

Ich sah mich in dem großen Raum um. Einige Männer hatten ihre Blicke auf uns gerichtet. «Ist er hier?»

«Wahrscheinlich in einem Hurenhaus. Ihr geht also nach Süden», sagte er verdrossen. Er sah alt aus, fand ich, und doch war er jünger als ich. Sein einst gutaussehendes Gesicht mit dem fehlenden Auge war faltig, sein Haar grau und strähnig, sein Bart dünn. Ich hatte seine neue Königin nicht im Palast gesehen, es hieß, sie würde viel Zeit in einem Kloster verbringen, das sie in der Stadt gegründet hatte. Sie hatte Sigtryggr kein Kind geschenkt.

«Wir gehen nach Süden», bestätigte ich.

«Von wo der größte Ärger kommt. Aber reist nicht durch Lindcolne.» Er klang bedrückt.

«Nicht?»

«Es gab einen Bericht von der Pest dort.»

Finan, der neben mir stand, bekreuzigte sich. «Ich werde Lindcolne umgehen», sagte ich mit leicht erhobener Stimme. Es waren etwa ein Dutzend Bedienstete und Hauskrieger in Hörweite, und sie sollten meine

Worte mitbekommen. «Wir werden die westliche Straße durch Mameceaster nehmen.»

«Kommt bald zurück», sagte Sigtryggr, «und kommt lebend zurück.»

Er meinte, was er sagte, nur klang er nicht, als würde er es so meinen. Am nächsten Tag brachen wir auf.

Ich hatte nicht vor, auf irgendeiner Straße nach Süden zu gehen, aber ich wollte, dass alle Zuhörer an Sigtryggrs Hof meine Worte weitergaben. Æthelhelm hatte seine Spitzel in Sigtryggrs Hausstand, und ich wollte, dass er die Römerstraßen überwachen ließ, die von Northumbrien nach Wessex führten.

Ich war nach Eoferwic geritten, weil es meine Pflicht war, mit Sigtryggr zu sprechen, doch während unseres Ritts hatte Berg die *Spearhafoc* die Küste hinunter zu einem kleinen Hafen am Nordufer des Humbres gesegelt, wo er auf uns wartete.

Früh am Morgen nach meinem Treffen mit Sigtryggr führte ich mit einem üblen Gefühl nach dem Ale und dem Wein des Vorabends meine fünf Männer aus der Stadt. Wir ritten südwärts, doch sobald wir außer Sichtweite der Befestigungsanlagen von Eoferwic waren, wandten wir uns nach Osten, und am Abend desselben Tages erreichten wir die *Spearhafoc*, die mit vierzig Mann Besatzung bei Ebbe vor Anker lag. Am darauffolgenden Morgen schickte ich sechs Männer mit den Pferden zurück nach Bebbanburg, während wir übrigen mit der *Spearhafoc* ausliefen.

Æthelhelm würde erfahren, dass wir in Eoferwic gewesen waren, und man würde ihm berichten, dass wir die Stadt durch das südliche Tor verlassen hatten. Er würde vermutlich annehmen, ich wäre auf dem Weg nach Mercien zu Æthelstan, aber es würde ihm Kopfzerbrechen bereiten, dass ich mit nur fünf Begleitern unterwegs war. Ich wollte ihn beunruhigen, und er sollte die falschen Stellen bewachen lassen.

Unterdessen hatte ich niemandem, nicht Eadith, nicht meinem Sohn und nicht einmal Finan gesagt, was wir taten. Eadith und Finan hatten damit gerechnet, dass ich nach Süden gehen würde, wenn die Nachricht von Edwards Tod kam, doch obwohl der König noch lebte, war ich in aller Hast aufgebrochen. «Was hat dir der Priester gesagt?», fragte Finan, als die *Spearhafoc* im sommerlichen Wind Richtung Süden glitt.

«Er hat mir erklärt, dass ich in den Süden gehen muss.»

«Und was», fragte Finan, «werden wir tun, wenn wir dort sind?»

«Ich wünschte, das wüsste ich.»

Das brachte ihn zum Lachen. «Vierzig von uns», sagte er und nickte zu dem vollbesetzten Deck der *Spearhafoc*, «sollen in Wessex einmarschieren?»

«Mehr als vierzig», gab ich zurück und verfiel in Schweigen. Ich schaute auf das sonnenüberglänzte Wasser, durch das der schlanke Rumpf der *Spearhafoc* glitt. Wir hätten uns keinen besseren Tag wünschen können. Wir hatten Wind, der uns vorantrieb, und eine See, die uns trug, und diese See flimmerte in blendendem Licht, durchbrochen nur von kleinen Schaumkronen auf den niedrigen Wellenkämmen. Dieses Wetter hätte ein gutes Omen sein sollen, doch mich ergriff Unbehagen.

Ich war aus einem schnellen Entschluss heraus auf diese Reise gegangen, hatte geglaubt, eine günstige Gelegenheit zu ergreifen, nun aber wurden Zweifel in mir wach. Ich berührte den Thorshammer, der um meinen Hals hing. «Der Priester», sagte ich zu Finan, «hat mir eine Botschaft von Eadgifu gebracht.»

Einen Moment lang sah er mich verwirrt an, dann konnte er den Namen einordnen. «Die Lavendel-Titten!»

Ich lächelte leicht bei der Erinnerung daran, dass ich Finan einmal erzählt hatte, dass Eadgifus Brüste nach Lavendel rochen. Eadith hatte mir erklärt, dass viele Frauen Lavendel in Wollfett ziehen ließen und sich damit den Brustansatz einrieben. «Eadgifus Brüste riechen nach Lavendel», bestätigte ich, «und sie bittet um unsere Hilfe.»

Finan starrte mich an. «Jesus am Kreuz!», sagte er schließlich. «Was in Gottes Namen tun wir hier?»

«Eadgifu aufsuchen, natürlich», sagte ich.

Er starrte mich immer noch an. «Warum wir?»

«Wen kann sie sonst bitten?»

«Jeden!»

Ich schüttelte den Kopf. «Sie hat in Wessex sicher nur wenige Freunde, und in Mercien oder Ostanglien gar keine. Sie ist verzweifelt.»

«Aber warum bittet Sie dich um Hilfe?»

«Weil sie weiß, dass ich der Gegner ihres Gegners bin.»

«Æthelhelm.»

«Der sie hasst», sagte ich.

Dieser Hass war leicht verständlich. Edward war

Eadgifu begegnet, als er noch mit Ælflæd, Æthelhelms Schwester und Ælfweards Mutter, verheiratet gewesen war. Die neue, jüngere und schönere Frau hatte den Wettstreit gewonnen, Ælflæds Platz im Bett des Königs erobert und Edward sogar dazu gebracht, sie zur Königin von Mercien zu ernennen. Dass sie Edward zwei Söhne gebar, Edmund und Eadred, hatte Æthelhelms Hass noch weiter gesteigert. Beide Jungen waren noch Kleinkinder, doch der ältere, Edmund, hatte Anspruch auf den Thron, sofern, wie manch einer glaubte, Æthelstan unehelich war und Ælfweard, wie vielen bewusst wurde, zu einfältig, zu grausam und zu unzuverlässig, um der nächste König zu werden. Æthelhelm war sich dieser Gefahr für die Zukunft seines Neffen bewusst, und das war der Grund, aus dem Eadgifu in ihrer Verzweiflung den Priester nach Bebbanburg geschickt hatte.

«Sie weiß, was Æthelhelm mit ihr vorhat», erklärte ich Finan.

«Das weiß sie?»

«Sie hat Spitzel, ebenso wie er, und man hat ihr berichtet, dass Æthelhelm sie nach Edwards Tod sofort nach Wiltunscir schaffen wird. Sie soll in einen Nonnenkonvent, und ihre beiden Jungen sollen in Æthelhelms Hausstand aufwachsen.»

Finan blickte über das sommerliche Meer. «Was heißt», sagte er langsam, «dass beiden Jungen die Kehle durchgeschnitten wird.»

«Oder dass sie an einer passenden Krankheit sterben, ja.»

«Was werden wir also tun? Sie retten?»

«Sie retten», bestätigte ich.

«Aber Gott im Himmel! Sie wird von den Haustruppen des Königs bewacht! Und Æthelhelm wird sie im Auge behalten wie ein Falke.»

«Sie hat sich schon selbst in Sicherheit gebracht», sagte ich. «Sie ist mit ihren Kindern nach Cent gegangen. Hat ihrem Mann erklärt, sie würde am Schrein von Sankt Bertha für ihn beten, aber in Wahrheit will sie Truppen aufstellen, die sie und die Jungen beschützen.»

«Gütiger Gott», sagte Finan entsetzt. «Gibt es denn Männer, die ihr folgen werden?»

«Warum nicht? Erinnere dich, dass Sigehelm ihr Vater war.» Sigehelm war der Aldermann von Cent gewesen, bis er in Ostanglien beim Kampf gegen die Dänen umkam. Er war reich gewesen, allerdings nicht annähernd so reich wie Æthelhelm, und Sigulf, Sigehelms Sohn, hatte diesen Reichtum zusammen mit den Hauskriegern seines Vaters geerbt. «Sigulf hat vermutlich dreihundert Mann», sagte ich.

«Und Æthelhelm hat wenigstens zweimal so viele! Und noch dazu hat er die Krieger des Königs!»

«Und diese Krieger werden Æthelstan in Mercien beobachten», sagte ich. «Davon abgesehen, wenn Eadgifu und ihr Bruder gegen Æthelhelm ziehen, werden sich ihnen andere anschließen.» Das, dachte ich, war eine sehr schwache Hoffnung, aber unmöglich war es nicht.

Finan sah mich stirnrunzelnd an. «Ich dachte, du hättest Æthelstan deinen Eid geleistet. Und jetzt ist es Lavendel-Titte?»

«Mein Eid gilt Æthelstan», sagte ich.

«Aber Eadgifu wird von dir erwarten, ihren Sohn zum nächsten König zu machen!»

«Edmund ist zu jung», sagte ich entschieden. «Er ist ein Kleinkind. Der Witan wird ihn niemals zum König ernennen, solange er nicht mündig ist.»

«Und wenn er es ist», gab Finan zu bedenken, «wird Æthelstan bereits auf dem Thron sitzen und eigene Söhne haben!»

«Bis dahin bin ich schon tot», sagte ich und berührte erneut den Thorshammer.

Finan stieß ein freudloses Lachen aus. «Wir segeln also, um uns einem Aufstand in Cent anzuschließen?»

«Um ihn anzuführen. Es ist meine beste Gelegenheit, um Æthelhelm zu töten.»

«Warum schließen wir uns nicht Æthelstan in Mercien an?»

«Weil die Westsachsen es als eine Kriegserklärung von Sigtryggr ansehen werden, wenn sie hören, dass Æthelstan northumbrische Truppen einsetzt.»

«Das wird keine Rolle spielen, wenn Æthelstan gewinnt!»

«Aber er hat weniger Männer als Æthelhelm, er hat weniger Geld als Æthelhelm. Die beste Art, ihm zum Sieg zu verhelfen, ist Æthelhelm zu töten.» Weit östlich war der Fleck eines Segels aufgetaucht. Ich hatte es schon eine Weile beobachtet, erkannte nun aber, dass das weit entfernte Schiff nordwärts fuhr und nicht in unsere Nähe kommen würde.

«Deine Schwüre sollen verflucht sein», sagte Finan milde.

«Da gebe ich dir recht. Aber vergiss nicht, dass

Æthelhelm versucht hat, mich zu töten. Ob mit oder ohne Schwur, ich schulde ihm einen Tod.»

Finan nickte, weil ihm diese Erklärung einleuchtete, obwohl er die Fahrt, die wir angetreten hatten, für Wahnwitz hielt. «Und sein Neffe? Was ist mit ihm?»

«Ælfweard töten wir ebenfalls.»

«Hast du geschworen, ihn auch zu töten?»

«Nein», gab ich zu, doch dann berührte ich ein weiteres Mal meinen Thorshammer. «Aber ich schwöre es jetzt. Ich töte diesen kleinen Earsling zusammen mit seinem Onkel.»

Finan grinste. «Eine Schiffsmannschaft, was? Vierzig von uns! Vierzig Mann, um den König von Wessex und seinen mächtigsten Aldermann zu töten?»

«Vierzig Mann», sagte ich, «und die Truppen von Cent.»

Finan lachte. «Manchmal denke ich, du bist nicht ganz bei Trost, Herr», sagte er, «aber, Gott weiß, du hast noch nie verloren.»

Wir verbrachten die nächsten beiden Nächte im Schutz ostanglischer Flüsse. Wir sahen keine Menschenseele, nur die Schilflandschaft. In der zweiten Nacht frischte der Wind auf, und der Himmel, der den ganzen Tag klar gewesen war, zog sich vor den Sternen zu, während weit im Westen Blitze zuckten und das Grollen Thors durch die Dunkelheit hallte. Die *Spearhafoc* lag gut vertäut in einer sicheren Bucht, und doch erbebte sie unter dem Ansturm des Windes. Regen spritzte aufs Deck, der Wind wurde böig, der Regen stärker. Kaum einer von uns konnte schlafen.

Der Morgen brach mit niedrig hängenden Wolken

und heftigem Wind an, doch ich hielt die Witterung für sicher genug, um das Schiff umzudrehen und uns vom Wind flussab tragen zu lassen. Wir zogen das Segel halb auf, und die *Spearhafoc* machte einen Satz voran wie ein Wolfshund, der von der Leine gelassen wird. Von achtern trieb der Wind heftigen Regen schräg über das Schiff. Das Steuerruder bog sich knarrend, und ich rief Gerbruht, den großgewachsenen Friesen, zu meiner Unterstützung heran. Die *Spearhafoc* fuhr gegen die auflaufende Flut, schnellte an Sandbänken und Schilf vorüber, dann endlich hatten wir die Untiefen hinter uns und konnten uns an der Flussmündung nach Süden wenden. Das Schiff neigte sich beunruhigend tief in den Wind, und ich ließ die Backbord-Schot lösen, doch die *Spearhafoc* jagte mit gischtschäumendem Bug weiter voran. Das, so dachte ich, war Irrwitz. Die Ungeduld hatte mich aufs Meer getrieben, während jeder vernünftige Seemann an einem sicheren Ort abgewartet hätte.

«Wohin fahren wir, Herr?», rief Gerbruht.

«Wir überqueren die Mündung der Temes!»

Der Wind nahm zu. Im Westen krachte Donner. Diese Küste war flach, kappte die Wellen, die sich an unserem Schiffsrumpf brachen und die durchnässte Mannschaft in Gischt tauchten. Die Männer klammerten sich an die Ruderbänke, während sie Wasser von Bord schöpften. Sie beteten. Ich betete. Sie beteten ums Überleben, während ich die Götter bat, mir meine Torheit zu vergeben, in der ich gedacht hatte, ein Schiff könne diesen wütenden Sturm überstehen. Es war dunkel, die Sonne vollständig hinter aufgewühlten Wolkenmassen verborgen, und wir sahen keine anderen Schiffe.

Die Seefahrer ließen den Sturm vorüberziehen, wir aber plagten uns über die breite Mündung der Temes weiter südwärts.

Das südliche Ufer des Mündungstrichters erschien als unwirtlicher, von Gischt umtoster Sandstreifen, hinter dem schwarze Wälder auf niedrigen Hügeln lagen. Der Donner kam näher. In der Ferne war der Himmel über Lundene schwarz wie die Nacht, manchmal durchzuckt von einem gezackten Blitz. Der Regen strömte herab, und ich suchte am Ufer eine Landmarke, irgendeine Landmarke, die ich möglicherweise erkennen würde. Das Steuerruder, das Gerbruht und mir alle Kräfte abverlangte, zitterte wie ein lebendiges Wesen.

«Dort!», rief ich Gerbruht zu und deutete voraus. Ich hatte die Insel vor uns gesehen, eine Insel aus Schilf und Schlamm, und links davon lag der breite, windgepeitschte Zugang zum Swalwan, einem Gezeitenfluss. Die *Spearhafoc* stampfte weiter, kämpfte sich auf die Sicherheit des Swalwans zu. «Ich hatte einmal ein Schiff, das *Middelniht* hieß!», brüllte ich Gerbruht zu.

«Herr?», fragte er verwirrt.

«Es ist auf dieser Insel gestrandet», rief ich, «auf Sceapig! Und die *Middelniht* hat sich als gutes Schiff erwiesen! Ein friesisches Schiff! Das ist ein gutes Omen!»

Er grinste. Wasser lief aus seinem Bart. «Das hoffe ich, Herr!» Besonders zuversichtlich klang er nicht.

«Es ist ein gutes Omen, Gerbruht! Vertrau mir, bald sind wir in ruhigerem Gewässer!»

Wir pflügten weiter voran, und der Schiffsrumpf erbebte bei jeder anrollenden Welle, doch schließlich waren wir um die Westspitze der Insel herum und sahen vor uns die vom Sturm schiefgeblasenen Weidenruten, mit denen die Fahrrinne markiert war. Sobald wir in dem Wasserlauf waren, beruhigten sich die Wogen zu einem tückischen Kabbeln, und wir ließen das tropfnasse Segel herunter, und unsere Riemen brachten uns in den breiten Swalwan, der zwischen der Insel Sceapig und dem Festland von Cent verlief. Auf Sceapig sah ich Bauerngehöfte, und der Rauch aus den Abzugslöchern in den Dächern wurde vom Wind ostwärts getrieben. Der Swalwan wurde schmaler. Noch immer gingen Wind und Regen auf uns nieder, doch das Gewässer hier war geschützt, und die Ufer hatten die bedrohlichen Wellentürme gezähmt. Wir fuhren langsam, die Riemen hoben und senkten sich, und ich dachte daran, wie einst die Drachenboote diesen Wasserweg hinaufgeschlichen waren, mit erbarmungslosen Männern an Bord, die kamen, um die reichen Felder und Städte von Cent zu plündern, und welches Grauen die Dorfbewohner erfasst haben musste, wenn die schlangenköpfigen Kriegsschiffe aus dem Flussnebel auftauchten. Nie habe ich Pater Beocca vergessen, meinen Lehrer aus Kindheitstagen, wie er allabendlich die Hände gefaltet und gebetet hatte: «Vor der Raserei der Nordmänner, Herr, bewahre uns.» Und nun trug ich, ein Mann aus dem Norden, Schwerter, Speere und Schilde nach Cent.

Der Priester, der mit Eadgifus Nachricht zu mir gekommen war, hatte gesagt, sie habe zwar angekündigt, am Schrein von Sankt Bertha in Contwaraburg beten zu wollen, sei in Wahrheit aber in ein Städtchen namens Fæfresham geflüchtet, wo sie ein Kloster gestiftet hatte. «Dort wird die Königin sicher sein», hatte mir der Priester erklärt.

«Sicher! Im Schutz von Nonnen?»

«Und im Schutz Gottes, Herr», hatte er mich getadelt, «die Königin steht unter dem Schutz Gottes.»

«Aber warum ist sie nicht nach Contwaraburg gegangen?», hatte ich ihn gefragt. Contwaraburg war eine ansehnliche Stadt mit starken Befestigungsanlagen und, so nahm ich an, Männern zu ihrer Verteidigung.

«Contwaraburg liegt landein, Herr.» Der Priester hatte damit gemeint, dass Eadgifu für den Fall einer drohenden Niederlage, für den Fall, dass Æthelhelm sie entdeckte und Truppen schickte, an einem Ort sein wollte, von dem aus sie übers Meer entkommen konnte. Von dem aus sie ins Frankenland übersetzen konnte. Und Fæfresham lag sehr dicht bei einem Hafen am Swalwan. Es war vermutlich eine kluge Wahl.

Wir ruderten westwärts, und ich sah am Südufer die Masten von einem halben Dutzend Schiffen über den durchweichten Strohdächern eines kleinen Dorfes aufragen. Das Dorf, so wusste ich, hieß Ora und war nicht weit von Fæfresham entfernt. Ich war oft genug an dieser Küste mit ihrem ausgedehnten Marschland, den von der Flut unter Wasser gesetzten Sandbänken und den verborgenen Wasserläufen gesegelt, ich hatte an ihren Ufern gegen Dänen gekämpft und gute Männer auf Weiden im Inland begraben.

«In den Hafen», wies ich Gerbruht an, und wir steuerten die *Spearhafoc* herum, und meine erschöpfte Mannschaft ruderte sie in den seichten Hafen von Ora. Es war ein heruntergekommener, armseliger Vorwand von einem Hafen mit verrottenden Anlegeplätzen zu beiden Seiten eines Gezeitenflusses. An seinem westlichen Ufer, an dessen Anlegeplätzen Zeichen von Instandsetzung sichtbar waren, hatten vier gedrungene Handelsfahrer mit fassartigen Rümpfen festgemacht, die üblicherweise dazu eingesetzt wurden, Nahrungsmittel und Tierfutter stromauf nach Lundene zu bringen. Der Hafen lag zwar vor dem Sturm geschützt, doch das Wasser war kabbelig und gischtgefleckt, schlug unruhig gegen das Pfahlwerk und gegen drei weitere Schiffe, die am südlichen Ende des Hafens vertäut waren. Diese Schiffe waren lang, schlank, und ihr Bug ragte hoch auf. Und auf jedem war ein Kreuz angebracht. Bei ihrem Anblick stieg Finan zu mir auf die Steuerplattform. «Wem gehören die?», fragte er.

«Sag du es mir», gab ich zurück und überlegte zugleich, ob es Schiffe waren, die Eadgifu für den Fall bereithielt, dass sie fliehen musste.

«Das sind Kampfschiffe», erklärte Finan verdrießlich, «aber wem gehören sie?»

«Sie sind sächsisch, so viel ist sicher.» Das sagten mir die Kreuze.

Auf beiden Ufern des Hafens standen Gebäude. Die meisten waren Schuppen, vermutlich wurde dort die Ausrüstung von Fischern oder Fracht zum Verschiffen gelagert, doch einige der Gebäude waren größer, und aus den Abzugslöchern in ihren Dächern strömte ostwärts ziehender Rauch. Eines davon, das größte, stand in der Mitte des westlichen Kais, und über seinem breiten, strohgedeckten Vordach hing ein Fass. Ein Wirtshaus, nahm ich an, und dann wurde die Tür unter dem

Vordach geöffnet. Zwei Männer tauchten auf und starrten zu uns herüber. Da wusste ich, wer die Kampfschiffe in den Hafen gebracht hatte.

Auch Finan wusste es und fluchte leise vor sich hin.

Denn die beiden Männer trugen gleichartige Umhänge in stumpfem Rot. Diese Sitte hatte Æthelhelm der Ältere bei seinen Männern eingeführt, und sein Sohn, mein Gegner, hatte sie fortgeführt.

Also hatten Æthelhelms Männer diesen Teil Cents vor uns erreicht. «Was machen wir?», fragte Gerbruht.

«Was denkst du wohl?», knurrte Finan. «Wir töten die Scheißer.»

Denn wenn eine Königin um Hilfe ruft, ziehen Krieger in den Kampf.

Drei

Wir ließen die *Spearhafoc* zu einem der westlichen Anlegeplätze umschwenken. Die beiden Männer vor dem Wirtshaus beobachteten uns weiter, während wir die Leinen festmachten, und auch, als Gerbruht, Folcbald und ich an Land gingen. Folcbald war Friese, ebenso wie Gerbruht, und ebenso wie Gerbruht war er ein Hüne und stark wie zwei andere zusammen.

«Weißt du noch, was du sagen sollst?», fragte ich Gerbruht.

«Gewiss, Herr.»

«Nenn mich nicht Herr.»

«Nein, Herr.»

Der Regen peitschte uns ins Gesicht, als wir auf das Wirtshaus zugingen. Alle drei trugen wir Kettenhemden unter unseren triefend nassen Umhängen, doch wir hatten weder Helme noch Schwerter, nur grobe Wollmützen und die Messer, die jeder Seemann am Gürtel trägt. Ich hinkte, halb von Gerbruht gestützt. Der Boden war morastig, Regen rann vom Strohdach des Wirtshauses herunter.

«Das ist nah genug! Bleibt dort stehen!», rief der größere der beiden Männer. Wir gehorchten. Die beiden Männer standen unter dem Vordach, und es schien sie zu belustigen, dass wir in dem strömenden Regen warten mussten. «Was habt ihr hier zu schaffen?», wollte der größere Mann wissen.

«Wir brauchen einen sicheren Platz zum Festmachen und Obdach, Herr», sagte Gerbruht.

«Ich bin kein Herr. Und Schiffe zahlen hier fürs Festmachen», sagte der Mann. Unter seinem roten Umhang trug er ein Kettenhemd, ein emailliertes Kreuz hing vor seiner Brust und ein Langschwert an seiner Seite. Er wirkte selbstbewusst und kampferprobt.

«Gewiss, Meister», sagte Gerbruht bescheiden. «Bezahlen wir bei Euch, Meister?»

«Natürlich bezahlt ihr bei mir. Ich bin der Stadtvogt. Es macht drei Schillinge.» Er streckte die Hand aus.

Gerbruht war nicht mein schnellster Denker und starrte den Mann darum bloß an, was nach dieser unerhörten Forderung jedoch das passende Verhalten war. «Drei Schillinge!», sagte ich. «In Lundene zahlen wir nur einen!»

Der Mann lächelte unangenehm. «Drei Schillinge, Großvater. Oder willst du, dass meine Männer dein jämmerliches Schiff durchsuchen und wir uns nehmen, was wir wollen?»

«Ganz gewiss nicht, Meister.» Gerbruht hatte seine Stimme wiedergefunden. «Bezahl ihn», befahl er mir.

Ich nahm die Münzen aus einem Beutel und streckte sie dem Mann entgegen. «Bring sie mir, du alter Narr», verlangte der Mann.

«Ja, Meister», sagte ich und hinkte durch eine Pfütze.

«Und wer bist du?», wollte er wissen, während er das Silber aus meiner Handfläche einstrich.

«Sein Vater», sagte ich und nickte in Gerbruhts Richtung.

«Wir sind Pilger aus Friesland, Meister», erklärte

Gerbruht, «mein Vater möchte den Segen der Pantoffeln von Sankt Gregor in Contwaraburg.»

«So ist es», sagte ich. Ich hatte mein Hammeramulett unter meinem Kettenhemd versteckt, doch meine beiden Begleiter waren Christen und trugen Kreuze um den Hals. Der Wind zerrte am Strohdach des Wirtshauses und ließ das Fass bedenklich schaukeln. Noch immer regnete es unablässig.

«Gottverdammte friesische Ausländer», sagte der große Mann misstrauisch. «Und Pilger? Seit wann tragen Pilger Kettenhemden?»

«Etwas Wärmeres haben wir nicht anzuziehen, Meister», sagte Gerbruht.

«Und es sind dänische Schiffe auf See», fügte ich hinzu.

Der Mann grinste höhnisch. «Du bist zu alt, um gegen irgendwen zu kämpfen, Großvater, und erst recht, um es mit dänischen Plünderern aufzunehmen!» Er sah wieder Gerbruht an. «Ihr sucht also nach heiligen Pantoffeln?», fragte er spöttisch.

«Eine Berührung der Pantoffeln von Sankt Gregor heilt die Kranken, Meister», sagte Gerbruht, «und mein Vater leidet unter einem Schüttelfuß.»

«Ihr habt eine Menge Pilger mitgebracht, um den Fuß eines alten Mannes zu heilen!», erklärte der Mann mit einem misstrauischen Nicken in Richtung der *Spearhafoc*.

«Die meisten sind Sklaven, Meister», sagte Gerbruht, «und ein paar davon verkaufen wir in Lundene.»

Noch immer sah der Mann zur *Spearhafoc* hinüber, doch meine Männer hatten sich entweder auf die Ruderbänke geduckt oder unter der Steuerplattform zusammengedrängt, sodass er bei dem trüben Licht und dem strömenden Regen nicht erkennen konnte, ob sie Sklaven waren oder nicht. «Ihr seid Sklavenhändler?»

«Das sind wir», sagte ich.

«Dann ist Handelszoll zu zahlen! Wie viele Sklaven sind es?»

«Dreißig, Meister», sagte ich.

Er hielt inne. Ich sah ihm an, dass er überlegte, wie viel er fordern konnte. «Fünfzehn Schillinge», sagte er schließlich und streckte die Hand aus. Dieses Mal starrte ich ihn mit offenem Mund an, und er legte die Hand an das Heft seines Schwertes. «Fünfzehn Schillinge», sagte er langsam, als vermutete er, ein Friese könnte ihn nicht verstehen, «oder wir beschlagnahmen eure Fracht.»

«Ja, Herr», sagte ich, zählte sorgfältig fünfzehn Schillinge ab und ließ sie in seine Hand fallen.

Er grinste, freute sich, ein paar Fremde aufs Kreuz gelegt zu haben. «Habt ihr irgendwelche ansehnlichen Frauen auf dem Schiff?»

«Die letzten drei haben wir in Dumnoc verkauft, Meister», sagte ich.

«Schade!»

Sein Gefährte lachte. «Wartet ein paar Tage, und wir haben vielleicht ein paar kleine Jungen zu verkaufen.»

«Wie klein?»

«Kleinkinder.»

«Damit habt ihr nichts zu schaffen!», unterbrach ihn der erste Mann offenkundig verärgert, weil sein Begleiter die Jungen erwähnt hatte.

«Wir zahlen gut für kleine Jungen», sagte ich. «Sie können mit Schlägen gefügig gemacht werden. Ein strammer, gefügiger Junge kann einen guten Preis bringen!» Ich nahm eine Goldmünze aus meinem Beutel, warf sie ein paar Mal in die Luft und fing sie wieder auf. Ich tat mein Bestes, um Gerbruhts friesische Aussprache nachzuahmen, und offenkundig war ich erfolgreich, denn keiner der beiden Männer schien argwöhnisch. «Kleine Jungen», sagte ich, «verkaufen sich beinahe ebenso gut wie junge Frauen.»

«Vielleicht stehen die Jungen zum Verkauf, vielleicht aber auch nicht», sagte der erste Mann widerstrebend, «und wenn ihr sie kauft, müsst ihr sie im Ausland auf den Markt bringen. Hier können sie nicht verkauft werden.» Er hielt den Blick auf die Goldmünze gerichtet, die ich wieder in den Beutel gleiten ließ, wobei ich darauf achtete, dass sie hörbar auf andere Münzen fiel.

«Euer Name, Meister?», fragte ich respektvoll.

«Wighelm.»

«Ich bin Liudulf», sagte ich. Das war ein verbreiteter friesischer Name. «Und wir suchen Obdach, weiter nichts.»

«Wie lange bleibt ihr, alter Mann?»

«Wie weit ist es bis nach Contwaraburg?», fragte ich.

«Zehn Meilen», sagte er. «Für einen Mann ist das ein Fußweg von einem Vormittag, du dagegen würdest womöglich eine Woche brauchen. Wie willst du dorthin kommen? Auf allen vieren?» Er und sein Gefährte lachten.

«Ich würde lange genug bleiben, um nach Contwaraburg und zurück zu kommen», sagte ich.

«Und wir bitten inständig um Obdach, Meister», fügte Gerbruht hinter mir hinzu.

«Benutzt eine von den Katen dort drüben.» Wighelm nickte zum anderen Ufer des kleinen Hafens hinüber, «aber sorgt dafür, dass eure verdammten Sklaven gefesselt sind.»

«Gewiss, Meister», sagte ich, «und danke, Meister. Gott wird Euch Eure Freundlichkeit vergelten.»

Das entlockte Wighelm nur ein spöttisches Grinsen, dann ging er mit seinem Begleiter in das Wirtshaus zurück. Ich erhaschte einen Blick auf Männer an Tischen, dann wurde die Tür zugeschlagen, und ich hörte den Riegel in seine Halterungen fallen.

«War er wirklich der Stadtvogt?», fragte Folcbald, als wir zum Schiff zurückgingen.

Das war keine dumme Frage. Ich wusste, dass Æthelhelm überall im südlichen Britannien Land besaß, und vermutlich gehörten ihm auch Teile von Cent, doch es war überaus unwahrscheinlich, dass Eadgifu in der Nähe irgendeiner dieser Besitzungen Zuflucht suchen würde. «Ein verlogener Bastard, das ist er», sagte ich, «und er schuldet mir achtzehn Schillinge.»

Ich nahm an, dass uns Wighelm oder einer seiner Männer von dem Wirtshaus aus beobachtete, als wir die *Spearhafoc* auf die andere Hafenseite ruderten und an einer halbverfallenen Anlegestelle festmachten. Also ließ ich die meisten meiner Männer beim Verlassen des Schiffs schlurfen, damit es so aussah, als wären sie gefesselt. Sie grinsten über das Täuschungsmanöver, aber der Regen war so heftig und der Tag so düster, dass wohl ohnehin niemand etwas von ihrer Vorstellung sah. Die meisten aus der Mannschaft mussten einen Lagerschuppen als Obdach nutzen, weil in der kleinen Kate, in der ein Feuer aus Treibholz flackerte, nicht genügend Platz war. Der Kätner, ein großer Mann namens Kalf, war Fischer. Er und seine Frau sahen missmutig dabei zu, wie sich ein Dutzend von uns bei ihnen hineindrängten. «Es war närrisch von Euch, bei diesem Wetter auf See zu sein», sagte er schließlich in gebrochenem Englisch.

«Die Götter haben uns behütet», gab ich auf Dänisch zurück.

Seine Miene erhellte sich. «Ihr seid Dänen!»

«Dänen, Sachsen, Iren, Friesen, Norweger und alles dazwischen.» Ich legte zwei Schillinge auf ein Fass, das sie als Tisch benutzten. Es überraschte mich nicht, hier Dänen anzutreffen. Sie waren vor Jahren in diesen Teil Cents eingefallen, und viele von ihnen waren geblieben, hatten Frauen aus Cent geheiratet und den christlichen Glauben angenommen. «Einer davon», ich nickte zu den Schillingen, «ist dafür, dass Ihr uns unterbringt. Der andere ist dafür, dass Ihr den Mund aufmacht.»

«Den Mund?», fragte er verwirrt.

«Um mir zu erzählen, was hier vor sich geht», sagte ich, während ich Schlangenhauch und meinen Helm aus dem großen Ledersack nahm.

«Was vor sich geht?», fragte Kalf, der mir beunruhigt dabei zusah, wie ich das große Schwert an meiner Seite festschnallte.

«In der Stadt», sagte ich und hob das Kinn Richtung Norden. Ora und sein kleiner Hafen waren nur einen kurzen Fußweg von Fæfresham entfernt, das etwas landein auf höherem Gelände erbaut worden war. «Und diese Männer mit den roten Umhängen», fuhr ich fort, «wie viele sind es?»

«Drei Mannschaften.»

«Neunzig Mann?»

«Ungefähr, Herr.» Kalf hatte gehört, dass mich Berg als ‹Herr› anredete.

«Drei Mannschaften», wiederholte ich. «Und wie viele davon sind hier?»

«In dem Wirtshaus sind achtundzwanzig Mann, Herr», antwortete Kalfs Frau mit Bestimmtheit, und als ich sie überrascht ansah, nickte sie bekräftigend. «Ich musste für die Bastarde kochen, Herr. Es sind achtundzwanzig.»

Achtundzwanzig Mann, um die Schiffe zu bewachen. Unsere Geschichte, dass wir friesische Sklavenhändler seien, musste Wighelm überzeugt haben, sonst hätte er uns gewiss am Festmachen gehindert. Oder das Wissen, dass seine kleine Einheit nicht gegen meine viel größere Mannschaft kämpfen konnte, hatte ihn dazu gebracht, Vorsicht walten zu lassen. Zum einen, indem er darauf bestand, dass wir auf der anderen Seite des Swalwans anlegten, und zum anderen, indem er einen Boten südwärts nach Fæfresham schickte. «Die übrigen Mannschaften sind also in Fæfresham?», fragte ich Kalf.

«Das wissen wir nicht, Herr.»

«Dann erzählt mir, was Ihr wisst.»

Zwei Wochen zuvor, berichtete er, beim letzten Vollmond, war ein Schiff aus Lundene gekommen, auf dem sich eine Gruppe Frauen, ein kleiner Junge, zwei Säuglinge und ein halbes Dutzend Männer befunden hatten. Sie waren nach Fæfresham gegangen, wie er wusste, und die Frauen und Kinder waren ins Kloster verschwunden. Vier der Männer waren in der Stadt geblieben, die anderen zwei hatten Pferde gekauft und waren weggeritten. Dann, erst vor drei Tagen, waren die Schiffe mit den Mannschaften in den roten Umhängen im Hafen eingetroffen, und die meisten der Neuankömmlinge waren südwärts in die Stadt gegangen. «Sie erzählen uns nicht, was sie hier tun, Herr.»

«Sie sind nicht freundlich!», warf die Frau ein.

«Wir auch nicht», knurrte ich.

Ich konnte nur vermuten, was geschehen war, doch das war nicht schwer. Eadgifus Plan war offenkundig verraten worden, und Æthelhelm hatte Männer geschickt, um ihr Vorhaben zu vereiteln. Der Priester, der nach Bebbanburg gekommen war, hatte mir erzählt, sie habe einen Konvent in Fæfresham gestiftet, und Æthelhelm konnte sehr leicht darauf gekommen sein, dass sie dorthin fliehen würde, und Männer geschickt haben, um sie abzufangen. «Sind die Frauen und Kinder immer noch in Fæfresham?», fragte ich Kalf.

«Wir haben nicht gehört, dass sie gegangen sind», sagte er unsicher.

«Aber hättet ihr davon gehört, wenn die Männer mit den roten Umhängen in das Kloster eingedrungen wären?»

Kalfs Frau bekreuzigte sich. «Das hätten wir gehört, Herr!», sagte sie grimmig.

Also lebte der König noch, oder zumindest war die Nachricht von seinem Tod noch nicht in Fæfresham eingetroffen. Es war offenkundig, zu welchem Zweck Æthelhelms Männer nach Cent gekommen waren, aber sie würden es nicht wagen, Hand an Königin Eadgifu und ihre Söhne zu legen, bevor sie sicher sein konnten, dass Edward tot war. Der König hatte sich schon einmal wieder erholt, und solange er lebte, besaß er die Throngewalt, und es würde Schwierigkeiten geben, wenn er sich erneut erholte und dann feststellte, dass seine Frau gegen ihren Willen von Æthelhelms Männern gefangen genommen worden war. Ganz in der Nähe donnerte es, und der Wind schien die kleine Kate erbeben zu lassen. «Gibt es einen Weg nach Fæfresham», fragte ich Kalf, «auf dem man von dem Wirtshaus auf der anderen Wasserseite aus nicht gesehen wird?»

Er runzelte einen Moment die Stirn. «Da hinten ist ein Entwässerungsgraben», er deutete Richtung Osten. «Wenn Ihr ihm folgt, Herr, trefft Ihr auf einen Schilfgürtel. Der wird Euch verbergen.»

«Was ist mit dem Gezeitenfluss?», fragte ich. «Müssen wir ihn überqueren, um in die Stadt zu kommen?»

«Dort gibt es eine Brücke», sagte Kalfs Frau.

«Und die Brücke könnte bewacht sein», erklärte ich, obwohl ich bezweifelte, dass bei diesem abscheulichen Wetter mit aufmerksamen Wachen zu rechnen war.

«Bald ist Ebbe», versicherte mir Kalf, «Ihr könnt hinüberwaten.»

«Sag mir nicht, dass wir wieder in diesen Regen hinausgehen», kam es von Finan.

«Wir gehen wieder in diesen Regen hinaus. Dreißig von uns. Willst du hierbleiben und die *Spearhafoc* bewachen?»

«Ich möchte mir ansehen, was du tust. Ich sehe Narren gern zu.»

«Nehmen wir Schilde mit?», fragte Berg und machte damit einen vernünftigeren Einwand.

Ich hatte darüber nachgedacht. Wir mussten den Swalwan überqueren, und Schilde waren schwer, und mein Plan war umzukehren, sobald wir auf dem anderen Ufer waren, und mit Wighelm und seinen Männern aufzuräumen. Der Kampf, dachte ich, würde in dem Wirtshaus stattfinden, und ich hatte nicht vor, dem Gegner Zeit zu lassen, um sich für die Schlacht zu wappnen. In einem kleinen Raum wären die Schilde eine Behinderung, keine Hilfe. «Keine Schilde», sagte ich.

Es war Irrsinn. Nicht nur, in den nachmittäglichen Sturm hinauszugehen und durch einen gefluteten Graben zu waten, sondern schon, überhaupt hier zu sein. Ich konnte mich leicht darauf herausreden, dass mir mein Schwur an Æthelstan keine andere Wahl ließ, doch ich hätte diesen Schwur auch erfüllen können, indem ich mich einfach mit einer Handvoll Gefährten den Einheiten Æthelstans in Mercien anschloss. Stattdessen watete ich durch einen morastigen Graben, bis auf die Haut durchnässt, frierend, weit innerhalb eines Landes, in dem ich als Feind galt, und darauf bauend, dass mich eine wankelmütige Königin meinen Schwur erfüllen lassen würde.

Eadgifu war gescheitert. Wenn das zutraf, was mir der Priester erzählt hatte, war sie in den Süden gekommen, um Einheiten ihres Bruders Sigulf, des Aldermanns von Cent, aufzustellen, doch stattdessen saß sie, eingekreist von ihren Gegnern, in einem Kloster fest. Diese Gegner würden bis zum Tod des Königs abwarten, bevor sie Eadgifu gefangen nahmen, doch tun würden sie es gewiss, und dann würden sie den Tod ihrer beiden jungen Söhne einfädeln. Sie hatte behauptet, eine Pilgerreise nach Contwaraburg zu unternehmen, aber Æthelhelm, der sich in der Nähe des sterbenden Königs hielt, hatte diesen Vorwand durchschaut, er hatte Männer auf die Suche nach ihr geschickt und, so nahm ich an, weitere Männer gesandt, um Sigulf davon zu überzeugen, dass er bei jedem Versuch, seine Schwester zu unterstützen, eine überwältigende Übermacht gegen sich haben würde. Also hatte Æthelhelm gewonnen.

Nur dass Æthelhelm nicht wusste, dass ich in Cent war. Das war ein kleiner Vorteil.

Der Entwässerungsgraben führte nach Süden. Eine Zeitlang wateten wir durch hüfthohes Wasser, vor Blicken aus Ora durch dichtes Röhricht gut geschützt. Zweimal stolperte ich über Aalreusen und fluchte auf das Wetter, doch nach etwa einer halben Meile verlief der Graben in einer Krümmung ostwärts um höherliegendes Gelände, und wir konnten aus dem schlammigen Wasser steigen und eine durchweichte Wiese überqueren, nur um den Swalwan vor uns zu sehen. Der Weg von dem Hafen nach Fæfresham befand sich jenseits des Swalwans. Auf dem Weg war keine Menschenseele zu sehen. Links von mir lag Fæfresham hinter windgeschüttelten Bäumen und strömendem Regen und rechts von mir der Hafen, verborgen von der sanften Geländeerhöhung, die wir gerade überquert hatten.

Kalf hatte gesagt, man könne den Swalwan bei Ebbe durchwaten, und die Ebbe würde bald einsetzen, doch das Regenwasser strömte aus einem Dutzend Gräben, und der Pegel des Swalwans war hoch, die Strömung schnell. Vor uns zuckten Blitze aus dem regendunklen Himmel, und der Donner grollte in den niedrig hängenden Wolken. «Ich hoffe, das ist ein Zeichen von deinem Gott», knurrte Finan. «Wie zum Teufel sollen wir da hinüberkommen?»

«Herr!», rief Berg links von mir. «Fischreusen!» Er deutete stromauf, wo das Wasser schäumend um Weidenstecken strudelte.

«Auf die Art kommen wir hinüber», erklärte ich Finan.

Es war schwierig, es war nass, und es war tückisch. Die Weidenstecken mit ihren Netzen waren nicht dazu gemacht, einen Mann zu stützen, doch sie verliehen uns eine gewisse, wenn auch schwache Sicherheit, als wir uns durch den Swalwan kämpften. An den tiefsten Stellen reichte mir das Wasser bis zur Brust und wollte mich mitziehen. In der Mitte des Swalwans stolperte ich und wäre untergegangen, wenn mich Folcbald nicht hochgezogen hätte. Ich war dankbar, dass keiner von uns einen schweren, eisenbeschlagenen Schild trug. Der Wind heulte. Es war inzwischen später Nachmittag, die wolkenverhangene Sonne sank, der Regen wehte uns ins Gesicht, über uns krachte der Donner, und wir krochen aus dem Wasser, tropfnass und durchgefroren. «Wir gehen dort entlang.» Ich deutete nach rechts, Richtung Norden.

Als Erstes mussten die achtzehn Schillinge zurückgeholt und die Schiffswachen im Wirtshaus von Ora besiegt werden. Wir befanden uns nun zwischen diesen Männern und Fæfresham. Es war möglich, dass Wighelm den größeren Kampfverband in der Stadt von unserem Eintreffen benachrichtigt hatte und dass er mit seinen paar Männern Verstärkung bekommen würde, doch das bezweifelte ich. Bei solchem Wetter blieben die Männer lieber am Feuer sitzen, also hatte ich vielleicht Thor auf meiner Seite. Kaum hatte ich das gedacht, als ein ohrenbetäubender Donnerschlag erklang und ein gezackter Blitz vom Himmel herabfuhr. «Bald haben wir es warm», versprach ich meinen Männern.

Es war nur ein kurzer Fußmarsch bis zum Hafen. Der Weg verlief auf einem Damm, und das Hochwasser leckte an seinen Seiten. «Ich brauche Gefangene», sagte ich. Dann zog ich Schlangenhauch halb heraus, ließ die Klinge jedoch wieder in ihre wollgefütterte Scheide zurückgleiten.

«Weißt du, was dieser Sturm bedeutet?» Finan musste schreien, um über den Lärm des Windes und den prasselnden Regen hinweg gehört zu werden.

«Dass wir Thor auf unserer Seite haben!»

«Es bedeutet, dass der König gestorben ist!»

Ich stieg über eine vollgelaufene Erdfurche. «Bei Alfreds Tod hat es keinen Sturm gegeben.»

«Edward ist tot!», beharrte Finan. «Er muss gestern gestorben sein!»

«Wir werden es herausfinden», sagte ich, nicht überzeugt.

Und dann waren wir am Rand des Dorfes angekommen. Kleine Hütten säumten die Straße, und das Wirtshaus lag vor uns. An seine Rückseite waren Schuppen angebaut, wahrscheinlich Ställe oder Vorratsräume. Der Wind trieb den Rauch der Feuerstelle vom Dach des Wirtshauses weg. «Folcbald», sagte ich, «du nimmst zwei Männer und sorgst dafür, dass keiner flüchtet.» Kalf hatte mir erklärt, das Wirtshaus habe nur zwei Türen, eine vorne und eine hinten, doch man konnte leicht durch die Fenster entkommen. Folcbalds Aufgabe bestand darin, jeden Flüchtenden am Erreichen Fæfreshams zu hindern. Über das Dach des Wirtshauses hinweg konnte ich die Masten von Æthelhelms drei Schiffen im Wind schwanken sehen. Mein Plan war recht einfach. Ich wollte das Wirtshaus durch die Hintertür stürmen und die Männer drinnen überwältigen, die sich, so vermutete ich, so dicht wie möglich um das flackernde Feuer drängten.

Wir waren etwa fünfzig Schritt von der Hintertür des Wirtshauses entfernt, als ein Mann herauskam. Er zog gegen den Regen die Schultern hoch, ging eilig zu einem Schuppen, mühte sich mit dem Riegel ab, und als er die Tür aufzog, wandte er sich um und sah uns. Einen Herzschlag lang starrte er uns einfach nur an, dann rannte er zurück ins Wirtshaus. Ich fluchte.

Ich rief meinen Männern zu, sie sollten sich beeilen, aber wir waren so verfroren, so durchnässt, dass wir kaum mehr zustande brachten als ein hastiges Voranstolpern. Wighelms Männer dagegen, die es warm und trocken gehabt hatten, handelten schnell. Als Erste tauchten vier Mann mit Schilden und Speeren auf. Weitere folgten, zweifellos fluchten sie darüber, dass sie in diesen Sturm hinausmussten, und alle trugen Schilde mit dem dunklen Umriss eines springenden Hirschs, das Zeichen Æthelhelms. Ich hatte einen blutigen Raufhandel im Wirtshaus im Sinn gehabt, doch stattdessen stellte der Gegner einen Schildwall zwischen den

Schuppen auf. Sie traten uns mit gehobenen Speeren entgegen, und wir hatten keine. Sie waren von Schilden geschützt, und wir hatten keine.

Wir blieben stehen. Trotz des strömenden Regens und des heulenden Windes konnte ich das dumpfe Klappern hören, mit dem die eisenbeschlagenen Schilde in eine überlappende Reihe gebracht wurden. Und ich konnte Wighelm sehen, groß und mit schwarzem Bart, in der Mitte des Schildwalls stehend, der nur dreißig Schritt entfernt war.

«Wolfsfalle!», sagte ich, dann scherte ich seitwärts aus, winkte meine Männer hinter mir her und hastete zwischen zwei Hütten. Als wir uns außer Sichtweite von Wighelm und seinen Speermännern befanden, wandte ich mich wieder in die Richtung, aus der wir zuvor gekommen waren. Wir rissen einen Treibholzzaun ein, umgingen einen Misthaufen und liefen hintereinander in eine weitere enge Gasse zwischen zwei der Hütten. Sobald wir in der Gasse untergetaucht waren, hob ich die Hand.

Wir blieben stehen, und keiner von meinen Männern gab einen Laut von sich. Ganz in der Nähe jaulte ein Hund, und in einer der Hütten greinte ein Säugling. Wir zogen unsere Schwerter. Warteten ab. Ich war stolz auf meine Männer. Sie wussten, was ich mit einer Wolfsfalle gemeint hatte, und kein einziger hatte meine Entscheidung angezweifelt oder gefragt, was wir tun würden. Sie wussten Bescheid, weil wir uns auf eine solche Lage vorbereitet hatten. Kämpfe werden nicht nur auf dem Schlachtfeld gewonnen, sondern auch auf dem Übungshof von Festungen. Der Wolf ist der Feind des Schafhirten. Der Hund ist sein Freund, doch ein Hirtenhund tötet kaum je einen Wolf, auch wenn er ihn vertreiben kann. Wir gehen in den Wäldern Northumbriens auf die Wolfsjagd, und unsere Wolfshunde können töten, dennoch sind die Wölfe niemals ganz besiegt. Sie kehren wieder, sie reißen Tiere aus den Herden, und zurück bleiben blutige Kadaver auf den Wiesen. Ich biete jedem eine Belohnung, der mir einen frischen, stinkenden Wolfspelz bringt, und ich zahle diese Belohnung oft, und dennoch suchen die Wölfe weiter unser Vieh heim. Sie können abgeschreckt werden, sie können gejagt werden, doch Wölfe sind gewiefte und geschickte Gegner. Ich habe es erlebt, dass Schafsherden regelmäßig angegriffen wurden, und dann haben wir die umliegenden Wälder und Hügel durchkämmt, sind mit unseren frischgewetzten Wolfspeeren losgeritten, haben die Jagdhunde auf ihre Spur gesetzt und keine einzige Spur von einem Wolf gefunden. Doch am nächsten Tag sind wieder ein Dutzend Schafe oder Lämmer gerissen worden. Wenn so etwas geschieht, legen wir manchmal eine Wolfsfalle, was bedeutet, dass wir die Wölfe, statt nach ihnen zu suchen, dazu einladen, nach uns zu suchen.

Mein Vater benutzte gern einen alten Schafsbock für die Falle. Wir banden das Tier in der Nähe der Stelle an, wo die Wolfsmeute zuletzt Beute gemacht hatte, dann legten wir uns von dem Köder aus gesehen gegen die Windrichtung auf die Lauer. Ich selbst zog es vor, ein Schwein zu nehmen, was teurer als ein alternder Schafsbock war, aber auch wirksamer. Das Schwein quiekte in schrillen Tönen, wenn es angebunden wurde, und dieses Geräusch schien die Wölfe anzulocken, und es quiekte noch schriller, wenn ein Wolf auftauchte. Dann ließen wir die Jagdhunde los, senkten die Speerspitzen und brachen zum Töten aus der Deckung. Sehr oft verloren wir das Schwein, aber den Wolf erwischten wir.

Ich hatte kaum einen Zweifel daran, dass meine Männer bessere Kämpfer waren als Wighelms Einheiten, aber von Männern einen Angriff auf einen Schildwall zu verlangen, wenn sie selbst keine Schilde haben und auch keine Äxte, um die gegnerischen Schilde nach unten zu ziehen, oder Speere, um in die Lücken zwischen den Schilden des Gegners vorzustoßen, heißt, den Tod herausfordern. Wir würden gewinnen, aber zu einem Preis, den ich nicht zahlen wollte. Ich musste Wighelms Schildwall aufbrechen, ohne dass einige meiner Männer von seinen Speeren ausgeweidet wurden. Also warteten wir ab.

Ich hatte einen Fehler begangen. Ich hatte angenommen, Wighelms Männer würden Schutz vor dem Sturm suchen und wir könnten uns dem Wirtshaus ungesehen nähern. Wir hätten uns hinter den Hütten anschleichen sollen, bis wir dichter herangekommen waren, nun aber würde ich Wighelm dazu verleiten, seinerseits einen Fehler zu begehen. Die Neugierde würde sein Verderben sein, zumindest hoffte ich darauf. Er hatte uns anrücken sehen, er hatte seinen Schildwall aufgestellt, und dann waren wir in einer Gasse verschwunden. Und wir waren nicht wieder aufgetaucht. Er würde in den Sturm spähen, versuchen, mit seinem Blick den strömenden Regen zu durchdringen, und sich dabei fragen, ob wir uns Richtung Süden zurückgezogen hatten. Er konnte uns nicht unbeachtet lassen. Dass wir uns aus seiner Sichtweite entfernt hatten, bedeutete noch nicht, dass wir geflohen waren. Er musste feststellen, wo wir uns befanden. Er musste wissen, ob wir weiter seine Straße nach Fæfresham versperrten. Er wartete lange ab, unruhig darauf hoffend, dass wir uns ein für alle Mal zurückgezogen hatten oder dass er einen Hinweis darauf erhaschen würde, wo wir waren. Doch wir machten keine Bewegung, wir machten kein Geräusch, wir warteten ab.

Ich winkte Oswi zu mir. Er war jung, geschickt, listig und gefährlich. Er war mein Diener gewesen, bevor er alt und erfahren genug für den Schildwall wurde. «Schleich dich hinter den Hütten entlang», erklärte ich ihm und deutete nach Süden, «geh so weit du kannst, zeig dich, starr sie an, zeig ihnen deinen nackten Arsch, und dann tust du so, als würdest du weglaufen.»

Er grinste, drehte sich um und verschwand hinter dem Schuppen auf der Südseite. Finan lag bäuchlings an der Straßenecke und spähte durch ein Brennnesselgebüsch zu dem Wirtshaus hinüber. Wir warteten weiter ab. Der Regen strömte vom Himmel, tanzte auf der Straße, ergoss sich von den Dächern, wurde von dem böigen Wind verwirbelt. Donner krachte und verhallte. Ich zog mein Hammeramulett unter dem Kettenhemd heraus, schloss kurz die Augen und betete darum, dass mich Thor verschonen möge.

«Sie kommen!», rief Finan.

«Wie?» Ich musste wissen, ob Wighelm den Schildwall aufrechterhielt oder uns im losen Verband nachsetzte.

«Sie rennen!», rief Finan. Er schob sich zurück,

stand auf und wischte Schlamm von der Klinge des Seelenräubers. «Jedenfalls versuchen sie zu rennen!»

Anscheinend hatte Oswis Beleidigung gewirkt. Hätte Wighelm einen Funken Verstand gehabt, dann hätte er zwei oder drei Mann zur Erkundung des Dorfes losgeschickt, doch er hatte seinen Schildwall zusammengehalten. Nun aber trieb er seine Männer hinter Oswi her, von dem Wighelm vermuten musste, dass er mit uns Übrigen flüchtete. Also hatte Wighelm seinen eigenen Schildwall aufgelöst und hetzte nun mit seinen Männern die Straße hinauf, in dem törichten Glauben, es würde sich um eine Verfolgungsjagd handeln.

Und wir brachen aus unserer Gasse, brüllten einen Kampfruf, der ebenso sehr ein Aufschrei gegen die Kälte und Nässe war wie eine Herausforderung der Männer in den roten Umhängen. Sie schweiften durch die morastige Straße, missmutig wegen des Wetters, und, noch viel besser, sie kamen verstreut. Wir fuhren mit der Gewalt des Sturmes selbst auf sie nieder, und Thor musste mein Gebet erhört haben, denn er löste genau über unseren Köpfen einen Donnerknall aus, unter dem das ganze Himmelsgewölbe erzitterte. Ich sah einen jungen Mann, der sich mit entsetztem Blick zu mir umdrehte. Er hob seinen Schild, ich warf mich mit meinem gesamten Gewicht dagegen, und der Mann fiel in den Schlamm. Irgendjemand, vermutlich Wighelm, brüllte den Westsachsen zu, sie sollten ihren Schildwall wieder aufstellen, doch dazu war es viel zu spät. Berg kam an mir vorbei, als ich dem jungen Mann das Schwert aus der Hand trat, und im trüben Tageslicht glänzte ein heller Blutstrahl auf, als Bergs erbarmungslose Klinge durch die Kehle des Mannes am Boden fuhr. Berg rannte weiter, durchschnitt einem kräftigen Mann, der wirre Rufe ausstieß, die Kniesehnen. Der Mann schrie, als Bergs Klinge durch seine Kniekehlen fuhr, und er kreischte, als ihm Gerbruht sofort darauf ein Schwert in den Bauch stieß.

Ich rannte auf Wighelm zu, der seinen Speer auf mich richtete. Er wirkte genauso verängstigt wie seine Männer. Ich schlug den Speer mit meinem Schwert zur Seite, rammte seinen Schild mit vollem Körpergewicht und warf Wighelm zu Boden. Ich trat ihm an den Kopf, stellte mich über ihn und drückte ihm Schlangenhauch an die Kehle. «Rühr dich nicht!», knurrte ich ihn an. Finan griff mit der linken Hand nach Wighelms Speer und stieß mit ihm gegen den Schild eines großen Mannes vor, der in die Hocke gegangen war, um Folcbalds Angriff abzuwehren. Der Speer traf den unteren Rand des Schildes, sodass der obere Rand vorwärtskippte, und Finans flinkes Schwert glitt grausam über die Augen des Mannes. Folcbald erledigte den blinden Mann mit einem wilden, zweihändigen Stoß, der das Kettenhemd durchbohrte und den Körper vom Bauch bis zum Brustbein aufriss. Die mit Wasser vollgelaufenen Wagenspuren auf der Straße färbten sich rot, die Tropfen des herabhämmernden Regens spritzten rosafarben zurück, und der pfeifende Wind über den Marschen übertönte qualvolles Schluchzen.

Berg, üblicherweise tödlich im Kampf, war im Morast ausgeglitten. Er landete mit ausgebreiteten Gliedern auf dem Boden und versuchte verzweifelt, sich von einem Speermann mit rotem Umhang wegzuschieben, der seine Gelegenheit erkannt und seinen Speer zum tödlichen Stoß erhoben hatte. Ich schleuderte Schlangenhauch auf den Mann, und die Klinge wirbelte durch den Regen und traf ihn an der Schulter. Sie richtete keinen Schaden an, sorgte aber dafür, dass der Mann mich ansah, und in diesem Moment sprang Vidarr Leifson vor, packte den Mann am Speerarm, und dann riss er ihn herum, sodass er in Beornoths Schwert lief. Wighelm, der sah, dass ich keine Waffe hatte, versuchte, mir seinen Schild an den Oberschenkel zu rammen, doch ich stellte ihm meinen Stiefel aufs Gesicht und drückte seinen Kopf in den Morast. Er begann zu würgen. Ich ließ meinen Stiefel, wo er war, beugte mich hinab und zog Wighelms Schwert aus der Scheide.

Ich brauchte es nicht, denn der Kampf endete schnell. Unser Angriff war so unvermittelt und so heftig gewesen, dass Wighelms unglückliche, durchnässte Männer keinerlei Aussicht auf Erfolg gehabt hatten. Wir hatten sechs von ihnen getötet, vier verwundet, und die übrigen hatten ihre Schilde und Waffen fallen lassen und flehten um Gnade. Drei flohen in eine Gasse, doch Oswi und Berg verfolgten sie und brachten sie in das Wirtshaus zurück, wo wir den Gefangenen ihre Kettenhemden abnahmen und sie anwiesen, sich am Ende des größten Raumes auf den Boden zu setzen. Wir legten mehr Holz aufs Feuer. Ich schickte Berg und Gerbruht auf die Suche nach einem kleinen Boot, mit dem sie den Swalwan überqueren sollten, um die *Spearhafoc* zusammen mit den Männern, die ich zu ihrer Bewachung zurückgelassen hatte, zu uns zu bringen. Vidarr Leifson und Beornoth dagegen sollten die Straße nach Fæfresham überwachen. Oswi reinigte Schlangenhauch, während Finan dafür sorgte, dass unsere Gefangenen ordentlich mit Stricken aus Robbenhaut gefesselt wurden.

Ich hatte Wighelm verschont. Ich zog ihn von den anderen Gefangenen weg und befahl ihm, sich auf eine Bank nahe am Feuer zu setzen, wo das brennende Treibholz Funken spie. «Mach seine Hände los», wies ich Finan an. Dann streckte ich meine eigene Hand aus. «Achtzehn Schillinge», sagte ich, «für Großvater.» Mürrisch nahm er die Münzen aus seinem Beutel und legte sie in meine Hand. «Und jetzt den Rest», forderte ich.

Er spuckte Schlamm aus. «Den Rest?», fragte er.

«Den Rest von deinen Münzen, du Holzkopf. Gib mir alles, was du hast.»

Er löste den Beutel von seinem Gürtel und gab ihn mir. «Wer seid Ihr?», fragte er.

«Ich habe es dir schon gesagt. Liudulf aus Friesland. Und ich glaube, du bist ein noch größerer Narr, als ich bisher schon gedacht habe.» Es donnerte laut, und das Trommeln des Regens auf dem Dach verstärkte sich. Ich schüttete die Münzen aus Wighelms Beutel in meine Hand und gab das Geld an Finan weiter. «Ich bezweifle, dass diese Bastarde den Wirt bezahlt haben», sagte ich, «also such ihn und gib ihm das. Dann sag ihm, dass wir etwas zu essen brauchen. Nicht für sie», ich schaute zu den Gefangenen hinüber, «aber für uns.» Dann sah ich wieder Wighelm an und zog ein kurzes Messer aus meinem Gürtel. Ich lächelte ihn an und fuhr mit der Klinge über meinen Daumen, als würde ich ihre Schärfe prüfen. «Und jetzt wirst du mit Großvater reden», erklärte ich ihm und legte die flache Seite der Klinge an seine Wange. Ein Schauder überlief ihn.

Dann redete er und bestätigte damit, was ich geahnt hatte. Eadgifus Ankündigung, sie würde nach Contwaraburg reisen, um am Schrein von Sankt Bertha zu beten, hatte Æthelhelm keinen Moment lang getäuscht. Noch während die Königin mit ihrem kleinen Gefolge auf dem Weg nach Süden war, galoppierten Æthelhelms Männer nach Wiltunscir, wo sie eine Truppe seiner Hauskrieger aufstellten. Diese Männer wiederum gingen nach Lundene, wo Æthelhelm Schiffe hatte, mit denen sie zu diesem Gezeitenfluss am morastigen Ufer von Cent fuhren, wo, ganz nach Æthelhelms Vermutung, Eadgifu Zuflucht gesucht hatte. «Wie lauten deine Befehle?», fragte ich Wighelm.

Er zuckte mit den Schultern. «Hier bleiben, sie hier festhalten, auf weitere Befehle warten.»

«Befehle, die kommen werden, wenn der König stirbt?»

«Ich nehme es an.»

«Du solltest nicht nach Contwaraburg gehen? Um dem Bruder der Königin zu befehlen, sich ruhig zu verhalten?»

«Dorthin sind andere Männer gegangen.»

«Was für andere Männer? Wer? Und um was zu tun?»

«Dreogan. Er hat fünfzig Männer bei sich, und ich weiß nicht, warum sie dorthin gegangen sind.»

«Und wer ist Dreogan?»

«Er befehligt fünfzig Mann von Herrn Æthelhelms Haustruppen.»

«Und was ist mit Waormund?», fragte ich.

Bei diesem Namen erschauerte Wighelm. Er bekreuzigte sich. «Waormund ist nach Ostanglien gegangen», sagte er, «aber warum? Das weiß ich nicht.»

«Du magst Waormund nicht?», fragte ich.

«Niemand mag Waormund», gab er verbittert zurück, «außer vielleicht der Herr Æthelhelm. Waormund ist die Bestie von Herrn Æthelhelm.»

«Ich bin der Bestie begegnet», sagte ich düster, als ich mich an den riesenhaften Krieger mit dem leeren Gesichtsausdruck erinnerte, der größer und stärker war als jeder andere Mann, der mir je begegnet war, abgesehen von Steapa, einem weiteren furchterregenden westsächsischen Krieger. Steapa war Sklave gewesen, doch dann zu einem von König Alfreds zuverlässigsten Kämpfern geworden. Und er war auch mein Gegner gewesen, dann aber ein Freund geworden. «Lebt der Herr Steapa noch?», fragte ich.

Wighelm wirkte einen Moment lang verwirrt über die unerwartete Frage, doch er nickte. «Er ist alt. Aber er ist noch am Leben.»

«Gut», sagte ich, «und wer ist in Fæfresham?»

Der plötzliche Wechsel des Gesprächsgegenstandes schien Wighelm erneut zu überraschen. «Eadgifu ist dort…», sagte er, als er sich besonnen hatte.

«Das weiß ich! Wer führt die Männer dort an?»

«Eanwulf.»

«Und wie viele Männer hat er?»

«Ungefähr fünfzig.»

Ich drehte mich zu Immar Hergildson um, einem jungen Mann, dem ich das Leben gerettet hatte und der mir seither aufopfernd diente. «Fessle ihm die Hände», befahl ich ihm.

«Ja, Herr.»

«Herr?», wiederholte Wighelm unruhig. «Ihr seid ein…»

«Ich bin ein Herr», erwiderte ich grob.

Wieder erklang Donner, doch weiter entfernt. Er trug Thors Wut hinaus auf die stürmische See. Der Wind ließ das Wirtshaus noch immer beben, doch mit weniger Kraft als zuvor. «Der Sturm zieht weiter, denke ich.» Finan brachte mir einen Krug Ale.

«Er zieht weiter», stimmte ich zu. Ich zog einen Fensterladen auf, sodass die Flammen im Luftzug flackerten. Draußen war es beinahe dunkel. «Schick jemanden, der Vidarr und Beornoth zurückholt», sagte ich. Es war ausgeschlossen, dass Männer von Eanwulfs Truppe in der Dunkelheit nach Norden kamen, also musste auch nicht nach ihnen Ausschau gehalten werden.

«Und morgen?», fragte Finan.

«Morgen retten wir eine Königin», sagte ich.

Eine Königin, deren schwache Rebellion gegen Æthelhelm gescheitert war. Und in ihr bestand meine größte Hoffnung, meinen Eid zu erfüllen und den mächtigsten Aldermann von Wessex zu töten, mitsamt seinem Neffen, der, falls Finans Ahnung zutraf, dass der Sturm den Tod eines Königs verkündete, nun selbst schon König war.

Und wir waren gekommen, um dafür zu sorgen, dass seine Regentschaft kurz blieb.

Morgen.

Der Sturm hatte sich über Nacht ausgetobt und umgestürzte Bäume, triefende Strohdächer und überschwemmtes Marschland hinterlassen. Der Morgen dämmerte feucht und trübe herauf, als würde sich das Wetter für seine Unwirtlichkeit vom Vortag schämen. Die Wolken zogen hoch am Himmel dahin, der Swalwan hatte sich beruhigt, und es blies ein unbeständiger Wind.

Ich musste entscheiden, was mit den Gefangenen geschehen sollte. Mein erster Gedanke war, sie in einen ordentlich gebauten Schuppen an der westlichen Seite des Hafens zu sperren und zwei Mann zu ihrer Bewachung dazulassen. Aber Wighelms Männer waren jung, sie waren stark, sie waren aufgebracht, und sie würden gewiss einen Weg finden, um aus diesem Schuppen auszubrechen, und das Letzte, was ich wollte, war, auf meinem Weg nach Fæfresham rachsüchtige Krieger auf den Fersen zu haben. Und genauso wenig wollte ich Männer zurücklassen, sei es, um die Gefangenen, sei es um die *Spearhafoc* zu bewachen. Wenn ich nach Fæfresham gehen wollte, brauchte ich all meine Männer.

«Tötet die Bastarde einfach», schlug Vidarr Leifson vor.

«Bring sie auf die Insel», sagte Finan. Er meinte Sceapig.

«Und wenn sie schwimmen können?»

Er zuckte mit den Schultern. «Das können nicht viele!»

«Ein Fischerboot könnte sie befreien.»

«Dann tu, was Vidarr vorschlägt», sagte Finan, der meine Zweifel satthatte.

Es war nicht ungefährlich, sie auszusetzen, doch mir fiel keine bessere Lösung ein, und so trieben wir sie auf die *Spearhafoc*, ruderten eine Meile ostwärts den Swalwan hinunter und entdeckten eine Schilfinsel, die, nach der Linie des Treibguts auf dem Strand zu urteilen, bei Flut nicht überspült wurde. Wir hießen die Gefangenen, sich bis auf die Haut auszuziehen, und schickten sie an Land. Die vier Verwundeten wurden von anderen getragen, Wighelm ging als Letzter. «Ihr kommt ohne größere Schwierigkeiten nach Sceapig», erklärte ich ihm. Die Schilfinsel lag nur einen guten Bogenschuss von den Marschen Sceapigs entfernt. «Aber wenn einer von euch dort irgendwen verletzt, bekommst du es mit mir zu tun, und wenn ich dich finde, hast du einen sehr langen Tod vor dir, verstanden?»

Er nickte verdrossen. «Ja, Herr.» Er wusste inzwischen, wer ich war, und fürchtete sich.

«All diese Leute», sagte ich und deutete auf Sceapig und das Festland, «stehen unter meinem Schutz. Und ich bin Uhtredærwe! Wer bin ich?»

«Uhtred von Bebbanburg, Herr», sagte er ängstlich.

«Ich bin Uhtredærwe, und meine Gegner sterben. Und jetzt geh!»

Es war Mittag, bis wir wieder im Hafen des Gezeitenflusses waren, und noch eine Stunde später, bis wir uns auf der Straße nach Süden auf den Weg machten. Wir hatten ein dürftiges Mahl aus Fischeintopf und hartem Brot gegessen, unsere Kettenhemden und Waffen gereinigt und die dunkelroten Umhänge angelegt, die das Zeichen von Æthelhelms Männern waren. Wir hatten vierundzwanzig von Æthelhelms Schilden erbeutet, alle mit dem springenden Hirsch bemalt, und ich hatte sie an meine Männer verteilt. Die Übrigen von uns würden ohne Schilde nach Fæfresham gehen. Meine Heiden verbargen, ebenso wie ich, ihre Hammeramulette. Im besten Fall hätte ich ein paar Männer vorausgeschickt, um die Stadt auszukundschaften, aber Straßen und Gassen sind schwerer ungesehen zu erkunden als Wälder und Heckenlandschaften, und ich fürchtete, die Männer könnten gefangen genommen und zu hart befragt werden und so unsere Anwesenheit verraten. Besser mit dem gesamten Kampfverband in Fæfresham eintreffen, dachte ich, auch wenn er nur halb so groß war wie der des Gegners. Eadric, meinen listigsten Späher, schickte ich allerdings dennoch voraus, um den Stadtrand zu erkunden, doch ich befahl ihm, sich versteckt zu halten. «Lass dich nicht gefangen nehmen!»

«Die Bastarde werden nicht mal ahnen, dass ich da bin, Herr.»

Es klarte auf, als wir nach Süden gingen. Der Wind legte sich, nur gelegentliche Böen ließen uns die erbeuteten Umhänge um die Beine wehen. Die Sonne wärmte uns und glitzerte auf den überschwemmten Weiden. Wir begegneten einem kleinen Mädchen, vielleicht acht oder neun Jahre alt, das drei Kühe nordwärts trieb. Es zog sich erschreckt an den Straßenrand zurück, als wir vorüberkamen. «Besseres Wetter heute!», rief Beornoth der Kleinen fröhlich zu, doch sie zitterte nur und hielt ihren Blick gesenkt. Wir kamen an Obstgärten vorbei, in denen der Sturm Bäume gefällt hatte und ein kräftiger Stamm von einem Blitz gespalten und versengt worden war. Ein Schauder überlief mich, als ich einen toten Schwan sah, der mit gebrochenem Hals in einem überfluteten Graben lag. Das war kein gutes Omen, und ich suchte am Himmel nach einem besseren Zeichen, entdeckte jedoch nur die zerfetzte Wolkennachhut des Sturms. Eine Frau grub im Garten einer kleinen, strohgedeckten Hütte die Erde um, aber bei unserem Anblick ging sie hinein, und ich hörte den Sperrriegel in die Halterung fallen. Hatten sich die Leute so verhalten, dachte ich, wenn sie eine römische Einheit anrücken sahen? Oder Dänen? In Fæfresham herrschten Unruhe und Angst, weil das Städtchen ein weiteres Mal zum Schauplatz der Auseinandersetzungen von mächtigen Männern mit ehrgeizigen Bestrebungen geworden war.

Auch ich war unruhig. Wenn mir Wighelm die Wahrheit gesagt hatte, waren Æthelhelms Männer in Fæfresham in der Übermacht. Und wenn sie wachsam waren, wenn sie mit Ärger rechneten, wären wir schnell überwältigt. Ich hatte gedacht, mit den erbeuteten Umhängen und Schilden unauffällig in die Stadt kommen zu können, doch als Eadric zurückkehrte, berichtete er, dass ein Dutzend Speermänner die Straße bewachten. «Und faule Gesellen sind sie auch nicht», sagte er. «Sogar sehr aufmerksam.»

«Nur zwölf Mann?»

«Und noch viel mehr, die ihnen Rückendeckung geben können, Herr», sagte Eadric grimmig.

Wir hatten die Straße verlassen, um uns hinter der Schlehenhecke einer regennassen Weide zu verstecken. Wenn Eadric recht hatte, dann würde ein Angriff auf die zwölf Wachen dazu führen, dass weitere Gegner herbeieilten und ich mich möglicherweise in einem ungeordneten Kampf weit weg von der Sicherheit der *Spearhafoc* wiederfand. «Würde es dir gelingen, in die Stadt zu kommen?», fragte ich Eadric.

Er nickte. «Es gibt unzählige Gassen, Herr.» Er war ein Sachse mittleren Alters, der sich wie ein Geist durch Waldgebiete bewegen konnte, doch er war ebenfalls überzeugt, an Æthelhelms Spähern vorbeizukommen und durch seine Schläue in der Stadt unentdeckt zu bleiben. «Ich bin alt, Herr», sagte er, «und sie achten auf alte Männer nicht so wie auf junge.» Er entledigte sich seiner Waffen und streifte das Kettenhemd ab. Nun sah er aus wie ein Bauer, und er schlüpfte durch eine Lücke in der Schlehenhecke, die uns Deckung gab. Wir warteten. Die letzten Wolken lösten sich auf, und die Sonne spendete willkommene Wärme. Der Rauch von den Kochfeuern aus Fæfresham stieg nach oben, statt vom Wind seitwärts weggetrieben zu werden. Eadric kehrte sehr lange nicht zurück, und ich fing an zu befürchten, er sei gefangen genommen worden, und Finan befürchtete es ebenfalls. Er setzte sich neben mich, war aber in ständiger Unruhe und wurde dann mit einem Mal vollkommen still, als im Osten ein Reiterverband mit roten Umhängen auftauchte. Es waren wenigstens zwanzig, und einen Moment lang dachte ich, sie könnten auf der Suche nach uns sein. Ich zog Schlangenhauch halb aus der Scheide, doch dann kehrten die Reiter wieder zur Stadt um.

«Haben nur die Pferde bewegt», sagte ich erleichtert.

«Und es waren gute Pferde», sagte Finan, «keine billigen Bauernklepper.»

«Ich bin sicher, dass sie hier gute Pferde haben»,

sagte ich. «Es ist gutes Land, wenn man die Marschen hinter sich hat.»

«Aber die Bastarde sind mit dem Schiff gekommen», betonte Finan. «Niemand hat uns erzählt, dass sie Pferde mitgebracht haben.»

«Also haben sie sich die Pferde von den Leuten in der Stadt geholt.»

«Oder sie haben Verstärkung bekommen», sagte Finan unheilvoll. «Das ist mir nicht geheuer. Wir sollten uns zurückziehen.»

Finan war kein Feigling. Schon für diesen Gedanken schämte ich mich. Natürlich war er kein Feigling! Er gehörte zu den zwei oder drei tapfersten Männern, die ich je gekannt habe, er war als Schwertkämpfer so schnell wie der Blitz und hatte ein tödliches Geschick, doch an diesem Tag hatte er eine böse Vorahnung. Es war ein Gefühl des Grauens, eine Gewissheit, die auf nichts beruhte, das er sehen oder hören konnte, und dennoch eine Gewissheit war. Er behauptete, die Iren verfügten über ein Wissen, das uns Übrigen versagt war, dass sie das Schicksal sogar riechen könnten, und obwohl er Christ war, wusste ich, dass er glaubte, in der Welt würde es von Geistern wimmeln, und wie es schien, hatten diese unsichtbaren Wesen zu ihm gesprochen. In der Nacht hatte er versucht, mich davon zu überzeugen, an Bord der *Spearhafoc* zu gehen und nach Norden zurückzusegeln. Wir seien zu wenige, hatte er gesagt, und unsere Gegner zu viele. «Und ich habe dich tot gesehen, Herr», hatte er zuletzt gesagt, und ich hatte ihm angehört, wie sehr es ihn schmerzte, von so etwas zu sprechen.

«Tot?», hatte ich gefragt.

«Nackt, blutüberströmt, auf einem Gerstenfeld.» Er hielt inne, doch ich sagte nichts. «Wir sollten nach Hause gehen.»

Ich war in Versuchung. Und Finans Hellseherei oder Traumgesicht hatte mich beinahe überzeugt. Ich berührte mein Hammeramulett. «Wir sind schon bis hierher gekommen», erklärte ich ihm, «und ich muss mit Eadgifu sprechen.»

«Warum, im Namen Gottes?» Wir hatten auf einer Bank neben der Feuerstelle des Wirtshauses gesessen. Alle anderen um uns herum schnarchten. Der Wind rüttelte noch an den Fensterläden und zupfte an dem Strohdach, und noch immer fiel Regen durch das Abzugsloch und zischte im Feuer, doch der Sturm war aufs Meer hinausgezogen, und nur seine Nachzügler störten die Nacht.

«Weil es das ist, wofür ich hierhergekommen bin», hatte ich eigensinnig geantwortet.

«Und sie sollte einen Kampfverband aus Cent aufstellen?»

«So hat es der Priester gesagt.»

«Und hat sie das?»

Ich hatte geseufzt. «Du kennst die Antwort ebenso gut wie ich.»

«Und trotzdem gehen wir morgen landeinwärts?», hatte er gefragt. «Wir haben keine Pferde. Was geschieht, wenn wir von dem Hafen abgeschnitten werden?»

Ich hatte daran gedacht, ihm damit zu antworten, dass ich meinen Eid erfüllen müsse, doch Finan hatte natürlich recht. Es gab andere Wege, auf denen ich mein Versprechen gegenüber Æthelstan halten konnte. Ich hätte mich ihm in Mercien anschließen können, doch stattdessen hatte ich entschieden, dem Priester zu glauben, und ich hatte darauf gehofft, an der Spitze eines aufständischen Kriegerverbands aus Cent zu stehen, um Æthelhelm in Wessex von innen heraus anzugreifen. «Dann bin ich also ein Narr», hatte ich stattdessen zu Finan gesagt, «aber morgen werden wir Eadgifu ausfindig machen.»

Er hatte die Entschlossenheit in meiner Stimme gehört und nahm sie hin. «Erstaunlich, zu was ein Paar gut riechender Titten einen Mann bringen», hatte er gesagt, «und jetzt solltest du schlafen.»

Also hatte ich geschlafen, und nun war ich kurz vor Fæfresham, und Eadric kam nicht zurück, und mein engster Freund wähnte mich dem Untergang geweiht. «Wir warten bis zur Dämmerung», sagte ich. «Wenn Eadric bis dahin nicht zurück ist, gehen wir wieder zur *Spearhafoc.*»

«Gott sei gelobt», sagte Finan, und kaum hatte er sich bekreuzigt, tauchte Eadric an der Hecke auf.

Er brachte uns einen Laib Brot und einen Brocken Käse. «Hat mich einen Schilling gekostet, Herr.»

«Warst du in der Stadt?»

«Und dort wimmelt es von den Pissern, Herr. Ich habe keine guten Nachrichten. Gestern sind noch sechzig Männer gekommen, kurz bevor der Sturm aufgezogen ist. Kamen aus Lundene, allesamt in diesen läppischen roten Umhängen. Sie sind zu Pferd gekommen.» Ich fluchte, und Finan bekreuzigte sich erneut. «Die

Herrin ist noch in dem Kloster, Herr», fuhr Eadric fort. «Sie haben nicht versucht, sie herauszuholen, noch nicht. Keine Nachricht vom Tod des Königs, versteht Ihr? Einen Schilling, Herr.»

Ich gab ihm zwei. «Wie hast du das alles herausgefunden?»

«Hab den Priester gesehen! Pater Rædwulf. Feiner Mann. Hat mich gesegnet, das hat er.»

«Für wen hast du dich ausgegeben?»

«Hab ihm selbstverständlich die Wahrheit gesagt! Hab ihm erzählt, dass wir versuchen, der Herrin zur Hilfe zu kommen.»

«Und was hat er gesagt?»

«Er hat gesagt, er wird für uns beten, Herr.»

So hatte mein närrischer Traum sein Ende gefunden. Hier, auf der nassen Wiese hinter einer Dornenhecke, hatte mich die Wirklichkeit eingeholt. Die Stadt war voller Gegner, wir waren zu spät gekommen, und ich war gescheitert. «Du hattest recht», erklärte ich Finan reumütig.

«Ich bin Ire, Herr, natürlich hatte ich recht.»

«Wir gehen zur *Spearhafoc*», sagte ich. «Wir verbrennen Æthelhelms drei Schiffe im Hafen, und dann kehren wir in den Norden zurück.»

Mein Vater hatte mir einst eingeschärft, möglichst wenige Eide zu leisten. «Eide binden dich, Junge», hatte er gesagt, «und du bist ein Narr. Du bist als Narr geboren. Du springst los, bevor du nachdenkst. Also denke nach, bevor du einen Eid schwörst.»

Wieder war ich ein Narr gewesen. Finan hatte recht gehabt, Sigtryggr hatte recht gehabt, Eadith hatte recht gehabt, und mein Vater hatte recht gehabt. Ich hatte hier nichts verloren. Dieses närrische Unternehmen war vorbei.

Nur, dass es das nicht war.

Weil die Reiter kamen.

Vier

Da waren sechsunddreißig Reiter, alle in Kettenhemden, alle mit Schilden, und die Hälfte von ihnen trug lange Speere. Sie kamen aus Osten, umrundeten unterhalb von uns die leichte Erhebung des Weidelandes, auf der wir uns neben die Schlehenhecke gekauert hatten. Wir hatten sie gesehen, doch sie hatten uns noch nicht entdeckt.

Meine erste unwillkürliche Regung war, Schlangenhauch zu ziehen, und mein erster Gedanke, dass Æthelhelms Männer Eadric gesehen haben mussten und ihm aus der Stadt gefolgt waren. Mein zweiter Gedanke war, dass wir nur wenige Schilde hatten. Mein dritter Gedanke war, dass diese Männer keine roten Umhänge trugen und ihre Schilde nicht Æthelhelms Zeichen des springenden Hirschs aufwiesen. Die Schilde schienen zwar irgendein Tier zu zeigen, aber die Farbe war verblasst, und ich erkannte das Symbol nicht.

Dann sah uns der Anführer der Reiter und hob die Hand, damit seine Männer anhielten. Sie ließen ihre Pferde in unsere Richtung umdrehen, sodass die feuchte Wiese unter ihren schweren Hufen zu aufgewühltem Schlamm wurde. «Was haben sie auf ihren Schilden?», fragte ich Finan.

«Ein paar zeigen einen Bullenkopf», antwortete er, «mit blutigen Hörnern, auf den übrigen sind gekreuzte Schwerter.»

«Dann sind es Männer aus Cent», sagte ich erleichtert, und im selben Moment sahen die Neuankömmlinge, dass unsere Schilde den springenden Hirsch zeigten, und sie sahen unsere dunkelroten Umhänge, und da zogen sie die Schwerter, rammten die Sporen zurück und richteten die Speere auf uns.

«Lasst eure Waffen fallen!», rief ich meinen Männern zu. «Lasst die Schilde fallen!» Die großen Pferde galoppierten den feuchten Abhang hinauf, Speerspitzen blitzten im Licht. Ich rannte ein paar Schritt auf sie zu, blieb stehen und rammte Schlangenhauch mit der Spitze voran in die Wiese. «Kein Kampf!», rief ich den Reitern zu. Ich breitete die Arme aus, um zu zeigen, dass ich weder Waffen noch Schild trug.

Der Anführer der Reiter zügelte seinen Hengst und reckte sein Schwert empor, um seine Männer anzuhalten. Die Pferde schnaubten und scharrten im feuchten Grund. Ich ging den sanften Abhang hinunter, während der centische Anführer sein Pferd mit einer leichten Bewegung langsam auf mich zutrieb. Dann ließ er das Tier anhalten und deutete mit seinem Schwert auf mich. «Ergebt Ihr Euch, alter Mann?»

«Wer seid Ihr?», wollte ich wissen.

«Der Mann, der Euch tötet, wenn Ihr Euch nicht ergebt.» Er sah an mir vorbei zu meinen Männern. Ohne das silberne Kreuz um seinen Hals und die Symbole auf den Schilden seiner Männer hätte man ihn für einen Dänen oder Norweger halten können. Er trug sein schwarzes Haar sehr lang, es hing unter seinem guten silberziselierten Helm bis zu seiner Mitte hinab. Sein Kettenhemd war poliert, sein Zaumzeug und sein

Sattel mit kleinen Silbersternen besetzt. Seine hohen, schlammbespritzten Stiefel waren aus feinstem Leder, und die langen Sporen aus Silber. Sein Schwert, das immer noch auf mich zeigte, war mit zarten goldenen Verzierungen auf dem Querstück geschmückt. «Ergebt Ihr Euch oder sterbt Ihr?», fragte er.

«Ich habe gefragt, wer Ihr seid», gab ich schroff zurück.

Er sah mich an, als wäre ich ein Kothaufen, während er überlegte, ob er mir antworten sollte oder nicht. Schließlich tat er es, allerdings mit einem höhnischen Grinsen. «Mein Name», sagte er, «ist Awyrgan von Contwaraburg. Und Ihr seid?»

«Ich bin Uhtred von Bebbanburg», sagte ich ebenso hochmütig, und diese Antwort löste eine befriedigende Wirkung aus. Awyrgan – sein Name bedeutete ‹verflucht›, daher nahm ich an, dass er sich den Namen selbst ausgewählt hatte und nicht darauf getauft worden war – senkte das Schwert, sodass die Spitze auf das feuchte Gras deutete, und starrte mich verwundert an. Er sah einen tropfnassen, graubärtigen, schlammverschmutzten Krieger mit beschädigtem Kettenhemd und zerbeultem Helm. Ich starrte zurück und sah einen gutaussehenden jungen Mann mit dunklen Augen, einer langen, geraden Nase und einem glattgeschabten Kinn. Ich vermutete, dass Awyrgan von Contwaraburg mit Privilegien geboren war und sich ein Leben ohne sie nicht vorstellen konnte. «Herr Uhtred von Bebbanburg», fügte ich hinzu und betonte das Wort «Herr».

«Wirklich?», fragte er und fügte hastig hinzu: «Herr.»

«Wirklich», knurrte ich.

«Es ist der Herr Uhtred», sagte ein älterer Mann brüsk. Er hatte sein Pferd dicht hinter Awyrgans Hengst trotten lassen und sah nun mit offensichtlicher Abneigung auf mich herab. Ebenso wie Awyrgan saß er auf einem guten Pferd, trug ein hochwertiges Kettenhemd und hatte das Schwert gezogen, dessen Klinge, wie ich erkennen konnte, häufig eingesetzt worden war. Sein kurzgeschnittener Bart war grau, und auf seiner harten Miene kreuzten sich zwei Narben. Ich hielt ihn für einen alten, erfahrenen Krieger, der mit der Beratung des jüngeren Mannes betraut worden war. «Ich habe mit Euch in Ostanglien gekämpft, Herr», sagte er knapp.

«Und du bist?»

«Swithun Swithunson», sagte er immer noch hörbar unfreundlich, «und Ihr, Herr, seid weit weg von zu Hause.» Das «Herr» hatte er mit deutlichem Widerstreben ausgesprochen.

«Ich bin hierher eingeladen worden», sagte ich.

«Von?», fragte Awyrgan.

«Der Herrin Eadgifu.»

«Die Königin hat Euch eingeladen?» Awyrgan klang erstaunt.

«Das sagte ich eben.»

Eine unbehagliche Stille breitete sich aus, dann schob Awyrgan sein Schwert in die Scheide. «Ihr seid in der Tat willkommen, Herr», sagte er. Vielleicht war er hochmütig, doch er war kein Narr. Sein Pferd warf den Kopf zurück und scherte seitwärts aus, und er beruhigte es, indem er ihm mit der behandschuhten Hand über den Hals strich. «Irgendwelche Neuigkeiten vom König?»

«Keine.»

«Und von der Herrin?»

«Soweit ich weiß», sagte ich, «ist sie noch immer in dem Kloster und wird dort von Æthelhelms Männern festgehalten, von denen inzwischen gut einhundert hier sind. Was habt Ihr im Sinn?»

«Sie retten, selbstredend.»

«Mit sechsunddreißig Mann?»

Awyrgan lächelte. «Aldermann Sigulf hat noch hundertfünfzig Mann weiter östlich.»

Also war Eadgifus Bruder dem Ruf seiner Schwester gefolgt. Ich war mit dem Gedanken nach Süden gesegelt, mich mit den Männern aus Cent zu verbünden, um Wessex von Ælfweards Königtum zu befreien, doch als ich nun von Angesicht zu Angesicht vor zweien der Anführer aus Cent stand, vergrößerten sich meine Zweifel. Awyrgan war ein hochmütiger Jüngling und Swithun hasste mich offenkundig. Finan war mir nachgekommen und einen Schritt rechts hinter mir stehen geblieben. Ich hörte ihn knurren, ein Zeichen dafür, dass ich diesen Irrsinn aufgeben, zur *Spearhafoc* und nach Hause zurückkehren sollte.

«Was ist Dreogan zugestoßen?», fragte ich.

«Dreogan?», gab Awyrgan verständnislos zurück.

«Einer von Herrn Æthelhelms Männern», erklärte ich, «er hat Männer nach Contwaraburg geführt, um Aldermann Sigulf dazu zu bringen, in Ruhe an seinem warmen Feuer sitzenzubleiben.»

Awyrgan lächelte. «Diese Männer meint Ihr! Wir

haben ihnen die Kettenrüstungen genommen, wir haben ihnen die Waffen genommen, und wir haben ihnen die Pferde genommen. Ich vermute, Herr Sigulf wird ihnen auch noch das Leben nehmen, wenn sie Ärger machen.»

«Und mit welchem Auftrag», fuhr ich fort, «hat Euch Aldermann Sigulf hierhergeschickt?»

Awyrgan deutete nach Westen. «Die Bastarde an der Flucht hindern, Herr. Wir sollen die Straße nach Lundene abriegeln.» Er ließ es ganz einfach klingen. Vielleicht war es das auch.

«Dann tut das», sagte ich.

Mein ruppiger Ton befremdete Awyrgan, doch er nickte und gab seinen Reitern ein Handzeichen. «Werdet Ihr mit uns kommen?», fragte er.

«Ihr braucht mich nicht», sagte ich.

«Ganz recht», knurrte Swithun, dann gab er seinem Pferd die Sporen und galoppierte davon. Die Reiter aus Cent hielten sich auf niedrigerem Gelände, um nicht von der Stadt aus gesehen zu werden, doch ich vermutete, dass sie schon aufgefallen waren, denn es gab nur wenig Deckung in diesem flachen feuchten Land.

«Und helfen wir ihnen?», wollte Finan wissen.

Ich sah immer noch den Reitern nach. «Es wäre doch zu schade», sagte ich, «bis hierher gekommen zu sein, ohne noch einmal ihre Titten zu riechen.»

Finan tat diesen Scherz verächtlich ab. «Sie waren nicht erfreut über unseren Anblick. Warum sollten wir sie also unterstützen?»

«Swithun hat sich nicht gefreut», stimmte ich ihm zu, «und das überrascht mich nicht. Er erinnert sich an uns von Ostanglien.»

Cent war seit jeher eine unruhige Grafschaft. Einst war es ein selbständiges Königreich gewesen, doch das war lange vorbei, und nun gehörte es zu Wessex, auch wenn es hin und wieder Unabhängigkeitsbestrebungen gab, und dieser Stolz aus alter Zeit hatte Sigulfs Großvater kurz nach Edwards Krönung an die Seite der Dänen von Ostanglien getrieben. Das Bündnis hatte nicht gehalten, und ich hatte die Schande dieses Seitenwechsels dazu genutzt, um die Männer aus Cent zum Kampf für Wessex zu bringen, dennoch hatten sie die Schmach nie vergessen, die sie mit ihrem Beinahe-Verrat über sich gebracht hatten. Nun begehrte Sigulf erneut auf, dieses Mal, um Edmund, den ältesten Sohn seiner Schwester, auf den Thron von Wessex zu bringen.

«Wenn wir uns ihrem Kampf anschließen», sagte Finan, «kämpfen wir für Eadgifus Söhne.»

Ich nickte.

«Aber warum, in Gottes Namen? Ich dachte, du unterstützt Æthelstan!»

«Das tue ich.»

«Dann…»

«In Wessex gibt es drei Thronanwärter», unterbrach ich ihn. «Ælfweard, Æthelstan und Edmund. Ergibt es etwa keinen Sinn, wenn sich zwei von ihnen zusammenschließen, um den dritten zu besiegen?»

«Und wenn er besiegt ist? Was geschieht dann mit den zweien?»

Ich zuckte mit den Schultern. «Eadgifus Junge ist ein Kleinkind. Der Witan wird sich ganz gewiss nicht für ihn entscheiden.»

«Also kämpfen wir jetzt für Eadgifu?»

Ich schwieg eine ganze Weile, dann schüttelte ich den Kopf. «Nein.»

«Nein?»

Einen Moment lang antwortete ich nicht. Stattdessen dachte ich an Finans Omen, an sein Traumgesicht von meinem nackten Leichnam auf einem Gerstenfeld, dann fiel mir der tote Schwan ein, den ich mit gebrochenem Hals in dem trüben Graben hatte liegen sehen. Und das, dachte ich, war ein Omen, wenn es je eines gegeben hatte, und in demselben Augenblick hörte ich klatschende Flügelschläge, hob den Blick zum Himmel, und sah zwei Schwäne Richtung Norden fliegen. Thor hatte mir ein Zeichen gesandt, und es hätte nicht deutlicher sein können. Geh nach Norden, geh nach Hause, geh jetzt.

Was war ich für ein Narr! Zu denken, ich könnte einen centischen Aufstand gegen Wessex führen! Ich könnte Æthelhelm mit einem zusammengewürfelten Verband aus Cent und einer Handvoll Northumbrier schlagen! Es war Stolz, dachte ich, nichts als närrischer Stolz. Ich war Uhtred von Bebbanburg, und einer meiner Dichter, einer der Männer, die Lieder für die Winterabende im Palas von Bebbanburg schreiben, nannte mich immer Uhtred der Unbesiegte. Glaubte ich ihm? Ich war häufig genug besiegt worden, doch ein freundliches Schicksal hatte mir stets Rache beschert. Aber jeder Mann weiß, oder sollte wissen, dass das Schicksal wankelmütig ist. «Wyrd bið ful āræd», erklärte ich Finan. Das Schicksal ist unausweichlich.

«Und das Schicksal ist auch ein Luder», sagte er, «aber was ist jetzt unser Schicksal?»

«Allen Gerstenfeldern aus dem Weg zu gehen», sagte ich leichthin.

Er lächelte nicht. «Gehen wir nach Hause?»

Ich nickte. «Wir gehen zurück zur *Spearhafoc*», sagte ich, «und wir gehen nach Hause.»

Er sah mich beinahe ungläubig an, dann bekreuzigte er sich. «Dank sei dem lebendigen Gott.»

Und so gingen wir zurück nach Norden. Krähen oder Füchse hatten den toten Schwan zerfleischt, Federn um die freiliegenden Rippen verstreut, und ich berührte den Thorshammer und dankte den Göttern schweigend dafür, dass sie mir ihre Zeichen sandten.

«Diese Träume», sagte Finan unbehaglich, «treffen nicht immer zu.»

«Aber eine Warnung sind sie doch.»

«Ja, das sind sie.» Wir gingen weiter. «Und was geschieht nun mit Lavendel-Titte?», fragte Finan, um nicht weiter über seine Vorahnungen sprechen zu müssen.

«Das hängt von ihrem Bruder ab. Ich habe es versucht, nun ist er an der Reihe.»

«Das ist nur recht und billig.»

«Und Awyrgan», sagte ich, «bewacht die falsche Straße.»

«Ist das so?»

«Wenn sich Æthelhelms Männer zurückziehen, kommen sie wahrscheinlich auf dieser Straße entlang. Einige von ihnen jedenfalls. Sie wollen ihre Schiffe nicht verlieren.»

«Und dieser aufgeblasene kleine Earsling weiß nicht, dass sie Schiffe haben?»

«Offenbar nicht», sagte ich. «Und ich habe nicht daran gedacht, es ihm zu erzählen.»

«Also lassen wir den aufgeblasenen Bastard seine Zeit vergeuden», sagte Finan freudig.

Inzwischen war es später Nachmittag. Es hatte aufgeklart, war warm geworden, und die Sonne glitzerte auf den überschwemmten Weiden und Marschen. «Es tut mir leid», sagte ich zu Finan.

«Wie bitte?»

«Ich hätte auf dich hören sollen. Und auf Eadith. Und Sigtryggr.»

Meine Entschuldigung machte ihn verlegen. «Eide», sagte er nach ein paar Schritten, «liegen einem Mann schwer auf dem Gewissen.»

«Das tun sie, aber ich hätte dennoch auf euch hören sollen. Es tut mir leid. Wir bringen das Schiff nach Norden, und dann reite ich nach Süden, um mich Æthelstan in Mercien anzuschließen.»

«Und ich komme mit dir», sagte Finan begeistert. Er drehte sich um und blickte zurück nach Süden. «Ich frage mich, wie sich Sigulf schlägt.» Es drang kein Schlachtenlärm aus Fæfresham zu uns herüber, aber wir waren wohl auch schon zu weit entfernt, um Waffenklirren und Schreie von Verwundeten zu hören.

«Wenn Sigulf das kleinste bisschen Verstand hat», sagte ich, «verhandelt er, bevor er kämpft.»

«Hat er denn Verstand?»

«Nicht mehr als ich», gab ich bitter zurück. «Er ist nicht angesehen, soweit ich weiß, und sein Vater war ein verräterischer Narr. Trotzdem, er greift Æthelhelm an, und ich wünsche ihm Glück, aber er wird mehr als ein paar hundert Mann brauchen, um Æthelhelms Rache abzuwehren.»

«Und das ist nicht dein Kampf, was?»

«Jeder, der gegen Æthelhelm kämpft, ist auf meiner Seite», sagte ich, «aber hierherzukommen, war Irrsinn.»

«Du hast es versucht», bemühte sich Finan, mich zu trösten. «Du kannst Æthelstan sagen, dass du versucht hast, den Schwur zu halten.»

«Aber ich bin gescheitert», sagte ich. Ich hasse den Misserfolg, und ich war gescheitert.

Doch das Schicksal ist ein Luder, und das Luder war noch nicht mit mir fertig.

Oswi entdeckte unsere Verfolger als Erster. Er rief mir von hinten zu: «Herr!»

Ich drehte mich um und sah Reiter kommen. Sie waren ein gutes Stück entfernt, aber ich konnte die roten Umhänge erkennen. Finan, wie sich versteht, sah mehr als ich. «Zwanzig Mann?», sagte er. «Vielleicht dreißig. Und sie sind schnell.»

Ich schaute nach Norden, dachte darüber nach, ob wir die *Spearhafoc* erreichen konnten, bevor die Reiter uns erreichten, und kam zu dem Schluss, dass wir es nicht schaffen würden. Ich drehte mich wieder nach hinten um, hatte Sorge, dass die kleine Reitergruppe nur eine Vorhut war, dass eine Horde von Æthelhelms Männern dicht hinter ihnen folgte, aber die Straße jenseits der galoppierenden Reiter blieb menschenleer. «Schildwall!», rief ich. «Drei Reihen! Rote Umhänge in die erste Reihe!»

Die Reiter würden ihre eigenen Männer die Straße

sperren sehen. Sie würden sich wohl fragen, aus welchem Grund, aber ich ging davon aus, dass sie uns für ihre Verbündeten halten würden. «Sigulf muss sie aus der Stadt gejagt haben», sagte ich zu Finan.

«Und die übrigen hat er getötet?», fragte er. «Das bezweifle ich. Dort waren…» Unvermittelt hielt er inne und starrte auf die Reiter. «Sie haben Frauen bei sich!»

Nun sah ich es selbst: Hinter den ersten Reitern kamen vier oder fünf in grauen Umhängen, bis auf einen, der schwarz trug. Ich war nicht sicher, dass es Frauen waren, Finan jedoch schon. «Das ist Lavendel-Titte», sagte er.

«Wirklich?»

«Sie muss es sein.»

Also mussten Æthelhelms Männer in Fæfresham beschlossen haben, Eadgifu und ihr Gefolge wegzubringen, bevor die Kampftruppe aus Cent die Stadtmitte erreichen konnte. Sie ritten nun in leichtem Galopp die Straße entlang, wollten zu ihren Schiffen, und zweifellos verließen sie sich darauf, dass Wighelm und seine Männer den größten Teil der Schiffsbesatzung stellten, doch Wighelm saß nackt irgendwo auf der Insel Sceapig.

«Zeigt euch nicht bedrohlich!», erklärte ich meinen Männern. «Stützt die Schilde auf dem Boden ab! Sie sollen uns für Freunde halten!» Ich wandte mich wieder an Finan. «Wir müssen schnell sein», sagte ich. «Such sechs von deinen Männern aus, um die Zügel der Frauen zu übernehmen.»

«Und wenn wir sie befreit haben?», fragte er. «Was fangen wir dann mit ihnen an?»

«Wir bringen sie nach Bebbanburg.»

«Und je früher, desto besser», knurrte er.

Die Reiter waren nun halb hinter einem hohen Schilfgürtel verborgen, und noch immer folgte ihnen niemand aus der Stadt. Ich schloss die ledernen Wangenstücke meines Helms, um mein Gesicht abzudecken. «Berg!», rief ich. Berg stand in der ersten Reihe, er war einer der Männer, der einen roten Umhang und einen Schild mit Æthelhelms springendem Hirsch trug. «Wenn sie näher herangekommen sind, hebst du die Hand! Lass sie denken, wir hätten eine Nachricht!»

«Ja, Herr.»

Die Reiter tauchten hinter dem dichten Schilf auf und galoppierten auf uns zu. «Erste Reihe», rief ich, «ihr kümmert euch um die Anführer!» Ich hatte dreißig Mann in drei Reihen. «Zweite Reihe!» Ich selbst stand in der zweiten Reihe, denn ich ging davon aus, dass so die Wahrscheinlichkeit, erkannt zu werden, geringer war als mit einem Platz ganz vorn. «Wir räumen mit den Reitern hinter den Frauen auf. Finan! Du bringst die Frauen weg, dann gehst du dorthin, wo du gebraucht wirst.» Was bedeutete, dass er jeweils demjenigen von uns beispringen sollte, der Unterstützung brauchte. Ich konnte nun die Hufschläge hören und sah die dunklen Schlammklumpen, die von den dahinjagenden Pferden emporgeschleudert wurden. Einer der Anführer stand halb in den Steigbügeln und rief etwas, doch was immer er auch schrie, ging in dem Lärm der Hufschläge und dem Klirren des Zaumzeugs unter. Dann trat Berg vor und hob die Hand, und den Reitern blieb nichts anderes übrig, als ihre Tiere zu zügeln. «Wighelm!», rief der Anführer. «Geht zurück!»

«Er ist bei den Schiffen!», rief ich ihm zu.

«Geht aus dem Weg!» Der Mann war zum Anhalten gezwungen worden, und seine Gefolgsleute hielten sich verunsichert hinter ihm. «Geht aus dem Weg», brüllte er noch einmal zornig. «Geht aus dem Weg und zurück zum Hafen!» Er trieb sein Pferd geradewegs auf unsere erste Reihe zu, erwartete offenkundig, dass wir ihm Platz machten.

«Jetzt!», rief ich und zog Schlangenhauch.

Berg rammte dem Hengst, auf dem der Anführer saß, seinen Schild an den Kopf. Das Tier scherte seitwärts aus, glitt über den Morast und stürzte. Die übrigen Männer meiner ersten Reihe griffen die verwirrten Reiter mit den Speeren an, die wir von Wighelm erbeutet hatten, und fielen schonungslos über Pferde und Männer her. Verängstigte Tiere bäumten sich auf, Reiter wurden aus den Sätteln gezogen. Berg zerrte den Mann, der uns angebrüllt hatte, unter seinem mit den Hufen rudernden Pferd heraus. «Der soll am Leben bleiben!», rief ich Berg zu. Die Gegner, zumindest diejenigen, die am dichtesten bei uns waren, hatten nicht einmal Zeit, ihre Schwerter zu ziehen, und meine Männer waren schnell und grausam. Den Frauen – nun sah auch ich, dass es Frauen waren – stand das Entsetzen ins Gesicht geschrieben. Ich rannte an ihnen vorbei und hatte einen Reiter vor mir, der sein Schwert hob, während er seinen Hengst auf mich zutrieb. Ich schlug seine Klinge mit Schlangenhauch zur Seite, dann rammte ich mein Schwert aufwärts in seine Achselhöhle. Ich spürte, wie es das Kettenhemd durchbohrte und über Knochen schabte, dann floss Blut an der Klinge herab. Gerbruht hastete, auf Friesisch brüllend, an mir vorbei. Zwei Reitern war es gelungen, ihre Pferde umzulenken, und sie galoppierten zurück Richtung Fæfresham. «Lass sie gehen!», rief ich Oswi zu, der ihnen nachlaufen wollte. Er würde sie nicht einholen, und ich rechnete damit, längst auf See zu sein, bevor Hilfe aus der Stadt kommen konnte. Der Mann, in dessen Schulter Schlangenhauch gefahren war, hatte sein Schwert in die andere Hand genommen, und versuchte nun unbeholfen, vom Sattel aus auf mich einzustechen, doch dann verschwand er unvermittelt, von Vidarr heruntergezerrt. Ich zog mich auf das Pferd, nahm seine Zügel und drückte ihm die Fersen in die Flanken. «Herrin Eadgifu!», rief ich, und eine der Frauen mit den grauen Kapuzenumhängen drehte sich um, und ich erkannte ihr blasses, von rabenschwarzem Haar umrahmtes Gesicht. «Reitet weiter!», rief ich ihr zu. «Reitet weiter! Ein Schiff erwartet uns. Geht! Beornoth!»

«Herr!»

«Nimm dir ein Pferd, beschütze die Frauen!» Ich sah, dass drei von ihnen kleine Kinder vor sich im Sattel sitzen hatten. «Los!»

Einige der Gegner waren von der Straße weggaloppiert und versuchten, an uns vorbeizukommen, doch das Land war ein einziger wassergetränkter Sumpf, und die Pferde kämpften sich mühsam voran. Ihre Reiter rammten den bedauernswerten Tieren die Sporen in die Flanken, und die Pferde wieherten gequält, doch sie blieben stecken. Ein halbes Dutzend von Finans Männern griff sie mit Speeren an, die eine viel größere Reichweite hatten als die Schwerter der Reiter. Zwei der Gegner sprangen einfach nur aus dem Sattel und stolperten ins Schilf, während andere ihre Waffen abwarfen und sich ergaben. Dahinter auf der Straße hielt Berg dem Anführer der Reiter, der flach auf dem Rücken lag, seine Klinge an die Kehle.

Die aussichtsreichsten Vorgehensweisen in jedem Kampf bestehen darin, den Gegner zu überraschen, ihm zahlenmäßig überlegen zu sein und ihn mit derartiger Schnelligkeit und Wildheit anzugreifen, dass er erst begreift, was vor sich geht, wenn ein Schwert an seiner Kehle liegt oder eine Speerklinge tief in seinen Eingeweiden steckt. Alles drei war uns gelungen, wenn auch zu einem gewissen Preis. Immar Hergildson, der unerfahrenste meiner Männer, hatte einen Reiter mit einem roten Umhang gesehen, seinen Speer zu ihm hinaufgestoßen und so Oswi verwundet, der auf ein reiterloses Pferd gestiegen war. Oswi fluchte und drohte mit Vergeltung, die Pferde scheuten noch immer vor Schrecken, eine Frau schrie, ein verletztes Pferd trommelte mit den Hufen auf die Straße, und einige der Gegner hasteten auf die Schilfgebiete zu. «Oswi!», brüllte ich. «Wie schwer bist du verletzt?»

«Ein Kratzer, Herr.»

«Dann sei still!»

Einige der Westsachsen waren entkommen, aber die meisten hatten wir gefangen genommen, einschließlich des jungen Mannes, der offenkundig ihr Anführer gewesen war. Berg hielt ihm weiterhin das Schwert an die Kehle. «Lass ihn aufstehen», sagte ich. Ich sah, dass die Frauen etwa fünfzig Schritt weiter die Straße hinunter in Sicherheit waren und uns von dort aus beobachteten. «Wie heißt du?», fragte ich den jungen Mann.

Er zögerte, wollte nicht antworten, doch ein Zucken von Schlangenhauch änderte seine Meinung. «Herewulf», murmelte er und starrte auf sein Schwert, das auf der Straße lag.

Ich beugte mich im Sattel vor und zwang ihn mit der Spitze Schlangenhauchs unter seinem Kinn, mich anzusehen. «Weißt du, wer ich bin?» Er schüttelte den Kopf. «Ich bin Uhtred von Bebbanburg», sagte ich und sah die Furcht in seinem Blick, «und du redest mich mit Herr an. Also, wie haben deine Befehle gelautet, Herewulf?»

«Die Herrin Eadgifu in Sicherheit zu bringen, Herr.»

«Und wo?»

«Cippanhamm, Herr», sagte er missmutig.

Cippanhamm war eine schöne Stadt in Wiltunscir, und zweifellos hatte Herewulf geplant, die Frauen und Kinder über die Temes hinaufzubringen, an Lundene vorbei und somit in Æthelhelms Grafschaft. «Irgendwelche Neuigkeiten über den König?», fragte ich ihn.

«Er ist noch immer krank, Herr», sagte er. «Mehr wissen wir nicht.»

«Nimm ihm das Kettenhemd ab», befahl ich Berg. «Du hast Glück», wandte ich mich dann wieder an Herewulf, «weil ich dich möglicherweise am Leben lasse. Möglicherweise.» Er starrte mich einfach nur an. «Was geht in Fæfresham vor sich?», fragte ich.

Einen Moment lang war er versucht, mir zu trotzen, doch ich legte ihm Schlangenhauch an die Wange, und das löste seine Zunge. «Sie reden», sagte er widerwillig.

«Reden?»

«Östlich der Stadt, Herr.»

Das ergab Sinn. Sigulf war seiner Schwester mit Kriegern zu Hilfe gekommen, nur um festzustellen, dass sie von Einheiten bewacht wurde, die seinen eigenen ebenbürtig waren. Sollten sie gegeneinander kämpfen, würden in einer Schlacht mit ungewissem Ausgang Männer sterben und verwundet werden. Besonnen hatte Sigulf darauf gehofft, seine Schwester mit Verhandlungen aus dem Griff ihrer Gegner befreien zu können, doch diese Gegner hatten eine List angewandt. Während sie sich in den Deckmantel der Verhandlungen hüllten, hatten sie Eadgifu aus dem Kloster holen lassen, damit sie nordwärts zu ihren Schiffen gebracht wurde. Das Wagnis, das sie damit eingingen, bestand darin, dass Edward sich wieder erholen und sie bestrafen könnte, doch sein Zorn war ihnen lieber als ein Thronerbe, der Æthelhelms Zugriff entzogen war. «Du wurdest also geschickt, um für die Sicherheit der Herrin Eadgifu zu sorgen?», fragte ich den Gefangenen.

«Das habe ich Euch schon gesagt.» Herewulf fand seinen Trotz wieder.

«Dann berichte dem Herrn Æthelhelm, dass ich diese Aufgabe für ihn übernehme.»

«Wenn Ælfweard König ist», gab Herewulf zurück, «wird der Herr Æthelhelm Eure Festung erobern und Euren Kadaver an die Schweine verfüttern.»

«Das hat schon sein Vater versucht», sagte ich und steckte Schlangenhauch in die Scheide, «und jetzt fressen ihn die Würmer. Sei dankbar, dass ich dich am Leben lasse.»

Wir nahmen allen Gefangenen ihre Kettenhemden,

ihre Waffen und ihre Pferde ab, dann ließen wir sie auf der Straße zurück, wo ein Hengst tot im Schlamm lag und die Erde mit seinem Blut dunkler färbte. Zwei Männer waren getötet worden, ein Dutzend weitere von Æthelhelms Männern bluteten, ebenso wie Oswi, auch wenn er behauptete, er würde die Wunde kaum spüren. Ich trieb mein Pferd zu der abwartenden Herrin Eadgifu. «Wir müssen weiter, meine Herrin», sagte ich. «Sie werden bald mit der Verfolgung beginnen, und wir müssen auf das Schiff.»

«Herr Uhtred», sagte sie erstaunt. «Ihr seid gekommen!»

«Wir müssen weiter, meine Herrin.»

«Aber mein Bruder!»

«Er verhandelt mit Æthelhelms Männern, meine Herrin, und ich kann nicht darauf warten, wie sie sich entscheiden. Wünscht Ihr abzuwarten? Ihr könnt hierbleiben, und ich gehe.» Eadgifu wurde von vier Frauen begleitet, die ich für ihre Dienerinnen oder Gesellschafterinnen hielt. Eine von ihnen hielt einen vielleicht drei- oder vierjährigen Jungen an sich gedrückt, zwei andere hatten Säuglinge auf den Armen. Auch ein Priester in einem schwarzen Umhang befand sich bei ihnen.

«Herr Uhtred hat recht, meine Herrin», sagte der Priester unruhig.

«Aber mein Bruder ist gekommen!» Eadgifu starrte in die Richtung, in der Fæfresham lag, als erwartete sie, dass Männer mit Stieren oder Schwertern auf ihren Schilden zu ihrer Rettung kämen.

«Und von Aldermann Æthelhelms Männern sind auch viele gekommen», sagte ich, «und bis wir wissen, wer den Kampf gewonnen hat, müssen wir bei dem Schiff bleiben.»

«Können wir nicht zurückgehen?», flehte Eadgifu.

Ich starrte sie an. Sie war unbestreitbar schön. Sie hatte milchweiße Haut, dunkle Augenbrauen, schwarzes Haar, volle Lippen und in diesem Moment verständlicherweise eine besorgte Miene. «Herrin», sagte ich, so geduldig es mir möglich war, «Ihr habt um meine Hilfe gebeten, und ich bin hier. Und ich helfe Euch nicht, indem ich Euch in eine Stadt voll kämpfender Männer zurückbringe, von denen die Hälfte Eure Kinder töten will.»

«Ich …», begann sie, dann schwieg sie lieber.

«Wir gehen in diese Richtung», ich deutete nordwärts. Mit einem Blick über die Schulter stellte ich fest, dass wir noch nicht verfolgt wurden. «Vorwärts!», rief ich.

Eadgifu trieb ihr Pferd neben meines. «Können wir nicht so lange abwarten, bis wir wissen, was in Fæfresham geschehen ist?», fragte sie.

«Wir können warten», stimmte ich ihr zu, «aber erst, wenn wir an Bord meines Schiffes sind.»

«Ich sorge mich um meinen Bruder.»

«Und um Euren Ehemann?», fragte ich grob.

Sie bekreuzigte sich. «Edward liegt im Sterben. Vielleicht ist er schon tot.»

«Und wenn er es ist», sagte ich immer noch in schroffem Ton, «dann ist Ælfweard König.»

«Er ist eine verdorbene Seele», fauchte sie, «ein bösartiges Geschöpf. Die Brut eines Teufelsweibs.»

«Und er wird Eure Kinder so schnell töten, wie man

ein Katzenjunges ertränkt», sagte ich, «also müssen wir Euch an einen sicheren Ort bringen.»

«Wo ist es sicher?» Die Frage hatte eine von Eadgifus Begleiterinnen gestellt, die einzige, die kein Kind im Arm hielt. Sie drückte ihrem Pferd die Fersen in die Flanken und ritt links neben mich. «Wohin werden wir gehen?» Ihr leicht fremdländischer Tonfall verriet, dass Englisch nicht ihre Muttersprache war.

«Und du bist?», fragte ich.

«Ich bin Benedetta», sagte sie mit solcher Würde, dass ich neugierig wurde.

Auch der ungewöhnliche Name machte mich neugierig, denn er war weder sächsisch noch dänisch. «Benedetta», wiederholte ich holprig.

«Ich bin aus Lupiae», erklärte sie stolz, und als ich schwieg, fügte sie hinzu, «habt Ihr schon einmal von Lupiae gehört?»

Ich musste sie ausdruckslos angestarrt haben, denn Eadgifu übernahm an meiner Stelle das Wort. «Benedetta ist aus Italien!»

«Rom!», sagte ich.

«Lupiae ist weit südlich von Rom», erwiderte Benedetta herablassend.

«Benedetta ist meine hochgeschätzte Gefährtin», erklärte Eadgifu.

«Und offenkundig weit weg von zu Hause», stellte ich fest.

«Zu Hause!» Benedetta spie mir das Wort beinahe entgegen. «Wo ist zu Hause, Herr Uhtred, wenn Sklavenhändler kommen und einen fortbringen?»

«Sklavenhändler?»

«*Saraceni*-Schweine», sagte sie. «Ich war zwölf Jahre alt. Und Ihr habt meine Frage nicht beantwortet, Herr Uhtred.»

Ich sah sie wieder an, und mir ging durch den Kopf, dass diese edle, kühne Frau ebenso schön war wie ihre königliche Gebieterin. «Ich habe dir nicht geantwortet?»

«Wo ist es sicher?»

«Wenn der Bruder der Herrin Eadgifu überlebt», sagte ich, «dann steht es ihr frei, sich ihm anzuschließen. Wenn nicht, gehen wir nach Bebbanburg.»

«Sigulf wird kommen.» Eadgifu klang zuversichtlich, und dennoch schlug sie sofort nach ihren Worten das Kreuz.

«Ich hoffe es», sagte ich unbeholfen und fragte mich, wie ich Eadgifu und ihren Gesellschafterinnen in Bebbanburg gerecht werden sollte. Die Festung war behaglich, doch sie bot nicht annähernd dieselben Annehmlichkeiten wie die Paläste von Wintanceaster und Lundene. Dann waren da auch noch die Gerüchte von der Pest im Norden, und falls Eadgifu und ihre Kinder in meiner Festung starben, würde es in Wessex heißen, ich hätte sie umgebracht, genau wie es hieß, ich hätte Æthelhelm den Älteren umgebracht.

«Mein Bruder wird kommen», unterbrach Eadgifu meine Gedanken, «und ich kann ohnehin nicht nach Bebbanburg gehen.»

«Ihr werdet dort sicher sein, meine Herrin», sagte ich.

«Mein Sohn», sie deutete auf ihr ältestes Kind, «sollte König von Wessex sein. Er kann nicht König werden, wenn wir uns in Northumbrien verstecken!»

Ich unterdrückte ein Lächeln. «Ælfweard wird König werden», sagte ich sanft, «und Æthelstan wird versuchen, König zu werden, also wird es Krieg geben, meine Herrin. Davon haltet Ihr Euch besser fern.»

«Es wird keinen Krieg geben», sagte sie, «weil Æthelstan König wird.»

«Æthelstan?», fragte ich überrascht. Ich hatte gedacht, sie würde den Thronanspruch ihres Sohnes über den Æthelstans stellen. «Er wird nur König, wenn er Ælfweard besiegt», fügte ich hinzu.

«Æthelstan wird König von Mercien. Mein Ehemann», die letzten beiden Worte hatte sie gehässig betont, «hat es so entschieden. Es steht in seinem Testament. Ælfweard, dieser grässliche Knabe, wird König von Wessex und Ostanglien, und Æthelstan wird König von Mercien. Die Entscheidung ist gefallen.» Ich starrte sie an, konnte kaum glauben, was ich gehört hatte. «Sie sind Halbbrüder», fuhr Eadgifu fort, «und jeder bekommt, was er will, also wird es keinen Krieg geben.»

Ich starrte noch immer. Edward teilte sein Königreich auf? Das war Irrsinn. Der Traum seines Vaters hatte in der Vereinigung von vier Königreichen zu einem einzigen bestanden, und Edward hatte diesen Traum bis nahe an seine Verwirklichung geführt, und nun wollte er ihn zerschlagen? Und er glaubte, das würde Frieden bringen? «Wirklich?», fragte ich.

«Wirklich!», antwortete Eadgifu. «Æthelstan wird in Mercien regieren, und dieser widerwärtige Saubube wird über die anderen beiden Königreiche herrschen, bis ihn mein Bruder besiegt. Und dann wird mein Edmund König.»

Irrsinn, dachte ich erneut, purer Irrsinn. Das Schicksal, dieses heimtückische Luder, hatte mich erneut überrascht, und ich versuchte mir einzureden, dass es mich nichts anging. Sollten Ælfweard und Æthelstan den Kampf doch unter sich austragen, sollten die Sachsen sich doch gegenseitig in einer Blutorgie töten, ich würde in den Norden zurückkehren. Aber das heimtückische Luder war immer noch nicht fertig mit mir. Æthelhelm lebte, und ich hatte einen Schwur geleistet.

Wir ritten weiter.

Zurück im Hafen, stapelten wir die erbeuteten Schilde, Waffen und Kettenhemden im Laderaum der *Spearhafoc*. All das konnte verkauft werden. Das Schiff lag etwa drei oder vier Fuß unterhalb des Anlegestegs im Wasser, und Eadgifu verwahrte sich dagegen, auf das Schiff hinunterzuspringen, und sie wollte sich auch nicht tragen lassen. «Ich bin eine Königin», beschwerte sie sich bei ihrer italienischen Gefährtin, «kein Fischweib.»

Gerbruht und Folcbald rissen zwei lange Balken aus der Steganlange und legten sie als behelfsmäßigen Plankengang aus, und nach einigem Hin und Her erklärte sich Eadgifu bereit, ihn zu benutzen. Ihr Priester geleitete sie die abenteuerliche Schräge hinunter. Ihr ältester Sohn, Edmund, folgte ihr, rannte sofort zu den aufgehäuften Beutewaffen und zerrte ein Schwert heraus, dessen Klinge ebenso lang war wie er groß. «Leg das hin, Junge!», rief ich vom Steg aus.

«Ihr solltet ihn Prinz nennen», ermahnte mich der Priester.

«Ich nenne ihn Prinz, wenn er beweist, dass er diesen Titel verdient. Leg es hin!» Edmund hörte nicht auf mich und versuchte, die Klinge zu schwingen. «Leg es hin, du kleiner Furzer!», brüllte ich.

Der Junge ließ das Schwert nicht fallen, sondern starrte mich nur voller Trotz an, der sich allerdings in Angst verwandelte, als ich auf das Deck der *Spearhafoc* hinuntersprang. Er begann zu heulen, aber dann griff Benedetta, die Italienerin, ein. Sie stellte sich vor mich und nahm Edmund das Schwert aus der Hand. «Wenn du geheißen wirst, ein Schwert fallen zu lassen», sagte sie ruhig, «dann lässt du es fallen. Und du weinst nicht. Dein Vater ist ein König, und vielleicht wirst auch du einmal König, und Könige weinen nicht.» Sie warf das Schwert auf den Haufen mit Beutewaffen. «Und jetzt sag dem Herrn Uhtred, dass es dir leidtut.»

Edmund blickte zu mir auf, murmelte etwas, was ich nicht verstehen konnte, flüchtete zum Bug der *Spearhafoc* und klammerte sich an den Rock seiner Mutter. Eadgifu legte den Arm um ihn und sah mich verärgert an. «Er hat es nicht böse gemeint, Herr Uhtred», sagte sie kühl.

«Mag sein, dass er es nicht böse gemeint hat», gab ich schroff zurück, «aber er hätte etwas Böses anrichten können.»

«Er hätte auch sich selbst verletzen können, meine Herrin», sagte Benedetta.

Darauf nickte Eadgifu, sie lächelte sogar, und ich verstand, warum sie die Italienerin ihre hochgeschätzte Gefährtin genannt hatte. Benedetta strahlte ein Selbstvertrauen aus, das den Gedanken aufkommen ließ, sie sei Eadgifus Beschützerin. Sie war eine starke Frau und ebenso so gewandt wie gutaussehend.

«Ich danke dir», sagte ich leise zu ihr.

Ich sah, dass sie leicht lächelte. Sie fing meinen Blick auf, und das Lächeln verschwand nicht. Ich erwiderte ihren Blick, bestaunte ihre Schönheit, doch dann trat der Priester zwischen uns. «Edmund ist ein Prinz», betonte er, «und er sollte behandelt werden, wie es einem Mitglied des Königshauses gebührt.»

«Und ich bin ein Aldermann», knurrte ich, «und mir sollte der Respekt erwiesen werden, der mir gebührt. Und wer seid Ihr?»

«Ich bin der Erzieher des Prinzen, Herr, und der Beichtvater der Königin. Pater Aart.»

«Dann müsst Ihr ein sehr beschäftigter Mann sein», sagte ich.

«Beschäftigt, Herr?»

«Ich vermute, dass Königin Eadgifu viel zu beichten hat», sagte ich, und Pater Aart wandte errötend den Blick ab. «Und ist sie eine Königin?», wollte ich von ihm wissen. «Wessex erkennt diesen Titel nicht an.»

«Sie ist Königin von Mercien, bis wir die Nachricht vom Tod ihres Ehemannes erhalten», antwortete er förmlich, und er war in der Tat ein äußerst förmlicher kleiner Mann mit einem dünnen Kranz brauner Haare um seinen Kahlkopf. Er bemerkte den Thorshammer, den ich um den Hals trug, und verzog das Gesicht. «Die Königin», fuhr er fort, den Blick weiter auf das Amulett gerichtet, «wünscht, dass wir auf Nachricht aus der Stadt warten.»

«Wir werden warten», sagte ich.

«Und dann, Herr?»

«Wenn sie sich ihrem Bruder anschließen will? Dann kann sie gehen. Andernfalls kommt sie mit uns nach Bebbanburg.» Ich sah zu dem Anlegesteg hinauf. «Gerbruht!»

«Herr?»

«Vernichte diese Schiffe!» Ich deutete auf die drei Schiffe, mit denen Æthelhelms Männer aus Lundene in diesen schlammigen Hafen gekommen waren. «Hol zuerst alles Nützliche herunter», rief ich ihm nach.

Wir bargen Taue aus Robbenhaut, neue Riemen aus Lärchenholz, zwei Fässer Ale, drei mit gepökeltem Schweinefleisch und ein verblasstes Banner mit dem springenden Hirsch. All das luden wir auf die *Spearhafoc*, dann brachte Gerbruht einen Eisenkübel voll Glut aus der Feuerstelle des Wirtshauses und fachte sie in den Laderäumen der drei Schiffe an. «Die Kreuze», sagte Pater Aart, als ihm klarwurde, was geschah.

«Kreuze?»

«Vorn an den Schiffen! Ihr könnt das Zeichen unseres Herrn nicht verbrennen.»

Ich knurrte verdrießlich, doch ich erkannte an, dass es ihm das Herz zerreißen würde. «Gerbruht!», brüllte ich. «Hol die Kreuze herunter!»

Alle drei Schiffe brannten, bevor es ihm und Beornoth gelang, die Holzpflöcke herauszuschlagen, mit denen die Kreuze befestigt waren. «Was soll ich damit machen?», fragte er, als sich das erste löste.

«Das ist mir gleich! Ins Wasser damit!»

Er warf das Kreuz über Bord, dann sprang er zu Beornoth, um ihm mit dem zweiten Kreuz zu helfen. Sie lösten es, hasteten nach achtern und entkamen gerade noch den Flammen, doch um das dritte Kreuz zu retten, war es zu spät, und ich fragte mich, was für eine Art Omen dies war. Meine Männer sahen offenbar nichts Bedrohliches darin, denn sie jubelten. Sie genossen solche Zerstörung jedes Mal, und sie jauchzten wie Kinder, als die Flammen an dem geteerten Takelwerk hinaufleckten, und erneut, als das Feuer die Segel erfasste, die eng an die Rah gerollt waren und ebenfalls in Flammen und Rauch aufgingen. «War das notwendig?», fragte Pater Aart.

«Wollt Ihr von drei Schiffen voll mit Æthelhelms Kriegern verfolgt werden?», fragte ich zurück.

«Nein, Herr.»

«Es war notwendig», sagte ich, obwohl ich in Wahrheit bezweifelte, dass irgendeines der drei Schiffe die *Spearhafoc* hätte einholen können. Es waren die üblichen westsächsischen Schiffe, gut gemacht, aber schwerfällig, bestialisch zu rudern und träge, wenn sie unter Segel fuhren.

Der Wind hatte auf Südwest gedreht. Die Abendluft war warm, der Himmel beinahe wolkenlos, nun allerdings besudelt von den schwarzen Rauchsäulen über den brennenden Schiffen. Es herrschte Ebbe, doch langsam setzte die Flut ein. Ich hatte die *Spearhafoc* ein gutes Stück von den lodernden Schiffen weggebracht und dicht bei der Zufahrtsrinne an der nördlichsten Anlegestelle vertäut. Fischersleute starrten von ihren Häusern herüber, doch sie hielten sich sowohl von dem Feuer als auch von uns fern. Sie waren auf der Hut, und mit gutem Grund. Die Sonne stand niedrig im

Westen, aber die Sommertage waren lang, und wir hatten noch zwei oder drei Stunden Tageslicht. «Ich will hier nicht über Nacht bleiben, meine Herrin», erklärte ich Eadgifu.

«Wir wären hier sicher, oder nicht?»

«Wahrscheinlich. Aber wir werden trotzdem nicht bleiben.»

«Wohin gehen wir?»

«Wir suchen uns einen Liegeplatz bei Sceapig», sagte ich, «und wenn wir bis morgen nichts von Eurem Bruder gehört haben, fahren wir in den Norden.» Ich musterte das Dorf im Abglanz des Feuers. Aus Fæfresham war niemand aufgetaucht, also hatte, wer auch immer die Auseinandersetzung in der Stadt gewonnen hatte, beschlossen dortzubleiben. Zwei Raben flogen hoch über dem Rauch dahin. Sie flogen nach Norden, und ich hätte mir kein besseres Zeichen von den Göttern wünschen können.

«Æthelstan könnte in Lundene sein», erklärte mir Eadgifu.

Ich sah sie an, wie immer ergriffen von ihrem Liebreiz. «Warum sollte er dort sein, meine Herrin?»

«Lundene gehört zu Mercien, so ist es doch, oder?»

«Einst war es so», sagte ich. «Der Vater Eures Mannes hat das geändert. Nun gehört es zu Wessex.»

«Trotzdem», sagte sie, «ich habe gehört, dass Æthelstan Truppen in Lundene einsetzen wird, sobald er vom Tod meines Mannes erfährt.»

«Aber Euer Mann lebt noch», sagte ich, auch wenn ich nicht wusste, ob das zutraf.

«Ich bete darum», sagte sie und klang nicht im Geringsten überzeugend. «Aber Prinz Æthelstan muss doch gewiss Truppen in der Nähe von Lundene haben?»

Sie war ein gerissenes Biest, ebenso klug wie schön. Ich sage gerissen, weil ihre Worte sehr viel Sinn ergaben. Wenn Edward sein Königreich wirklich aufgeteilt hatte, dann würde Æthelstan, der kein Narr war und von den Bestimmungen des Testaments gehört haben musste, mit einem schnellen Vorstoß Lundene übernehmen und damit Ostanglien von Wessex abtrennen. Und Eadgifu, die über meine lange Freundschaft mit Æthelstan sehr gut Bescheid wusste, wollte mich nun davon überzeugen, sie lieber nach Lundene zu bringen als nach Bebbanburg.

«Wir wissen nicht, ob Æthelstan in Lundene ist», sagte ich, «und wir werden es erst nach Edwards Tod erfahren.»

«Es heißt, der Prinz hat seine Truppen nördlich von Lundene gesammelt», sagte Benedetta.

«Und wer erzählt das?»

Sie zuckte mit den Schultern. «Die Leute in Lundene.»

«Ein König stirbt», sagte ich, «und wann immer ein König stirbt, überschlagen sich die Gerüchte. Man sollte nichts glauben, das man nicht mit seinen eigenen Augen gesehen hat.»

«Aber wenn Æthelstan wirklich in Lundene ist», beharrte Eadgifu, «würdet Ihr mich dann dorthin bringen?»

Ich zögerte, dann nickte ich. «Wenn er dort ist, ja.»

«Und wird er meine Kinder am Leben lassen?», fragte sie. Außer Edmund hatte sie zwei Säuglinge, einen Jungen namens Eadred und ein Mädchen namens Eadburh.

«Æthelstan ist kein Mann, der Kinder tötet», sagte ich, was nicht die Antwort war, die sie hören wollte, «aber wenn Ihr die Wahl zwischen Ælfweard und Æthelstan habt, wählt Æthelstan.»

«Was ich will», sagte sie aufgebracht, «ist Ælfweards Tod und meinen Sohn auf dem Thron.»

«Und Ihr regiert an seiner statt?», fragte ich, doch darauf hatte sie keine Antwort, oder zumindest keine, die sie aussprechen wollte.

«Herr!», rief Immar. «Herr!» Ich drehte mich um und sah drei Reiter in den Rauchschwaden auftauchen, die von den brennenden Schiffen wegzogen. Die Reiter entdeckten uns und galoppierten in unsere Richtung.

«Awyrgan!», schrie Eadgifu erschrocken. Sie stand auf und heftete ihren Blick auf die Männer, die ihre erschöpften Pferde mit Peitschenhieben zu unserer Anlegestelle trieben. «Awyrgan!», schrie Eadgifu noch einmal, offensichtlich voller Angst um ihn.

«Gerbruht!», rief ich. «Kapp die Vorschiffleine!»

«Ihr könnt ihn nicht hier zurücklassen!», kreischte Eadgifu mich an.

«Kappen!», brüllte ich.

Gerbruht zertrennte die Vorschiffleine mit einem Axthieb, und ich zog Schlangenhauch und ging zu der Festmacherleine am Heck. Eadgifu klammerte sich an meinen Arm. «Lasst mich los!», knurrte ich, schüttelte sie ab und durchschnitt die Leine aus Robbenhaut. Die *Spearhafoc* erbebte. Die Flut drückte sie an den Anlegesteg, doch der Wind stand gegen die Flut und genügte bei unserem zusammengerollten Segel gerade eben, um uns in den Swalwan hinauszutreiben. Beornoth half nach, indem er einen Riemen ergriff und uns von einem algenbewachsenen Pfahl abstieß. Die drei Reiter hatten den Anlegesteg erreicht. Sie sprangen aus dem Sattel und rannten weiter. Ich sah das Entsetzen in Awyrgans Gesicht, denn Æthelhelms Männer waren ihnen dicht auf den Fersen, schon dröhnten die Hufschläge ihrer Pferde auf den Planken des Kais. «Springt!», schrie ich. «Springt!»

Sie sprangen. Sie machten einen verzweifelten, lebensrettenden Satz, und zwei fielen der Länge nach über die Ruderbänke der *Spearhafoc.* Awyrgans Sprung war ein kleines Stück zu kurz, doch er bekam noch die niedrige Reling mittschiffs zu fassen, und zwei meiner Männer griffen nach ihm. Die Verfolger zügelten ihre Pferde, und zwei von ihnen warfen Speere. Eine Klinge bohrte sich in die Balken, die den Mast stützten, die zweite verfehlte Awyrgan um Haaresbreite, doch meine Männer im Bug der *Spearhafoc* setzten Riemen ein, um das Schiff von dem schlammigen Ufer weg und nördlich in das tiefere Wasser des Swalwans zu staken. Weitere Speere folgten, doch sie flogen alle zu kurz.

«Wenn wir gewartet hätten», erklärte ich Eadgifu, «hätten diese Reiter Speere auf uns hageln lassen. Es hätte Verwundete und Tote gegeben.»

«Er wäre beinahe ertrunken!», sagte sie, den Blick auf Awyrgan gerichtet, der jetzt an Bord gezogen wurde.

War er der eigentliche Grund, überlegte ich, aus dem sie nach Cent gekommen war? «Und sie hätten mit ihren Speeren auf Eure Söhne gezielt», sagte ich.

Sie schien mich nicht zu hören, sondern ging bugwärts, wo der halb durchnässte Awyrgan auf einer Ruderbank saß. Ich drehte mich um und fing Benedettas Blick auf. Sie sah mir in die Augen, als wolle sie mich dazu herausfordern, meinen Verdacht auszusprechen, und wieder ging mir durch den Kopf, was für eine Schönheit sie war. Sie war älter als Eadgifu, aber das Alter hatte ihre Schönheit mit Lebensklugheit ergänzt. Sie hatte einen eher dunklen Hautton, der ihren graugrünen Augen eine verblüffende Eindringlichkeit verlieh, eine lange Nase in einem schmalen, ernsten Gesicht, einen breiten Mund und ebenso schwarzes Haar wie Eadgifu.

«Wohin?», lenkte mich Gerbruht ab. Er war nach achtern gekommen und hatte das Steuerruder übernommen.

Allmählich wurde es dunkel. Die Abenddämmerung hatte eingesetzt, eine lange sommerliche Dämmerung, und nicht der rechte Moment, um eine lange Fahrt zu beginnen. «Über den Swalwan», sagte ich, «wir suchen uns einen Platz, an dem wir die Nacht verbringen können.»

«Und morgen, Herr?»

«Geht es nordwärts, versteht sich.»

Nordwärts nach Bebbanburg, nordwärts nach Hause, und nordwärts dorthin, wo keine Könige starben und kein Irrsinn herrschte.

Wir überquerten den Swalwan im letzten Tageslicht und fanden im Schilf von Sceapig eine tief eingeschnittene Bucht, in der wir die kurze Sommernacht verbringen konnten. Die Schiffe, die wir angezündet hatten, brannten hell, ließen grelle Lichtspiele über den kleinen Hafen wandern, und die Flammen erloschen erst, als die Sterne am Himmel aufzuscheinen begannen.

Wir hätten an diesem Abend lossegeln können, doch wir waren müde, und mit den tückischen Sandbänken um Sceapig nahm man es besser bei Tageslicht auf. Wir waren für die Nacht in Sicherheit, wir konnten unter dem Schutz unserer Späher schlafen, und es fand sich ein kleiner, trockener Erdhügel, auf dem wir ein Feuer anzünden konnten.

Als es dunkel war, legte sich der Wind, um im Morgengrauen wieder aufzufrischen, nur dass es jetzt ein kräftiger, warmer Westwind war. Ich wollte aufbrechen, wollte mit der *Spearhafoc* die ostanglische Küste hinaufsegeln, wollte Wessex und seine Arglist weit hinter mir lassen, doch Benedetta bat mich, noch zu warten.

«Warum soll ich warten?», fragte ich sie.

«Wir haben etwas zu tun», sagte sie abweisend.

«Ich auch! Und zwar eine Reise!»

«Es wird nicht lange dauern, Herr.» Sie trug noch immer den grauen Kapuzenumhang, und ihr Gesicht lag im Schatten der Sonne, die hinter ihr aufging und einen rotgoldenen Schimmer auf den Swalwan warf.

«Was wird nicht lange dauern?», fragte ich gereizt.

«Was wir zu tun haben», erklärte sie dickköpfig.

Da verstand ich. «Man kann sich unter die Steuerplattform zurückziehen», erklärte ich ihr, «da sind auch Kübel.»

«Eadgifu ist eine Königin!», sagte Benedetta mit einem Anflug von Ärger. «Königinnen hocken sich nicht in einem stinkenden Verschlag über einen dreckigen Kübel!»

«Wir können die Kübel ausspülen», schlug ich vor und erntete einen verächtlichen Blick. «Willst du, dass ich einen Palast für sie suche?»

«Ich will, dass Ihr Eadgifu etwas Ungestörtheit zugesteht. Etwas Würde», sagte Bendetta. «Sie ist eine Königin! Wir können doch in das Wirtshaus gehen, ja?» Sie deutete über den Gezeitenfluss.

«In diesem Hafen wird es von Æthelhelms Truppen wimmeln», sagte ich. «Besser in einen Kübel pissen, als ihnen in die Hände zu fallen.»

«Dann wird das Schilf genügen», sagte sie steif, «aber Eure Männer müssen sich fernhalten.»

Was bedeutete, dass ich Befehl geben musste, zwei der Ruderbänke auszubauen und daraus einen notdürftigen Plankengang zu machen. Zudem musste ich Späher aufstellen, um die von den Frauen ausgewählte Stelle im Schilf vor etwaig näher Kommenden zu bewachen, und schließlich musste ich den Spähern mit Verstümmelung drohen, falls sich einer von ihnen in die Sichtweite der Frauen wagte. Dann warteten wir. Ich sprach mit Awyrgan, während die Sonne höherstieg, doch er konnte mir wenig über die Geschehnisse des Vortags in Fæfresham berichten. Er hatte seine Männer als Wachen an der Straße nach Lundene aufgestellt und war von Æthelhelms Reitern überrascht worden, die ihn von Süden her angegriffen hatten. «Wir sind geflohen, Herr», gab er zu.

«Was ist mit Sigulf?»

«Ich weiß es nicht, Herr.»

«Das Letzte, was ich gehört habe», sagte ich, «war, dass sie verhandelt haben.»

«Womit sie sich nur Zeit verschaffen wollten, um die Herrin aus dem Kloster zu holen», sagte Awyrgan verbittert.

«Dann war es Euer Glück, dass ich hier war.»

Nach kurzem Zögern nickte er. «In der Tat, Herr.»

Ich blickte über den Schilfgürtel, fragte mich, was um alles in der Welt die Frauen so lange aufhielt, und sah dann wieder zur anderen Seite des Swalwans hinüber. Im Morgengrauen hatte der Hafen verlassen gewirkt, nun aber sah ich dort Männer, Männer mit roten Umhängen. Ich deutete auf sie. «Æthelhelms Männer», erklärte ich Awyrgan, «was vermuten lässt, dass Sigulf verloren hat. Und sie können uns sehen. Sie werden uns verfolgen.»

«Ihr habt ihre Schiffe verbrannt, Herr.»

«Aber die Fischerboote habe ich nicht verbrannt, oder?» Ich legte die Hände wie einen Trichter um den Mund und rief zum Schilf hinüber: «Meine Herrin! Wir müssen aufbrechen!»

Und im selben Moment entdeckte ich das Schiff. Ein kleines Schiff, das von Westen aus den Swalwan hinuntergerudert wurde. Den Rumpf konnte ich nicht sehen, er war von dem hohen Schilf verdeckt, aber auf dem Bug war ein Kreuz befestigt, und der Abstand zwischen diesem Kreuz und dem hohen Mast ließ darauf schließen, dass es nicht mehr als zehn oder zwölf Ruderbänke auf jeder Seite haben konnte. Die Mannschaft des näher kommenden Schiffs hatte das Segel heruntergeholt, wahrscheinlich, um nicht von einer unvermittelten

Windböe auf eine Sandbank getrieben zu werden, wo sie zur Weiterfahrt auf die Flut warten müsste. Riemen waren langsamer, jedoch wesentlich sicherer. «Gerbruht!», rief ich.

«Herr?»

«Wir müssen dieses Schiff aufhalten! Setz uns in Bewegung!»

«Die Frauen!», wandte Awyrgan ein.

«Wir holen sie später. Riemen! Beeilung!»

Ich warf die einzige Festmacherleine von Bord, mit der wir die *Spearhafoc* an einem gewaltigen Holzstamm vertäut hatten, der ans Ufer getrieben worden war, dann begannen die Männer, das Schiff aus der schmalen Einbuchtung zu staken. «Kettenhemden!», rief ich, damit sie die Rüstungen anlegten. Ich zog mein eigenes Kettenhemd über den Kopf und hielt den Atem an, als das stinkende Lederfutter an meinem Gesicht entlangglitt. Ich schnallte mir Schlangenhauch um. Die Riemen am Bug waren nun in freiem Wasser, und die *Spearhafoc* machte einen Satz nach vorn. Ich schob das Steuerruder herum und hielt erneut den Atem an, als ihr Rumpf über Sand schabte, doch ein kräftiges Durchziehen der Riemen zog sie frei. Wir wandten uns westwärts, und weitere Riemen konnten gegen den Wasserwiderstand durchgezogen werden, als wir in tiefere Bereiche glitten. Ich konnte das näher kommende Schiff jetzt ganz sehen und erkennen, dass es halb so groß war wie die *Spearhafoc* und seine Besatzung aus weniger als zwanzig Mann bestand. Ich hatte vermutet, es könnte ein Handelsfahrer sein, doch der Rumpf war schlank und der Bug hoch – ein Schiff, das für schnelle Überfahrten erbaut worden war. Seine Riemen erstarrten, als sie uns entdeckten, und ich sah einen Mann mit einem roten Umhang im Heck, der etwas rief. Vielleicht wollte er, dass seine Rudermänner das Schiff zur Flucht wendeten, aber dafür war die *Spearhafoc* schon zu nahe und zu bedrohlich. «Legt rote Umhänge an!», rief ich Finan zu, der im Bug der *Spearhafoc* eine Gruppe Männer um sich geschart hatte. Zur Antwort winkte er und rief einem Mann zu, er solle die Umhänge bringen. «Tötet die Bastarde nicht!», brüllte ich. «Ich will nur mit ihnen reden!»

Ich hatte Finans Männer die roten Umhänge anlegen lassen, damit die Leute auf dem näher kommenden Schiff dachten, wir stünden, ebenso wie sie selbst, in Æthelhelms Diensten. Ich glaubte nicht, dass sie gegen uns kämpfen würden, unser Schiff war zu groß, aber für den Fall, dass sie uns für Gegner hielten, hätten sie aufs südliche Ufer umschwenken und über das Marschgebiet fliehen können. Doch unsere Täuschung musste gelungen sein, denn nach dem Schreck bewegten sich ihre Riemen wieder, und sie ruderten weiter auf uns zu.

«Herr!», rief Vidarr Leifson, der auf einer der Ruderbänke dicht beim Heck stand. Er deutete hinter uns, und als ich mich umdrehte, sah ich, dass ein Fischerboot voller Männer in roten Umhängen mühsam aus der Hafenzufahrt gerudert wurde. Ich schaute zu dem Schilfgürtel hinüber, entdeckte jedoch weder die Frauen noch unsere fünf Wachposten. Ein Kranichpaar, dessen rote Kopffedern hell in der Morgensonne leuchteten, flog, heftig mit den großen Flügeln flatternd, aus dem Schilf auf. Die beiden Vögel gewannen langsam an Höhe, zogen die langen Beine hinter sich her, und einer der Männer in dem Fischerboot schleuderte einen Speer nach dem nächsten Kranich. Er verfehlte ihn, und die Waffe fiel in den Swalwan, ohne Schaden anzurichten. Ein gutes Omen, dachte ich. «Um dieses Fischerboot kümmern wir uns gleich», erklärte ich Vidarr und setzte darauf, dass die Männer in dem Boot nicht wussten, dass sich die Frauen und Kinder, die sie wieder einfangen wollten, nahezu schutzlos auf Sceapig befanden. Dann rief ich den Männern an den Riemen zu, sie sollten das Rudern einstellen. Unser hoch aufragender Bug glitt auf das kleinere Schiff zu, und ich spürte ein Beben durch den Rumpf laufen, als wir es berührten. Finan und zwei Männer sprangen auf das Deck des fremden Schiffes. «Halt uns hier», sagte ich zu Gerbruht, und meinte damit, er solle versuchen, die *Spearhafoc* dicht bei dem kleineren Schiff zu halten. Dann ging ich bugwärts und sah Finan mit dem Mann im roten Umhang reden, der im Heck gestanden hatte. Es waren keine Schwerter gezogen worden. «Was ist?», rief ich zu ihnen hinunter.

«Ein gemietetes Schiff», gab Finan knapp zurück, «das Boten von Æthelhelm bringt.»

«Hol sie an Bord.»

«Dieser Vorschlag gefällt dem Burschen hier nicht», sagte Finan mit einem Grinsen. «Er glaubt nicht, dass wir diesem Dreckhaufen Æthelhelm dienen!»

Immerhin hatten die roten Umhänge sie so lange glauben lassen, wir wären Freunde, bis Finan und seine Männer an Bord ihres kleineren Schiffs gekommen waren. «Ihr habt die Wahl», knurrte ich dem Mann zu, der vor Finan stand. «Entweder kommt Ihr an Bord meines Schiffes oder wir üben unser Schwertgeschick an Euch. Sucht es Euch aus.»

«Und Ihr seid?», wollte er wissen.

«Uhtredærwe», sagte ich und wurde mit einem sichtbaren Erschauern belohnt. Das Ansehen eines Mannes genügt zuweilen, um eine Auseinandersetzung zu beenden, und der Mann im roten Umhang, wer auch immer er war, hatte kein Verlangen, durch seinen Tod mein Ansehen zu mehren. Er stieg, von Finan mit einem Klaps angetrieben, auf den Bug der *Spearhafoc* hinauf. Hinter ihm kam ein Priester. Ich schätzte beide Männer auf die mittleren Jahre, allerdings trug nur der eine, der mit Finan verhandelt hatte, edle Kleidung und eine Silberkette. «Werft eure Riemen über Bord!», rief ich dem Rudergänger des kleineren Schiffs zu. «Finan! Kapp die Fall-Taue!» Die zwanzig Ruderleute sahen finster zu, als Finan jede Leine durchschlug, die er finden konnte. Als er fertig war, konnte das kleinere Schiff weder gerudert noch gesegelt werden. Stattdessen würde die Flut es langsam von Fæfresham wegtreiben. «Wenn wir weg sind», rief ich dem Rudergänger zu, «könnt ihr euren Riemen nachschwimmen und eure Leinen spleißen.» Zur Antwort spuckte er nur über Bord. Er war aufgebracht, und das konnte ich ihm nicht verdenken, aber ich wollte nicht, dass er nach Lundene zurückkehrte und die Nachricht von meiner Ankunft in Wessex verbreitete.

Ich ließ Gerbruht die *Spearhafoc* wenden, eine heikle Aufgabe in dem seichten Gezeitenfluss, doch eine, die er mit seinem üblichen Geschick erledigte, während ich nach vorn ging und unsere beiden Gäste zur Rede stellte. «Zunächst einmal, wer seid Ihr?»

«Pater Hedric», antwortete der Priester.

«Seid Ihr einer von Æthelhelms Zauberern?»

«Ich diene in seinem Hausstand», antwortete der Priester stolz. Er war ein kleiner, rundlicher Mann mit einem weißen Flusenbart.

«Und Ihr?», fragte ich den gutgekleideten Mann mit der Silberkette. Er war groß, mager, hatte ein langes Kinn und dunkle, tiefliegende Augen. Ein kluger Mann, dachte ich, und das machte ihn gefährlich.

«Ich bin Halldor.»

«Ein Däne?», fragte ich, denn sein Name war dänisch.

«Ein christlicher Däne», sagte er.

«Und was tut ein christlicher Däne in Æthelhelms Hausstand?»

«Ich verrichte meinen Dienst nach den Wünschen des Herrn Æthelhelm», gab er eisig zurück.

«Habt Ihr eine Botschaft?» Beide schwiegen.

«Wohin, Herr?», rief Gerbruht vom Heck aus.

Ich sah, dass das Fischerboot abwartete. Es war zu klein und es waren zu wenige Männer an Bord, um uns herauszufordern, doch noch während ich das Boot betrachtete, sah ich ein zweites vom Hafen kommen, auf dem sich ebenso viele Krieger drängten. «Wir holen die Frauen!», rief ich Gerbruht zu. «Danach kümmern wir uns um diese Boote.» Ich wandte mich wieder an meine beiden Gefangenen. «Habt Ihr eine Botschaft?», fragte ich ein zweites Mal.

«König Edward ist tot», sagte Pater Hedric und bekreuzigte sich. «Gott hab ihn selig.»

«Und König Ælfweard regiert», fügte Halldor der Däne hinzu, «möge Gott ihm eine lange und gedeihliche Regentschaft schenken.»

Der König war tot. Und ich war gekommen, um den neuen König zu töten. Wyrd bið ful āræd.

ZWEITER TEIL
Stadt der Finsternis

Fünf

Eadgifu, ihre Frauen und ihre drei Kinder mussten auf uns gewartet haben, denn sie kauerten zusammen mit den Spähern dicht beim Ufer im Schilf, verborgen vor Æthelhelms Männern, die schwerfällig weiter auf uns zu ruderten, um uns die Stirn zu bieten. Wir steuerten die *Spearhafoc* auf das schlammige Ufer, spürten, wie der Rumpf den Boden berührte. «Kommt!», rief ich den Frauen zu. «Beeilt Euch!»

«Wir werden nass!», erhob Eadgifu Einspruch.

«Nass ist besser als tot, meine Herrin, und jetzt beeilt Euch!»

Sie zauderte noch immer, bis Awyrgan über Bord sprang, ans Ufer watete und ihr die Hand bot. Ich sah ihr Lächeln, als sie seine Hand ergriff, dann führte Awyrgan zusammen mit den Spähern alle in den Swalwan. Eadgifu schrie auf, als ihr das Wasser bis über die Hüfte stieg, doch Benedetta beruhigte sie. «Der Herr Uhtred hat recht, meine Herrin. Besser nass als tot.» Als sie bei der *Spearhafoc* angekommen waren, hoben wir Eadgifu ohne viel Federlesens aufs Schiff. Sie sah mich finster an, als sie auf dem Deck stand. «Euer Ehemann ist tot», erklärte ich ihr mit beabsichtigter Rohheit.

«Gut, möge er in Frieden verfaulen», lautete ihre knappe Antwort. Ich hatte allerdings den Verdacht, dass sich ihr Ärger mehr gegen mich als gegen ihren Ehemann richtete, weil ich dafür verantwortlich war, dass ihre kostbaren Gewänder trieften. Sie drehte sich um und streckte Awyrgan die Hand entgegen, um ihm auf das Schiff zu helfen, doch Beornoth schob sie sanft weg und zog den Mann selbst hoch. Dann sah Eadgifu Halldor und den Priester im Heck und spuckte in ihre Richtung. «Warum sind sie hier?»

«Gefangene», sagte ich kurz angebunden.

«Tötet den Dänen», sagte sie.

«Zuerst muss er ein paar Fragen beantworten», erklärte ich ihr, dann beugte ich mich hinunter und nahm einen der Säuglinge von Benedetta entgegen.

«Die Bastarde kommen!», warnte mich Finan vom Heck der *Spearhafoc* aus. Die zwei überfüllten Fischerboote mit Æthelhelms Männern ruderten auf uns zu, waren jedoch immer noch ein gutes Stück entfernt. Die Männer legten sich kräftig in die Riemen, aber ihre Boote waren klobig, schwer und träge.

Wir zogen die letzte Frau und das letzte Kind an Bord, dann stakten wir die *Spearhafoc* vom Ufer weg in tieferes Wasser. «Ruderer! Durchziehen!», rief ich. «Finan! Setz den Vogel auf den Bug!»

Das brachte meine Männer zum Jubeln. Sie mochten es, wenn die Schnitzfigur unseres schneidigen Sperbers den Bug krönte, auch wenn er in Wahrheit mehr aussah wie ein Adler, denn sein Schnabel war viel zu lang, doch er hatte einen grausamen Blick und wirkte bedrohlich. Finan und zwei andere Männer hoben ihn in die vorgesehene Nut und hämmerten die beiden Haltepflöcke fest. Die Besatzungen der beiden Fischerboote hatten aufgehört zu rudern, als sie uns von Osten herankommen sahen, und standen nun mit Speeren in der Hand an Deck. Doch entweder das unvermittelte Auftauchen des wilden Sperberkopfs oder der Anblick der niedrigen Wellen, die sich schnell und schäumend im Kielwasser der *Spearhafoc* brachen, brachte sie dazu, sich wieder hinzusetzen und verzweifelt zum südlichen Ufer zu rudern. Sie fürchteten, gerammt zu werden. «Durchziehen!», brüllte ich meinen Ruderern zu.

Sie legten sich in die Riemen, sodass die *Spearhafoc* noch schneller voranschoss. Gerbruht und zwei andere Männer zogen am Hauptfall, um das Segel zu hissen. Die Fischerboote versuchten weiter zu flüchten, und ich hörte einen Mann seinen Ruderern zuschreien, schneller durchzuziehen. Ich steuerte auf sie zu, und als der Wind ins Segel fuhr, schien unser Schiff einen Satz nach vorn zu machen, doch dann, kurz bevor wir in Reichweite eines Speerwurfs kamen, zog ich das Steuerruder zu mir, und die *Spearhafoc* kurvte an ihnen vorbei auf die andere Seite des Swalwans. Wir hätten beide Fischerboote mühelos versenken können, doch ich würde sie verschonen. Nicht weil ich sie fürchtete, sondern weil wir in den letzten Momenten, bevor wir das erste Boot rammten, wahrscheinlich mit Speeren angegriffen worden wären und ich nicht wollte, dass auch nur ein einziger meiner Männer auf der *Spearhafoc* verwundet wurde oder Schlimmeres. Wir waren entkommen, und das war Sieg genug.

Ein Dutzend Speere wurden geschleudert, als wir vorbeifuhren, doch alle Würfe waren viel zu kurz, und dann jagten wir ostwärts Richtung offene See. Wir zogen die Riemen ein und zurrten sie fest. Gerbruht hatte die letzte Schot des Segels befestigt, und ich übergab ihm das Steuerruder. «Folge einfach dem Gezeitenfluss», erklärte ich ihm, «dann halte dich nordwärts. Wir gehen nach Hause.»

«Gottlob», sagte er.

Ich sprang von der Steuerplattform herunter. Unsere beiden Gefangenen, der große, gut angezogene Däne und der kleinere Priester, wurden beim Mast bewacht. Awyrgan stand mit tropfender Kleidung und gezogenem Schwert vor ihnen, flankiert von den beiden Männern, die zusammen mit ihm der Verfolgung entkommen waren. Er verhöhnte die Gefangenen. «Lasst uns allein!», befahl ich ihm.

«Ich…»

«Lasst uns allein!», knurrte ich. Er reizte mich.

Er ging zu Eadgifu und ihren Damen ins Heck, und ich zog mein Kurzschwert. «Ich habe keine Zeit, Euch erst zur Beantwortung meiner Fragen zu überreden», erklärte ich den beiden Männern, «also werde ich Euch beiden die Augen ausstechen, sobald einer nicht umgehend antwortet. Wann ist der König gestorben?»

«Vor einer Woche?», sagte der vor Angst zitternde Priester schnell. «Vielleicht vor sechs Tagen. Ich habe nicht genau mitgezählt.»

«Wart Ihr bei ihm, als er gestorben ist?»

«Wir waren in Ferentone», sagte der Däne steif.

«Wo er gestorben ist», ergänzte der Priester hastig.

«Und war Æthelhelm dort?»

«Der Herr Æthelhelm war bis zum Ende beim König», sagte Halldor.

«Und Æthelhelm hat Euch nach Süden geschickt?» Der Priester nickte. Dem armen Mann graute es immer noch vor Angst, und das war kein Wunder. Ich hielt ihm das Kurzschwert dicht vor den linken Wangenknochen, und er stellte sich wahrscheinlich vor, wie es ihm ins Auge schnitt. Ich ließ die Klinge zucken. «Und zu welchem Zweck hat er Euch nach Süden geschickt?», wollte ich wissen.

Der Priester wimmerte, aber Halldor antwortete. «Um die Herrin Eadgifu und ihre Kinder an einen sicheren Ort zu bringen.»

Diese Lüge ließ ich unwidersprochen. Auch wenn Eadgifu nur in ein Kloster weggesperrt worden wäre, hätten die beiden Jungen Glück gehabt, wenn sie den nächsten Herbst erlebten. Das Mädchen, das keinen Anspruch auf den Thron hatte, hätte Æthelhelm vielleicht am Leben gelassen, doch ich bezweifelte es. Vermutlich wollte er die ganze Brut ausmerzen. «Und hat der König», fragte ich, «das Königreich aufgeteilt?»

«Ja, Herr», murmelte der Priester.

«Also ist Æthelstan König in Mercien?», fragte ich. «Und Ælfweard, dieses Stück Wieseldreck, regiert in Wessex?»

«König Ælfweard regiert in Wessex und Ostanglien», bestätigte der Priester, «und Æthelstan ist zum König von Mercien ernannt.»

«Aber nur, wenn der Witan den letzten Willen des Königs bestätigt», sagte Halldor, «und das wird er nicht.»

«Nicht?»

«Warum sollten sie ihre Zustimmung dazu geben, dass der Bastard König von Mercien wird? Bestimmt wird Ælfweard zum König aller drei Königreiche gemacht werden.»

Und das, dachte ich, traf wahrscheinlich zu. Sowohl der westsächsische als auch der ostanglische Witan standen unter dem Einfluss Æthelhelms und würden niemals dafür stimmen, Æthelstan als rivalisierenden König in Mercien anzunehmen. Sie würden alle drei Königreiche für Ælfweard beanspruchen.

«Also fühlt Ihr Euch nicht an den letzten Willen des Königs gebunden?», fragte ich.

«Ihr etwa?», gab Halldor streitlustig zurück.

«Er war nicht mein König», sagte ich.

«Es ist meine Überzeugung», erklärte Halldor, «dass König Edward nicht zurechnungsfähig war, als er sein Testament diktiert hat. Und daher: Nein, ich fühle mich nicht an seinen letzten Willen gebunden.»

Ich war mit Halldor einer Meinung, dass Edward nicht bei Trost gewesen war, als er sein Königreich aufgeteilt hatte, aber das würde ich nicht zugeben. «Wo war König Æthelstan, als sein Vater starb?», fragte ich stattdessen.

Halldor fuhr auf, als ich Æthelstan König nannte, doch es gelang ihm, seine Empörung zu beherrschen. «Ich glaube, Faeger Cnapa war noch in Ceaster», sagte er kühl, «oder vielleicht in Gleawecestre.»

«Faeger Cnapa?», fragte ich. Er hatte es wie einen Namen gesagt, aber es bedeutet «schöner Knabe». Faege allerdings bedeutet auch «dem Tod geweiht». Was immer er hatte sagen wollen, es war eindeutig eine Beleidigung.

Halldor sah mich mit kaltem Blick an. «So wird er genannt.»

«Warum?»

«Weil er gut aussieht?», schlug Halldor vor.

Ich ließ ihm diese dümmliche Bemerkung durchgehen. «Und Æthelhelm?», fragte ich. «Wo ist er jetzt? In Lundene?»

«Gütiger Gott, nein», antwortete der Priester erschauernd und erntete einen finsteren Blick von dem großen Dänen.

«Nein?», fragte ich. Und als keiner der beiden Männer antwortete, berührte ich mit der scharfen Spitze meines Messers die linke Wange des Priesters, ein winziges Stückchen unterhalb des Auges.

«Lundene wurde von mercischen Einheiten besetzt», beeilte sich der Priester zu sagen. «Wir hatten Glück, unbemerkt aus der Stadt zu kommen.»

Gerbruht rief vom Heck der *Spearhafoc* Befehle. Wir liefen aus dem Swalwan aus, drehten nach Norden, und das Schiff stampfte in den ersten höheren Wellen des weiten Mündungsbereichs. «Die Schot lockern!» Gerbruht deutete auf die Schot der Windseite. «Und die andere einholen!» Er deutete auf die andere Schot, und das Segel drehte, um das Schiff nordwärts zu treiben. Der Wind frischte auf, auf dem Meer glitzerte das Sonnenlicht, und unser weiß schäumendes Kielwasser breitete sich aus, als wir Wessex hinter uns ließen und nach Norden fuhren. Pater Aart, der Priester, der Eadgifu begleitete, sprang unvermittelt zur leeseitigen Reling und übergab sich. «Es gibt nur ein einziges Heilmittel für Seekrankheit, Pater!», brüllte Gerbruht vom Steuerruder aus. «Man muss sich unter einen Baum setzen!»

Meine Männer lachten über den alten Witz. Sie waren zufrieden, weil wir nordwärts segelten. Nordwärts nach Hause, nordwärts in Sicherheit. Bald würden wir das jenseitige Ufer des Mündungstrichters sehen können, das gewaltige Lehmgebiet, auf dem die Ostsachsen gesiedelt hatten. Und danach, wenn dieser Wind anhielt, würden wir an der ostanglichen Küste hinaufsegeln bis zu den wilderen Küsten von Bebbanburg.

Nur dass Æthelstans Männer in Lundene waren. Ein paar Momente lang war ich versucht, diese Neuigkeit außer Acht zu lassen. Was ging es mich an, ob Æthelstans Männer Lundene erobert hatten? Ich ging heim nach Bebbanburg, aber waren Æthelstans Truppen wirklich in Lundene?

«Habt Ihr Æthelstans Männer gesehen?», fragte ich die beiden Gefangenen.

«Ja, das haben wir», antwortete Halldor, «und sie haben kein Recht darauf, dort zu sein!»

«Lundene gehört zu Mercien», sagte ich.

«Seit König Alfreds Lebzeiten nicht mehr», beharrte der Däne.

Was vermutlich zutraf. Alfred hatte dafür gesorgt, dass seine westsächsischen Einheiten die Garnison von Lundene stellten, und trotz Merciens rechtmäßigem Anspruch auf die Stadt war sie seither in Wahrheit von Wintanceaster aus regiert worden. Doch Æthelstan hatte rasch gehandelt. Eadgifu hatte recht gehabt. Er musste Truppen nördlich der Stadt gehabt haben, die seine Befehle erwarteten, und diese Truppen trennten nun Wessex von Ostanglien. «Hat es Kämpfe gegeben?», fragte ich.

«Keinen einzigen.» Halldor klang enttäuscht.

«Die Garnison war nicht stark, Herr», erklärte der Priester, «und die Mercier sind schnell und in großer Zahl angerückt. Wir haben nicht mit ihnen gerechnet.»

«Das war Verrat!», knurrte Halldor.

«Oder Klugheit», sagte ich. «Und wo ist Æthelhelm jetzt?»

Beide Männer zuckten mit den Schultern. «Wahrscheinlich ist er noch in Wintanceaster, Herr», sagte Halldor widerwillig.

Das ergab Sinn. Wintanceaster war die Hauptstadt von Wessex und lag im Kerngebiet von Æthelhelms ausgedehnten Besitzungen. Ich hatte keinen Zweifel daran, dass sich Ælfweard ebenfalls dort aufhielt, gierig auf die Bekanntmachung des Witans, dass er wirklich König war. Edwards Leichnam würde, begleitet von seinen eigenen Hauskriegern, ins südlich gelegene Wintanceaster gebracht werden, damit er an der Seite seines Vaters zur letzten Ruhe gebettet werden konnte, und anlässlich dieser Bestattung würden sich die westsächsischen Herren versammeln, deren Truppen Æthelhelm brauchen würde. Und Æthelstan, wo auch immer er war, würde Boten zu den mercischen Herren schicken und um Krieger zur Sicherung seines mercischen Thrones bitten. Kurz gesagt würden sowohl Æthelhelm als auch Æthelstan die nötigen Kampfkräfte sammeln, um Edwards Aufteilung seiner Königreiche zunichtezumachen, doch zumindest Æthelstan hatte Voraussicht und Verstand bewiesen, indem er Lundene einnahm, bevor Æthelhelm die kleine Garnison der Stadt verstärken konnte.

«Ist König Æthelstan in Lundene?», fragte ich Halldor.

Wieder verzog er das Gesicht bei dem Wort «König», doch er sparte sich jede Bemerkung. «Ich weiß es nicht», sagte er.

«Und dennoch seid ihr sicher, dass seine Männer dort sind?»

Er nickte unwillig. Inzwischen war die ostsächsische Küste in Sicht, ein niedriger, mattbrauner Schlammstreifen, gekrönt von sommerlichem Wiesengrün. Die wenigen Bäume waren klein und vom Wind gebeugt, der Schlamm mit dem Weiß der Seevögel gesprenkelt. Bald würde die Ebbe kommen, was jede Landung an dieser Küste gefährlich machte. Bei Ebbe konnten wir für Stunden stecken bleiben, dennoch war ich entschlossen, die *Spearhafoc* ans Ufer zu steuern. Ich deutete voraus. «Das ist Fughelness», erklärte ich den beiden Gefangenen. «Dort gibt es kaum mehr als Sand, Morast und Vögel. Und bald auch Euch, weil ich Euch dort an Land setzen werde.»

Fughelness war ein trostloser Ort, windgepeitscht und unfruchtbar, eingeschlossen von Gezeitenrinnen, Marschen und Sandbänken. Es würde Halldor und den Priester den restlichen Tag kosten, sich einen Weg auf festeres Land zu suchen, und noch mehr Zeit, um sich bis zurück nach Wintanceaster durchzuschlagen, falls Æthelhelm sich wirklich dort aufhielt.

Wir ließen das Segel herunter, als wir näher ans Ufer kamen, und dann nahmen wir zwölf Riemen zu Hilfe und ruderten vorsichtig durch niedrig brechende Wellen, bis der Scheg der *Spearhafoc* über Grund schabte.

«Es wäre einfacher, sie zu töten», sagte Awyrgan, als Berg die beiden Gefangenen grinsend vom Bug aus Richtung Wasser schob.

«Warum sollte ich sie töten?», fragte ich.

«Sie sind Gegner.»

«Sie sind hilflose Gegner», sagte ich, «und ich töte niemanden, der hilflos ist.»

Er sah mich herausfordernd an. «Und was ist mit den Priestern, die Ihr getötet habt?»

In diesem Moment hätte ich am liebsten Awyrgan getötet. «Zorn führt zu Grausamkeit», sagte ich knapp, «und zu Dummheit.» Er musste meinen Ärger gespürt haben, denn er zog sich zurück. Der Priester jammerte, dass er Fieber bekommen würde, wenn er ins Wasser sprang, doch in jedem Augenblick, den wir uns länger dort aufhielten, drückte der Wind den Bug der *Spearhafoc* tiefer in den Schlamm. «Schaff ihn uns vom Hals!», rief ich Berg zu.

Berg warf den Priester mehr oder weniger über Bord. «Watet an Land!», rief Berg. «Ihr werdet nicht ertrinken!»

«Stakt sie weg!», rief ich, und die Männer im Bug drückten ihre Riemen in den zähen Schlamm und stemmten sich dagegen. Einen Herzschlag lang schien sich die *Spearhafoc* nicht rühren zu wollen, doch dann schlingerte sie zu meiner Erleichterung und glitt zurück in die Sicherheit tieferen Wassers.

«Gleicher Kurs, Herr?», fragte mich Gerbruht. «Segel aufziehen und die Küste hinauf?»

Ich schüttelte den Kopf. «Lundene.»

«Lundene?»

«Riemen!», rief ich.

Wir drehten nach Westen. Wir fuhren schließlich doch nicht nach Hause, sondern flussauf nach Lundene.

Denn dort waren König Æthelstans Truppen, und ich hatte einen Eid zu halten.

Es ruderte sich schwer gegen den Wind, gegen die Ebbe und gegen die Strömung des Flusses, doch es würde leichter werden, wenn die Gezeiten wechselten und die Flut uns flussauf trug. Ich kannte diese Gewässer, kannte den Fluss, denn zu Giselas Lebzeiten hatte ich die Garnison von Lundene befehligt. Und ich hatte die Stadt lieben gelernt.

Wir kamen an Caninga vorbei, einer sumpfigen Insel vor dem ostsächsischen Ufer, hinter der Beamfleot lag. Dort hatten wir unter Alfreds Regierung die dänische Festung gestürmt und ein ganzes Heer niedergemacht. Ich erinnerte mich an Skade, auch wenn ich mich nicht an sie erinnern wollte. Sie war dort gestorben, getötet von dem Mann, den sie verraten hatte, während rund um sie die Frauen schrien und das Blut floss. Finan starrte in die gleiche Richtung wie ich, und auch er dachte an die Zauberin. «Skade», sagte er.

«Ich weiß», sagte ich.

«Wie hieß ihr Geliebter noch?»

«Harald. Er hat sie getötet.»

Er nickte. «Und wir haben dreißig Schiffe erobert.»

Ich war mit meinen Gedanken immer noch bei Skade. «Der Krieg war damals überschaubarer.»

«Nein, wir waren jünger, das ist alles.» Wir standen im Bug. Ich sah die ansteigenden Hügel jenseits von

Beamfleot, und mir fiel der Dörfler ein, der mir erzählt hatte, der Gott Thor sei über jene Hänge gewandert. Der Dörfler war Christ, und doch schien er stolz darauf gewesen zu sein, dass Thor durch seine Felder gestreift war.

Wir hatten den Sperberkopf vom Bug abgenommen, sodass wir bei einem flüchtigen Blick einfach aussahen wie jedes andere Schiff, das zu den Anlegeplätzen von Lundene gerudert wurde. Auf den sanften Hügeln hinter den schlammigen Ufern reifte der Weizen. Die Riemen knarrten beim Durchziehen. Ein Mann, der ein Netz zum Fang von Wasservögeln aufspannte, unterbrach seine Tätigkeit, als er uns vorüberfahren sah. Er erkannte, dass wir ein Kriegsschiff waren, und bekreuzigte sich, bevor er sich wieder seiner Aufgabe widmete. Als sich der Mündungstrichter verengte, kamen wir näher an den Schiffen vorbei, die mit geblähten Segeln im Südwestwind flussabwärts fuhren, und wir erkundigten uns rufend nach Neuigkeiten, wie man es stets tut, wenn sich Schiffe begegnen. Waren mercische Truppen in Lundene? So war es. Befand sich König Æthelstan auch dort? Das konnte niemand sagen, und so ruderten wir, ohne viel über die Vorgänge in Lundene oder gar in Wessex zu wissen, weiter auf den breiten Streifen aus dunklem Rauch zu, der stets über der Stadt hing. Die Gezeiten hatten gewechselt, und wir setzten nur noch sechs Ruderleute auf jeder Seite ein, um das Schiff auf Kurs zu halten. Inzwischen stand Berg am Ruder, während Eadgifu, ihre Kinder und ihr Gefolge unter der Plattform saßen, auf der Finan und ich standen. «Dann ist es also vorbei», sagte Finan zu mir.

Ich wusste, dass er über meine unvermittelte Entscheidung nachgegrübelt hatte, in den Westen nach Lundene zu fahren, statt nordwärts nach Bebbanburg. «Vorbei?», fragte ich.

«Æthelstans Männer sind in Lundene. Wir schließen uns ihm an. Wir schlagen eine Schlacht. Wir töten Æthelhelm. Wir gehen nach Hause.»

Ich nickte. «Das hoffe ich.»

«Die Männer sind unruhig.»

«Wegen der Schlacht?»

«Wegen der Pest.» Er bekreuzigte sich. «Sie haben Frau und Kind, ebenso wie ich.»

«Die Pest war nicht in Bebbanburg.»

«Sie ist im Norden. Wer weiß, bis wohin sie sich mittlerweile ausgebreitet hat.»

«Es geht das Gerücht, dass sie in Lindcolne war», sagte ich, «aber das ist weit weg von Bebbanburg.»

«Das ist ein schwacher Trost für Männer, die sich um ihre Familie sorgen.»

Ich hatte versucht, diese Gerüchte von der Pest unbeachtet zu lassen. Gerüchte sind genau das, und die meisten treffen nicht zu, und die Tage um den Tod eines Königs lassen viele Gerüchte sprießen, doch Sigtryggr hatte mich vor der Krankheit in Lindcolne gewarnt, andere hatten vom Sterben im Norden geredet, und Finan hatte recht daran getan, mich noch einmal darauf hinzuweisen. Meine Männer wollten wieder mit ihren Familien vereint sein. Sie würden mir in den Kampf folgen, sie würden kämpfen wie die Dämonen, aber eine Gefahr für ihre Frauen und Kinder war viel wichtiger für sie als irgendein Schwur, den ich geleistet hatte. «Sag ihnen», bat ich Finan, «dass wir bald zu Hause sind.»

«Was heißt bald?», wollte er wissen.

«Lass mich zuerst herausfinden, was in Lundene vor sich geht», sagte ich.

«Und wenn Æthelstan dort ist?», fragte Finan. «Und wenn er wünscht, dass du mit ihm ziehst?»

«Dann ziehe ich mit ihm», sagte ich freudlos, «und du kannst die *Spearhafoc* nach Hause bringen.»

«Ich!», sagte Finan aufgeschreckt. «Ich nicht! Berg kann sie segeln.»

«Berg kann sie segeln», stimmte ich ihm zu, «aber du wirst den Befehl über Berg haben.» Ich wusste, dass Finan kein Seemann war.

«Ich werde überhaupt nichts befehligen!», gab er hitzig zurück. «Ich werde an deiner Seite bleiben.»

«Du musst nicht…»

«Ich habe geschworen, dich zu beschützen!», unterbrach er mich.

«Du? Ich habe niemals irgendeinen Schwur von dir gefordert!»

«Das hast du nicht», pflichtete er mir bei, «aber ich habe dennoch den Schwur geleistet, dich zu schützen.»

«Wann?», fragte ich. «Ich kann mich an keinen derartigen Schwur erinnern.»

«Ich habe ihn vor zwei Herzschlägen geleistet», sagte er, «und wenn du an einen törichten Schwur gebunden sein kannst, dann kann ich das auch.»

«Ich entbinde dich von jeglichem Schwur…»

Wieder unterbrach er mich. «Irgendjemand muss dafür sorgen, dass du am Leben bleibst. Anscheinend hat mir Gott die Aufgabe zugeteilt, dich von Gerstenfeldern fernzuhalten.»

Ich berührte mein Hammeramulett und versuchte, mich davon zu überzeugen, dass ich die richtige Entscheidung traf. «Es gibt keine Gerstenfelder in Lundene», erklärte ich Finan.

«Das ist wahr.»

«Also werden wir überleben, mein Freund», sagte ich und legte ihm die Hand auf die Schulter, «wir werden überleben, und wir werden nach Hause kommen.»

Ich ging zum Heck, hinter dem die sinkende Sonne einen langen Schatten auf das gekräuselte Wasser warf. Ich setzte mich auf eine der niedrigen Stufen, die zur Steuerplattform hinaufführten. Ein Schwan flog Richtung Norden, und mich beschlich die Sorge, dies könne ein Omen dafür sein, dass auch wir nach Norden gehen sollten, doch da waren noch andere Vögel, andere Omen. Zuweilen ist es schwierig, den Willen der Götter zu erkennen, und selbst wenn wir ihn erkennen, können wir nicht sicher sein, dass sie nicht nur mit uns spielen. Erneut berührte ich das Hammeramulett.

«Glaubt Ihr, das besitzt Macht?», fragte eine Stimme.

Ich sah auf, und mein Blick fiel auf Benedetta, deren Gesicht im Schatten ihrer Kapuze lag. «Ich glaube, dass die Götter Macht haben», antwortete ich.

«Der eine Gott», beharrte sie. Ich zuckte mit den Schultern, zu müde, um zu streiten. Benedetta starrte auf das niedrige ostsächsische Ufer, das an uns vorüberzog. «Gehen wir nach Lundene?», fragte sie.

«So ist es.»

«Ich hasse Lundene», sagte sie bitter.

«Da gibt es viel zu hassen.»

«Als die Sklavenhändler kamen …», begann sie, doch dann unterbrach sie sich.

«Du warst zwölf Jahre alt, hast du erzählt, nicht wahr?»

Sie nickte. «Ich sollte im Sommer jenes Jahres verheiratet werden. Mit einem guten Mann, einem Fischer.»

«Haben sie ihn auch getötet?»

«Sie haben jeden getötet! *Saraceni*!» Sie spuckte das Wort förmlich aus. «Sie haben alle getötet, die sich gewehrt haben, und alle, die sie nicht als Sklaven wollten. Mich wollten sie.» Ihr letzter Satz ließ schreckliche Grausamkeit widerhallen.

«Wer sind diese *Saraceni*?», fragte ich, weil mir das fremde Wort kein Begriff war.

«Männer von der anderen Seite des Meeres. Einige leben sogar in meinem Land! Sie sind keine Christen. Sie sind Wilde!»

Ich klopfte neben mich auf die Treppenstufe. Nach kurzem Zögern setzte sie sich. «Und wie bist du nach Britannien gekommen?», fragte ich neugierig.

Sie schwieg eine Weile, dann zuckte sie mit den Schultern. «Ich wurde verkauft», sagte sie einfach, «und nach Norden gebracht, ich weiß nicht, wohin. Man hat mir gesagt, dies sei wertvoll», sie berührte mit dem Zeigefinger ihre Haut, die eine zarte, goldbraune Tönung besaß, «wertvoll im Norden, wo die Haut bleich ist wie Sauermilch, und im Norden wurde ich zum zweiten Mal verkauft. Ich war immer noch zwölf Jahre alt», sie hielt inne, um mich anzusehen, «aber ich war schon eine Frau, kein Kind mehr.»

Wieder klang sie bitter. Ich nickte, um ihr zu zeigen, dass ich sie verstand.

«Ein Jahr später», fuhr sie fort, «wurde ich das nächste Mal verkauft. An einen Sachsen aus Lundene. Einen Sklavenhändler. Er hat viel Geld bezahlt, und sein Name», sie sprach nun so leise, dass ich sie kaum hören konnte, «sein Name war Gunnald.»

«Gunnald», wiederholte ich.

«Gunnald Gunnaldson.» Sie richtete den Blick auf das nördliche Ufer, wo ein kleines Dorf in Sicht kam. Ein Kind winkte von einer verfallenden Anlegestelle aus. Ich betrachtete die Riemen, ihr Eintauchen, das Durchziehen und ihr Wiederauftauchen mit den langen, tropfenden Ruderblättern. «Sie haben mich nach Lundene gebracht, wo sie ihre Sklaven verkauften», fuhr Benedetta fort, «und beide haben mir Gewalt angetan. Vater und Sohn, beide, aber der Sohn war der Schlimmere. Sie wollten mich nicht verkaufen, sie wollten mich benutzen, also habe ich versucht, mir das Leben zu nehmen. Das war besser, als von diesen Schweinen benutzt zu werden.»

Sie hatte die letzten paar Worte mit gedämpfter Stimme gesagt, damit die Männer auf der nächsten Ruderbank nicht mithören konnten. «Dir das Leben zu nehmen?», fragte ich ebenso leise.

Sie wandte sich mir zu, sah mich an, und dann schob sie wortlos die Kapuze zurück und wickelte den grauen Schal ab, den sie stets um den Hals trug. Nun sah ich die Narbe, eine tiefe Narbe, die sich über die rechte

Seite ihres schlanken Halses zog. «Ich habe nicht tief genug geschnitten», sagte sie düster, «aber es hat ihnen genügt, um mich zu verkaufen.»

«An Edward.»

«An seinen Verwalter. Ich sollte im Küchentrakt und in seinem Bett arbeiten, aber Königin Eadgifu hat mich gerettet, und nun diene ich ihr.»

«Als vertrauenswürdige Dienerin.»

«Als vertrauenswürdige Sklavin.» Sie klang immer noch verbittert. «Ich bin nicht frei, Herr.» Sie zog die Kapuze wieder über ihr rabenschwarzes Haar. «Haltet Ihr Sklaven?», fragte sie streitlustig.

«Nein», sagte ich, was streng genommen nicht stimmte. Bebbanburg umfasste zahlreiche Landgüter, die meine Hauskrieger bewirtschafteten, und ich wusste, dass viele von ihnen Sklaven hatten, und mein Vater hatte etwa zwanzig in der Festung gehalten, die gekocht, geputzt, gefegt und ihm das Bett gewärmt hatten, und einige von ihnen waren noch immer da, hochbetagt und als Bedienstete bezahlt. Ich hatte keine neuen Sklaven gekauft, denn meine eigene Erfahrung als Sklave, bei der ich auf winterlichen Meeren zum Ruderdienst verdammt gewesen war, hatte mich gegen die Sklaverei eingenommen. Andererseits, dachte ich, brauchte ich auch keine Sklaven. Ich hatte genügend Männer und Frauen, die für Sicherheit, Wärme und Essen auf der Festung sorgten, und ich hatte genügend Silber, um sie zu entlohnen. «Ich habe einige Sklavenhändler getötet», merkte ich an und wusste, noch während ich es aussprach, dass ich damit nur Benedettas Anerkennung gewinnen wollte.

«Wenn wir nach Lundene gehen», sagte sie, «könnt Ihr für mich noch einen töten.»

«Gunnald? Ist er immer noch dort?»

«Vor zwei Jahren war er es noch», gab sie finster zurück. «Ich habe ihn gesehen. Er hat mich auch gesehen, und er hat gelächelt. Es war kein gutes Lächeln.»

«Du hast ihn gesehen? In Lundene?»

Sie nickte. «König Edward hat die Stadt gern besucht. Und die Königin auch. Dort konnte sie manches kaufen.»

«König Edward hätte Gunnald für dich töten lassen können», sagte ich.

Sie lächelte verächtlich. «König Edward hat Geld von Gunnald genommen. Warum sollte er ihn töten? Ich habe Edward nichts bedeutet. Gott sei ihm gnädig.» Sie bekreuzigte sich. «Was geschieht mit uns in Lundene?»

«Wir werden uns mit Æthelstan treffen, wenn er dort ist.»

«Und wenn er nicht dort ist?»

«Dann werden wir ihn anderswo treffen.»

«Was wird er mit uns tun? Mit meiner Herrin? Mit ihren Kindern?»

«Nichts», sagte ich entschieden. «Ich werde ihm erklären, dass ihr unter meinem Schutz steht.»

«Wird er das respektieren?» Sie klang zweifelnd.

«Ich kenne König Æthelstan seit seinen Kindertagen», sagte ich, «und er ist ein ehrenhafter Mann. Er wird euch unter Geleitschutz zu meiner Festung nach Bebbanburg schicken, während wir unseren Krieg führen.»

«Bebbanburg!» Sie sprach den Namen mit ihrem fremden Tonfall aus. «Was ist in Bebbanburg?»

«Sicherheit. Ihr werdet dort unter meinem Schutz stehen.»

«Awyrgan sagt, wir dürfen den Schutz eines Heiden nicht annehmen», sagte sie geradeheraus.

«Awyrgan muss nicht mit der Königin gehen.»

Einen Wimpernschlag lang dachte ich, sie würde lächeln, doch dann wich der Ausdruck aus ihrem Gesicht, und sie nickte nur. «Er wird mit ihr gehen», sagte sie missbilligend. Dann richtete sie ihre großen, graugrünen Augen auf mich. «Seid Ihr wirklich ein Heide?»

«Das bin ich.»

«Das ist nicht gut», sagte sie ernst.

«Sag mir», forderte ich sie auf, «ist Gunnald Gunnaldson ein Heide?»

Eine ganze Weile lang antwortete sie nicht, dann schüttelte sie unvermittelt den Kopf. «Er trägt ein Kreuz um den Hals.»

«Ist er darum ein besserer Mann als ich?»

Sie zögerte kurz. «Nein», gestand sie schließlich ein.

«In diesem Fall», sagte ich, «werde ich ihn vielleicht töten, wenn er noch in Lundene ist.»

«Nein.»

«Nein?»

«Lasst mich ihn töten», sagte sie, und beinahe zum ersten Mal, seit ich ihr begegnet war, wirkte Benedetta fröhlich. Wir ruderten weiter.

Wir erreichten Lundene in der Abenddämmerung, einer Abenddämmerung, die durch die Rauchdecke über der Stadt noch dunkler wurde. Wenigstens zwanzig weitere Schiffe fuhren langsam stromauf, meist beladen mit den Nahrungsmitteln und Vorräten, die von den Scharen der Menschen und Pferde in einer Stadt benötigt werden. Eines der Schiffe war so schwer beladen, dass es aussah wie ein schwimmender Heuhaufen, während es mit der Flut durch die großen Flussschleifen glitt. Wir kamen an den kleineren Siedlungen östlich von Lundene vorbei; an den Schiffszimmerern mit den aufgestapelten Balken und den qualmenden Gruben, in denen sie Kiefernholz verbrannten, um stinkendes Pech zu gewinnen, und an den Gerbern, die einen ganz anderen Gestank verbreiteten, während sie Tierhäute mit Kot behandelten. Und über all dem hing Lundenes eigener strenger Geruch nach Holzrauch und Abwässern. «Das ist kein Fluss», beklagte sich Finan, «das ist eine Jauchegrube.»

«Man gewöhnt sich daran», sagte ich.

«Wer will das?» Er schaute auf das Wasser hinunter, das am Rumpf der *Spearhafoc* vorbeiströmte. «Da schwimmen Kackhaufen!»

Wir ließen die schlammigen Ufer hinter uns und steuerten in Richtung der zwei niedrigen Hügel von Lundene. Es wurde inzwischen dunkel, aber das Licht genügte noch, um drei Speermänner auf der hohen Wallmauer der kleinen römischen Bastion zu sehen, die das östliche Ende der Stadt schützte. Keiner der drei trug einen dunkelroten Umhang, und an der Mauer hingen keine Banner mit dem springenden Hirsch. Zudem schenkten uns die drei Männer keinerlei Aufmerksamkeit, als wir vorüberkamen. Die Anlegeplätze, dicht an dicht mit Schiffen besetzt, begannen genau unterhalb der kleinen Festung, und in ihrer Mitte, immer noch stromabwärts der großen Brücke, befand sich die Steinmauer, die ich so gut kannte. Die Mauer war von den Römern erbaut worden und schützte eine gemauerte Plattform, auf der sie ein prächtiges Haus gebaut hatten. Dort hatte ich mit Gisela gewohnt.

Kein Schiff hatte an der Steinmauer festgemacht, also drückte ich das Steuerruder herum, während die erschöpften Ruderer ihre letzten Schläge taten. «Riemen einziehen!», rief ich, und die *Spearhafoc* glitt sanft an die gewaltigen Steinblöcke. Gerbruht zog die Bugleine durch einen der großen Eisenringe, die in die Mauer eingelassen waren, und wartete ab, während die *Spearhafoc* die letzten paar Schritt auslief. Ihr Bug pochte an den Stein, und Berg packte einen weiteren der Ringe. Ich warf ihm die Achterleine zu, und unser Schiff wurde längsseits dicht an die Mauer gezogen. Wenn ich hier früher ein Schiff liegen hatte, dann hatte ich seinen Rumpf mit Segeltuchsäcken voll Stroh abgefedert, doch das war eine Aufgabe, die bis zum nächsten Morgen warten konnte.

Eine enge, in die Mauer eingelassene Treppe ermöglichte es, bei Ebbe hinaufzusteigen. «Wartet», befahl ich meiner Mannschaft und meinen Mitreisenden, dann sprangen Finan und ich auf die Treppe und stiegen auf die weitläufige Flussterrasse, auf der ich an Abenden, an denen der Wind aus Norden kam und den Gestank der Temes davontrug, gern mit Gisela gesessen hatte. Inzwischen brach die Dämmerung an, und in dem Haus herrschte Dunkelheit, bis auf einen schwachen Schimmer hinter einem Fensterladen und den Widerschein von Flammen im Innenhof. «Irgendjemand wohnt hier», sagte Finan.

«Das Haus gehört dem König», gab ich zurück. «Alfred hat es immer dem Befehlshaber der Garnison zur Verfügung gestellt, allerdings haben die meisten es nie benutzt. Ich schon.»

«Aber welchem König?»

«Jetzt ist es Æthelstan», sagte ich, «aber die Westsachsen werden es wohl zurückhaben wollen.» Lundene war kostbar, allein die Zollgebühren der Stadt konnten ein kleines Königreich erhalten, und ich fragte mich, ob Edward in seinem Testament bestimmt hatte, welcher seiner Söhne, Ælfweard oder Æthelstan, hier regieren sollte. Letzten Endes würde es natürlich derjenige Halbbruder sein, der die meisten Speere zusammenbringen konnte.

Die Tür zum Haus wurde geöffnet.

Heraus trat Waormund.

Im ersten Moment erkannte ich ihn nicht, und er erkannte auch mich nicht. Der Durchgang hinter ihm, der zum Innenhof führte, wurde von Fackeln erhellt, sodass sein Gesicht im Schatten lag, während ich vermutlich der letzte Mensch war, den er jemals in Lundene zu sehen erwartete. Zuerst fiel mir nur die Größe des Mannes auf; ein Hüne, einen Kopf größer als ich, breitschultrig, mit wirrem Haar und Stiefeln, in denen Beine wie Baumstämme steckten. Das Licht der Fackeln wurde von den Gliedern eines Kettenhemdes zurückgeworfen, das bis zu seinen Oberschenkeln reichte. Er aß Fleisch, das er mit den Zähnen vom Knochen riss.

«Ihr könnt mit Eurem erbärmlichen Schiff nicht hier festmachen», knurrte er, dann erstarrte er unvermittelt. «Verflucht!», sagte er, warf den Knochen weg und zog seinen Sax, dann sprang er mit überraschender Schnelligkeit für einen so riesenhaften Mann auf mich zu.

Ich hatte Schlangenhauch auf dem Schiff gelassen, jedoch hing mein Sax, Wespenstachel, an meinem Gürtel. Ich trat schnell nach rechts, weg von Finan, sodass Waormund auf beiden Seiten einen Gegner hatte, und zog das Kurzschwert aus der Scheide. Waormunds erster Hieb verfehlte mich um Haaresbreite, ich duckte mich unter dem zweiten, einem wilden Schwung, der auf meinen Kopf zielte, und wehrte den dritten mit Wespenstachel ab, indem ich ihn mit dem Klingenschaft des Kurzschwerts abfing. Der Aufprall ließ meinen ganzen Arm erbeben. Waormund besaß ungeheure Kraft. Wie ich hatte Finan nur einen Sax, aber er bewegte sich hinter Waormund, der irgendwie spürte, dass sich der Ire näherte, und er drehte sich um und schwang seine Kurzklinge, um Finan zurückzutreiben. Ich machte einen Schritt nach rechts, an Waormund vorbei, und zog ihm Wespenstachels Klinge über die Rückseite seines linken Beins. Ich versuchte, ihm die Kniesehne zu durchtrennen, aber Wespenstachel war eine kurze Stichwaffe, nicht zum Schneiden gedacht, und die Klinge durchdrang kaum seinen hohen Lederstiefel. Brüllend fuhr er zu mir herum, und ich trat zurück, stieß Wespenstachel erneut vor, um seinen Oberschenkel zu treffen, und ließ mich seitwärts fallen, um seinem wilden Gegenangriff auszuweichen. Wespenstachel hatte ihn verwundet, ich hatte gespürt, wie die Klinge eingedrungen war, doch

Waormund schien die Verletzung nicht wahrzunehmen. Knurrend wandte er sich wieder um, als Finan ihn angriff, um ihn abzulenken, doch wir waren wie Terrier, die einen Keiler anfallen, und einer von uns, das wusste ich, würde bald durchbohrt werden. Waormund hatte Finan zurückgetrieben und ging nun mit einem gewaltigen Tritt auf mich los, der mir die Rippen hätte brechen sollen. Ich war noch dabei, wieder aufzustehen, hob Wespenstachel und wehrte durch Glück oder die Gunst der Götter Waormunds Klinge ab, mit der er auf mich hatte einhacken wollen. Wieder ließ der Aufprall meinen Arm bis zur Schulter hinauf erzittern. Finan stach auf Waormund ein, und wieder musste sich der riesige Mann mit einer Rückhandbewegung seines Schwertes von mir wegdrehen, doch Finan war schnell wie der Blitz und tanzte zurück. «Hier entlang!», rief er mir zu.

Ich war wieder auf die Füße gekommen. Finan rief noch immer, ich solle mich zur *Spearhafoc* zurückziehen, doch das verhinderte Waormund, indem er auf mich zurannte. Er brüllte. Da waren keine Worte, nur Rachegeschrei und der Ale-Gestank seines Atems. Ich ging nach rechts, auf Finan zu, und Waormund packte mich mit der freien Hand am Halsausschnitt meines Kettenhemdes und zerrte mich zu sich. Ich sah ihn grinsen, sah seine Zahnlücke, wusste, dass ich sterben würde, spürte seine gewaltige Kraft, als er mich mühelos in seine Umarmung zog, und ich sah seinen Sax von rechts kommen, die Spitze auf den unteren Bereich meines Brustkorbs ausgerichtet. Ich versuchte, mich zu befreien, und konnte es nicht. Doch Finan war ebenso schnell, und sein Stich in Waormunds Rücken musste den großen Mann verwundet haben, denn wieder brüllte er und drehte sich zur Abwehr Finans um. Er hielt mich weiter am Kettenhemd fest, und ich stach mit Wespenstachel nach seinem Arm. Meine Klinge drang nicht durch sein Kettenhemd, aber die Wucht meines Angriffs führte dazu, dass er mich losließ, und ich zog ihm Wespenstachel mit der Rückhand übers Genick. Die Klingenkante traf auf seinen Schädel, aber er war in Bewegung, was dem Hieb den größten Teil seiner Wirkung raubte, und auch wenn mein Vorstoß etwas ausgerichtet hatte, war es, als hätte ich Waormunds Hals mit einer Feder gestreichelt. Er drehte sich wieder um, das vernarbte Gesicht eine hassverzerrte Maske, da zischte plötzlich ein Speer durch mein Sichtfeld, die Klinge blitzte im schwachen Fackellicht auf, traf Waormunds Kurzschwert und glitt ab. Meine Männer waren von der *Spearhafoc* gekommen. Ein Dutzend rannte auf uns zu, und weitere kamen die enge Steintreppe herauf.

Waormund mochte wütend sein, er mochte zu viel Ale getrunken haben, aber er war kein Narr, wenn es ums Kämpfen ging. Er hatte in zu vielen Schildwällen gestanden, hatte den Schatten der Niederlage und den nahenden Tod zu oft gespürt, und deshalb wusste er, wann er sich zurückziehen musste. Er wirbelte von mir weg und rannte auf das Haus zu, aus dem in demselben Moment, in dem meine Männer vom Schiff kamen, drei seiner Gefährten mit gezogenen Langschwertern stürmten.

«Zurück!», brüllte Waormund. Unversehens war er in der Unterzahl, und er und seine Männer verschwanden durch die Tür und schlugen sie hinter sich zu. Ich hörte den Sperrriegel in die Halterungen fallen.

«Gütiger Gott», sagte Finan, «was für ein Tier. Bist du verwundet?»

«Nur Schrammen», sagte ich. Es war töricht gewesen, sich so leicht bewaffnet dem Haus zu nähern. «Ich bin nicht verletzt», fügte ich hinzu, während Berg mir Schlangenhauch reichte, «und du?»

«Ich bin am Leben», sagte er mürrisch.

Am Leben, aber verwirrt. Jeder Einzelne, mit dem wir gesprochen hatten, war sicher gewesen, dass Æthelstans Truppen Lundene besetzt hatten, und doch befand sich einer der gefürchtetsten Krieger Æthelhelms hier mitten in der Stadt. Ich ging zu der Haustür, wusste, dass sie nicht aufgezogen werden konnte, und so war es auch. Irgendwo im Haus schrie eine Frau. «Holt eine Axt», befahl ich.

Ich kannte das Haus nur allzu gut, und ich wusste, dass es von der Flussterrasse aus keinen anderen Zugang gab als diese eine Tür. Die Steinwände schlossen mit der Kante der gemauerten Plattform ab, sodass es auch keinen Gehweg seitlich des Hauses gab, und die Fenster waren mit Eisenstreben gesichert.

Beornoth brachte die Axt und führte einen gewaltigen Hieb aus, der die Tür erzittern ließ. Wieder schrie eine Frau. Ich konnte auch andere Geräusche von drinnen hören, Schritte und gemurmelte Worte, doch was gesagt wurde, war nicht zu verstehen. Dann schlug die Axt wieder mit einem mächtigen Hieb zu, und die Geräusche hinter der Tür verklangen.

«Sie sind weg», sagte Finan.

«Oder sie lauern uns auf», erwiderte ich.

Beornoths Axt brach durch das dicke Holz. Ich beugte mich vor, um durch das Loch zu spähen, und sah, dass der Durchgang dahinter leer war. Noch immer flackerten Fackeln im Hof am Ende des Ganges. «Mach weiter», wies ich Beornoth an, und zwei weitere Schläge genügten, damit er durch die zertrümmerte Tür greifen und den Sperrriegel heben konnte.

Das Haus war verlassen. In den großen Räumen zur Flussseite lagen sechs Strohmatratzen, ein paar Umhänge, weggeworfene Alekrüge, angebissenes Brot und eine leere Schwertscheide. Waormund oder einer seiner Männer hatte einen Kübel mit Kot und Urin umgestoßen, und sein Inhalt besudelte den Fliesenboden des Raumes, in dem Gisela und ich früher geschlafen hatten. In den Kammern der Bediensteten auf der anderen Seite des Innenhofes fand sich ein Kochkessel, in dem noch ein Eintopf aus Bohnen und Hammelfleisch siedete, und an der Wand war Feuerholz aufgestapelt, doch von Bediensteten keine Spur. Ich ging zur Vordertür, öffnete sie vorsichtig und trat mit Schlangenhauch in der Hand auf die Straße hinaus. Es war keine Menschenseele zu sehen.

Finan zog mich zum Gebäude zurück. «Du bleibst hier», sagte er. «Ich gehe mit den Wachen auf der Bastion reden.» Ich wollte widersprechen, doch Finan schnitt mir das Wort ab. «Bleib hier!», beharrte er, und ich ließ ihn ein halbes Dutzend Männer die dunkle Straße hinunterführen. Dann verriegelte ich die Tür und ging zurück zu den größeren Räumen. Eadgifu breitete ihren Umhang über eine der Matratzen aus. Edmund, ihr ältester Sohn, äugte in den anderen Raum mit dem stinkenden Fußboden, doch ich zog ihn weg und schob ihn unsanft zurück zu seiner Mutter. Pater Aart, der sich auf der *Spearhafoc* die meiste Zeit nur übergeben hatte, war wieder wohlauf und wollte Einspruch gegen meinen Umgang mit dem Prinzen erheben, doch mein Gesichtsausdruck brachte ihn dazu, lieber den Mund zu halten. Er fürchtete sich vor mir.

«Da sind Flöhe im Stroh», beschwerte sich Awyrgan.

«Und wahrscheinlich auch Läuse», sagte ich. «Und Ihr solltet es nicht zu eilig damit haben, Euch ein Bett zu richten.»

«Ich richte mir kein Bett», sagte Eadgifu, «nur einen Platz zum Sitzen. Wir gehen doch gewiss in den Palast, nicht wahr? In Lundene wohne ich immer im Palast!»

«Wir werden in den Palast gehen, meine Königin», versicherte ihr Awyrgan.

«Seid kein solcher Narr», knurrte ich ihn an. «Das waren Æthelhelms Männer. Wenn wir uns getäuscht haben und sie immer noch die Stadt besetzt halten, müssen wir fort. Noch heute Nacht. Finan kundschaftet gerade aus, was vor sich geht.»

Awyrgan starrte mich an. «Noch heute Nacht?»

Es würde schwierig werden. Die Temes war breit, und auch wenn uns die Strömung flussabwärts unterstützen würde, gab es Sandbänke, die eine Fahrt im Dunkeln gefährlich machten. Doch wenn Æthelhelms Männer weiterhin die Stadt hielten, blieb uns keine Wahl. «Was glaubt Ihr, wie lange wir alle am Leben bleiben», fragte ich Awyrgan mit einer Geduld, die ich nur mühsam aufbrachte, «wenn Æthelhelms Truppen hier sind?»

«Vielleicht sind sie es ja nicht», sagte Eadgifu.

«Genau das findet Finan heraus, meine Herrin», sagte ich, «also haltet Euch für einen schnellen Aufbruch bereit.»

Einer der Säuglinge begann zu weinen, und eine Dienerin ging eilig mit dem Kind aus dem Raum. «Aber falls Æthelstans Männer hier sind», flehte Eadgifu, «dann können wir doch in den Palast gehen. Ich habe dort Kleidung! Ich brauche Kleidung!»

«Vielleicht werden wir in den Palast gehen», sagte ich, zu müde, um darüber zu streiten. Wenn die Stadt sicher war, würde ich sie ihre prächtigen Gewänder holen lassen, doch bis dahin konnte sie sich an ihren Flohbissen kratzen.

Ich ging auf die Flussterrasse, um dem Gestank im Haus zu entkommen, setzte mich auf die niedrige Mauer über der Temes und sah zu Berg hinunter, der mit zwei Männern die *Spearhafoc* umdrehte, sodass ihr Bug flussab deutete. Sie erfüllten ihre Aufgabe mit geübten Bewegungen, machten die *Spearhafoc* wieder fest, damit sie für einen schnellen Aufbruch aus der Stadt bereit war, und dann ließen sich alle drei auf dem breiten Deck des Schiffes nieder. Sie würden es vor nächtlichen Dieben bewachen, die Tauwerk und Riemen stehlen konnten.

Ich ließ meinen Blick auf dem dahinströmenden Fluss ruhen und versuchte aus den Geschehnissen des Tages klug zu werden. Ich vermutete, dass Waormund geradewegs nach Lundene zurückgesegelt sein musste, als er gesehen hatte, dass unsere Schiffe seine kleine Flotte vor der northumbrischen Küste zerstörten, doch wenn nun Æthelstan Herr über die Stadt war, wie man es uns gesagt hatte, weshalb war dann Waormund noch hier? Warum war der große Westsachse nicht mit Æthelhelms übrigen Männern abgerückt? Und warum hatte er nur fünf Krieger bei sich? Vier Männer hatte ich gesehen, aber es waren sechs Strohbetten da gewesen, und auch das war seltsam. Warum sollten sich sechs Männer in diesem Haus am Fluss einquartieren, wenn Æthelhelms übrige Männer vermutlich in der alten Festung untergebracht waren, die den Palast am nordwestlichen Ende Lundenes bewachte?

Es war Nacht geworden. Auf dem Südufer der Temes standen Gebäude, und das Fackellicht, das den Eingang einer Kirche beleuchtete, spiegelte sich schimmernd im Fluss. Ein Dreiviertelmond verschwand hinter einer Wolke. Die Schiffe, die an den Anlegestellen in der Nähe festgemacht hatten, knarrten im Wind, und ihre Leinen schlugen träge an die Masten. Aus einem nahe gelegenen Gasthaus, dem Toten Dänen, drang das Gelächter von Männern herüber.

Hinter mir wurde die Haustür geöffnet, und ich drehte mich um, erwartete Finan zu sehen, doch es war Roric, mein Diener, der eine brennende Fackel herausbrachte, die er in eine Halterung neben der Tür steckte. Er sah mich kurz an, schien etwas sagen zu wollen, dann überlegte er es sich anders und kehrte ins Haus zurück, hielt aber zunächst noch die Tür für eine Gestalt mit Kapuze auf, die nun langsam und vorsichtig mit zwei Bechern auf mich zukam. Sie streckte mir einen der Becher entgegen. «Das ist Wein.» Es war Benedetta, die mir das Getränk anbot. «Er ist nicht gut, aber besser als Ale.»

«Magst du kein Ale?»

«Ale ist sauer», sagte sie, «genau wie dieser Wein.»

Ich trank einen kleinen Schluck. Sie hatte recht, er war sauer, aber ich war an sauren Wein gewöhnt. «Magst du lieber süßen Wein?», fragte ich.

«Ich mag guten Wein», sie setzte sich neben mich. «Dieser Essig wurde in der Küche des Hauses gefunden. Ob sie damit kochen? Es stinkt!»

«Der Wein?»

«Der Fluss.»

«Es ist eben eine Stadt», sagte ich. «Alle Städte bringen ihre Flüsse zum Stinken.»

«Ich erinnere mich an diesen Geruch.»

«Er ist auch schwer zu vergessen.»

Benedetta hatte sich links neben mich gesetzt, und ich dachte an die schwere Holzbank, auf der Gisela und ich gesessen hatten, Gisela stets auf meiner linken Seite. «Die Königin ist nicht zufrieden», sagte Benedetta, «sie will ihre Bequemlichkeit.»

Ich verzog das Gesicht. «Möchte sie eine Matratze, die mit Federn gestopft ist?»

«Ja, das würde ihr gefallen.»

«Sie hat mich um Hilfe gebeten», sagte ich schroff, «und ich habe ihr geholfen. Wenn ich sie an einen sicheren Ort gebracht habe, kann sie so viele verdammte Federn haben, wie sie will, aber bis dahin kann sie die Flöhe ertragen, wie wir anderen auch.»

«Das werde ich ihr ausrichten», sagte Benedetta und klang, als freue sie sich darauf, diese schlechte Nachricht weiterzugeben. «Glaubt Ihr, dass Lundene kein sicherer Ort ist?»

«Nicht bevor ich weiß, wer Herr über die Stadt ist», sagte ich. «Finan muss bald zurück sein.» Ich hatte keine Rufe in der Dunkelheit gehört, keine Schritte von Davonlaufenden, kein Schwerterklirren. Das Ausbleiben von Geräuschen deutete darauf hin, dass Finan und seine Männer nicht auf Gegner getroffen waren.

Benedetta schob ihre Kapuze halb zurück, und ich betrachtete sie in der Dunkelheit. Sie hatte klar geformte Gesichtszüge mit großen Augen, die gegen ihre bronzefarbene Haut hell wirkten. «Ihr seht mich an», sagte sie geradeheraus.

«Das tue ich.»

«Männer sehen Frauen an», fuhr sie fort, «und nehmen sich, was sie wollen.» Sie zuckte mit den Schultern. «Aber ich bin eine Sklavin, was kann ich da erwarten?»

«Du dienst einer Königin. Du solltest Respekt fordern.»

«Den fordere ich! Aber das führt nicht dazu, dass ich beliebt bin oder mich sicher fühlen kann.» Sie schwieg einen Moment. «Edward hat mich auch angesehen.» Ich sagte nichts, aber ich nehme an, die Frage stand mir allzu deutlich ins Gesicht geschrieben. Sie zuckte mit den Schultern. «Er war freundlicher als manch anderer.»

«Wie viele Männer muss ich für dich töten?»

Darüber lächelte sie. «Einen habe ich selbst getötet.»

«Gut.»

«Er war ein Schwein, ein *porco*! Er hat auf mir gelegen, und ich habe ihm ein Messer zwischen die Rippen gestoßen, während er gegrunzt hat wie ein Schwein.»

Sie wandte sich mir zu und sah mich an. «Werdet Ihr mich wirklich Gunnald Gunnaldson töten lassen?»

«Ist es das, was du willst?»

«Das wäre gut», sagte sie sehnsüchtig. «Aber wie kann ich dieses *porco* töten, wenn Ihr uns in Euer Zuhause im Norden schickt?»

«Wir wissen noch nicht, was wir tun werden.»

«Wenn Gunnald Gunnaldson noch hier lebt», fuhr Benedetta fort, «dann ist es nicht weit von hier, glaube ich. Es muss am Fluss sein, das weiß ich, weil immer dieser Geruch in der Luft gelegen hat. Ein großes, düsteres Gebäude. Es hatte eine eigene Stelle, an der sie ihre Schiffe festgemacht haben.»

«Einen Anlegeplatz.»

«Einen Anlegeplatz», wiederholte sie das Wort, «mit einer Holzpalisade. Dort lagen zwei Schiffe. Und es gab einen Hof mit einem Zaun, noch eine Palisade. Dort hat er die Sklaven vorgeführt, oder sein Vater hat uns vorgeführt. Es war die Hölle auf Erden. Männer haben uns befingert, haben dabei gelacht.» Unvermittelt unterbrach sie sich. Sie starrte zum Haus, und ich sah eine Träne schimmern. «Ich war noch ein Kind.»

«Aber das Kind ist in einen Palast gekommen», sagte ich sanft.

«Ja», nach diesem einen Wort hielt sie erneut inne, und ich dachte, sie würde nichts mehr sagen, doch dann sprach sie weiter. «Und dort wurde ich als Spielzeug benutzt, bis mich die Königin in ihren Diensten haben wollte. Das war vor drei Jahren.»

«Und vor wie vielen…», begann ich, doch sie unterbrach mich.

«Vor zweiundzwanzig Jahren, Herr. Ich zähle die Jahre. Es sind zweiundzwanzig Jahre, seit mich die *Saraceni* von daheim verschleppt haben.» Sie richtete ihren Blick flussaufwärts, wo die düsteren Lagerhäuser über den Anlegeplätzen aufragten. «Ich würde es genießen, ihn zu töten.»

Wieder wurde die Tür zum Haus geöffnet, und Finan tauchte auf. Benedetta wollte aufstehen, aber ich legte ihr die Hand auf den Arm, damit sie sitzen blieb. «Finan», grüßte ich ihn.

«Æthelstans Männer sind hier», sagte er.

«Den Göttern sei Dank.»

«Aber Æthelstan selbst nicht. Sie glauben, er ist noch in Gleawecestre, aber sie sind nicht sicher. Ist das Ale?»

«Wein.»

«Teufelspisse», sagte Finan, «aber ich trinke sie.» Er nahm den Becher von mir und setzte sich auf die Mauerecke. «Den Befehl hier führt dein alter Freund Merewalh.»

Diese Nachricht war eine Erleichterung. Merewalh war in der Tat ein alter Freund. Er hatte Æthelflæds Hauskrieger angeführt, er hatte oftmals an meiner Seite gekämpft, und ich schätzte ihn als einen sachlichen, vernünftigen und verlässlichen Mann.

«Allerdings ist auch er nicht hier», fuhr Finan fort. «Er ist gestern fort. Ist mit den meisten seiner Männer nach Werlameceaster.»

«Er ist mit ihnen nach Werlameceaster! Warum?» Mit der Frage drückte ich zugleich meinen Unmut aus.

«Das weiß Gott allein», sagte Finan. «Der Geselle, mit dem ich geredet habe, wusste nur, dass Merewalh gegangen ist! Weshalb, wusste er nicht, aber der Aufbruch geschah in aller Hast. Merewalh hat einem Mann namens Bedwin den Befehl hier übergeben.»

«Bedwin.» Ich wiederholte den Namen. «Nie von ihm gehört. Wie viele Männer hat Merewalh mitgenommen?»

«Mehr als fünfhundert.»

Ich fluchte kurz und sinnlos. «Und wie viele hat er hiergelassen?»

«Zweihundert.»

Was nicht annähernd genügte, um Lundene zu verteidigen. «Und es sind wahrscheinlich mehrheitlich die ältesten und schwächsten», sagte ich bitter. Ich hob den Blick, sah einen Stern zwischen zwei dahinjagenden Wolken blinken. «Und Waormund?», fragte ich.

«Weiß der Teufel, wo dieser Bastard ist. Ich habe nichts von ihm gesehen oder gehört.»

«Waormund?», fragte Benedetta aufgeschreckt.

«Er war hier im Haus, als wir angekommen sind», erklärte ich.

«Er ist ein Teufel», sagte sie wütend und bekreuzigte sich. «Er ist abscheulich!»

Ich konnte mir denken, warum sie so erbittert war, aber ich fragte nicht nach. «Er ist fort», beruhigte ich sie stattdessen.

«Er ist verschwunden», stellte Finan grimmig richtig, «aber der Bastard muss sich irgendwo versteckt halten.»

Und Waormund hatte nur fünf Männer, was bedeutete, dass wir kaum etwas von ihm zu befürchten hatten. Zudem hatte er offenkundig die Dienerinnen aus dem Haus mitgenommen, also hatte er wohl andere Pläne für die Nacht als einen Angriff auf uns. Aber warum, fragte ich mich, war Waormund überhaupt in der Stadt? Und warum hatte Merewalh den größten Teil der Garnison nach Norden geführt? «Hat der Krieg angefangen?», fragte ich Finan.

«Anzunehmen», antwortete er und leerte den Becher. «Gott, was für ein Gesöff.»

«Wo ist dieser Ort?», fragte Benedetta und versuchte den Namen auszusprechen, «Werla…»

«Werlameceaster?»

«Wo ist das?»

«Es liegt einen Tagesmarsch von hier», sagte ich. «Eine alte Römerstadt.»

«Eine mercische Stadt?», fragte Benedetta.

«Ja.»

«Vielleicht greifen sie dort an?», überlegte sie laut.

«Vielleicht», sagte ich, aber ich hielt es für viel wahrscheinlicher, dass Merewalh seine Männer als Garnison für Werlameceaster dorthin geführt hatte, denn die Stadt mit ihren starken römischen Mauern lag jenseits einer der bedeutendsten Straßen nach Ostanglien, und die Herren dieses Königreichs waren nun fest mit Wessex verbündet.

Finan musste denselben Gedanken gehabt haben. «Hält er vielleicht ein ostanglisches Heer davon ab, zur Verstärkung Æthelhelms zu kommen?», sagte er.

«Das denke ich auch. Aber ich muss es genau wissen.» Ich stand auf.

«Wie wollt Ihr das erfahren?», fragte Benedetta.

«Indem ich Bedwin frage», sagte ich, «wer immer er ist. Er wird wohl im Palast sein, also fange ich dort an.»

«Vergiss nicht, dass Waormund hier ist», warnte mich Finan.

«Ich werde nicht allein hingehen. Du begleitest mich. Es ist ein einziges Durcheinander», sagte ich wütend. Doch in Wahrheit hatte ich dieses Durcheinander mir selbst zu verdanken. Weil ich einen Eid geleistet hatte.

«Ich komme mit!», sagte Benedetta und stand auf.

«Du willst mitkommen?» Erstaunt fuhr ich zu ihr herum.

Meine Überraschung hatte mich zu schroff klingen lassen, und Benedetta wirkte einen Moment lang verschreckt. «Die Königin möchte, dass ich hingehe», sagte sie unsicher, fasste sich dann aber, und wie eine Stute, die nach einem Straucheln wieder einen munteren Trab aufnimmt, fuhr sie selbstsicherer fort: «Sie wünscht, dass ich einige Gewänder hole, die sie im Palast zurückgelassen hat. Und Pantoffeln.» Finan und ich starrten sie nur an. «Königin Eadgifu», verkündete Benedetta nun würdevoll, «bewahrt in jedem königlichen Haus Kleidung auf. Und nun braucht sie einige Gewänder. Als sie diese Schweine aus Fæfresham geholt haben, durften wir keine Kleidung mitnehmen.» Abwartend sah sie uns an. «Wir brauchen Kleidung!»

Es entstand eine weitere unbehagliche Pause, während Finan und ich ihre Worte verdauten. «Dann kommst du besser mit», sagte ich.

Wir ließen das Haus und das Schiff in Bergs Obhut. Ich hätte den jungen Norweger lieber dabeigehabt, denn er war von unschätzbarem Wert im Kampf, doch er war nach Finan mein zuverlässigster Mann. «Halte die Türen versperrt», erklärte ich ihm, «und schicke eine größere Wachmannschaft auf die *Spearhafoc*. Ich will nicht, dass sie heute Nacht von irgendjemandem in Brand gesteckt wird.»

«Denkt Ihr, dass Waormund zurückkommt?»

«Ich weiß nicht, was Waormund tun wird», sagte ich. Soweit ich es beurteilen konnte, hatte Waormund nur fünf Mann, weitaus weniger als ich, aber seine Anwesenheit in der Stadt beunruhigte mich dennoch. Die Vernunft sagte mir, dass er nichts ausrichten konnte, denn er saß in einer Stadt fest, die von einer Übermacht seiner Gegner gehalten wurde, aber mein Gespür schrie geradezu, dass eine Gefahr drohte. «Vielleicht hat Æthelhelm noch weitere Männer in der Stadt versteckt», erklärte ich Berg. «Deine Aufgabe ist, für die Sicherheit der Königin und ihrer Söhne zu sorgen. Wenn Waormund kommt, fängst du keinen Kampf an, sondern schaffst alle auf die *Spearhafoc* und bringst das Schiff auf den Fluss. Dort ist die Königin geschützt.»

«Sie wird sicher sein, Herr», versprach Berg.

«Und halte das Schiff auf dem Fluss, bis wir zurückkommen», befahl ich ihm.

«Und wenn Ihr nicht zurückkommt?», fragte Berg und fügte hastig hinzu: «Was nicht eintreten wird. Natürlich werdet Ihr zurückkommen.»

«Dann kehrst du nach Hause zurück, nach Bebbanburg, und du nimmst Königin Eadgifu mit.»

«Ich kehre nach Hause zurück?» Er klang entsetzt bei dem Gedanken, dass er ohne mich gehen sollte.

«Du kehrst nach Hause zurück», sagte ich.

Ich nahm Finan und sechs weitere Männer mit, alle in Kettenhemden, mit Helmen und Langschwertern.

Wir gingen ostwärts, folgten der Wallmauer, die von den Römern am Fluss entlang erbaut worden war, einer Mauer, die nun gezackte Durchbrüche aufwies, wo Zugänge zu den betriebsamen Anlegeplätzen geschaffen worden waren. Ich nahm an, dass wir an dem Sklavenhaus vorüberkamen, in dem Benedetta so grausam behandelt worden war, doch wenn es so war, sagte sie nichts. Die enge Straße lag im Dunkeln. Nur hier und da fiel ein Lichtschimmer durch eine Tür oder ein Fenster, und jedes Mal, wenn wir uns einem solchen Gebäude näherten, verstummten die Geräusche darin bei dem Klang unserer Schritte. Säuglinge wurden beruhigt und Hunde zum Schweigen gebracht. Jeder Mensch, den wir auf der Straße sahen, und das waren sehr wenige, ging uns eilig aus dem Weg und zog sich in einen dunklen Eingang oder eine Gasse zurück. Es herrschte Unruhe in der Stadt, Angst davor, zum Opfer zu werden, wenn Männer ihrem Ehrgeiz folgten.

Wir bogen in die breitere Straße ein, die von der Brücke Lundenes den Hügel hinaufführte. Wir kamen an einem großen Gasthaus namens *Red Pig* vorbei, einer Ale-Schwemme, die sich bei Æthelhelms Männern stets großer Beliebtheit erfreut hatte, wenn sie in der Stadt waren. «Erinnerst du dich an das *Pig*?», fragte ich Finan.

Er lachte leise. «Du hast einen Mann an dem Wirtshausschild aufgehängt.»

«Einen aus Cent», sagte ich. Auf der Straße hatte sich eine Schlägerei entwickelt, die zu einem Aufruhr zu werden drohte, und die schnellste Art, ihn zu beenden, hatte darin bestanden, einen Mann zu hängen.

Eine Fackel brannte vor dem *Red Pig*, doch trotz dieser flackernden Beleuchtung stolperte Finan über einen Pflasterstein und fiel um ein Haar zu Boden. Er fluchte, dann wischte er sich die Hand an seinem Umhang ab. «Lundene», sagte er gereizt, «wo die Straßen mit Scheiße gepflastert sind.»

«Die Sachsen sind ein schmutziges Volk», erklärte Benedetta.

«Städte sind schmutzig», sagte ich.

«Sie waschen sich nicht», fuhr Benedetta fort, «nicht einmal die Frauen! Jedenfalls die meisten von ihnen.»

Ich stellte fest, dass ich nichts zu erwidern hatte. Lundene war in der Tat schmutzig, es war dreckig, und doch begeisterte es mich. Wir kamen an Säulen vorbei, die einst großartige Gebäude geziert hatten, nun aber von Wänden aus Flechtwerk und Lehm umgeben waren. Schatten lagen unter Torbögen, die nirgendwohin führten. Neue Gebäude waren errichtet worden, seit ich aus Lundene weggegangen war, und füllten die Lücken zwischen den römischen Häusern, von denen einige noch immer Ziegeldächer über ihren drei oder vier gemauerten Stockwerken besaßen. Man sah, selbst bei Dunkelheit, dass dies einmal ein prachtvoller Ort gewesen war, mit stolzen Säulen und schimmerndem Marmor. Nun aber war er, mit Ausnahme der Straßen dicht beim Fluss, verlassen und dem Verfall preisgegeben. Die Leute hatten immer geglaubt, die Geister der Römer würden in diesen Straßen aus alten Zeiten umgehen, und deshalb hatten sie sich lieber in der neuen sächsischen Stadt im Westen angesiedelt, und obwohl Alfred und sein Sohn Edward sie dazu ermutigt hatten, wieder in die alten

Gemäuer zu ziehen, war ein großer Bereich Lundenes noch immer verödet.

Wir gingen an einer Kirche mit einem neuen Strohdach vorbei, wandten uns auf der Hügelkuppe nach links und hatten auf dem westlichen Hügel der Stadt den von Fackeln beleuchteten Palast vor uns, der nahe bei der Kathedrale lag, die Alfred hatte wiederaufbauen lassen. Nun mussten wir noch die Senke des Weala-Bachs überqueren, der südlich in die Temes einmündete. Als wir die Brücke hinter uns hatten, gingen wir hügelaufwärts auf den Palast zu, der ursprünglich für die Könige von Mercien erbaut worden war. Den Eingang bildete ein römischer Torbogen mit eingemeißelten Speermännern, die lange, rechteckige Schilde trugen, und er wurde von vier Männern bewacht, die mit Rundschilden ausgestattet waren, auf denen Æthelstans Symbol des Drachens mit einem Blitz in der Klaue prangte. Dieses Symbol zu sehen, brachte mir eine gewisse Erleichterung. Finan hatte mir versichert, dass Æthelstans Männer noch immer die Stadt hielten, doch der Drache mit seinem gezackten Blitz war mein erster Beweis dafür. «Diese Männer sind alt», knurrte Finan.

«Wahrscheinlich sind sie jünger als du und ich», gab ich zurück, und er lachte.

Die alten Männer an dem Tor waren offenkundig beunruhigt von unserem Auftauchen, denn einer von ihnen hämmerte mit dem Schaft seines Speeres an die geschlossenen Torflügel, und einen Augenblick später tauchten drei weitere Männer auf. Sie zogen die Flügel des Tores hinter sich zu, stellten sich unter dem Torbogen in einer Reihe auf und hoben ihre Waffen. «Wer seid Ihr?», verlangte einer der Neuankömmlinge zu wissen.

«Ist Bedwin im Palast?», fragte ich.

Der Mann, der uns angesprochen hatte, zögerte. «Das ist er», sagte er schließlich.

«Und ich bin Jarl Uhtred von Bebbanburg, gekommen, um ihn zu sehen.» Ich benutzte den dänischen Titel selten, doch der ruppige Ton des Mannes hatte mich verärgert, und meine Männer, die den Hochmut in meiner Stimme hörten, zogen ihre Schwerter.

Einen Moment lang geschah nichts, dann wurden auf ein Handzeichen hin die Speere gesenkt. Sechs der Männer starrten mich einfach nur an, doch der ruppige Mann wollte seine Befehlsgewalt aufrechterhalten. «Ihr müsst Eure Waffen abgeben», verlangte er.

«Ist ein König hier?»

Die Frage schien ihn zu verwirren. «Nein», brachte er heraus.

«Nein, Herr», knurrte ich.

«Nein, Herr.»

«Dann ist das heute Abend kein Palas eines Königs, nicht wahr? Wir behalten unsere Waffen. Öffnet das Tor.»

Wieder zögerte er, dann gab er nach, die hohen Torflügel öffneten sich unter dem Kreischen ihrer alten Eisenscharniere, und ich führte meine Männer in den laternenbeschienenen Durchgang dahinter. Wir erklommen die Treppe, die ich so oft hinaufgestiegen war, um mich mit Æthelflæd zu treffen, und diese Erinnerung war ebenso deutlich und schmerzhaft wie der Gedanke an Gisela auf der Terrasse am Fluss. Wo waren sie jetzt? Wartete Gisela in Asgard auf mich, dem Heim der Götter? Sah mir Æthelflæd von ihrem christlichen Himmel aus zu? Ich habe viele weise Männer gekannt, aber keinen, der mir diese Fragen beantworten konnte.

Wir gingen durch einen Hof, in dem eine Kapelle aus Holzbalken über den Resten eines römischen Wasserbassins errichtet worden war, dann durch einen beschädigten Torbogen in einen Durchgang aus schmalen römischen Lehmziegeln. «Ihr könnt eure Schwerter zurückstecken», erklärte ich meinen Männern. Gleich darauf drückte ich die grobe Holztür auf, die ein römisches Prachtstück von einer Tür ersetzt hatte. Die Festhalle dahinter wurde von unzähligen Binsenlichtern und Kerzen erhellt, doch es saß nur ein Dutzend Männer um den einzigen Tisch. Sie sahen beunruhigt auf, als wir eintraten, dann erhoben sie sich, aber nicht, um uns willkommen zu heißen, sondern um genügend Platz zu haben, damit sie ihre Schwerter ziehen konnten. «Wer seid Ihr?», wollte einer von ihnen wissen.

Ich hatte keine Gelegenheit zu antworten, denn schon antwortete ein anderer Mann für mich. «Das ist der Herr Uhtred von Bebbanburg.» Der Mann war ein großer Priester mit strenger Miene, der sich nun leicht vor mir verneigte. «Es ist gut, Euch wiederzusehen, Herr. Willkommen.»

«Pater Oda», sagte ich. «Welche Überraschung.»

«Überraschung, Herr?»

«Ich dachte, Ihr wärt in Mameceaster.»

«Das war ich, und nun bin ich hier.» In seinen Worten lag ein dänischer Tonfall. Seine Eltern waren als Eindringlinge nach Ostanglien gekommen, doch der

Sohn war zum Christentum übergetreten und diente nun Æthelstan. «Auch ich bin überrascht, Euch zu sehen, Herr», fuhr er fort, «aber es ist mir eine Freude. Nun kommt», er winkte mich zum Tisch, «hier ist Wein.»

«Ich bin gekommen, um Bedwin zu sprechen.»

Pater Oda deutete auf den Mann am Kopfende der Tafel, der uns beim Eintreten angerufen hatte und der nun auf uns zukam. Er war groß, dunkelhaarig und hatte ein längliches Gesicht mit einem Schnauzbart, dessen Enden bis zu dem kunstvoll verzierten Silberkreuz auf seiner Brust herabhingen. «Ich bin Bedwin», sagte er angespannt. Zwei Wolfshunde knurrten, als er sprach, doch er brachte sie mit einer Handbewegung zum Schweigen. Ein paar Schritt vor mir blieb er stehen, und die Verwirrung über unser Eintreffen, die noch immer von seiner Miene abzulesen war, verwandelte sich in Feindseligkeit. Dachte er, ich wäre gekommen, um ihm seinen Platz als Befehlshaber der Stadt streitig zu machen? «Wir wurden nicht von Eurem Kommen unterrichtet, Herr», sagte er beinahe vorwurfsvoll.

«Ich bin gekommen, um König Æthelstan zu sehen.»

«Der in Gleawecestre ist», sagte Bedwin, als wolle er mir die Anweisung geben, ganz Britannien zu durchqueren.

«Ihr sagt, es gibt Wein, Pater?», wandte ich mich an Oda.

«Der getrunken werden muss», gab der Priester zurück.

Ich winkte meine Männer hinter mir her, dann setzte ich mich auf die Bank und ließ mir von Oda großzügig einschenken. «Dies», ich hob die Hand zu Benedetta, «ist eine von Königin Eadgifus Begleiterinnen. Sie ist gekommen, um einige Gewänder der Königin zu holen. Gewiss hätte auch sie gern etwas Wein.»

«Königin Eadgifu?», fragte Bedwin, als habe er noch nie von ihr gehört.

«Die hier in Lundene ist», sagte ich, «zusammen mit ihren Kindern. Sie würde gern ihre alten Räume in diesem Palast nutzen.»

«Königin Eadgifu!» Nun klang Bedwin aufgebracht. «Was tut sie hier? Sie sollte am Totenbett ihres Ehemannes trauern!»

Ich trank von dem Wein, der viel besser war als die saure Brühe, die ich zuvor getrunken hatte. «Sie ist aus Mercien geflohen», sagte ich geduldig, «weil Herr Æthelhelm ihr Leben und das ihrer Kinder bedroht hat. Ich habe sie vor seinen Truppen gerettet, und nun sucht sie den Schutz König Æthelstans.» Das traf nicht ganz zu, denn Eadgifu traute Æthelstan beinahe ebenso wenig wie Æthelhelm, doch das musste Bedwin nicht wissen.

«Dann muss sie nach Gleawecestre reisen», sagte Bedwin ungehalten. «Hier ist kein Platz für sie.»

«Merewalh könnte anderer Meinung sein», stellte ich in den Raum.

«Merewalh ist in den Norden gegangen», sagte Bedwin.

«Nach Werlameceaster, wie ich höre.»

Bedwin nickte, dann runzelte er die Stirn, als Pater Oda meinen Becher nachfüllte. Es war Pater Oda, der mir mit sanfter Stimme eine Erklärung gab. «Wir haben einen Bericht von einer anrückenden ostanglischen Streitmacht erhalten, Herr. Und Merewalh hielt diese Gefahr für so bedeutend, dass er die meisten seiner Männer nach Werlameceaster geführt hat.»

«Und Lundene hat er nahezu ohne Verteidigung zurückgelassen», sagte ich gereizt.

«In der Tat, Herr.» Pater Oda sprach mit ruhiger Stimme, konnte jedoch nicht verbergen, dass ihm Merewalhs Entscheidung missfiel. «Aber Merewalh wird zurückkehren, wenn er die Ostanglier von ihrem Tun abgebracht hat.»

«Wenn er ihnen eine ordentliche Abreibung verpasst hat, meint Ihr?»

«Nein, Herr. Wenn er sie von ihrem Tun abgebracht hat. König Æthelstan besteht darauf, dass nicht wir den Kampf beginnen. Zuerst muss Herr Æthelhelm töten. König Æthelstan will kein Blut von Mitchristen an den Händen haben, es sei denn, er wird angegriffen.»

«Aber er hat Lundene eingenommen! Wollt Ihr mir erzählen, dabei hätte es keinen Kampf gegeben?»

Bedwin antwortete. «Die Westsachsen haben die Stadt aufgegeben.»

Ich starrte Bedwin verblüfft an. «Sie haben die Stadt aufgegeben?» Das schien mir unfassbar. Lundene war Britanniens größte Stadt, es war die Festung, mit der Ostanglien an Wessex anschloss, es war der Ort, an dem ein König ein Vermögen mit Gebühren und Steuern verdienen konnte, und all das hatte Æthelhelm einfach aufgegeben?

Wieder kam eine Erklärung von Pater Oda. «Als wir gekommen sind, Herr, hatten sie weniger als zweihundert Mann. Sie haben um eine Waffenruhe gebeten, und wir haben recht ausführlich beschrieben, welches Schicksal sie erwarten würde, wenn sie darauf beharrten, die Stadt zu verteidigen, und sie fanden unsere Ausführungen so überzeugend, dass sie abgezogen sind.»

«Einige sind geblieben», sagte ich.

«Nein, Herr», beharrte Bedwin. «Sie sind abgezogen.»

«Waormund ist hier», sagte ich. «Vor kaum zwei Stunden habe ich gegen ihn gekämpft.»

«Waormund!» Bedwin bekreuzigte sich. Ich glaube nicht, dass er sich dessen überhaupt bewusst war, aber die Angst, die Waormunds Name auslöste, stand ihm ins Gesicht geschrieben. «Wisst Ihr genau, dass es Waormund war?», fragte er.

Ich antwortete nicht, denn all dies ergab keinen Sinn. Æthelhelm wusste so gut wie jeder andere, dass Lundene ein Prunkstück war, und kein Prunkstück, das man leichten Herzens aufgab. Selbst wenn Ælfweard und Æthelstan zustimmten, die testamentarischen Bestimmungen ihres Vaters einzuhalten, und Ælfweard in Wessex regierte, während Æthelstan König von Mercien war, würden sie dennoch um Lundene streiten, denn wer Lundene regierte, war der reichste König von Britannien, und Reichtümer sorgten für Speere und Schilde. Dennoch hatten Æthelhelms Männer die Stadt einfach aufgegeben. Und nun hatte Merewalh erstaunlicherweise das Gleiche getan.

«Seid Ihr sicher, dass es Waormund war?», wiederholte Oda Bedwins Frage.

«Es war Waormund», sagte Finan knapp.

«Hatte er Männer bei sich?», fragte der Priester.

«Wenige», sagte ich, «möglicherweise nur fünf.»

«Dann ist er keine Gefahr», bemerkte Bedwin.

Ich ging nicht auf seine Torheit ein. Waormund war eine Ein-Mann-Streitmacht, ein Zerstörer, ein Töter, ein Mann, der einen Schildwall beherrschen und mit seinem Schwert den Lauf der Geschichte verändern konnte. Warum also war er hier? «Wie», fragte ich, «habt Ihr diese ostanglische Streitmacht entdeckt, die Merewalh nun aufhalten will?»

«Die Nachricht kam aus Werlameceaster, Herr», sagte Bedwin steif, «und sie lautete, dass eine ostanglische Streitmacht bereitstehe, um in das Herz Merciens vorzustoßen.»

Das ergab durchaus Sinn. Æthelstan würde sich nach Süden absichern, die Stellen bewachen, an denen die Temes überquert werden konnte; ein gegnerisches Heer in seinem Rücken wäre im günstigsten Fall eine Ablenkung und im schlimmsten Fall drohte ihm dadurch ein Verhängnis. Doch obwohl mir all dies einleuchtete, sagte mir mein Gespür, dass da etwas nicht stimmte. Und dann, mit einem Mal, als würde sich Nebel vom morgendlichen Land heben, um Hecken und Gehölze zu enthüllen, wurde mir alles klar. «Habt Ihr Spähtrupps nach Osten geschickt?», fragte ich Bedwin.

«Nach Osten?», fragte er verdutzt.

«Richtung Celmeresburh!» Celmeresburh war eine Stadt im Nordosten, eine Stadt an einer der wichtigsten Römerstraßen, die vom Landesinneren Ostangliens nach Lundene führten.

Bedwin zuckte mit den Achseln. «Ich habe schon

wenig genug Männer zur Verteidigung der Stadt, Herr, ohne dass ich noch welche wegschicke.»

«Wir hätten Spähtrupps ausschicken sollen», sagte Oda leise.

«Es ist nicht die Aufgabe von Priestern, sich um solche Dinge Gedanken zu machen», blaffte Bedwin, und mir wurde klar, dass die beiden Männer über diese Sache gestritten hatten.

«Es ist stets klug», sagte ich scharf, «einem Dänen zuzuhören, wenn er von der Kriegsführung spricht.» Oda lächelte, doch ich lächelte nicht. «Schickt morgen einen Spähtrupp los», befahl ich Bedwin. «Sobald es hell wird! Einen starken Spähtrupp. Wenigstens fünfzig Mann, und gebt ihnen Eure schnellsten Pferde.»

Bedwin zögerte. Es gefiel ihm nicht, dass ich ihm Befehle erteilte, doch ich war ein Herr, ein Aldermann, und ein Krieger von hohem Ansehen. Dennoch fuhr er auf und suchte nach Worten, um etwas dagegenzuhalten, doch diese Worte kamen ihm nicht mehr über die Lippen.

Denn in der Nacht erklang ein Horn. Es wurde wieder und wieder geblasen, ein drängender, verzweifelter Ruf. Und dann brach er unvermittelt ab.

Eine Kirchenglocke läutete. Dann noch eine. Und ich wusste, dass mein Befehl zu spät gekommen war, weil Æthelhelms Falle zugeschnappt war.

Denn Waormund hatte gewiss in der Stadt bleiben sollen, um eine ganz bestimmte Aufgabe zu erfüllen: mitten in der Nacht ein Tor zu öffnen. Und irgendwo an der östlichen Stadtmauer musste es schon niedergemetzelte Wachen und ein offenes Tor geben, was bedeutete, dass Æthelhelms ostanglische Streitmacht ganz und gar nicht bei Werlameceaster war. Sie rückte in Lundene ein.

Und so begann das Schreien.

Sechs

Ich fluchte. So wenig es auch nutzte.

Bedwin stand mit weit aufgerissenen Augen da, die anderen Männer am Tisch wirkten ebenso durcheinander, und alle warteten darauf, dass ihnen jemand sagte, was sie tun sollten.

«Hier entlang», knurrte ich meinen Männern zu und packte Benedetta am Ärmel ihres Gewands, «komm!»

In diesem Moment wusste ich selbstredend nicht, was vor sich ging, aber das beharrliche Hornsignal und die läutenden Glocken wiesen auf einen Angriff hin. Das einzige andere Ereignis, das einen solchen Notruf hätte auslösen können, wäre ein Feuer gewesen, doch als wir aus dem Tor des Palastes hasteten, zeigte sich kein Widerschein am Himmel. Die Wachen standen einfach dort und starrten nach Osten.

«Was sollen wir tun, Herr?», rief mir einer zu.

«Geht in den Palast, schließt euch Bedwin an!» Das Letzte, was ich brauchte, waren ängstliche, schlecht ausgebildete Männer, die sich an mich hängten. Die Glocken verkündeten, dass in dieser Nacht der Tod in die Stadt kam, und ich musste die *Spearhafoc* erreichen. Ich rief meinen Männern zu, dass sie mir hügelabwärts folgen sollten, doch bevor wir halbwegs beim Fluss waren, sah ich Reiter aus einer nahe gelegenen Straße strömen und Speerspitzen im Licht einer Fackel funkeln. Ich hielt noch immer Benedetta am Arm, und sie keuchte erschreckt auf, als ich mich scharf nach rechts wandte, um in einer Gasse unterzutauchen. Ich wäre lieber nach links gegangen, ostwärts in Richtung der *Spearhafoc*, doch dort lag keine Gasse oder Straße nah genug.

In der Gasse blieb ich stehen und fluchte erneut, und auch dieser Fluch nutzte nicht mehr als der erste. «Was ist?», fragte Beornoth.

«Der Gegner», antwortetet Vidarr Leifson an meiner Stelle.

«Er kommt anscheinend von Osten», sagte Finan leise.

«Ich habe dem Narren gesagt, dass er Späher aussenden soll», sagte eine Stimme, «aber er hat es abgelehnt! Er hat gesagt, er habe zu wenige Männer, aber jetzt wird er bald noch weniger haben.»

In der Gasse war es dunkel, und ich konnte den Sprecher nicht sehen, aber seine dänische Aussprache verriet ihn. Es war Pater Oda. «Was tut Ihr hier?», fragte ich gereizt.

«Mich in Sicherheit bringen», antwortete er ruhig, «und bei Euch, Herr, fühle ich mich geschützter als bei diesem Narren Bedwin.»

Einen Moment lang war ich versucht, ihn in den Palast zurückzuschicken, doch dann ließ ich mich erweichen. Ein Mann mehr würde für uns keinen Unterschied machen, selbst wenn dieser Mann ein christlicher Priester war und keine Waffe trug. «Hier entlang!», forderte ich die anderen auf. Ich bewegte mich weiter hügelabwärts, benutzte nun aber Seitenstraßen und Gässchen. Der Hufschlag der Pferde drang nur gedämpft zu uns, doch ich hörte einen Schrei, dann das Klirren eines Schwertes auf Metall. Wir hasteten weiter.

Die Reiter, die ich gesehen hatte, waren von Osten gekommen. Das Haus am Fluss, in dem ich Berg, meine übrigen Männer und Eadgifu zurückgelassen hatte, lag ganz im Osten und nicht weit vom östlichen Stadttor entfernt. Waormund, dachte ich, musste das Tor angegriffen haben, um die anrückenden Truppen einzulassen, die jetzt durch die Stadt schwärmten. Schlimmer noch, Waormund würde genau wissen, wo ich zu finden war, und zweifellos hatte er sofort Männer zu dem Haus geführt. War es Berg gelungen zu entkommen? Wenn es so war, würde er die *Spearhafoc* in die Mitte des Flusses gebracht haben und sie dort halten, doch während wir durch die Gassen hinabstürmten, fragte ich mich, wie wir jemals zu dem Schiff gelangen sollten.

«Hier hinunter, Herr!», rief Oswi.

Oswi war jung, gescheit und ein guter Krieger. Ich hatte ihn als Waisenknaben kennengelernt, der sich auf den Straßen von Lundene herumtrieb und sich mit Diebereien über Wasser hielt. Er hatte versucht, mich zu bestehlen, war erwischt worden, und statt ihn auszupeitschen, wie er es verdiente, hatte ich ihm vergeben und ihn zum Kämpfer ausgebildet. Er kannte die Stadt, und er musste gewusst haben, was ich im Sinn hatte, denn er führte uns durch ein Gewirr von Gassen hügelabwärts. Der Weg war tückisch im Dunkeln, und zwei Mal wäre ich beinahe gestürzt. Pater Oda führte inzwischen Benedetta am Arm, wir Übrigen hatten die Schwerter gezogen. Der nächtliche Lärm war lauter geworden – das Brüllen von Männern, das Schreien von Frauen, das Jaulen von Hunden und das Hämmern eisenbeschlagener Hufe –, doch bisher war noch kein Gegner in diese engen Gassen im westlichen Teil der Stadt eingedrungen.

«Halt!» Oswi hob die Hand. Wir hatten die Straße erreicht, die an der alten Flussmauer entlangführte, und die Brücke lag auf der linken Seite dicht vor uns. Wir waren in den Schatten verborgen, aber der Zugang zur Brücke war mit Fackeln erhellt, zudem waren dort Männer, zu viele Männer, Männer mit Kettenhemden und Helmen, Männer mit Schilden, Speeren und Schwertern. Keiner trug den mattroten Umhang von Æthelhelms Männern, doch Æthelstans Symbol war ebenfalls nicht auf ihren Schilden zu sehen.

«Ostanglier?», fragte mich Finan.

«Wer sonst?»

Die Ostanglier versperrten uns den Weg nach Osten, und wir zogen uns in den tiefsten Schatten zurück, als ein Dutzend Reiter in Sicht kam. Sie näherten sich von Osten, wurden von einem Mann mit einem roten Umhang angeführt und trugen lange Speere. Ich hörte Gelächter, dann einen Befehl, hügelaufwärts vorzurücken. Wieder hallten die Hufschläge, und wir zogen uns noch weiter in die Gasse zurück.

Ich fluchte zum dritten Mal. Ich hatte darauf gehofft, mich von dem Wirrwarr der Anlegeplätze am Flussufer entlang bis zum Haus vorarbeiten zu können, doch es war von Anfang an eine vergebliche Hoffnung gewesen. Berg und seine Männer waren entweder überwältigt und niedergemacht worden, oder sie hatten die *Spearhafoc* erreicht und befanden sich nun draußen auf dem dunklen Fluss. Aber war diese ostanglische Streitmacht ebenfalls mit dem Schiff gekommen? Das schien mir unwahrscheinlich. Es wäre ein Seemann von unglaublichem Können nötig gewesen, um die meerwärts gelegenen Schlaufen der Temes in dieser fast mondlosen Nacht zu bewältigen. Doch eines war sicher: Im östlichen Teil der Stadt, dem Teil, den ich erreichen musste, wimmelte es von Gegnern.

«Wir gehen nach Norden», sagte ich und wusste, dass ich versuchte, eine falsche Entscheidung rückgängig zu machen. Es hatte nie eine echte Aussicht darauf bestanden, die *Spearhafoc* zu erreichen, und indem ich Benedetta und meine Männer den Hügel heruntergeführt hatte, war ich in die falsche Richtung gegangen.

«Norden?», fragte Oswi.

«Wenn es uns gelingt, die Stadt zu verlassen», sagte ich, «haben wir Aussicht darauf, die Straße nach Werlameceaster zu erreichen.»

«Wir haben keine Pferde», sagte Pater Oda ruhig.

«Dann laufen wir, verdammt!», knurrte ich.

«Und der Gegner», fuhr er immer noch ruhig fort, «wird berittene Spähtrupps aussenden.»

Ich sagte nichts, ebenso wenig wie alle anderen, bis Finan das Schweigen brach. «Es ist stets klug», bemerkte er trocken, indem er die Worte wiederholte, die ich kurz zuvor zu Bedwin gesagt hatte, «einem Dänen zuzuhören, wenn er von der Kriegsführung spricht.»

«Also bleiben wir nicht auf der Straße», sagte ich. «Wir gehen durch den Wald, dort finden uns die Reiter nicht. Oswi, bring uns zu einem der nördlichen Stadttore.»

Der Versuch, in den Norden der Stadt zu kommen, scheiterte ebenfalls. Wer auch immer die ostanglische Armee anführte, war kein Narr. Er hatte Männer ausgeschickt, um alle sieben Stadttore zu erobern und anschließend zu bewachen. Zwei dieser Tore gehörten zu der Verteidigungsmauer der Römerfestung an der nordwestlichen Ecke der Stadt, und als wir näher kamen, hörten wir Kampfgeräusche. Vor der Festung und westlich des zerstörten Amphitheaters befand sich eine offene Fläche, und auf diesem gepflasterten Platz, der von den Fackeln an der Festungsmauer erhellt wurde, lagen etwa zwanzig Tote. Blut war über die alten Pflastersteine geflossen und in die unkrautbewachsenen Lücken dazwischen gesickert. Männer in roten Umhängen gingen umher und sammelten die Waffen und Kettenhemden der Toten ein. Das südliche Tor der Festung, eines der beiden, die in die Stadt führten, stand weit offen, und sechs Reiter kamen durch den Torbogen. Sie wurden von einem eindrucksvollen Mann angeführt, der einen großen, schwarzen Hengst ritt, einen weißen Umhang trug und dessen Kettenhemd so blankgerieben war, dass es schimmerte. «Das ist Varin», flüsterte Pater Oda.

«Varin?», fragte ich. Wieder hatten wir uns in den dunklen Schatten einer Gasse versteckt.

«Ein Ostanglier», erklärte Pater Oda, «und einer von Herrn Æthelhelms Befehlshabern.»

«Varin ist ein dänischer Name», sagte ich.

«Er ist Däne», sagte der Priester, «und ebenso wie ich ist er Christ. Ich kenne ihn gut. Wir waren einmal Freunde.»

«In Ostanglien?», fragte ich. Ich wusste, dass sich

Pater Odas Eltern in Ostanglien niedergelassen hatten, als sie dort nach ihrer Segelfahrt über die Nordsee angekommen waren.

«In Ostanglien», sagte Pater Oda, «das ebenso ein dänisches Land ist wie ein sächsisches. Ein Drittel der Kämpfer in den ostanglischen Einheiten von Herrn Æthelhelm sind Dänen. Vielleicht sogar mehr als ein Drittel.»

Das war im Grunde keine Überraschung. Ostanglien war an die Dänen gefallen, bevor Alfred auf den Thron kam, und es war lange von dänischen Königen regiert worden. Ihre selbständige Herrschaft endete, als sie von Edwards westsächsischer Streitmacht geschlagen wurden. Viele Dänen waren im Kampf umgekommen, und viele andere hatten erkannt, woher der Wind wehte, und waren zum Christentum übergetreten. Anschließend schworen sie den neuen sächsischen Herren Gefolgschaft, nachdem diese die weitläufigen Besitzungen übernommen hatten. Æthelhelm dem Älteren, der in meiner Gefangenschaft gestorben war, waren riesige Gebiete Ostangliens überschrieben worden, und zu ihrer Verteidigung hatte er eine Streitmacht aus hartgesottenen Dänen aufgestellt. Und dies waren die Männer, die zusammen mit ihren sächsischen Waffenbrüdern nach Lundene gekommen waren.

«Auf diesem Weg werden wir nicht aus der Stadt kommen», sagte Finan missmutig.

Varins Männer hatten die Tore, die Brücke und die Römerfestung besetzt, was bedeutete, dass Lundene gefallen war. Merewalh war nach Norden gelockt worden, Bedwin hatte darin versagt, die Straßen aus Osten zu bewachen, und nun begannen Reitertrupps von Æthelhelm, in die Gassen und Straßen der Stadt vorzustoßen, um jeden noch so geringen Widerstand von Bedwins besiegten Einheiten zu brechen. Wir saßen in der Falle.

Und ich hatte den zweiten Fehler dieses Abends begangen. Der erste hatte in dem nutzlosen Versuch bestanden, die *Spearhafoc* zu erreichen, der zweite war der Versuch, die Stadt durch eines der nördlichen Tore zu verlassen, und nun konnte ich nur noch darauf hoffen, ein Boot zu finden und damit flussabwärts zu entkommen. «Führ uns zurück zu den Anlegeplätzen östlich der Brücke», sagte ich zu Oswi. Ich wollte stromab der Brücke herauskommen, denn die Lücken zwischen ihren Steinpfeilern, durch die das Wasser schäumend strudelte, waren gefährlich schmal und hatten schon so manches kleinere Boot zum Kentern gebracht.

«Dort unten hat es von den Bastarden gewimmelt», warnte mich Finan.

«Dann verstecken wir uns!», knurrte ich. Mein Ärger galt mir selbst, nicht Finan. Ich fühlte mich wie eine Ratte, die von Terriern in die Enge getrieben worden war; immer noch kämpfend, aber ohne Fluchtmöglichkeit.

Ohne Fluchtmöglichkeit, aber es gab Verstecke, und Oswi kannte Lundene wie eine Ratte den Stallhof. Er führte uns schnell voran, hielt sich in den engen Gassen, die der Gegner noch nicht erreicht hatte. Wir gingen nun ostwärts, und obwohl wir noch nicht auf Krieger getroffen waren, konnten wir sie hören. Wir hörten Rufe und Schreie, das Aneinanderschlagen von Klingen, das Lachen von Männern, die einen leichten Sieg genossen. Einige Leute waren in die Kirchen geflüchtet, und als wir um eine Holzkirche herumgingen, hörte ich eine Frau jammern und ein kleines Kind weinen.

Wir mussten die breite Straße überqueren, die von der Brücke zu dem großen Marktplatz auf der Hügelkuppe führte. Zu beiden Seiten der Straße brannten Fackeln, von denen dunkler Rauch in die unruhige Nacht aufstieg. Im Lichtkreis der Flammen standen Männergruppen, sie hatten ihre Schwerter in die Scheiden gesteckt und ihre Schilde gegen die Mauern gelehnt. Eine der Gruppen hatte ein Ale-Fass vom *Red Pig* herangerollt, und ein Mann schlug unter dem Jubel der anderen mit einer Axt ein Loch in den Deckel. Ein Frauenschrei ertönte, brach dann jedoch unvermittelt ab. Lundene war besiegt, und die Eroberer schwelgten in der Beute. Ein Reiter in einem roten Umhang galoppierte vom Fluss herauf. «Zum Palast, Männer!», rief er. «Lasst dieses Ale stehen, es gibt noch viel mehr!»

Langsam wurde die Straße leerer, doch es war noch immer gefährlich. Ich spähte den Hügel hinunter und sah, dass die Brücke bewacht wurde und einige der Wachleute in unsere Richtung heraufkamen. Ich nahm an, dass diese Hauptstraße die ganze Nacht belebt sein würde, trotzdem mussten wir sie überqueren, wenn wir an dem Anlegeplatz östlich der Brücke ein Schiff finden wollten. «Wir schlendern einfach auf die andere Seite», sagte ich.

«Schlendern?», fragte Pater Oda.

«Wir rennen nicht. Wir zeigen keine Angst. Wir schlendern einfach hinüber.»

Und das taten wir. Wir gingen langsam über die

Straße, als hätten wir nicht die geringsten Sorgen. Benedetta war noch immer an der Seite Pater Odas, und einer der Männer, die von der Brücke kamen, sah sie. «Hast du eine Frau gefunden?», schrie er.

«Eine Frau!», kam es aus einem halben Dutzend Kehlen.

«Teil sie mit uns!», rief der erste Mann.

«Geht weiter», sagte ich und folgte Oswi durch einen halb eingestürzten Mauerbogen, der in eine Gasse führte. «Und jetzt Beeilung!», rief ich, doch diese Eile hatte Tücken, denn in der engen Gasse herrschte pechschwarze Dunkelheit, und der Grund bestand aus nichts als Erde und losen Steinen. Wieder hörte ich die Rufe unserer Verfolger. Sie hatten den Bogen erreicht und kamen uns in die Dunkelheit nach. «Finan», sagte ich.

«Mit Vergnügen», gab er grimmig zurück, und wir beide ließen die anderen vorbei.

«Bring sie her!», rief ein Mann. Er erhielt keine Antwort, hörte nichts außer stolpernden Schritten. «Ihr Bastarde!», rief er. «Bringt das Weibsstück her!»

Wieder erhielt er keine Antwort, und so kam er auf uns zu, gefolgt von vier weiteren Männern. Wir sahen ihre Umrisse im schwachen Licht der Hauptstraße, doch sie selbst sahen wohl kaum etwas von uns, weil ihre langgezogenen Schatten unsere gezogenen Schwerter verdunkelten. «Bringt sie her!», brüllte der Mann erneut, und dann stieß er ein klägliches Maunzen aus, als Schlangenhauch sein Kettenhemd durchbohrte, durch seine Bauchmuskeln fuhr und sich in seinen Eingeweiden drehte. Er kippte gegen mich, sein Schwert fiel klappernd auf den Boden, und seine rechte Hand krampfte sich in mein Kettenhemd. Ich rammte ihm mein rechtes Knie ans Kinn, und sein Schrei wurde zu einem bluterstickten Gurgeln. Ich trat zurück und zerrte Schlangenhauch frei. Finan hatte seinen Gegner mit gewohnter blitzartiger Geschwindigkeit niedergemacht, ohne dass etwas zu hören gewesen war außer einem blubbernden Keuchen aus einer durchschnittenen Kehle. Ich sah das Blut schwarz durch die Gasse spritzen, und etwas davon traf mich im Gesicht, als ich über den Mann mit der durchschnittenen Kehle hinwegstieg, um meine Klinge in den nächsten zu rammen. Er versuchte, seitlich auszuweichen, doch Schlangenhauch fuhr über seine Rippen, zerriss Kettenglieder, dann stolperte er über den ersten Sterbenden, und Beornoth hinter mir ließ seinen Schwertknauf niederfahren und brach dem Mann den Schädel auf wie ein Ei. Finan hatte einem Gegner seine Klinge durch die Augen gezogen, und dieser Mann schrie, die Hände vors blutige Gesicht geschlagen.

Der letzte Mann blieb stehen, drehte sich um und floh aus der Gasse. Finan wollte ihm nach, doch ich hielt ihn am Arm fest. «Zurück», sagte ich, «zurück. Lass ihn!» Der Flüchtende hatte schon die breitere, von Fackeln erhellte Straße erreicht.

Wir rannten, suchten nach Oswi. Ich bog rechts in eine andere Gasse ein, stolperte, riss mir die linke Hand an einer Mauer auf, bog erneut links ab. Rufe erhoben sich, als das Blutbad entdeckt wurde, das wir angerichtet hatten. Finan zog mich am Ärmel, und ich folgte ihm drei Steinstufen hinunter. Der Mond war hinter den

Wolken hervorgekommen, und ich konnte wieder etwas sehen, allerdings nur, dass wir uns in dem schwarzen Schatten aufragender Steinmauern befanden. Ruinen, dachte ich, dann überquerten wir einen mondbeschienenen Platz und tauchten in eine weitere Gasse ein. Wo zur Hölle war Oswi? Die Rufe hinter uns wurden lauter. Die letzte Kirchenglocke im Westen der Stadt hörte auf zu läuten, dann rief eine Stimme in unserer Nähe: «Hier entlang! Hier entlang!» Ich sah einen Schatten in den Schatten auf einem Schutthügel. Wir stiegen über den Schutt und sprangen ins Dunkel dahinter. Ich trat auf jemanden, Benedetta, die aufkeuchte, dann ließ ich mich neben sie fallen. «Still, Herr!», flüsterte Oswi. «Still!»

Wie gejagte Tiere kauerten wir in unserem Versteck, doch die Jäger wollten Blut sehen. Einer unserer Verfolger trug eine Fackel, und auf die Wand neben uns wurden die schwankenden Schatten großer Männer geworfen. Die Jäger blieben stehen, ich hielt den Atem an und hörte murmelnde Stimmen. «Hier lang!», sagte einer, und die Schatten verblassten, während sich ihre Schritte ostwärts entfernten. Keiner von uns rührte sich, keiner sagte ein Wort. Dann schrie nicht weit entfernt eine Frau voller Entsetzen auf, und Männer grölten siegestrunken. Wieder schrie die Frau. Benedetta flüsterte einen bitteren Satz. Ich verstand kein Wort von dem, was sie sagte, aber ich spürte ihr Zittern. Ich streckte den Arm aus, um sie zu berühren, und sie griff nach meiner aufgeschürften Hand und klammerte sich daran fest.

Und so warteten wir ab. Die anderen Geräusche versiegten, aber die Frau konnten wir noch immer schluchzen hören. «Schweine», sagte Benedetta leise.

«Wo sind wir?», flüsterte ich in Oswis Richtung.

«In Sicherheit, Herr», murmelte er, doch mir schien unsere Zuflucht alles andere als sicher. Offenbar waren wir in der Ruine eines kleinen Steinhauses, aus dem es keinen Ausweg gab, bis auf den, auf dem wir hereingekommen waren. Andere Häuser in der Nähe waren noch bewohnt. Ich sah Flammenschein hinter einem geschlossenen Fensterladen auftauchen und verschwinden. Eine andere Frau schrie, und Benedettas Hand krallte sich um meine. Oswi flüsterte etwas, und ich hörte Finan zur Antwort brummen.

Dann rieb Flint über Stahl, ein Anpusten, ein weiterer Funke, und der kleine Kienspan aus Finans Beutel fing Feuer. Die Flamme war winzig, aber sie genügte, um etwas zu beleuchten, das wie ein kleiner Höhleneingang im Geröll der eingestürzten Mauer aussah. Die dunkle Öffnung wurde von einem angebrochenen, schrägstehenden Pfeiler gestützt. Oswi kroch in das Loch, Finan reichte ihm einen brennenden Holzspan, und die Flamme verschwand in dem Loch. «Hier entlang!», zischte Oswi.

Finan folgte ihm, dann wanden wir uns nacheinander in die Höhle. Finan hatte einen längeren Holzspan angezündet, und in seinem Licht sah ich, dass wir uns in einem Keller befanden. Ich ließ mich auf einen Steinboden fallen und musste fast würgen bei dem Gestank. Der Keller lag wohl dicht bei einer Jauchegrube. Benedetta drückte sich ihren Schal auf Mund und Nase. Dicke Pfeiler aus schmalen römischen Ziegeln trugen die Decke. «Das war früher unser Versteck», sagte Oswi, dann kroch er durch eine Lücke in der Mauer auf der gegenüberliegenden Seite des Kellers. «Seid hier vorsichtig!»

Wieder folgte ihm Finan als Erster. Die Flamme der notdürftigen Fackel zuckte. Hinter der Lücke befand sich ein weiterer Keller, allerdings tiefer gelegen, und zu meiner Rechten war die Jauchegrube. Ein schmaler Mauersims führte zu einem Bogen aus Ziegelstein, und durch diese letzte Öffnung verschwand Oswi. Unvermittelt erklang die herausfordernde Stimme eines Jungen, der sich weitere Stimmen anschlossen. Finan gab die Fackel an Vidarr ab und zog sein Schwert. Er trat durch den Bogen und verlangte laut nach Ruhe. Sofort wurde es still.

Ich folgte Finan und sah mich in dem letzten Keller einem Dutzend Kindern gegenüber. Das älteste mochte dreizehn gewesen sein, das jüngste halb so alt. Drei Mädchen und neun zerlumpte Jungen, alle vom Hunger gezeichnet, mit großen Augen in bleichen, wilden Gesichtern. Sie hatten Betten aus Stroh, ihre Kleider waren Fetzen, und ihr Haar war lang und strähnig. Oswi hatte aus Stroh und Holzstücken ein Feuer gemacht, und in seinem Licht sah ich, dass einer der älteren Jungen ein Messer in der Hand hatte. «Leg das weg, Junge», knurrte ich, und das Messer verschwand. «Ist das der einzige Zugang?», fragte ich von dem gemauerten Lehmziegelbogen aus.

«Der einzige, Herr», sagte Oswi und legte ein weiteres Holzstück auf sein Feuer.

«Er ist ein Herr?», wollte ein Junge wissen. Niemand von uns antwortete ihm.

«Wer sind sie?», fragte ich, auch wenn es eine törichte Frage war, denn die Antwort war allzu offensichtlich.

«Waisen», sagte Oswi.

«Wie du.»

«Wie ich, Herr.»

«Gibt es denn keine Klöster?», fragte Benedetta. «Orte, an denen man sich um elternlose Kinder kümmert?»

«In den Klöstern geht es grausam zu», gab Oswi schroff zurück. «Wer nicht gemocht wird, den verkaufen sie an die Sklavenhändler am Fluss.»

«Was geht draußen vor?», fragte der Junge, der das Messer weggesteckt hatte.

«Gegnerische Truppen», antwortete ich. «Sie haben die Stadt erobert. Ihr bleibt am besten in eurem Versteck, bis sie sich beruhigt haben.»

«Und Ihr seid vor ihnen auf der Flucht?»

«Was denkst du?», fragte ich, doch er sagte nichts. Ich wusste, was ihm durch den Kopf ging, nämlich dass er ein kleines Vermögen verdienen konnte, indem er uns verriet. Und das war der Grund, aus dem ich Oswi gefragt hatte, ob es noch einen anderen Weg aus diesem stinkenden, dunklen Keller gab. «Ihr bleibt hier, bis wir sagen, dass ihr gehen könnt», fügte ich hinzu. Der Junge sah mich nur schweigend an. «Wie heißt du, Junge?»

Er zögerte, als wolle er mich herausfordern, doch dann murmelte er seinen Namen. «Aldwyn.»

«Aldwyn, Herr», verbesserte ich ihn.

«Herr», ergänzte er widerstrebend.

Ich trat über Lumpen und Stroh hinweg zu ihm,

ging vor ihm in die Hocke und sah ihm in seine dunklen Augen. «Wenn du uns verrätst, Aldwyn, wird der Gegner dir einen Schilling geben. Vielleicht auch zwei Schillinge. Aber wenn du mir dienst, Junge, gebe ich dir Gold.» Ich nahm eine Münze aus meinem Beutel und zeigte sie ihm. Er starrte darauf, sah mich an und dann wieder die Münze. Er sagte nichts, aber ich erkannte das Verlangen in seinem Blick. «Kennst du diesen Mann?», fragte ich und nickte in Oswis Richtung.

Er sah Oswi an, dann wieder mich. «Nein, Herr.»

«Schau ihn dir an», sagte ich. Der Junge runzelte verwirrt die Stirn, schaute aber gehorsam zu Oswi hinüber, der von den Flammen des niedrigen Feuers angeleuchtet wurde. Aldwyn sah einen Krieger mit gestutztem Bart, einem guten Kettenhemd und einem Schwertgürtel, der prächtig bestickt und mit kleinen Silberplättchen besetzt war. «Erzähl ihm, wer du bist, Oswi», befahl ich, «und was du warst.»

«Ich bin ein Krieger aus Northumbrien», erklärte Oswi stolz, «aber ich war einmal wie du, Junge. Ich habe in diesem Keller gewohnt, ich habe mein Essen gestohlen, und ich bin vor den Sklavenhändlern weggelaufen, wie du es tust. Dann bin ich meinem Herrn begegnet, und er wurde mein Goldgeber.»

Aldwyns Blick kehrte zu mir zurück. «Seid Ihr wirklich ein Herr?»

Ich beachtete die Frage nicht. «Wie alt bist du, Aldwyn?»

Er zuckte mit den Schultern. «Ich weiß nicht, Herr. Zwölf?»

«Führst du diese Jungen und Mädchen an?»

Er nickte. «Ich kümmere mich um sie, Herr.»

«Bist du grausam?», fragte ich.

«Grausam?» Erneut runzelte er die Stirn.

«Bist du grausam?», wiederholte ich meine Frage.

Die Frage schien ihn immer noch zu verwirren, und statt zu antworten, warf er einen Blick zu den anderen Kindern hinüber. Es war eines der Mädchen, das antwortete. «Er kann uns weh tun, Herr», sagte es, «aber nur, wenn wir etwas Falsches tun.»

«Wenn ihr mir dient», sagte ich, «werde ich für euch alle ein Goldgeber. Und ja, Aldwyn, ich bin ein Herr. Ich bin ein großer Herr. Ich habe Land, ich habe Schiffe, und ich habe Männer. Und wenn der rechte Moment gekommen ist, werde ich die Gegner aus dieser Stadt vertreiben, und ihr Blut wird durch die Straßen strömen, und die Hunde werden an ihrem Fleisch nagen, und die Vögel werden sich an ihren Augen weiden.»

«Ja, Herr», flüsterte er.

Und ich hoffte, dass ich ihm die Wahrheit gesagt hatte.

Die *Spearhafoc* war fort, die Kaimauer war leer, und auf der Terrasse lagen keine Toten.

Den Bericht darüber brachten mir meine neuen Mitstreiter, besser gesagt, Aldwyn und sein jüngerer Bruder zogen als meine Späher aus und kamen überschäumend vor Freude über ihren erfolgreichen Einsatz zurück. Pater Oda hatte versucht, mich von ihrer Aussendung abzubringen, hatte zu bedenken gegeben, dass die Versuchung, uns zu verraten, zu groß für sie sei, aber ich hatte das Verlangen in Aldwyns jungen Augen gesehen.

Es war kein Verlangen nach Verrat und auch nicht nach der Befriedigung von Gier, sondern das Verlangen dazuzugehören, geschätzt zu werden. Sie kehrten zurück.

«Dort waren Krieger, Herr», sagte Aldwyn aufgeregt.

«Was war auf ihre Schilde gemalt?»

«Ein Vogel, Herr.» Sie waren Stadtkinder und hätten eine Krähe nicht von einer Klippenmöwe unterscheiden können, doch ich nahm an, dass dieser Vogel, welcher es auch sein mochte, ein Symbol aus Ostanglien war.

«Und keine Toten?»

«Kein einziger, Herr. Und auch kein Blut.»

Das war eine aufmerksame Beobachtung. «Wie nahe seid ihr herangekommen?»

«Wir waren in dem Haus, Herr! Wir haben gesagt, wir wären Bettler.»

«Was haben sie da getan?»

«Einer hat mir einen Klaps auf den Hinterkopf verpasst und gesagt, ich soll mich verpissen.»

«Also hast du dich verpisst?»

«Ja, Herr.» Er grinste.

Ich gab ihm Silber und versprach ihm Gold, wenn er mir weiter diente. Also war die *Spearhafoc* fort, und das war eine Erleichterung, doch es bestand immer noch die Möglichkeit, dass sich zur Verstärkung der Männer, die Lundene erobert hatten, eine ostanglische Flotte im Mündungsgebiet der Temes bereitgehalten hatte, und diese Flotte hätte mein Schiff erbeuten und die Besatzung gefangen nehmen können. Ich berührte mein Hammeramulett, richtete ein stilles Gebet an die Götter und versuchte, die nächsten Schritte abzuwägen, doch nichts erschien mir aussichtsreich, abgesehen von der unmittelbaren Notwendigkeit, Verpflegung und Ale zu beschaffen.

«Wir stehlen», sagte Aldwyn, als ich ihn fragte, wie sich seine kleine Schar ernährte.

«Du kannst nicht genug zu essen für uns stehlen», sagte ich. «Wir müssen es kaufen.»

«Auf den Märkten kennt man uns, Herr», erklärte Aldwyn düster, «dort werden wir weggejagt.»

«Und die besten Märkte», sagte eines der Mädchen, «liegen außerhalb der Stadt.» Sie meinte in der ausgedehnten sächsischen Siedlung westlich der römischen Stadtmauer. Die Leute zogen es vor, dort zu wohnen, weit weg von den Geistern Lundenes.

«Was benötigt Ihr?», fragte mich Pater Oda.

«Ale, Brot, Käse, Räucherfisch. Alles.»

«Ich werde gehen», sagte Benedetta.

Ich schüttelte den Kopf. «Es ist noch nicht sicher für eine Frau. Morgen vielleicht, wenn sich die Lage beruhigt hat.»

«In der Begleitung eines Priesters wird sie sicher sein», warf Pater Oda ein. Ich sah ihn an. Das einzige Licht im Keller fiel durch einen Spalt in der Decke herein, der auch als Rauchabzugsloch diente. «Aber wir haben nur nachts ein Feuer, Herr», hatte mir Aldwyn erklärt, «und niemand hat je den Rauch bemerkt.»

«Ihr könnt nicht gehen, Pater», sagte ich zu Oda.

Er fuhr auf. «Warum nicht?»

«Sie werden Euch wiedererkennen, Pater», sagte ich, «Ihr seid aus Ostanglien.»

«Seither habe ich mir einen Bart wachsen lassen», sagte er gelassen. Es war ein kurzer, säuberlich geschnittener Bart. «Entweder verhungert Ihr, oder Ihr lasst uns gehen», fuhr er fort. «Und selbst wenn sie mich gefangen nehmen, was können sie schon tun?»

«Euch töten, Pater», sagte Finan.

Ein Lächeln blitzte im Gesicht des Priesters auf. «Als Priestertöter ist mein Herr Uhtred bekannt, nicht der Herr Æthelhelm.»

«Und was werden sie dann mit Euch tun?», fragte ich.

Er zuckte mit den Schultern. «Entweder sie schenken mir keine Beachtung, oder, und das ist wahrscheinlicher, sie schicken mich zum Herrn Æthelhelm. Er ist nicht gut auf mich zu sprechen.»

«Auf Euch? Warum?»

«Weil ich ihm einmal gedient habe», erklärte Pater Oda ruhig. «Ich war einer seiner Beichtväter. Aber ich habe seine Dienste verlassen.»

Überrascht sah ich ihn an. Bei meiner ersten Begegnung mit Pater Oda war er in Begleitung von Osferth gewesen, einem Verbündeten Æthelstans, doch nun musste ich erfahren, dass er in Æthelhelms Diensten gestanden hatte.

«Warum seid Ihr gegangen?», fragte Finan.

«Er hat von uns allen verlangt, dass wir Prinz Ælfweard Gefolgschaft schwören, und das konnte ich nicht mit meinem Gewissen vereinbaren. Ælfweard ist ein grausamer, widernatürlicher Knabe.»

«Und nun König von Wessex», fügte Finan hinzu.

«Weshalb der Herr Uhtred hier ist», fuhr Oda immer noch in aller Gelassenheit fort. «Bald wird der Priestertöter auch ein Königstöter sein.» Er wandte seinen Blick von mir zu Oswi. «Du wirst uns begleiten, aber kein Kettenhemd und keine Waffen. Ich bin Priester, die Herrin Benedetta wird sagen, sie sei meine Frau, und du bist unser Diener, und wir sind auf dem Weg, um etwas zu essen und Ale für die Mönche von Sankt Erkenwald zu kaufen.» Ich wusste, dass es im Osten der Stadt ein Kloster gab, das Sankt Erkenwald geweiht war. «Und du Junge», Pater Oda deutete auf Aldwyn, «wirst uns bis zum Stadttor folgen und hierher zurückkehren, wenn du siehst, dass wir Schwierigkeiten mit den Wachen bekommen. Und Ihr Herr», er lächelte mich an, «werdet uns Geld geben.»

Ich hatte stets einen Beutel mit Münzen bei mir, einen schweren Beutel, doch er würde schnell leichter werden, wenn mir kein Weg einfiel, um aus der Stadt zu entkommen. Ich gab Pater Oda eine Handvoll Silberschillinge. Es widerstrebte mir, Benedetta mit ihm gehen zu lassen, aber wie Oda betonte, würden eine Frau und ein Priester kein Misstrauen erwecken. «Sie suchen nach Kriegern, Herr», sagte Oda, «nicht nach Ehepaaren.»

«Es ist trotzdem noch gefährlich für eine Frau», beharrte ich.

«Und nur Männer können sich der Gefahr stellen?», fragte Benedetta herausfordernd.

«Es wird ihr nichts zustoßen», sagte Oda nachdrücklich. «Wenn ihr irgendein Mann zu nahe treten will, drohe ich ihm mit den ewigen Feuern der Hölle und den endlosen Folterungen des Satans.»

Ich war mit diesen Drohungen aufgewachsen, und trotz meines Glaubens an die älteren Götter überlief mich ein Angstschauder. Ich berührte das Hammeramulett. «Dann geht», sagte ich, und das taten sie und kehrten drei Stunden später wohlbehalten mit drei Säcken voller Nahrungsmittel und zwei kleinen Alefässern zurück.

«Niemand ist ihnen gefolgt, Herr», erklärte uns Aldwyn.

«Es gab keine Schwierigkeiten», berichtete Oda mit seiner üblichen Gelassenheit. «Ich habe mit dem Befehlshaber der Torwache gesprochen, und er sagt, dass zurzeit vierhundert Mann in der Stadt sind und noch mehr kommen werden.»

«Übers Meer?», fragte ich voll Sorge um die *Spearhafoc*.

«Das hat er nicht gesagt. Der Herr Æthelhelm ist nicht hier, und König Ælfweard auch nicht. Die beiden bleiben in Wintanceaster, soweit er weiß. Die neue Garnison wird von dem Herrn Varin befehligt.»

«Den wir gestern gesehen haben.»

«So ist es.»

«Es war gut, frische Luft zu atmen», sagte Benedetta sehnsüchtig.

Damit hatte sie gewiss recht, denn der Gestank der Jauchegrube war überwältigend. Ich saß auf dem feuchten Boden, den Kopf an die feuchtkalte Ziegelmauer gelehnt, und ich dachte daran, wie weit es mit Jarl Uhtred, dem Herrn von Bebbanburg, gekommen war. Ich war zu einem Flüchtling in einem Keller von Lundene geworden, führte eine Handvoll Krieger, einen Priester, eine königliche Sklavin und eine Schar zerlumpter Kinder. Ich berührte mein Hammeramulett und schloss die

Augen. «Wir müssen aus der verdammten Stadt heraus», sagte ich verbittert.

«Die Stadtmauer wird bewacht», warnte mich Pater Oda.

Ich öffnete die Augen und sah ihn an. «Vierhundert Mann, sagt Ihr. Das sind nicht genug.»

«Nicht?» Benedetta wirkte überrascht.

«Die Stadtmauer von Lundene muss beinahe zwei Meilen lang sein», sagte ich und sah fragend zu Finan hinüber, der zustimmend nickte. «Und dabei ist der Abschnitt am Fluss nicht eingerechnet», fuhr ich fort. «Vierhundert Mann können keine Mauer von zwei Meilen verteidigen. Es werden zweieinhalbtausend Mann gebraucht, um jeden Angriff abwehren zu können.»

«Aber vierhundert Mann können die Tore bewachen», sagte Finan ruhig.

«Aber nicht die Flussmauer. Dort gibt es zu viele Lücken.»

«Es ist Verstärkung im Anmarsch», erinnerte mich Pater Oda, «und das ist noch nicht alles.»

«Was ist noch?»

«Niemand darf nach Sonnenuntergang auf der Straße sein», sagte er. «Varin hat Männer ausgeschickt, um dieses Edikt zu verkünden. Die Leute müssen bis zum Sonnenaufgang in ihren Häusern bleiben.»

Einen Moment lang herrschte Schweigen. Die Kinder machten sich über das Brot und den Käse her, die Benedetta ihnen gegeben hatte. «Nein!», rief sie streng, um ihr Gezanke darum zu unterbinden. «Ihr müsst gutes Betragen zeigen! Kinder ohne gutes Betragen sind schlimmer als Tiere. Du, Junge», sie deutete auf

Aldwyn, «du hast ein Messer, und du wirst das Essen damit aufteilen. Du wirst es gerecht aufteilen, dasselbe für alle.»

«Ja, Herrin», sagte er.

Finan grinste über die Folgsamkeit des Jungen. «Denkst du daran, ein Boot zu stehlen?», fragte er mich.

«Was sonst? Wir können nicht über die Mauer in den Stadtgraben springen, wir können uns nicht durch ein Tor kämpfen, ohne eine Verfolgung durch Reiter auszulösen, aber mit einem Boot könnte es gelingen.»

«Sie werden die Anlegeplätze besetzt haben», sagte Finan, «und sie bewachen. Sie sind keine Narren.»

«Da waren Krieger an den Anlegeplätzen, Herr», warf Aldwyn ein.

«Ich weiß, wo wir ein Boot finden könnten», sagte ich und sah Benedetta an.

Sie erwiderte meinen Blick, ihre Augen schimmerten in der Dunkelheit des Kellers. «Denkt Ihr an Gunnald Gunnaldson?», fragte sie.

«Du hast mir erzählt, dass seine Anlegestelle von Palisaden geschützt wird, nicht wahr? Und dass sie nicht bei den anderen Kais liegt.»

«So ist es», sagte sie, «aber vielleicht haben sie auch seine Schiffe erobert.»

«Vielleicht», gab ich zurück, «vielleicht auch nicht. Aber ich habe dir ein Versprechen gegeben.»

«Ja, Herr, das habt Ihr.» Sie schenkte mir ein seltenes Lächeln.

Niemand anders verstand, worüber wir sprachen, und ich erklärte es auch nicht. «Morgen», sagte ich, «morgen brechen wir auf.»

Denn Uhtred, Sohn des Uhtred, der Priestertöter und angehende Königstöter würde auch ein Töter von Sklavenhändlern werden.

Aldwyn und sein jüngerer Bruder, der von allen Ræt, die Ratte, genannt wurde, waren wieder meine Späher. Sie waren fast den gesamten Tag fort, und je länger sie ausblieben, desto größer wurde meine Unruhe. Ich hatte zwei Männer abgestellt, die hinter den Schutthügeln verborgen den Zugang zum Keller bewachten. Etwa zur Mittagszeit gesellte ich mich zu ihnen, um dem grässlichen Gestank der Jauchegrube zu entkommen, und traf dort auch Benedetta mit einem der kleineren Mädchen an. «Ihr Name ist Alaina», erklärte sie mir.

«Ein hübscher Name», sagte ich.

«Für ein hübsches Mädchen.» Benedetta herzte die Kleine, die sehr dunkles Haar, einen verängstigten Blick und den gleichen goldbraunen Hautton wie Benedetta hatte. Ich schätzte sie auf sieben oder acht Jahre, und sie war mir in dem düsteren Keller aufgefallen, weil sie besser angezogen war und gesünder aussah als die anderen Kinder. Außerdem hatte sie unglücklicher gewirkt, die Augen rot vom Weinen. Benedetta strich ihr übers Haar. «Sie ist kurz vor uns hierhergekommen.»

«Gestern?»

Benedetta nickte. «Gestern, und ihre Mutter ist wie ich. Aus Italien.» Sie sagte etwas in ihrer eigenen Sprache zu Alaina, dann richtete sie ihren Blick wieder auf mich. «Eine Sklavin.» Sie klang herausfordernd, als wäre das meine Schuld.

«Das Kind ist eine Sklavin?», fragte ich.

Benedetta schüttelte den Kopf. «Nein, nein. Und ihre Mutter ist es auch nicht mehr. Sie ist mit einem von Merewalhs Männern verheiratet, und gestern ist sie aus dem Haus gegangen, um ihrem Mann und den anderen Spähern etwas zu essen zu bringen. Und dann kam der Angriff.»

«Das Mädchen war allein?»

«Allein.» Sie beugte sich vor und drückte Alaina einen Kuss aufs Haar. «Ihre Mutter hat gesagt, sie wäre bald wieder zu Hause, aber sie ist nicht zurückgekommen. Und die arme Kleine hat Schreie gehört und ist davongelaufen. Aldwyn hat sie entdeckt, und nun ist sie hier.»

Alaina starrte mich mit großen Augen an. Sie wirkte verängstigt. Sie hatte einen älteren Mann mit hartem, vernarbtem Gesicht vor sich, der ein abgenutztes Kettenhemd, eine Goldkette und um die Mitte einen Schwertgürtel trug. Ich lächelte sie an, und sie wandte den Blick ab, vergrub ihr Gesicht in Benedettas Gewändern. «Ob die beiden Jungen erwischt worden sind?», fragte Benedetta.

«Sie sind gewitzt», sagte ich, «sie lassen sich nicht erwischen.»

«Gunnald würde es gefallen, sie als Sklaven zu haben. Besonders den Jüngeren. Kleine Jungen kann er beinahe genauso gut verkaufen wie kleine Mädchen.» Sie küsste Alaina auf die Stirn. «Und diese arme Kleine? Sie würde einen guten Preis bringen.»

«Die Jungen werden zurückkommen», sagte ich, während ich mein Hammeramulett berührte und dafür einen finsteren Blick der Italienerin erntete.

«Glaubt Ihr?»

«Das glaube ich.» Wieder berührte ich das Amulett.

«Und was werdet Ihr mit ihnen machen?»

«Machen?»

«Was werdet Ihr mit ihnen machen?» Sie wiederholte die Frage streitlustig, als hätte ich sie beim ersten Mal absichtlich nicht verstehen wollen. «Nehmt Ihr sie mit?»

«Wenn sie mitkommen wollen.»

«Alle?»

Ich zuckte mit den Schultern. Ich hatte eigentlich nicht darüber nachgedacht, was aus den Kindern werden sollte. «Vermutlich. Wenn sie mitkommen wollen.»

«Und was tun sie dann, wenn sie mitkommen?»

«In Bebbanburg werden immer Bedienstete gebraucht», sagte ich. «Die Mädchen werden in der Küche arbeiten, im Palas oder der Molkerei. Die Jungen in den Ställen oder dem Waffenlager.»

«Als Sklaven?»

Ich schüttelte den Kopf. «Sie werden bezahlt. Die Mädchen werden heranwachsen und heiraten, die Jungen werden Krieger. Wenn es ihnen nicht gefällt, können sie gehen. Also nein, sie werden keine Sklaven sein.»

«Ihr werdet sie nichts lehren?»

«Doch, die Schwertkunst.»

«Und lesen?»

Ich zögerte. «Das ist für die meisten Leute keine sehr nützliche Fähigkeit. Kannst du lesen?»

«Ein wenig, nicht viel. Ich würde es gern können.»

«Vielleicht kannst du sie das wenige lehren, was du davon verstehst.»

«Dann kann Alaina ihre Gebete lesen», sagte Benedetta.

«Ich kann beten!», erklärte Alaina.

«Du sprichst Ænglisc!», sagte ich überrascht.

«Natürlich tut sie das!», kam es spöttisch von Benedetta. «Ihr Vater ist Sachse. Wir werden ihren Vater und ihre Mutter finden, ja?»

«Wenn wir es können.»

Doch was wir tun konnten oder, besser, was ich hoffte, dass wir tun konnten, musste warten, bis Aldwyn und Ræt zurückkehrten, was am späten Nachmittag geschah. Sie schlitterten den Geröllhügel herunter und grinsten voller Stolz. Ich brachte sie in den Keller, wo wir uns anhörten, was sie zu berichten hatten.

«Es sind nicht viele Wachen an den Anlegeplätzen», sagte Aldwyn. «Sie gehen in drei Gruppen am Kai auf und ab. Sechs Männer in jeder Gruppe.»

«Mit Speeren und Schilden», fügte Ræt hinzu.

«Auf den meisten Schilden ist der Vogel», sagte Aldwyn, «und auf einigen nur ein Kreuz.»

«Nicht viele Männer für diese langen Kais», sagte Finan.

«Das Haus des Sklavenhändlers ist in der Nähe der Brücke», erklärte Aldwyn. «Er hat dort einen Anlegeplatz, aber wir konnten nicht bis dorthin.»

«Auf welcher Seite?», fragte ich.

«Richtung See, Herr», sagte Aldwyn.

«Wir konnten nicht zu dem Anlegeplatz», erklärte Ræt, «weil es dort einen Holzzaun gibt.»

«Aber es ist ein Spalt in dem Zaun», sagte Aldwyn, «und es liegt ein Schiff dort.»

«Wir haben durchgeschaut!», kam es stolz von Ræt, den ich auf sieben oder acht Jahre schätzte.

«Wie groß?», fragte ich.

«Ein großer Spalt!», Ræt hielt seine schmuddeligen Hände etwa zwei Fingerbreit auseinander.

«Das Schiff», sagte ich geduldig.

«Das Schiff? Oh, groß, Herr», sagte Aldwyn, «lang!»

«Und nur ein Schiff?»

«Nur eins.»

«Was ist mit dem Eingang an der Straße?», fragte ich.

«Dort ist ein großes Tor, Herr. Groß! Und drinnen sind Männer mit Speeren.»

«Ihr habt durch das Tor geschaut?»

«Wir haben gewartet, bis sie es geöffnet haben und Männer herauskamen, Herr. Wir konnten die Wachen drinnen sehen.»

«Große Wachen», sagte Ræt mit weit aufgerissenen Augen, «sie sind zu dritt.»

«Drei Wachen sind nichts, Herr», warf Beornoth ein.

«Aber der Lärm, den wir machen, wenn wir ein großes Tor aufbrechen, wird die Ostanglier auf den Plan rufen», sagte ich. «Es liegt nahe bei der Brücke, und dort wimmelt es von den Bastarden.»

«Es muss andere Schiffe geben, die man stehlen kann», bemerkte Finan.

«Wir haben auf den anderen Schiffen keine Riemen gesehen, Herr», sagte Aldwyn.

«Die liegen gewöhnlich zwischen den Ruderbänken», erklärte ich.

Aldwyn nickte. «Ihr habt gesagt, wir sollten dort hinschauen, und wir haben keine gesehen.»

Dies, so dachte ich, bedeutete, dass die Ostanglier die Riemen beschlagnahmt hatten, um ein Entkommen zu verhindern. «Außer auf dem Sklavenschiff», fügte Aldwyn hinzu.

«Auf diesem Schiff gab es Riemen?»

«Ich glaube schon, Herr.» Er klang unsicher.

«Wie dünne Holzstämme», sagte Ræt. «Ich habe sie gesehen!»

«Wir brauchen Riemen», erklärte ich und fragte mich zugleich, wie meine wenigen Männer ein großes Schiff flussab rudern sollten. «Gab es ein Segel?»

«An die Stange gebunden, Herr, wie Ihr gesagt habt.» Aldwyn meinte die Rah. Doch wenn uns die Götter nicht wohlgesinnt waren und uns keinen Westwind schickten, würden wir große Mühe damit haben, ein gestohlenes Schiff flussab zu segeln. Wir brauchten Riemen, und ich stützte mich auf den Bericht eines eifrigen Jungen, der nicht ganz sicher war, was er gesehen hatte.

«Wir können nicht hierbleiben», sagte ich. Darauf herrschte Schweigen. Die Ostanglier, ging es mir durch den Kopf, konnten die Stadt nicht ewig absperren. Händlerschiffe würden ankommen und andere würden absegeln wollen, und Æthelhelm würde auf die Reichtümer aus sein, die ihm die Zollgebühren bringen konnten. Das bedeutete, dass es mehr Schifffahrt geben würde und vielleicht, wenn wir abwarteten, eine Gelegenheit, eines dieser Schiffe an uns zu bringen. Doch ich kam immer wieder auf den Gedanken an Gunnald den Sklavenhändler zurück. Lag das an dem Versprechen, das ich Benedetta gegeben hatte? Ich betrachtete ihr längliches, ernstes Gesicht, und im selben Moment sah sie mich an, und unsere Blicke hielten einander fest. Ihr Ausdruck änderte sich nicht, und sie sagte nichts. «Wir haben keine Wahl», sagte ich, «wir brechen heute Nacht auf.»

«Der Herr Varin hat verboten, dass nachts Leute auf den Straßen unterwegs sind», hielt mir Pater Oda entgegen.

«Wir brechen heute Nacht auf», beharrte ich, «kurz bevor es hell wird.»

«Wetzt eure Schwerter, Freunde», sagte Finan leise.

Ich hatte gesagt, wir hätten keine Wahl, doch natürlich hätten wir eine andere Wahl gehabt. Ein Menschenalter im Kampf hatte mich gelehrt, dass eine Schlacht ohne Vorbedacht zu beginnen gewöhnlich hieß, der Niederlage Tür und Tor zu öffnen. Manche Kämpfe beginnen durch Zufall, doch die meisten sind geplant. Ein Plan kann grausam fehlschlagen, und auch die besten Pläne können von dem Plan des Gegners zunichtegemacht werden, doch ein guter Anführer tut sein Bestes, um den Gegner auszuspähen, alles über den Gegner in Erfahrung zu bringen, doch alles, was ich hatte, war der Bericht zweier Jungen. Sie hatten ein Schiff gesehen, auf dem, wie sie glaubten, Riemen lagen, und sie hatten drei Wachmänner gesehen. Beornoth hatte recht, drei Wachen waren nichts, doch der Lärm, den wir machen würden, wenn wir in den Hof des Sklavenhändlers eindrangen und seine Männer überwältigten, konnte die Wachmannschaft der Brücke in Bewegung setzen. Dann war da noch Varins Befehl, dass niemand nachts auf der Straße sein durfte. Also mussten wir zuerst den Hof des Sklavenhändlers erreichen, ohne gesehen zu werden, und dann mussten wir lautlos in den Hof einbrechen, bevor wir ein Schiff stahlen. Also ja, es gab sehr wohl eine Wahl, und ein vernünftiger Mann hätte abgewartet, bis in der Stadt der Alltag wieder einkehrte, gewartet, bis es wieder erlaubt war, nachts auf den Straßen unterwegs zu sein, und er hätte gewartet, bis die Wachen an den Anlegeplätzen gelangweilt und nachlässig wurden.

Aber konnten wir abwarten? Der Gestank der Jauchegrube allein war schon Grund genug zum Aufbruch. Varin hatte die Stadt eingenommen, doch er hatte sie noch nicht sorgfältig durchkämmt, und jederzeit drohte die Gefahr, dass er Trupps zur Durchsuchung der Ruinen und Keller Lundenes aussandte, denn er musste wissen, dass noch Gegner ausfindig zu machen waren, die seine Eroberung der Stadt überlebt hatten. Und schon bald würde er über weitere Männer verfügen, die als Verstärkung aus Ostanglien und Wessex kamen.

«Tragen die Wachtrupps auf den Straßen Schilde?», fragte ich.

«Die Männer an den Anlegeplätzen hatten Schilde», sagte Aldwyn, «aber sie haben sie nicht getragen.»

«Hatten sie die Schilde aufgestapelt?»

«Ja, Herr.»

«Und die Wachtrupps, die wir in den Straßen gesehen haben, hatte keine Schilde», ergänzte Pater Oda.

«Die Wachen am Stadttor haben Schilde getragen», fügte Benedetta hinzu.

Das ergab Sinn. Eisenbeschlagene Schilde aus Weidenbrettern sind schwer. Die Posten auf dem Verteidigungswall von Bebbanburg trugen keine Schilde, auch wenn sie immer griffbereit waren. Ein Schild ist der letzte Gegenstand, den ein Krieger vor dem Kampf aufnimmt, und der erste, den er danach ablegt. Männer, die Straßen abschritten, hatten es nur mit dem Stadtvolk zu tun, nicht mit brüllenden Kriegern im Kettenhemd, also war ein Schild nur eine Belastung. «Und wir haben keine Schilde», sagte Finan mit einem schiefen Grinsen.

«Also wird es nicht seltsam wirken, wenn wir ohne Schilde durch die Straßen gehen», sagte ich, «aber wir haben Kinder.»

Einen winzigen Moment lang schien Aldwyn Einspruch dagegen erheben zu wollen, als Kind bezeichnet zu werden, doch dann siegte die Neugier über seine Entrüstung. «Kinder, Herr?»

«Kinder», sagte ich grimmig, «ich werde euch nämlich allesamt verkaufen. Heute Nacht.»

Wir warteten, bis die Nacht beinahe vorüber war, bis sich im Osten das erste Anzeichen von wolfsgrauem Licht zeigte, jenem Moment, in dem Männer, die über Nacht Wache gehalten haben, müde geworden sind und sehnsüchtig auf ihre Ablösung warten.

Dann zogen wir los. Wir stahlen uns nicht durch die Stadt, von einem Schatten in den anderen, sondern gingen dreist die Hauptstraße hinunter auf die Brücke zu. Wir hatten unsere Schwerter gezogen und trugen Helme und Kettenhemden. Wir waren acht Krieger, und hatten die Kinder zwischen uns genommen. Sie waren aufgeregt, wussten, dass sie ein Abenteuer vor sich hatten, aber ich hatte ihnen erklärt, sie sollten sich unglücklich geben. «Ihr seid Gefangene!», knurrte ich sie an. «Ihr werdet verkauft!»

Benedetta ging in ihrer Gruppe mit, die dunkle Kapuze über den Kopf gezogen, während Pater Oda an meiner Seite war, angetan mit seinem langen, schwarzen Gewand, auf dem sein silbernes Brustkreuz im schwachen Licht des unsteten Fackelscheins schimmerte. Vor uns am nördlichen Ende der Brücke brannte ein Feuer in einer Kohlenpfanne, und als wir näher kamen, schlenderten uns zwei Männer entgegen. «Wer seid Ihr?», fragte einer von ihnen.

«Herrn Varins Männer», antwortete Pater Oda, und seine dänische Aussprache machte die Lüge glaubwürdiger.

«Wollt Ihr über die Brücke, Pater?», fragte der Mann.

«Wir nehmen diesen Weg dort», Pater Oda deutete auf die Straße, die ostwärts hinter den Anlegeplätzen und Lagerhäusern entlangführte.

«Wir bringen diese kleinen Bastarde zum Verkauf», erklärte ich.

«Das ist Gesindel!», fügte Pater Oda hinzu und versetzte Aldwyn einen Klaps auf den Hinterkopf. «Wir haben sie entdeckt, als sie auf Diebeszug in den Vorratsräumen des Palastes waren.»

«Verkaufen tut Ihr sie?», der Mann schien belustigt. «Ist das Beste bei denen!»

Wir wünschten ihm einen guten Tag und bogen in die Straße ab. «Nicht dieses Tor», murmelte Aldwyn, «das nächste.»

Gunnalds Sklavenhof lag gefährlich nahe an der

Brücke, wo ein Dutzend Mann bei der Kohlenpfanne Wache standen. Was immer wir auch taten, musste leise geschehen, allerdings begann es recht laut, als ich mit dem Heft von Schlangenhauch an das Tor hämmerte. Niemand rührte sich. Ich hämmerte erneut an das Tor und hörte nicht auf damit, bis eine kleine Klappe aufgezogen wurde und ein Gesicht in ihrem Schatten erschien. «Was gibt's?», knurrte der Mann.

«Der Herr Varin sendet euch Ware.»

«Wer ist der Herr Varin?»

«Er führt den Oberbefehl in der Stadt. Und jetzt mach das Tor auf.»

«Herr im Himmel», murrte der Mann. Ich sah eines seiner Augen schimmern, als er auf die Straße starrte und Kinder und Krieger vor sich sah. «Konnte das nicht warten?»

«Wollt ihr die kleinen Bastarde, oder nicht?»

«Sind Mädchen dabei?»

«Drei pflückreife.»

«Wartet.» Die Klappe wurde geschlossen, und wir warteten. Ich nahm an, dass der Mann seinen Meister weckte, oder vielleicht auch einen Aufseher. Das graue Wolfslicht drang in den Osten vor, ließ den Himmel heller werden, und verlieh dem Saum der hoch dahinziehenden Wolken einen silbrigen Schimmer. Weiter unten an der Straße wurde eine Tür geöffnet, und eine Frau mit einem Kübel erschien, wahrscheinlich, um Wasser zu holen. Sie sah meine Krieger beunruhigt an und kehrte in ihr Haus zurück.

Die Klappe wurde wieder geöffnet, und das Licht genügte gerade eben, um ein bärtiges Gesicht zu erkennen. Der Mann starrte nur wortlos heraus. «Der Herr Varin», sagte ich, «wartet nicht gern.»

Wieder ein Knurren, die Klappe wurde zugedrückt, und ich hörte, wie Sperrriegel gehoben wurden. Dann wurde einer der beiden schweren Torflügel aufgezogen und schabte dabei über die Pflastersteine, die, wie ich vermutete, schon dort waren, seit die Römer den Hof angelegt hatten. «Bringt sie rein», sagte der bärtige Mann.

«Rein mit euch!», knurrte ich die Kinder an.

Es waren drei Männer in dem Hof, keiner mit Kettenhemd, aber alle mit dicken Lederwesten, über denen sie Kurzschwerter in einfachen Holzscheiden trugen. Ein Mann, groß und mit glattem Haar, hatte eine aufgerollte Peitsche am Gürtel hängen. Er war der Mann, der das Tor geöffnet hatte, und nun sah er zu, wie die Kinder eines nach dem anderen hereinkamen. Dann spuckte er auf das Pflaster. «Der Haufen sieht erbärmlich aus», sagte er.

«Sie sind in den Vorratsräumen des Palastes erwischt worden», sagte ich.

«Diebische kleine Bastarde. Sind nicht viel wert.»

«Und Ihr seid auf das Wohlwollen des Herrn Varin angewiesen», sagte ich.

Darauf knurrte der Mann. «Schließt das Tor!», befahl er seinen Gefährten. Schabend wurde das Tor zugedrückt, und zwei Sperrriegel fielen in die Halterungen. «Stellt euch in einer Reihe auf!», blaffte er die Kinder an, und gehorsam schoben sie sich in eine krumme Reihe. Sie schienen starr vor Angst. Auch wenn sie sehr wohl wussten, dass wir alles nur vorspielten, wirkte dieser glatthaarige Mann mit seiner aufgerollten Peitsche wahrhaft furchteinflößend. Er begann, sie zu mustern, hob Aldwyns Kinn an, um ihn genauer zu betrachten.

«Ich kenne keinen von diesen Männern», flüsterte Benedetta dicht neben mir.

«Sie müssen verköstigt werden», sagte der Mann und beugte sich hinunter, um Alaina anzuschauen. Er hob auch ihr Kinn an und begann zu grinsen. «Hübsche Kleine.» Ich spürte, wie Benedetta neben mir erstarrte, aber sie sagte nichts. «Sehr hübsch», sagte der Mann und legte seine Hand an den Ausschnitt von Alainas Gewand, als wolle er es herunterreißen.

«Sie gehört dir noch nicht», knurrte ich.

Der Mann sah mich an, die Herausforderung überraschte ihn. «Stimmt was nicht mit dem kleinen Biest?», fragte er. «Sie hat Blatternausschlag, hab ich recht?»

«Lass sie in Ruhe!», sagten Pater Oda und ich zugleich.

Der Mann nahm die Hand weg, machte aber ein finsteres Gesicht. «Wenn sie sauber ist», sagte er widerwillig, «könnte sie was wert sein, aber dieser kleine Bastard hier nicht.» Er war weitergegangen zu Ræt.

Ich sah mich in dem Hof um. Dem Eingangstor gegenüber lag ein hohes Gebäude, das so groß war wie eine Met-Halle. Das unterste Geschoss bestand aus großen, behauenen Steinen, während die anderen Stockwerke darüber aus geteertem Balkenwerk errichtet worden waren. Es gab nur eine Tür und ein einziges Fenster, das nicht mehr war als eine kleine, mit einem Laden verschlossene Öffnung hoch oben bei dem abweisenden schwarzen Giebel. Rechts von dem Gebäude stand ein kleinerer Schuppen, der, nach den Pferdeäpfeln im Hof zu schließen, als Stall diente. Auch die Tür des Schuppens war geschlossen. «Wie viele Männer sind normalerweise hier?», fragte ich Benedetta mit gesenkter Stimme.

«Zehn? Zwölf?», flüsterte sie, doch ihre Erinnerungen waren zwanzig Jahre alt, und sie klang unsicher. Ich fragte mich, wie Gunnald Gunnaldson, sofern er noch lebte, seine Schiffe bemannte, auf denen es nach Aldwyns Bericht Ruderbänke für wenigstens zwanzig Mann geben musste. Vermutlich heuerte er für jede Fahrt Männer an, oder, noch wahrscheinlicher, er setzte Sklaven ein. Finan und ich waren einmal Sklaven auf solch einem Schiff gewesen, an die Bänke gekettet und vernarbt von den Peitschenhieben.

Die anderen beiden Wachmänner standen inzwischen mit gelangweilten Mienen beidseits der Tür zu dem größeren Gebäude. Einer der Männer gähnte. Ich schlenderte, noch immer mit Schlangenhauch in der Hand, an der Reihe der Kinder entlang. «Die hier müsste was wert sein», sagte ich und blieb neben einem großen, mageren Mädchen stehen, dem strähniges Haar um das sommersprossige Gesicht hing. «Sie wird hübsch aussehen, wenn du sie wäschst.»

«Lasst mich mal sehen.» Der glatthaarige Mann kam zu mir, und ich ließ Schlangenhauch nach oben schnellen, stieß ihm die Klinge in die Kehle und drückte sie immer weiter hinein, während sein Blut hell in die Dämmerung spritzte. Ein kleiner Junge schrie vor Angst, bis Aldwyn ihm den Mund zuhielt, worauf der

Junge nur noch mit weit aufgerissenen Augen zusah, wie der sterbende Mann zurücktaumelte, mit den Händen nach der Klinge in seiner zerfetzten Kehle tastete und seine Därme entleerte, um die morgendliche Luft mit seinem Gestank zu verpesten. Er schlug hart auf den rot verschmierten Pflastersteinen auf, und ich riss die Klinge nach rechts und links, erweiterte den brutalen Schnitt und drückte erneut zu, bis die Klinge auf seine Wirbelsäule traf. Noch immer schoss das Blut pulsend aus der Wunde, aber jeder Schwall war kleiner als der vorhergehende, das gurgelnde Geräusch seines Sterbens wurde mit jedem Atemzug leiser, und bis er aufhörte zu zucken, hatten meine Männer schon den Hof durchquert, einen der Wachmänner niedergemetzelt und den anderen gefangen genommen. Wir hatten zwei getötet und den dritten ergriffen, ohne zu viel Lärm zu machen, doch dann begannen einige der kleineren Kinder zu wimmern.

«Still!», knurrte ich sie an. Sie verstummten vor Angst. Ich schaute nach oben, als eine Bewegung meine Aufmerksamkeit auf sich zog, und fragte mich, ob es der Laden des kleinen Fensters gewesen war, der einen Spalt aufzustehen schien. War das schon vorher so gewesen? Dann stieß sich ein Milan von dem hohen Giebel ab und flog Richtung Westen. Vielleicht war es nur eine Regung des Vogels gewesen, die ich gesehen hatte. Ein Omen? Alaina rannte zu Benedetta und vergrub ihr Gesicht in ihren Röcken. Ich zog Schlangenhauch frei und wischte seine Klinge an der Weste des toten Mannes ab. Aldwyn grinste mich an, aufgepeitscht durch das Töten, doch sein Grinsen verschwand, als er mein finsteres, mit dem Blut des Toten bespritztes Gesicht sah. «Finan», sagte ich und deutete auf den Schuppen.

Er nahm zwei Mann, zog die Tür auf und ging hinein. «Ein Stall», berichtete er einen Moment darauf. «Zwei Pferde, sonst nichts.»

«Bring die Kinder dort hinein», sagte ich zu Benedetta. «Schließ die Tür hinter dir und warte, bis ich dich holen lasse.»

«Denkt an Euer Versprechen», sagte sie.

«Versprechen?»

«Mich Gunnald töten zu lassen!»

Ich begleitete sie zu dem Stall. «Ich habe es nicht vergessen», sagte ich.

«Sorgt dafür, dass er am Leben ist», verlangte sie bitter, «wenn Ihr mich holen lasst.»

Ich sah auf. Die Nacht wich dem Tag, und der Himmel war dunkelblau, nirgends eine Wolke.

Und dann schlugen die Hunde an.

Sieben

Also hatte man uns gehört. Das Weinen verschreckter Kinder hatte Gunnalds Männer in dem Lagerhaus auf uns aufmerksam gemacht, und sie hatten die Hunde losgelassen, die nun wie wild bellten. Ich hörte Schritte, einen Befehlsruf und den hellen, abwehrenden Aufschrei einer Frau. Ich stand bei der Tür, wo Vidarr unseren Gefangenen gegen die Wand drückte und ihm sein Schwert an die Kehle hielt. «Wie viele Männer sind da drin?», knurrte ich ihn an.

«Neun sind drinnen!», gelang es ihm unter dem Druck der Klinge hervorzustoßen.

Er war schon entwaffnet worden. Nun trat ich ihm kräftig zwischen die Beine, und er sackte zusammen und schrie auf, als ihm Vidarrs Schwert beim Fallen einen kleinen Schnitt am Kinn beibrachte. «Du rührst dich nicht», knurrte ich. «Finan?»

«Herr?», rief er von der Stalltür aus.

«Neun Mann übrig», gab ich zurück.

«Und Hunde», sagte er trocken. Auf der Innenseite der Tür hörte ich Pfoten wie rasend über das Holz scharren.

Die Tür war versperrt. Ich hob den schweren Riegel und versuchte, zu ziehen und zu drücken, doch die Tür rührte sich nicht. Und jetzt, dachte ich, würden die Männer drinnen die Ostanglier auf der Brücke zu Hilfe rufen. Ich fluchte.

Und dann wurde die Tür geöffnet. Anscheinend wollten die Männer die Hunde auf uns hetzen.

Zwei Hunde kamen, beide groß, beide schwarzbraun mit geifernden Mäulern, beide mit gelben Zähnen und verfilztem Fell. Sie stürzten sich auf uns. Der erste versuchte, mir einen Bissen aus dem Bauch zu reißen und erhielt stattdessen ein Maulvoll Kettenhemd. Schlangenhauch stieß ein Mal vor, Vidarr hieb von meiner linken Seite aus zu, dann sprang ich über das arme, sterbende Tier hinweg, sah Finan das andere erledigen, und wir stürmten beide in das riesige Lagerhaus. Drinnen war es dunkel. Ein Speer blitzte links von mir auf und fuhr in den Türpfosten. Schreie hallten durch den Raum.

Die Verteidiger des Lagerhauses hatten die Hunde losgelassen, und Kampfhunde sind beeindruckende Tiere. Sie greifen ungezügelt an, kennen offenbar keinen Schmerz, und auch wenn sie recht leicht zu töten sind, zwingt ihr Angriff Männer, die Kampfordnung zu verlassen. Daher gilt es beim Einsatz von Kampfhunden, im gleichen Moment wie sie anzugreifen. Lass die Hunde den Gegner ablenken, und während er sich gegen Zähne und Klauen wehrt, stich mit Speeren und Schwertern auf ihn ein.

Doch die Verteidiger des Lagerhauses dachten, die Hunde könnten die gesamte Arbeit erledigen, und statt uns anzugreifen, warteten sie einfach in einer Reihe, die sie zwischen zwei Käfigen gebildet hatten. Rechts von mir schrien Frauen, doch ich hatte keine Zeit hinzusehen, weil sich mir die Verteidiger entgegenstellten, Männer mit kleinen Schilden und Langschwertern. Ich konnte sie nicht zählen, dazu war es zu dunkel, also griff ich sie einfach an und stieß dabei einen Kampfruf aus. «Bebbanburg!»

Ich lehre meine jungen Krieger, dass Vorsicht in der Kriegsführung eine Tugend ist. Stets lockt die Versuchung, blindlings anzugreifen, brüllend auf den gegnerischen Schildwall vorzurücken und darauf zu hoffen, ihn mit schierer Wut und Wildheit aufbrechen zu können. Diese Versuchung wird von Angst ausgelöst, und manchmal besteht die beste Art, die Angst zu überwinden, darin, einen Kampfruf zu kreischen, anzugreifen und zu töten, allerdings wird der Gegner wahrscheinlich von den gleichen Gefühlen und der gleichen Angst getrieben. Auch er wird töten. Vor die Wahl gestellt, würde ich mich lieber von angstbesessenen Männern angreifen lassen, als selbst anzugreifen. Männer im Zorn, Männer, die aus einer blindwütigen Regung heraus handeln, kämpfen wie die Wölfe, doch Schwertgeschick und Selbstbeherrschung werden sie nahezu immer schlagen.

Und doch brüllte ich einen Kampfruf und griff geradewegs eine Gruppe Männer an, die den Durchgang zwischen den Käfigen auf der gesamten Breite versperrten. Sie hatten keinen Schildwall aufgestellt, dazu waren ihre Schilde zu schmal, nur dazu gedacht, Hiebe abzufangen, doch sie bildeten eine Mauer aus Schwertern. Aber sie waren auch Wachen eines Sklavenhändlers, was bedeutete, dass sie bezahlt wurden, um Ordnung zu halten, bezahlt wurden, um andere zu ängstigen, und bezahlt, um mit ihren Peitschen auf wehrlose Opfer einzuschlagen. Nicht bezahlt wurden sie dafür, sich northumbrischen Kriegern entgegenzustellen. Sie hatten ihr Handwerk gelernt, hatten einen gegnerischen Schild niedergeschlagen, hatten getötet, und sie hatten überlebt, doch ich bezweifelte, dass sie sich seitdem noch so in ihren Fähigkeiten geübt hatten, wie es meine Männer taten. Sie verbrachten keine Stunden mehr mit schweren Schwertern und Schilden, weil ihre Gegner unbewaffnete Sklaven waren und viele davon Frauen und Kinder. Das Schlimmste, mit dem sie rechneten, war ein widerspenstiger Mann, der leicht niedergeknüppelt werden konnte. Nun aber hatten sie Krieger vor sich; meine Krieger.

Finan war an meiner rechten Seite und schrie in seiner eigenen Sprache, während ich Beornoth zu meiner Linken hatte. «Bebbanburg!», brüllte ich wieder, und ganz bestimmt wussten sie nichts damit anzufangen, aber sie sahen Krieger mit Kettenrüstungen und Helmen, Krieger, die furchtlos in den Kampf zu gehen schienen, Krieger, die nach ihrem Leben trachteten, Krieger, die töteten.

Ich rannte auf einen Mann in einer Lederweste zu, einen Mann, der ebenso groß war wie ich, mit einem schwarzen Stoppelbart und einem Schwert, das er wie einen Speer hielt. Er trat einen Schritt zurück, als wir näher kamen, hielt sein Schwert jedoch immer noch gerade von sich weggestreckt. Hoffte er, ich würde mich daran aufspießen? Stattdessen schlug ich ihm die Klinge mit meinem linken, vom Kettenhemd geschützten Arm weg, versenkte Schlangenhauch in seinem Bauch und roch dabei seinen stinkenden Atem. Er war groß, doch ich warf ihn rücklings auf den Mann hinter ihm, und zu meiner Rechten schrie ein Mann, weil ihm Finans flinkes Schwert das Augenlicht geraubt hatte, und da war Beornoth neben mir, die Klinge rot, und ich schnellte rechts herum, zog meine Klinge aus dem fallenden Mann, und trat dem nächsten in den Weg, der einen Sax trug. Mein Kettenhemd hielt seine Klinge auf. Er drückte weiter, wich dabei jedoch schon verängstigt zurück, sodass sein Vorstoß kraftlos wurde. Er begann zu wimmern, wollte den Kopf schütteln, und vielleicht versuchte er, sich zu ergeben, doch ich rammte ihm meinen behelmten Kopf ins Gesicht, aus dem Wimmern wurde ein Grunzen, dann riss er die Augen weit auf, als ihm Beornoths Klinge zwischen die Rippen fuhr. Es war der Blick eines Mannes, der schon die ewigen Höllenqualen vor sich sah. Er fiel, und mit einem weiteren Schritt war ich hinter der notdürftigen Linie, die meine Gegner aufgestellt hatten, und vor mir war eine offene Tür, hinter der Sonnenlicht auf Wasser und auf dem Schiff glitzerte, das wir brauchten. Ich drehte mich wieder um, brüllte weiter und zog Schlangenhauchs gefräßige Kante über den Nacken eines Mannes, und plötzlich waren da keine Gegner mehr, nur Männer, die um Gnade bettelten, Männer, die sich in Schmerzen wanden, sterbende Männer, Blut auf dem Fliesenboden, und ein massiger Mann, der in kopfloser Angst eine Treppe neben dem Käfig der Frauen hinauffloh.

Wir sind Krieger.

«Gerbruht!»

«Herr?»

«Hol Benedetta und die Kinder.»

Wir hatten neun Männer gegen uns gehabt. Ich

zählte sie. Fünf waren tot oder tödlich verletzt, drei lagen auf den Knien, und einer war die Treppe hinauf geflüchtet. Frauen weinten vor Angst hinter den Gitterstreben auf der einen Seite, auf der anderen kauerten Männer in der Düsternis. «Beornoth!» Ich deutete auf die drei Männer, die vor mir knieten. «Bring den Mistkerl, den wir im Hof gefangen haben, zu denen hier, nimm ihnen allen die Kettenhemden ab, sperr sie ein, und stell fest, ob welche von den Sklaven Ruderleute sein wollen!»

Den Mann, der die Treppe hinauf geflüchtet war, hatte ich nur aus dem Augenwinkel gesehen. Er war von beachtlicher Gestalt gewesen, aber nicht groß wie Beornoth oder Folcbald, die hochgewachsen und muskulös waren, sondern fett. Ich hatte mitbekommen, wie er in kopfloser Angst die Treppe hinaufgepoltert war, und nun folgte ich ihm mit der nackten Klinge Schlangenhauchs.

Die Treppe musste von den Römern erbaut worden sein, denn die ersten Stufen waren aus Stein, auch wenn nach diesen säuberlich gemauerten Stufen eine neuere Treppenflucht aus Holz folgte, die zu einem kleinen Absatz führte, auf dem Staubflocken tanzten. Ich stieg langsam höher. Aus den oberen Stockwerken war kein Geräusch zu hören. Ich nahm an, dass der fette Mann, wer immer er auch war, dort auf mich lauern würde. Finan schloss sich mir an, und zu zweit schlichen wir die Treppe hinauf und zuckten jedes Mal zusammen, wenn das Holz knarrte. «Ein einzelner Mann», flüsterte ich.

Rechts auf dem Treppenabsatz befand sich ein Durchgang mit einem dicken Wollvorhang. Ich ging davon aus, dass bei meinem ersten Schritt auf den Treppenabsatz ein Speer durch die Wolle gerammt werden würde, also streckte ich Schlangenhauch aus und schob den Vorhang behutsam ein Stückchen beiseite. Es erfolgte kein Speerstoß. Ich schob den Vorhang weiter auf und vernahm ein ersticktes Wimmern. Dann hörte ich wieder schwere Schritte, die darauf hinwiesen, dass der fette Mann eine weitere Treppe hinaufstieg.

«Gunnald?», riet Finan.

«Vermutlich», sagte ich und bemühte mich nicht länger darum, leise zu sein. Ich erstieg die letzte Stufe und riss den Vorhang herunter. Ein Aufkeuchen, ein Schrei, und dann sah ich noch einen Käfig, aus dem mich drei Frauen mit schreckgeweiteten Augen anstarrten. Ich legte den Zeigefinger auf meine Lippen, und sie kauerten sich still hin, den Blick auf eine Holztreppe gerichtet, die zum obersten Stockwerk führte. «Gunnald!», rief ich.

Keine Antwort.

«Gunnald! Ich bin gekommen, um ein Versprechen einzulösen!» Ich ging mit betont schwerfälligen Schritten die Treppe hinauf. «Hast du mich gehört, Gunnald?»

Noch immer keine Antwort, nur ein schlurfendes Geräusch in den Tiefen des Speichers. Dieses letzte Stockwerk lag unter dem Dach. Balken zogen sich durch den Raum. Es gab nur schwaches Licht, aber als ich oben ankam, sah ich den fetten Mann am anderen Ende des Speichers stehen. Er hatte ein Schwert in der Hand. Er zitterte. Ich hatte selten einen so verängstigten Mann gesehen.

Finan ging an mir vorbei, stieß den kleinen Fensterladen auf, den ich vom Hof aus gesehen hatte, und in dem zusätzlichen Licht sah ich schwere Holztruhen und ein klobiges Holzbett, auf dem sich Felle häuften. Halb versteckt in dem Bett lag ein Mädchen und beobachtete uns ängstlich. «Gunnald?», fragte ich den Mann. «Gunnald Gunnaldson?»

«Ja.» Seine Stimme war kaum mehr als ein Flüstern.

«Ich würde an deiner Stelle das Schwert niederlegen», sagte ich, «es sei denn, du willst gegen mich kämpfen.»

Er schüttelte den Kopf, hielt die Waffe aber weiter umklammert.

«Mein Name», sagte ich, «ist Uhtred, Sohn des Uhtred, Herr von Bebbanburg.»

Das Schwert fiel aus einer kraftlosen Hand, landete polternd auf dem Holzboden. Gunnald ließ sich ebenfalls fallen, sank auf die Knie und streckte mir die gefalteten Hände entgegen. «Herr!»

In dem Giebel auf der Flussseite war ein weiteres Fenster. Ich ging an dem knienden Mann vorbei und drückte den Fensterladen auf, damit mehr Licht in den Raum kam. «Ich mag keine Sklavenhändler», sagte ich ruhig, während ich wieder zu Gunnald ging.

«Das geht vielen so, Herr», flüsterte er.

«Ist das eine Sklavin?», fragte ich und deutete mit Schlangenhauch auf das Mädchen in dem Bett.

«Ja, Herr.» Gunnalds Flüstern war kaum vernehmbar.

«Von nun an nicht mehr», sagte ich. Gunnald schwieg. Er zitterte noch immer. Ich sah ein Gewand oder einen Umhang auf dem Boden liegen, ein fadenscheiniges

Ding aus Leinen. Ich hob es mit Schlangenhauchs blutiger Spitze hoch und schleuderte es zu dem Mädchen hinüber. «Erinnerst du dich an einen Sklavenhändler namens Halfdan?», fragte ich Gunnald. Er zögerte, vielleicht überrascht von der Frage. Sein Gesicht war rund, seine Augen waren klein und sein Bart zu spärlich, um seine feisten Wangen zu bedecken. Sein Haar wurde dünn. Er trug ein Kettenhemd, aber es war zu eng, sodass er die Seiten aufgerissen hatte, damit das Kettengeflecht seinen Bauch überspannen konnte. Einen großen Bauch. «Wir sehen recht selten fette Menschen», sagte ich, «nicht wahr, Finan?»

«Ein paar Mönche», erklärte Finan, «und hier und da einen Bischof.»

«Du musst viel essen», erklärte ich Gunnald, «um so einen Bauch zu bekommen. Deine Sklaven sind alle mager.»

«Ich ernähre sie gut, Herr», murmelte er.

«Tatsächlich?», fragte ich mit gespielter Überraschung.

«Fleisch, Herr. Sie essen Fleisch.»

«Erzählst du mir gerade, dass du mit deinen Sklaven freundlich umgehst?», fragte ich. Dann ging ich vor ihm in die Hocke und ließ Schlangenhauchs Spitze auf dem Fußboden vor seinen Knien ruhen. Er starrte die Klinge an. «Nun?», forderte ich ihn auf.

«Ein zufriedener Sklave ist ein gesunder Sklave, Herr», brachte Gunnald heraus, den Blick auf das Blut gerichtet, das auf der Klinge trocknete.

«Also behandelst du sie gut?»

«Ja, Herr.»

«Dieses Mädchen wurde also nicht in dein Bett gezwungen?»

«Nein, Herr.» Wieder war sein Flüstern kaum hörbar.

Ich richtete mich auf. «Du wirst mich für einen seltsamen Mann halten, Gunnald», sagte ich, «denn es gefällt mir nicht, wenn Frauen geschlagen oder geschändet werden. Hältst du das für seltsam?» Er sah mich einfach nur an, dann senkte er seinen Blick wieder. «Halfdan hat Frauen schlecht behandelt», sagte ich. «Erinnerst du dich an Halfdan?»

«Ja, Herr», flüsterte er.

«Erzähl mir von ihm.»

«Ich soll Euch von ihm erzählen, Herr?»

«Erzähl mir von ihm!», trieb ich ihn an.

Es gelang ihm, mich wieder anzusehen. «Er hatte einen Hof auf der anderen Seite der Brücke, Herr», sagte er. «Er hat mit meinem Vater Geschäfte gemacht.»

«Er ist gestorben, stimmt das?»

«Halfdan, Herr?»

«Ja.»

«Er ist gestorben, Herr. Er wurde getötet.»

«Getötet!» Ich gab mich überrascht. «Wer hat ihn getötet?»

«Das weiß niemand, Herr.»

Ich ging wieder in die Hocke. «Das war ich, Gunnald», flüsterte ich. «Ich habe ihn getötet.»

Die einzige Antwort war ein Wimmern. Dann erklangen Schritte auf der Treppe, und als ich mich umdrehte, sah ich Pater Oda, Vidarr Leifson und Benedetta in den Speicher kommen. Benedettas Gesicht lag im Schatten ihrer Kapuze. Ein neues Wimmern lenkte meinen Blick wieder auf Gunnald, der nun am ganzen Körper zitterte, allerdings nicht vor Kälte. «Ihr, Herr?»

«Ich habe Halfdan getötet», sagte ich. «Er war auch fett.»

Diese Tötung hatte Jahre zuvor und in einem Hof am Fluss stattgefunden, der Gunnalds Hof nicht unähnlich gewesen war. Halfdan hatte geglaubt, ich wäre gekommen, um Sklaven zu kaufen, und er hatte mich mit überschwänglicher Höflichkeit willkommen geheißen. Ich erinnere mich noch an seinen kahlen Kopf, seinen Bart, der ihm bis zum Gürtel herabhing, sein falsches Lächeln und seinen dicken Wanst. Finan hatte mich an diesem Tag begleitet, und beide hatten wir an die Monate gedacht, in denen wir gemeinsam versklavt gewesen waren, an die Bank eines Sklavenhändlerschiffs gekettet, mit der Peitsche über das eiskalte Meer getrieben und nur am Leben gehalten von unseren Rachegedanken. Wir hatten gesehen, wie unsere Rudergefährten zu Tode gepeitscht wurden, hatten das Schluchzen der Frauen gehört und gesehen, wie schreiende Kinder zum Haus unseres Besitzers gezerrt wurden. Halfdan war für all dieses Elend nicht verantwortlich gewesen, aber er hatte trotzdem dafür bezahlt. Finan hatte ihm die Kniesehnen durchgeschnitten, und ich hatte ihm die Kehle aufgeschlitzt, und an demselben Tag hatten wir Merasa befreit, eine dunkelhäutige junge Frau, die aus den Landen jenseits des Mittelmeers stammte. Sie hatte Pater Cuthbert geheiratet und lebte nun in Bebbanburg. Wyrd bið ful ãræd.

«Halfdan», noch immer kauerte ich dicht vor dem

zitternden Gunnald, «hat seine Sklavinnen gern geschändet. Schändest du deine Sklavinnen?»

Trotz seiner Angst war Gunnald schlau genug, um zu begreifen, dass ich diese seltsame Abneigung gegenüber Sklavenhändlern hegte, die ihren eigenen Besitz schändeten. «Nein, Herr», log er.

«Ich kann dich nicht hören», sagte ich und richtete mich wieder auf, dieses Mal mit seinem aufgegebenen Schwert in der Hand.

«Nein, Herr!»

«Und du behandelst deine Sklaven gut?»

«Ja, Herr, das tue ich, Herr!» Inzwischen klang er verzweifelt.

«Es freut mich, das zu hören», sagte ich und warf Gunnalds Schwert Finan zu, dann zog ich Wespenstachel und hielt den Sax mit dem Heft voran Benedetta hin. «Du wirst den Umgang hiermit leichter finden», erklärte ich ihr.

«Danke», sagte sie.

Pater Oda wollte etwas einwenden, dann sah er mich an und überlegte es sich anders. «Eine Sache noch», sagte ich und kehrte zu dem knienden Gunnald zurück. Ich stellte mich hinter ihn und zog ihm das zerrissene Kettenhemd über den Kopf, sodass er nur noch ein dünnes Wollgewand trug. Als das Kettenhemd vor seinem Gesicht vorbeigeglitten war und er wieder sehen konnte, keuchte er auf, denn Benedetta hatte ihre Kapuze zurückgeschoben. Er stammelte etwas, dann wurde das Stammeln zu einem kläglichen Stöhnen, als er den Hass auf ihrem Gesicht und die Klinge in ihrer Hand sah. «Ihr beide kennt euch, glaube ich», sagte ich.

Gunnalds Lippen bewegten sich noch oder bebten zumindest, doch ohne dass ein Laut von ihm kam. Benedetta drehte das Schwert so, dass der Stahl in dem schwachen Licht des Speichers aufblitzte. «Nein, Herr!», brachte Gunnald voll Grauen heraus, während er rückwärts rutschte. Ich versetzte ihm einen kräftigen Tritt, er wurde still, und dann stöhnte er erneut, als seine Blase nachgab.

«*Porco*!», fauchte Benedetta.

«Pater Oda», sagte ich, «kommt mit uns nach unten. Vidarr, du bleibst hier.»

«Gewiss, Herr.»

«Greif nicht ein. Sorge nur dafür, dass es ein gerechter Kampf wird.»

«Ein gerechter Kampf, Herr?», fragte Vidarr verdutzt.

«Er hat einen Schwanz, sie hat ein Schwert. Das erscheint mir gerecht.» Ich lächelte Benedetta an. «Es eilt nicht. Bis wir aufbrechen, dauert es noch eine Weile. Komm, Finan! Du, Mädchen!» Ich schaute zu dem Bett. «Bist du angezogen?» Die Kleine nickte. «Dann komm!»

An einem Nagel im Treppenpfosten hing eine aufgerollte Peitsche aus geflochtenem Leder. Ich nahm sie und sah getrocknetes Blut an ihrer Spitze. Ich warf die Peitsche Vidarr zu, dann stieg ich die Treppe hinunter.

Ließ Benedetta, Vidarr und Gunnald allein auf dem Speicher zurück.

Und Gunnald schrie, noch bevor ich das mittlere Stockwerk erreicht hatte.

«Die Kirche», sagte Pater Oda zu mir, als wir unten angekommen waren, «billigt die Sklaverei nicht, Herr.»

«Und doch habe ich Kirchenmänner gekannt, die Sklaven besessen haben.»

«Es widerspricht dem Anstand», fuhr er fort, «allerdings verbietet es die Schrift nicht.»

«Was wollt Ihr mir damit sagen, Pater?»

Er zuckte zusammen, als ein weiterer Schrei erklang, der schrecklicher war als alle anderen, die bei unserem Weg nach unten auf unsere Ohren eingestürmt waren.

«Gut gemacht, Mädchen», murmelte Finan.

«Die Rache muss Gott vorbehalten sein», erklärte Pater Oda, «und nur Gott.»

«Eurem Gott», sagte ich schroff.

Wieder zuckte er zusammen. «In seinem Römerbrief», kam es von dem Priester, «sagt uns Paulus, dass wir die Rache dem Herrn überlassen sollen.»

«Der Herr hat sich viel Zeit damit gelassen, Benedetta zu rächen», erwiderte ich.

«Und der fette Bastard hat es verdient, Pater», warf Finan ein.

«Zweifellos, aber indem ihr sie ermutigt habt», nun sah er mich an, «habt Ihr sie dazu ermutigt, eine Todsünde zu begehen.»

«Ihr könnt ihr später die Beichte abnehmen», sagte ich knapp.

«Sie ist eine schwache Frau», sagte Oda, «und ich würde ihrer Schwachheit keine Sünde aufbürden, die sie von der Gnade Gottes ausschließt.»

«Sie ist stärker, als Ihr denkt», gab ich zurück.

«Sie ist eine Frau!», sagte er ernst. «Und Frauen sind

die schwächeren Gefäße. Ich habe Schuld auf mich geladen», er hielt deutlich beunruhigt inne, «ich hätte sie aufhalten sollen. Wenn dieser Mann den Tod verdient, dann hätte er ihn von Eurer Hand empfangen sollen, nicht von ihrer.»

Er hatte natürlich recht. Ich bezweifelte nicht, dass Gunnald für seine zahlreichen Untaten den Tod verdiente, doch was ich gerade auf dem Speicher des Sklavenhändlers entfesselt hatte, war grausam. Ich hatte ihn zu einem langsamen, schrecklichen und qualvollen Tod verurteilt. Ich hätte der Gerechtigkeit mit einem schnellen Töten Genüge tun können, so schnell, wie ich Halfdan vor all den Jahren getötet hatte, doch stattdessen hatte ich mich für Grausamkeit entschieden. Warum? Weil ich wusste, dass Benedetta diese Wahl erfreuen würde. Ein weiterer Schrei ertönte, verklang, stieg wieder auf. «Es widerspricht dem Anstand», wiederholte Pater Oda, «dass Ihr den ewigen Seelenfrieden dieser Frau in Gefahr gebracht habt!» Er klang leidenschaftlich, und ich fragte mich, ob sich der dänische Priester zu Benedetta hingezogen fühlte, und dieser Gedanke versetzte mir einen Stich der Eifersucht. Sie war schön, unbestreitbar schön, doch ihre Schönheit war von etwas Düsterem beherrscht und ihre Seele von Zorn. Ich sagte mir, dass sie sich mit Wespenstachel von diesen Schatten befreien würde.

«Ihr betet für sie, Pater», erklärte ich herablassend, «und ich sehe nach dem Schiff, das uns nach Hause bringen wird.» Ich ging mit Finan in das frühe Sonnenlicht hinaus. Gunnalds Schreie waren verklungen, und die lautesten Geräusche kamen von den Möwen, die um einen Tierkadaver kämpften, der auf dem jenseitigen Ufer der Temes im Schlamm angeschwemmt worden war. Eine leichte Böe, zu schwach, um einem Seemann von Nutzen zu sein, kräuselte den Fluss. Gunnald hatte, als er noch lebte, zwei Anlegeplätze besessen, beide durch Zäune aus Holzstäben geschützt. Sein Schiff lag an der Anlegestelle auf der linken Seite, ein langes Schiff mit breitem Rumpf, gebaut für Fahrten über weite Entfernungen. Das Schiff wirkte schwerfällig. Die Planken waren dunkel, beinahe pechschwarz, und an der Wasserlinie hatte sich ein dichter Algensaum gebildet. Ein Segel war an die Rah gerollt, doch das Tuch wirkte zerlumpt, und es war mit Vogelkot verkrustet. Ich ging zu der Anlegestelle und blieb dort stehen. Finan war mit mir gekommen, er fluchte, und dann fing er an zu lachen. «Und dieses Schiff bringen wir nach Bebbanburg?», fragte er.

In dem breiten Kielraum des Schiffs stand Wasser. Die dunkle Farbe der Planken rührte nicht von Teer, sondern von Holzfäule. Ein halbes Dutzend Riemen lag in dem Schiff, nur noch als Feuerholz zu gebrauchen, die Schäfte verzogen und die Blätter gesprungen. Eine Möwe kreischte mich an. Ich stieg auf eine beunruhigend ächzende Ruderbank hinunter, stieß mit Schlangenhauch in den Schiffsrumpf, und die Schwertspitze versank in dem Holz wie in einem Schwammpilz. Dieses Schiff konnte den Fluss nicht überqueren, ganz zu schweigen davon, uns nach Bebbanburg zu bringen.

Ich hatte ein Wrack erobert.

Finan grinste. «Wir sind schneller, wenn wir nach Bebbanburg schwimmen!»

«Das könnte uns noch bevorstehen», gab ich

schlechtgelaunt zurück. «Es ist meine Schuld. Ich hätte Oswi als Späher schicken sollen. Nicht die Jungen.»

«Ich glaube, es liegt auf Grund», sagte Finan.

Ich stieg wieder auf den Kai und schaute über das unbrauchbare Schiff hinweg zu dem anderen, leeren Anlegeplatz. «Benedetta meinte, er hat zwei Schiffe gehabt.»

Finan folgte meinem Blick und zuckte mit den Schultern. «Ein zweites Schiff nützt uns nicht viel, wenn es nicht hier ist», sagte er. Ich schwieg. «Vielleicht hat er es mit einer Ladung Sklaven ins Frankenreich geschickt», überlegte Finan laut. «Es heißt, dass man dort höhere Preise erzielen kann.»

Das hätte den leeren Anlegeplatz erklärt. «Wie viele Sklaven haben wir hier befreit?»

«Ein Dutzend Frauen, vier Kinder und drei halbverhungerte junge Männer.»

«Ich habe mehr erwartet.»

«Dann ist sein zweites Schiff vielleicht in ein oder zwei Tagen zurück!»

«Vielleicht», knurrte ich. Ich hob meinen Blick über den leeren Anlegeplatz und sah, dass uns vier Wachen von der hohen Brustwehr der Brücke beobachteten, die einen guten Bogenschuss entfernt war. Ich winkte ihnen zu, und nach kurzem Zögern winkte einer der Männer zurück. Ich glaubte nicht, dass sie etwas von der Unruhe bei unserer Eroberung des Hofs mitbekommen hatten, und auch wenn sie Gunnalds verzweifelte Schmerzensschreie wahrscheinlich hatten hören können, würden ihnen solche Töne aus dem Lagerhaus eines Sklavenhändlers sicher nicht ungewöhnlich erscheinen.

«Und was tun wir jetzt?», fragte Finan.

«Wir denken nach», gab ich scharf zurück, aber in Wahrheit hatte ich nicht die geringste Vorstellung davon, was wir tun sollten. Mein Vater, ging es mir durch den Kopf, hatte recht gehabt. Ich handelte unüberlegt, ich hatte mich von den Angriffen auf meine Schiffe aufstacheln lassen, hatte meinen Eid gegenüber Æthelstan als Vorwand genutzt und war in den Süden gekommen, um Æthelhelm aufzuspüren und zu töten. Nun war die *Spearhafoc* verschwunden, und ich saß in einer vom Gegner besetzten Stadt in der Falle. «Wir warten auf das zweite Schiff, schätze ich. Zu schade, dass wir Gunnald nicht mehr fragen können, wo es ist.»

«Wir können seine Männer fragen, sie werden es wissen.»

Benedetta kam über den Kai zu uns. Ihre Kapuze war noch immer zurückgeschoben, sodass ihr schwarzes, nun lose fallendes Haar in der Sonne glänzte. In meinen Augen sah sie aus wie eine Walküre, eine der Götterbotinnen, die getötete Krieger zur Festhalle in Walhall bringen. Sie lächelte nicht, ihr graues Gewand wies rote Spritzer auf, und Wespenstachel war bis zum Heft mit geronnenem Blut beschmiert. Ich warf einen schnellen Blick zu der Brustwehr der Brücke, fragte mich, was die Wachen von einer blutbesudelten Klinge halten würden, doch sie hatten uns alle den Rücken zugekehrt. «Ich werde es für Euch abwaschen, Herr», sagte Benedetta und hielt das Schwert vor mir hoch.

«Gib es einem der Jungen», sagte ich. «Aldwyn kann es reinigen.»

«Und danke, Herr.»

Ich sah in ihre graugrünen Augen. «Pater Oda meint, ich habe dich dazu ermutigt, eine Sünde zu begehen.»

«Gerade dafür danke ich Euch, Herr.»

«Habt Ihr den Bastard leiden lassen?», fragte Finan.

«Seine Schreie waren gewiss bis in die Hölle zu hören», sagte sie.

«Dann habt Ihr es gut gemacht, in der Tat!», bemerkte der Ire freudig.

«Ich habe getan, wovon ich seit über zwanzig Jahren geträumt habe. Ich bin glücklich.» Sie musterte das Wrack. «Ist das hier das Schiff?»

«Nein», sagte ich.

«Dann ist es gut», sagte sie ernst und brachte Finan und mich damit zum Lachen.

«Das ist nicht lustig», erklärte Finan.

«Ganz und gar nicht», stimmte ich immer noch lachend zu.

Dann begann jemand, von der Straße aus an das Tor zu hämmern, und einen Moment später rannte Aldwyn zu uns. «Herr, Herr! Da sind Krieger vor dem Tor! Krieger!»

«Gott steh uns bei», sagte Finan.

Denn irgendjemand musste es tun.

Wieder wurde an das Tor gehämmert. Ich war durch das Lagerhaus in den Hof gehastet und öffnete die kleine Luke in dem Tor. Es waren nur zwei Krieger, beide mit Kettenhemden und gelangweiltem Blick, und sie hatten zwei Männer bei sich, offenkundig Bedienstete, denn sie standen neben einem Handkarren, der mit zwei Fässern beladen war. «Ich öffne das Tor!», rief ich.

«Lass dir ruhig Zeit!», gab einer der Männer im Kettenhemd säuerlich zurück.

Finan und Vidarr waren bei mir. Außerdem lagen da noch zwei Tote und zwei abgeschlachtete Hunde auf dem Hof. Ich deutete auf sie und dann auf den Stall, und Finan packte den einen Leichnam, Vidarr den anderen, und sie begannen, die Toten außer Sichtweite zu ziehen.

«Beeilung!», wurde vor dem Tor gerufen.

«Ich beeile mich ja!», rief ich zurück und hob den ersten Sperrbalken. Ich ließ ihn geräuschvoll fallen und sah Vidarr die Hunde in den Stall schleifen. Ich hob den anderen Balken, ließ mir Zeit, wartete, bis Finan die Stalltür geschlossen hatte, und dann drückte ich das Tor auf.

Einer der beiden Männer, die ich für Bedienstete gehalten hatte, war offenbar so von meinem Erscheinen überrascht, dass er einen Schritt zurücktrat. «Wer seid Ihr?», fragte er.

«Und wer bist du?», erwiderte ich grob.

«Ich bin der Hilfsverwalter aus dem Palast», antwortete er unruhig, «und ich liefere die Vorräte, was sonst? Aber wo ist Ælfrin?»

«Krank», sagte ich, während mir mit einem Mal bewusst wurde, dass ich mein Hammeramulett sichtbar trug. Der Mann, der mir die Frage gestellt hatte, sah es und musterte mich misstrauisch.

«Krank?»

«Fieber.»

«Die meisten der Männer schwitzen wie die Schweine», ergänzte Finan meine Geschichte, «und die Sklaven auch. Ein paar sind sogar schon tot.»

Der Mann trat einen weiteren Schritt zurück, ebenso wie die zwei Krieger. Beide wirkten stark und selbstsicher, doch auch der selbstsicherste Krieger, der die Hölle des Schildwalls durchlebt hat, fürchtet sich vor der Pest. Finan fürchtete sie ebenfalls, und er bekreuzigte sich, denn gewiss waren ihm die Gerüchte von der Krankheit im Norden in den Sinn gekommen.

«Schickt euch der Herr Varin?», fragte ich.

«Freilich», sagte der Hilfsverwalter. «In den letzten beiden Wochen konnten wir nichts bringen, weil die Männer des schönen Knaben das Sagen hatten, aber jetzt ist alles wieder normal.»

«Im Namen Christi, beeilt euch», knurrte einer der Krieger.

«Und Gunnald hat Euch angeheuert?», fragte mich der Hilfsverwalter.

Ich deutete auf das Lagerhaus. «Geh und frag ihn.»

«Er schwitzt auch», sagte Finan, «Gott schütze ihn.»

«Vier Schillinge», sagte der Mann, der die Unterhaltung offensichtlich satthatte. Er deutete auf den Handkarren. «Bezahlt einfach und nehmt die Fässer.»

«Ich dachte, es wären nur zwei.» Finan hatte den Verstand zu feilschen. «Gunnald hat gesagt, zwei Schillinge.»

Einer der Krieger trat auf uns zu. «Vier Schillinge», blaffte er. «Sie haben uns beide angeheuert, um Eure verdammten Vorräte zu bewachen, also ist der Preis gestiegen. Vier Schillinge.»

Ich tastete nach meinem zusehends leichter werdenden Beutel, gab dem Hilfsverwalter vier Schillinge und half Finan und Vidarr, die beiden Fässer in den Hof zu tragen. Sie stanken.

«Bis nächste Woche!», sagte der Hilfsverwalter. Er gab jedem der Krieger einen Schilling, behielt die beiden anderen ein, und dann gingen alle vier davon.

Ich schloss und verriegelte das Tor. «Was hatte das zu bedeuten?», fragte ich.

Finan stieß einen angeekelten Laut aus. Er hatte den Deckel von einem der Fässer gehoben, das zu zwei Dritteln mit trübem Ale gefüllt war. Er tauchte einen Finger hinein und kostete. «Sauer», sagte er, «schmeckt schlimmer als Dachspisse.»

«Woher weißt du das?», fragte Vidarr.

Finan beachtete ihn nicht, sondern öffnete das zweite Fass und wich zurück, als der Gestank im Hof noch schlimmer wurde. «Lieber Herr Jesus! Und dafür haben wir Silber bezahlt?»

Ich ging zu den beiden Fässern hinüber und sah, dass das zweite halb voll mit Fleisch war, das ich für Schwein hielt, allerdings war dieses Schweinefleisch mit ranzigem Fett durchzogen und wimmelte von Maden. «Gunnald hat gesagt, er gibt ihnen Fleisch zu essen», murmelte ich.

«Ist das Baumrinde?» Finan beugte sich über das Fass und stocherte mit dem Zeigefinger in dem vergammelten Fleisch. «Die Bastarde haben es mit Rinde gemischt!»

Ich rammte den Deckel an seinen Platz zurück. «Woher bekommen sie diesen Dreck?» Die Antwort gab uns einer der gefangenen Wachmänner, der uns erzählte, dass Gunnald eine Abmachung mit dem Verwalter des Palastes hatte, der überzähliges Ale und Lebensmittel verkaufte, um die Sklaven zu ernähren. «Die Frauen kochen es in der Küche», sagte er.

«Das hier werden sie nicht kochen», sagte ich und befahl, den Inhalt der Fässer in den Fluss zu kippen. Der gefangene Wachmann erzählte uns noch mehr, nämlich dass Gunnalds Sohn Sklaven ins Frankenreich gebracht hatte und das Schiff nun seit drei Tagen fort war. «Wollte er auch Sklaven kaufen?», fragte ich.

«Nur verkaufen, Herr.» Der Gefangene hieß Deogol. Er war jünger als die drei anderen Gefangenen und eifrig bemüht, es mir recht zu machen. Er war Westsachse und hatte eine Hand im Kampf verloren, als Edward in Ostanglien eingefallen war. «Ich konnte zu Hause nicht arbeiten», hatte er erklärt und den Stumpf seines rechten Armes gehoben, «und Gunnald hat mir Arbeit gegeben. Ein Mann muss essen.»

«Gunnalds Sohn verkauft also Sklaven?»

«Der Krieg ist nicht gut für den Handel, sagen sie. Die Preise in Lundene sind niedrig, deshalb verkauft er die beste Ware drüben auf der anderen Seite der See. Alle, bis auf…» Er hielt inne, entschied, nichts weiter zu sagen, doch ich sah ihn einen Blick zu der Treppe werfen.

«Bis auf die Mädchen, die oben waren?», fragte ich.

«Ja, Herr.»

«Warum verkauft er sie nicht? Sie scheinen mir wertvoll zu sein.»

«Das sind seine Mädchen, Herr», sagte Deogol kläglich. «Eigentlich die Mädchen seines Vaters, aber die beiden teilen sie sich.»

«Gunnald Gunnaldson und sein Sohn?», fragte ich, und Deogol nickte nur. «Wie heißt der Sohn?»

«Lyfing, Herr.»

«Wo ist seine Mutter?»

«Tot, Herr.»

«Und wer rudert sein Schiff?»

«Sklaven, Herr.»

«Wie viele?»

«Es sind nur zwanzig Riemen», sagte Deogol, «zehn auf jeder Seite.»

«So ein kleines Schiff?»

«Aber es ist schnell», sagte er. «Für das alte da», er wies mit dem Kinn zu dem Wrack an der Anlegestelle, «wurden doppelt so viele Männer gebraucht, und es war trotzdem schwer zu bewegen.»

Also hatte Gunnald ein kleineres, leichteres Schiff gekauft, für das weniger Ruderleute erforderlich waren und das, wenn unser Gefangener recht hatte, schnell genug war, um den meisten Friesen oder Dänen zu entkommen, die nach leichter Beute suchten. Und dieses leichtere Schiff konnte jeden Tag zurückkommen, doch in der Zwischenzeit hatte ich neunzehn befreite Sklaven, vier gefangene Wachleute, ein Dutzend Kinder, meine sieben Männer, einen Priester, Benedetta und die beiden Pferde im Stall durchzufüttern. Glücklicherweise gab es in der Küche ein Dutzend Säcke mit Hafer, einen Berg Feuerholz, eine gemauerte Feuerstelle, in der immer noch Glut war, und einen großen Kessel. Wir würden nicht verhungern. «Aber dieser Mäusedreck darin ist eine Schande», sagte Finan, der eine Handvoll Hafer beäugte.

«Wir haben schon Schlimmeres gegessen.»

Benedetta, auf deren Gewand die Blutflecken getrocknet waren, fand zu uns in die Küche, einem schmierigen Schuppen am Kai. Sie kam mit Alaina, hatte dem Mädchen den Arm um die Schultern gelegt. «Sie hat Hunger.»

«Wir kochen Hafersuppe», sagte ich.

«Ich kann Haferfladen machen», sagte Alaina strahlend.

«Dann brauchen wir Schmalz», erklärte Benedetta und begann, Kisten und Krüge zu durchforsten, die auf einem Regal standen, «und Wasser. Salz, wenn es welches gibt. Hilf mir suchen!»

«Ich mag Haferfladen», verkündete Alaina.

Ich sah Benedetta fragend an, und sie lächelte. «Alaina macht sich gut», sagte sie, «sie ist ein liebes Mädchen.»

«Und Ihr werdet meine Mama finden?», fragte mich Alaina ernst.

«Natürlich wird er das!», antwortete Benedetta an meiner Stelle. «Der Herr Uhtred kann alles!»

Der Herr Uhtred, dachte ich, würde ein Wunder brauchen, um die Mutter des Kindes zu finden, ganz zu schweigen davon, aus Lundene zu entkommen, doch im Moment war alles, was ich tun konnte, auf die Rückkehr des Sklavenschiffs zu warten. Ich gab Anweisung, die Toten zum Kai zu bringen und an den westlichen Zaun zu legen, sodass sie vor neugierigen Blicken von der Brücke verborgen waren. Sobald es dunkel geworden war, würden wir sie in den Fluss schieben. Gunnalds fetter, blasser, blutüberströmter Leichnam wurde die Treppe heruntergeschleift, wobei sein verzerrtes, augenloses Gesicht dumpf auf jede Stufe schlug. Ich durchsuchte seinen Speicherunterschlupf und fand einen groben Kasten voller Geld. Da waren westsächsische und mercische Schillinge, dänisches Hacksilber und northumbrisches Gold neben friesischen, fränkischen und anderen, fremden Münzen, von denen einige Schriftzeichen einer Sprache trugen, die mir nie zuvor begegnet war. «Die kommen aus Afrika», erklärte Benedetta und betastete ein großes, rundes Silberstück. «Es sind *Saraceni*-Münzen. Wir haben sie in Lupiae benutzt.» Sie legte die Münze wieder zu dem übrigen Geld. «Wie sicher sind wir?», fragte sie.

«Sicher genug», versuchte ich sie zu beruhigen und hoffte zugleich, dass meine Worte zutrafen. «Die Ostanglier werden denken, wir wären alle auf der *Spearhafoc* entkommen. Also suchen sie nicht nach uns.»

«Und die *Spearhafoc*», sie hatte Schwierigkeiten, den unvertrauten Namen auszusprechen, «ist wo?»

«Längst auf dem Weg nach Hause, hoffe ich.»

«Und werden Eure Leute Hilfe schicken?»

«Sie werden nicht einmal wissen, ob wir noch am Leben sind», sagte ich, «wenn sie also einen Funken Verstand besitzen, dann schließen sie die Festungstore, lassen die Wehrmauern bewachen und warten auf Neuigkeiten.»

«Und was tun wir?»

«Wir erbeuten Gunnalds zweites Schiff», sagte ich, «und folgen der *Spearhafoc* in die Heimat.»

«Und bis dahin bleiben wir hier?»

«Besser als in dem Keller mit der Jauchegrube.»

«Herr!», rief Beornoth vom Fuß der Treppe. «Das werdet Ihr sehen wollen!»

Ich ging hinunter zu der Anlegestelle und folgte Beornoth zum Ende des westlich gelegenen Kais, wo Finan auf uns wartete. Der Ire wies mit einem Kopfnicken flussabwärts. «Jede Menge von den Bastarden», sagte er.

Vier Schiffe wurden flussauf gerudert. Sie sahen nach sächsischen Schiffen aus, groß und schwer, und alle vier trugen ein Kreuz auf dem Bug. Es herrschte Ebbe, sodass das Wasser zischend zwischen den Brückenpfeilern hindurchrauschte, doch anscheinend wollte keines der Schiffe weiter stromauf fahren, denn die Segel aller vier Schiffe waren an die Rah gerollt, und keine der Mannschaften machte sich daran, den Mast zu senken. Stattdessen begannen sie eine Wende hin zu den Anlegeplätzen stromab der Brücke. Die Steuermänner kämpften gegen Ebbe und Strömung, und als sie drehten, sah ich, dass sich in den breiten Kielräumen Männer drängten, und dass viele dieser Männer den dunkelroten Umhang trugen, der Æthelhelms Zeichen war. «Die Verstärkungseinheiten», sagte ich.

«Jede Menge von den Bastarden», wiederholte Finan.

Mein einziger Trost, während ich meine Gegner dabei beobachtete, wie sie noch mehr Männer in die Stadt brachten, bestand darin, dass die *Spearhafoc* nicht im Schlepptau mitgezogen oder von ihnen zurückgerudert wurde. Nicht dass vier so schwerbeladene Schiffe überhaupt imstande gewesen wären, mein Schiff zu überholen und zu erbeuten, doch es deutete darauf hin, dass Berg und seine Mannschaft an ihnen vorbeigeschlüpft und nun auf dem Weg in den Norden waren. Diese

Überlegung brachte mich auf Bebbanburg und die Gerüchte von der Pest. Ich berührte mein Hammeramulett und betete zu den Göttern darum, dass mein Sohn in Sicherheit war, dass seine Gefangenen gut bewacht wurden und dass Eadgifu und ihre Kinder nicht erkrankten. Ich hatte ihre Söhne vor Æthelhelms Arglist gerettet, aber hatte ich sie stattdessen einem qualvollen Tod durch die Pest entgegengeschickt?

«An was denkst du?» Finan hatte mich meinen Thorshammer berühren sehen.

«Daran, dass wir uns hier verstecken», sagte ich, «wir warten ab, und dann gehen wir nach Hause.»

Nach Hause, dachte ich sehnsüchtig. Ich hätte niemals von dort weggehen sollen.

Wir konnten nichts tun, außer zu warten. Das Schiff unter dem Befehl von Gunnalds Sohn konnte jeden Moment zurückkehren, was bedeutete, dass ich Männer abstellen musste, die an der Anlegestelle Ausschau hielten, und andere Männer, die das Hoftor bewachten, und wieder andere in dem Lagerhaus, in dem wir die gefangen genommenen Wachen in einen der Sklavenkäfige gesperrt hatten. Die Sklaven selbst waren weder angekettet noch eingesperrt, doch ich hatte ihnen verboten zu gehen, weil mir die Gefahr zu groß erschien, dass einer von ihnen unserer Anwesenheit verraten könnte.

Nachts hatten wir die nackten Leichen in den Fluss geschoben. Die Ebbe und die Strömung mussten sie Richtung Osten getragen haben, doch ich war sicher, dass die Körper auf einer Sandbank stranden würden, lange bevor sie die See erreichten. Niemand würde sie sonderlich beachten, denn in diesem Sommer gab es viele Leichen, weil Männer um den Thron von Wessex rangen.

Weitere Schiffe brachten weitere Männer nach Lundene, Verstärkungstruppen für Jarl Varin, der noch immer im Auftrag Æthelhelms die Garnison befehligte. Das wussten wir, weil nach zwei Tagen ein Ausrufer in der alten Stadt bekannt machte, dass die Leute auch nach Anbruch der Dunkelheit wieder draußen sein durften, und trotz Finans hartnäckiger Warnung ging ich an diesem Abend zu einem großen Gasthaus am Fluss namens *Wulfred's Tavern*, auch wenn es jedermann den Toten Dänen nannte, weil die Ebbe einst einen dänischen Krieger enthüllt hatte, der auf einem der verrottenden Pfosten einer alten Anlegestelle aufgespießt gewesen war. Eine Hand des Mannes hing über Jahre hinweg an den Türpfosten des Wirtshauses genagelt, und jeder der hineinging, berührte einen Finger. Die Hand war lange verschwunden, doch das grobgemalte Bild eines Toten zierte noch immer das Schild über dem Eingang. Ich schob mich hinein, gefolgt von Pater Oda und Benedetta.

Oda hatte mir die Begleitung vorgeschlagen. «Ein Priester fordert Respekt heraus», hatte er behauptet, «nicht Misstrauen. Und Benedetta sollte auch mitkommen, als meine Frau.»

Ich musste mich zügeln, als er Benedetta als seine Frau bezeichnete, doch ich war klug genug, meine Gereiztheit nicht zu zeigen. «Es ist nicht sicher für Frauen», sagte ich.

«Frauen sind den ganzen Tag auf der Straße gewesen», sagte Oda ruhig.

«Benedetta sollte hierbleiben», beharrte ich.

«Die Ostanglier», sagte Oda geduldig, «müssen ahnen, dass sich noch Flüchtlinge in der Stadt verstecken. Sie werden nach jungen Männern suchen, nicht nach einem Priester und seiner Frau. Ihr wollt doch Neuigkeiten erfahren, oder? Also lasst uns mitkommen. Fremde vertrauen einem Priester.»

«Und wenn Ihr erkannt werdet?»

Er hatte den Kopf geschüttelt. «Ich habe Ostanglien als bartloser Jüngling verlassen. Niemand wird mich jetzt noch erkennen.»

Ich hatte mich in einen großen, dunklen Umhang gehüllt. Ich hatte sowohl Gunnalds Speicher als auch den Raum darunter durchstöbert, in dem sein Sohn wohnte, und dort diesen Kapuzenumhang entdeckt. Ich legte ihn um, gürtete mich mit einem Strick, lieh mir von Gerbruht ein Holzkreuz und hängte es mir um den Hals. Ich trug kein Schwert, nur ein Messer, das unter dem weiten Umhang verborgen war. «Du siehst aus wie ein Mönch», hatte Finan gesagt.

«Gott segne dich, mein Sohn.»

Wir fanden einen Tisch in einer dunklen Ecke des Gasthauses. Es war recht voll. Auf einer Seite des großen Raumes saßen ein paar Leute aus der Stadt, sowohl Frauen als auch Männer, doch die meisten Gäste gehörten zu den Kampftruppen. Fast alle trugen Schwerter, und sie sahen uns neugierig an, wandten aber schnell den Blick ab, als Pater Oda in ihre Richtung ein Kreuz in die Luft zeichnete. Sie waren gekommen, um zu trinken, nicht, um sich eine Predigt anzuhören. Einige waren für mehr als das Trinken gekommen, und sie stiegen die Holztreppe zu den Zimmern hinauf, in denen die Wirtshaushuren ihrem Gewerbe nachgingen. Jeder, der hinaufging, löste Beifall und Jubel unter seinen Gefährten aus, raues Gelärm, das Pater Oda mit einem Stirnrunzeln bedachte, auch wenn er nichts sagte.

«Die Männer, die dort hinaufgehen…», begann Benedetta.

«Ja», gab Oda knapp zurück.

«Das sind junge Männer», sagte ich, «weit weg von zu Hause.»

Eine reizlose junge Frau kam an unseren Tisch, und wir bestellten Ale, Brot und Käse. «Lebt Wulfheard noch?», fragte ich.

Sie sah mich an, konnte unter dem tiefen Schatten meiner Kapuze jedoch nichts erkennen. «Er ist gestorben, Pater.» Offenkundig hielt sie mich für einen weiteren Priester.

«Schade», sagte ich.

Sie zuckte mit den Schultern. «Ich bringe Euch ein Binsenlicht», sagte sie.

Ich zeichnete vor ihr ein Kreuz in die Luft. «Gott segne dich, mein Kind», sagte ich und erntete ein missbilligendes Einatmen von Oda.

Als der Abend fortschritt, begannen die Ostanglier zu singen. Das erste Lied war auf Dänisch, ein Klagelied der Seefahrer um die Frauen, die sie zurückgelassen hatten, doch dann übertönten die Sachsen in dem Wirtshaus die Dänen mit einem alten Lied, das eindeutig für unsere Ohren bestimmt war, und Pater Oda starrte bei den Worten finster in sein Ale. Benedetta brauchte länger, um es zu verstehen, dann sah sie mich mit großen Augen an. «Es heißt ‹Die Frau des Gerbers›», sagte ich und schlug den Takt auf dem Tisch mit.

«Aber es handelt doch von einem Priester?», fragte Benedetta. «Oder nicht?»

«Doch», zischte Pater Oda.

«Es handelt von der Frau eines Gerbers und einem Priester», sagte ich. «Sie geht zum Beichten zu ihm, und er sagt, dass er nicht versteht, was sie da beichtet, und fordert sie auf, es ihm zu zeigen.»

«Es mit ihm zu tun, meint Ihr?»

«Es mit ihm zu tun», sagte ich, und zu meiner Überraschung lachte sie.

«Ich dachte, wir wären hier, um Neuigkeiten zu erfahren», knurrte Pater Oda.

«Die Neuigkeiten werden von selbst zu uns kommen», sagte ich, und tatsächlich trat einen Moment später, als die ungehobelten Truppen zum nächsten Lied übergegangen waren, ein Mann mittleren Alters mit einem Alekrug und einem Becher an unseren Tisch. Er trug einen kurzgestutzten grauen Bart, das Heft seines Schwertes war abgenutzt, und er hinkte leicht, was von einem Speerstoß in einem Schildwall rühren mochte. Fragend sah er Pater Oda an, der zustimmend nickte, und so setzte sich der Mann auf die Bank mir gegenüber. «Ich bitte um Entschuldigung für dieses Lied, Pater.»

Oda lächelte. «Ich hatte schon früher mit Truppenangehörigen zu tun, mein Sohn.»

Der Mann, der alt genug aussah, um Odas Vater zu

sein, hob seinen Becher. «Dann auf Eure Gesundheit, Pater», sagte er.

«Ich bete zu Gott, dass sie gut ist», gab Oda vorsichtig zurück, «ebenso wie deine.»

«Seid Ihr Däne?», fragte der Mann.

«Ich bin Däne», bestätigte Oda.

«Ich auch. Jorund», stellte er sich vor.

«Ich bin Pater Oda, und dies sind meine Frau und mein Onkel.» Oda sprach nun Dänisch.

«Was bringt Euch nach Lundene?», fragte Jorund. Er war freundlich, klang nicht misstrauisch, aber ich zweifelte nicht daran, dass die Ostanglier aufgefordert worden waren, in der Stadt nach Gegnern Ausschau zu halten. Doch genau wie Oda behauptet hatte, sahen ein Priester und seine Frau kaum nach Gegnern aus, und Jorund schien nur neugierig zu sein.

«Wir suchen ein Schiff, das uns übers Meer bringt», sagte Oda.

«Wir gehen nach Rom», warf ich einen Brocken von der Geschichte ein, auf die wir uns geeinigt hatten.

«Wir sind Pilger», erklärte Oda. «Meine Frau kränkelt.» Er legte seine Hand auf Benedettas Hand. «Wir möchten um den Segen des Heiligen Vaters bitten.»

«Es tut mir leid für Eure Frau, Pater», sagte Jorund aufrichtig. Während ich auf die Hand des Priesters starrte, spürte ich erneut einen Anflug von Eifersucht. Ich sah Benedetta an, und sie schaute mit traurigen Augen zurück, und einen Moment lang hielten unsere Blicke einander fest. «Da habt Ihr eine weite Reise vor Euch», fügte Jorund hinzu.

«Eine weite Reise, in der Tat, mein Sohn», gab Oda

zurück und schreckte kurz auf, weil Benedetta ruckhaft ihre Hand weggezogen hatte. «Wir suchen hier nach einem Schiff», sprach er weiter, «mit dem wir ins Frankenreich übersetzen können.»

«Es gibt hier reichlich Schiffe», sagte Jorund, «ich wünschte, es wäre nicht so.»

«Warum?», fragte Pater Oda.

«Das ist unsere Aufgabe. Sie zu durchsuchen, bevor sie auslaufen.»

«Durchsuchen?»

«Damit kein Gegner entkommt.»

«Gegner?» Oda gab sich verständnislos.

Jorund trank einen Schluck Ale. «Es hat ein Gerücht gegeben, Pater, dass Uhtredærwe in Lundene war. Wisst Ihr, wer er ist?»

«Jeder weiß das.»

«Dann wisst Ihr auch, dass sie ihn nicht zum Gegner haben wollen. Also sucht ihn, sagen sie zu uns, sucht ihn und nehmt ihn gefangen.»

«Und tötet ihn?», fragte ich.

Jorund zuckte mit den Schultern. «Irgendwer wird ihn töten, aber ich glaube nicht, dass wir es sein werden. Er ist nicht hier. Warum sollte er hier sein? Es ist nur ein Gerücht. Ein Krieg steht vor der Tür, und das sorgt immer für Gerüchte.»

«Hat der Krieg nicht schon angefangen?», fragte Pater Oda. «Hier wurde gekämpft, wie ich gehört habe.»

«Es gibt immer Kämpfe», sagte Jorund missmutig. «Ich meine einen richtigen Krieg, Pater, einen Krieg mit Schildwällen und Heeren. Und das sollte nicht sein, das sollte nicht sein.»

«Sollte nicht sein?», fragte Oda behutsam nach.

«Die Erntezeit kommt bald, Pater. Wir sollten nicht hier sein, nicht jetzt. Wir sollten zu Hause sein, die Sicheln wetzen. Es gibt ordentlich Arbeit zu tun! Weizen, Gerste und Roggen ernten sich nicht selbst!»

Die Erwähnung von Gerste ließ meine Finger nach meinem Hammeramulett tasten, nur um das Holzkreuz zu berühren. «Du wurdest hierher berufen?», fragte ich.

«Von einem sächsischen Herrn», sagte Jorund, «der nicht auf die Ernte warten will.»

«Dem Herrn Æthelhelm?»

«Coenwald», sagte Jorund, «aber er hat Land von Æthelhelm, also ja, es ist Æthelhelm, der uns gerufen hat, und Coenwald muss gehorchen.» Er hielt inne, um sich aus seinem Alekrug nachzuschenken.

«Und Coenwald hat dich einberufen?», fragte ich.

«Er hatte ja keine große Wahl, oder? Ernte hin oder her.»

«Hattest du eine Wahl?», fragte Oda.

Jorund zuckte erneut mit den Schultern. «Wir haben Coenwald Gefolgschaft geschworen, als wir zum christlichen Glauben übergetreten sind.» Er schwieg einen Moment lang, dachte vielleicht daran, wie die dänischen Siedler von Ostanglien ihren Krieg um die Beibehaltung eines dänischen Königs verloren hatten. «Wir haben gegen ihn gekämpft und verloren, aber er hat uns verschont, hat uns unser Land gelassen, und er lässt uns für unser Auskommen arbeiten, also müssen wir jetzt für ihn kämpfen.» Er zog die Augenbrauen hoch. «Vielleicht ist bis zur Ernte schon alles vorbei.»

«Gott gebe es», sagte Oda leise.

«Vielleicht kommt es ja nicht zum Krieg», warf ich ein.

«Wenn sich zwei Männer um einen Stuhl streiten?», fragte Jorund bissig. «Gute Männer werden sterben müssen, nur um zu entscheiden, welcher königliche Arsch das verdammte Ding am Ende wärmt.» Er drehte sich um, als wütende Stimmen erklangen, dann jagte mir das Kreischen einer Frau einen Schauder über den Rücken. «Oh Gott», stöhnte Jorund.

Die wütenden Rufe waren aus dem oberen Stockwerk gekommen. Ein Aufschrei ertönte, dann wurde ein junger Mann die Treppe hinuntergeworfen. Er fiel Hals über Kopf die Stufen hinunter, stürzte auf den Fußboden und rührte sich nicht mehr. Männer erhoben sich, um ihm zu helfen oder gegen die Gewalt Einspruch zu erheben, doch dann wurden sie alle vollkommen still.

Sie wurden still, weil ein Mann die Treppe herunterkam. Ein großer Mann. Das Erste, was wir von ihm sahen, waren seine Stiefel, dann die gewaltigen Oberschenkel und schließlich sein Gesicht. Waormund. Sein Oberkörper war nackt, seine Kleidung hatte er sich über den Arm gehängt. Er trug einen Schwertgürtel mit einem Schwert in der Scheide; eine große Klinge für einen großen Mann. Im Gasthaus war nicht das geringste Geräusch zu hören, abgesehen von seinen schweren Schritten auf der Treppe. Nach ein paar Stufen blieb er stehen, und der Blick aus seinem harten, vernarbten Gesicht mit den ausdruckslosen Augen wanderte durch den Raum. Benedetta schrak auf, und ich legte meine Hand auf ihre, damit sie ruhig blieb.

«Abschaum!», schnauzte Waormund. «Der kleine

dänische Bastard wollte meine Frau gebrauchen. Hat mir gesagt, ich soll mich beeilen! Hat es sonst noch jemand eilig damit, sie zu gebrauchen?» Er wartete, doch niemand gab einen Laut von sich. Er war furchterregend; die Breite seiner muskelbepackten Brust, das höhnische Grinsen auf seinem Gesicht und die Maße des schweren Schwertes hatten alle im Raum eingeschüchtert. Benedetta umklammerte meine Hand nun fest unter dem Tisch.

Waormund kam die letzten Stufen herunter. Wieder blieb er stehen, den Blick auf den Jüngling gesenkt, der ihn verärgert hatte. Dann begann er, ihn gezielt zu treten. Ein Tritt folgte auf den anderen. Von dem Jungen kam ein erstickter Schrei, dann waren nur noch die dumpfen Geräusche zu hören, mit denen Waormunds klobiger Stiefel auf den bäuchlings daliegenden Körper traf. «Ostanglische Weichlinge!», knurrte Waormund. Wieder sah er sich in dem Gasthaus um, hoffte offenkundig, dass ihn jemand herausfordern würde, doch noch immer standen alle da wie erstarrt. Sein Blick glitt auch über unsere Ecke, doch er sah nur zwei Gestalten mit Kapuzen und einen Priester. Das Binsenlicht war schwach, der Raum düster, und er beachtete uns nicht. «Gottverdammte dänische Weichlinge!» Er wollte noch immer einen Kampf heraufbeschwören, doch als niemand darauf einging, nahm er einen Alekrug vom nächstbesten Tisch, leerte ihn und stapfte in die Dunkelheit hinaus.

Benedetta weinte leise. «Ich hasse ihn», flüsterte sie, «ich hasse ihn.»

Ich hielt weiter ihre Hand unter dem Tisch. Männer

liefen dem jungen Mann zu Hilfe, und die Unterhaltungen kamen wieder in Gang, wenn auch gedämpft. Jorund, der aufgestanden war, als der Junge die Treppe hinuntergeworfen wurde, war gegangen, um sich den Schaden anzusehen, den Waormund angerichtet hatte. «Der arme Junge», sagte er bei seiner Rückkehr, «Rippen gebrochen, Eier zerquetscht, die Hälfte der Zähne weg, und er kann von Glück reden, wenn er ein Auge behält.» Er setzte sich und trank einen Schluck. «Ich hasse diesen Mann», fügte er bitter hinzu.

«Wer ist er?», fragte ich.

«Der Bastard heißt Waormund. Ist der Mastiff von Herrn Æthelhelm.»

«Und er scheint Dänen nicht zu mögen», sagte ich milde.

«Dänen!», erwiderte Jorund trocken. «Er mag niemanden. Ganz gleich, ob Sachse oder Däne.»

«Was ist mit dir?», fragte Pater Oda. «Du hast gegen die Sachsen gekämpft, und doch kämpfst du jetzt an ihrer Seite?»

Jorund lachte in sich hinein. «Sachse und Däne! Das ist eine Zwangsheirat, Pater. Die meisten meiner Gefährten sind Sachsen, aber vielleicht ein Drittel sind Dänen, und ich muss die einfältigen Bastarde ständig daran hindern, sich gegenseitig die Köpfe einzuschlagen. Aber so sind junge Männer, nicht wahr?»

«Du führst Männer an?», fragte ich überrascht.

«So ist es.»

«Ein Däne, der Sachsen anführt?», erklärte ich meine Überraschung.

«Die Welt ändert sich, nicht wahr?» Jorund klang

belustigt. «Coenwald hätte mir mein Land nehmen können, doch das hat er nicht getan, und er weiß, dass ich der erfahrenste von all seinen Kriegern bin.» Er wandte sich zum Raum um. «Die meisten dieser Burschen haben keine Erfahrung. Sie haben nie einen richtigen Kampf gesehen. Gott steh ihnen bei, sie denken, es ist so etwas wie eine Wirtshausschlägerei mit Speeren. Aber ich hoffe trotzdem, dass jeder Einzelne von ihnen wieder nach Hause kommt, und zwar bald!»

Jorund war ein guter Mann, dachte ich, doch das Schicksal, dieses unberechenbare Luder, mochte verlangen, dass ich ihm eines Tages in einem Schildwall gegenüberstand. «Ich hoffe, du führst sie sehr bald nach Hause», sagte ich, «und dass du deine Ernte sicher einbringen kannst.»

«Darum bete ich auch», sagte Jorund. «Und ich bete darum, mein Lebtag lang keinen Schildwall mehr zu sehen. Aber wenn es ein richtiger Krieg wird, dann dauert er nicht lange.»

«Nicht?», fragte ich.

«Es sind wir und die Westsachsen gegen die Mercier. Zwei gegen einen, versteht Ihr?»

«Vielleicht werden die Northumbrier an der Seite der Mercier kämpfen», gab ich mutwillig zu bedenken.

«Sie werden nicht in den Süden kommen», sagte Jorund verächtlich.

«Aber du hast doch von einem Gerücht darüber geredet, dass Uhtred von Bebbanburg schon hier sein soll», sagte ich.

«Wenn er hier wäre», sagte Jorund geradeheraus, «hätte er seine Streitmacht von Wilden aus dem Norden bei sich. Davon abgesehen, geht da oben die Pest um.» Er bekreuzigte sich. «Wir hören so manches», fuhr er fort, «und es heißt, Jorvik ist eine Totenstadt.»

«Jorvik!» Ich konnte das Erschrecken in meinem Ton nicht verbergen.

«So heißt es.»

Ein kalter Schauder überlief mich. Meine Hand hob sich, um das Hammeramulett zu berühren, und traf wieder nur auf Gerbruhts hölzernes Kreuz. Pater Oda sah meine Handbewegung. «Ich bete zu Gott, dass es nur ein Gerücht ist», sagte der Priester hastig. «Rückt ihr bald aus der Stadt aus?», fragte er Jorund in dem offenkundigen Versuch, das Gespräch von der Angst vor der Pest abzulenken.

«Das weiß Gott, Pater», sagte Jorund, «und Gott verrät es mir nicht. Wir bleiben hier, oder vielleicht bleiben wir auch nicht hier. Vielleicht wird uns der Bursche aus Mercien Ärger machen, vielleicht aber auch nicht. Wenn er einen Funken Verstand hat, tut er es nicht.» Er verteilte das letzte Ale aus seinem Krug in unsere Becher. «Aber ich bin nicht gekommen, um Euch mit Gerede über den Krieg zu langweilen, Pater», sagte er, «sondern weil ich mich gefragt habe, ob Ihr so freundlich wärt, uns einen Segen zu erteilen.»

«Mit Freuden, mein Sohn», sagte Pater Oda.

«Ich hoffe, Ihr erholt Euch, Herrin», sagte Jorund zu Benedetta. Sie hatte das Gespräch auf Dänisch nicht verstanden, aber sie bedankte sich mit einem Lächeln bei Jorund, der nun die Männer im Raum zur Ruhe rief.

Pater Oda erteilte den Segen, ermahnte seinen Gott, Frieden zu bringen und das Leben aller Männer in dem Gasthaus zu verschonen. Jorund dankte ihm, dann brachen wir auf und gingen eine Weile schweigend die Straße am Fluss entlang. «Also durchsuchen sie alle auslaufenden Schiffe», sagte Oda schließlich.

«Aber sie haben keine Männer auf Gunnalds Hof», sagte ich. «Sobald wir das Schiff haben, brechen wir im Morgengrauen auf, hoffen darauf, dass Ebbe sein wird, und rudern kräftig.» Ich ließ es einfach klingen, doch ich wusste es besser, und wieder traf ich auf das Kreuz, als ich mein Hammeramulett berühren wollte.

Wir gingen schweigend weiter, und dann lachte Pater Oda leise vor sich hin. «Was ist?», fragte ich.

«Wilde aus dem Norden», er klang belustigt.

War das unser Ruf? Wenn es so war, gefiel es mir. Doch die Wilden aus dem Norden, oder zumindest eine Handvoll von ihnen, saßen in der Falle, und unsere Wildheit würde uns nichts einbringen, solange es uns nicht gelang zu entkommen. Wir brauchten ein Schiff.

Und am nächsten Morgen kam es.

DRITTER TEIL

Das Gerstenfeld

Acht

Es war später Vormittag, und Immar stand als Wache am westlichen Kai, besser gesagt, er saß auf dem westlichen Kai in der Sommersonne, mit einer Kanne saurem Ale und zwei kleinen Jungen aus Aldwyns Waisenvolk, die ehrfürchtig jeder seiner Lügengeschichten lauschten. Immar war ein junger Mercier, den ich im Jahr zuvor davor bewahrt hatte, aufgeknüpft zu werden, auch wenn er dabei hatte zusehen müssen, wie sein Vater auf meinen Befehl am Strick tanzte. Trotz dieser Erfahrung hatte er mir die Treue geschworen und trug nun Kettenhemd und Schwert. Er hatte die Schwertkunst bemerkenswert schnell erlernt und sich bei zwei Viehdiebstählen als erbitterter Kämpfer erwiesen, die Bewährungsprobe im Schildwall allerdings hatte er noch vor sich. Dennoch waren die beiden kleinen Jungen wie gebannt von seiner Erzählung, und auch Alaina war inzwischen zu ihnen gewandert und hörte nun ebenso eifrig zu.

«Niedliche Kleine», sagte Finan.

«Das ist sie.» Ich saß mit Finan auf einer Bank an der Landseite der Kaianlage, und wir ließen den Blick auf Immar ruhen, während wir müßig darüber sprachen, ob es Aussicht darauf gab, dass der Wind auf West drehte, nachdem er die ganze Nacht und am Vormittag anhaltend, wenn auch schwach aus Südwest geweht hatte.

«Ob ihre Mutter noch lebt?», fragte Finan und nickte zu Alaina hinüber.

«Die Mutter könnte noch eher leben als der Vater.»

«Wohl wahr», räumte er ein, «arme Frau.» Er biss von einem Haferfladen ab. «Wäre schön für Alaina, wenn wir sie finden könnten.»

«Das wäre es», stimmte ich zu. «Aber sie ist ein starkes kleines Mädchen. Sie wird überleben.»

«Hat sie diese Haferfladen gemacht?»

«So ist es.»

«Sie sind grauenhaft», sagte Finan und warf den Rest seines Fladens in den Fluss.

«Das liegt an dem Mäusedreck im Hafer», gab ich zu bedenken.

«Wir brauchen besseres Essen», murrte Finan.

«Was ist mit den zwei Pferden im Stall?»

«Die stört es nicht, Mäusedreck zu fressen. Ist wahrscheinlich das beste Futter, das sie seit Jahren bekommen haben! Die armen Tiere. Sie hätten einen Monat oder zwei auf einer fetten Weide nötig.»

«Das meine ich nicht», sagte ich, «ich meine, warum töten wir die beiden Tiere nicht, ziehen ihnen das Fell ab, zerteilen sie und machen Eintopf aus ihnen?»

Finan sah mich entsetzt an. «Sie essen?»

«An den zwei Pferden müsste doch genügend Fleisch sein, um uns eine Woche lang zu ernähren, oder?»

«Du bist ein Barbar», sagte Finan. «Ich bin gespannt, wie du Pater Oda davon überzeugen willst.»

Pater Oda würde den Verzehr von Pferdefleisch missbilligen. Die Kirche hatte es ihren Anhängern als Speise verboten, weil, wie die Kleriker hartnäckig behaupteten, dieses Fleisch stets von heidnischen Opferritualen stamme. In Wahrheit halten wir Heiden uns sehr damit zurück, Odin ein Pferdeopfer zu bringen, denn die Tiere sind zu wertvoll. Wenn allerdings eine verzweifelte Lage eintritt, kann die Darbringung eines hochgeschätzten Hengstes die Götter besänftigen. Ich hatte solche Opfer gebracht, doch stets mit Bedauern. «Pater Oda muss den Eintopf ja nicht essen», hielt ich dagegen, «er kann sich von Mäusedreck ernähren.»

«Aber ich nicht», sagte Finan nachdrücklich, «ich will etwas Ordentliches. Es muss doch irgendwo Fisch verkauft werden, oder?»

«Pferdefleisch schmeckt gut», beharrte ich. «Besonders die älteren Tiere. Mein Vater hat immer darauf geschworen, dass die Leber der älteren Tiere ein Mahl ist, das der Götter würdig wäre. Einmal hat er mich ein Fohlen töten lassen, damit er die Leber kosten konnte, aber er fand den Geschmack grässlich, und danach hat er immer auf einem älteren Pferd bestanden. Allerdings darf man die Leber nicht zu lange kochen, ein wenig blutig ist sie am besten.»

«Du lieber Gott», sagte Finan, «und ich dachte, dein Vater war Christ.»

«Das war er, deshalb hat er jede Mahlzeit mit Pferdeleber zusammen mit seinen anderen Sünden gebeichtet, und davon gab es reichlich.»

«Und du wirst feststellen, dass deine Benedetta auch kein Pferdefleisch essen wird», sagte Finan verschlagen, «sie ist eine gute Christin.»

«Meine Benedetta?», fragte ich.

Er lachte nur in sich hinein, und ich dachte an Eadith im fernen Bebbanburg. Ging im Norden wirklich die Pest um? Und wenn es so war, hatte sie meine Festung erreicht? Jorund hatte ein Gerücht darüber gehört, dass die Krankheit Eoferwic heimsuchte, wo zwei meiner Enkelkinder mit ihrem Vater wohnten. Ich berührte mein Hammeramulett und sandte ein stummes Gebet an die Götter. Finan bemerkte meine Geste. «Machst du dir Sorgen?», fragte er.

«Ich hätte niemals von Bebbanburg weggehen sollen.»

Ich wusste, dass Finan ebenfalls dieser Meinung war, doch er hatte den Anstand, nichts zu sagen. Er blickte nur schweigend auf den sonnenüberglänzten Fluss, dann erstarrte er und legte mir die Hand auf den Arm. «Was ist da los?»

Ich tauchte aus meinen Gedanken auf und sah, dass Immar aufgestanden war und flussabwärts schaute. Dann drehte er sich zu mir um, deutete nach Osten, und ich sah über der Palisade auf der östlichen Seite einen Mast mit dem Querholz der Rah, an die ein Segel gerollt war. «Komm zurück!», rief ich Immar zu. «Und bring die Jungen mit! Alaina! Komm her!»

Wir hatten geplant, Gunnalds Sohn mit einem kleinen Rätsel zu empfangen. Üblicherweise, das hatten uns die gefangenen Wachmänner erzählt, war wenigstens ein Mann auf dem Kai, der sich um die Leinen des einlaufenden Schiffs kümmerte. «Lyfing Gunnaldson braucht Hilfe, Herr», hatte mir der einhändige Gefangene Deogol erklärt. «Er kann nicht so gut mit einem Schiff umgehen wie sein Vater. Und wenn niemand auf dem Kai ist, gibt er ein Hornsignal, und wir laufen los, um ihm zu helfen.»

«Und wenn ihm niemand hilft?», hatte ich gefragt.

Deogol hatte mit den Schultern gezuckt. «Irgendwie wird er schon an Land kommen, Herr.»

Ich bestimmte, dass das ankommende Schiff einen menschenleeren Kai vor sich haben sollte und niemand Lyfing Gunnaldson beim Festmachen half. Wenn er Fremde auf dem Kai sah, würde er misstrauisch werden und sich wahrscheinlich zurückhalten, bis er ein vertrautes Gesicht entdeckte, und darauf wollte ich es nicht ankommen lassen. Es war besser, ihn denken zu lassen, die Wachen wären faul, dann würde er allein anlegen.

Ich war nicht einmal sicher, ob das ankommende Schiff dasjenige war, auf das wir warteten, doch es hatte einen Mast, und kein Schiff mit aufgerichtetem Mast konnte unter der Brücke hindurchfahren, daher musste jedes, das so weit flussaufwärts kam, auf dem Weg zu einem der wenigen Anlegeplätze dicht unterhalb der Stelle sein, an der die Temes wild schäumend zwischen den Brückenpfeilern hindurchströmte.

Finan und ich gingen zurück in das Lagerhaus, in dem Benedetta mit den kleineren Kindern spielte. Ihr Lachen, dachte ich, war ein seltener Klang an diesem trostlosen Ort, und es tat mir leid, es zu unterbrechen. Ich klatschte in die Hände. «Jetzt müssen alle still sein! Kein Laut! Beornoth! Wenn irgendeiner von den Bastarden einen Mucks von sich gibt, kannst du ihn töten.» Ich meinte die vier Wachmänner, die wir in dem kleinsten Käfig in Ketten gelegt hatten. Beornoth würde dafür sorgen, dass die Gefangenen Ruhe hielten, während

Pater Oda und Benedetta sicherstellen würden, dass die Kinder und die befreiten Sklaven keinen Ton von sich gaben.

Finan und ich stellten uns hinter die halboffene Tür, die zum Kai führte. Fünf Männer, alle mit Kettenhemden und Schwertern, hielten sich hinter uns bereit. Ich trat einen Schritt vor, blieb aber im Schatten, sah den Mast näher rücken, und dann schob sich der Schiffsbug in Sicht. Ein kleines Holzkreuz war darauf befestigt. Das Schiff kam gegen die Ebbe und die starke Strömung des Flusses nur quälend langsam voran. «Sie sind erschöpft», sagte Finan über die Rudermänner.

«Sie haben einen langen Weg hinter sich.»

«Arme Bastarde», sagte er und dachte wohl an unsere eigene Zeit in Ketten, in der wir uns mit schwieligen Händen in die Riemen gelegt und versucht hatten, nicht die Aufmerksamkeit der Männer mit den Peitschen auf uns zu ziehen. «Aber das ist unser Schiff», fügte Finan grimmig hinzu.

Es war offenkundig ein Schiff mit Rudersklaven, denn zwei Männer mit Peitschen stolzierten zwischen den Bänken auf und ab. Drei weitere standen im Heck, wo einer von ihnen, ein hellhaariger Mann mit hohen Stiefeln und einem weißen Wams, das Steuerruder bediente. Die übrigen zwei Mitglieder der Mannschaft standen im Bug. Einer hielt ein Horn in der Hand, der andere eine aufgerollte Festmacherleine. «Sieben Mann», sagte Finan.

Ich knurrte, beobachtete, wie sich das Schiff zu dem menschenleeren Anlegeplatz drehte. Der Fluss schoss mit enormer Geschwindigkeit durch die Brückenbögen, das Wasser staute sich auf der stromauf gelegenen Seite, um dann mit weißer Gischt durch die Zwischenräume zu strudeln. Der Steuermann war nicht auf die Geschwindigkeit der Strömung vorbereitet, und das Schiff wurde flussabwärts zurückgetrieben. «Durchziehen, ihr Bastarde!», rief der Steuermann, und die beiden Männer mit den Peitschen hieben auf die Rücken der Ruderer ein. Aber zu spät. Das Schiff trieb hinter die Palisade und außer Sicht, und es dauerte eine oder zwei Minuten, bis es wieder auftauchte. Die Sklaven legten sich, angetrieben von den Peitschenhieben, nun kräftiger in die Riemen, und der Steuermann war so klug, den Bug auf eine Stelle ein gutes Stück stromauf des Anlegeplatzes auszurichten. «Durchziehen!», rief er. «Durchziehen!» Das Horn erklang, verlangte nach Unterstützung, doch wir blieben im tiefen Schatten des Eingangs.

Die Peitschen knallten, die Ruderer zogen an den langen Schäften, das Schiff fuhr rasch auf den Kai zu, aber dennoch wurde es wieder flussabwärts getrieben. «Durchziehen!», schrie der Steuermann. Die Riemenblätter tauchten ein, wurden durchgezogen, und das Schiff kam in den Bereich zwischen dem Wrack und dem leeren Kai, doch wieder hatte sich der Steuermann verschätzt. Dieses Mal war er zu weit von dem Kai entfernt, an dem er festmachen wollte, und die Strömung trieb ihn zurück in Richtung des Wracks. «Ruder einziehen!», brüllte er, um zu vermeiden, dass seine kostbaren Riemenblätter an dem Wrack zersplitterten.

Finan lachte vor sich hin. Der Ire war kein Seemann, aber er erkannte, wenn ein Schiff unbeholfen geführt wurde. Das Sklavenschiff trieb weiter und wurde an das Wrack gedrückt, ohne dass jemand auf dem Kai war, um die Leinen zu übernehmen. «Ælfrin!», rief der Steuermann in unsere Richtung. «Ælfrin, du fauler Bastard! Komm her!» Ælfrin, so wussten wir inzwischen, hatte die Wachen befehligt, die auf dem Hof geblieben waren, und er war der erste Mann gewesen, den ich getötet hatte. Inzwischen musste seine Leiche irgendwo flussabwärts sein, wahrscheinlich auf einer Sandbank gestrandet, wo sich die Möwen an seinem aufgedunsenen Körper gütlich tun würden.

Ein Mann musste sich über das halbgesunkene Wrack kämpfen, das Ende einer Leine übernehmen und dann zu dem leeren Kai herumgehen, wo er den Schiffsbug an den westlichen Anlegeplatz zog. Er machte die Leine fest, fing eine zweite Leine auf, die ihm vom Heck aus zugeworfen wurde, und zog das Schiff damit an seinen Liegeplatz. Die Ruderer waren auf ihren Bänken zusammengesunken. Auf einigen Rücken sah ich Blut. Solche Narben hatte ich selbst noch auf dem Rücken.

«Ælfrin!», rief der Steuermann wieder in unsere Richtung, und wieder erhielt er keine Antwort. Ich hörte einen gemurmelten Fluch, dann das Klappern, mit dem die schweren Riemen mittschiffs verstaut wurden. Einer aus der Mannschaft löste die Ketten der Ruderer auf den beiden vordersten Bänken, und ich dachte an meine Tage auf der *Trader* zurück, dem von Sklaven geruderten Schiff, auf dem Finan und ich an eine Bank gekettet worden waren, und auch daran, wie vorsichtig die Mannschaft gewesen war, wenn wir losgekettet werden sollten. Wir wurden stets nur zu zweit losgemacht und von Männern mit Peitschen und Schwertern in den jeweiligen Schuppen geführt, in dem wir schlafen sollten. Anscheinend war Gunnalds Sohn ebenso vorsichtig. Ein weiterer Mann von der Schiffsbesatzung überprüfte die beiden Festmacherleinen, dann sicherte er das Schiff mit einer dritten.

«Gehen wir», sagte ich.

Ich hatte absichtlich gewartet, bis das Schiff ordentlich am Kai festgemacht war, sodass es nicht mehr zurück in die Strömung gerudert werden konnte, wenn die Mannschaft uns entdeckte. Nun, mit drei festgezurrten Leinen, war es zu spät, um zu fliehen. Nicht dass sie es versucht hätten. Der blonde Mann, der sich so stümperhaft mit dem Anlegevorgang abgemüht hatte, stand einfach nur im Heck und starrte uns an. «Wer seid ihr?», rief er.

«Herrn Varins Männer», rief ich zurück, während ich ruhig den Kai entlangging.

«Wer in Gottes Namen ist Herr Varin?»

«Der Mann, der die Stadt erobert hat», sagte ich. «Willkommen in Ostanglien.»

Das verwirrte ihn, und er starrte uns einfach nur weiter entgegen, als wir näher kamen. Unsere Schwerter steckten in den Scheiden, und wir schienen es nicht eilig zu haben. «Wo ist mein Vater?», fragte er, als er seine Sprache wiedergefunden hatte.

«Ist er dieser fette Bursche?»

«Ja.»

«Irgendwo muss er sein», sagte ich nebulös. «Was führt Ihr mit?»

«Was wir mitführen?»

«Welche Fracht?»

«Gar keine.»

«Uns wurde berichtet, Ihr hättet im Frankenland Sklaven verkauft. Habt Ihr sie verschenkt?»

«Natürlich nicht!»

«Ihr habt also Bezahlung erhalten?», fragte ich und blieb am Heck des Schiffes stehen.

Lyfing Gunnaldson erkannte, worauf meine Fragen abzielten. Missbehagen breitete sich auf seiner Miene aus. «Wir haben Bezahlung erhalten», murmelte er.

«Dann ist Geld Eure Fracht!», sagte ich gut gelaunt. «Bringt es an Land.»

Er zögerte, warf einen Blick auf seine Mannschaft, doch diese Männer trugen keine Kettenhemden, wir hingegen schon, sie hatten entweder Kurzschwerter oder Seemannsmesser, wir jedoch waren alle mit Langschwertern ausgerüstet. Lyfing zögerte noch immer, dann sah er, dass ich die Hand auf das Heft von Schlangenhauch legte, und er stieg von der Steuerplattform, griff darunter und zog einen kleinen Holzkasten heraus, der, nach der Anstrengung zu urteilen, die ihn das Hochheben kostete, offenkundig schwer war.

«Es geht nur um die Zollgebühren», erklärte ich beruhigend. «Bringt den Kasten an Land!»

«Zollgebühren», sagte er verbittert, gehorchte jedoch. Er stieg von dem Schiff auf den Kai herauf und setzte den Kasten unsanft ab. Munter klirrten Münzen aneinander. Er verzog sein von Wind und Sonne gerötetes Gesicht vor Ärger. «Wie viel wollt Ihr?»

«Öffnen!», befahl ich.

Er beugte sich vor, um den Eisenriegel zurückzuziehen, und ich versetzte ihm einen heftigen Tritt in die Rippen, während ich zugleich Schlangenhauch zog. Ich bückte mich, riss ihm seinen Sax aus der Scheide und warf das Schwert in das Schiff, wo es vor den Füßen eines Ruderers landete, der es verängstigt anstarrte. Einer der Männer mit Peitsche zog seinen Arm zurück. «Wenn du diese Peitsche benutzt», rief ich zu ihm hinüber, «erdrossle ich dich mit ihr!» Der Mann funkelte mich wütend an und bleckte die Zähne. Er hatte nur zwei, die ich sehen konnte, sein vernarbtes Gesicht war von schwarzen, fettigen Locken umrahmt, und der Bart reichte ihm bis zum Gürtel. «Lass die Peitsche fallen!», knurrte ich ihn an. Er zögerte, dann gehorchte er widerstrebend.

Lyfing Gunnaldson versuchte, auf die Füße zu kommen. Ich versetzte ihm einen weiteren Tritt und befahl Immar, ihn zu bewachen. «Töte ihn, wenn er aufzustehen versucht.»

«Ja, Herr.»

Danach war es einfach. Wir gingen an Bord, entwaffneten die Mannschaft und stießen die Männer zum Kai hinauf. Sie hatten keinen Kampfgeist, nicht einmal der Mann mit dem schwarzen Bart, der mir hatte trotzen wollen. Sie glaubten noch immer, wir wären Ostanglier, die ihre Stadt übernommen hatten. Einer wollte wissen, wann er sein Schwert zurückerhalten würde, doch ich befahl ihm nur knurrend, still zu sein. «Und ihr bleibt alle, wo ihr seid!», rief ich den Sklaven auf den Ruderbänken zu. «Vidarr!»

«Herr?»

«Sorg dafür, dass sie bleiben, wo sie sind!» Die Ruderer trugen eiserne Fußschellen, an die Ringösen geschmiedet waren, und durch die Ringe lief auf beiden Bankreihen eine lange Kette, die vom Bug bis zum Heck des Schiffes reichte. Die beiden Ketten waren schon aus den Haken am Bug ausgehängt worden, und die Sklaven hätten recht leicht entkommen können, doch sie waren erschöpft, und sie hatten Angst, daher blieben sie. Ich ließ zwei Männer zurück, um sicherzugehen, dass sich die Ruderer ruhig verhielten, sperrte unsere neuen Gefangenen in denselben Käfig wie die anderen Wachen, dann stellte ich mich an die Tür des Lagerhauses und musterte das Schiff. Es wirkte neu, das Tauwerk war straff und das aufgerollte Segel nicht ausgefranst. Ich berührte mein Hammeramulett und sandte ein stilles Dankgebet an die Götter, weil ich meine Männer nach Hause bringen konnte.

«Und nun?» Finan hatte sich zu mir gesellt.

«Wir bringen die Ruderer vom Schiff», sagte ich, «und warten bis morgen zum Tagesanbruch ab.»

«Bis morgen zum Tagesanbruch?», fragte Finan. «Warum nicht jetzt aufbrechen?»

Wir standen in der warmen Sonne. Es war ein ruhiger Tag ohne nennenswerten Wind, und ganz gewiss nicht mit dem Westwind, den ich mir wünschte, doch die Strömung des Flusses war stark, unterstützt von der Ebbe, sodass ich selbst mit erschöpften Ruderern schnell im Mündungsgebiet sein würde, zudem konnte der Nachmittag gut eine Brise bringen, die uns nordwärts trug. Und ebenso wie Finan wollte ich nach Hause. Ich wollte den Geruch der See bei Bebbanburg einatmen und mich im Palas von Bebbanburg ausruhen. Ich hatte vorgehabt, bei Tagesanbruch aufzubrechen, wenn uns das letzte Dunkel der Nacht und der Flussnebel vor neugierigen Blicken verbergen würden, doch warum nicht sofort aufbrechen? In der Stadt schien es ruhig zu sein. Jorund hatte uns am Abend zuvor erzählt, dass die ablegenden Schiffe durchsucht wurden, doch unserem Kai schenkte kein ostanglischer Truppenangehöriger auch nur die geringste Beachtung. «Warum nicht jetzt aufbrechen?», wiederholte ich.

«Lass uns einfach nach Hause zurückkehren», sagte Finan nachdrücklich.

Also hießen wir alle, die befreiten Sklaven, die Kinder, Pater Oda und Benedetta, an Bord zu gehen. Wir hatten aus dem letzten Hafer weitere mit Mäusedreck gesprenkelte Fladen gebacken, und sie wurden zusammen mit sämtlicher Beute, die wir von Gunnalds Hof behalten wollten, auf das Schiff gebracht. Zu der Beute gehörten vier gute, große Schilde, ein Dutzend Kettenhemden, zwei Kästen mit Münzen und Hacksilber, zehn Lederwämser und ein Haufen anderer Kleidung. Das letzte Fass Ale wurde ebenfalls eingeladen.

Das Schiff war überfüllt. Die Kinder drängten sich im Heck, die befreiten Sklavenmädchen kauerten im Bug, und alle starrten ängstlich auf die Ruderer, zottelhaarige, verdreckte, furchteinflößende Gestalten. «Ich bin euer neuer Meister», erklärte ich diesen Ruderern, «und wenn ihr tut, was ich von euch verlange, lasse ich euch alle frei.»

Es mussten Männer aus unterschiedlichen Völkern

sein, denn ich hörte Gemurmel, als meine Worte übersetzt wurden. Ein Mann stand auf. «Ihr lasst uns frei?» Er klang misstrauisch. «Wo?»

Er hatte Dänisch gesprochen, und ich antwortete in derselben Sprache. «Im Norden.»

«Wann?»

«Diese Woche.»

«Warum?»

«Weil ihr mein Leben rettet», sagte ich, «also werde ich euch zur Belohnung euer Leben zurückgeben. Wie heißt du?»

«Irenmund.»

Ich bückte mich nach einem der Kurzschwerter, die wir der Schiffsbesatzung abgenommen hatten, und ging zwischen den Bänken der Sklaven entlang. Irenmund beobachtete mich argwöhnisch. Er war noch immer angekettet, doch er war ein beeindruckend starker junger Mann. Sein blondes Haar hing ihm strähnig bis auf die Schultern, und in seiner offenherzigen Miene stand Angst, aber auch Trotz. Er schaute auf das Schwert in meiner Hand, dann richtete er seinen Blick wieder auf mich.

«Wie wurdest du gefangen genommen?», fragte ich ihn.

«Wir sind in Friesland ans Ufer getrieben worden.»

«Wir?»

«Ich habe zur Mannschaft eines Händlerschiffs gehört. Drei von uns, der Schiffsmeister und zwei Seeleute, haben es ans Ufer geschafft. Dort wurden wir gefangen genommen.»

«Und verkauft.»

«Wir wurden verkauft», sagte er bitter.

«Warst du ein guter Seemann?»

«Ich bin ein guter Seemann», erwiderte er kühn.

«Dann fang», sagte ich und warf ihm das Schwert mit dem Heft voran zu. Er fing es und sah mich verwirrt an. «Das ist mein Pfand dafür, dass ich euch freilassen werde», sagte ich, «aber davor müsst ihr mich nach Hause bringen. Finan!»

«Herr?»

«Kette sie alle los!»

«Wirklich, Herr?»

Ich sah wieder die Sklaven an und hob die Stimme. «Wenn ihr hier in Lundene bleibt, werdet ihr weiter Sklaven sein. Aber wenn ihr mit mir kommt, werdet ihr freie Männern sein, und ich schwöre, dass ich mein Bestes tun werde, um euch nach Hause zu bringen.» Eisenglieder klirrten auf dem Deck und glitten rasselnd durch die Ösen an den Fußeisen, als die langen Ketten zurückgezogen wurden.

«Wir werden einen Schmied brauchen, um ihnen diese Eisen von den Knöcheln zu schlagen», sagte Finan. «Weißt du noch, wie es bei uns war? Wir hatten noch wochenlang Geschwüre.»

«Das vergesse ich niemals», sagte ich grimmig und hob erneut die Stimme. «Irenmund! Bist du losgekettet?»

«Ja.»

«Ja, Herr!», stellte Finan richtig.

«Komm her», rief ich.

Irenmund kam zu der Steuerplattform. Die schweren Metallringe an seinen Knöchelschellen klirrten bei seinen Schritten. «Herr?» Er sprach das Wort unsicher aus.

«Ich bin ein Jarl», erklärte ich ihm, «und ich will, dass du mir etwas über dieses Schiff erzählst.»

Er grinste spöttisch. «Es ist hecklastig, Herr, und es weicht vom Kurs ab wie ein störrischer Ochse.»

«Haben sie den Ballast nicht verlagert?»

Er spuckte über die Reling. «Lyfing Gunnaldson weiß nichts über Schiffe, und ich hatte nicht vor, ihm etwas zu erklären.»

«Hat das Schiff einen Namen?»

«*Brimwisa*», sagte er mit einem weiteren spöttischen Grinsen. Der Name bedeutete «Meeresfürst», und was auch immer es sonst sein mochte, ein Gebieter über die Wellen war es nicht. «Da wäre noch eine Sache, Herr», sagte Irenmund zögernd.

«Was?»

Er wog das Kurzschwert in der Hand. «Fünf Minuten an Land?»

Ich sah ihm in die Augen, blaue Augen in einem Gesicht, das von der erlittenen Grausamkeit gezeichnet war, und ich wollte ihm die Zustimmung verweigern, doch dann dachte ich an mein eigenes Empfinden, als mir die Ketten abgenommen worden waren. «Auf wie viele von ihnen hast du es abgesehen?»

«Nur auf den einen, Herr.»

Ich nickte. «Nur der eine. Gerbruht! Oswi! Vidarr! Ihr geht mit diesem Mann. Lasst ihn tun, was er will, aber sorgt dafür, dass er es schnell tut.»

Ich schickte die Kinder in den Bug, damit das Schiff gleichmäßiger im Wasser lag, und als Irenmund zurückkam, noch immer mit dem Schwert in der Hand, das nun rot vor Blut war, lösten wir die Festmacherleinen, und die müden Ruderleute bewegten das Schiff zurück in die Strömung des Flusses. Das Heck schwang sofort stromab herum, sodass unser Bug nach Westen statt flussab zeigte, doch ein paar Riemenschläge auf der Steuerbordseite drehten den Rumpf, bis unser kreuzbekrönter Bug auf die ferne See ausgerichtet war. «Langsam!», rief ich. «Sachte! Wir haben es nicht eilig.»

Und auch ich hatte es nicht eilig. Es war besser, ganz gemächlich abzufahren, nicht den Verdacht zu erwecken, dass wir Grund hätten, aus der Stadt zu flüchten. Der Wind war uns keine Hilfe, und so ruderten wir nur, um den Kurs beizubehalten, mehr von der Ebbe und der Strömung des Flusses vorangetragen als von den sanften Riemenschlägen. Finan kam an meine Seite. «Ich war schon in manch einer irrwitzigen Lage mit dir», sagte er.

«Ist das hier Irrwitz?»

«Ein Schiff voller Sklaven? In einer Stadt voller Gegner? Ja, ich würde sagen, das ist Irrwitz.» Er grinste. «Also, was tun wir?»

«Wir lassen das Mündungsgebiet hinter uns, drehen nach Norden, und wir beten um günstigen Wind. In drei oder vier Tagen sollten wir in Bebbanburg sein.» Ich hielt inne, betrachtete ein paar Schwäne auf dem sonnenbeschienenen Wasser. «Allerdings bedeutet das, dass ich gescheitert bin.»

«Gescheitert? Du bringst uns nach Hause!»

«Ich war gekommen, um Æthelhelm und seinen elenden Neffen zu töten.»

«Du wirst sie noch töten», sagte Finan.

Die Sonne schien warm auf uns herab. Die meisten der Rudermänner waren jung, mit nacktem Oberkörper, sonnenverbrannt und sehnig. Die Nachricht von Irenmunds Rache hatte sich über die Bänke hinweg verbreitet, und die Ruderer grinsten trotz ihrer Erschöpfung. Ich hatte angenommen, dass Irenmund Lyfing Gunnaldson töten wollte, doch statt seiner waren es die Schreie des Mannes mit den schwarzen Locken gewesen, die zum Kai herübergehallt waren. «Er hat ihn regelrecht abgeschlachtet, Herr», hatte mir Vidarr mit ungehörigem Genuss erzählt, «aber er hat es schnell getan.» Nun war Irenmund zurück auf seiner Bank und zog wie die anderen langsam den Riemen durch. Die Strömung würde uns weitertragen, bis die Flut einsetzte, dann aber würde es anstrengend werden, es sei denn, die Götter schickten uns günstigen Wind.

Pater Oda hatte mit den Ruderleuten gesprochen und kam nun zu uns. «Die meisten sind Sachsen», sagte er, «aber es sind auch drei Dänen dabei, zwei Friesen, ein Schotte und zwei von deinen Landsleuten, Finan. Und alle», fügte er betont hinzu, während er mich ansah, «sind Christen.»

«Dann könnt Ihr mit ihnen beten, Pater», sagte ich heiter.

Wir glitten an den Anlegeplätzen des nördlichen Ufers vorbei. Dort lagen Schiffe dicht an dicht, doch zu meiner Erleichterung waren auf den Kais nur wenige Krieger zu sehen. Der Tag wirkte träge und ruhig, selbst auf dem Fluss war der Schiffsverkehr spärlich. Niemand fuhr gegen die Gezeiten den Fluss herauf, auch wenn wir an einigen kleineren Booten vorüberkamen, die Waren zum südlichen Ufer hinüberbrachten. Die Luft war in der Mitte des Flusses reiner, obwohl man den Gestank von Rauch und Unrat, der aus Lundene herüberwehte, noch riechen konnte, doch bis zum Abend, dachte ich, sollten wir auf dem offenen Meer unter den Sternen sein. Ich würde nach Hause zurückkehren, und das Einzige, was ich bedauerte, war, dass ich meinen Schwur nicht erfüllt hatte. Ich tröstete mich damit, dass ich mein Bestes versucht hatte. Æthelhelm war zwar noch immer am Leben, und sein widerwärtiger Neffe wurde nun König von Wessex genannt, aber ich brachte meine Leute nach Hause.

Wir fuhren am Toten Dänen vorbei, dann kam mein altes Zuhause in Sicht, das Römerhaus über dem gemauerten Kai am Fluss. Dort war Gisela gestorben, und ich berührte mein Hammeramulett. Tief in meinem Herzen glaubte ich, dass sie irgendwo in den Gefilden der Götter auf mich wartete. «Drei Tage, meinst du?», unterbrach Finan meine Gedanken.

«Um nach Hause zu kommen? Vielleicht auch vier.»

«Wir werden Verpflegung brauchen.»

«Wir werden in einen Hafen in Ostanglien einlaufen. Uns nehmen, was wir brauchen.»

«Und dort wird niemand sein, der uns daran hindert», sagte Finan belustigt, «die Bastarde sind alle hier!»

Er sah zu dem Haus hinüber, meinem alten Haus, in dem wir Zuflucht gesucht hatten, als wir in Lundene angekommen waren. Dort war ein Schiff vertäut, ein langes, niedriges Schiff, flussaufwärts ausgerichtet, mit einem hohen Bug, auf dem ein Kreuz befestigt war. Sein Mast war nach vorn geneigt, was ihm eine raubtierhafte Erscheinung verlieh. Ich schätzte es auf etwa die doppelte Länge der *Brimwisa*, was bedeutete, dass es ein viel schnelleres Schiff war, und einen Herzschlag lang war ich versucht, es zu erbeuten, doch dann verwarf ich diesen Gedanken, denn ich sah Männer von dem Haus auf die Terrasse kommen. Es waren ein Dutzend Männer, die Hälfte von ihnen in Kettenhemden, und sie beobachteten uns, als wir vorbeiglitten. Ich winkte ihnen zu, hoffte, diese Geste würde sie davon überzeugen, dass wir keine Bedrohung waren.

Dann kam ein einzelner Mann aus dem Haus, größer als alle anderen, und schob sich zwischen seinen Gefährten nach vorn. An der Kante des gemauerten Kais blieb er stehen und sah zu uns herüber.

Und ich fluchte. Es war Waormund. Ich starrte ihn an, und er starrte mich an, und er erkannte mich. Ich hörte seinen Wutschrei, oder vielleicht war es auch eine Herausforderung, dann rief er seinen Männern etwas zu, und ich sah sie zu dem tödlich schnell aussehenden Schiff hasten. Ich fluchte erneut.

«Was ist?», fragte Pater Oda.

«Treib die Ruderer an», hieß ich Finan.

«Ich soll sie antreiben?»

«Wir werden verfolgt», sagte ich. Dann blickte ich zum Himmel hinauf und sah, dass es bis Sonnenuntergang noch viele Stunden dauern würde.

Und wir waren nicht mehr sicher.

Die Ebbe näherte sich dem Niedrigwasser, was bedeutete, dass sich die Gezeitenwirkung verstärkte und uns unterstützte, indem sie uns zusammen mit der Strömung flussab trug. Finan schlug den Takt, und er beschleunigte ihn, doch die Männer an den Riemen waren zu erschöpft, nachdem sie gegen die Ebbe den Fluss hinaufgerudert waren. Die Strömung würde unserem Gegner natürlich genauso helfen wie sie uns half, doch ich hoffte darauf, dass es Waormund viel Zeit kosten würde, genügend Ruderer zusammenzubringen. Allerdings ist Hoffnung nichts, auf das man sich jemals im Kampf verlassen sollte. Mein Vater hatte stets gesagt, wenn man darauf hoffe, dass der Gegner nach Osten vorrückt, solle man sich darauf vorbereiten, dass er nach Westen geht.

Wir kamen an der alten Römerfestung vorbei, die den östlichsten Punkt der alten Stadt bezeichnete, und als ich mich umwandte, sah ich, dass mein Vater recht gehabt hatte. Das Schiff legte schon von dem Kai ab, und seine Ruderleute ließen den langen, schlanken Rumpf zu unserer Verfolgung herumschwenken. «Die Besatzung ist nicht vollständig», sagte Finan.

«Wie viel Mann?»

«Vielleicht vierundzwanzig Riemen?»

«Damit holen sie uns immer noch ein», sagte ich grimmig.

«Es ist ein großes Schiff für nur vierundzwanzig Riemen.»

«Sie werden uns einholen.»

Finan berührte den Kreuzanhänger, den er um den Hals trug. «Hat nicht irgendjemand gesagt, dies wäre ein schnelles Schiff?»

«Für seine Größe, ja.»

«Aber je länger ein Schiff, umso schneller ist es», stellte Finan unzufrieden fest. Er hatte mich das häufig sagen hören, aber nie verstanden, warum es zutraf. Ich verstand es ebenso wenig, und doch wusste ich, dass uns das Verfolgerschiff unweigerlich einholen würde. Ich steuerte die *Brimwisa* durch die große, hufeisenförmige Flussschleife, die südwärts führte, bevor es wieder nach Norden ging. Ich hielt mich an der Außenseite der Schleife, was längeres Rudern bedeutete, andererseits aber war dort die Strömung am schnellsten, und ich brauchte auch noch das kleinste bisschen Geschwindigkeit, das ich zulegen konnte. «Es stehen Männer im Bug», sagte Finan, der weiter nach hinten Ausschau hielt.

«Das sind diejenigen, die unser Schiff entern werden», sagte ich.

«Und was machen wir nun? An Land gehen?»

«Noch nicht.»

Die Strömung trug uns rasend schnell südwärts. Der Fluss war seicht, gesäumt von breiten, feucht glitzernden Schlammstreifen, hinter denen kaum etwas anderes lag als ödes Marschland, auf dem ein paar Hütten zeigten, wo sich Leute mit Aalfang ihr Auskommen schufen. Bei einem Blick über die Schulter erkannte ich, dass unser Verfolger aufholte. Im Bug sah ich die Männer in Kettenhemden, sah ihre Schilde mit dem springenden Hirsch Æthelhelms, sah Speerspitzen in der Nachmittagssonne glitzern. Diese Männer hatten vor, auf das Deck der *Brimwisa* herunterzuspringen. «Wie viele sind das im Bug?», fragte ich Finan.

«Zu viele», sagte er grimmig «Ich schätze, er hat wenigstens vierzig Mann.»

Also ließ Waormund etwa die Hälfte seiner Männer rudern, während die andere Hälfte bewaffnet bereitstand, um uns zu überwältigen. «Sie werden uns rammen», sagte ich, «und entern.»

«Und was tun wir? Sterben?»

«Wir entkommen ihnen, versteht sich.»

«Aber du hast gesagt, sie werden uns einholen!»

«Das werden sie auch!» Ich spürte, wie der Wasserdruck den Schaft des Steuerruders beben ließ. Das bedeutete, dass wir schnell waren, aber wir mussten noch schneller sein. «Wenn ihr freie Männer sein wollt», rief ich den Ruderleuten zu, «dann rudert, wie ihr noch nie gerudert seid! Ich weiß, ihr seid erschöpft, aber rudert, als wäre euch der Teufel auf den Fersen!» Was er auch war. «Rudert!»

Sie legten ihre wenigen Kräfte in die Riemen. Vier meiner Männer hatten die Plätze der schwächeren Ruderer eingenommen, und sie riefen den Takt, als sich die Riemenschläge beschleunigten. Wir hatten die riesige südliche Flusskehre hinter uns und fuhren nun nach Norden. Das Verfolgerschiff war etwas mehr als dreihundert Schritt hinter uns, und seine Ruderleute, ausgeruhter als unsere, zogen schneller durch. Ich sah, wie sein Bug den Fluss weiß schäumend durchschnitt, sah, wie es von jedem Ruderschlag einen Schritt näher herangetragen wurde. «Wenn wir an Land gehen», begann Finan unruhig.

«Dann jagen sie uns durchs Marschgebiet nach. Das wäre kein Vergnügen.»

«Also?»

«Also gehen wir nicht an Land.» Ich verwirrte Finan absichtlich.

«Aber…»

«Noch nicht», ergänzte ich meinen Satz.

Er sah mich mit einem matten Lächeln an. «Erklär es mir.»

«Wir werden nicht nach Bebbanburg kommen, jedenfalls fürs Erste nicht.»

«Weil?»

«Siehst du diese Bäume da vorn?» Ich zeigte darauf. Etwa eine Meile voraus wandte sich der Fluss wieder ostwärts Richtung Meer, und dort stand am nördlichen Ufer eine auffällige Baumgruppe. «Kurz nach diesen Bäumen kommt ein Fluss», fuhr ich fort, «der Ligan, und er bringt uns nordwärts auf mercisches Gebiet.»

«Er bringt auch sie nordwärts», sagte Finan und nickte nach achtern.

«Vor einem halben Leben», erklärte ich, «sind die Dänen mit ihren Schiffen den Ligan hinaufgefahren, und Alfred hat eine Festung erbaut, um den Fluss zu sperren. Sie haben all ihre Schiffe verloren. Das war ein Kampf, den wir verpasst haben.»

«Viele haben wir nicht verpasst», sagte Finan verdrießlich.

Ich drehte mich um und sah, dass das große Schiff nun noch etwas mehr als zweihundert Schritt entfernt war. Ich konnte auch Waormund erkennen, der die anderen Männer im Bug überragte. Er wandte sich zu seinen Ruderleuten um und rief offenkundig, sie sollten schneller rudern. «Dieses Schiff mag länger sein als unseres», erklärte ich Finan, «und ganz bestimmt ist es schneller, aber es hat mehr Tiefgang. Der Ligan ist seicht. Wenn wir also Glück haben», ich berührte mein Hammeramulett, «läuft es auf Grund.»

«Und wenn wir kein Glück haben?»

«Sterben wir.»

Ich hatte den Ligan nie befahren. Ich wusste, dass er von der Mündung aus einige Meilen weit stromauf ein Gezeitenfluss war und jenseits der Gezeitenwirkung tief genug, um mit Booten beinahe bis nach Heorotforda zu kommen, aber ich wusste auch, dass er ein schwieriger Fluss war. Die letzten paar Meilen floss der Ligan durch ein weitläufiges Marschgebiet, in dem er sich in ein Dutzend flachere Ströme verzweigte, die über die Jahre ihren Verlauf änderten. Ich hatte Schiffe auf diesen Wasserläufen fahren sehen, doch das war Jahre her. Zudem hatte die Ebbe beinahe ihren niedrigsten Stand erreicht, bei dem das Wasser am seichtesten sein würde. Wenn ich Pech hatte, würden wir auf Grund laufen, und dann würde Blut in den Ligan fließen.

Die Kräfte unserer Ruderer ließen nach, unsere Verfolger waren noch näher gekommen, und wenn wir erst einmal in den Ligan eingeschwenkt waren, würden wir gegen die Strömung rudern. «Durchziehen!», rief ich. «Durchziehen! Euer Leben hängt davon ab! Bald könnt ihr euch ausruhen, aber jetzt zieht durch!» Ich konnte sehen, dass die befreiten Sklavenmädchen, die mit den Kindern im Bug kauerten, weinten. Sie wussten nur zu gut, was sie erwartete, wenn uns das größere Schiff einholte.

Wir waren nahe am Ende des nordwärts führenden Flussabschnitts, doch Waormunds Schiff war nur noch einhundert Schritt hinter uns. Ich betete darum, dass er keine Bogenschützen an Bord hatte. Ich sah das nördliche Ufer auftauchen, als wir in die nun folgende Ostkehre des Flusses fuhren. Auf dem Marschland standen Bäume, und die Wasserläufe des Ligan fädelten sich zwischen ihnen hindurch. «Pappeln», sagte ich.

«Pappeln?»

«Ich hoffe nur, dass sich der Mast nicht in einem Ast verfängt.»

«Maria Muttergottes», sagte Finan und berührte seinen Kreuzanhänger.

«Durchziehen! Durchziehen! Durchziehen!», rief ich, drückte das Steuerruder herum, und die *Brimwisa* drehte sich quer zur Strömung und richtete sich auf den Ligan aus. Augenblicklich wurden wir langsamer, nicht mehr unterstützt von Ebbe und Strömung, und wieder trieb ich die Ruderer an. Das große Schiff folgte uns, war nun so nahe, dass ein Mann versuchte, einen Speer nach uns zu werfen, der nur ein paar Schritt hinter uns in unserer schwachen Kielwelle unterging. «Durchziehen!», brüllte ich. «Durchziehen!»

Und wir glitten aus der Temes in das klarere Wasser des Ligan, und die Ruderer legten sich mit vor Anstrengung verzerrten Gesichtern in die Riemen, und ich trieb sie weiter an, während wir in den breitesten Wasserlauf einbogen. Am linken Rand des Flusses waren vier gewaltige Pfähle in den Boden getrieben worden. Ich fragte mich, ob sie Markierungen waren oder die Überreste einer Anlegestelle, dann vergaß ich die Frage, weil die Steuerbordriemen Grund berührten, und ich zerrte das Ruder zu mir und rief den Ruderern zu, sie sollten weitermachen. Voraus lag eine kleine Schilfinsel. Rechts oder links daran vorbeifahren? Meine Gedanken überschlugen sich. Allzu leicht konnten wir auf Grund laufen. Doch dann schob sich hinter einer Pappelreihe der Bug eines kleinen Schiffes in Sicht. Das Schiff war kaum mehr als eine Barge, mit Heu beladen, und es fuhr auf den östlichen Wasserlauf zu. Wieder berührte ich mein Hammeramulett und dankte den Göttern für dieses Zeichen. «Rudert!», rief ich. «Rudert!»

Der Steuermann der Barge musste den Fluss kennen und wissen, welche Wasserläufe ausreichend tief waren, um mit seiner schwer beladenen Barge befahren werden zu können. Er nutzte die Ebbe aus, um seine Fracht den Ligan hinunterzubringen, und in der Mündung angekommen, würde er auf die Flut warten, die ihn die Temes hinauf nach Lundene tragen würde. Er hatte vier Riemen, kaum genug, um die enorme Ladung zu bewegen, aber die Gezeiten würden ihm den größten Teil der Arbeit abnehmen.

Unsere Ruderer konnten Waormunds Schiff deutlich sehen und auch die Männer mit Kettenhemden und Helmen, die sich im Bug drängten. Die Ruderer waren bis auf die Knochen erschöpft, doch sie zogen kräftig durch, und wir glitten in den östlichen Wasserlauf, vorbei an der Heubarge, und wieder berührten unsere Steuerbordriemen das Flussbett, und ich rief den Ruderern zu, sie sollten weitermachen. Ein weiterer Speer wurde geworfen und fuhr in unseren Achtersteven. Finan zog ihn frei. Den Männern auf der Heubarge blieb der Mund offen stehen. Die vier Ruderer waren so überrascht von unserem unvermittelten Auftauchen, dass sie aufgehört hatten zu rudern und uns anstarrten, und auch der Steuermann gaffte nur noch, sodass sein Schiff quer über den Fluss trieb. Hinter uns ertönte wütendes Gebrüll, als Waormunds Schiff auf die Barge auffuhr und zum östlichen Ufer weggedreht wurde. Männer stolperten nach vorn, als der große Rumpf auf Grund lief.

Und wir ruderten weiter, kämpften gegen die Strömung und die abflauende Ebbe. Ich ließ die Männer an den Riemen langsamer rudern, gab mich mit Schrittgeschwindigkeit zufrieden, während wir in das Marschland einfuhren. Waormunds Schiff lag auf Grund, doch schon sprangen Männer von Bord, um es zurück in den Wasserlauf zu schieben. Die Heubarge war am anderen Ufer gestrandet, und ihre Besatzung war klug genug gewesen, das Schiff zu verlassen und über das Marschland zu flüchten.

«Sind wir jetzt sicher?», fragte Finan.

«Sie werden bald wieder flott sein.»

«Lieber Herr Jesus», murmelte er.

Ich hatte meinen Blick voraus gerichtet, suchte nach einem Weg durch die verzweigten Wasserläufe. Immer wieder berührten unsere Riemen das Flussbett, und einmal spürte ich das Schaben von Schlamm unter dem Kiel und hielt den Atem an, bis wir wieder in tieferem Wasser waren. Der Ast einer Pappel streifte über die Rah mit dem aufgerollten Segel, und Blätter regneten auf die Ruderer hinab. Vögel flohen vor uns mit weißem Flügelschlag, und ich versuchte, ein Omen in ihrem Flug zu erkennen, doch die Götter hatten mir die Heubarge zum Geschenk gemacht, und darüber hinaus gaben sie mir nichts. Ein Otter glitt ins Wasser, sah einen Augenblick zu mir auf und tauchte unter. Wir ruderten weiter durch das Marschgebiet, doch vor uns stieg das Land beinahe unmerklich an. Ich sah kleine Felder mit Weizen und Roggen und dachte an Jorund, mit dem wir im Toten Dänen gesprochen hatten, und daran, wie sehr er sich gewünscht hatte, zur Ernte zu Hause zu sein.

«Die Bastarde kommen uns nach», sagte Finan. Doch die Bastarde hatten es schwerer als wir mit der *Brimwisa*, ihre Riemen trafen öfter auf Grund als unsere, und der seichte Fluss behinderte ihr Vorankommen. Sie hatten einen Mann im Bug, der nach Untiefen Ausschau hielt und mit lauten Rufen die Ausrichtung des Schiffes angab. «Sie werden bald aufgeben», fügte Finan hinzu.

«Das werden sie nicht», sagte ich, denn vor uns wand sich der Fluss wie eine Schlange. Auf seinem Weg zur Temes floss er erst südwärts, bog dann scharf nach Norden ab, bevor ihn eine weitere enge Kehre erneut südwärts zu der Stelle führte, an der wir gegen die Strömung kämpften. Wir würden Waormund ein gutes Stück voraus sein, wenn wir die erste Flusskehre erreichten, doch während wir dann südwärts ruderten, wäre sein Schiff in dem nordwärts fließenden Bereich nur vierzig oder fünfzig Schritt über Land entfernt. «Irenmund!», rief ich.

«Herr?»

«Ich will dich hier haben! Vidarr? Übernimm seinen Riemen!» Ich wartete, bis Irenmund bei mir war. «Kannst du ein Schiff steuern?», fragte ich.

«Das habe ich getan, seit ich acht Jahre alt war», sagte er.

Ich übergab ihm das Steuerruder. «Halte dich in dieser Schleife an der Außenseite», sagte ich, «danach steuerst du in die Mitte des Flusses.»

Er grinste freudig über die Verantwortung, die ich ihm übertrug, und ich zog meinen alten, verbeulten Helm mit den hartgesiedeten Lederwangenstücken auf. Finan setzte ebenfalls seinen Helm auf und sah mich zweifelnd an. «Warum dieser Bursche?», fragte er leise und nickte in Irenmunds Richtung. «Und nicht Gerbruht?»

«Weil es bald zum Kampf kommen wird», sagte ich. Gerbruht war ein guter Seemann, aber er war auch ungemein stark am Riemen, und wir hatten alle Kräfte nötig, die wir aufbieten konnten. «Das heißt, es wird zum Kampf kommen», fuhr ich fort, «wenn Waormund auch nur ein kleines bisschen Hirn im Schädel hat.»

«Wo andere ein Hirn haben, hat er einen Misthaufen», sagte Finan.

«Trotzdem wird er früher oder später seine Gelegenheit erkennen.»

Diese Gelegenheit bot sich dadurch, dass der südwärts gerichtete Abschnitt des Flusses so dicht bei dem nördlichen lag, nur durch einen schmalen Streifen Marschland getrennt. Das bedeutete, dass Waormund Männer über den dazwischenliegenden Landstreifen schicken konnte, um uns mit Speeren anzugreifen. Irenmund steuerte uns schon in die Flussbiegung und hielt sich dabei an der Außenseite, wo das Wasser am tiefsten, die Gegenströmung jedoch auch am stärksten war, sodass wir nur quälend langsam vorankamen. Die meisten unserer Ruderleute waren mit ihren Kräften am Ende. «Ihr müsst nicht mehr lange durchhalten», rief ich, während ich nach vorn ging, wo die Kinder, die Frauen und Pater Oda bei der kleinen Bugplattform auf dem Deck saßen. Benedetta sah ängstlich zu mir auf, und ich versuchte, sie mit einem Lächeln zu beruhigen.

«Die kleinsten Kinder sollen unter der Plattform sitzen», erklärte ich Benedetta und deutete auf den engen Bereich im Bug, «und die übrigen auf dieser Seite des Decks.» Ich stand auf der Backbordseite, denn wenn wir um die scharfe Flusskehre herum waren, würde es diese Seite sein, die dem gegnerischen Schiff zugewandt war, während es nordwärts gerudert wurde. «Immar!», rief ich. «Komm her!»

Er hastete zu mir nach vorn, und ich reichte ihm einen der großen Schilde, die wir auf Gunnalds Hof entdeckt hatten. «Die Bastarde könnten uns mit Speeren angreifen», erklärte ich, «und deine Aufgabe ist es, sie abzuwehren. Fang sie mit dem Schild ab.»

Finan, Immar, Oswi und ich hatten Schilde. Finan würde die Steuerplattform schützen, Immar würde versuchen, die Frauen und Kinder zu verteidigen, die sich unter die Reling kauerten, während Oswi und ich irgendwie verhindern mussten, dass die Speere unsere Ruderer trafen. «Das wäre ein langer Wurf», sagte

Oswi zweifelnd. Er schaute zu dem gegnerischen Schiff hinüber, das sich der ersten Flusskehre näherte, aus der wir uns gerade herauskämpften.

«Sie werden nicht vom Schiff aus werfen», sagte ich, «und vielleicht werden sie es auch überhaupt nicht tun.» Ich berührte mein Hammeramulett in der Hoffnung, dass ich recht hatte.

Der Steuermann des gegnerischen Schiffs hielt sich zu nahe an der Innenseite der Flusskrümmung, und ich sah den Ruck, der das große Schiff erschütterte, als es erneut auf Grund lief. Ein paar Herzschläge lang blieb es dort stecken, dann sprang ein Dutzend Männer von Bord. Ich dachte, sie würden versuchen, das Schiff aus dem Schlamm zu schieben, doch stattdessen trugen sie Speere und rannten auf uns zu.

«Durchziehen!», rief ich. «Irenmund! Halt dich rechts!» Die Steuerbordriemen trafen erneut auf das Flussbett, erzeugten jedoch auch eine Hebelwirkung, und die *Brimwisa* fuhr weiter. Die Ruderer auf der Backbordseite sahen angstvoll zu den Gegnern hinüber, die durch das Schilf und die Grashügel des Marschlandes stolperten. «Einfach weiterrudern!», schrie ich.

«Warum?» Ein Mann mit bloßer Brust und einem eckig gestutzten Bart forderte mich heraus. Er hörte auf zu rudern, stand auf und sah mich streitlustig an. «Das sind Eure Gegner, nicht unsere!»

Er hatte natürlich recht, aber es war nicht die Zeit, um mit ihm zu streiten, vor allem nicht, weil einige der Rudermänner ihm mit finsteren Mienen zustimmten. Ich zog Schlangenhauch, stieg über die nächste Bank und stieß zu. Er hatte noch Zeit für einen erstaunten

Blick, dann schlossen sich seine schwieligen Hände um die lange Klinge, die an einer Rippe entlangschabend tief in seine Brust eingedrungen war. Er röchelte, Blut quoll aus seinem offenen Mund und lief an seinem Bart hinunter, während er mich flehend anstarrte. Knurrend zerrte ich die Klinge seitwärts, und er kippte über Bord. Das Wasser färbte sich rot.

«Will noch jemand mit mir streiten?», fragte ich. Keiner wollte es. «Diese Männer», ich deutete mit der blutbesudelten Klinge auf unsere Verfolger, «werden euch verkaufen. Aber ich werde euch freilassen. Und jetzt rudert!» Der Tod des einen Mannes spornte die anderen zu neuerlichem Einsatz an, und die *Brimwisa* schoss gegen die wirbelnde Strömung des Flusses vorwärts. «Folcbald!», rief ich. «Übernimm diesen Riemen! Aldwyn!» Der Junge hastete zu mir, und ich gab ihm Schlangenhauch. «Reinige es.»

«Ja, Herr.»

«Tauch die Klinge in den Fluss», sagte ich zu ihm, «dann wischst du jeden Tropfen Blut und Wasser ab. Bring mir das Schwert zurück, wenn es trocken ist. Richtig trocken!»

Ich hatte den Mann nicht töten wollen, aber ich hatte die Feindseligkeit der vollkommen erschöpften Ruderer gespürt, die in eine Auseinandersetzung verwickelt worden waren, die nichts mit ihnen zu tun hatte. Der tote Mann, der nun bäuchlings den Fluss hinunter auf unsere Verfolger zutrieb, hätte diese Feindseligkeit in Verweigerung umschlagen lassen können. Selbst jetzt, während sich die Ruderer verzweifelt in die Riemen hängten, sah ich den Argwohn in ihren Mienen, doch dann rief Irenmund, der stolz im Heck stand: «Der Herr Uhtred hat recht! Wir würden einfach wieder verkauft werden! Also rudert!»

Sie ruderten, doch selbst mit ihren neuen, aus Angst geborenen Kräften konnten wir nicht die Männer abhängen, die über das Marschland rannten. Ich zählte sie. Zwölf Mann, von denen jeder zwei Speere trug. Waormund gehörte nicht zu ihnen, er war noch immer an Bord seines Schiffs, das von der Sandbank geschoben wurde. Seine Befehlsrufe drangen über die Entfernung bis zu mir.

Dann beschloss der Speermann an der Spitze, seine Kraft auf die Probe zu stellen. Es war ein weiter Wurf, doch er wagte ihn, und der Speer flog in hohem Boden über den Fluss auf Irenmund zu, aber dann traf er mit einem dumpfen Laut in Finans Schild. Die anderen Männer rannten weiter auf uns zu, dann blieben zwei stehen, um ihre Speere zu schleudern. Einer flog zu kurz, tauchte im Fluss unter, der andere blieb bebend im Rumpf der *Brimwisa* stecken.

Waormund war nicht dumm gewesen. Er hatte erkannt, dass Speermänner uns zu Fuß erreichen und uns lahmlegen konnten, wenn sie genügend Ruderer verletzten, doch er war nicht klug genug gewesen, um ihnen zu sagen, dass es am aussichtsreichsten war, wenn sie ihre Speere gemeinsam warfen. Einen einzelnen Speer kann ein Mann mit seinem Schild ablenken oder auffangen, ein Hagel von Speeren jedoch ist viel tödlicher. Einer nach dem anderen warfen die Männer die schweren Klingen, und eine nach der anderen hielten wir auf oder sahen sie zu hoch oder zu niedrig fliegen. Nicht jeder Speer ging fehl. Ein Ruderer wurde am Oberschenkel getroffen, wo ihm die Klinge einen tiefen Schnitt beibrachte, den Pater Oda eilig verband. Ein anderer Speer glitt an dem eisenbeschlagenen Rand meines Schildes ab und fügte einem Mann eine lange oberflächliche Wunde auf dem Rücken zu, doch die meisten Speere richteten nichts aus, und wir ruderten immer weiter, näherten uns der nächsten Flussbiegung, die uns nordwärts bringen würde. Nordwärts nach Mercien.

Waormund hatte sein Schiff befreit und seine Männer wieder an die Riemen gesetzt, doch Irenmund steuerte uns schon durch die scharfe Flusskehre. Ich sah Beornoth einen Speer heben, um ihn auf die wütenden Männer zurückzuschleudern, denen nun nichts übrigblieb, als zuzusehen, wie wir von ihnen wegruderten. «Nein!», rief ich ihm zu.

«Ich kann einen von den Bastarden aufspießen, Herr!», rief er zurück.

«Und ihnen die Gelegenheit geben, uns mit dem Speer noch einmal anzugreifen? Wirf ihn nicht!»

Waormunds Männer hatten all ihre Speere eingesetzt, und nun war seine einzige Aussicht, schneller zu rudern, aber der größere Tiefgang seines Schiffes wurde ihm zum Nachteil, und die Ebbe war auf einem gesegnet niedrigen Stand. Wir brachten die Flusskehre hinter uns, fuhren nordwärts und sahen das Schiff unserer Verfolger erneut mit einem Ruck auf Grund laufen. Wir ruderten weiter, vergrößerten die Entfernung mit jedem Riemenschlag, fuhren immer noch durch weites Marschland, doch voraus zeigten sich nun niedrige, bewaldete Hügel und der Rauch von Kochfeuern. Der Fluss wurde schmutziger, war durchzogen von übelriechenden braunen Wasserstreifen. Es gab hier ein Dorf, wie mir wieder einfiel, das an der Furt der Römerstraße von Lundene nach Colneceaster erbaut worden war, und ich befürchtete, dass die Ostanglier dort eine Wachtruppe zum Schutz der Flussquerung eingesetzt haben könnten. Wir ruderten mittlerweile zwischen mächtigen Weiden, die sich in unserem Mast und der Rah verfingen, und ich sah, wie die dünnen Rauchfäden aus dem Dorf den Himmel vor uns besudelten. Benedetta war zu mir ins Heck gekommen, während wir zwischen den ersten kleinen Katen des Dorfes hindurchfuhren. Sie rümpfte die Nase. «Was für ein Gestank!»

«Gerber», sagte ich.

«Leder?»

«Sie behandeln die Häute mit Ausscheidungen.»

«Das ist widerwärtig.»

«Es geht eben widerwärtig zu auf der Welt», sagte ich.

Benedetta hielt inne, bevor sie mit gesenkter Stimme erklärte: «Ich habe etwas zu sagen.»

«Sag es.»

«Die Sklavenmädchen», sie nickte zum Bug, wo sich die Mädchen zusammendrängten, die wir aus Gunnalds Lagerhaus befreit hatten. «Sie fürchten sich.»

«Wir alle fürchten uns.»

«Aber bei Gunnald wurden sie von den Männern getrennt gehalten. Sie fürchten sich nicht vor Euren Gegnern, sondern vor den anderen Sklaven. Auch ich fürchte mich vor ihnen.» Erneut hielt sie inne, bevor sie schroffer hinzufügte: «Ihr hättet die Männer an den Riemen nicht losmachen sollen, Herr Uhtred. Sie sollten alle noch angekettet sein!»

«Ich gebe ihnen die Freiheit», sagte ich.

«Die Freiheit, sich zu nehmen, was sie wollen.»

Ich sah zu den Frauen hinüber. Alle waren jung, und die vier, die Gunnald zu seinem eigenen Gebrauch gehalten hatte, waren unbestreitbar gut aussehend. Sie erwiderten meinen Blick mit ängstlichen Mienen. «Das Einzige, was ich tun kann, außer die Ruderer zu töten», sagte ich, «ist, die Frauen zu beschützen. Meine Männer werden sie nicht anrühren.»

«Ich werde jeden töten, der es versucht», warf Finan ein. Er hatte unserem Gespräch zugehört.

«Männer sind nicht gutartig», sagte Benedetta, «das weiß ich.»

Wir fuhren an einer Holzkirche vorbei, und jenseits davon jätete eine Frau Unkraut in einem Gemüsegarten. «Sind hier Kampfeinheiten?», rief ich zu ihr hinüber, aber sie gab vor, mich nicht zu hören, und ging auf ihre strohgedeckte Hütte zu.

«Ich sehe nirgendwo Truppen», sagte Finan, «und warum sollten sie hier einen Außenposten haben?» Er hob das Kinn zu der Furt, die sich ein Stück voraus mit gekräuseltem Wasser abzeichnete. «Ist das nicht die Straße nach Ostanglien? Auf dieser Straße werden sie sicher nicht mit Gegnern rechnen.»

Ich zuckte nur schweigend mit den Schultern. Irenmund stand weiter am Steuerruder. Ein Hund jagte wild bellend neben uns am Ufer her, doch als wir die

Furt erreichten, gab er die Verfolgung auf. Wieder schabte unser Kiel über das Flussbett, obwohl wir uns in der Mitte hielten, doch dann ging das bedrohliche Geräusch vorüber, und die leichte Berührung des Grunds hatte kaum eine Auswirkung auf unser langsames Vorankommen. «Hier kommt er nicht durch», erklärte ich Finan.

«Waormund?»

«In dieser Furt wird er endgültig stecken bleiben. Er wird über Stunden festliegen.»

«Lob sei Gott», sagte Benedetta.

Aldwyn brachte mir Schlangenhauch. Ich überprüfte, ob die Klinge sauber und trocken war, schob das Schwert in seine fellgefütterte Scheide und strich Aldwyn über den Kopf. «Gut gemacht», sagte ich. Dann wandte ich mich um und entdeckte keine Spur von unseren Verfolgern. «Ich denke, wir sind in Sicherheit.»

«Lob sei Gott», sagte Benedetta erneut, doch Finan nickte nur Richtung Westen.

Und dort auf der Straße nach Lundene, am westlichen Ende des Dorfes, waren Reiter. Die Sonne stand niedrig, blendete mich, aber ich sah Männer, die sich in den Sattel zogen. Es waren nicht viele, vielleicht acht oder neun, aber zwei von ihnen trugen die unverwechselbaren dunkelroten Umhänge. «Also haben sie hier Späher abgestellt», sagte ich erbittert.

«Oder eine Versorgungseinheit», kam es verdrießlich von Finan.

«Sie scheinen nicht neugierig auf uns zu sein», sagte ich, während wir weiter nordwärts ruderten.

«Das hoffst du», sagte Finan. Dann verschwanden

die Reiter hinter einem Obstgarten. Die Sonne mochte niedrig stehen, doch es war Sommer, und wir hatten eine lange Zeit bis zur Dämmerung vor uns.

Die uns noch immer den Tod bringen konnte.

Neun

Es hätte ein angenehmer Abend sein sollen. Es war warm, nicht zu warm, die Sonnenstrahlen fielen schräg über grünes Land, und wir ruderten langsam, beinahe gemächlich. Die Ruderer waren vollkommen entkräftet, und ich forderte ihnen keine größeren Anstrengungen mehr ab. Wir fuhren in Schrittgeschwindigkeit, zufrieden, dass uns niemand verfolgte. Freilich, wir hatten eine kleine Gruppe von Æthelhelms Männern in dem Dorf an der Furt über den Ligan gesehen, aber wir hatten bei ihnen offenbar keine Aufmerksamkeit hervorgerufen, und keine Reiter tauchten auf den Feldern zu unserer Linken auf. Und so bewegten wir uns zwischen Weiden und Erlen langsam nordwärts, vorbei an Wiesen, auf denen Rinder grasten, und kleinen Gehöften, die aus der Ferne an dem aufsteigenden Rauch in der windstillen Luft zu erkennen waren. Wir ruderten weiter, während die Schatten immer länger wurden und der Tag in einen ausgedehnten Sommerabend überging. Die lautesten Geräusche waren das Knarren der Riemen und das Eintauchen der Ruderblätter, das leichte Kräuselwellen hinterließ, die von der Strömung flussab getrieben wurden. Ich löste Irenmund am Steuerruder ab, und er übernahm den Riemen eines jungen Mannes, der kurz vor dem Zusammenbruch schien. Finan hockte sich neben mich auf die Steuerplattform, und Benedetta beugte sich mit einer Hand am Achtersteven über die Reling. «Ist das Mercien?», fragte sie mich.

«Der Fluss ist die Grenze», erklärte ich. «Was bedeutet, dass das hier Ostanglien ist», ich deutete zum rechten Ufer, «und das», ich deutete in Richtung der untergehenden Sonne, «ist Mercien.»

«Aber wenn das Mercien ist», fuhr sie fort, «dann finden wir doch gewiss Verbündete?»

Oder wir würden Gegner finden, dachte ich, sagte jedoch nichts. Wir ruderten einen langen, geraden Flussabschnitt hinauf, und ich konnte keinerlei Hinweis auf Verfolgung entdecken. Ich war sicher, dass Waormunds Schiff unmöglich die Furt passiert haben konnte, zumindest nicht, bevor die Flut kam, und seine Männer, ermüdet vom Rudern und belastet mit Kettenrüstungen und Waffen, würden uns niemals zu Fuß einholen. Meine Befürchtung war, dass Waormund Pferde finden könnte, und dann würde er sich über uns hermachen wie ein Wiesel über Junghasen, doch während die Sonne den westlichen Himmel erglühen ließ, sahen wir keinen einzigen Reiter.

Wir kamen an zwei weiteren Dörfern vorbei. Das erste lag auf dem westlichen Ufer und war von den zerfallenden Überresten einer Palisade und einem Graben umgeben, der halb mit nachgerutschtem Sand gefüllt war. Diese eingestürzte Palisade war eine Erinnerung daran, wie friedlich es in diesem Teil Britannien geworden war. Einst hatte hier eine umkämpfte Grenze gelegen, die Grenze zwischen den Sachsen von Mercien und den Dänen von Ostanglien. König Alfred hatte ein Abkommen mit diesen Dänen unterzeichnet, das ihnen alles Land im Osten überließ, doch sein Sohn hatte Ostanglien erobert, und der Fluss war wieder friedlich. Nun aber konnte Edwards Testament, in dem er sein Königreich zwischen Æthelstan und Ælfweard aufteilte, bedeuten, dass die Palisade wieder instand gesetzt und der Graben vertieft werden musste. Das zweite Dorf befand sich auf dem östlichen Ufer und besaß einen Anlegeplatz am Fluss, an dem vier Bargen von der ungefähren Größe der *Brimwisa* festgemacht hatten. Auf keiner der Bargen war der Mast aufgerichtet, doch alle waren mit robusten Ruderdollen für Riemen ausgerüstet, und auf einem Deck erhob sich eine Ladung Holzbalken. Jenseits der Anlegestelle lagen gefällte Stämme, die zwei Männer mit Keilen und Hämmern spalteten. «Balkenholz für Lundene», sagte ich zu Finan.

«Lundene?»

«Die Schiffe haben ihre Masten nicht aufgerichtet», sagte ich, «damit sie unter der Brücke hindurchfahren können.» In der sächsischen Stadt außerhalb der römischen Stadtmauer von Lundene herrschte ein unendlicher Bedarf an Holz für neue Häuser, neue Anlegeplätze und als Brennmaterial.

Die beiden Männer, die dabei waren, die Stämme zu spalten, hielten inne, als sie uns vorbeifahren sahen. «Da oben ist eine Furt!», rief einer und deutete nach Norden. Er sprach dänisch. «Habt Acht!»

«Wie heißt dieser Ort?», rief ich in derselben Sprache zurück.

Er zuckte mit den Schultern. «Holzplatz!»

Finan lachte, ich schaute finster drein, dann drehte ich mich nach hinten um, sah jedoch immer noch keine

Reiter auf der Verfolgung. Im besten Fall, dachte ich, würde Waormund nach Lundene zurückkehren und am Morgen mit genügend Männern wieder losziehen, um uns niederzumachen. Er würde den Fluss absuchen, bis er die *Brimwisa* entdeckte, und wenn sie verlassen war, die Umgebung durchkämmen. Einen Moment lang kam mir sogar in den Sinn, mit dem Schiff umzukehren und flussabwärts zu rudern, um so die Temes und dann die offene See zu erreichen, doch das wäre eine nächtliche Fahrt gegen die Flut mit einer erschöpften Mannschaft in einem seichten Fluss, und wenn Waormund einen Funken Verstand besaß, würde er sein Schiff mit genügend Männern dazu einsetzen, den Ligan zu blockieren und uns abzufangen.

Wir ließen die Furt nördlich des Holzplatzes hinter uns, ohne mit dem Kiel über den Kies im Flussbett zu schaben, auch wenn einige der Riemen stockten, als sie den Grund berührten. «Wir müssen bald anhalten», drängte Benedetta, «seht Euch die Männer an!»

«Wir fahren weiter, solange es hell ist», sagte ich.

«Aber sie sind müde!», sagte sie. Auch ich war müde, ich war die immer neuen Versuche müde, mich aus einer Zwangslage zu befreien, die ich selbst herbeigeführt hatte, und ich war besorgt aufgrund der Reiter, die wir gesehen hatten. Ich wollte anhalten, doch zugleich bereitete mir ein Halt Sorgen. Der Fluss war an dieser Stelle breit, breit und seicht, und Benedetta hatte recht, die Ruderer konnten nicht mehr lange durchhalten, und wir kamen gegen die träge Strömung kaum voran. Die Sonne stand nun niedrig, berührte die Gipfel von Hügeln in der Ferne, doch hervorgehoben von ihrem glutroten Schein konnte ich auch ein hohes Strohdach über einen Ulmenhain hinausragen sehen. Ich zog das Steuerruder zu mir und ließ die *Brimwisa* so auf Grund laufen, dass der Bug gerade eben das Ufer berührte.

Finan warf mir einen Seitenblick zu. «Wir halten an?»

«Bald wird es dunkel. Ich will einen Unterschlupf finden.»

«Könnten wir nicht auf dem Schiff bleiben?»

«Viel weiter werden wir damit nicht kommen», sagte ich. Der Fluss wurde immer flacher, auf dem letzten Abschnitt waren wir durch wehende Algen gefahren, und unsere Riemen und der Kiel hatten ständig über das Flussbett geschabt. Ich entschied, dass es an der Zeit war, die *Brimwisa* aufzugeben. «Wir könnten warten, bis die Flut einsetzt», erklärte ich Finan, «und noch ein paar Meilen weiterkommen, aber das wäre eine Wartezeit von mehreren Stunden. Besser wir gehen jetzt zu Fuß weiter.»

«Und ruhen uns vorher aus?»

«Und ruhen uns vorher aus», versicherte ich ihm.

Wir gingen an Land, nahmen die erbeuteten Waffen, die Kleidung, Nahrungsmittel, Kettenhemden und das Geld mit. Ich verteilte das Essen, ließ jeden nehmen, was er tragen konnte. Das Letzte, was wir mitnahmen, waren die beiden langen Ketten, mit denen die Fußeisen der Ruderer verbunden gewesen waren. «Warum die, Herr?», fragte mich Immar, nachdem ich ihm eine der schweren, aufgerollten Ketten auf die Schultern gelegt hatte.

«Ketten sind wertvoll», sagte ich.

Bevor wir vom Fluss aufbrachen, ließ ich Gerbruht und Beornoth, die einzigen meiner Männer, die schwimmen konnten, ihre Stiefel und Kettenhemden ausziehen und die Bugleine der *Brimwisa* über den Fluss bringen. Auf der anderen Seite angekommen, zogen sie das Schiff zum ostanglischen Ufer, machten es an einer Weide fest und kehrten halb watend, halb schwimmend zurück. Es war eine kleine und vermutlich nutzlose Vorkehrung, doch falls uns Waormund folgte, würde er das Schiff am östlichen Ufer entdecken und seine Männer möglicherweise auf die andere Seite des Flusses und damit von uns weg führen.

Abendliches Zwielicht hatte eingesetzt, als wir über eine üppige Flussaue gingen, auf der dicht an dicht Sumpfdotterblumen standen, dann durch den Ulmenhain und so bis zu einem großen Gehöft, das, ebenso wie die Dörfer, an denen wir vorbeigekommen waren, keine Palisade besaß. Zwei angeleinte Hunde empfingen uns mit rasendem Gebell. Wir hatten einen großen Palas vor uns, von dem Rauch in den Abendhimmel aufstieg, eine frisch mit Stroh gedeckte Scheune und einige kleinere Gebäude, die ich für Kornspeicher und Stallungen hielt. Die zwei Hunde bellten noch aufgeregter, zerrten an den kräftigen Leinen, mit denen sie vor dem Palas angebunden waren, und hörten erst auf, als die Tür aufgestoßen wurde und sich die Umrisse von vier Männern vor dem Feuerschein aus dem Inneren des Palas abzeichneten. Drei der Männer trugen Jagdbögen und hatten schon die Pfeilnocken an die Sehnen gezogen, der vierte hielt ein Schwert in der Hand. «Wer seid Ihr?», rief er.

«Reisende», rief ich zurück.

«Liebe Güte, und nicht wenige!»

Ich gab Finan meinen Schwertgürtel und ging nur von Benedetta und Pater Oda begleitet auf den Palas zu. Als ich näher kam, sah ich, dass der Mann mit dem Schwert älter, aber noch sehr rüstig war. «Ich suche nach einem Unterkommen für eine Nacht», erklärte ich, «und ich habe Silber, um Euch zu bezahlen.»

«Silber ist immer willkommen», sagte er wachsam, «aber wer seid Ihr und wohin geht Ihr?»

«Ich bin ein Freund König Æthelstans», antwortete ich.

«Mag sein», sagte er vorsichtig, «aber Ihr seid kein Mercier.»

Das hatte ihm meine Aussprache verraten. «Ich bin aus Northumbrien.»

«Ein Northumbrier, der ein Freund des Königs ist?», fragte er spöttisch.

«Ebenso wie ich ein Freund der Herrin Æthelflæd war.»

Dieser Name ließ ihn innehalten. Er starrte uns an, blinzelte in das schwindende Licht, und ich sah seinen Blick zu dem Hammeramulett wandern, das um meinen Hals hing. «Ein northumbrischer Heide», sagte er langsam, «der ein Freund der Herrin Æthelflæd war.» Er sah mir wieder ins Gesicht und senkte zugleich das Schwert. «Ihr seid Uhtred von Bebbanburg!» Sein Erstaunen war ihm deutlich anzuhören.

«Der bin ich.»

«Dann seid Ihr willkommen, Herr.» Er schob das Schwert in die Scheide, bedeutete seinen Begleitern mit einer Handbewegung, die Bögen abzusetzen, trat ein paar Schritte auf uns zu und blieb eine Schwertlänge entfernt vor mir stehen. «Mein Name ist Rædwalh Rædwalhson.»

«Es ist gut, Euch kennenzulernen», sagte ich nachdrücklich.

«Ich habe bei Fearnhamme gekämpft, Herr.»

«Ein übler Kampf war das», gab ich zurück.

«Wir haben gesiegt, Herr! Ihr habt gesiegt!» Er lächelte. «Ihr seid wahrhaft willkommen!»

«Ich bin vielleicht nicht mehr so willkommen, wenn Ihr erfahrt, dass wir verfolgt werden.»

«Von den Bastarden, die Lundene eingenommen haben?»

«Sie werden kommen», sagte ich, «und wenn sie uns hier finden, werden sie Euch bestrafen.»

«Ostanglier!», gab Rædwalh wütend zurück. «Sie haben schon Männer geschickt, um unsere Lagerhäuser zu plündern und Vieh zu stehlen.»

«Wir haben zu essen», sagte ich, «aber wir brauchen Ale und einen Platz zum Ausruhen. Nicht in Eurem Palas, ich kann Euren Hausstand nicht in Gefahr bringen.»

Er dachte einen Moment nach. Eine ältere Frau, die ich für seine Ehefrau hielt, kam an die Tür und musterte uns. Die ersten Fledermäuse verließen die Scheune, hoben sich schwarz vor dem Himmel ab, an dem sich die ersten Sterne zeigten. «Es gibt eine Stelle knapp eine Meile südlich von hier», sagte Rædwalh, «dort könnt Ihr ungefährdet rasten.» Er sah an mir vorbei auf die zusammengewürfelte Schar aus Sklaven, Kindern und

Kriegern. «Ihr führt einen mächtig seltsamen Kampftrupp an, Herr», fuhr er belustigt fort, «was in Gottes Namen habt Ihr vor?»

«Habt Ihr Zeit für eine Geschichte?»

«Haben wir dafür nicht immer Zeit, Herr?»

Es war die Erwähnung Æthelflæds gewesen, die Rædwalhs Entgegenkommen ausgelöst hatte. Die Mercier hatten sie geliebt, sie verehrt, und nun trauerten sie ihr nach. Es war Æthelflæd, die Mercien von den Dänen befreit hatte, die Kirchen gestiftet hatte, Klöster und Abteien. Sie war die Herrin von Mercien, eine Regentin, die leidenschaftlich den Stolz Merciens und den Reichtum Merciens verteidigt hatte, und alle Mercier kannten mich als einen Freund von ihr, einige ahnten sogar, dass ich ihr Geliebter gewesen war. Rædwalh sprach von ihr, als er uns südwärts um eine bewaldete Hügelflanke führte, dann hörte er zu, als ich ihm von unserer Flucht aus Lundene erzählte. «Wenn die Bastarde nach Euch suchen», versicherte er mir, «werde ich kein Wort sagen. Und meine Leute ebenso wenig. Wir mögen die Ostanglier nicht.»

«Der Mann, der die Suche anführt», sagte ich, «ist ein Westsachse.»

«Die Westsachsen mögen wir auch nicht! Keine Sorge, Herr, keiner von uns hat Euch gesehen.»

Es war eine helle Mondnacht. Wir gingen durch die Flussauen, und ich machte mir Gedanken darüber, dass Waormund Männer zu Fuß nach Norden geschickt haben könnte, um die *Brimwisa* zu finden. Ich sah ihren Mast über den dunklen Weiden aufragen, als wir südwärts gingen, doch ich entdeckte keinen Hinweis auf einen Gegner. «Wenn Ihr dieses Schiff wollt», sagte ich zu Rædwalh, «gehört es Euch.»

«Hab Schiffe nie gemocht, Herr.»

«Aber könnte Euch sein Holz nicht nützlich sein?»

«Das stimmt! Aus dem Holz eines guten Schiffes lassen sich einige Katen bauen. Vorsichtig hier.» Wir waren an einem schilfumstandenen Graben angekommen, und als wir ihn hinter uns hatten, führte uns Rædwalh westwärts auf niedrige Waldhügel zu. Wir folgten einem gewundenen Pfad zwischen Eschen und Ulmen bis zu einer Lichtung, auf der eine verkommene Scheune im Mondlicht stand. «Sie hat zum Gehöft meines Vaters gehört», erklärte Rædwalh, «und auch zu meinem, aber der Bursche, dem die Flusswiesen gehörten, ist vor zehn Jahren gestorben, und ich habe seiner Witwe das Land abgekauft. Sie ist vier Jahre nach dem alten Burschen gestorben, und wir sind in ihren Palas eingezogen.» Er drückte eine schief in den Angeln hängende Tür auf. «Es ist trocken hier drin, Herr. Ich schicke Euch Ale und was wir an Nahrungsmitteln entbehren können. In jedem Fall haben wir Käse.»

«Ihr müsst unseretwegen keinen Hunger leiden», sagte ich, «wir brauchen nur Ale.»

«Dort hinten ist eine Quelle», Rædwalh nickte zu dem höhergelegenen Gelände im Westen, «und das Wasser ist gut.»

«Dann brauche ich nur Obdach.» Ich steckte die Finger in meinen Beutel.

Rædwalh hörte das Klimpern der Münzen. «Es kommt mir nicht richtig vor, Geld von Euch zu nehmen, Herr, nicht für eine Nacht in einer alten Scheune.»

«Dieses Geld habe ich einem Sklavenhändler abgenommen.»

«Wenn es so ist.» Grinsend streckte er die Hand aus. «Und wohin geht Ihr von hier aus, Herr, wenn ich das fragen darf?»

«Weiter nach Norden», erklärte ich absichtsvoll verschwommen. «Wir suchen nach den Einheiten König Æthelstans.»

«Nach Norden!» Rædwalh klang überrascht. «Ihr müsst nicht nach Norden gehen Herr, ein paar Hundertschaften König Æthelstans sind in Werlameceaster! Dort dienen meine beiden Söhne unter dem Herrn Merewalh.»

Nun war ich selbst überrascht. «Werlameceaster?», fragte ich. «Liegt das in der Nähe?»

«Der gütige Gott segne Euch, Herr», sagte Rædwalh heiter, «es liegt nicht mehr als zwei Dutzend Meilen von hier!»

Also war mein Freund Merewalh ganz in der Nähe, und mit ihm die Hundertschaften, die er so töricht aus Lundene herausgeführt hatte. «Und Merewalh ist immer noch dort?»

«Vor einer Woche war er es noch», sagte Rædwalh, «ich bin dorthin geritten, um den Jungen einen Schinken zu bringen.»

Mit einem Mal kam Hoffnung in mir auf, Erleichterung. Ich berührte mein Hammeramulett. «Und wo sind wir jetzt?», fragte ich.

«Gott sei mit Euch, Herr, dies ist Cestrehunt!»

Ich hatte nie von diesem Ort gehört, auch wenn Rædwalh ihn offenkundig für bedeutend hielt. Ich tastete in meinem Beutel nach einer Goldmünze. «Habt Ihr einen zuverlässigen Bediensteten?»

«Ich habe sechs davon, Herr.»

«Und ein gutes Pferd?»

«Auch davon habe ich sechs, Herr.»

«Kann dann einer von Euren Bediensteten heute Abend nach Werlameceaster reiten», begann ich und hielt Rædwalh die Münze hin, «um Merewalh zu erklären, dass ich hier bin und Unterstützung brauche?»

Rædwalh zögerte, dann nahm er die Münze. «Ich werde zwei Männer schicken, Herr.» Wieder zögerte er. «Wird es einen Krieg geben?»

«Es ist schon Krieg», sagte ich düster, «in Lundene hat es Kämpfe gegeben, und wenn ein Krieg erst einmal angefangen hat, ist er schwer aufzuhalten.»

«Weil wir zwei Könige haben statt einem?»

«Weil wir einen König haben», sagte ich, «und einen widerwärtigen Knaben, der sich für einen König hält.»

Rædwalh hörte die Bitterkeit in meiner Stimme. «Ælfweard?»

«Er und sein Onkel.»

«Der nicht aufgeben wird, ehe sie Mercien geschluckt haben», bemerkte Rædwalh säuerlich.

«Aber was ist, wenn Mercien Wessex und Ostanglien schluckt?», fragte ich. Er dachte darüber nach, dann bekreuzigte er sich. «Mir ist es lieber, wenn kein Krieg ist, Herr. Es hat schon zu viel Krieg gegeben. Ich will nicht, dass meine Söhne in einem Schildwall stehen, aber wenn es Krieg geben muss, dann bete ich, dass ihn Æthelstan gewinnt. Seid Ihr deshalb hier, Herr? Um ihn zu unterstützen?»

«Ich bin hier», sagte ich, «weil ich ein Narr bin.»

Und das war ich. Ich war ein gedankenloser Narr, doch die Götter hatten mich in die Nähe von Æthelstans Einheiten geführt, also waren die Götter vielleicht auf meiner Seite.

Der nächste Tag würde es zeigen.

Ich erlaubte keine Feuerstelle. Wenn Waormund Männer losgeschickt hatte, um uns über Nacht zu folgen, würde uns ein Feuer verraten, selbst eines in der alten Scheune. Wir aßen altbackene Haferfladen und Trockenfisch, tranken das Wasser aus der Quelle, von dem Rædwalh gesagt hatte, es sei rein, und dann hieß ich die Ruderer, an dem einen Ende der Scheune zu schlafen, die Frauen und Kinder am anderen, während ich und meine Männer dazwischen lagern würden. Unsere Beute, die zusätzliche Kleidung, die Kettenhemden, das Geld und die Speere brachte ich bei den Frauen unter. Dann ließ ich all meine Männer ihre Schwerter ziehen. Ein Streifen Mondlicht fiel durch das beschädigte Scheunendach und gab eben genug Licht, damit die Ruderer das Schimmern der Klingen sehen konnten. «Ich kette euch aneinander», erklärte ich ihnen. Einige Herzschläge lang herrschte Stille, dann ertönte Murren. «Ich lasse euch frei!», beruhigte ich sie. «Ich habe es versprochen, und ich halte meine Versprechen. Aber heute Nacht tragt ihr die Ketten, vielleicht zum letzten Mal. Immar, Oswi! Tut es.»

Dafür hatte ich die Ketten mitgenommen. Die Ruderer waren bis auf die Knochen erschöpft, und das mochte genügen, damit sie die ganze Nacht schliefen, doch Benedettas Warnung war mir im Gedächtnis geblieben. Männern, deren Knöchel mit einer Kette verbunden waren, würde es schwerlich gelingen, sich lautlos zu bewegen, und jeder Versuch, die Kette zu lösen, würde uns aufmerksam machen. Benedetta und die Frauen beobachteten, wie Oswi und Immar die Ketten durch die Ringe führten. Es gab keine Möglichkeit, die Ketten festzumachen, also banden sie die Enden nur zu plumpen Knoten.

«Jetzt schlaft», erklärte ich ihnen und sah zu, wie sie sich mürrisch auf dem schmuddeligen Stroh niederließen, bevor ich Finan mit nach draußen ins Mondlicht nahm. «Wir werden Wachposten brauchen», sagte ich. Wir blickten über die Wiese hinweg zu dem mondbeschienenen Fluss, der silbrig zwischen den Weiden dahinströmte.

«Glaubst du, die Bastarde verfolgen uns?»

«Das könnte sein, aber selbst wenn sie es nicht tun…»

«Brauchen wir Wachposten», unterbrach er mich.

«Ich übernehme den ersten Teil der Nacht», sagte ich, «und du den zweiten. Jeder von uns braucht drei Männer.»

«Hier draußen?», fragte er. Wir standen dicht vor der Scheune.

«Ein Mann hier draußen», sagte ich, «und du oder ich drinnen mit den anderen beiden.»

«Drinnen?»

«Traust du den Sklaven?»

«Sie sind angekettet», sagte er.

«Und verzweifelt. Sie wissen, dass wir verfolgt werden. Vielleicht denken sie, es ist besser, jetzt zu flüchten, statt darauf zu warten, dass uns Waormunds Truppen gefangen nehmen. Und sie wissen, dass wir Geld, Frauen und Waffen haben.»

Er schwieg einen Moment lang. «Lieber Herr Jesus», sagte er dann leise «denkst du wirklich, sie wagen einen Angriff auf uns?»

«Ich denke, wir sollten vorbereitet sein, falls sie es tun.»

«Und es sind beinahe dreißig Mann. Wenn sie alle uns angreifen …», er beendete den Satz nicht.

«Selbst wenn es nur die Hälfte tut», sagte ich, «aber vielleicht bilde ich mir das alles auch nur ein.»

«Und wenn sie es wirklich tun?»

«Dann erledigt ihr sie. Ohne zu zögern.»

«Lieber Herr Jesus», sagte er noch einmal.

«Und warne all unsere Männer», fügte ich hinzu.

Wir gingen wieder hinein. Das Mondlicht fiel durch die gezackten Löcher in dem beschädigten Dach. Männer schnarchten. Ich hörte ein Kind weinen, und Benedetta, die ihm leise etwas vorsang. Nach einer Weile versiegte das Weinen. Im Wald erklang ein Eulenruf.

Ich ließ Oswi vor der Scheune Aufstellung nehmen und setzte mich drinnen mit Beornoth und Gerbruht an eine Wand im tiefen Schatten. Keiner von uns sagte etwas, und meine Gedanken schweiften ab, während ich gegen den Schlaf kämpfte. Ich dachte an das Haus in Lundene, in dem ich mit Gisela gewohnt hatte, und ich versuchte, mir ihr Gesicht ins Gedächtnis zu rufen, doch es gelang mir nicht. Stiorra, meine Tochter, hatte ihrer Mutter ähnlich gesehen, doch auch Stiorra war tot und ihr Gesicht ebenso schwer heraufzubeschwören.

An Ravn allerdings konnte ich mich noch erinnern, den blinden Skalden und Vater Ragnars des Furchtlosen. Es war Ragnar gewesen, der mich gefangen genommen hatte, als ich ein Kind war, der mich erst versklavt und später als seinen Sohn angenommen hatte.

Ravn war ein großer Krieger gewesen, bis ihm ein sächsisches Schwert das Augenlicht geraubt hatte, und so war er ein Skalde geworden. Er hatte gelacht, als ich sagte, ich wisse nicht, was ein Skalde sei. «Du würdest einen Skalden einen Scop nennen», hatte er erklärt.

«Einen Schöpfer?»

«Einen Dichter, Junge. Einen Traumweber, einen Mann, der Herrlichkeiten aus dem Nichts erschafft und dich mit ihrer Erschaffung überwältigt.»

«Und welchen Nutzen hat ein Dichter?», hatte ich gefragt.

«Nicht den geringsten, Junge, nicht den geringsten! Dichter sind vollkommen nutzlos! Aber wenn die Welt endet, werden sich die Menschen an unsere Lieder erinnern, und sie werden diese Lieder in Walhall singen, und auf diese Weise wird die Herrlichkeit von Mittelerde nicht untergehen.»

Ravn hatte mir das Wissen über seine Götter weitergegeben, und nun, da ich so alt war wie Ravn, als ich ihn gekannt hatte, wünschte ich mir, ich hätte ihm mehr Fragen gestellt, doch einmal sagte er, wie ich mich erinnerte, dass er glaube, es würde in der Nachwelt einen Platz für Familien geben. «Ich werde meine Frau wiedersehen», hatte er mir sehnsüchtig erklärt, und ich war zu jung gewesen, um etwas dazu sagen zu können, und zu dumm, um genauer nachzufragen. Alles, was ich hatte hören wollen, waren seine Erzählungen von der Schlacht, doch nun, in der vom Mond erhellten Scheune, klammerte ich mich an diese wenigen Worte, die vor so langer Zeit gesprochen worden waren, und träumte davon, dass Gisela in einem sonnenbeschienenen Palas auf mich wartete. Wieder versuchte ich, ihr Gesicht, ihr Lächeln heraufzubeschwören. Ich sah sie manchmal in meinen Träumen, doch niemals, wenn ich wach war.

«Herr», zischte Beornoth und stieß mich mit dem Ellbogen an.

Ich musste halb eingeschlafen sein, wachte aber schlagartig auf. Schlangenhauch war gezogen, lag unter dem Stroh verborgen neben mir, und unwillkürlich legte ich meine Hand um das Heft des Schwertes. Ich schaute nach rechts, wo sich die Ruderer schlafen gelegt hatten. Keiner regte sich, und ich hörte nichts als Schnarchen, doch nach einem Moment vernahm ich auch noch leises Gemurmel, und ich vermutete, dass es diese Laute gewesen waren, die Beornoth aufmerksam gemacht hatten. Ich konnte keine einzelnen Worte verstehen. Das Murmeln endete und setzte dann erneut ein. Ich hörte das schmutzige Stroh rascheln und die Ketten klirren. Diese Geräusche hatte es während der gesamten Nacht immer wieder gegeben, allerdings bewegen schlafende Männer ihre Füße, und deshalb hatte ich sie nicht weiter beachtet. Der Mond stand niedrig am Himmel, sodass nur wenig Licht durch das beschädigte Dach hereinfiel, doch alle Ruderer schienen zu schlafen. Ich lauschte nach dem Klang, den eine Kette verursachen könnte, wenn sie durch den Ring an der Knöchelschelle gezogen wird, doch alles, was ich vernahm, war Schnarchen. Ein Eulenruf ertönte. Eines der Kinder am anderen Ende der Scheune weinte im Schlaf und wurde besänftigt. Erneut klirrte eine Kette, dann war es ruhig, bevor sie lauter klirrte. Das Stroh raschelte, dann herrschte wieder Stille. Ich wartete ab, spannte meine Muskeln an, die Hand fest um Schlangenhauchs Heft geschlossen.

Dann geschah es. Ein großer Mann, kaum mehr als ein Schatten in der Dunkelheit, erhob sich und griff mich an. Er brüllte eine Herausforderung, als er sich auf mich stürzte und die Kette klirrend hinter sich herzog. Auch ich brüllte, stieß einfach einen Wutschrei aus, und zugleich hob ich Schlangenhauch und ließ den großen Mann in die Klinge laufen. Ich versuchte aufzustehen, doch das Gewicht des Mannes warf mich auf Beornoth, und wir fielen beide zurück. Schlangenhauch war tief eingedrungen, ich hatte gespürt, wie die Klinge durch Muskelschichten drang, doch der Mann schwang, immer noch brüllend, einen Sax gegen mich, bei dem es sich um die Waffe handeln musste, die ich Irenmund gegeben hatte, und ich fühlte, wie mein Kettenhemd riss und ein scharfer Schmerz über meine linke Schulter fuhr. Ich war auf den Boden der Scheune geworfen worden. Noch immer hielt ich Schlangenhauch fest, und unvermittelt wurde mir bewusst, dass warmes Blut über meine rechte Hand strömte. Beornoth brüllte etwas, Kinder schrien, ich hörte Finan fluchen, doch sehen konnte ich nichts, weil ich immer noch unter dem großen Mann lag, der mir mit kehligen Lauten seinen Atem ins Gesicht hauchte. Ich wälzte ihn von mir herunter, kam auf die Knie hoch und riss Schlangenhauch aufwärts. Ich hätte Wespenstachel einsetzen sollen, weil kein Platz war, um mit der langen Klinge auszuholen, doch bevor ich das Kurzschwert ziehen konnte, griffen mich zwei weitere Männer mit vor Angst und Wut verzerrten Gesichtern an. Der große Mann umklammerte im Sterben mein linkes Bein. Ich drehte Schlangenhauch in seinen Eingeweiden, während im selben Moment einer der beiden anderen Männer gegen meinen Bauch vorstieß, und im Mondlicht sah ich ein kleines Messer in seiner Hand. Ich drehte mich weg, und der Griff des sterbenden Mannes brachte mich zum Stolpern, sodass ich erneut auf den Boden fiel, und der Mann mit dem Messer stürzte knurrend hinterher, das Messer auf mein rechtes Auge gerichtet. Ich hielt sein Handgelenk mit meiner linken Hand fest, während die rechte noch immer Schlangenhauch umklammerte, und der Messermann knurrte erneut und drückte seine Klinge mit aller Kraft abwärts. Er war es gewohnt, sich in die Riemen zu legen, und seine Kraft war außerordentlich. Ich wollte mit Schlangenhauch auf seinen Nacken einhacken, doch der zweite Mann versuchte, mir das Schwert zu entwinden, und ich weiß noch, dass ich dachte, was für eine sinnlose Art zu sterben dies war. Zoll um Zoll kam das Messer des ersten Mannes näher. Im schwachen Mondlicht konnte ich sehen, dass es eigentlich kein Messer war, sondern ein Schiffsnagel, ein Dorn, und der Mann grunzte vor Anstrengung in dem Bemühen, ihn mir ins Auge zu stechen, während ich versuchte, seine Hand wegzuschieben und gleichzeitig Schlangenhauch im Griff zu behalten.

Ich war kurz davor, den Kampf zu verlieren. Der

Dorn kam näher und näher, und der Mann war stärker als ich, doch dann, ganz unvermittelt, riss er die Augen auf, hörte auf zu knurren, seine Hand verlor jede Kraft, und der lange Nagel fiel herab, nur knapp mein Auge verfehlend. Der Mann begann, Blut zu erbrechen, schwallweise Blut, schwarz in der Dunkelheit, Blut, das mir mit enormer Wucht entgegenspritzte, mich blind werden ließ, Blut, das warm über mein Gesicht strömte, während der Mann, der mit einem Mal einen Schlitz in der Kehle hatte, würgte und gurgelte. Beinahe im selben Moment ließ der zweite Mann sowohl meinen Arm als auch das Querstück von Schlangenhauch los.

Eine Frau kreischte wie ein gequälter Dämon. Ich stand auf, brüllte ebenso sehr vor Angst wie vor Erleichterung. In der Scheune stank es nach Blut. Der Mann, der versucht hatte, Schlangenhauch an sich zu reißen, wich, von einem Speer bedroht, zurück. Er hatte eine Wunde am Brustkorb, vermutlich von dem Speer, und ich gab ihm den Rest, indem ich ihm mit einem Rückhandschwung Schlangenhauch über die Kehle zog. Der große Mann, der den Kampf angefangen hatte, umklammerte weiter mein Bein, doch nur noch mit schwachem Griff, und ich stieß meine blutbesudelte Klinge abwärts durch seinen Arm, und dann, zornerfüllt, durch sein Auge bis tief in seinen Schädel.

Ein Stöhnen erklang, das entsetzte Aufkeuchen einiger Frauen und Schreie von den Kindern, dann war Stille.

«Jemand verletzt?», rief Finan.

«Ich», sagte ich bitter, «aber ich lebe noch.»

«Bastarde», stieß Finan aus.

Zehn der Ruderer waren überzeugt gewesen, ihre beste Aussicht läge darin, uns zu töten, und nun waren alle zehn entweder tot oder lagen sterbend in der von Blutgestank erfüllten Scheune. Die übrigen drängten sich an die Wand am anderen Ende. Irenmund war einer von ihnen. «Wir wussten nichts davon, Herr…», begann er.

«Schweig!», brachte ich ihn zum Verstummen, dann bückte ich mich und nahm den Sax aus der Hand des toten Mannes. «Wie ist er an dieses Schwert gekommen?», fragte ich Irenmund.

«Ich habe geschlafen, Herr.» Die Angst ließ seine Stimme zittern. «Er muss es gestohlen haben, Herr!»

Der große Mann hatte den Sax gestohlen und dann langsam und heimlich die Knoten der Kette gelöst. Er hatte sie durch einen Ring nach dem anderen herausgezogen, sich in der Dunkelheit vorgearbeitet, bis er glaubte, sich ungehindert bewegen zu können. Dann hatte er angegriffen.

Es war Benedetta gewesen, die gekreischt hatte wie ein gequälter Dämon, nicht, weil sie verletzt war, sondern vor Erstaunen über sich selbst, als sie den Speer zwischen die Rippen des Mannes stieß, der versucht hatte, sich Schlangenhauch anzueignen. Sie hielt die Waffe noch immer in den Händen, die Augen weit aufgerissen im Mondlicht, aber ihr Erstaunen war nichts im Vergleich zu meinem eigenen, denn an ihrer Seite war die kleine Alaina, die ebenfalls einen Speer in den Händen hielt, und es war Alaina, die ihre Klinge in die Kehle des Mannes gerammt hatte, der mir sein behelfsmäßiges Messer ins Auge stoßen wollte. Sie wirkte recht unbekümmert, sah nur stolz zu mir auf. «Ich danke dir», sagte ich heiser.

Zwei weitere der jungen Frauen hatten ebenfalls Speere ergriffen und meine Männer unterstützt, als sie von dem unerwarteten Kampf geweckt worden waren. Im Grunde hätten uns die Sklaven überwältigen können, doch die Kette hatte sie behindert, und sie hatten nur ein einziges Schwert und zwei behelfsmäßige Messer gehabt, und meinen Männern war genug Zeit geblieben, ihre eigenen Waffen zu ergreifen.

«Das wäre beinahe ins Auge gegangen», sagte ich mit einem schiefen Grinsen zu Finan, als die Dämmerung den Himmel im Osten bleigrau färbte.

«Wie geht es deiner Schulter?», fragte er.

«Tiefer Schnitt, fühlt sich steif an, aber es wird heilen.»

«Die Frauen haben uns gerettet.»

«Und ein Kind.»

«Diese Kleine ist ein Wunder», sagte Finan.

Ich wäre in dieser Nacht beinahe umgekommen, und es war ein Kind mit einem Speer, das mich gerettet hatte. Ich habe zu viele Schlachten geschlagen und in zu vielen Schildwällen gestanden, doch in dieser Nacht spürte ich die Todesangst stärker denn je. Noch immer denke ich an diesen Nagel, der meinem Auge unausweichlich näher kam, noch immer rieche ich den widerlichen Atem des Mannes, noch immer ergreift mich der Schrecken davor, Schlangenhauch zu verlieren, sodass mir mein Platz in Walhall verweigert würde, doch dann hatte ein Kind, ein siebenjähriges Mädchen, den Tod verjagt.

Wyrd bið ful āræd.

Im Morgengrauen zeigte sich kein Hinweis auf unsere Verfolger, was jedoch nicht bedeutete, dass sie die Jagd aufgegeben hatten. Über den Auwiesen hing Nebel, und dieser Nebel hätte zusammen mit den Bäumen auf dem höheren Gelände und den Hecken an den Feldrändern dahinter ein Dutzend Späher verbergen können, die nach uns suchten. Rædwalh kam mit dem Sonnenaufgang auf einer großen grauen Stute und brachte uns Hartkäse und Brot mit. «Ich habe gestern Abend zwei Männer nach Werlameceaster geschickt, Herr», berichtete er mir, «sie sind nicht zurückgekommen.»

«Habt Ihr erwartet, dass sie zurückkommen?»

«Nicht, wenn sie vernünftig sind, Herr.» Er starrte auf den nebelverhangenen Fluss. «Seit ein paar Wochen haben sich hier keine Ostanglier mehr blicken lassen, also sollten meine Männer keine Schwierigkeiten gehabt haben. Ich nehme an, dass sie mit Merewalhs Männern wiederkommen. Und Ihr, Herr, was werdet Ihr tun?»

«Ich werde nicht hierbleiben», sagte ich.

Rædwalh sah zu den Kindern hinüber, die am Tor der alten Scheune umherstreunten. «Mit den Kleinen werdet Ihr nicht weit kommen.»

«Wenn ich ihre Hintern mit einer Speerspitze in Bewegung setze?», fragte ich und brachte ihn damit zum Lachen. «Und ich habe Euch ein Problem hinterlassen», fuhr ich fort.

«Ein Problem, Herr?» Ich führte ihn in die Scheune und zeigte ihm die niedergemachten Ruderer. Er verzog das Gesicht. «Allerdings, das ist ein Problem.»

«Ich kann die Leichen in den Wald schaffen», bot ich an, «sie den Tieren überlassen.»

«Vielleicht besser in den Fluss», meinte er. Also befahl ich, dass alle zehn Toten bis auf die Haut ausgezogen und zum Fluss hinuntergeschleppt wurden.

Dann brachen wir Richtung Werlameceaster auf. Rædwalh hatte mir erklärt, wir sollten einem Karrenweg folgen, bis wir an die große Straße kämen, und uns dann Richtung Westen halten. «Die große Straße?», hatte ich ihn unterbrochen.

«Ihr müsst sie kennen, Herr!», sagte er und klang erstaunt bei der Vorstellung, dass es anders sein könnte. «Die Straße von Lundene Richtung Norden!»

Diese Straße kannte ich in der Tat. Sie war von den Römern erbaut worden und führte von Lundene nach Eoferwic und weiter nach Bebbanburg. Ich war diese Straße häufiger entlanggeritten, als ich es zählen konnte. «Liegt sie weit weg?»

«Weit weg?» Rædwalh hatte gelacht. «Von der anderen Seite dieses Waldes aus könnt Ihr draufspucken. Ihr müsst nur zu der Straße», hatte er weiter erklärt, «und dann zwei oder drei Meilen nach Norden bis zu einer Kreuzung…»

«Ich will auf dieser Straße keinen einzigen Schritt tun», hatte ich ihn unterbrochen.

«Wenn Ihr nicht gesehen werden wollt, dann nicht», hatte er schlau bemerkt. Meine seltsame Gruppe aus Kriegern, befreiten Sklaven, Frauen und Kindern würde auffallen, und Reisende würden darüber reden. Wenn unsere Verfolger aus Lundene kamen, würden sie die alte Römerstraße benutzen und jeden befragen, dem sie begegneten, also galt, je weniger Leute uns sahen, desto besser.

«Also überquere ich die Straße?»

«Ihr überquert die Straße und geht weiter nach Westen! Ihr findet dort genügend Wald, in dem Ihr Euch verstecken könnt, und wenn Ihr ein kleines Stück nordwärts geht, trefft Ihr auf einen guten Weg, der bis nach Werlameceaster führt.»

«Wird er viel benutzt?»

«Vielleicht begegnet Ihr ein paar Viehtreibern, Herr, oder einigen Pilgern.»

«Pilgern?»

«Sankt Alban ist in Werlameceaster begraben, Herr.» Rædwalh hatte sich bekreuzigt. «Er ist dort hingerichtet worden, Herr, und seinen Mördern sind die Augen ausgefallen, und zwar ganz zu Recht.»

Ich hatte Rædwalh eine weitere Goldmünze gegeben, und dann waren wir aufgebrochen. Der Himmel war nahezu wolkenlos, und je höher die Sonne stieg, desto wärmer wurde es. Wir bewegten uns langsam und vorsichtig voran, warteten im Wald ab, bis die Römerstraße menschenleer war, bevor wir sie überquerten und an Hecken und Gräben entlang weiter Richtung Westen gingen. Alaina bestand darauf, den Speer zu tragen, mit dem sie meinen Angreifer getötet hatte. Die Waffe war viel zu groß für sie, doch sie schleifte den Schaft mit sturer Miene hinter sich her. «Es wird Euch jetzt nicht mehr gelingen, ihr den Speer abzunehmen», sagte Benedetta mit einem Lächeln.

«Ich stelle sie in den nächsten Schildwall», sagte ich.

Wir gingen schweigend in ein sanftes, bewaldetes Tal weiter, folgten einem Forstweg zwischen dichtstehenden Eichen, Eschen und Buchenniederwald. Eine schwarze Narbe auf dem Erdboden zeigte, wo Köhler ein Glutfeuer unterhalten hatten. Wir sahen niemanden und hörten nichts außer unseren eigenen Schritten, dem Gezwitscher der Vögel und Flügelflattern im Laubwerk. Der Wald endete bei einem trockenen Graben, hinter dem ein Gerstenfeld bis zu einer niedrigen Hügelkuppe anstieg. Gerste. Ich berührte mein Hammeramulett und sagte mir, dass ich mich verhielt wie ein Narr. Wir waren schon an zwei solchen Feldern vorbeigekommen, und ich hatte mir vorgehalten, dass ich nicht mein restliches Leben lang jedwedem Gerstenfeld ausweichen konnte. Finan musste meine Gedanken erraten haben. «Es war nur ein Traum», sagte er.

«Träume sind Botschaften», erwiderte ich zweifelnd.

«Ich habe einmal geträumt, du würdest mit mir um eine Kuh kämpfen», sagte er, «was für eine Botschaft war das?»

«Wer hat gewonnen?»

«Ich glaube, ich bin aufgewacht, bevor es entschieden war.»

«Was für ein Traum?», fragte Benedetta.

«Ach, reiner Unfug», sagte Finan.

Wir folgten einer Schwarzdornhecke, die das Feld im Norden begrenzte, einer Hecke, um die Ackerwinden, Kornblumen, Klatschmohn und rosa blühende Brombeerranken wucherten. Nördlich der Hecke lag eine Wiese, die zur Heuernte gemäht worden war. Das Stoppelfeld senkte sich sanft bis zu der Straße, die nach Werlameceaster führte. Wir sahen keine Reisenden. «Wäre es nicht einfacher, auf der Straße zu gehen?», fragte Benedetta.

«Ja», sagte ich, «aber dort wird der Gegner nach uns suchen.»

Darüber dachte sie nach, als wir die letzten paar Schritte zu der niedrigen Hügelkuppe hinaufstiegen. «Aber sie sind doch hinter uns, oder?»

«Sie sind hinter uns», sagte ich überzeugt, dann drehte ich mich um und deutete nach Osten auf die Stelle, an der die Straße aus dem Wald herausführte. «Wir werden sie von dort kommen sehen.»

«Bist du sicher?», fragte Finan.

«Ich bin sicher», sagte ich, und dann war ich mit einem Mal ganz und gar nicht mehr sicher. Ich starrte noch immer auf die Stelle, an der die Straße zwischen den gekappten Buchen herausführte, aber ich dachte an Waormund. Was würde er tun? Ich verabscheute diesen Mann, wusste, dass er wild und grausam war, aber hatte mich diese Beurteilung dazu verführt, ihn für töricht zu halten? Waormund wusste, dass wir flussauf über den Ligan entkommen waren, und er wusste ebenfalls, dass wir bei der Ebbe nicht mehr weit stromauf gefahren sein konnten, ehe das Schiff auf Grund lief. Doch als wir die *Brimwisa* aufgaben, hatte ich nicht gewusst, wie nahe wir bei Werlameceaster waren. Ich hatte das Schiff in der Hoffnung am östlichen Ufer zurückgelassen, Waormund damit in die Irre zu führen, doch nun bezweifelte ich, dass er sich überhaupt die Mühe gemacht hatte, flussaufwärts nach uns zu suchen. Es brauchte keinen klugen Mann, um darauf zu kommen, wohin wir gehen würden. Waormund wusste, dass wir Verbündete benötigten, und er wusste auch, dass ich in Ostanglien wohl keine finden würde, aber weiter westlich, kaum einen

Vormittagsmarsch vom Fluss entfernt, lag ein Kampfverband von Æthelstan. Warum sollte sich Waormund die Mühe machen, uns zu verfolgen, wenn er uns auflauern konnte? Ich hatte im Osten und Süden nach jedwedem Hinweis auf einen Späher gesucht, hatte nach dem Aufblitzen eines Helmes oder einer Speerspitze im Sonnenlicht Ausschau gehalten, aber ich hätte den Westen im Blick behalten sollen. «Ich bin ein Narr», sagte ich.

«Und das soll nun eine Überraschung für uns sein?», fragte Finan.

«Er ist vor uns», sagte ich, ohne zu wissen, warum ich so sicher war, doch mein Gespür aus zu vielen Jahren, aus zu vielen Schlachten und aus zu viel Gefahr überzeugte mich. Oder vielleicht lag es einfach daran, dass mich von allen Möglichkeiten jene Aussicht am meisten schreckte, Waormund könne vor uns eine Falle aufstellen. Sei auf das Schlimmste gefasst, hatte mein Vater gern gesagt, doch am Tag seines Todes hatte er seinen eigenen Rat missachtet und war von einem Dänen niedergestochen worden.

Ich hielt an. Zu meiner Rechten war die Hecke, zu meiner Linken das große, nahezu erntereife Gerstenfeld, während sich voraus ein langer, sanfter Abhang zu einem weiteren Waldgürtel senkte. Es sah alles so friedvoll aus. Finken flogen über das Gerstenfeld, hoch über uns segelte ein Habicht, und im Laub spielte schwacher Wind. Weit im Norden zeigten aufsteigende Rauchfäden, wo ein Dorf in einer Senke lag. Es schien unmöglich, dass sich durch diese Sommerlandschaft der Tod anschlich.

«Was gibt es?» Pater Oda war zu uns gekommen.

Ich antwortete nicht. Ich schaute auf den Waldgürtel, der wie eine Mauer quer über unserem Weg lag, und spürte Verzweiflung in mir aufsteigen. Ich hatte sieben Mann, einen Priester, vier Frauen, ein paar befreite Sklaven und eine Schar verängstigter Kinder. Ich hatte keine Pferde. Ich konnte keine Späher vorausschicken, um unseren Weg abzusuchen, ich konnte nur darauf hoffen, mich zu verstecken, doch nun stand ich auf der sonnenbeschienenen Anhöhe auf einem Gerstenfeld, und mein Gegner wartete auf mich.

«Was tun wir?», versuchte es Pater Oda mit einer anderen Frage.

«Wir gehen zurück.»

«Zurück?»

«Denselben Weg zurück, auf dem wir gekommen sind.» Ich wandte mich um und starrte nach Osten auf den Wald, in dem wir an der schwarzen Narbe der Köhler vorbeigekommen waren. «Wir gehen zurück in den Wald», sagte ich, «und suchen uns ein Versteck.»

«Aber…», begann Oda.

Und wurde von Benedetta unterbrochen. «*Saraceni*», zischte sie. Nur dieses eine Wort, doch es war furchterfüllt.

Und dieses eine Wort brachte mich dazu, mich erneut umzudrehen, um festzustellen, was sie beunruhigt hatte.

Reiter.

«Merewalhs Männer!», sagte Pater Oda. «Lob sei Gott!»

Es waren etwa zwanzig Reiter auf dem Pilgerpfad,

alle mit Kettenhemden, alle mit Helmen, und die Hälfte von ihnen trug lange Speere. Sie waren an der Stelle, an der die Straße im westlichen Wald verschwand, und sie hatten angehalten, schauten voraus.

«Also sind das nicht unsere Gegner?», fragte Benedetta.

«Es sind unsere Gegner», sagte Finan leise. Zwei weitere Männer waren aus dem Wald gekommen, und beide trugen den roten Umhang von Æthelhelms Truppen. Wir konnten sie durch eine Lücke in der Hecke sehen, doch es schien, als hätten sie uns noch nicht entdeckt.

«Zurück!», knurrte ich. «Zurück! Alle! Zurück zum Wald.» Die Kinder starrten mich einfach nur an, die befreiten Sklaven schauten verwirrt drein, und Pater Oda öffnete den Mund, um etwas zu sagen, doch ich knurrte den nächsten Befehl. «Lauft! Los! Jetzt!» Sie zögerten noch immer, bis ich drohend auf sie zuging. «Los!» Sie rannten, zu verängstigt, um stehen zu bleiben. «Ihr alle, los!» Dieses Mal hatte ich mich an meine Männer gewandt, die ebenso wie Benedetta bei mir geblieben waren. «Kommt mit mir!»

«Zu spät», sagte Finan.

Waormund, von dem ich annahm, dass er sich unter den Reitern auf der Straße unterhalb von uns befand, hatte getan, was auch ich getan hätte. Er hatte Späher in den Wald hinaufgeschickt, und nun tauchten sie am Ende des Gerstenfeldes auf. Es waren zwei, beide saßen auf grauen Pferden, und beide starrten an der Hecke entlang dorthin, wo ich in ihrem Blickfeld stand. Einer von ihnen hob ein Horn und blies es. Der klagende Ton verklang, um sogleich noch einmal zu ertönen. Weitere Männer erschienen auf der Straße. Es waren nun vierzig, wenigstens vierzig.

«Geht», sagte ich zu meinen Männern, «du auch, Finan.»

«Aber…»

«Geh!» Ich schrie ihm das Wort entgegen. Er zögerte. Ich band den schweren Münzbeutel von meinem Gürtel los und drückte ihn Finan in die Hand, dann schob ich Benedetta zu ihm. «Sorg dafür, dass sie am Leben bleibt, sorg für ihre Sicherheit! Sorg dafür, dass meine Männer am Leben bleiben! Und jetzt geh!»

«Aber du…»

«Sie wollen mich, nicht euch, und jetzt geh!» Er zögerte noch immer. «Geh!» Ich schrie das Wort wie eine gemarterte Seele.

Finan ging. Ich weiß, dass er lieber geblieben wäre, aber meine wilde Entschlossenheit und die Forderung, dass er Benedetta schützen solle, stimmten ihn um. Oder vielleicht wusste er auch, dass es sinnlos war zu sterben, wenn es eine Aussicht auf Überleben gab. Irgendwer musste die Nachricht nach Bebbanburg bringen.

Alles hat ein Ende. Der Sommer hat ein Ende. Das Glück hat ein Ende. Auf Tage der Freude folgen Tage des Leids. Selbst die Götter gehen in der letzten Schlacht von Ragnarök ihrem Ende entgegen, wenn all das Böse die Welt in Verwirrung stürzen und die Sonne sich verdüstern wird, wenn schwarze Wasser die Heimstätten der Menschen überfluten werden und der große, strahlende Palas von Walhall zu Asche verbrennen wird. Alles hat ein Ende.

Ich zog Schlangenhauch und ging auf die Späher zu. Nichts Gutes würde mich erwarten, doch das Schicksal hatte mich zu diesem Moment geführt, und ein Mann muss sein Schicksal ertragen. Es gibt keine Wahl, zudem hatte ich dieses Schicksal eingeladen. Ich hatte versucht, einen Eid zu halten, den ich Æthelstan geschworen hatte, und ich war unüberlegt und töricht gewesen. Das war der Gedanke, der mich nicht losließ, als ich zwischen der sommerlichen Hecke und dem hochgewachsenen Gerstenfeld entlangschritt. Ein Gerstenfeld, dachte ich. Und ich dachte, dass ich ein Narr war und auf das Ende eines Narren zuging.

Und vielleicht, dachte ich, würde diese närrische Entscheidung das Leben meiner Männer nicht retten. Benedetta nicht retten. Die Frauen und Kinder nicht retten. Dennoch war es meine letzte schwache Hoffnung. Wenn ich mit ihnen zusammen geflüchtet wäre, hätten uns die Reiter verfolgt und jeden von uns niedergemacht. Waormund wollte mich, nicht sie, und deshalb musste ich auf dem Gerstenfeld bleiben, um Finan, Benedetta und allen Übrigen diese eine schwache Hoffnung zu erhalten. Das Schicksal würde entscheiden, und dann blieb ich bei einem Flecken blutroter Mohnblumen stehen, weil das Hornsignal des Spähers die Gegner von der Straße weggelenkt hatte und sie nun den Hang hinauf in meine Richtung galoppierten. Ich berührte mein Hammeramulett, aber ich wusste, dass mich die Götter verlassen hatten. Die drei Nornen maßen meinen Lebensfaden ab, und eines dieser kichernden Weiber hielt eine Schere in der Hand. Alles hat ein Ende.

Und so wartete ich. Die Reiter fädelten sich durch eine Lücke in der Hecke, doch statt geradewegs zu mir zu reiten, schlugen sie einen Bogen in die hohe Gerste. Die mächtigen Hufe trampelten die Halme nieder. Ich stand mit dem Rücken zu der Hecke, und die Reiter bildeten einen weiten Halbkreis um mich. Einige hatten Speere, die sie auf mich ausrichteten, als fürchteten sie einen Angriff von mir.

Und der letzte Reiter war Waormund.

Ich war ihm vor dem Kampf bei dem alten Haus am Fluss von Lundene nur einmal begegnet, und bei dieser ersten Begegnung hatte ich ihn mit einem Schlag ins Gesicht gedemütigt. Nun hatte ich sein hässliches, flaches Gesicht erneut vor mir, die Kampfnarbe, die von der rechten Augenbraue bis zum linken Unterkiefer verlief, den struppigen, braunen Bart, den kalten Blick, den schmallippigen Mund. Er war ein beeindruckender, hünenhafter Krieger, einer, den man in der Mitte des Schildwalls aufstellt, um den Gegner in Furcht und Schrecken zu versetzen. An diesem Tag ritt er einen großen schwarzen Hengst, Zaumzeug und Sattel waren mit Silber verziert. Er lehnte sich auf den Sattelknauf, starrte mich an und zeigte ein Lächeln, nur dass sein Lächeln mehr wie eine Maske des Grauens aussah. «Uhtred von Bebbanburg», sagte er.

Ich sagte nichts. Ich umfasste das Heft Schlangenhauchs. Ich betete darum, dass ich mit dem Schwert in der Hand sterben würde.

«Habt Ihr die Zunge verloren, Herr?», fragte Waormund. Ich schwieg weiter. «Wir schneiden sie Euch ab, bevor Ihr sterbt», versprach er, «und Eure Eier auch.»

Alles stirbt. Wir alle sterben. Und alles, was von uns bleibt, ist das Ansehen. Ich hoffte, man würde sich an mich als Krieger erinnern, als einen rechtschaffenen Mann und als einen guten Herrn. Und vielleicht würde dieser elende Tod an einer Hecke vergessen werden. Meine Schreie würden verklingen, aber mein Ansehen würde in den Liedern widerhallen, die von den Männern im Palas gesungen würden. Und Waormund? Auch er hatte ein Ansehen, und sein Ruhm beruhte auf seiner Grausamkeit. An ihn würde man sich als einen Mann erinnern, der einen Schildwall beherrschen konnte, der aber seinen Genuss darin fand, Männer leiden zu lassen und Frauen leiden zu lassen. Und doch würde Waormund, ebenso wie ich dafür bekannt war, der Mann zu sein, der Ubba an einem Meerestrand getötet hatte, als der Mann bekannt werden, der Uhtred von Bebbanburg getötet hatte.

Er saß ab. Er trug ein Kettenhemd unter dem roten Umhang. Um seinen Hals hing eine Silberkette, und um seinen Helm lief ein Silberreif. Diese Symbole zeigten, dass er einer von Æthelhelms Befehlshabern war, ein Krieger, der Krieger anführte, ein Mann, der die Schlachten seines Herrn schlug. Einen Moment lang wagte ich zu hoffen, er würde mir zum Kampf Mann gegen Mann entgegentreten, doch stattdessen bedeutete er seinen Männern mit einer Geste, dass sie absteigen sollten. «Ergreift ihn», sagte er.

Acht langschäftige Eschenspeere bedrohten mich von allen Seiten. Eine Klinge mit einer von Rost befallenen Kante lag an meiner Kehle. Einen Augenblick lang dachte ich daran, Schlangenhauch zu heben und diesen Speer wegzuschlagen und auf den Mann einzuhacken, der mir gegenüber stand, und vielleicht hätte ich kämpfen sollen, doch das Schicksal hatte mich in seinem Griff, das Schicksal sagte mir, dass ich an meinem Ende angekommen war, und alles hat ein Ende. Ich tat nichts.

Ein furchtsamer Mann trat zwischen den Speeren vor und nahm mir Schlangenhauch ab. Ich widersetzte mich, aber die rostige Speerklinge drückte gegen meine Kehle, und ich ließ das Schwert los. Ein anderer Mann kam von links und zwang mich mit einem Tritt gegen die Beine in die Knie. Ich war von Gegnern umringt, Schlangenhauch war fort, und ich konnte mich nicht wehren.

Alles hat ein Ende.

Zehn

Anscheinend war es mir nicht bestimmt, an der Hecke zu sterben. Waormund wollte Ansehen. Er wollte als Waormund Uhtredtöter bekannt werden, und mich an einer Hecke zu töten, würde die Dichter nicht dazu anregen, Lieder über seinen Heldenmut zu schreiben. Er wollte mich im Siegeszug zu seinem Herrn bringen, zu Æthelhelm, meinem Gegner, und er wollte, dass sich die Nachricht von meinem Tod über die Römerstraßen verbreitete, bis ganz Britannien davon wusste und den Namen Waormund Uhtredtöter fürchtete.

Doch auch wenn mir nicht der sofortige Tod bestimmt war, so stand mir dennoch Demütigung bevor. Waormund ging langsam auf mich zu, genoss jeden Moment. Er sagte nichts, nickte nur grimmig einem Mann zu, der dicht hinter mir stand. Ich dachte einen Augenblick lang, dies wäre mein Ende, dass mir ein Messer die Kehle durchschneiden würde, doch stattdessen hob mir der Mann nur den Helm vom Kopf, und Waormund schlug mich ins Gesicht.

Das war die Rache für den Schlag, den ich ihm Jahre zuvor versetzt hatte, doch dieser Schlag war nicht bloß eine Beleidigung, wie es meiner gewesen war. Es war ein furchterregender Hieb, der mich seitlich umwarf, mich so heftig und schmerzhaft traf wie der Stein, der von der hohen Umwallung Heahburhs geschleudert worden war, um meinen Helm zu spalten und mich niederzustrecken. Mir wurde schwarz vor Augen, mein Kopf wurde herumgerissen, während sich mein Schädel mit einem schrillen Ton, Dunkelheit und Schmerz füllte. Und das war vielleicht ein Segen, denn ich nahm kaum wahr, wie sie mir das Hammeramulett vom Hals rissen, meinen Schwertgürtel aufschnallten, mir Wespenstachel nahmen, mir das Kettenhemd auszogen, mir die Stiefel von den Füßen zerrten, mein Hemd aufschlitzten und dann begannen, auf meinen nackten Körper einzutreten. Ich hörte Männerlachen, spürte die Wärme, als sie auf mich pissten, und dann wurde ich auf die Füße gezwungen, immer noch den schrillen Ton im Kopf, und sie fesselten mir die Handgelenke vor dem Körper und banden den Strick an den Schweif von Waormunds Pferd. Dazu flochten sie den Schweif des Hengstes ein Stück weit zu zwei Zöpfen, zogen einen davon durch eine Schlaufe des Stricks, führten ihn wieder mit dem übrigen Schweif zusammen und verflochten auch den Rest, um sicherzustellen, dass ich den Strick nicht herausziehen konnte.

Waormund, der sich vor mir aufgebaut hatte, spuckte mir ins Gesicht. «Der Herr Æthelhelm will mit Euch reden», sagte er, «und sein Neffe will Euch zum Schreien bringen.»

Ich sagte nichts. Ich hatte Blut im Mund, ein Ohr war nur noch Schmerz, ich taumelte vor Benommenheit. Ich nehme an, dass ich ihn angesehen haben muss, während eines meiner Augen schon halb zugeschwollen war, weil ich noch weiß, dass er mich erneut anspuckte und lachte. «König Ælfweard will Euch zum Schreien bringen. Darin ist er gut.» Ich sagte noch immer nichts, was ihn so erzürnte, dass er mir mit hassverzerrtem Gesicht die Faust in den Bauch stieß. Mir blieb die Luft weg, und ich krümmte mich, doch er packte mich am Haar und zog meinen Kopf hoch. «Der König wird Euch töten wollen, aber zuerst sorge ich dafür, dass er es leicht hat.» Er streckte den Arm aus, zwang meine Kiefer auseinander, hielt einen Moment inne, und dann spuckte er mir in den Mund. Das belustigte ihn.

Er hatte Wespenstachel und dessen Scheide einem seiner Männer zugeworfen, meinen Schwertgürtel mit Schlangenhauchs Scheide jedoch für sich selbst behalten. Er nahm den eigenen Schwertgürtel mit seinem Schwert ab, reichte ihn einem großgewachsenen Krieger und schnallte sich meinen Gürtel um die Mitte. Dann ließ er sich Schlangenhauch von dem Mann geben, der mich entwaffnet hatte, und fuhr mit dem Zeigefinger über die Blutrinne in der Klinge. «Meins», sagte er, beinahe gurrend vor Freude, «meins.» Und ich hätte weinen können. Schlangenhauch! Ich hatte dieses Schwert beinahe mein gesamtes Leben lang besessen, und ein besseres gab es nicht auf der Welt, es war ein Schwert, das Ealdwulf der Schmied angefertigt hatte und das von einem Krieger und einer Frau mit magischen Zauberformeln bedacht worden war, und nun hatte ich es verloren. Ich schaute auf seinen hellen Knauf, in dem das Silberkreuz von Hild schimmerte, und empfand nur noch Verzweiflung und ohnmächtigen Hass.

Waormund legte mir die Klinge meines eigenen Schwertes an den Hals, und einen kurzen Moment lang dachte ich, seine Wut würde ihn dazu bringen, die Klinge durchzuziehen, doch stattdessen spuckte er nur wieder aus und steckte Schlangenhauch in die Scheide.

«Zurück zur Straße!», rief er seinen Männern zu. «Aufsitzen!»

Sie würden nach Osten reiten, bis sie auf die große Straße trafen, an deren südlichem Ende Lundene lag, die Römerstraße, die ich an diesem Vormittag überquert hatte. Waormund führte seine Männer durch eine Lücke in der Hecke, obgleich dort dichtes Brombeergestrüpp wucherte, dessen Dornen mir die Haut zerkratzten, als ich seinem Pferd nachstolperte. «Lauf im Kot meines Pferdes, Earsling!», rief Waormund zu mir zurück.

Die Stoppeln der gemähten Wiese bohrten sich in meine Füße, als ich hügelabwärts wankte. Zwanzig Mann ritten voraus, gefolgt von Waormund, und weitere zwanzig ritten hinter uns. Zwei Reiter, beide mit Speeren, ritten zu meinen Seiten. Es musste wohl beinahe Mittag sein, die Sonne stand hoch und strahlend am Himmel, und auf der Straße trockneten die Karrenfurchen. Ich hatte Durst, doch alles, was ich zu schlucken hatte, war Blut. Ich stolperte, und das Pferd zog mich ein Dutzend Schritt nach. Mein Körper scheuerte über den hartgebackenen Schlamm und Steine, bis Waormund anhielt, sich im Sattel umdrehte und lachte, während ich mich auf die Füße kämpfte. «Aufrecht bleiben, Earsling», sagte er und drückte dem Hengst die Fersen in die Flanken, sodass er einen Satz vorwärts machte und ich beinahe erneut stürzte. Durch den unvermittelten Ruck begann die Wunde an meiner linken Schulter zu bluten.

Die Straße verlief durch den Buchenniederwald. Irgendwo in diesem Wald versteckte sich Finan, und in mir keimte die Hoffnung, dass er mich retten würde, aber er hatte nur sechs Mann, und Waormund hatte mehr als vierzig. Waormund musste gewusst haben, dass ich nicht allein war, und ich fürchtete, er würde nach meinen Gefährten suchen lassen, doch er schien zufrieden mit meiner Gefangennahme, sein Ansehen war gesichert, und er würde im Siegeszug nach Lundene einreiten, wo mich meine Gegner elend und qualvoll sterben sehen würden.

Wir kamen an zwei Priestern und ihren beiden Dienern vorbei, die westwärts Richtung Werlameceaster unterwegs waren. Sie blieben am Straßenrand stehen und beobachteten, wie ich an ihnen vorüberstolperte. «Uhtred von Bebbanburg!», verkündete ihnen Waormund prahlerisch. «Uhtred der Heide! Auf dem Weg zu seinem Tod!» Einer der Priester bekreuzigte sich, aber keiner von ihnen sagte etwas.

Ich taumelte wieder, fiel wieder, wurde wieder über die Straße gezogen. Und das wiederholte ich noch zwei weitere Male. Halte sie auf, dachte ich mir, halte sie auf, doch wozu das dienen sollte, außer meinen Tod hinauszuzögern, wusste ich nicht. Waormund wurde wütend auf mich, dann jedoch befahl er einem seiner Männer abzusitzen, und ich wurde über den leeren Sattel gelegt, war aber immer noch an den Schweif seines Pferdes gebunden. Der Mann, der aus dem Sattel gestiegen war, ging neben mir und machte sich einen Spaß daraus, mir aufs nackte Hinterteil zu schlagen und bei jedem Schlag hämisch zu lachen.

Nun, da ich nicht mehr stolpern konnte, waren wir schneller, und bald kam die Römerstraße in Sicht. Sie verlief in Nord-Süd-Richtung durch ein ausgedehntes, flaches Tal, und weit dahinter konnte ich die silbrige Linie des Flusses Ligan erkennen. Das Land hier war gut und fruchtbar, mit fetten Weiden und üppigen Feldern, mit Obstgärten, in denen sich die Äste unter reifenden Früchten bogen, und Wäldern mit wertvollem Holzbestand. Waormund befahl seinen Männern, die Pferde zum Trab anzutreiben, sodass sich mein hinternklopfender Wächter an dem leeren Steigbügel festhalten musste, während er neben dem Pferd herrannte. «Wir schaffen es bis zum Anbruch der Dunkelheit nach Lundene!», rief Waormund seinen Männern zu.

«Sollen wir den Fluss nehmen, Herr?», schlug ein Mann vor. Ich lachte heiser auf, als Waormund mit ‹Herr› angeredet wurde. Er hörte es nicht, aber der Mann, auf dessen Pferd ich lag, bekam es mit, und er schlug mich erneut.

«Ich hasse Boote», knurrte Waormund.

«Könnten wir auf einem Schiff nicht schneller sein, Herr?», erwiderte der Mann. «Und sicherer?»

«Sicherer?», erwiderte Waormund spöttisch. «Wir sind nicht in Gefahr! Die einzigen Truppen, die der schöne Knabe hier in der Nähe hat, sind in Werlameceaster, und dort nützen sie nichts.» Er drehte sich zu mir um, genoss meinen Anblick. «Davon abgesehen», fuhr er fort, «was tun wir dann mit den Pferden?»

Ich fragte mich, wie er an die Tiere gekommen war. Er war mir den Fluss hinauf gefolgt, und es waren keine Pferde auf seinem großen Schiff gewesen, und doch verfügte er nun über vierzig oder mehr. War er die ganze Strecke bis nach Lundene zurückgekehrt, um die Pferde zu besorgen? Das schien unwahrscheinlich. «Wir könnten die Pferde nach Toteham zurückbringen, Herr», antwortete der Mann. «Dann könntet ihr den Earsling über den Fluss nach Lundene bringen.»

«Die faulen Bastarde in Toteham können in den Wind pissen», knurrte Waormund, «und wir behalten ihre verdammten Pferde.»

Ich hatte keine Ahnung, wo Toteham lag, doch offenkundig war es nicht weit entfernt. Ich wusste, dass Merewalh in Werlameceaster war, und ich nahm an, dass Æthelhelm Einheiten zu seiner Beobachtung und zur Störung seiner Versorgungstruppen geschickt hatte. Vielleicht waren diese Truppen in Toteham, wo Waormund seine Pferde gefunden hatte, doch was spielte all das für eine Rolle? Ich war blutverschmiert, mit Prellungen übersät und nackt, ein Gefangener meines Widersachers und dem Tode geweiht.

Ich schloss die Augen, damit keiner von meinen Gegnern Tränen sah. Ich hörte Hufgeklapper auf Stein, als der Reiter an der Spitze die Römerstraße erreichte, und dort wandten wir uns nach Süden, Richtung Lundene. In diesem Bereich gab es keine Hecken an der Straße. Rechts stieg der langgestreckte Hang einer abgemähten Heuwiese zu einer bewaldeten Kuppe an, und auch links lag ein Stoppelfeld, hinter dem sich der niedrige bewaldete Hügel befand, bei dem wir in der mondbeschienenen Scheune mit den Sklaven gekämpft hatten. Wieder schlug mir der Mann aufs Hinterteil, wieder lachte er, und wieder presste ich die Lider zu, als könnte ich den Schmerz durch Dunkelheit auslöschen. Doch ich wusste, dass noch viel größere Schmerzen auf mich warteten, nichts als Schmerz und Tod in Lundene, wo Urðr, Verðandi und Skuld, die drei erbarmungslosen Nornen, die am Fuße Yggdrasils unsere Leben spinnen, meinen Lebensfaden schließlich abschneiden würden.

Dann kam Finan.

Waormund nahm an, dass Æthelstan keine Einheiten näher bei Lundene hatte als die Garnison in Werlameceaster, und aus diesem Grund ritt er südwärts, ohne seine Späher die Weiden und niedrigen Waldhügel auf beiden Seiten der Römerstraße durchstreifen zu lassen. Soweit er wusste, war dies ein sicheres Gebiet, und das Einzige, an das er denken konnte, war das freudige Hochgefühl über seinen Erfolg und die süße Rache, die mein Tod bedeuten würde.

Doch Rædwalhs zwei Bedienstete hatten während der Nacht Werlameceaster erreicht, und Merewalh, der in Æthelflæds Diensten an meiner Seite in den Kampf gezogen war, hatte sechzig Mann zu meiner Rettung entsandt, und diese Reiter hatten Späher vorausgeschickt. Sie hatten Waormunds Männer entdeckt, waren jedoch unsicher gewesen, wie viele Krieger der Westsachse anführte, und waren ihm vorsichtig gefolgt. Sie hatten meine Gefangennahme gesehen, aber nicht gewusst, dass ich es war, und so waren sie Waormund weiter ostwärts gefolgt und in dem Buchenniederwald auf Finan und meine übrige Begleitung gestoßen.

Nun schlugen sie alle Zurückhaltung in den Wind und kamen aus dem Wald westlich der Römerstraße. Sie kamen im Galopp, das Sonnenlicht funkelte auf ihren Speerspitzen und Schwertklingen und ließ die Farben strahlen, in denen Æthelstans Zeichen des Drachen mit einem Blitz in der Klaue auf ihre Schilde gemalt war. Die Hufe ihrer Pferde schleuderten mächtige Erdbrocken empor, während das Dröhnen ihres Galopps laut über die Weide hallte. Waormunds Männer waren erschöpft, ihre Pferde mit weißem Schweiß überzogen. Ein paar Herzschläge lang rissen sie nur ungläubig die Augen auf, dann zogen sie ihre Schwerter und wandten sich den Angreifern zu, Waormund jedoch starrte einfach nur weiter auf das Geschehen. Ich hörte Rufe, ob es aber überraschte Schreie der Westsachsen waren oder Kampfgebrüll der Mercier, konnte ich nicht unterscheiden. Dennoch schienen die Rufe Waormund aus seiner Erstarrung zu wecken, denn er lenkte sein Pferd unvermittelt von den Angreifern weg und galoppierte auf das Stoppelfeld zu, das zwischen der Straße und dem bewaldeten Hügel lag. Aber sein Hengst wurde von meinem Gewicht behindert und bäumte sich auf. Schonungslos rammte ihm Waormund die Sporen in die Flanken, das Pferd schrie und ging durch. Mein Pferd folgte ihm, und dann war ich es, der schrie, weil ich aus dem Sattel gezogen wurde. Hinter mir erklangen weitere Schreie, als die mercischen Reiter auf die Westsachsen einhieben. Ich sah nichts davon, nicht das Blut auf dem römischen Straßenpflaster und nicht die Männer in ihrem Todeskampf. Ich wurde holpernd und schluchzend hinter dem flüchtenden Pferd über das trockene Stoppelfeld geschleift, die kurzen, scharfen Halme rissen mir die Haut auf, ich klammerte mich an den Strick, um zu verhindern, dass mir die Arme ausgerenkt wurden, und während ich schluchzte, sah ich aus dem

Augenwinkel ein Pferd neben mir auftauchen, sah die Erdbrocken unter den gewaltigen Hufen auffliegen und sah das Schwert, das über mir gehoben wurde.

Dann fuhr das Schwert nieder. Ich schrie. Und ich sah nichts mehr.

Nicht weit von Bebbanburg ist eine Höhle, von der die Christen behaupten, dass darin Sankt Cuthberts Leichnam versteckt wurde, als die Dänen Lindisfarena plünderten und die Mönche mit der Leiche des Heiligen flohen. Andere erzählen, Sankt Cuthbert habe eine Weile in dieser Höhle gelebt, doch welche Geschichte auch wahr ist, ob Sankt Cuthbert lebte oder tot war, die Christen verehren die Höhle. Zuweilen, wenn ich auf der Jagd nach Rotwild oder einem Eber bin, komme ich an der Höhle vorbei und sehe Kreuze aus geflochtenem Gras oder Schilf, die von Leuten hinterlassen werden, die um die Hilfe des Heiligen beten. Es ist ein heiliger Ort, und ich hasse ihn. Wir sagen Höhle dazu, doch in Wahrheit ist es ein enormer Felsvorsprung, der aus einer Hügelflanke ragt und von einem einzigen schmalen Gesteinspfosten gestützt wird. Wenn ein Sturm aufzieht, bietet der Felsvorsprung Schutz, und vielleicht hat Sankt Cuthbert diesen Schutz gesucht, doch das ist nicht der Grund, aus dem ich den Ort hasse.

Als ich ein Kind war, vielleicht sechs oder sieben Jahre alt, hatte mich mein Vater zu Sankt Cuthberts Höhle gebracht und mich gezwungen, unter den gewaltigen Felsvorsprung zu kriechen. Er hatte fünf Mann bei sich, allesamt Krieger. «Du rührst dich nicht vom Fleck, Junge», hatte er gesagt. Dann hatte er eine Kampfaxt von einem seiner Männer genommen und sie mit einem lauten, klingenden Ton gegen den Pfosten geschwungen.

Ich hatte vor Entsetzen schreien wollen, mir vorgestellt, wie mich der Felsen zerschmetterte, aber ich wusste, dass mir die Seele aus dem Leib geprügelt werden würde, wenn ich den geringsten Laut von mir gab. Ich krümmte mich zusammen, doch ich blieb still. «Du rührst dich nicht, Junge», hatte mein Vater erneut gesagt und mit aller Kraft ein zweites Mal gegen den Pfosten geschlagen. «Eines Tages, Junge», hatte er weitergesprochen, «wird dieser Pfosten zusammenbrechen, und der Fels wird herabstürzen. Mag sein, dass dieser Tag heute ist.» Er hämmerte erneut dagegen, und erneut blieb ich still. «Du rührst dich nicht, Junge», hatte er ein drittes Mal gesagt, dann war er auf sein Pferd gestiegen und davongeritten, aber er ließ zwei Mann zu meiner Bewachung zurück. «Ihr redet nicht mit dem Jungen», hatte er ihnen befohlen, «und ihr lasst ihn nicht raus.» Und das hatten sie auch nicht getan.

Pater Beocca, mein Lehrmeister, wurde bei Anbruch der Dunkelheit ausgeschickt, um mich zu holen, und fand mich zitternd vor Angst. «Dein Vater tut das», hatte mir Beocca erklärt, «damit du lernst, deine Furcht zu besiegen. Aber du warst nicht in Gefahr, denn ich habe zu dem seligen Sankt Cuthbert gebetet.»

In dieser Nacht, und noch viele Nächte danach, träumte ich davon, wie mich dieser gewaltige Felsbrocken erdrückte. Er stürzte nicht schnell herab in meinen Träumen, sondern er senkte sich langsam, Zoll um Zoll, und der schwere Fels ächzte, während er unausweichlich herabkam, und in meinem Traum war ich ohnmächtig, unfähig mich zu bewegen. Ich sah den Felsen kommen, wusste, dass ich allmählich zu Tode gequetscht werden würde, und wachte schreiend auf.

Diesen Albtraum hatte ich seit Jahren nicht mehr gehabt, doch er suchte mich an diesem Tag heim, und wieder erwachte ich schreiend, nur dass ich jetzt in einem Bauernkarren lag, gebettet auf Stroh und Umhänge, zugedeckt mit einem dunkelroten Umhang. «Alles ist gut, Herr», sagte eine Frau. Sie fuhr mit mir auf dem Karren, der sich ruckend über die holprige Straße nach Werlameceaster bewegte.

«Finan», sagte ich. Die Sonne stach in meine Augen, zu grell. «Finan.»

«Ja, ich bin es», antwortete Finan. Er ritt neben dem Karren.

Die Frau beugte sich über mich, sodass mein Gesicht im Schatten lag. «Benedetta», sagte ich.

«Ich bin hier, Herr, mit den Kindern. Wir sind alle hier.»

Ich schloss die Augen. «Nicht Schlangenhauch», sagte ich.

«Ich verstehe nicht», sagte Benedetta.

«Mein Schwert!»

«Du wirst es wiederbekommen», rief Finan.

«Waormund?»

«Der Riesenbastard ist entkommen. Ist geradewegs in den Fluss geritten. Aber ich werde ihn finden.»

«Ich werde ihn finden», krächzte ich.

«Ihr werdet jetzt schlafen, Herr», sagte Benedetta und legte mir sanft die Hand auf die Stirn. «Ihr müsst schlafen, Herr, Ihr müsst schlafen.»

Ich schlief, und so entkam ich zumindest den Schmerzen. Ich habe nur wenige Erinnerungen an den Tag, nachdem ich Finans blitzendes Schwert niederfahren sah, um den Strick zu durchtrennen, mit dem ich an Waormunds Hengst gebunden worden war.

Ich wurde nach Werlameceaster gebracht. Woran ich mich erinnere, ist, dass ich die Augen öffnete und den römischen Bogen des östlichen Stadttors über mir sah, doch dann muss ich wieder eingeschlafen sein, oder vielleicht trieb mich einfach der Schmerz in die Bewusstlosigkeit. Ich wurde in ein Bett gelegt, ich wurde gewaschen, und auf meine zahlreichen Wunden wurde Honig gestrichen. Wieder träumte ich von der Höhle, sah den Felsen herabsinken, um mich zu zerquetschen, doch statt zu schreien, erwachte ich nur am ganzen Leib zitternd und fand mich in einem Raum mit gemauerten Wänden und stinkenden Binsenlichtern wieder. Ich war verwirrt. Einen Moment lang konnte ich nur an Binsenlichter denken und daran, wie übel sie rochen, wenn sie mit ranzigem Fett geschmiert wurden, und dann überkam mich der Schmerz, die Erinnerung an meine Demütigung, und ich stöhnte. Ich wünschte mir die Segnung des Schlafs, doch jemand legte mir ein feuchtes Tuch auf die Stirn. «Euch bringt man nicht so leicht um», sagte eine Frau.

«Benedetta?»

«Ja, Benedetta», sagte sie. Dann gab sie mir verdünntes Ale zu trinken. Ich kämpfte mich zum Sitzen hoch, und sie legte mir zwei strohgefüllte Beutel hinter den Rücken.

«Ich schäme mich», sagte ich.

«Weswegen?»

«Ich bin Uhtred von Bebbanburg. Sie haben mich gedemütigt.»

«Und ich bin Benedetta von Nirgendwo», sagte sie, «und ich wurde mein Leben lang gedemütigt, mein Leben lang geschändet, mein Leben lang versklavt, aber ich schäme mich nicht.» Ich schloss die Augen, um meine Tränen aufzuhalten, und sie nahm meine Hand. «Wenn man machtlos ist, Herr», fuhr sie fort, «warum sollte man sich dann für das schämen, was einem die Stärkeren antun? Es ist an ihnen, sich zu schämen.»

«Waormund.» Ich sprach den Namen leise aus, wie zur Probe.

«Ihr werdet ihn töten, Herr», sagte Benedetta, «so wie ich Gunnald Gunnaldson getötet habe.»

Ich ließ sie meine Hand halten, aber ich wandte mich von ihr ab, damit sie meine Tränen nicht sah.

Ich schämte mich.

Am nächsten Tag brachte mir Finan mein Kettenhemd, er brachte mir Wespenstachel mit einem Schwertgürtel, an den er Wespenstachels Scheide geschnallt hatte, und er brachte mir meine Stiefel und meinen alten, schäbigen Helm. Was fehlte, waren das Hammeramulett und Schlangenhauch. «Das alles haben wir den Toten abgenommen, Herr», erklärte Finan und legte Wespenstachel und den Helm auf das Bett, und ich war froh, dass es nicht mein guter Kampfhelm war, der Helm mit dem silbernen Wolf auf dem Scheitel, denn der Wolf von Bebbanburg war gedemütigt worden. «Sechs oder sieben von den Bastarden sind entkommen», sagte der Ire.

«Mit Schlangenhauch.»

«Ja, mit Schlangenhauch, aber wir holen dein Schwert zurück.»

Dazu sagte ich nichts. Das Bewusstsein meines Scheiterns war zu schmerzlich, zu überwältigend. Was hatte ich nur gedacht, als ich von Bebbanburg losgesegelt war? Dass ich in das westsächsische Königreich eindringen und die faule Stelle herausschneiden könnte, die in seinem Kern wucherte? Meine Gegner aber waren stark. Æthelhelm führte ein ganzes Heer, er hatte Verbündete, sein Neffe war König von Wessex, ich konnte mich glücklich schätzen, mit dem Leben davongekommen zu sein, und doch erfüllte mich bittere Scham über mein Versagen. «Wie viel Mann sind tot?», fragte ich Finan.

«Wir haben sechzehn von den Bastarden erledigt», sagte er freudig, «und wir haben neunzehn Gefangene. Zwei von den Merciern sind umgekommen, und ein paar haben üble Verletzungen.»

«Waormund», sagte ich, «er hat Schlangenhauch.»

«Wir holen das Schwert zurück», wiederholte Finan.

«Schlangenhauch», sagte ich leise. «Seine Klinge ist auf Odins Amboss gehämmert, in Thors Feuer geglüht, und sein Stahl ist im Blut seiner Gegner gekühlt worden.»

Finan sah Benedetta an, die mit den Schultern zuckte, als redete ich irr. Vielleicht war es auch so. «Er muss schlafen», sagte sie.

«Nein», gab Finan zurück. «Er muss kämpfen. Er

ist Uhtred von Bebbanburg. Er liegt nicht im Bett und suhlt sich in Selbstmitleid. Uhtred von Bebbanburg legt sein Kettenhemd an, gürtet sich mit einem Schwert und trägt den Tod zu seinem Gegner.» Er stand am Eingang des Raumes, hinter ihm strahlte die helle Sonne. «Merewalh hat fünfhundert Mann hier, und sie tun nichts. Sie sitzen einfach da wie Kackhaufen in einem Kübel. Es ist Zeit zum Kämpfen.»

Ich sagte nichts. Mein Körper schmerzte. Mir tat das Herz weh. Ich schloss die Augen.

«Wir kämpfen», sagte Finan, «und dann gehen wir nach Hause.»

«Vielleicht hätte ich sterben sollen», sagte ich, «vielleicht war es an der Zeit.»

«Sei kein so jämmerlicher Narr», knurrte er. «Die Götter wollten deinen verrotteten Kadaver nicht in Walhall, noch nicht. Sie sind noch nicht fertig mit dir. Was erzählst du uns immer so gern? Wyrd bið ful āræd?» Durch seine irische Aussprache wurden die Worte verstümmelt. «Nun, das Schicksal hat noch etwas mit dir vor, die Götter haben dich nicht umsonst am Leben gelassen, und du bist ein Herr, also komm auf deine verdammten Füße, schnall dir ein Schwert um und führe uns nach Süden.»

«Süden?»

«Weil dort deine Gegner sind. In Lundene.»

«Waormund», sagte ich und zuckte zusammen bei der Erinnerung an das, was bei der Hecke auf dem Gerstenfeld geschehen war. Der Erinnerung an Waormund und seine lachenden Männer, die auf meinen geschundenen, nackten Körper gepisst hatten.

«Ganz recht, und er wird in Lundene sein», sagte Finan grimmig. «Er wird mit eingezogenem Schwanz zu seinem Herrn geflüchtet sein.»

«Æthelhelm», zählte ich einen weiteren meiner Gegner auf.

«Wir haben gehört, dass auch er dort ist. Mit seinem Neffen.»

«Ælfweard.»

«Das macht drei Männer, die du zu töten hast, und das gelingt dir nicht, wenn du deinen Arsch nicht aus dem Bett schaffst.»

Ich schlug die Augen wieder auf. «Welche Nachrichten kommen aus dem Norden?»

«Keine», sagte Finan knapp. «König Æthelstan hat die große Straße bei Lindcolne gesperrt, damit sich die Pest nicht in den Süden ausbreitet. Und alle anderen Straßen auch.»

«Die Pest», wiederholte ich.

«Ja, die Pest, und je eher wir zu Hause sind, um herauszufinden, wer tot ist und wer lebt, desto besser, aber ich lasse dich nicht nach Hause schleichen wie einen besiegten Mann. Du holst dir Schlangenhauch zurück, du tötest deine Gegner, und dann führst du uns nach Hause.»

«Schlangenhauch», sagte ich, und die Vorstellung von dieser großartigen Klinge in den Händen meines Gegners brachte mich dazu, mich aufzusetzen. Schmerz durchfuhr mich. Jeder Muskel und jeder Knochen schmerzte, aber ich setzte mich auf. Benedetta streckte die Hand aus, um mir zu helfen, doch ich ergriff sie nicht. Ich schwang meine Füße auf die Binsenstreu auf dem Boden und stand mit einem qualvollen Ruck auf. «Hilf mir, mich anzuziehen», sagte ich, «und such mir ein Schwert.»

Denn wir würden nach Lundene gehen.

«Nein!», sagte Merewalh am nächsten Tag. «Nein! Wir gehen nicht nach Lundene.»

Ein Dutzend von uns saßen vor dem großen Palas von Werlameceaster, der beinahe genauso aussah wie der Palas von Ceaster, und das war keine Überraschung, denn beide waren von den Römern erbaut worden. Merewalhs Männer hatten Bänke in die Sonne getragen, auf die wir zwölf uns setzten, doch im Umkreis hockten beinahe einhundert Mann im Staub des großen Platzes vor dem Palas und hörten uns zu. Bedienstete brachten uns Ale. Bei der Tür zum Palas scharrten ein paar Hühner und wurden dabei von einem trägen Hund beobachtet. Finan saß auf meiner rechten Seite, Pater Oda links. Zwei Priester und die Anführer von Merewalhs Truppen bildeten den Rest der Versammlung. Ich hatte noch immer Schmerzen. Ich wusste, dass ich noch tagelang Schmerzen haben würde. Mein linkes Auge war immer noch halb zugeschwollen und mein linkes Ohr mit verschorftem Blut verstopft.

«Wie groß ist die Garnisonsmannschaft von Lundene?», fragte Pater Oda.

«Wenigstens eintausend Mann», sagte Merewalh.

«Sie brauchen zweitausend», erklärte ich.

«Und ich habe nur fünfhundert Mann», sagte Merewalh, «und einige von ihnen sind krank.»

Ich mochte Merewalh. Er war ein sachlicher, vernünftiger Mann. Ich kannte ihn schon, als er noch jung gewesen war, nun aber waren sein Haar und sein Bart grau geworden, und um seine klugen Augen hatten sich tiefe Falten gebildet. Er wirkte besorgt, doch er hatte selbst als junger Mann stets sorgenvoll gewirkt. Er war ein guter und treuer Krieger, hatte Æthelflæds Haustruppen befehligt und sie mit unerschütterlicher Gefolgschaftstreue und bewundernswürdiger Vorsicht geführt. Er ging keine Wagnisse ein, und das war gut bei einem Mann, der Verteidigung für seine größte Pflicht hielt. Æthelstan vertraute ihm ganz offensichtlich und hatte Merewalh deshalb den Befehl über die guten Truppen gegeben, die Lundene eingenommen hatten, doch dann hatte Merewalh die Stadt verloren, hinters Licht geführt von dem falschen Bericht, dass eine Streitmacht durch Werlameceaster anrücke.

Nun hielt er diese Stadt anstelle von Lundenes gewaltigen Befestigungsanlagen. «Wie lauten Eure Befehle jetzt?», fragte ich ihn.

«Dafür zu sorgen, dass Lundene nicht von Verstärkungstruppen erreicht wird.»

«Diese Verstärkungstruppen kommen nicht über die Straße», sagte ich, «sie nehmen Schiffe, und wir haben sie eintreffen sehen. Schiff um Schiff voller Männer.»

Darüber runzelte Merewalh die Stirn, doch es war gewiss keine Überraschung für ihn, dass Æthelhelm Schiffe einsetzte, um die Garnison von Lundene zu verstärken. «Mercien hat keine Schiffe», sagte er, als wäre das eine Entschuldigung dafür, dass er die Verstärkung nicht hatte aufhalten können.

«Also bewacht Ihr nur die Straßen aus Richtung Ostanglien?», fragte ich.

«Ohne Schiffe? Da ist das alles, was wir tun können. Und wir schicken Spähtrupps zur Beobachtung von Lundene.»

«Und zur Beobachtung von Toteham?», hakte ich nach. Ich wusste nicht genau, wo Toteham war, aber nach dem, was ich gehört hatte, musste es zwischen Lundene und Werlameceaster liegen.

Meine Vermutung erwies sich als richtig, denn die Frage löste unbehagliches Schweigen aus. «Toteham hat nur eine kleine Garnison», sagte ein Mann namens Heorstan schließlich. Er war mittleren Alters und diente als Merewalhs Stellvertreter. «Es sind zu wenige, um uns Ärger zu machen.»

«Klein?»

«Vielleicht fünfundsiebzig Mann?»

«Die fünfundsiebzig Mann in Toteham machen Euch also keinen Ärger», sagte ich bissig, «und was tun sie stattdessen?»

«Sie beobachten uns bloß», antwortete einer von Merewalhs Kriegern. Er klang mürrisch.

«Und Ihr lasst sie das einfach tun?» Ich sah Merewalh an.

Wieder stellte sich unbehagliches Schweigen ein, und einige der Männer, die in der Sonne saßen, bewegten sich unruhig und starrten auf den staubigen Boden, was mich zu dem Schluss brachte, dass sie schon einen Angriff auf Toteham vorgeschlagen hatten und der Vorschlag von Merewalh abgelehnt worden war.

«Wenn Æthelhelm einen Kampfverband aus Lundene zum Angriff auf König Æthelstan schickt», meldete sich einer der Priester zu Wort, in dem offenkundigen Bemühen, Merewalh aus seiner Verlegenheit zu befreien, «dann müssen wir ihn verfolgen. Wir sollen ihnen in den Rücken fallen, während der König die Vorhut angreift.»

«Und wo ist König Æthelstan?», fragte ich.

«Er hält an der Temes Wache», sagte Merewalh, «mit zwölfhundert Kriegern.»

«Hält Wache!», kam es betont von dem Priester, der weiter versuchte, Merewalhs Untätigkeit zu verteidigen. «Der König überwacht die Temes, so wie wir die Straßen nach Lundene überwachen. König Æthelstan besteht darauf, dass wir keinen Krieg heraufbeschwören.»

«Es ist schon Krieg», warf ich schroff ein. «Vor zwei Tagen sind Männer gestorben.»

Der Priester, ein dicklicher Mann mit einem braunen Haarkranz, winkte ab, als wären diese Tode belanglos. «Es gibt kleinere Auseinandersetzungen, Herr, das stimmt, aber König Æthelstan wird nicht in Wessex eindringen, und bisher sind die Einheiten von Herrn Æthelhelm nicht in Mercien eingedrungen.»

«Lundene ist mercisch», beharrte ich.

«Das mag sein», sagte der Priester gereizt, «aber seit den Tagen König Alfreds wird die Garnison dort von Westsachsen gestellt.»

«Habt Ihr die Stadt deshalb verlassen?», fragte ich Merewalh. Es war eine schonungslose Frage, die ihn daran erinnerte, welche Torheit es gewesen war, die Stadt aufzugeben.

Er zuckte zusammen, war sich all der Männer bewusst, die unserer Unterhaltung zuhörten. «Habt Ihr noch niemals eine falsche Entscheidung getroffen, Herr Uhtred?»

«Ihr wisst, dass ich das getan habe. Ihr habt mich gerade selbst nach einer meiner schlechtesten gerettet.»

Er lächelte. «Das war Brihtwulf», sagte er und nickte zu einem jungen Mann hinüber, der links von ihm saß.

«Und er hat es gut gemacht», gab ich inbrünstig zurück, was mir ein Lächeln Brihtwulfs eintrug, der auf Merewalhs Befehl die Männer zu meiner Rettung angeführt hatte. Er war der jüngste von Merewalhs Anführern und hatte die größte Truppeneinheit mitgebracht, gut über hundert Mann, weshalb es sich angeboten hätte, ihn zum Stellvertreter Merewalhs zu ernennen, doch seine Jugend und Unerfahrenheit hatten gegen ihn gesprochen. Er war groß, dunkelhaarig, kräftig gebaut und neuerdings wohlhabend, nachdem er zwei Monate zuvor die Ländereien seines Vaters geerbt hatte. Finan schätzte ihn. «Er hat mehr Silber als Verstand», hatte mir der Ire erklärt, «aber er ist ein angriffslustiger Bastard. Erpicht auf den Kampf.»

«Brihtwulf hat Euch gerettet», fuhr Merewalh fort, «und versucht Ihr nun, auch mich nach einer falschen Einschätzung zu retten?»

«Es war keine falsche Einschätzung», sagte Heorstan nachdrücklich. Es war offenkundig, dass Merewalhs Stellvertreter das achtsame Verhalten seines Befehlshabers unterstützte. «Wir hatten keine Wahl.»

«Nur dass es diese vorrückende Streitmacht gar nicht gegeben hat!», bemerkte Brihtwulf hitzig.

«Meine Späher waren sicher über das, was sie gesehen hatten», gab Heorstan wütend zurück. «Es waren Männer auf der Straße von…»

«Genug!», unterbrach ich ihn ruppig. Es war nicht an mir, diese Versammlung zu führen, doch wenn sie anfangen würden, über Fehler der Vergangenheit zu streiten, würden wir uns niemals über die Zukunft einig werden. «Sagt mir», wandte ich mich an Merewalh, «wenn kein Krieg ist, was geht stattdessen vor?»

«Unterredungen», sagte Merewalh.

«In Elentone», ergänzte der dickliche Priester.

Elentone war eine Stadt an der Temes, dem Fluss, der die Grenze zwischen Wessex und Mercien bildete. «Ist Æthelstan in Elentone?», fragte ich.

«Nein, Herr», antwortete der Priester. «Der König hielt es für unklug, selbst hinzugehen, also hat er Gesandte geschickt, die für ihn sprechen. Er ist in Wicumun.»

«Also ganz in der Nähe», sagte ich. Wicumun war eine Siedlung in den Hügeln nördlich der Temes, während sich Elenton am südlichen Ufer des Flusses befand, beide Städte waren nur einen bequemen Fußmarsch von Lundene entfernt. Bemühte sich Æthelstan wirklich um ein Abkommen mit seinem Halbbruder Ælfweard? Das war durchaus möglich. Zudem hatte er die Klugheit besessen, der Gefahr seiner Gefangennahme auszuweichen, indem er nicht über die Temes auf das Gebiet seines Bruders hinübergewechselt war. «Und über was reden diese Gesandten?», fragte ich.

«Über einen Frieden, natürlich», sagte der Priester.

«Pater Edwyn ist gerade aus Elentone eingetroffen», erklärte Merewalh mit einem Nicken zu dem Priester.

«Wir haben nach einer Übereinkunft gesucht», sagte Pater Edwyn, «und darum gebetet, dass es keinen Krieg geben wird.»

«König Edward», erwiderte ich schroff, «hat eine Torheit begangen. Er hat Wessex an Ælfweard vererbt und Mercien an Æthelstan, und beide wollen das Land des anderen. Wie kann es da Frieden ohne Krieg geben?» Ich wartete auf Antwort, doch niemand sagte etwas. «Wird Ælfweard Wessex aufgeben?» Wieder nur Schweigen. «Oder wird Æthelstan damit einverstanden sein, dass Ælfweard Mercien regiert?» Ich wusste, dass auch darauf niemand eine Antwort hatte. «Also kann es keinen Frieden geben», sagte ich rundheraus, «und sie können so viel reden, wie sie wollen, aber über Edwards Torheit kann nur das Schwert entscheiden.»

«Männer guten Willens bemühen sich, ein Abkommen zu erreichen», wandte Pater Edwyn schwach ein.

Ich ließ seine Worte unbeachtet verhallen. Diese Männer wussten auch ohne mich, dass Æthelhelms guter Wille nicht weiter als bis zu seiner Familie reichte. Die Krieger um Merewalh starrten weiter zu Boden, offenkundig nicht bereit, eine alte Auseinandersetzung über das, was Merewalh mit seinen Kampfeinheiten tun sollte, wiederaufzunehmen. Doch für mich, und für Merewalh selbst wahrscheinlich auch, war klar, dass er zu vorsichtig gewesen war.

«Wer hat die stärkeren Kampfeinheiten?», fragte ich. «Æthelhelm oder Æthelstan?»

Einen Moment lang sagte niemand etwas, obwohl sie alle die Antwort kannten. «Æthelhelm», räumte Merewalh schließlich ein.

«Und warum gibt sich Æthelhelm dann mit Unterredungen ab?», fragte ich. «Wenn er mehr Männer hat, warum greift er nicht an?» Erneut erhielt ich keine Antwort. «Er redet», fuhr ich fort, «weil er dadurch Zeit gewinnt. Zeit, um eine Streitmacht in Lundene zu sammeln, Zeit, um all seine Gefolgsleute aus Ostanglien hierherzuholen. Und er wird so lange weiterreden, bis seine Streitmacht so groß ist, dass Æthelstan keine Aussicht mehr hat, sie zu schlagen. Ihr sagt, König Æthelstan überwacht die Temes?»

«So ist es», kam es von Merewalh.

«Mit zwölfhundert Mann? Die alle am Fluss entlang verteilt sind?»

«Sie müssen sämtliche Brücken und Furten bewachen», erklärte Merewalh.

«Und wie viele Westsachsen überwachen das südliche Ufer der Temes?»

«Zweitausend? Dreitausend?», vermutete Merewalh, ohne sicher zu sein. Dann forderte er mich heraus. «Und was sollte König Æthelstan Eurer Meinung nach tun?»

«Aufhören zu reden und anfangen zu kämpfen», sagte ich, und von den Männern auf den Bänken kam zustimmendes Gemurmel. Ich bemerkte, dass es die jüngeren Männer waren, die zuerst nickten, doch auch einige der älteren Krieger brummten zustimmend. «Ihr sagt, er ist in Wicumun? Dann sollte er Lundene angreifen, bevor er von Æthelhelm angegriffen wird.»

«Herr Uhtred hat recht», ergriff Brihtwulf das Wort. Seine freimütige Stellungnahme rief keine Erwiderung hervor, und ermutigt von diesem Schweigen, fuhr er fort: «Wir richten hier nichts aus! Der Gegner schickt keine Männer über die Straße, also sitzen wir nur herum und werden fett! Wir müssen kämpfen!»

«Aber wie?», fragte Merewalh. «Und wo? Wessex hat zweimal so viele Männer wie Mercien!»

«Und wenn Ihr noch lange wartet», gab ich zurück, «haben sie dreimal so viele.»

«Was würdet Ihr also tun?», fragte Heorstan. Es hatte ihm nicht gefallen, wie ich ihm zuvor entschieden das Wort abgeschnitten hatte, und diese Frage klang beinahe höhnisch, war ganz gewiss eine Herausforderung.

«Ich würde Wessex die Köpfe abschlagen», antwortete ich. «Ihr sagt, Æthelhelm und sein Earsling von einem Neffen sind in Lundene?»

«So wurde es uns berichtet», gab Merewalh zurück.

«Und ich war vor kurzem selbst in Lundene», fuhr ich fort, «und die Männer aus Ostanglien wollen nicht kämpfen. Sie wollen nicht für Wessex sterben. Sie wollen zur Ernte nach Hause gehen. Wenn wir Wessex seine beiden Köpfe abschlagen, werden sie es uns danken.»

«Seine beiden Köpfe?», fragte Pater Edwyn.

«Æthelhelm und Ælfweard», sagte ich schroff. «Wir finden sie, wir töten sie.»

«Amen», sagte Brihtwulf.

«Und wie», fragte Heorstan, aus dessen Stimme immer noch die Herausforderung klang, «sollen wir das bewerkstelligen?»

Also erklärte ich es ihm.

«Ich war ein großer Säugling», verkündete mir Finan später an diesem Tag.

Ich starrte ihn an. «Groß?»

«Das hat meine Mutter gesagt! Sie meinte, es war, als würde sie ein Schwein gebären. Die arme Frau. Sie soll grauenvoll geschrien haben, als sie mich herauspresste.»

«Beeindruckend», sagte ich.

«Und trotzdem bin ich kein großer Bursche. Nicht hochgewachsen wie du!»

«Mehr wie ein Wiesel als wie ein Schwein.»

«Aber bei meiner Geburt war eine weise Frau anwesend», überging Finan meinen Spott, «und sie hat das Blut gelesen.»

«Sie hat das Blut gelesen?»

«Um in die Zukunft zu schauen, versteht sich! Sie hat das Blut auf meinem zarten Körperchen betrachtet, bevor es abgewaschen wurde.»

«Dein zartes Körperchen.» Ich musste lachen, und meine angebrochenen Rippen schmerzten. «Aber das ist Hexenwerk», fuhr ich fort, «dabei dachte ich, bei euch Iren sind alle Christen.»

«Das sind wir auch. Wir bessern das nur gern mit ein bisschen harmlosem Hexenwerk auf.» Er grinste. «Und sie sagte, ich würde ein langes Leben haben und in meinem Bett sterben.»

«War das alles, was sie gesagt hat?»

«Das war alles», erklärte Finan, «und diese weise Frau hat sich niemals geirrt! Und in Lundene werde ich mich vermutlich in kein Bett legen, oder?»

«Leg dich einfach nie in ein Bett», sagte ich, «und du lebst ewig.» Und ich hätte einen Bogen um Gerstenfelder machen sollen, dachte ich.

Ich wusste, warum mir Finan von der Prophezeiung

der weisen Frau erzählte. Er versuchte, mir Mut zu machen. Er wusste, dass ich nur ungern nach Lundene zurückkehrte, dass ich Merewalh nur deshalb zum Angriff gedrängt hatte, weil die Männer von mir erwarteten, dass ich sie in die Schlacht führte. In Wahrheit aber war das Einzige, was ich wollte, nach Hause zu gehen, die breite Straße nach Northumbrien hinaufzureiten, bis ich hinter den Mauern von Bebbanburg in Sicherheit war.

Doch so sehr ich mich nach den Bequemlichkeiten und der Sicherheit meiner Heimstatt sehnte, wollte ich auch mein Ansehen wiederherstellen. Mein Stolz war verletzt und mein Schwert war gestohlen worden. Finan, der so lange nur darauf aus gewesen war, nach Hause zurückzukehren, drängte mich nun, den Kampf wiederaufzunehmen. Stand auch sein Ansehen auf dem Spiel?

«Es ist ein enormes Wagnis», erklärte ich ihm.

«Selbstredend ist es ein Wagnis! Das ganze Leben ist ein Wagnis! Aber willst du diesen Bastard Waormund damit prahlen lassen, dass er dich besiegt hat?»

Ich antwortete nicht, sondern dachte daran, dass wir alle sterben müssen, und wenn wir sterben, ist das Einzige, was bleibt, unser Ansehen. Also musste ich nach Lundene gehen, ob es mir gefiel oder nicht.

Das war der Grund, aus dem einhundertachtzig von Merewalhs Männern an diesem Nachmittag ihre Schilde abschabten. Wir hatten keine Kalkfarbe und nicht annähernd genügend Teerpech, und deshalb kratzten die Männer mit Messern und Dechseln Æthelstans Drachen mit dem Blitz ab, statt die Schilde zu übermalen. Nachdem die Weidenbretter saubergeschabt waren, brannten die Männer mit rot glühenden Eisen ein dunkles Kreuz in das helle Holz. Es war ein grobschlächtiges Symbol, nicht zu vergleichen mit dem Zeichen der drei Kronen, das viele Ostanglier trugen, und auch nicht mit Æthelhelms springendem Hirsch, doch etwas Besseres fiel mir nicht ein. Sogar ich selbst würde einen Schild mit dem christlichen Kreuz tragen.

Denn wir würden unter einem falschen Zeichen nach Lundene ziehen, vorgeben, Ostanglier zu sein, die zur Verstärkung der immer größer werdenden Garnisonsbesatzung kamen. Merewalh und Heorstan hatten den Plan abgelehnt, doch ihr Widerspruch war schwächer geworden, als weitere Männer auf einen Angriff gedrängt hatten, statt nur in Werlameceaster darauf zu warten, dass andere Männer die Entscheidung in dieser Auseinandersetzung herbeiführten. Zwei Einwände hatten sie überzeugt, und sie waren beide von mir gekommen, auch wenn ich im Stillen keinem der beiden recht traute. Ich wollte nach Hause, doch mein Eid band mich, und Schlangenhauch rief mich.

Mein erster Einwand lautete, dass Æthelhelms Schlagkraft unweigerlich zunehmen würde, wenn wir weiter abwarteten, und das traf zu, allerdings waren wir auch jetzt schon in beklagenswerter Unterzahl gegenüber seiner Garnison in Lundene. Merewalh hatte mir einhundertachtzig Mann gegeben, und wir würden eine Stadt angreifen, die von wenigstens eintausend Mann, sehr wahrscheinlich aber von zweitausend Mann gehalten wurde.

Diese Aussicht hätte jeglichen Mann davon abbringen sollen, mir zu folgen, doch ich hatte einen zweiten

Einwand vorgebracht, der sie überzeugte. Ich erzählte von den Ostangliern, denen wir im Toten Dänen begegnet waren, davon, wie sehr ihnen der Kampf widerstrebte. «Sie waren nur dort, weil sie ihr Herr dorthin befohlen hat», hatte ich gesagt, «und kein Einziger von ihnen wollte kämpfen.»

«Was nicht bedeutet, dass sie nicht kämpfen werden», hatte Merewalh betont.

«Aber für wen?», hatte ich zurückgegeben. «Sie hassen die Westsachsen! Welche Streitmacht ist als letzte in Ostanglien eingefallen?»

«Die westsächsische.»

«Und Ostanglien», hatte ich vorgebracht, «ist ein stolzes Land. Es hat seinen König verloren, es ist einst von Dänen regiert worden, aber jetzt hat ihnen Wessex einen ungeliebten König aufgezwungen.»

«Aber werden sie uns lieben?», hatte Merewalh gefragt.

«Sie werden dem Gegner ihres Gegners folgen», hatte ich gesagt, aber glaubte ich das?

Es war möglich, dass einige Ostanglier auf der Seite Merciens kämpfen und andere den Kampf ganz ablehnen würden, doch es ist schwer, Männer zur Auflehnung gegen ihren Herrn zu bringen. Männer erhalten Land von ihrem Herrn, um es zu bewirtschaften, sie erwarten von ihrem Herrn, dass er ihnen in Notzeiten zu essen gibt und sie in guten Zeiten mit Silber entlohnt, und auch wenn dieser Herr einem unnachsichtigen und grausamen König dient, ist er immer noch ihr Herr. Sie mochten nicht mit Begeisterung kämpfen, aber kämpfen würden die meisten. Ich kannte diese Wahrheit, und

Merewalh kannte sie ebenfalls, doch schließlich ließ er sich überzeugen. Und möglicherweise hatten ihn nicht meine Einwände dazu gebracht, sondern eine leidenschaftliche Rede Pater Odas.

«Ich bin Ostanglier», hatte er gesagt, «und Däne.» Darauf war ein Murmeln durch die Reihen gegangen, aber Oda stand aufrecht und ernst vor ihnen. Er besaß Ausstrahlung, wirkte wie eine Führungsgestalt, und deshalb war das Gemurmel verebbt. «Ich wurde als Heide aufgezogen», hatte er weitergesprochen, «aber durch die Gnade Unseres Herrn Jesus Christus habe ich zu Seinem Thron gefunden, bin einer Seiner Priester geworden und einer aus Seinem Volk. Ich gehöre zum Volk Gottes! Ich habe kein Land. Ich bin aus Ostanglien geflohen, um in Wessex zu leben, und dort habe ich im Hausstand Æthelhelms als Priester gedient.» Wieder erklang Gemurmel, doch es war leise und wurde von Oda mit erhobener Hand beendet. «Und in Æthelhelms Hausstand», hatte er seine Rede fortgesetzt und dabei laut genug gesprochen, um auf dem gesamten Platz gehört zu werden, «habe ich in das Antlitz des Bösen geblickt. Ich habe einen Herrn ohne Ehre gesehen und einen Prinzen, in den der Teufel gefahren ist. Ælfweard», er spie den Namen geradezu heraus, «ist ein grausamer Bube, ein Bube voller Arglist, ein Sündenbube! Und so bin ich erneut geflohen, dieses Mal nach Mercien, und dort bin ich auf einen Prinzen Gottes gestoßen, einen Mann der Ehre, ich bin König Æthelstan begegnet!»

Dieses Mal war das Gemurmel zustimmend, doch wieder hatte Oda die Menge mit erhobener Hand zum Verstummen gebracht.

«Die Ostanglier werden kämpfen!», hatte er gesagt. «Aber was ist Ostanglien? Ist es ein Land? Ihr letzter sächsischer König ist vor einer Generation gestorben, sie sind von den Dänen regiert worden und nun von Westsachsen! Sie sind ein Volk ohne Land, und sie sehnen sich nach einem Land, und in unserer Heiligen Schrift sagt uns Petrus, dass diejenigen, die kein Land besitzen, zum Land Gottes gehören. Und in diesem Land ist Gott unser Herr, Gott ist unser Gebieter, und Æthelstan von Mercien ist sein Werkzeug. Und die Besitzlosen Ostangliens werden uns folgen! Sie werden für unseren Gott kämpfen, weil sie in Gottes Land wohnen und Gottes Volk sein möchten! Ebenso wie wir!»

In sprachlosem Erstaunen hatte ich mit angesehen, wie Männer aufstanden und zu jubeln begannen. Ich musste nichts weiter sagen, denn das gefährliche Spiel, ein paar Männer zu einem verzweifelten Einsatz nach Lundene zu führen, war in eine heilige Pflicht verwandelt worden. Wenn die Männer ihren Willen bekommen hätten, wären sie augenblicklich nach Lundene geritten, in der Erwartung, dass Æthelhelms ostanglische Truppen ihre Gefolgschaft wechseln würden, sobald wir unsere Banner zeigten.

Selbst Merewalh war überzeugt worden, auch wenn seine angeborene Vorsicht weiter die Oberhand behielt. «Wir könnten Erfolg haben», räumte er ein, «wenn Gott mit uns ist. Aber König Æthelstan muss es erfahren.»

«Dann sagt es ihm.»

«Ich habe schon einen Boten losgeschickt.»

«Damit Æthelstan es verbieten kann?», forderte ich ihn heraus.

«Wenn er es wünscht, ja.»

«Also müssen wir seine Antwort abwarten?», fragte ich. «Und abwarten, während seine Berater über die Sache streiten?»

Ich hatte verächtlich geklungen, doch ein Teil von mir wollte fast, dass Æthelstan den Irrsinn untersagte, aber wieder war es Pater Oda, der zur Kühnheit aufforderte. «Ich glaube fest daran, dass Gott die Eroberung von uns wünscht», hatte er Merewalh erklärt, «selbst wenn uns ein Heide anführt.»

«Selbst wenn ich sie anführe?», hatte ich gefragt.

«Selbst dann.» Er hatte geklungen, als hätte er einen üblen Geruch in der Nase.

«Ihr glaubt, es ist Gottes Wille?», hatte Merewalh den Priester gefragt.

«Ich weiß, dass es Gottes Wille ist», hatte Oda leidenschaftlich erwidert, und deshalb schabten nun Männer Schilde ab und brannten Kreuze auf die Weidenbretter. Während ich ihnen zusah, fragte ich mich, ob ich erneut einen schrecklichen Fehler beging. Die Gegner in Lundene waren so zahlreich, und Merewalh hatte mir nur einhundertachtzig Mann gegeben. Die Vernunft sagte mir, dass ich mich wie ein gedankenloser Narr verhielt, doch jedes Mal, wenn mich die Versuchung überkam, diese Torheit aufzugeben, flüsterte mir eine leise Stimme ins Ohr, dass ein Erfolg möglich war.

Æthelhelm sammelte seine Truppen in Lundene, weil er dort Sicherheit hinter starken römischen Mauern fand, in einer Stadt, die groß genug war, um seine wachsende Streitmacht unterzubringen. Zudem hoffte er zweifellos, dass Æthelstan ihn dort angreifen würde, denn es gibt keine schnellere Art, um eine gegnerische Streitmacht zu vernichten, als ihre Männer zu töten, während sie gegen eine Steinmauer anrennen. Æthelstan konnte seine Männer zum Sturm gegen die römischen Befestigungsanlagen Lundenes schicken, doch sie würden zu Hunderten sterben, und die Überlebenden würden bis in den letzten Winkel Merciens verfolgt und niedergemacht werden. Ælfweard würde die Throne von Wessex, Mercien und Ostanglien einnehmen und alles Englaland nennen, und dann würde er seine neue und noch größere Streitmacht in mein Land Northumbrien führen.

Doch Zahlen bedeuteten nicht alles. Ostangliens Männer mochten Æthelhelms Einberufung folgen und seinen Neffen als ihren neuen König anerkennen, aber sie liebten weder den einen noch den anderen. Die meisten Ostanglier hatten Æthelhelms Ruf gehorcht, weil sie mit Ungehorsam eine Bestrafung herausgefordert hätten. Sie waren ein unterworfenes Land, und sie hegten eine tiefsitzende Feindseligkeit gegenüber ihren Eroberern. Wenn es mir gelang, in die Mitte Lundenes vorzustoßen und Æthelhelms Streitkräften das Herzstück herauszuschneiden, würden die Ostanglier keine Rache an mir üben wollen. Doch die Hälfte der Streitmacht in Lundene bestand aus Westsachsen, und wie würden diese sich verhalten? Ich wusste es nicht. Ich wusste zwar, dass viele westsächsische Herren über die Macht und den Einfluss von Æthelhelms Reichtum grollten, dass sie Ælfweard als unreifen und bösartigen Jüngling geringschätzten, aber würden sie deshalb Æthelstan willkommen heißen?

Also ja, es bestand tatsächlich die Möglichkeit, wenn auch eine entmutigend geringe Möglichkeit, dass ein unvermittelter Vorstoß ins Herz Lundenes den Schaden wiedergutmachen würde, den Edwards Testament angerichtet hatte. Ich aber wusste, dass ich in Wahrheit deshalb in die Stadt zurückkehren wollte, weil mein Gegner dort war. Der Gegner, der mich erniedrigt hatte, der Gegner, der zweifellos mit seinem Sieg über Uhtred von Bebbanburg prahlte, der Gegner, der mein Schwert in den Händen hielt.

Ich ging, um Rache zu nehmen.

Finan war an diesem Nachmittag, an dem wir die Schilde abschabten und mit Brandzeichen versahen, nicht bei mir. Ich hatte ihn mit zwei von unseren und ein paar von Brihtwulfs Kriegern an die Straße nach Lundene geschickt, wo sie abwarten sollten. Ich hatte sie angewiesen, sich bei der Straße zu verstecken, und nur zwei Meilen südlich von Werlameceaster hatten sie ein Schlehendickicht gefunden, das ihnen Deckung bot. Sie warteten ab und kamen erst zurück, als die Sonne tief im Westen stand und die Befestigungsmauern von Werlameceaster lange Schatten warfen.

Ich war mit Merewalh, Heorstan und Brihtwulf im Palas. Die beiden älteren Männer waren unruhig. Merewalh hatte meinem Plan nach Pater Odas feuriger Predigt zugestimmt, nun aber entdeckte er nichts als Schwierigkeiten daran. Der Gegner war zu stark, die Mauern von Lundene zu hoch, die Aussicht auf Erfolg zu gering. Heorstan war einer Meinung mit ihm, aber nicht ganz so sicher, dass wir scheitern mussten. «Der

Herr Uhtred», sagte er und verbeugte sich leicht in meine Richtung, «hat den Ruf eines Siegers. Also sollten wir ihm wohl vertrauen.»

Merewalh sah mich bedrückt an. «Aber was ist, wenn Ihr geschlagen werdet, bevor ich meine Truppen in die Stadt bringen kann?», fragte er zögernd.

«Dann sterbe ich.»

«Und Brihtwulf und seine Männer sterben mit Euch», sagte Merewalh bekümmert, «und ich bin auch für sie verantwortlich.»

«Wir überraschen den Gegner», sagte ich. «Wir planen einen nächtlichen Angriff, wenn die meisten schlafen, genauso wie sie uns bei der Einnahme der Stadt überrascht haben. Wir gehen in die Stadt und öffnen Euch und Euren Männern das Tor.»

«Wenn Ihr das Tor angreift…», begann Merewalh.

«Wir greifen das Tor nicht an», unterbrach ich ihn. «Sie werden uns für ostanglische Truppen halten, die zu ihrer Verstärkung kommen.»

«Nach Anbruch der Dunkelheit?» Merewalh war darauf aus, immer neue Einwände zu finden, und, um ehrlich zu sein, es gab viele. «Männer sind für gewöhnlich nicht in der Dunkelheit unterwegs, Herr. Was ist, wenn sie sich weigern, Euch das Tor zu öffnen?»

«Dann warten wir bis zum Morgen», sagte ich. «Tatsächlich könnte es bei Tageslicht sogar einfacher sein. Wir haben Kreuze auf unseren Schilden. Wir müssen sie nur davon überzeugen, dass wir Ostanglier sind, keine Mercier.»

In diesem Moment kam Finan mit einem von Brihtwulfs Kriegern in den Palas. Beide Männer wirkten verschwitzt und erschöpft, dennoch grinste Finan. In unserer Runde kehrte Schweigen ein, während die beiden Männer auf uns zugingen. «Sechs Mann», sagte Finan, als sie bei uns angekommen waren.

Merewalh sah ihn ratlos an, doch ich ergriff das Wort, bevor er Finan befragen konnte. «Haben sie euch gesehen?», wollte ich wissen.

«Sie sind zu schnell geritten», Finan entdeckte einen halbvollen Alekrug auf einem Tisch und trank, bevor er ihn an seinen Begleiter weiterreichte, «und haben nicht das Geringste von ihrer Umgebung wahrgenommen.»

«Sie haben uns nicht gesehen», bestätigte Brihtwulfs Krieger. Sein Name lautete Wihtgar, und er war ein schlanker Mann mit dunklem Hautton, vorspringendem Kinn und nur einem Ohr. Das fehlende Ohr war ihm bei einem unbedeutenden Kampf von einer dänischen Axt abgehackt worden, und die höckrige Narbe war halb von langem, fettigem schwarzen Haar verdeckt. Brihtwulf, den ich mochte, hatte mir erklärt, Wihtgar wäre sein bester Mann und sein hitzigster Krieger, und beim Anblick dieses Mannes glaubte ich das auch.

Merewalh runzelte die Stirn. «Sechs Mann?», fragte er, verwirrt von dem knappen Austausch.

«Vor etwa einer Stunde», erklärte Finan, «haben wir sechs Mann nach Süden reiten sehen, und alle kamen aus dieser Garnison.»

Merewalh war verärgert. «Aber ich habe keine Spähtrupps befohlen! Und so spät am Tag ganz gewiss nicht.»

«Alle sechs gehörten zu Heorstans Männern», fügte Wihtgar drohend hinzu. Wir hatten zwei von Brihtwulfs Männern mit Finan ausgeschickt, weil sie jeden Mann aus Merewalhs Einheiten erkennen würden.

«Meine Männer?» Heorstan trat einen Schritt zurück.

«Eure Männer», sagte Wihtgar. «Eure Männer», wiederholte er, bevor er die Namen der sechs nannte. Er sprach die Namen sehr langsam und sehr feindselig aus, während er Heorstan nicht aus den Augen ließ.

Heorstan sah Merewalh an, dann lächelte er schwach. «Ich habe sie losgeschickt, damit sie die Pferde bewegen, Herr.»

«Dann sind die sechs also zurückgekommen?», fragte ich.

Er öffnete den Mund, stellte fest, dass er nichts zu sagen wusste, doch dann wurde ihm klar, dass er sich mit Schweigen selbst verurteilte. «Ich bin sicher, dass sie zurückgekommen sind!», sagte er hastig.

Ich zog Wespenstachel aus der Scheide. «Dann lasst sie holen», knurrte ich.

Er wich einen weiteren Schritt zurück. «Ich bin sicher, dass sie bald zurückkommen werden…», begann er und verstummte.

«Ich zähle bis drei», sagte ich, «und wenn Ihr am Leben bleiben wollt, beantwortet Ihr meine nächste Frage, bevor ich bei drei bin. Wohin sind sie geritten? Eins», ich wartete einen Moment, «zwei.» Ich zog meinen Arm zurück, bereit, mit Wespenstachel zuzustoßen.

«Toteham!», keuchte Heorstan. «Sie sind nach Toteham!»

«Auf Euren Befehl?», fragte ich, Wespenstachel

noch immer auf seinen Bauch gerichtet. «Um Æthelhelms Truppen zu warnen?», setzte ich ihm zu.

«Ich hätte es Euch gesagt!», kam es verzweifelt von Heorstan, der nun flehend Merewalh ansah. «Der Plan von Herrn Uhtred ist Irrsinn! Er kann nicht gelingen! Ich wusste nicht, wie ich verhindern sollte, dass Eure Männer in Lundene niedergemacht werden, also wollte ich Æthelhelm warnen und es Euch danach sagen. Dann hättet Ihr diesen Irrsinn aufgeben müssen!»

«Wie viel Geld hat Euch Æthelhelm gezahlt?», fragte ich.

«Kein Geld!», kam es eilig von ihm. «Kein Geld! Ich habe nur versucht, Eure Männer zu retten!» Er sah wieder Merewalh an. «Ich hätte es Euch noch gesagt!»

«Und es waren Eure Späher, mit denen Ihr die Garnison aus Lundene gelockt habt», beschuldigte ich ihn, «mit falschen Berichten über eine Streitmacht, die sich Werlameceaster nähert.»

«Nein!», widersprach er. «Nein!»

«Doch», sagte ich und setzte Wespenstachels scharfe Spitze auf seinen Bauch, «und wenn Ihr weiterleben wollt, erzählt Ihr uns, wie viel Euch Æthelhelm gezahlt hat.» Ich drückte den Sax gegen seinen Körper. «Wollt Ihr am Leben bleiben? Ihr lebt weiter, wenn Ihr es uns erzählt.»

«Er hat mich bezahlt!», sagte Heorstan, nun voll Entsetzen. «Er hat mir Gold gegeben!»

«Drei», sagte ich und stieß ihm Wespenstachel in den Bauch. Heorstan krümmte sich über dem Kurzschwert zusammen, und dann, ohne auf den heftigen Schmerz in meiner Schulter zu achten, riss ich den Sax mit beiden Händen aufwärts, und Heorstan stieß ein Wimmern aus, das sich in einen erstickten Schrei verwandelte und verebbte, als er langsam zusammenbrach und sein Blut die Spreu auf dem Boden rot färbte. Er starrte zu mir empor, sein Mund öffnete und schloss sich, und in seinen Augen standen Tränen. «Ihr habt gesagt, ich kann weiterleben!», gelang es ihm zu keuchen.

«Das habe ich», gab ich zurück, «nur habe ich nicht gesagt, wie lange Ihr weiterleben könnt.»

Er lebte noch einige qualvolle Minuten länger, bis er schließlich verblutet war.

Merewalh war fassungslos, jedoch nicht aufgrund von Heorstans Tod, er hatte genügend Männer sterben sehen, um sich von Blut und erstickten Atemzügen nicht beunruhigen zu lassen, sondern über die Enthüllung, dass Heorstan Verrat an ihm begangen hatte. «Ich habe ihn für einen Freund gehalten! Wie konntet Ihr das wissen?»

«Ich wusste es nicht», antwortete ich, «aber wenn unser Plan verraten werden sollte, mussten wir es erfahren. Deshalb habe ich Finan nach Süden geschickt.»

«Aber der Plan ist verraten worden!», brauste Merewalh auf. «Warum habt Ihr die Männer nicht aufgehalten?»

«Weil ich wollte, dass die Männer Toteham erreichen», sagte ich und wischte Wespenstachels Klinge an einem Lumpen ab, «wie sich von selbst versteht.»

«Ihr wolltet, dass sie …», begann Merewalh. «Aber warum? Warum in Gottes Namen?»

«Weil der Plan, von dem ich Euch und Heorstan erzählt habe, eine Täuschung war. Und diese Täuschung wollte ich den Gegner hören lassen.»

«Und wie machen wir es dann?», fragte Merewalh.

Also erklärte ich es ihm. Und am darauffolgenden Tag ritten wir zum Kampf.

VIERTER TEIL
Schlangenhauch

Elf

Die Morgendämmerung kam mit Nebel, der auf den Auen hing, über die römische Stadtmauer zog und sich mit dem Rauch der Herdfeuer von Werlameceaster vermischte. Männer führten Pferde durch die Straßen der Stadt, und ein Priester bot ihnen vor einer kleinen Holzkirche den Segen an. Dutzende Krieger knieten nieder, um ein leises Gebet und eine Berührung seiner Finger auf ihrer Stirn zu empfangen. Frauen trugen Kübel mit Wasser von den Brunnen nach Hause.

Niemand hatte während der kurzen Sommernacht versucht, die Stadt zu verlassen. Merehwalh hatte die Anzahl der Späher verdoppelt, die Werlameceasters Tore und Mauern bewachten. Diese Männer würden als kleine Garnison in der Stadt bleiben, während wir Übrigen, einhundertachtzig Mann unter meinem und zweihundert unter Merewalhs Befehl, den Gegner in Lundene angriffen.

Ich war schon lange wach, als die Dämmerung den Nebel silbrig aufscheinen ließ. Ich hatte mein Kettenhemd angelegt, den Schwertgürtel mit der erbeuteten Klinge umgeschnallt, und dann blieb mir nichts weiter zu tun, als dazusitzen und die Männer zu betrachten, die in den Kampf ziehen mussten, und die Frauen, die sie zurückließen.

Benedetta kam zu mir auf die Bank, in einer Straße, die von dem weitläufigen Platz vor dem großen Palas wegführte. Alaina, die Benedetta mittlerweile überallhin folgte, setzte sich auf die gegenüberliegende Straßenseite und behielt uns ängstlich im Blick. Sie hatte ein Kätzchen gefunden und streichelte es, ohne ihre Augen von uns abzuwenden.

«Dann werdet Ihr also heute aufbrechen», sagte Benedetta schließlich.

«Ja, heute.»

«Und was ist morgen? Und übermorgen?»

Ich hatte keine Antwort auf das, was sie damit eigentlich fragen wollte, und so schwieg ich. Eine Krähe flog von einem Dach herunter, pickte an etwas auf dem Platz herum und flog wieder auf. War das ein Omen? Ich hatte an diesem Morgen versucht, jedes Zeichen zu lesen, hatte jeden Vogel im Nebel beobachtet, hatte versucht, mich an das zu erinnern, was ich geträumt hatte, doch nichts ergab Sinn. Ich zog das erbeutete Schwert und musterte seine Klinge, fragte mich, ob in dem matten Stahl eine Botschaft verborgen war. Nichts. Ich legte das Schwert weg. Die Götter schwiegen.

«Wie fühlt Ihr Euch?», fragte Benedetta.

«Leicht angeschlagen», sagte ich, «das ist alles.» Mein Körper war steif, meine Schultern taten weh, meine Armmuskeln stachen, meine Schürfwunden brannten, die Innenseite meiner Wange war angeschwollen, in meinem Kopf pochte es, und meine Rippen waren geprellt, wenn nicht gebrochen.

«Ihr solltet nicht gehen», sagte Benedetta entschieden, und als ich nicht darauf einging, wiederholte sie für sich selbst: «Ihr solltet nicht gehen, es ist gefährlich.»

«Jeder Kampf ist gefährlich.»

«Gestern Abend», sagte sie, «hat sich Pater Oda mit mir unterhalten. Er meint, Euer Vorhaben ist Wahnwitz.»

«Es ist Wahnwitz», stimmte ich zu, «aber Pater Oda will, dass wir angreifen. Er war derjenige, der Merewalh von dem Angriff überzeugt hat.»

«Aber er hat gesagt, es sei der Wahnwitz Gottes, und deshalb wärt Ihr gesegnet.» Zweifel klang aus ihrer Stimme.

Der Wahnwitz Gottes. Hatten mir meine eigenen Götter deshalb kein Zeichen gesandt? Weil dies der Wahnwitz des Christengottes war, nicht der meiner Götter? Anders als die Christen, die darauf beharren, dass alle anderen Götter falsch sind, sogar darauf beharren, dass es sie nicht gibt, habe ich immer anerkannt, dass der angenagelte Gott Macht besitzt. Würde uns der christliche Gott womöglich den Sieg schenken? Oder würden mich meine Götter, erzürnt darüber, dass ich diese Hoffnung hegte, mit dem Tode bestrafen?

«Aber Gott ist nicht wahnsinnig», fuhr Benedetta fort, «und Gott wird Euren Tod nicht wollen.»

«Und doch beten Christen schon seit Jahren um meinen Tod.»

«Dann sind sie es, die wahnsinnig sind», sagte sie überaus ernst, und als ich lächelte, wurde sie wütend. «Warum geht Ihr dorthin? Erklärt mir das! Warum?»

«Um mein Schwert zu holen», sagte ich, weil ich im Grunde keine Antwort auf ihre Frage wusste.

«Dann seid Ihr selbst wahnsinnig», kam es mit Entschiedenheit von ihr.

«Es ist nicht wichtig, ob ich gehe», sagte ich nachdenklich, «aber ich sollte keine anderen Männer mitnehmen.»

«Weil sie sterben werden?»

«Weil ich sie zu ihrem Tod führen werde, ja.» Ich hielt inne und wollte unwillkürlich mein Hammeramulett berühren, doch es war natürlich nicht da. «Oder vielleicht zu einem Sieg?», fügte ich hinzu.

Sie hörte den Zweifel in meinen Worten. «An welchen Ausgang», bedrängte mich Benedetta, «glaubt Ihr tief in Eurem Herzen?»

Ich konnte nicht die Wahrheit eingestehen, die lautete, dass ich sehr versucht war, Merewalh zu erklären, wir sollten den Angriff aufgeben. Der einfachste Weg wäre, Æthelhelm und Æthelstan ihren Streit untereinander austragen zu lassen, während ich nach Norden ging, nach Hause, nach Bebbanburg.

Und doch bestand eine Möglichkeit, eine geringe Möglichkeit, dass unser Plan den Krieg beenden konnte, noch bevor er richtig begonnen hatte. Merewalh sollte zweihundert Reiter südwärts führen, um Æthelhelms kleine Garnison in Toteham anzugreifen, und dann weiter nach Lundene reiten. Bis zum Abend würde er in der Nähe der Stadt sein und zweifellos Versorgungstrupps begegnen, die flüchten würden, um Æthelhelms Männern zu berichten, dass eine gegnerische Kampfeinheit anrückte. Danach, wenn es dunkel wurde, würden seine Männer in der Heidelandschaft, die sich etwa drei Meilen nördlich der Stadt erstreckte, so viele Lagerfeuer entzünden, wie sie nur konnten. Der Schein dieser Feuer würde die Garnison der Stadt davon überzeugen, dass ein Heer zur Belagerung gekommen war, und wenn es hell wurde, würde ihre Aufmerksamkeit nach Norden gerichtet sein, sie würden Spähtrupps ausschicken, um die Stärke des Gegners auszukundschaften, und dafür sorgen, dass die Stadtmauern vollständig bemannt waren.

Und mein Plan war es, diesen Moment auszunutzen, um eine kleinere Einheit in die Stadt zu führen und dem Gegner einen Stoß in die Eingeweide zu versetzen, wie jener, mit dem ich Heorstan getötet hatte. Doch ebenso, wie sich Fleisch an einem Schwert festsaugt, sodass es zuweilen beinahe unmöglich ist, die Klinge freizuziehen, würden uns Æthelhelms Männer in ihrer Überzahl umzingeln. Pater Oda war überzeugt, dass die Ostanglier die Seiten wechseln würden, doch nach meiner Vermutung würde dies nur geschehen, wenn wir zuvor Æthelhelm und seinen Neffen König Ælfweard getötet oder gefangen genommen hatten. Und das war der Grund, aus dem ich nach Lundene ging, nicht nur, um Schlangenhauch zurückzuholen, sondern um meine Gegner zu töten.

«Der Gegner weiß, dass Ihr kommt!», ereiferte sich Benedetta.

Ich lächelte sie an. «Der Gegner weiß, was ich ihn wissen lassen will. Deshalb haben wir Heorstans Männer gestern nach Süden reiten lassen, um den Gegner zu täuschen.»

«Und das soll schon genügen?», fragte sie. «Den Gegner zu täuschen? Das soll Euch den Sieg bringen?», spottete sie. Ich schwieg. «Ihr belügt mich, weil Ihr Euch in Wahrheit nicht wohlfühlt. Eure Rippen! Ihr habt Schmerzen. Denkt Ihr, dass Ihr kämpfen könnt? Glaubt Ihr das?»

Erneut sagte ich nichts, denn tief in meinem Inneren lauerte die Versuchung, den Eid zu brechen, den ich Æthelstan geschworen hatte. Warum sollte ich seine Gegner töten, selbst wenn sie auch meine waren? Wenn ein großer Krieg zwischen Wessex und Mercien ausbrach, wäre mein Land sicherer. Mein ganzes Erwachsenenleben lang hatte ich zugesehen, wie Wessex mächtiger wurde, die Dänen besiegte, Mercien unterwarf und Ostanglien eroberte, und all das, um König Alfreds Traum davon zu verwirklichen, dass es ein geeintes Land für alle geben sollte, die Ænglisc sprachen, die Sprache der Sachsen. Doch auch in Northumbrien wurde diese Sprache gesprochen, und Northumbrien war mein Land, und Northumbrien wurde von dem letzten Heidenkönig Britanniens regiert. Wollte ich mit ansehen, wie Northumbrien von einem größeren Land, einem christlichen Land geschluckt wurde? Besser wäre es, dachte ich, die Sache von Æthelstan und Ælfweard auskämpfen zu lassen, damit sie sich gegenseitig schwächten. Und all das stimmte wohl, nur dass ich einen Eid geschworen und mein Schwert verloren hatte. Manchmal wissen wir nicht, warum wir tun, was wir tun, das Schicksal treibt uns vor sich her, durch einen Überschwang der Gefühle oder einfach durch Torheit.

«Ihr schweigt», sagte Benedetta anklagend, «Ihr antwortet mir nicht.»

Ich stand auf und nahm das Schwert, das ich zum Kampf tragen würde, empfand den schmerzlichen Verlust des Schwertes, das ich tragen wollte. Ich ließ die Klinge in die Scheide gleiten. «Es ist Zeit zum Aufbruch.»

«Aber Ihr…», begann sie.

«Ich habe einen Eid geschworen», unterbrach ich sie schroff, «und ich habe ein Schwert verloren.»

«Und was wird aus mir?», fragte sie mich beinahe weinend. «Und aus Alaina?»

Ich beugte mich herab und schaute in ihr schönes Gesicht. «Ich werde dich holen», sagte ich, «und die Kinder. Wenn es vorbei ist, gehen wir alle nach Norden.»

Ich dachte an Eadith in Bebbanburg und schob diesen unbehaglichen Gedanken beiseite. Einen Herzschlag lang war ich versucht, Benedettas Wange zu berühren, ihr zu versichern, dass ich zurückkommen würde, doch stattdessen wandte ich mich ab.

Denn es war Zeit zum Kämpfen.

Besser gesagt, es war Zeit, wieder über die Pilgerstraße zu reiten, die große Straße zu überqueren, um den Fluss Ligan zu erreichen, und das bedeutete, an dem Hügel vorbeizukommen, auf dem mich Waormund gedemütigt hatte. Ich konnte mich kaum dazu bringen, den Blick zu dem Hang mit der Hecke zu heben oder ihn auf die trockenen Karrenfurchen der Straße zu senken, die meine Haut aufgerissen hatten. Ich litt Qualen. Finan ritt zu meiner Rechten, sein abgenutzter Helm hing an seinem Sattelknauf, und auf dem Kopf trug er einen breitkrempigen Hut aus Roggenstroh, der seine Augen vor der aufgehenden Sonne schützte. Wihtgar, mit dem sich Finan offenbar angefreundet hatte, ritt auf Finans anderer Seite, und die beiden führten ein Streitgespräch über Pferde. Wihtgar behauptete, ein Wallach könne mit Leichtigkeit jeden Hengst überholen, worauf Finan erwartungsgemäß zurückgab, die irischen Pferde seien so schnell und so tapfer, dass sie kein Pferd der Welt überholen könne, auch wenn er einräumte, dass Sleipnir womöglich eine Ausnahme darstellte. Wihtgar hatte nie von Sleipnir gehört, also musste Finan erklären, dass Sleipnir das achtbeinige Pferd Thors war, worauf Wihtgar zurückgab, Sleipnirs Mutter müsse wohl eine Spinne gewesen sein, was sie beide zum Lachen brachte.

In Wahrheit, das versteht sich, redete Finan, um mich abzulenken. Er hatte absichtlich gesagt, Sleipnir sei Thors Pferd, obwohl er ganz genau wusste, dass es Odins Hengst war, nur um mich damit zur Richtigstellung herauszufordern. Ich hüllte mich weiter in Schweigen.

Merewalh war zuerst aufgebrochen, hatte sich mit seinen zweihundert Mann an der großen Straße Richtung Süden gewandt und war längst außer Sicht, als wir die Straße überquerten und nach Osten weiterritten. Wir zählten einhundertachtzig Mann, von denen sechzig zu Brihtwulfs Einheiten gehörten und von ihm selbst sowie von Wihtgar, seinem erfahrensten Krieger, angeführt wurden. Ein Dutzend Bedienstete, dessen Aufgabe es sein würde, die Pferde nach Werlameceaster zurückzubringen, begleitete uns mit Packpferden, die wir mit Ale-Fässern und Kisten voller Haferfladen beladen hatten. Meine wenigen Männer, alle auf erbeuteten westsächsischen Pferden, ritten hinter mir, doch die übrige Truppe bestand aus Merciern, die, von Pater Odas Rede beflügelt, mit uns hatten kommen wollen. Der Priester war ebenfalls bei uns, obwohl ich seine

Begleitung nicht gewollt hatte. «Ihr seid ein Priester», hatte ich ihm erklärt, «und wir brauchen Krieger.»

«Ihr braucht den lebendigen Gott an Eurer Seite», hatte er hitzig zurückgegeben, «und noch mehr.»

«Noch mehr Götter?», hatte ich gestichelt.

«Ihr braucht einen Ostanglier», hatte er gesagt, ohne auf mein Gespöttel einzugehen. «Ihr gebt vor, Æthelhelms Männer zu sein, aber Ihr wisst nichts über seine östlichen Besitzungen und nichts über seine Pächter. Ich jedoch schon.»

Damit hatte er recht gehabt, und so ritt er mit uns, auch wenn er sowohl Kettenhemd als auch Bewaffnung ablehnte. Ich trug ein langes, einfaches Schwert mit einem Heft aus Eschenholz. Die Klinge, die mir Merewalh gegeben hatte, besaß keinen Namen. «Aber es ist ein gutes Schwert, Herr», hatte er mir versichert, und das war es auch, doch es war kein Schlangenhauch.

Am Ligan angekommen, wandten wir uns nach Süden. Wihtgar hatte Späher vorausgeschickt, die mit der Nachricht zurückkamen, dass in dem Dorf an der Furt über den Ligan keine Einheiten mit roten Umhängen waren. «Und auch kein Schiff», berichtete einer der Späher. Ich hatte angenommen, dass das Schiff, auf dem uns Waormund verfolgt hatte, bei der Furt auf Grund lag, und so war es vermutlich gewesen, doch nun war es offensichtlich verschwunden. «Habt ihr die Furt überquert?», fragte ich.

«Nein, Herr. Wir haben getan, was uns aufgetragen war. In dem Dorf nach Gegnern Ausschau halten. Man hat uns erzählt, dass sie vor zwei Tagen abgerückt sind.»

Wenn dies zutraf, war es eine Erleichterung. Dass

Merewalhs zweihundert Mann von Æthelhelms Einheiten entdeckt werden könnten, bereitete mir keine Sorgen, tatsächlich wollten wir sogar, dass sie entdeckt wurden. Wir wollten, dass die Besatzungstruppen in Lundene nach Norden Ausschau hielten, Merewalh beobachteten, während sich meine kleinere Einheit nach Süden bewegte. Doch um uns nach Süden zu bewegen, brauchten wir Schiffe, und wir mussten ungesehen bleiben.

Spritzend durchquerten wir die Furt des Ligan zum ostanglischen Ufer, wandten uns wieder nach Süden und ritten zu dem großen Holzplatz, an dem ich bei unserer Fahrt flussauf mit der *Brimwisa* vier Bargen gesehen hatte, die mit gespaltenen Stämmen beladen worden waren.

Drei der Bargen waren noch da. Sie waren plattbodig, für die Arbeit auf dem Fluss gebaut, mit breitem Rumpf, gerundetem Bug und einem Steuerblatt von den Ausmaßen eines kleinen Scheunentors. Alle drei besaßen Masten, doch diese Masten waren umgelegt, lagen der Länge nach zusammen mit ihren Wanten, je einer Rah und einem säuberlich aufgerollten Segel in den breiten, flachen Booten. Es gab keine Ruderbänke, stattdessen standen die Ruderer und nutzten ein Dutzend Rudergabeln für ihre langen, schweren Riemen. Es waren schauderhafte, schwerfällig wirkende Boote, doch sie würden uns nach Lundene bringen. Ich stieg vom Pferd, zuckte unter dem Schmerz in meinen Rippen zusammen, und ging auf die Bargen zu.

«Die könnt Ihr nicht nehmen!» Ein älterer Mann stürmte zornig aus einem Haus neben einem großen, offenen Schuppen, in dem Holzstämme trockneten. Er sprach Dänisch. «Die könnt Ihr nicht nehmen!», wiederholte er.

«Willst du uns daran hindern?» Es war Wihtgar, der diese Erwiderung knurrte, ebenfalls auf Dänisch, was mich überraschte.

Der Mann warf einen Blick in Wihtgars vernarbtes Gesicht, und sein Widerstandsgeist erlosch augenblicklich. «Wie bekomme ich sie zurück?», jammerte er.

Ich beachtete seine Frage nicht. «Der Herr Æthelhelm braucht sie», sagte ich, «und zweifellos wird er sie zurückgeben.»

«Der Herr Æthelhelm?» Nun war der alte Mann verwirrt.

«Ich bin sein Cousin, Æthelwulf», sagte ich, wobei ich den Namen von Æthelhelms jüngerem Bruder benutzte, der, so hoffte ich, immer noch als Gefangener in Bebbanburg war. Unwillkürlich wollte ich mein Hammeramulett berühren, um den Gedanken an die Pest im Norden abzuwehren. Ich hatte kein Amulett, aber ich hatte meinen Beutel mit Geld, den mir Finan zurückgegeben hatte, und so gab ich dem Mann Hacksilber. «Wir schließen uns meinem Cousin in Lundene an», erklärte ich ihm, «also such dort nach deinen Schiffen.» Dann sah ich eine dünne Silberkette unter seinem Wams, streckte die Hand aus, um sie hervorzuziehen, und stellte fest, dass er einen silbernen Thorshammer trug. Verängstigt wich er zurück. Auf unsere Schilde waren Kreuze eingebrannt, und seine Furcht vor christlicher Rachsucht war offenkundig. «Wie viel?», fragte ich.

«Wie viel, Herr?»

«Für den Hammer.»

«Zwei Schillinge, Herr.»

Ich gab ihm drei, dann hängte ich mir den Thorshammer um den Hals und berührte ihn mit dem Zeigefinger. Es war ein Trost.

Eine der Bargen war halb mit Stapeln gespaltener Stämme beladen, und wir entluden sie, dann wartete ich auf den Gezeitenwechsel. Ich setzte mich auf einen dicken Eichenstamm und schaute über den Fluss, der langsam und träge dahinstrudelte. Zwei Schwäne glitten mit der Flut stromaufwärts. Ich dachte an Eadith und an Benedetta, als mich eine Stimme aus meinen Gedanken riss. «Ihr habt uns als Männer von Herrn Æthelhelm ausgegeben, Herr?» Wihtgar stand vor mir.

«Ich wollte nicht, dass er sich bei Æthelhelm beschwert», erklärte ich. Es war zwar nicht wahrscheinlich, dass der ältere Mann einen Boten nach Lundene schicken würde, aber auch in der Umgegend sollte sich nicht die Nachricht verbreiten, dass eine mercische Kampfeinheit Boote an sich brachte. «Außerdem», fuhr ich fort, «sind wir jetzt Æthelhelms Männer, oder jedenfalls so lange, bis wir anfangen, sie zu töten.» Wir hatten reichlich erbeutete rote Umhänge, und wir hatten die kohlschwarzen Kreuze auf unseren Schilden. Ich sah zu Wihtgar auf. «Du sprichst also Dänisch?» Das war ungewöhnlich für einen Sachsen.

Er grinste mich schief an. «Bin mit einer Dänin verheiratet, Herr.» Er berührte die runzelige Narbe, wo sein linkes Ohr gewesen war. «Das war ihr Ehemann. Er hat mein Ohr bekommen. Ich habe seine Frau bekommen. Ein gerechter Tausch.»

«Allerdings», sagte ich. «Hat er überlebt?»

«Nicht lange, Herr.» Er klopfte auf das Heft seines Schwertes. «Dafür hat Flæscmangere gesorgt.»

Ich lächelte leicht. Flæscmangere war ein guter Name für ein Schwert, und diese Schlachter-Klinge, dachte ich, würde in Lundene bald einiges zu tun bekommen.

Es war Mittag, bevor die Ebbe kam, doch schon ehe der Gezeitenwechsel einsetzte, als noch Stillwasser herrschte, machten wir die Leinen los, stakten die Schiffe von der Anlegestelle weg und begannen, flussabwärts zu fahren. Es war wieder ein strahlender Sommertag, zu warm, um ein Kettenhemd zu tragen. Die Sonne schillerte auf den Kräuselwellen des Flusses, schwacher Westwind bewegte das Laub der Weiden, und langsam, langsam und schwerfällig, bewegten wir uns stromab. Wir benutzten die Riemen, doch es ging unbeholfen zu, weil die Mercier nicht ans Rudern gewöhnt waren. Ich hatte Gerbruht auf der zweiten Barge eingesetzt und Beornoth auf der dritten, weil sie beide friesische Seemänner waren und beide Erfahrung mit Booten hatten. Ihre Bargen schaukelten hinter uns her, die Riemen tauchten spritzend ein und schlugen gegeneinander, und größtenteils waren es die Strömung des Flusses und die stärker werdende Ebbe, die uns nach Süden brachten.

Am späten Nachmittag erreichten wir die Temes, und dort entdeckte ich den Zweck der vier großen Pfosten, die an der Einmündung des Ligan in den größeren Strom aus dem Flussbett ragten. Eine Heubarge hatte an einem der Pfosten festgemacht. Die Besatzung, nur drei Mann, wartete lieber auf den Gezeitenwechsel, statt auf Grund zu laufen. Ihre Barge schwamm an dem Pfosten vertäut auf dem Wasser, was bedeutete, dass sie nicht darauf angewiesen waren, von der Flut aus dem Schlamm gehoben zu werden, sondern schon den ersten starken Schub nutzen konnten, um sich Richtung Lundene tragen zu lassen. Wir machten neben ihnen fest, und dann warteten wir erneut.

Die Sonne brannte herab. Inzwischen regte sich kaum noch ein Lüftchen. Keine Wolken. Doch im Westen zog sich ein breiter, dunkler Streifen über den Himmel, so unheilverkündend wie eine Gewitterwand. Das war der Rauch von Lundene. Es war eine Stadt der Finsternis, ging es mir durch den Kopf. Ich fragte mich, ob auch über Bebbanburg der Rauch hing oder ob er von einer Meeresbrise landein getrieben wurde, und dann berührte ich mein neues Hammeramulett, um den Pestfluch abzuwenden. Ich schloss die Augen und umklammerte den Hammer so fest, dass meine Finger schmerzten. Ich betete zu Thor. Ich betete darum, dass meine Schürfwunden heilten, dass meine Rippen aufhörten, bei jedem Atemzug zu schmerzen, und dass ich mit meiner verletzten Schulter ein Schwert schwingen konnte. Ich betete für Bebbanburg, für Northumbrien, für meinen Sohn, für all die Leute zu Hause. Ich dachte an Berg mit seiner seltsamen Fracht, eine Königin auf der Flucht mit ihren Kindern. Ich betete darum, dass die Pest nur ein Gerücht war.

«Du betest», warf mir Finan vor.

«Dass keine Wolken aufziehen», sagte ich und schlug die Augen auf.

«Du machst dir Sorgen über Regen?»

«Ich will Mondlicht», sagte ich. «Wir werden nach Sonnenuntergang den Fluss hinauffahren.»

Es war noch heller Tag, als die festgemachten Boote behäbig auf der ankommenden Flut herumschwangen. Wir lösten die Leinen von den massiven Pfosten und benutzten die großen Riemen, um auf die Temes zu kommen, dann ließen wir uns von der Flut tragen. Die sinkende Sonne wurde von dem breiten Rauchstreifen verhüllt, als sich der Himmel im Westen langsam in einen Glutofen verwandelte.

Es war wenig Betrieb auf dem Fluss, nur zwei weitere Heubargen und ein paar Fischerboote. Unsere langen Riemen knarrten in den Ruderdollen und verschafften uns gerade ausreichend Geschwindigkeit, um das Steuerruder einzusetzen. Allmählich wurde es dunkel, am Himmel zeigten sich die ersten Sterne, und ein Halbmond stand hell über uns, während die Sonne in scharlachroter Pracht unterging. Inzwischen, dachte ich, hatten Merewalhs Männer den Gegner wohl aus Toteham vertrieben und nach Süden gehetzt. Bald würden die Lagerfeuer in der Heidelandschaft angezündet werden und Æthelhelm verkünden, dass der Gegner gekommen war. Lass ihn nur nach Norden schauen, betete ich, lass ihn nur nach Norden schauen, während wir uns westwärts durch die Nacht schlichen.

Zur Stadt der Finsternis.

Wir erreichten die Stadt, ohne auf Grund zu laufen, die Flut hielt uns sicher in den tiefsten Bereichen des Flusses. Wir waren nicht allein. Zwei Schiffe kamen an uns vorbei, nahe beieinander, ihre Riemenblätter blitzten im Mondlicht auf, und auf beiden drängten sich Männer dicht an dicht. Von dem ersten Schiff wurde ein Gruß gerufen, als sie vorüberfuhren, der Schiffsführer wollte wissen, woher wir kämen, und Pater Oda rief zurück, wir wären Ealhstans Männer aus Herutceaster. «Wo ist Herutceaster?», murmelte ich ihm zu.

«Das habe ich erfunden», sagte er hochtrabend. «Sie werden es nicht bemerken.»

«Hoffen wir, dass wir nicht zu spät kommen!», rief ein Mann von dem zweiten Schiff herüber. «All diese mercischen Mädchen warten nur auf uns!» Ruckhaft stieß er seine Hüften vor, und seine müden Ruderleute brachten ein Jubeln zustande, dann waren die beiden Schiffe an uns vorbei und wurden zu Schatten auf dem mondüberglänzten Fluss.

Wir konnten die Stadt schon aus meilenweiter Entfernung riechen. Ich hielt Ausschau nach Norden, hoffte den Schein der Lagerfeuer von Merewalhs Männern zu entdecken, doch ich sah nichts. Und in Wahrheit hatte ich das auch nicht erwartet. Das Heideland war weit entfernt, wir aber kamen immer dichter an Lundene heran. Die Flut näherte sich ihrem Ende, und wir beschleunigten den Schlag mit den großen Riemen, als wir unterhalb der östlichen Bastion der Stadt entlangruderten. Eine Fackel brannte dort, und ich sah einen dunkelroten Umhang und die rötliche Spiegelung einer Flamme in einer Speerspitze. Am Kai lag wie stets ein Schiff neben dem anderen, während dort, wo Gisela und ich gewohnt hatten, ein Langschiff mit hohem Bug und aufragendem Kreuz an der Mauer vertäut war.

Waormunds Schiff, da war ich sicher, doch niemand hielt auf der Steinterrasse Wache. Ein Lichtschein flackerte hinter einem Fensterladen des Hauses, dann waren wir vorbei, und ich konnte Männer im Toten Dänen singen hören. Sobald wir das Gasthaus hinter uns gelassen hatten, suchte ich an den Kais einen Platz zum Anlegen. Es gab keine freie Lücke, also machten wir die drei Bargen außenbords an anderen Schiffen fest, indem Männer von unseren Decks sprangen, um unsere schwerfälligen Boote an den landwärts gelegenen Rümpfen festzuzurren. Unter der Steuerplattform des Schiffes, das ich mir ausgesucht hatte, kroch ein Mann hervor. «Wer seid Ihr?», fragte er gereizt.

«Truppen aus Herutceaster», sagte ich.

«Wo ist Herutceaster?»

«Nördlich von Earsling», gab ich zurück.

«Was für ein Spaßvogel», knurrte er, sah, dass Vidarr sein Schiff nicht beschädigte, sondern nur unsere Leinen festmachte, und ging wieder schlafen.

Es waren Wachposten auf den Kais, aber keiner in unserer Nähe, und auch die anderen, die uns hatten ankommen sehen, beachteten uns kaum. Ein Wachmann trottete über den langgezogenen Landekai heran, an dem Fackeln in Halterungen an der Flussmauer schwache Helligkeit verbreiteten. Er starrte über die anderen Schiffe hinweg zu uns und sah, dass unsere Bargen mit Kampftruppen besetzt waren und einige Männer die unverwechselbaren roten Umhänge trugen, also kehrte er zu seinem Posten zurück. Es war offenkundig, dass niemand etwas Besonderes in unserer Ankunft sah, wir waren einfach die letzten von Æthelhelms einberufenen

Truppen, die von seinen Besitzungen in Ostanglien eintrafen.

«Ich frage mich, wie viele Krieger wohl in der Stadt sind», sagte Pater Oda zu mir.

«Zu viele.»

«Ihr beruhigt andere gern, nicht wahr?», sagte er und bekreuzigte sich. «Wir müssen wissen, was vor sich geht.»

«Was vor sich geht», sagte ich, «ist, dass Æthelhelm die größte Streitmacht sammelt, die er nur einberufen kann. Zweitausend Mann, dreitausend? Vielleicht auch mehr.»

«Es wird ihm schwerfallen, so viele zu verpflegen», sagte Oda.

Das stimmte. Eine Streitmacht zu verpflegen, war eine viel schwierigere Aufgabe als eine zusammenzuziehen. «Also plant er vielleicht, bald auszurücken», lautete meine Vermutung, «und Æthelstan mit seiner schieren Überzahl zu besiegen, damit er die Sache hinter sich hat.»

«Es wäre gut zu wissen, ob das zutrifft», sagte der Priester und stieg ohne ein weiteres Wort auf das nächste Schiff.

«Wohin geht Ihr?», rief ich ihm nach.

«Herausfinden, was es Neues gibt, versteht sich.» Er überquerte die beiden Schiffe, die zwischen unserer Barge und dem Kai lagen, und ich sah ihn zum nächsten Wachtrupp gehen. Er redete ausführlich mit den Männern, dann zeichnete er ein Kreuz in die Luft, vermutlich, um sie zu segnen, und kehrte wieder zurück. Ich half ihm auf unser Deck herunter.

«Die Wachen», sagte er, «sind Ostanglier. Und sie sind nicht glücklich. Der Herr Varin ist tot.»

«Ihr hört Euch an, als würdet Ihr das ebenfalls bedauern.»

«Ich hatte keine Abneigung gegen Varin», sagte Pater Oda zurückhaltend. Er strich sich über sein schwarzes Gewand, dann setzte er sich auf die niedrige Reling der Barge. «Er war kein schlechter Mann, aber er wurde dafür getötet, dass er Euch hat entkommen lassen. Dieses Schicksal hat er wohl kaum verdient.»

«Weil er mich hat entkommen lassen! Dafür wurde er hingerichtet?»

«Ihr klingt überrascht.»

«Das bin ich!»

Oda zuckte mit den Schultern. «Æthelhelm weiß, dass Ihr geschworen habt, ihn zu töten. Er fürchtet diesen Schwur.»

«Er fürchtet den Schwur eines Heiden?»

«Der Schwur eines Heiden», sagte Oda scharf, «besitzt die Macht des Teufels, und ein kluger Mann fürchtet den Satan.»

Ich sah über den Fluss auf ein paar flackernde Lichter, die sich in der Siedlung auf dem Südufer zeigten. «Wenn man den Tod dafür verdient, dass man mich entkommen lässt», sagte ich, «dann müsste Æthelhelm doch auch Waormund töten, oder nicht?»

Oda schüttelte den Kopf. «Waormund ist ein Günstling Æthelhelms, und Varin war es nicht. Waormund ist Westsachse, und Varin war es nicht.» Er hielt inne, und ich lauschte auf das Wasser, das am Rumpf entlangströmte. Wir waren ein gutes Stück flussabwärts der

Brücke, doch auch hier hörte ich den Fluss unablässig zwischen den engstehenden Pfeilern der Brückenbögen hindurchrauschen. «Man hat es dem Jungen gestattet, ihn zu töten», fuhr Oda düster fort.

«Ælfweard?»

«Offenbar wurde Herr Varin an einen Pfosten gefesselt, und der Junge bekam ein Schwert in die Hand. Es hat lange gedauert.» Er schlug ein Kreuz. «Die Männer mussten zusehen, und man hat ihnen erklärt, das sei die angemessene Strafe für mangelnde Wachsamkeit. Und Herr Varin hat nicht einmal ein christliches Begräbnis bekommen! Sein Leichnam wurde den Hunden vorgeworfen, und was die Hunde übrig gelassen haben, wurde verbrannt. Zu denken, dass Ælfweard ein Enkel König Alfreds ist!» Sein letzter Satz klang bitter, dann fügte er hinzu, als sei es ihm gerade wieder eingefallen: «Die Späher glauben, dass die Streitmacht bald ausrücken wird.»

«Gewiss wird sie das», sagte ich. Æthelhelm hatte ein gewaltiges Heer gesammelt, das er verpflegen musste, und die einfachste Art, das zu tun, bestand darin, in Mercien einzufallen und jegliche Nahrung zu stehlen, die dort zu finden war. Im Moment lebten seine Truppen von den Vorräten, die in den Lagerhäusern Lundenes zu entdecken gewesen waren, und von dem, was sie mitgebracht hatten, doch schon bald würde sich Hunger einstellen. Zweifellos hoffte Æthelhelm noch immer, dass Æthelstan Lundene angriff und er die Mercier innerhalb der Stadtmauern niedermachen konnte, doch wenn ihm Æthelstan diesen Wunsch nicht erfüllte, wäre er gezwungen, die Stadt zu verlassen, um den Gegner in einer Feldschlacht zu vernichten. Und die Westsachsen, dachte ich verbittert, konnten zuversichtlich sein. Sie hatten die größere Streitmacht, die viel größere Streitmacht, und diese Streitmacht würde bald ausrücken.

«Das Zeichen», erklärte Pater Oda, «wird das Läuten der Glocken sein. Wenn sie erklingen, sollen sich die Truppen bei der alten Festung sammeln.»

«Bereit zum Ausrücken», knurrte ich.

«Bereit zum Ausrücken», bestätigte Oda. «Aber es ist eine unzufriedene Streitmacht.»

«Unzufrieden?»

«Die Ostanglier werden von den Westsachsen wie Leibeigene behandelt, und die Christen sind ebenfalls unzufrieden.»

Ich gab ein freudloses Lachen von mir. «Warum?»

«Weil der Erzbischof…», begann Oda, dann unterbrach er sich.

«Athelm?»

«Es heißt, er wird hier im Palast als Gefangener gehalten. Vielleicht ein mit Ehren behandelter.» Stirnrunzelnd hielt er inne. «Und dennoch! Sie haben es gewagt, Hand an einen Diener Christi zu legen!»

Ich hatte schon lange geahnt, dass Athelm, der Erzbischof von Contwaraburg, zu den Widersachern Æthelhelms und seiner Familie gehörte, obgleich Athelm selbst ein entfernter Cousin des Aldermanns war. Vielleicht erklärte diese Verwandtschaft seine Feindseligkeit, eine Feindseligkeit, die daher rührte, dass er Æthelhelm und seinen Neffen allzu gut kannte. «Sie werden es nicht wagen, den Erzbischof zu töten», sagte ich.

«Gewiss werden sie das», kam es brüsk von Oda. «Sie werden sagen, er ist krank», wieder schlug er das Kreuz, «und dann behaupten, er sei an einem Fieber gestorben. Niemand wird es erfahren. Aber es wird noch nicht jetzt geschehen. Sie brauchen ihn, um dem Jungen den Helm aufs Haupt zu setzen.» Ælfweard würde erst dann ordnungsgemäß König sein, wenn diese Zeremonie durchgeführt war, und Æthelhelm würde sicher darauf bestehen, dass ihm Erzbischof Athelm den edelsteingeschmückten Helm von Wessex auf den Kopf hob. Jeder unbedeutendere Bischof würde als armseliger Ersatz gelten und Ælfweards Legitimierung in Frage stellen.

«Hat der Witan getagt?», fragte ich. Ælfweard brauchte die Zustimmung des Witans, bevor er den königlichen Helm empfangen konnte.

Oda zuckte mit den Schultern. «Wer weiß? Vielleicht? Aber ich vermute, dass Æthelhelm abwartet, bis der Witan aller drei Königreiche tagen kann. Er will Ælfweard als den König aller Sachsen ausrufen.» Stirnrunzelnd drehte er sich um, weil unvermittelt laute Stimmen von den Wachposten herüberklangen, aber es kamen nur zwei Mädchen zu ihnen. Huren, nahm ich an, aus einem der Gasthäuser am Fluss. «Æthelhelm hat natürlich die Unterstützung der westsächsischen Herren», fuhr Oda fort, «und die Ostanglier sind zu sehr eingeschüchtert, um sich ihm entgegenzustellen, aber um die Unterstützung der Mercier zu bekommen, muss er Æthelstan beseitigen. Wenn das getan ist, wird er die mercischen Herren töten, die ihm die Stirn geboten haben, und neue Männer auf ihren Besitzungen einsetzen. Dann wird Æthelhelms Familie ganz Englaland regieren.»

«Nicht Northumbrien», knurrte ich.

«Und wie wollt Ihr seinen Einmarsch verhindern? Könnt Ihr dreitausend Krieger aufbieten?»

«Nicht einmal die Hälfte», gab ich zu.

«Und er wird wahrscheinlich mit mehr als dreitausend kommen», sagte Oda, «was werdet Ihr dann tun? Denkt Ihr, Eure Festung in Bebbanburg kann einer solchen Streitmacht standhalten?»

«Das wird nicht geschehen», sagte ich.

«Nicht?»

«Weil ich Æthelhelm morgen töten werde.»

«Nicht heute Nacht?»

«Morgen», sagte ich entschieden. Oda hob fragend eine Augenbraue, ohne etwas zu sagen. «Morgen», erklärte ich, «ist der Tag, an dem Æthelhelm aufgrund des Berichts von Heorstans Männern mit uns rechnet. Er erwartet, dass ich versuche, mir durch eines der nördlichen Stadttore Zugang zu verschaffen, also werden sie auf den nördlichen Abschnitten der Stadtmauer Ausschau halten.»

«Was bedeutet, dass sie wach und aufmerksam sein werden», betonte Oda.

«Und das werden sie auch heute Nacht sein», sagte ich. In der Nacht regt sich das Böse, Geister und Schattengänger suchen die Welt heim, und der Mensch empfindet die Angst vor dem Tod am stärksten. Æthelhelm und Ælfward würden in den Tiefen des Palasts sein, umgeben von ihren Wachen mit den roten Umhängen. Keinem Fremden würde der Zugang durch den

Torbogen des Palastes gewährt werden, mit Ausnahme derjenigen vielleicht, die dringende Nachrichten brachten, und selbst sie würde man vor dem Tor entwaffnen. Die Gänge und der große Saal wären voller Hauskrieger sowohl aus den Truppen Æthelhelms als auch aus der königlichen Wache. Es mochte uns gelingen, durch eines der Tore zu kommen, doch dann würden wir uns in einem Gewirr von Gängen und Höfen wiederfinden, in denen es von Gegnern wimmelte. Aber wenn es hell wurde, wenn die Morgendämmerung die bösen Geister in ihre Verstecke zurückscheuchte, würden die Palasttore geöffnet, und Æthelhelm würde gewiss auf der nördlichen Stadtmauer Ausschau halten wollen. Und das war der Moment, dachte ich, in dem ich ihm beikommen musste.

«Und wie werdet Ihr ihn morgen töten?», fragte Oda.

«Ich weiß es nicht», sagte ich, und so war es. In Wahrheit bestand mein gesamter Plan darin, auf eine Gelegenheit zu warten, und das war ganz und gar kein Plan. Die Nacht war nicht kalt, und doch überlief mich ein Schauder bei dem Gedanken an mein Versprechen für den nächsten Tag.

Die Morgendämmerung kam früh, eine sommerliche Dämmerung, die wieder einen wolkenlosen Himmel brachte, über den nur der Rauch aus der Stadt zog. Ich hatte schlecht geschlafen. Wir hatten das Segel der Barge entrollt, es auf dem Deck ausgebreitet, Wachen aufgestellt, und dann hatten mich meine quälenden Gedanken während der kurzen Nacht wach gehalten. Meine Rippen schmerzten, meine Schultern taten weh, meine Haut brannte. Ich musste eingedöst sein, aber ich war trotzdem müde, als der Sonnenaufgang einen frischen Südwestwind brachte, und ich nahm diesen Wind als Zeichen der Götter.

In Werlameceaster war mir die Verwirklichung meines Planes möglich erschienen. Vielleicht nicht wahrscheinlich, aber möglich. Ich hatte gedacht, dass wir, während Æthelhelms Männer auf der nördlichen Stadtmauer Lundenes Wache hielten, von der Flussseite aus auf den Hügel kommen konnten, und was dann? Ich hatte mir vorgestellt, wir würden Æthelhelm und seinen Neffen irgendwo in der Nähe der Stadtmauer entdecken und dass wir mit einem Überraschungsangriff seine Wachen überwältigen und uns die Gelegenheit verschaffen konnten, die beiden niederzumachen. Ihr Tod, so hatte ich gehofft, würde genügen, um die Ostanglier aufzurütteln, sodass sie uns, sobald wir ein Stadttor für Merewalhs Männer geöffnet hatten, bei der Vertreibung der Westsachsen aus Lundene unterstützen würden. Æthelhelm regierte durch die Verbreitung von Angst, also musste seine Macht erlöschen, wenn es diese Angst nicht mehr gab. Nun aber, während die Sonne höher stieg, empfand ich nur noch Verzweiflung. In Lundene drängten sich meine Gegner, und meine schwachen Hoffnungen stützten sich darauf, dass wir einen Teil dieser Gegner vom Kampf an unserer Seite überzeugen konnten. Es war Irrsinn. Wir waren in einer Stadt, die von Tausenden unserer Gegner besetzt war, und wir waren einhundertachtzig Mann. Brihtwulf und Wihtgar waren bei Anbruch des Tages in die Stadt gegangen. Ich hatte nichts davon gewusst, hätte sie sonst aus der Befürchtung heraus aufgehalten, dass einer von Heorstans sechs Männern sie erkennen könnte, doch sie kehrten wohlbehalten zurück und berichteten, es habe über Nacht zahlreiche Schlägereien gegeben. «Westsachsen gegen Ostanglier», sagte Brihtwulf.

«Nur Wirtshaus-Schlägereien», tat Wihtgar die Sache ab.

«Aber es sind Männer umgekommen», fügte Brihtwulf hinzu.

Beide Männer saßen an Deck meiner Barge und begannen, ihre Schwertklingen mit Wetzsteinen zu bearbeiten. «Das ist keine Überraschung, was?», sagte Brihtwulf. «Die Ostanglier hassen die Westsachsen! Sie waren verfeindet, und das ist noch nicht lange her.»

Vor gar nicht so vielen Jahren waren die Westsachsen in Ostanglien eingefallen und hatten die dänischen Jarle unterworfen. Diese Jarle waren untereinander verfeindet gewesen, unfähig, sich nach Eohrics Tod auf einen König aus ihren Reihen zu einigen, und Eohric hatte ich, zwanzig Jahre vor Edwards Tod, eigenhändig in einem Graben niedergemacht. Ich erinnerte mich an Eohric als einen fetten, schweinsäugigen Mann, und sein Kreischen hatte erst geendet, als ihm Schlangenhauch den Todesstoß versetzte.

Und so war der letzte wahre Dänenkönig Ostangliens gestorben. Eohric hatte versucht, sein Königreich zu bewahren, indem er vorgab, Christ zu sein, um so die Bedrohung durch Wessex abzuwenden, doch ich weiß noch, wie er sich im Todeskampf verzweifelt an das Heft seines zerbrochenen Schwertes klammerte, damit er nach Walhall kam. Er hatte über ein Land seines eigenen Volkes regiert, ein Land der dänischen Siedler, doch sie waren in der Unterzahl gegenüber den sächsischen Christen, von denen zu erwarten war, dass sie die Truppen König Edwards willkommen hießen. Und tatsächlich hießen viele von ihnen die Westsachsen willkommen, bis Berichte über Schändungen, Raub und Mord die Eroberung überschatteten. Und nun sollten diese Ostanglier, sowohl Dänen als auch Sachsen, für Wessex kämpfen, für Æthelhelm und Ælfweard.

«Gottverdammte Westsachsen», knurrte Wihtgar, «stolzieren umher, als würde ihnen die Stadt gehören.»

«Sie gehört ihnen», sagte Finan trocken.

Finan, Brihtwulf und Wihtgar unterhielten sich miteinander, während ich überwiegend zuhörte. Brihtwulf erzählte, wie er bei seiner Rückkehr zum Kai angeredet worden war. «So ein hochnäsiger Bastard hat gesagt, wir würden den falschen Weg nehmen. Er meinte, wir sollten zur Stadtmauer gehen.»

«Und was hast du ihm geantwortet?», fragte ich.

«Dass wir verdammt noch mal gehen, wohin wir wollen.»

«Und vielleicht sollten wir das jetzt tun», sagte ich.

Brihtwulf sah mich verständnislos an. «Schon? Ich dachte, Ihr habt Merewalh gesagt, er soll warten, bis die Mittagszeit vorbei ist.»

«Das habe ich.»

Wihtgar sah zum Himmel hinauf. «Ist noch lange bis Mittag, Herr.»

Ich saß auf dem großen Eichenblock, in dem der Mast der Barge aufgerichtet wurde. «Wir haben Westwind», sagte ich, «und er ist recht lebhaft.»

Brihtwulf warf einen Blick zu Wihtgar, der nur mit den Schultern zuckte, als wolle er sagen, dass er keine Ahnung hatte, wovon ich sprach. «Westwind?», fragte Brihtwulf.

«Bei Westwind kommen wir aus der Stadt weg», erklärte ich. «Wir können drei Schiffe stehlen, schnelle Schiffe, und dann segeln wir flussabwärts.»

Darauf herrschte einen Moment Stille, bevor Brihtwulf ungläubig sagte: «Jetzt? Wir gehen jetzt?»

«Jetzt», sagte ich.

«Lieber Herr Jesus», murmelte Finan. Die anderen beiden starrten mich einfach nur an.

«Pater Oda glaubt, dass dreitausend Mann in Lundene sein könnten», fuhr ich fort, «selbst wenn es uns gelingt, ein Tor für Merewalh zu öffnen – wie stark werden wir in der Unterzahl sein? Fünf zu eins? Sechs zu eins?» Die Zahlen hatten mich durch die kurze Sommernacht verfolgt.

«Wie viele davon sind Ostanglier?», fragte Brihtwulf.

«Die meisten», murmelte Wihtgar.

«Aber werden sie gegen ihre Herren kämpfen?», fragte ich. Brihtwulf hatte recht damit gehabt, dass die Ostanglier die Westsachsen hassten, aber das bedeutete nicht, dass sie ihr Schwert gegen Æthelhelms Truppen erheben würden. Ich war nach Cent gesegelt, weil ich hoffte, mit den Männern dort eine Streitmacht gegen Æthelhelm aufstellen zu können, und das war gescheitert, und nun hängte ich meine Hoffnung an Ostanglier, eine Hoffnung, die ebenso schwach schien wie diejenige, die sich in Fæfresham aufgelöst hatte. «Wenn ich euch in die Stadt führe», sagte ich, «und selbst wenn es uns gelingt, ein Tor für Merewalh zu öffnen, werden wir alle sterben.»

«Und Merewalh lassen wir einfach im Stich?», fragte Brihtwulf aufgebracht.

«Merewalh und seine Reiter werden sich nach Norden zurückziehen», sagte ich, «und Æthelhelm wird sie nicht allzu weit verfolgen. Er wird einen Hinterhalt fürchten. Und davon abgesehen will er Æthelstans Streitmacht besiegen, nicht ein paar Reiter aus Werlameceaster.»

«Er will dich töten», sagte Finan.

Ich beachtete seine Worte nicht. «Wenn Merewalh Reiter aus der Stadt kommen sieht, wird er sich zurückziehen. Er wird nach Werlameceaster zurückkehren.» Ich hasste den Gedanken, die Pläne aufzugeben, von denen wir Merewalh überzeugt hatten, doch ich hatte die ganze Nacht gegrübelt, und die Morgendämmerung hatte mich zur Vernunft gebracht. Es war besser, wenn wir am Leben blieben, statt sinnlos zu sterben. «Merewalh wird überleben», schloss ich.

«Also werden wir einfach…», begann Brihtwulf, dann unterbrach er sich. Ich nehme an, er wollte sagen, dass wir einfach davonliefen, doch er schluckte die Worte hinunter. «Also werden wir einfach nach Werlameceaster zurückgehen?»

«Schlangenhauch», murmelte mir Finan zu.

Darüber lächelte ich. In Wahrheit fragte ich mich, ob der Westwind womöglich ein Zeichen der Götter war, dass ich dieses waghalsige Abenteuer aufgeben und stattdessen drei gute Schiffe rauben und mich vom Wind aufs Meer und in Sicherheit tragen lassen sollte. Ich dachte an Ravn, den blinden Dichter und Vater Ragnars, der mir oft erklärt hatte, Mut sei wie ein Horn mit Ale. «Wir fangen mit einem vollen Horn an, Junge», hatte er zu mir gesagt, «aber wir trinken es aus. Manche Männer trinken es schnell aus, und vielleicht war ihr Horn von Anfang an nicht ganz gefüllt, und andere trinken es langsam aus, aber der Mut lässt nach, wenn wir älter werden.» Ich versuchte mir einzureden, dass es nicht fehlender Mut war, der mich aus Lundene wegtrieb, sondern Besonnenheit und der Unwille, gute Männer in eine Stadt voller Gegner zu führen, auch wenn diese guten Männer kämpfen wollten.

Pater Oda setzte sich zu uns auf den Eichenblock. «Ich habe ein Gebet gesprochen», verkündete er.

«Ein Gebet, Pater?», fragte Finan.

«Um Erfolg», sagte Oda zuversichtlich. «König Æthelstan ist dazu bestimmt, über ganz Englaland zu regieren, und das werden wir heute möglich machen! Gott ist mit uns!»

Ich wollte ihm eine verdrießliche Antwort geben, wollte eingestehen, dass ich unseren Erfolg bezweifelte, doch bevor ich ein Wort sagen konnte, begann die erste Kirchenglocke zu läuten.

Es gab nur wenige Glocken in Lundene, vielleicht fünf oder sechs Kirchen hatten genügend Silber aufgebracht oder als Schenkung erhalten, um sie zu kaufen. Als König Alfred beschlossen hatte, die alte Römerstadt wiederaufzubauen, wollte er Glocken an jedem Tor aufhängen lassen, doch die ersten beiden waren innerhalb weniger Tage gestohlen worden, und so hatte er verfügt, dass stattdessen Hörner benutzt werden sollten. An den meisten Kirchen hing einfach ein Stab oder eine Platte aus Metall, an die geschlagen werden konnte, um die Gläubigen zum Gottesdienst zu rufen, und nun begannen sie, zusammen mit den wenigen Glocken, allesamt zu erklingen, ein Getöse, bei dem Vögel aufgeschreckt zum Himmel emporflogen.

Niemand von uns sagte etwas, während das Dröhnen anhielt. Hunde jaulten.

«Das muss…», brach Brihtwulf unser Schweigen, hielt inne und erhob dann die Stimme, um gehört zu werden, «das muss Merewalh sein.»

«Es ist zu früh», sagte Wihtgar.

«Dann sammelt Æthelhelm seine Truppen zum Aufbruch», sagte ich, «Und wir sind zu spät.»

«Was meint Ihr damit?», fragte Pater Oda entrüstet. «Zu spät?»

Die Glocken riefen zweifellos Æthelhelms Streitkräfte zusammen, was bedeutete, dass er die Horde aus der Stadt führen würde, um Æthelstans schwächeren Kampfverband anzugreifen. Wir waren inzwischen alle aufgestanden, blickten nach Norden, auch wenn dort nichts zu sehen war.

«Was meint Ihr damit?», beharrte Pater Oda. «Warum sind wir zu spät?»

Doch bevor ich antworten konnte, erklang weiter unten am Kai ein Wutschrei. Dem Schrei folgte Gebrüll, das Klirren aufeinandertreffender Klingen, dann hastige Schritte. Ein Mann tauchte auf, rannte um sein Leben. Ein Speer flog hinter ihm her und traf ihn mit tödlicher Zielsicherheit in den Rücken. Der Mann tat noch ein paar stolpernde Schritte, dann brach er zusammen. Einen Herzschlag lang blieb er liegen, der Speerschaft schwankte über ihm, dann versuchte er weiterzukriechen. Hinter ihm erschienen zwei Männer mit roten Umhängen. Einer packte den Speerschaft und rammte ihn abwärts, der andere trat dem Verwundeten in die Rippen. Der Mann erbebte, dann erschauerte sein gesamter Körper in unwillkürlichen Zuckungen. Das Dröhnen der Glocken wurde schwächer.

«Ihr werdet auf die Stadtmauer gehen!», brüllte jemand. Weitere Männer in roten Umhängen erschienen auf der Landseite der Kaianlage. Sie durchsuchten offenkundig die Schiffe, scheuchten Männer auf, die an Bord geschlafen hatten, und trieben sie durch die Lücken der Flussmauer in die Stadt. Ich vermutete, dass der sterbende Mann, der immer noch zuckend auf den Holzplanken lag, ihnen Widerstand geleistet hatte.

«Sollen wir sie töten?», fragte Finan. Die Männer mit den roten Umhängen, ich sah etwa dreißig von ihnen, hatten unsere drei Bargen noch nicht erreicht. «Sie sind hier, um die Männer am Weglaufen zu hindern», vermutete Finan, und ich vermutete, dass er recht hatte.

Ich gab ihm keine Antwort. Ich dachte an das, was Brihtwulf über den erbitterten Hass der Ostanglier auf die Westsachsen gesagt hatte. Ich dachte an Schlangenhauch. Ich dachte an den Schwur, den ich Æthelstan geleistet hatte. Ich dachte daran, dass Brihtwulf mich für einen Hasenfuß hielt, der davonlaufen wollte, und dass er mich deswegen verachtete. Ich dachte daran, dass das Schicksal ein bösartiges und unberechenbares

Luder war, und ich dachte, dass wir die Männer in den roten Umhängen niedermachen und drei Schiffe stehlen mussten, um aus Lundene zu entkommen.

«Ihr! Wer seid ihr?» Ein großer Mann in Æthelhelms rotem Umhang starrte vom Kai aus zu uns herüber. «Und warum bewegt ihr euch nicht?»

«Wer sind wir?», murmelte Brihtwulf und sah mich an.

Es war Pater Oda, der antwortete. Er stand auf, sein Brustkreuz schimmerte hell über seinem schwarzen Gewand, und er rief zurück: «Wir sind Herrn Ealhstans Männer aus Herutceaster!»

Der große Mann stellte keinen der zwei Namen in Frage, obwohl alle beide Erfindungen Odas waren. «Was in Gottes Namen tut ihr dann hier?», knurrte er. «Ihr solltet auf der Stadtmauer sein!»

«Warum hast du diesen Mann getötet?», fragte Oda mit strenger Stimme.

Der Mann in dem roten Umhang zögerte, offensichtlich gefiel es ihm nicht, dass sein Handeln in Frage gestellt wurde, doch Odas natürliche Führungsgabe, zusammen mit der Tatsache, dass er ein Priester war, brachten den Mann zum Antworten, wenn auch mürrisch. «Ihn und ein Dutzend andere. Die Bastarde wollten sich davonstehlen. Wollten nicht kämpfen. Und jetzt, Herrgott, bewegt euch!»

Das Dröhnen der Glocken, der Tod der Männer auf dem Kai und die Wut des Kriegers mit dem roten Umhang, der uns anschrie, schienen mir merkwürdig viel Aufregung angesichts von Merewalh und seinen zweihundert Mann. «Wohin sollen wir uns bewegen?», rief

Brihtwulf. «Wir sind erst gestern Abend angekommen. Niemand hat uns gesagt, was wir tun sollen.»

«Ich sage es euch jetzt! Geht zur Stadtmauer!»

«Was ist denn geschehen?», rief Pater Oda.

«Der schöne Knabe ist mit seiner gesamten Streitmacht gekommen. Wie es aussieht, will er heute sterben, also bewegt eure ostanglischen Ärsche und macht euch ans Töten! Geht dort entlang!» Er deutete nach Westen. «Jemand wird euch sagen, was ihr zu tun habt, wenn ihr dort seid, und jetzt los! Bewegung!»

Wir bewegten uns. Anscheinend war der Westwind tatsächlich ein Omen. Denn er hatte Æthelstan aus dem Westen gebracht. Æthelstan war nach Lundene gekommen.

Also würden wir kämpfen.

Zwölf

«Schöner Knabe?», fragte Brihtwulf, während er neben mir herging.

«Er meint Æthelstan.»

«Warum schöner Knabe?»

Ich zuckte mit den Schultern. «Eine Beleidigung, nichts weiter.»

«Und er ist gekommen, um Lundene anzugreifen?», fragte Brihtwulf erstaunt.

«So haben wir es gehört, aber wer weiß?» Ich wusste keine Antwort auf Brihtwulfs Frage, es sei denn, die Garnison hatte Merewalhs zweihundert Mann für Æthelstans Streitmacht gehalten, doch das war kaum vorstellbar.

Zwei Reiter in roten Umhängen galoppierten Richtung Westen an uns vorbei. «Was geht denn vor sich?», rief Brihtwulf ihnen zu, doch sie beachteten uns nicht. Wir waren durch eine der Lücken in der Flussmauer gestiegen und liefen auf der Straße dahinter westwärts. Wir kamen an Gunnalds Hof vorbei, und mit einem Mal hatte ich Benedetta vor Augen. Wenn ich diesen Tag überlebte, so dachte ich, würde ich nach Werlameceaster gehen und sie aufsuchen, und das ließ mich an Eadith denken, und wieder verdrängte ich diesen unbehaglichen Gedanken, während wir die leichte Biegung der Straße erreichten, an der sie zum nördlichen Ende der großen Brücke hinaufführte.

«Es muss Æthelstan sein», sagte Finan. Er blickte südwärts über den Fluss.

Merewalh hatte einen Boten zu Æthelstan geschickt, um die Zustimmung zu diesem Irrsinn einzuholen. Hatte die Botschaft Æthelstan dazu gebracht, sich zu beteiligen? Ich starrte auf die Truppen auf dem gegenüberliegenden Ufer der Temes. Es waren nicht viele Männer in Sicht, vielleicht vierzig oder fünfzig zeigten sich zwischen den Häusern von Suðgeweork, einer kleinen Siedlung am südlichen Ende der Brücke, doch diese Männer waren offenkundig dort, um die hohe, mit Holzpalisaden geschützte Festung zu bedrohen, von der die Brücke geschützt wurde. Ein Dutzend Speermänner hastete südwärts über die Brücke, vermutlich um die Besatzung der Festung zu unterstützen.

Die Männer zwischen den Häusern von Suðgeweork waren zu weit entfernt, als dass ich ein Symbol auf ihren Schilden hätte erkennen können, doch ich sah, dass sie Kettenhemden und Helme trugen. Wenn sie Æthelstans Männer waren, mussten sie den Fluss oberhalb von Lundene überquert haben und stromab gezogen sein, um die Festung von Suðgeweork zu umstellen. Diese Männer, oder zumindest diejenigen, die ich sehen konnte, reichten nicht aus, um den Schutzwall der Festung einzunehmen, und ich sah auch keine Leitern, doch ihre bloße Anwesenheit genügte, um Verteidiger von der Stadtmauer Lundenes abzuziehen.

Etwa zwanzig Mann besetzten noch immer die Barrikade am nördlichen Ende der Brücke. Sie wurden von einem Reiter mit rotem Umhang befehligt, der sich in den Steigbügeln aufgerichtet hatte, um das südliche

Ufer zu beobachten, und sich dann umdrehte, als wir näher kamen. «Wer seid ihr?», rief er. Pater Oda gab seine übliche Antwort, dass wir Herrn Ealhstans Männer aus Herutceaster wären, und wieder riefen diese Namen keine Neugier hervor. «Wie lauten eure Befehle?», fragte der Mann, und als keiner von uns antwortete, starrte er uns finster an. «Und wohin geht ihr?»

Ich gab Brihtwulf einen Schubs. Zu viele Männer in Wessex kannten mich zu gut, und ich wollte keine Aufmerksamkeit auf mich ziehen. «Wir haben keine Befehle», gab Brihtwulf zurück, «wir sind einfach hergekommen.»

Der Reiter steckte zwei Finger zwischen die Lippen und pfiff durchdringend, um jene Männer auf sich aufmerksam zu machen, die schon auf dem Weg zum südlichen Ende der Brücke waren. «Wie viele braucht ihr?», rief er.

«So viele du hast!», schrie ein Mann zurück.

«Herr wer?», fragte der Reiter und trabte auf uns zu.

«Du», murmelte ich Brihtwulf zu, der einen Schritt vortrat.

«Ich bin Aldermann Ealhstan.»

«Dann bringt Eure Männer jetzt über die Brücke, Herr», befahl der Reiter wenig höflich, «und hindert die Bastarde daran, die Festung einzunehmen.»

Brihtwulf zögerte. Ebenso wie ich hatte er keinen Moment lang gedacht, dass wir zum südlichen Ufer der Temes gehen würden. Wir waren gekommen, um Æthelhelm und Ælfweard zu töten, und diese beiden mussten hier sein, auf dem nördlichen Ufer, doch mit einem Mal wusste ich, dass mir das Schicksal eine Gelegenheit aus purem Gold anbot. «Über die Brücke», murmelte ich Brihtwulf zu.

«Beeilung, in Gottes Namen!», sagte der Reiter.

«Was ist denn los?», rief Finan.

«Was denkst du wohl, Großvater? Der schöne Knabe ist hier! Und jetzt bewegt euch!»

«Diesen Earsling bringe ich um», murmelte Finan.

Ich hielt den Kopf gesenkt. Ich trug den Helm, den ich an Bord der *Spearhafoc* aufbewahrt hatte, den Helm meines Vaters. Ich hatte die dicken Wangenstücke aus gesiedetem Leder zusammengeschnürt, um mein Gesicht zu verbergen, aber ich fürchtete trotzdem, dass mich einer von den Westsachsen erkennen würde. Ich hatte oft genug an ihrer Seite gekämpft, auch wenn ich an diesem heißen Tag weder mein übliches gutes Kettenhemd noch den verzierten Helm trug. Finan und ich gingen hintereinander durch die schmale Lücke in der Barrikade, und der Mann, der sie bewachte, begann uns zu verspotten. «Schön weiterlaufen, Großvater!»

«Ostanglier!»

«Schlammwürmer!»

«Ich hoffe, ihr Bastarde habt gelernt zu kämpfen», fügte ein anderer hinzu.

«Genug!» Der Reiter brachte seine Männer zum Schweigen.

Wir betraten die unebenen Planken der Brücke. Die Pfeiler waren von den Römern erbaut worden, und ich nahm an, dass sie tausend Jahre halten würden, aber der Fahrdamm wurde ständig ausgebessert. Als ich das letzte Mal auf der Brücke gewesen war, hatte eine breite Lücke geklafft, wo die Dänen die Holzbohlen herausgerissen hatten. Alfred hatte den Schaden beheben lassen, aber einige Planken faulten und andere bewegten sich besorgniserregend unter unseren Schritten. Durch Lücken zwischen den Bohlen des Fahrdamms sah ich den brodelnden Fluss weiß zwischen den Steinpfeilern schäumen, und ich bestaunte, wie so oft, die Baukunst der Römer. «Was in Gottes Namen hat Æthelstan vor?», fragte mich Finan.

«Lundene erobern?», schlug ich vor.

«Wie in Gottes Namen hofft er das zu tun?»

Eine gute Frage. Æthelhelm hatte genügend Männer, um die Mauern Lundenes zu verteidigen, doch Æthelstan war offenkundig vor den Befestigungsanlagen aufgetaucht, und das konnte nur bedeuten, dass er einen Angriff plante. Zuletzt hatte ich gehört, dass Æthelstan in Wicumun war, das einen langen Tagesmarsch westlich von Lundene lag. Ich schaute flussaufwärts, als wir die Brücke überquerten, sah aber keine Bewegung jenseits der Stadtmauer, wo der Fluss Fleot den Schmutz von Gerbereien, Schlachthöfen und Jauchekanälen in die Temes spülte. In der sächsischen Ansiedlung, die jenseits des Fleot-Tals errichtet war, wies nichts auf eine Streitmacht hin, die zum Angriff auf die Stadt gekommen war, doch irgendetwas musste dazu geführt haben, dass die Glocken und Hörner der Stadt eine Warnung ausgegeben hatten.

«Er wird niemals über diese Mauern kommen», sagte Finan.

«Uns ist es auch gelungen.»

«Wir sind durch die Lücken darin gegangen», beharrte Finan, «wir haben nie versucht, den Graben und die Mauer zu übersteigen. Und dennoch, so einen Kampf erlebt man selten!»

Unwillkürlich berührte ich meine Brust, wo der Thorshammer unter dem Kettenhemd verborgen war. Vor Jahren hatten Finan und ich mit einer kleinen Schar Männer durch List die römische Bastion erobert, die das Ludd's Gate schützte, eines von Lundenes westlichen Stadttoren, und wir hatten diese Bastion gegen einen wütenden dänischen Angriff verteidigt. Wir hatten die Bastion gehalten, und wir hatten die Stadt wieder unter sächsische Herrschaft gebracht. Nun hatten wir einen neuen Kampf um die Stadt vor uns. «Æthelstan muss von der Unzufriedenheit der Ostanglier wissen», sagte ich, «also zählt er vielleicht sogar darauf.»

«Falls die Ostanglier wirklich die Seiten wechseln.» Finan klang zweifelnd.

«Falls», stimmte ich ihm zu.

«Sie werden nur gegen uns kämpfen, wenn sie sehen, dass wir verlieren», warf Brihtwulf ein.

«Dann dürfen wir nicht verlieren», sagte ich. Wir waren etwa zweihundert Schritt gegangen, hatten ungefähr ein Drittel der langen Brücke hinter uns. Pater Oda hatte sich als Letzter durch die Barrikade geschoben und sich aufgehalten, um mit dem Reiter zu sprechen, der die Wachmänner befehligte, und nun eilte er uns nach. «Anscheinend ist König Æthelstan nordwestlich der Stadt», sagte er.

«Also bedroht er die alte Römerfestung?», fragte ich.

«Sie haben seine Banner gesehen», sagte der Priester, ohne auf meine Frage einzugehen, «und es sieht so aus, als wäre er in voller Stärke gekommen.»

«Die Festung ist die letzte Stelle, an der ich angreifen würde», bemerkte ich verdrossen.

«Ich auch», murmelte Brihtwulf. Er ging neben mir.

«Und», fuhr Oda fort, «wir werden dem König sicher nichts nützen, wenn wir auf dem südlichen Ufer des Flusses sind, oder?»

«Ich dachte, ihr Dänen wärt so gut in der Kriegsführung», sagte ich.

Oda fuhr auf, beschloss dann aber, mir diese Bemerkung nicht übelzunehmen. «Es geht um das Schicksal Englalands», sagte er, als wir näher an das südliche Ende der Brücke kamen. «Über nichts Geringeres entscheiden wir heute, Herr, das Schicksal Englalands.»

«Und dieses Schicksal», sagte ich, «wird hier entschieden werden.»

«Wie?»

Also erklärte ich es ihm, während wir weitergingen. Wir beeilten uns nicht, auch wenn uns der Reiter dazu gedrängt hatte. Als wir uns dem südlichen Ufer näherten, konnte ich mehr von den Einheiten zwischen den Häusern von Suðgeweork sehen, die noch immer die Brückenfestung beobachteten, jedoch keinen erkennbaren Versuch unternahmen, die starke Holzpalisade von ihrer Seite aus anzugreifen. Auf unserer Seite befand sich am Ende der Brücke ein Torbogen aus Holz mit einer Kampfplattform, über der Æthelhelms Flagge mit dem springenden Hirsch im lebhaften Wind wehte. Darunter standen die Torflügel offen, und ein geplagt wirkender Mann winkte uns zu sich. «Beeilung!», rief er flehend. «Rauf auf den Wall!»

«Rauf auf den Wall!», wiederholte ich für meine Männer.

«Dank sei Gott, dass ihr hier seid», sagte der geplagte Mann, als wir an ihm vorbeigingen.

«Auf den Wall!», rief Brihtwulf.

Ich trat zur Seite und zog Finan mit. Ich winkte meine sechs Mann, Oswi, Gerbruht, Folcbald, Immar, Beornoth und Vidarr zu mir, dann ließ ich die übrigen Männer an uns vorbei. Die Festung war nicht groß, und mit einem schnellen Rundblick über die Holzpalisade zeigte sich, dass nur etwa vierzig Speermänner auf den Kampfplattformen waren. Ein Dutzend bewachte den hölzernen Bogen über dem Tor, das nach Süden führte, ein Tor, zu dessen angemessener Verteidigung vermutlich zweimal so viele Männer notwendig waren. Kein Wunder, dass der geplagte Mann froh über unseren Anblick gewesen war. «Wer seid Ihr?», fragte ich.

«Hyglac Haruldson», antwortete er, «und Ihr?»

«Osbert», sagte ich und nannte damit den Namen, der mir bei meiner Geburt gegeben worden war, bevor der Tod meines älteren Bruders meinen Vater dazu gebracht hatte, mir seinen eigenen Namen zu verleihen.

«Ostanglier?», fragte Hyglac. Er war jünger als ich, sah aber trotzdem alt aus. Er hatte eingesunkene Wangen, weil ihm Zähne fehlten, einen kurzen, grauen Bart, unter seinem Helm zeigte sich graues Haar, und um seine Augen und seinen Mund zogen sich tiefe Falten. Es war ein warmer Morgen, zu warm, um ein ledergefüttertes Kettenhemd zu tragen, und sein Gesicht war schweißüberströmt.

«Ostanglier», sagte ich, «und Ihr?»

«Hamptonscir», erwiderte er knapp.

«Und Ihr befehligt die Festung.»

«So ist es.»

«Wie viele Männer habt Ihr?»

«Bis ihr gekommen seid? Zweiundvierzig. Wir hätten mehr sein sollen, aber die anderen sind nie eingetroffen.»

«Jetzt sind wir da», sagte ich und sah meiner Truppe nach, die über Leitern auf den Wehrgang des Holzwalls hinaufstieg, «und wenn ich an Eurer Stelle wäre, würde ich das Brückentor schließen.» Hyglac runzelte die Stirn. «Ich sage nicht, dass es wahrscheinlich ist», fuhr ich fort, «aber eine kleine Gruppe der Gegner könnte sich um die Festung herumstehlen und auf die Brücke steigen.»

«Dann ist das Tor wohl besser zu», räumte Hyglac ein. Er klang nicht überzeugt, doch er war so erleichtert über unser Eintreffen, von dem er sich die Unterstützung seiner Mannschaft erhoffte, dass er wahrscheinlich auch noch damit einverstanden gewesen wäre, splitternackt zu kämpfen, wenn ich es vorgeschlagen hätte.

Ich hieß Gerbruht und Folcbald die großen Torflügel zu schließen, sodass der Wachtrupp an der Barrikade am nördlichen Ende der Brücke nicht sehen konnte, was innerhalb der kleinen Festung vorging. «Sind all Eure Männer Westsachsen?», fragte ich Hyglac.

«Allesamt.»

«Also seid Ihr ein Pächter von Herrn Æthelhelm?»

Es schien ihn zu überraschen, danach gefragt zu werden. «Ich habe Land vom Abt aus Basengas», sagte er, «und er hat mir befohlen, meine Männer hierher zu bringen.» Was bedeutete, dass der Abt von Basengas Gold von Æthelhelm bekommen hatte, der seit jeher großzügig für die Unterstützung des Klerus zahlte. «Wisst Ihr, was vorgeht?», fragte Hyglac.

«Der schöne Knabe ist nordwestlich der Stadt», sagte ich, «mehr weiß ich nicht.»

«Ein paar von ihnen sind auch hier», sagte Hyglac, «zu viele! Aber jetzt seid ihr da, Dank sei Gott, also werden sie diese Festung nicht erobern.»

Ich nickte Richtung Süden. «Wie viele sind dort draußen?»

«Vielleicht siebzig. Vielleicht auch mehr. Sie sind in den Gassen und schwer zu zählen.»

«Und sie haben nicht angegriffen?»

«Noch nicht.»

«Habt Ihr Pferde?», fragte ich Hyglac.

«Wir haben sie in der Stadt gelassen», sagte er. «Dort ist ein Stall.» Er wies mit einer Kinnbewegung auf das kleinere der beiden strohgedeckten Gebäude innerhalb der Festung. «Falls Ihr ihn braucht», fügte er hinzu, weil er wohl annahm, dass uns Reiter über die Brücke folgen würden.

«Wir sind mit dem Schiff gekommen», sagte ich. Die beiden Gebäude wirkten neu, und beide bestanden aus dickem Balkenholz. Ich vermutete, dass in dem größeren die Garnison untergebracht war, in Friedenszeiten sicher nicht mehr als zwanzig Mann, gerade genug, um denjenigen zu beschützen, der die Zollgebühren von den Händlern einsammelte, die in die Stadt kamen oder sie verließen. Ich nickte zu dem größeren Gebäude hin. «Das sieht ausreichend widerstandsfähig aus.»

«Widerstandsfähig?»

«Um Gefangene einzusperren», erklärte ich.

Er verzog das Gesicht. «Das wird Herrn Æthelhelm nicht gefallen. Er sagt, wir sollen keine Gefangenen machen. Wir sollen sie alle töten. Bis auf den letzten Mann.»

«Alle?»

«Mehr Land, versteht Ihr? Er sagt, dass er das mercische Land unter uns aufteilen wird. Und obendrein gibt er uns ganz Northumbrien!»

«Ganz Northumbrien!»

Hyglac zuckte mit den Schultern. «Bin nicht sicher, ob ich bei dem Krieg dabei sein will. Das sind gottverdammte Wilde in Northumbrien.»

«Das kann man wohl sagen», warf Finan eifrig ein.

«Ich brauche trotzdem einen Platz, um Gefangene zu festzuhalten», sagte ich.

«Das wird Herrn Æthelhelm nicht gefallen», warnte mich Hyglac erneut.

«Da habt Ihr recht», sagte ich, «das wird es nicht, weil ihr die Gefangenen seid.»

«Wir?» Er war sicher, sich verhört oder mich zumindest missverstanden zu haben.

«Ihr», sagte ich milde. «Ich lasse Euch die Wahl, Hyglac.» Ich sprach in leisem, vernünftigem Ton. «Ihr könnt hier sterben, oder Ihr könnt mir Euer Schwert geben. Wir nehmen Euch und Euren Männern die Kettenhemden, Waffen und Stiefel ab und sperren euch in dieses Gebäude. Es ist entweder das oder der Tod.» Ich lächelte. «Was soll es sein?»

Er starrte mich an, versuchte zu begreifen, was ich

gesagt hatte. Er öffnete den Mund, sodass drei schiefe, gelbe Zähne sichtbar wurden, sagte nichts und schloss ihn wieder.

Ich streckte die Hand aus. «Euer Schwert, Hyglac.»

Er schien noch immer vollkommen verwirrt. «Wer seid Ihr?»

«Uhtred von Bebbanburg», sagte ich, «Herr über die northumbrischen Wilden.» Einen Moment lang dachte ich, er würde sich vor Angst bepissen. «Euer Schwert», wiederholte ich höflich, und er gab es mir.

So einfach war es.

Ein Krieger namens Rumwald führte die Mercier an, die zur Belagerung der Festung nach Suðgeweork gekommen waren. Er war ein kleiner Mann mit einem runden, fröhlichen Gesicht, einem struppigen grauen Bart und lebhaftem Wesen. Er hatte einhundertfünfunddreißig Mann in die Festung geführt. «Ihr habt uns in Unruhe versetzt, Herr», gestand er.

«In Unruhe?»

«Wir wollten die Festung gerade angreifen, aber dann sind Eure Männer aufgetaucht. Ich dachte, nun wir werden die Stellung niemals erobern!»

Doch sie war erobert, und damit hatten wir etwas mehr als dreihundert Mann, von denen ich zehn in der Festung zurücklassen würde, um Hyglacs Mannschaft zu bewachen, die nun sicher in dem größeren der beiden Gebäude eingeschlossen war. Die Westsachsen waren missmutig, aufgebracht und in der Unterzahl gewesen, und so war ihnen kaum eine andere Wahl geblieben, als sich zu ergeben, und nachdem sie entwaffnet und eingesperrt waren, hatten wir das südliche Tor der Festung geöffnet und den Merciern zugerufen, sie sollten sich uns anschließen. Rumwald hatte damit gezögert, seine Männer zu der Festung zu führen, hatte eine Falle gefürchtet, und schließlich war Brihtwulf ohne Schild und Schwert zu seinen mercischen Landsleuten gegangen, um sie davon zu überzeugen, dass wir Verbündete waren.

«Was solltest du nach der Eroberung der Festung tun?», fragte ich Rumwald. Ich hatte erfahren, dass er und seine Männer die Temes bei Westmynster überquert hatten und dann am südlichen Flussufer entlanggezogen waren.

«Die Brücke aufreißen, Herr.»

«Die Brücke aufreißen?», fragte ich. «Du meinst, sie zerstören?»

«Die Planken wegreißen, damit die Bastarde nicht entkommen können.» Er grinste.

«Also», sagte ich, «will Æthelstan tatsächlich die Stadt angreifen?» Ich selbst war schon fast zu der Überzeugung gelangt, dass die mercische Streitmacht nur gekommen war, um die Stadt auszuspähen, Æthelhelm zu verunsichern und sich dann zurückzuziehen.

«Gott segne Euch, Herr!», sagte Rumwald heiter. «Er hat vor anzugreifen, sobald Ihr ein Tor für ihn öffnet.»

«Sobald ich ein Tor…», begann ich, dann fehlten mir die Worte.

«Er hat eine Botschaft erhalten, Herr, von Merewalh», erklärte Rumwald. «Sie lautete, dass Ihr eines der nördlichen Tore öffnen würdet, und deshalb ist er gekommen! Er denkt, dass er die Stadt erobern kann, wenn ein Tor offen ist, und er will nicht, dass Æthelhelms halbe Streitmacht entkommt, das versteht sich, nicht wahr? Aber natürlich hat er nicht dieses Tor gemeint!» Rumwald sah meine Ratlosigkeit. «Ihr wolltet doch ein Tor öffnen, Herr?»

«Ja», sagte ich und erinnerte mich daran, dass ich keine zwei Stunden zuvor aus Lundene hatte fliehen wollen. Und nun erwartete Æthelstan von mir, dass ich ihm einen Weg in die Stadt freimachte? «Ja», sagte ich noch einmal, «ich will ein Tor öffnen. Hast du ein Banner?»

«Ein Banner?», fragte Rumwald, dann nickte er. «Gewiss, Herr. Wir haben König Æthelstans Banner. Wollt Ihr, dass ich diesen Fetzen runterhole?» Er hob das Kinn zu Æthelhelms Banner mit dem springenden Hirsch, das immer noch über dem nördlichen Torbogen der Festung flatterte.

«Nein!», sagte ich. «Ich will einfach, dass du deine Flagge mitnimmst. Und halte sie versteckt, bis ich etwas anderes sage.»

«Also gehen wir in die Stadt, Herr?», fragte Rumwald. Er klang aufgeregt.

«Wir gehen in die Stadt», sagte ich. Ich wollte das nicht, mein nächtlicher Albtraum ging noch in mir um und ließ mich fürchten, dies sei der Tag, an dem der riesige Felsblock von Sankt Cuthberts Grab schließlich auf mich stürzen würde.

Ich verließ Rumwald und stieg die Leiter hinauf, die zu der Kampfplattform über dem Tor zur Brücke führte, und von dort aus blickte ich über den Fluss. Der Rauch der Stadt wurde nach Osten getrieben, und es gab kaum einen Hinweis darauf, dass unter dieser immerwährenden Rauchglocke etwas Besonderes geschah. Noch immer bewachte ein Trupp Krieger die Barrikade am nördlichen Ende der Brücke, während etwa zwanzig weitere die Kais stromabwärts beobachteten, vermutlich, um Männer an der Fahnenflucht zu hindern. Ich konnte Gunnalds Sklavenhof sehen, auf dem keine Bewegung erkennbar war und bei dem als einziges Schiff das Wrack lag. Nützlicher war, dass ich den Hügel jenseits der Brücke überblicken konnte. Ich sah sogar Männer, die sich auf Bänke vor dem *Red Pig* fallen ließen. Wenn dies, wie Pater Oda gesagt hatte, der Tag war, an dem über das Schicksal Englalands entschieden wurde, dann wirkte alles merkwürdig friedlich. Finan gesellte sich zu mir. Er schwitzte, hatte seinen Helm abgenommen und trug wieder seinen struppigen Hut aus Roggenstroh. «Jetzt sind wir dreihundert», sagte er.

«Ja», gab ich zurück. Finan stützte sich auf die hölzerne Brustwehr. Ich suchte den Himmel nach einem Omen ab, irgendeinem Omen.

«Rumwald schätzt, dass Æthelstan zwölfhundert Mann stark ist», bemerkte Finan.

«Vierzehnhundert, wenn Merewalh sich ihm angeschlossen hat.»

«Das sollte genügen», sagte Finan, «solange die Ostanglier nicht allzu entschlossen kämpfen.»

«Vielleicht.»

«Vielleicht», wiederholte Finan, und dann, nach einem kurzen Moment, sagte er: «Reiter.» Er zeigte mir die Richtung an, und ich sah zwei Reiter den Hügel zum anderen Ende der Brücke herunterkommen. Beim *Red*

Pig hielten sie an, und gleich darauf standen die Männer von den Bänken auf, nahmen ihre Schilde, überquerten die Straße und verschwanden in den Gassen Richtung Westen. Die Reiter setzten ihren Weg zur Brücke fort und zügelten ihre Tiere an der Barrikade. «Diese Earslinge an der Barrikade sind zu nichts nütze», sagte Finan. Ich nahm an, dass sie Männer daran hindern sollten, sich über die Brücke dem Kampf zu entziehen, doch jeder Mann, der auf diesem Weg zu flüchten versuchte, würde ohnehin nur bei der Festung von Suðgeweork ankommen, von der sie annehmen mussten, dass sie weiterhin Æthelhelms Truppen unterstand. Die kleine Einheit an der Barrikade war sinnlos, und es schien, als seien die Reiter gekommen, um sie von dort abzuziehen. «Schade», sagte Finan.

«Schade?»

«Ich wollte es diesem Bastard heimzahlen, der mich Großvater genannt hat. Jetzt ist er weg.» Die Männer waren tatsächlich von der Barrikade abgezogen worden. Die Reiter begleiteten sie westwärts, und wir sahen ihnen nach, bis sie eine Seitenstraße hinauf verschwanden. «Jetzt kann uns nichts mehr aufhalten», sagte Finan, und ich wusste, dass er mein Widerstreben spürte. Meine Rippen schmerzten, meine Schultern schmerzten. Ich sah zu dem rauchverhangenen Himmel auf, doch ich entdeckte kein Omen, weder ein gutes noch ein böses. «Wenn wir auf Waormund treffen», sagte Finan ruhig, «werde ich gegen ihn kämpfen.» Und diese Worte zeigten mir, dass er nicht nur mein Widerstreben spürte, er spürte meine Angst.

«Wir müssen los», sagte ich schroff.

Die meisten von Rumwalds Männern trugen Schilde mit Æthelstans Zeichen, dem Drachen mit dem Blitz. Es war überaus gefährlich, dieses Zeichen in der Stadt zu führen, doch ich konnte von den Männern nicht verlangen, ohne Schild zu kämpfen. Es war ein Wagnis, das wir auf uns nehmen mussten, also sorgte ich dafür, dass einige Männer die roten Umhänge trugen, die wir erbeutet hatten, und andere die Schilde aus Hyglacs Garnison, die einen Fisch und ein Kreuz zeigten, offenkundig das Abzeichen des Abtes von Basengas. Ich fürchtete, dass uns Männer in der Stadt, die uns über die Brücke kommen sahen, als Gegner erkennen und uns eine Einheit entgegenschicken könnten, aber vielleicht würden sie auch durch die roten Umhänge und den Anblick von Æthelhelms Banner getäuscht, das weiter über der Festung von Suðgeweork wehte. Als ich entschieden hatte, auf das südliche Ufer zu wechseln, war mir bewusst gewesen, dass die Rückkehr über den Fluss ein gefährlicher Moment werden würde, doch ich hatte gewollt, dass sich die Belagerer der Festung uns anschlossen. Die mühelose Eroberung der Festung hatte unsere Kräfte vermehrt, aber wir waren immer noch eine jämmerlich kleine Einheit. Wir mussten eines der Stadttore erreichen, und wenn Æthelhelms Männer argwöhnten, dass die dreihundert Kämpfer, die über die Brücke kamen, eine Bedrohung waren, würden wir auf den Straßen Lundenes unser Ende finden. Ich hieß die Männer, langsam zu gehen, sich Zeit zu lassen. Angreifer wären vorangestürmt, wir aber gingen gemächlich, und ich behielt stets die Straße hinter der verlassenen Barrikade im Blick und beobachtete die Männer an den Kais. Sie nahmen uns wahr, doch keiner zeigte Beunruhigung. Rumwalds Männer waren zwischen den Häusern jenseits des Flusses nun nicht mehr zu sehen, glaubten diese Einheiten mit den roten Umhängen also, die Mercier hätten sich zurückgezogen? Und dass wir zur Verstärkung Æthelhelms kamen?

Und so gingen dreihundert Mann, von denen wenigstens ein Drittel Æthelstans Abzeichen führten, nacheinander durch die Lücke in der Barrikade. Ich hatte befohlen, sie für den Fall, dass wir uns zurückziehen mussten, nicht zu zerstören. Die Sonne brannte hoch vom Himmel herab, und in der Stadt war alles ruhig. Æthelhelms Männer würden, wie ich wusste, am nördlichen Abschnitt der Stadtmauer sein, um Æthelstans Streitmacht zu beobachten, während die Einwohner Lundenes, wenn sie einen Funken Verstand hatten, hinter ihren verriegelten Türen bleiben würden.

Dann kam der Moment, um die Brücke zu verlassen und in die Stadt hinaufzugehen. «Haltet eure Männer jetzt dicht beisammen!», erklärte ich Brihtwulf und Rumwald.

«Sollen wir den Plankendamm der Brücke aufreißen, Herr?», fragte Rumwald eifrig.

«Und dafür sorgen, dass wir selbst auf dieser Seite festsitzen? Lass es bleiben.» Ich begann, den Hügel hinaufzusteigen, und Rumwald hielt mit mir Schritt. «Davon abgesehen», fuhr ich fort, «falls irgendwelche Männer von Æthelhelm versuchen, über die Brücke zu entkommen, müssen sie sich durch das geschlossene Tor kämpfen.»

«Wir haben nur zehn Mann dortgelassen, Herr.» Zum ersten Mal klang Rumwald besorgt.

«Dieses Tor könnten auch sechs Mann bis in alle Ewigkeit halten», tat ich seine Bedenken ab. Und wie wahrscheinlich war es überhaupt, dass wir einen Sieg erringen würden, der Æthelhelms großen Kampfverband Hals über Kopf in die Flucht trieb? Aber darüber schwieg ich.

«Ihr glaubt, sechs Mann genügen, Herr?», fragte Rumwald.

«Ich weiß es.»

«Dann wird er König!» Rumwald hatte seine Zuversicht wiedergefunden. «Bei Sonnenuntergang, Herr, wird Æthelstan König von Englaland sein!»

«Nicht von Northumbrien», knurrte ich.

«Nein, nicht von Northumbrien», stimmte Rumwald zu. Dann sah er zu mir auf. «Ich habe schon immer an Eurer Seite kämpfen wollen, Herr! Das wird etwas, von dem ich noch meinen Enkeln erzähle! Dass ich mit dem großen Herrn Uhtred gekämpft habe!»

Der große Herr Uhtred! Eine gewaltige Last senkte sich auf mein Herz, als ich diese Worte hörte. Ansehen! Wir streben danach, wir schätzen es hoch, und dann wendet es sich gegen uns wie ein in die Enge getriebener Wolf. Was erwartete Rumwald? Ein Wunder? Wir waren dreihundert in einer Stadt von dreitausend, und der große Herr Uhtred hatte einen zerschlagenen Körper und ein furchtsames Herz. Ja, wir mochten es schaffen, ein Tor zu öffnen, und vielleicht würden wir es sogar lange genug halten, um Æthelstans Männer in die Stadt zu lassen, doch was dann? Wir wären noch immer in der Unterzahl. «Es ist eine Ehre, an deiner Seite zu kämpfen», erklärte ich Rumwald, nur um zu sagen, was er gern hören wollte, «und wir brauchen ein Pferd.»

«Ein Pferd?»

«Wenn wir ein Tor einnehmen», sagte ich, «müssen wir König Æthelstan benachrichtigen.»

«Natürlich!»

Und in diesem Moment tauchte ein Reiter auf. Er kam von der Hügelkuppe, und sein grauer Hengst setzte die Hufen vorsichtig auf die abschüssigen alten Pflastersteine. Der Reiter wandte sich zu uns, und ich hob die Hand, um unseren Zug bei den Bänken vor dem *Red Pig* anzuhalten. «Wer seid Ihr?», rief der Reiter.

«Ich bin Herr Ealhstan!» Brihtwulf kam an meine rechte Seite. Finan, der hinter mir gegangen war, stellte sich links von mir auf.

Der Reiter konnte rote Umhänge sehen, er konnte das Fischsymbol auf Rumwalds erbeutetem Schild sehen, doch Æthelstans Drachenschilde konnte er nicht sehen, weil wir diese Männer in die hinteren Reihen gestellt hatten.

«Ostanglier?» Der Reiter brachte seinen Hengst vor uns zum Stehen. Er war jung, sein Kettenhemd war von feiner Machart, sein Zaumzeug aus gewichstem Leder, mit Silber besetzt, und sein Schwert steckte in einer silberummantelten Scheide. Sein Pferd, ein schöner Hengst, war unruhig und tänzelte seitwärts, und der Reiter klopfte ihm mit einer behandschuhten Hand auf den Hals, an der zwei Ringe glitzerten.

«Wir sind Ostanglier und Westsachsen», sagte Brihtwulf herablassend, «und Ihr seid?»

«Edor Hæddeson, Herr», gab der Reiter zurück, dann streifte er mich mit einem Blick, und für einen Herzschlag erschien ein erschrockener Ausdruck auf seinem Gesicht, der jedoch gleich wieder verschwand, als er sich erneut an Brihtwulf wandte. «Ich diene im Hausstand des Herrn Æthelhelm», erklärte er. «Wo ist Hyglac?» Offenkundig hatte er die Schilde mit dem Fischsymbol erkannt.

«Er ist in der Festung geblieben», sagte Brihtwulf. «Die Einheiten des schönen Knaben haben aufgegeben und sind nach Westen abgezogen, aber für den Fall, dass sie zurückkommen, hat Hyglac genügend Männer dortbehalten.»

«Sie sind Richtung Westen gegangen?», fragte Edor. «Dann brauchen wir euch dort, euch alle!» Wieder klopfte er seinem unruhigen Pferd auf den Hals, und wieder sah er mich an. Wenn er in Æthelhelms Hausstand diente, hatte er mich vermutlich bei einem der Treffen von König Edward mit meinem Schwiegersohn Sigtryggr gesehen, doch ich war dort stets in meiner ganzen Kriegerpracht erschienen und hatte dicht an dicht Armringe aus Silber und Gold getragen. Nun trug ich ein zerrissenes Kettenhemd, einen Schild, auf den das Kreuz eingebrannt war, und mein Gesicht, das von Waormunds Misshandlung noch immer aufgeschürft war, wurde halb von den ledernen Wangenstücken meines angerosteten Helms verborgen. «Wer seid Ihr?», wollte er wissen.

«Osbert Osbertson», sagte ich und hob das Kinn in Brihtwulfs Richtung. «Ich bin sein Großvater.»

«Wo braucht Ihr uns?», fragte Brihtwulf eilig.

«Ihr sollt nach Westen gehen.» Edor deutete auf eine Nebenstraße. «Folgt dieser Straße. An ihrem Ende trefft ihr auf Männer, schließt euch ihnen an.»

«Wird Æthelstan dort angreifen?», fragte Brihtwulf.

«Der schöne Knabe? Gott, nein! Aber wir werden ihn von dort aus angreifen.»

Also plante Æthelhelm einen Angriff auf Æthelstans Streitmacht, möglicherweise nicht in der Hoffnung, den Gegner zu besiegen, aber zumindest, um ihn von Lundene wegzutreiben und ihm dabei Verluste beizubringen. Ich tastete in meinem Beutel unauffällig nach einer Münze, trat einen Schritt näher an Edors Pferd heran und bückte mich, stöhnend über den Schmerz in meinen Rippen. Ich berührte das Straßenpflaster, dann richtete ich mich wieder auf, einen Silberschilling in der Hand. «Ist Euch das heruntergefallen?», fragte ich Edor und hielt die schimmernde Münze zu ihm empor.

Einen Augenblick lang war er versucht, die Wahrheit zu sagen, dann siegte Gier über Ehrlichkeit. «Die muss ich verloren haben», log er und beugte sich nach der Münze herunter. Ich ließ den Silberschilling fallen, packte sein linkes Handgelenk und zog es kraftvoll herab. Schmerz fuhr durch meine Schulter wie ein Lanzenstich. Schon glitt Finans Schwert Seelenräuber aus der Scheide. Das Pferd wich seitwärts aus, aber das half mir nur, Edor aus dem Sattel zu ziehen. Er schrie vor Zorn oder Schreck auf. Dann rutschte er aus dem Sattel, doch sein linker Fuß hatte sich im Steigbügel verfangen, und das Pferd zog ihn mit. Meine Schulterzerrung, die ich davongetragen hatte, als ich hinter Waormunds Pferd hergeschleift worden war, fühlte sich an, als hätte man mir ein glühendes Schüreisen in den Gelenkspalt gestoßen. Dann packte Wihtgar die Zügel des Hengstes, Seelenräuber fuhr in der Sonne aufblitzend nieder, und einen Wimpernschlag später floss Blut über die Straße. Edor lag auf dem Boden, hustete Blut, stöhnte, und Seelenräuber schlug noch einmal zu, seine Spitze durchbohrte Kettenglieder, Leder und Rippen. Edor stieß einen schrillen Keuchlaut aus, seine linke Hand schien sich nach mir auszustrecken, nach etwas greifen zu wollen, dann sank sie herab. Er rührte sich nicht mehr, den leeren Blick zum wolkenlosen Himmel gerichtet. Finan ging in die Hocke, zog ihm die Goldkette vom Hals, schnallte ihm den prächtigen Schwertgürtel mit seiner Waffe ab, und drehte die Ringe von Edors behandschuhten Fingern.

«Mein Gott», flüsterte Rumwald.

«Das Pferd ist für dich», erklärte ich Brihtwulf, «du bist der Herr Ealhstan, also steig auf. Gerbruht!»

«Herr?»

«Zieh dieses Ding in eine Gasse.» Ich berührte Edors Leiche mit meiner Stiefelspitze.

«Und kein Mensch hat das Geringste gesehen!», sagte Rumwald staunend.

«Freilich haben sie es gesehen», sagte ich, «sie wollen nur nicht, dass wir es wissen.» Ich ließ meinen Blick an den Fenstern der Häuser entlanggleiten und sah niemanden, aber ich war sicher, dass uns die Leute beobachteten. «Betet, dass sie Æthelhelm nicht benachrichtigen.» Ich wandte mich um. «Oswi!»

«Herr?»

«Bring uns zum nächsten Tor im Norden, aber ich will nicht am Palast vorbei.»

«Also das Crepelgate, Herr», sagte Oswi, dann führte er uns selbstsicher durch einen Irrgarten aus Straßen und Gassen. Die römischen Gebäude wurden von neueren Häusern abgelöst, allesamt aus Balkenwerk mit Strohdächern, dann ließen wir auch diese Häuser hinter uns. Wir standen auf der Kuppe des niedrigen östlichen Hügels der Stadt, und vor uns lag ein Streifen Brachland mit Ruinen, Haselnussschösslingen und Unkraut. Ein gutes Stück im Westen konnte ich den Palast sehen, dicht daneben waren die Überreste des Amphitheaters und jenseits davon die Festung an der nordwestlichen Ecke der Stadt.

Und vor uns lag die Wehrmauer.

Diese Wehrmauer ist außergewöhnlich. Sie bildet einen Ring um die gesamte Stadt, besteht aus behauenen Steinen und ist dreimal höher als ein großer Mann. Alle zweihundert oder dreihundert Schritt steht ein Turm, und die sieben Stadttore werden von großen Bastionen aus Stein flankiert. Die Mauer steht schon seit dreihundert oder vierhundert Jahren, vielleicht auch länger, und auf dem größten Teil ihrer Länge ist diese Befestigungsanlage noch so erhalten, wie sie die Römer erbaut haben. Mit der Zeit sind ein paar Lücken entstanden, und viele der Türme haben ihre Dächer verloren, doch die Lücken sind mit hohen Balken geschlossen und die Dächer mit Stroh gedeckt worden. Steintreppen führen zum Wehrgang hinauf, und wo die Mauer in den Graben gerutscht ist und mit Balken instand gesetzt wurde, befinden sich Kampfplattformen aus Holz. Lundenes

Wehrmauer ist ein Wunderwerk, und ich fragte mich, nicht zum ersten Mal, wie die Römer Britannien jemals hatten verlieren können.

Und auch Männer hatten wir vor uns. Hunderte Männer. Die meisten waren auf dem Wehrgang, von dem aus sie nordwärts schauten, doch einige, zu viele, waren hinter dem Tor. Von dort, wo wir standen, konnten wir nur ein Tor sehen, das Crepelgate mit seinen beiden wuchtigen Bastionen, die über die Straße ragten, und Æthelhelms Banner, das auf dem nächstgelegenen Turm wehte, während sich unterhalb davon, zwischen hohem Unkraut und dem Geröll alter Mauern, Kampfeinheiten befanden. Ich konnte nicht sehen, wie viele Männer es waren, sie saßen auf Mauerresten oder hatten sich auf dem Boden ausgestreckt, aber dass es zu viele waren, erkannte ich auch so. «Rechnen sie damit, dass Æthelstan hier angreift?», fragte Brihtwulf.

«Wahrscheinlich haben sie an jedem Tor Truppen bereitgestellt», sagte ich. «Wie viele siehst du?» Brihtwulf hatte vom Sattel aus mehr Überblick als wir.

«Zweihundert?»

«Wir sind in der Überzahl!», sagte Rumwald begeistert.

«Und wie viele sind auf dem Wehrgang über dem Tor?», fragte ich, ohne Rumwald zu beachten.

«Dreißig?» Wieder klang Brihtwulf nicht sicher.

«Und wie weit sind Æthelstans Männer entfernt?», fragte ich, allerdings richtete ich diese Frage nicht an Brihtwulf oder irgendwen sonst, denn die Frage war nicht zu beantworten, bis wir den Wehrgang erstiegen hatten und die Landschaft im Norden überblicken konnten.

«Also, was tun wir?», fragte Brihtwulf.

Ich berührte mein Kettenhemd dort, wo es den silbernen Thorshammer verdeckte. Ich schaute nach Westen, wusste jedoch, dass das nächste Stadttor in die Mauern der alten Römerfestung eingebaut war, was hieße, dass wir uns zuerst einen Zugang zu der Festung hätten erkämpfen müssen. Entweder dieses Tor vor uns, dachte ich, oder den ganzen Irrsinn aufgeben. «Wir tun», antwortete ich Brihtwulf, «wofür wir hergekommen sind. Wihtgar! Nimm vierzig Mann. Du gehst die Treppe rechts vom Tor hoch.» Ich sah zu Brihtwulf hinauf. «Von deinen Männern brauche ich dreißig für die Treppe auf der linken Seite. Ich werde sie anführen.» Er nickte, und ich wandte mich an Rumwald. «Und ich brauche dein Banner. Du nimmst alle übrigen Männer und folgst Brihtwulf zum Tor. Ihr erzählt den Bastarden, ihr hättet Befehl, einen Ausfall Richtung Norden zu machen. Sie werden euch wahrscheinlich nicht glauben, also könnt ihr anfangen, sie zu töten, aber zuerst öffnet ihr das verdammte Tor. Und wenn es offen ist», wieder sah ich zu Brihtwulf hinauf, «reitest du wie der Wind, um Æthelstan zu suchen.»

«Und wenn der König nicht rechtzeitig kommt?», fragte Pater Oda.

«Dann sterben wir», sagte ich schonungslos.

Oda bekreuzigte sich. «Der Herr der Heerscharen ist mit uns», sagte er.

«Das sollte er verdammt noch mal auch besser sein», erklärte ich grimmig. «Also. Setzen wir uns in Bewegung.»

Wir setzten uns in Bewegung.

Die Stadt hatte verlassen gewirkt, als wir vom Fluss heraufgekommen waren, nun aber sahen wir überall Männer auf der Mauer, andere, die innen am Tor abwarteten, und kleine Gruppen von Männern, Frauen und Kindern, die das Geschehen vom Rand der Brachfläche aus beobachteten. Viele von diesem Stadtvolk hatten Priester bei sich, vermutlich in der Hoffnung, dass die Geistlichen sie schützen konnten, wenn die Mercier in die Stadt eindrangen. Damit mochten sie recht haben, dachte ich. Æthelstan war bekanntermaßen ebenso fromm wie sein Großvater Alfred und würde seine Einheiten zweifellos streng davor gewarnt haben, seinen Gott zu erzürnen.

Wir folgten einem Pfad nach Osten, bis wir eine schöne, neue Kirche mit einem Steinsockel und einem Aufbau aus hellem Holz erreichten, die bei den letzten Häusern stand. Von der Kirche aus wandten wir uns nach Norden, um einer Straße aus festgestampfter Erde zu folgen, die zu dem Tor führte. Zwei Ziegen weideten das Unkraut am Straßenrand ab, wo die Überreste von römischem Mauerwerk aus dem Boden ragten. Eine Frau beobachtete uns und bekreuzigte sich schweigend. Die Männer, die auf der Innenseite des Tors lagerten, standen auf, als wir näher kamen. Viele ihrer Schilde waren nicht bemalt, bestanden nur aus nacktem Holz, während andere von einem Kreuz geziert wurden. Keines zeigte den springenden Hirsch. «Ostanglier?», murmelte mir Finan zu.

«Wahrscheinlich.»

«Sehen für mich nach dem Fyrd aus», sagte Finan und meinte damit, dass es keine Hauskrieger waren, sondern Ackermänner und Zimmerleute, Waldarbeiter und Maurer, die von ihren Feldern und Werkstätten geholt worden waren, um für ihren Herrn zu kämpfen. Manche hatten Speere oder Schwerter, viele jedoch trugen nur eine Axt oder eine Sichel.

Brihtwulf ritt voran, hoch aufgerichtet auf seinem gestohlenen Pferd, und übersah bewusst die ersten Männer, die aufgestanden waren, um ihn zu seinem Auftauchen zu befragen. Ich stapfte mit schweißüberströmtem Gesicht hinterdrein und sah hin und wieder zu den Männern auf der Wehrmauer empor. Sie beobachteten uns ebenfalls, doch sie zeigten keine Beunruhigung, denn die meisten von ihnen begriffen wohl ohnehin nicht das Geringste von dem, was vorging. Sie wussten, dass Æthelstans Einheiten in der Nähe waren, sie hatten das Gelärm der Glocken gehört, doch seit dieser ersten Aufregung hatten sie vermutlich nur wenige Erklärungen erhalten, geschweige denn verstanden. Sie schwitzten, sie hatten Durst, sie langweilten sich, und wir waren einfach weitere Krieger, die kamen, um in der heißen Sonne darauf zu warten, dass etwas geschah.

«Hier entlang!», rief ich den Männern zu, die ich anführte. «Die Treppe rauf!» Ich bog von der Straße ab zu der Treppe, die links von dem Tor auf den Wehrgang führte. Immar war hinter mir. Er trug Æthelstans Banner, das eng um die Stange gewickelt war. «Du kannst mit diesem Ding in der Hand nicht kämpfen», erklärte ich ihm, «also halte dich heraus.» Hulbert, einer von Brihtwulfs Männern, würde sich oben auf dem Wehrgang nach links wenden und uns mit zehn Mann den Rücken freihalten, während wir das Tor selbst einnahmen.

Brihtwulf war an dem großen Torbogen angekommen, wo er von einem älteren Mann angerufen wurde, der sich über die Brustwehr des Bogens hinunterbeugte. «Wer seid Ihr? Was wollt Ihr?»

«Ich bin Aldermann Ealhstan.» Brihtwulf zügelte sein Pferd und sah zu dem Mann empor. «Und ich will, dass das Tor geöffnet wird.»

«Warum denn das, in Gottes Namen?»

«Weil der Herr Æthelhelm es wünscht», rief Brihtwulf. Er hatte beide Hände über den Sattelknauf gelegt. Sein Schild mit dem eingebrannten Kreuz hing über seinem Rücken, sein Schwert niedrig an seiner linken Seite.

«Mir wurde gesagt, ich darf das Tor höchstens Gott dem Allmächtigen öffnen», gab der Mann zurück.

«Er kann nicht kommen», sagte Brihtwulf, «also hat der Herr Æthelhelm stattdessen mich geschickt.»

«Warum?» Der ältere Mann hatte gesehen, dass ich mit meinen Männern begann, die Treppe hinaufzusteigen. «Halt!», rief er mir zu und hob warnend die Hand. Ich blieb in der Mitte der ausgetretenen Treppe stehen, spürte das schwere Gewicht des Schildes auf meinem Rücken. Die Einheiten auf der Tormauer stammten nicht aus einem Fyrd, sie trugen gute Kettenhemden, Speere und Schwerter.

«Der schöne Knabe», rief Brihtwulf, «ist dort drüben.» Er deutete ungefähr nach Nordwesten. «Wir schicken Männer aus den Westtoren, um ihm eine Abreibung zu verpassen, aber wir müssen dafür sorgen, dass er nicht ausweicht. Wenn er eine weitere Einheit aus diesem Tor kommen sieht, wird er nicht wissen, gegen welche er sich zuerst verteidigen soll. Aber Ihr könnt natürlich jederzeit gehen und den Herrn Æthelhelm selbst fragen.»

Der Mann hatte zu Brihtwulf hinuntergesehen, nun aber warf er einen Blick zu uns und stellte fest, dass ich nur einen kurzen Moment stehen geblieben, dann aber weiter die Treppe hinaufgegangen war und nun den Wehrgang erreicht hatte. Er runzelte die Stirn, aber ich nickte ihm freundlich zu. Sein Schild, der den springenden Hirsch Æthelhelms zeigte, lehnte innen an der Brustwehr. Die Männer unten, dachte ich, mochten aus dem ostanglischen Fyrd stammen, aber der Schild verriet, dass die Speermänner auf der Mauer Westsachsen und Æthelhelm vermutlich leidenschaftlich ergeben waren. «Heiß heute!», sagte ich zu dem älteren Mann, meine Stimme durch die geschlossenen Wangenstücke gedämpft, dann ging ich zu der äußeren Brustwehr. Ich lehnte mich auf den sonnenwarmen Stein, und einen Moment lang erschien mir alles im Norden so, wie ich es in Erinnerung hatte. Unter der Wehrmauer lag ein Graben mit trübem Wasser, über den eine Steinbrücke führte. Eine kleine Menschenmenge hatte sich jenseits der Brücke angesammelt. Es waren Händler, die mit Packpferden aus dem Norden kamen, sowie Volk aus dem Dorf mit Eiern oder Gemüse zum Verkauf, und ihnen allen war der Zutritt zur Stadt verwehrt worden, aber gehen wollten sie trotzdem nicht. Kleine Hütten säumten die Straße, und ein Friedhof hatte sich ins trockene Grasland ausgebreitet, hinter dem die Wälder im üppigen Sommerlaub standen. Wo etwa eine Meile entfernt im Norden Rauch in den Westwind aufstieg, lag ein Dorf. Dann folgten weitere Waldstreifen, bevor das Land zu einer kahlen Hügelkuppe anstieg. Andere Dörfer, an dem abziehenden Rauch erkennbar, lagen verborgen in den Wäldern auf der westlichen Seite. Ein kleines Mädchen trieb eine Schar Gänse über die Wiese, und ich glaubte, es singen zu hören, aber vielleicht bildete ich mir das auch nur ein. Ein Mann, der mich auf der Mauer auftauchen sah, rief, er wolle seine Packpferde in die Stadt bringen, doch ich achtete nicht auf ihn, richtete meinen Blick stattdessen in die vor Hitze flimmernde Ferne. Und da sah ich sie. Im Schatten der Bäume sah ich Reiter, Dutzende von Reitern.

«Merewalh?», meinte Finan.

«Æthelstan, hoffe ich», sagte ich nachdrücklich, doch wer immer die Reiter auch waren, sie beobachteten nur die Lage.

«Werdet Ihr nun gefälligst das verdammte Tor öffnen?», forderte Brihtwulf unterhalb von uns mit lauter und wütender Stimme.

«Achtundzwanzig Mann hier oben», sagte Finan, die Stimme weiterhin gesenkt. Er meinte, dass achtundzwanzig Mann hinter der Brustwehr der Tormauer waren. Die meisten von ihnen hatten sich in den Halbkreisen der Zwillingsbastionen zusammengeschart, die bis über den Rand des Grabens hinausragten. Ich nickte.

Wihtgar und seine Männer hatten die Brustwehr auf der anderen Seite der Tormauer ereicht. Der ältere Mann sah zu ihnen hinüber, wandte sich stirnrunzelnd wieder zu mir um und sah, dass Immar ein aufgerolltes Tuch trug. «Ist das ein Banner, Junge?», wollte er wissen.

«Öffnet das Tor!», rief Brihtwulf.

«Zeig mir das Banner, Junge!»

Ich drehte mich um und streckte die Hand aus. «Gib es mir, Immar», sagte ich. Ich nahm den Stab und entrollte das Tuch etwa anderthalb Spannen, dann warf ich dem älteren Mann das Banner vor die Füße. «Seht selber nach», sagte ich, «es ist der Drache von Wessex.» Und so würde es tatsächlich sein, dachte ich, wenn die Götter an diesem Tag mit mir waren. Der Mann beugte sich zu dem Stab hinunter, und ich tat einen Schritt in seine Richtung.

Finan legte mir die Hand auf den Arm. «Du bist noch langsam», sagte er, «lass mich.»

Er ließ die Hand auf meinem Arm liegen und beobachtete, wie der ältere Mann das Ende der Flagge nahm, um sie zu entrollen. Alle seine Männer sahen zu, als er zog und sich die Vorderklauen des Drachens zeigten. Er zog noch einmal, war dabei, den Blitz in der Drachenklaue zu enthüllen. Da setzte sich Finan in Bewegung.

Und es begann.

Finan war der schnellste Mann, den ich je in einem Kampf gesehen habe. Er war mager, drahtig und bewegte sich wie eine Wildkatze. Ich habe Stunden damit verbracht, mich mit ihm in der Schwertkunst zu üben, und ich denke, er hätte mich bei neun von zehn Malen getötet, und der ältere Mann hatte nicht die geringste Aussicht zu überleben. Er sah überrascht auf, als Finan mit Seelenräuber schon in der Hand auf ihn zusprang, doch Finan trat ihm nur unters Kinn, sodass sein Kopf zurückschnellte, dann fuhr die Klinge in einem wilden Rückhandhieb herum, der Mann wurde seitlings umgeworfen und aus seiner durchschnittenen Kehle spritzte Blut hoch über die Innenseite der Brustwehr, während Finan bereits die Männer bedrohte, die von der Bastion aus zusahen. Sie waren nicht kampfbereit, genauso wenig wie der ältere Mann es gewesen war, der jetzt sein Leben auf Æthelstans Banner aushauchte. Sie waren noch dabei, ihre Speere zu senken, als Finan angriff, und mein erbeutetes Schwert war erst halb aus der Scheide, als er einem Mann Seelenräuber in den Bauch stieß und die Klinge seitwärts riss.

«Macht das Tor auf!», rief ich. «Aufmachen!»

Ich ließ den Schild von meiner Schulter nach vorn gleiten. Wihtgar griff von der anderen Seite des Tors an. Der Kampf hatte so unvermittelt begonnen, so unerwartet, dass unsere Gegner noch immer wie vor den Kopf geschlagen waren. Ihr Anführer war tot, übergangslos wurden sie mit Schwertern bestürmt und von Folcbald, der eine schwere Kampfaxt schwang. Hulbert und seine Mercier griffen auf der Westseite an, trieben die Verteidiger auf dem Wehrgang von dem Tor weg, während ich Finan bei der Eroberung der Bastionen und der Kampfplattform über dem Torbogen unterstützte. Wir kämpften mit verzweifelter Erbitterung. Es war uns gelungen, eine vom Gegner besetzte Stadt zu durchqueren, wir hatten dieses Tor erreicht, ohne entdeckt zu werden, und nun waren wir von Gegnern umringt, und unsere einzige Hoffnung zu überleben bestand darin zu töten.

Es gibt Mitleid im Krieg. Ein sterbender junger Bursche, der ausgeweidet wie ein Tier nach seiner Mutter ruft, ist mitleiderregend, selbst wenn er noch einen Moment zuvor Flüche gebrüllt und versucht hatte, mich zu töten. Mein erbeutetes Schwert war kein Schlangenhauch, aber die Klinge fuhr recht mühelos durch das ledergefütterte Kettenhemd des Jungen, und mit einem Abwärtsstoß durch sein linkes Auge setzte ich den Schreien nach seiner Mutter ein Ende. Neben mir hatte Finan, auf Irisch kreischend, zwei Männer niedergemacht, und seine Klinge war rot bis ans Heft. Gerbruht, der in seiner friesischen Muttersprache brüllte, schwang eine Axt gegen Männer, denen keine Zeit geblieben war, ihre Schilde aufzunehmen. Wir drängten die Westsachsen in den Halbkreis der Bastion zurück, und sie schrien um Gnade. Einige hatten nicht einmal Zeit gehabt, ihre Schwerter zu ziehen, und sie waren so dicht aneinandergedrängt, dass ihre Speermänner ihre Waffen nicht ausrichten konnten. «Lasst eure Klingen fallen», brüllte ich, «und springt in den Graben!»

Das Einzige, auf das es ankam, war, dass wir die Brustwehr über dem Tor freimachten. Wihtgar fiel mit seinen Merciern auf der östlichen Seite der Tormauer über den Gegner her, und sein Schwert Flæscmangere war ebenso rot wie Finans Seelenräuber. Ich rannte zu der Treppe zurück und sah, dass Rumwalds Männer die verwirrten Ostanglier von dem Torbogen wegdrängten, doch Brihtwulf, dessen Hengst so verängstigt war, dass das Weiße in seinen Augen sichtbar wurde, befand sich immer noch auf der Innenseite des geschlossenen Tores. Einer der Sperrbalken war aus den Eisenhalterungen gehoben worden, aber der zweite war hoch angebracht und schwer. «Beeilt euch!», brüllte ich, und vier Männer setzten Speere ein, um den Balken aufwärtszudrücken.

Polternd fiel er herunter, sodass sich Brihtwulfs Pferd vor Schreck aufbäumte, dann wurden die riesigen Torflügel in kreischenden Angeln aufgedrückt. «Los!», rief ich. «Los!» Brihtwulf trieb sein Pferd mit den Fersen an, und der Hengst galoppierte über die Brücke. Das Volk, das draußen gewartet hatte, lief in alle Richtungen auseinander.

Rumwald hatte quer über der Straße einen Schildwall aufgestellt. Dahinter waren Krieger zu Boden gegangen, einige rührten sich noch, die meisten aber lagen bewegungslos in ihrem Blut. Pater Oda versuchte, die Ostanglier mit lauter Stimme davon zu überzeugen, dass ihr Kampf vorüber sei, dass Gott der Allmächtige Æthelstan gesandt habe, um Frieden und Wohlstand zu bringen. Ich ließ ihn seine Ansprache halten und ging zurück zur Brustwehr, auf der schreckerfüllte Westsachsen, ihrer Waffen beraubt, gezwungen wurden, von der hohen Bastion in den schmutzstarrenden, gefluteten Graben zu springen. «Wenn sie nicht ertrinken, wird sie die Scheiße in dem Graben umbringen», sagte Finan.

«Wir müssen die Brustwehr auf beiden Seiten absperren», erklärte ich.

«Machen wir.»

Wir hatten die Zwillingsbastionen und die Kampfplattform dazwischen eingenommen, und Rumwalds Männer trieben, ihre Schwerter gegen die Schilde schlagend, eine größere Anzahl Ostanglier zurück, die offenbar nicht kämpfen, sich aber ebenso wenig ergeben wollten. Ich wusste, dass wir dort unten bald angegriffen werden würden, doch die unmittelbare Gefahr drohte von den Bemannungen der Wehrmauer beidseits des

Tores. Für den Moment zögerten diese Männer noch, benommen und verwirrt von unserem unvermittelten Vorstoß, doch schon hasteten weitere Männer über die Mauer heran, um das Tor zurückzuerobern.

Sie kamen, weil Immar den springenden Hirsch heruntergeholt und das blutgetränkte Banner König Æthelstans aufgezogen hatte. Nun wehte der Drache mit dem Blitz über dem Crepelgate, und die Rache dafür nahte.

Das Crepelgate. Unter der erbarmungslosen Mittagssonne mussten wir dieses Tor halten, und ich erinnerte mich an Alfreds Erschütterung über die Anzahl Verstümmelter und Blinder in Lundene, viele davon Männer, die von ihm selbst in die Schlacht geführt worden waren, und so hatte er eine Verfügung erlassen, die es Krüppeln erlaubte, bei diesem Tor Reisende anzubetteln. War das ein Omen? Nun mussten wir dieses Tor verteidigen, und der Kampf würde gewiss weitere Männer zu Krüppeln machen. Ich berührte den silbernen Thorshammer, dann wischte ich das Blut von meinem erbeuteten Schwert und schob es zurück in die Scheide.

Und wusste, dass es bald wieder gezogen werden musste.

Dreizehn

Die erste Antwort des Gegners war ungeordnet, tapfer und wirkungslos. Die Besatzungen der langen Mauerabschnitte beidseits des eroberten Crepelgates griffen über den Wehrgang an, doch ein Schildwall von nur vier Mann konnte die Breite der Kampfplattform mühelos verteidigen. Ein Dutzend Mann, in drei Reihen stehend, wäre ein noch größeres Hindernis gewesen, doch die Hitze und die unbestreitbare Erbitterung des Gegners hätten diese kleine Einheit schnell aufgerieben. Daher ließ ich Männer Steine aus den nahe gelegenen Ruinen bringen. Wir häuften sie auf der Kampfplattform zu zwei groben Barrikaden auf, und bis die Verteidiger der Mauer im Westen einen geordneten Angriff vorbereitet hatten, war unsere behelfsmäßige Mauer schon kniehoch. Gerbruht und Folcbald befehligten die Verteidigung. Sie setzten die Speere ein, die wir von den Westsachsen erbeutet hatten, und innerhalb kurzer Zeit wurde die kniehohe Mauer durch Leichen in Kettenhemden erhöht. Wihtgar auf der Ostseite hatte es mit weniger Gegenwehr zu tun, und seine Männer häuften weiter Steine auf.

Nachdem Brihtwulf die Stadt verlassen hatte, war er in dem entfernten Wald verschwunden, doch seitdem hatte er sich nicht wieder blicken lassen, und auch von Æthelstans Männern war keiner aufgetaucht. Auf der Innenseite des Tores hatten sich die Ostanglier fünfzig

Schritt oder mehr zurückgezogen, und Pater Oda redete noch immer auf sie ein, doch sie hatten weder ihre Schilde fallen lassen noch ihr Banner gesenkt, das einen grob eingestickten Eberkopf zeigte.

Alles geschah nun entweder sehr schnell oder quälend langsam. Schnell ging es auf der Mauer zu, wo wir immer mehr Steine aufhäuften, während rachgierige Westsachsen die beiden plumpen Barrikaden angriffen, langsam hingegen auf der Stadtseite, wo Rumwalds Schildwall bereitstand, um das offene Tor gegen eine ostanglische Kampfeinheit zu verteidigen, die offenbar nicht angreifen wollte. Dennoch wusste ich, dass dieser Kampf dort auf der Straße entschieden werden würde, zwischen dem Geröll und dem Unkraut der Ruinen.

Die Westsachsen auf dem östlichen Bereich der Mauer hatten zunächst mit dem Angriff gezögert und Wihtgars Männern damit die Gelegenheit gegeben, ihre Barrikade aus Steinen brusthoch aufzutürmen. Die Gegner dort schleuderten zwar Speere über den behelfsmäßigen Wall, doch nachdem die ersten Angreifer versucht hatten, über den Steinhaufen zu klettern, nur um von aufwärts gerammten Speeren empfangen zu werden, waren die übrigen nun vorsichtiger. Auf der westlichen Seite war der Kampf wesentlich erbitterter. Der Steinhügel dort war breit, aber nur kniehoch, und die Gegner stürmten immer wieder heran, angetrieben von einem schwarzbärtigen Mann mit einem blankgescheuerten Kettenhemd und einem schimmernden Helm. Er rief seine Truppen vorwärts, auch wenn mir auffiel, dass er sich selbst nie beteiligte, wenn sie mit erhobenen Schilden und Speeren angriffen. Er stachelte sie an zu töten, schneller anzugreifen, und das war ein Fehler. Männer hasteten heran, um die behelfsmäßige Sperre zu überqueren, und durch ihre Hast stolperten sie über die Steine, sodass sie ungeordnet bei unserem Schildwall ankamen, nur um von unseren Schwertern, Speeren und Äxten getroffen zu werden. Ihre Körper bildeten eine stets höher werdende Hürde auf dem Steinwall, eine neue Hürde, die noch übler dadurch wurde, dass andere Männer bei ihrem Versuch, das blutgetränkte Hindernis zu übersteigen, auf die qualvoll Sterbenden trampeln mussten.

«Der Steinwall wird halten», erklärte Finan. Wir standen auf der Mitte der Treppe, von wo aus er den Kampf über uns beobachtete, während ich westwärts zu dem höheren Hügel Lundenes schaute.

«Die Männer brauchen Ale oder Wasser», sagte ich. Es wurde immer heißer. Schweiß brannte in meinen Augen und lief an der Innenseite meines Kettenhemdes herab.

«Im Wachhaus wird Ale sein», sagte Finan und dachte dabei an die Kammern in der Zwillingsbastion. «Ich lasse es heraufbringen.»

Ein Speer traf das Gemäuer zwischen uns. Die Westsachsen auf dem westlichen Mauerabschnitt hatten uns gesehen, und mehrere von ihnen schleuderten Speere, aber dieser war der erste, der bis zu uns flog. Er rutschte über die Treppe und fiel auf die Straße. «Die Bastarde werden bald aufgeben», sagte Finan.

Er hatte recht. Die Männer, die uns über den Wehrgang der Mauer angriffen, hatten genug vom Tod, und sie hatten erkannt, dass andere Männer den Kampf übernehmen würden, und diese Männer erschienen nun, angekündigt von Hornklängen, die unsere Blicke auf den nördlichen Bereich Lundenes lenkten. Von uns aus am nächsten lag der Streifen mit den Ruinen, dann senkte sich das Gelände dorthin, wo das Flüsschen Welea Richtung Temes strömte. Jenseits davon stieg der westliche Hügel Lundenes an, auf dem die Ruinen des Amphitheaters standen und auf der anderen Seite des Amphitheaters erhoben sich die Mauern der alten Römerfestung. Und aus der Festung strömten Männer heran. Viele waren beritten, die meisten zu Fuß, doch alle trugen Kettenhemden, und noch während Finan und ich hinsahen, kam eine Reitergruppe aus dem Tor. Sie wurde von Standartenträgern begleitet, deren Banner in der Mittagssonne leuchteten.

«Lieber Herr Jesus», sagte Finan leise.

«Wir sind zum Kämpfen hergekommen», sagte ich.

«Aber wie viele Männer haben sie?», fragte Finan ungläubig, denn die Reihe der gerüsteten Krieger schien nicht enden zu wollen.

Ohne zu antworten, stieg ich wieder zur Mauerkrone hinauf und blickte über das Weideland zu dem Wald in der Entfernung, wo sich keine Reiter zeigten. Für den Moment, so schien es, waren wir allein, und wenn Æthelstans Männer nicht aus diesem Wald auftauchten, würden wir auch allein sterben.

Ich schickte die Hälfte der Männer, die unsere Barrikaden verteidigt hatten, zu Rumwald hinunter, um seinen Schildwall zu verstärken, dann warf ich einen letzten Blick nach Norden und sah noch immer keine Spur von Æthelstan oder seinen Männern. Komm, drängte ich ihn stumm, wenn du ein Königreich willst, komm! Dann stieg ich die Treppe hinunter, dorthin, wo ein Kampf ausgetragen werden musste.

Es würde ein Kampf werden, dachte ich bitter, durch den entschieden wurde, welcher königliche Arsch einen Thron wärmte, und was ging mich die Entscheidung über den Thron von Wessex an? Doch das Schicksal, dieses hartherzige Luder, hatte meinen Lebensfaden an König Alfreds Traum geknüpft. Gab es wirklich einen christlichen Himmel? Wenn es so war, musste König Alfred in diesem Moment auf uns niederschauen. Und was würde er wollen? Daran hatte ich keinerlei Zweifel. Er wollte ein christliches Land aller Menschen, die Ænglisc sprachen, und er wollte, dass dieses Land von einem christlichen König regiert wurde. Er würde für Æthelstan beten. Verdammt soll er sein, dachte ich, verdammt seien Alfred und seine Frömmigkeit, verdammt sein ernstes Antlitz mit dem stets missbilligenden Ausdruck, verdammt seine Rechtschaffenheit, und verdammt sei er, weil er mich dazu brachte, selbst ein Menschenalter nach seinem Tod noch für seine Sache zu kämpfen. Denn wenn Æthelstan nicht kam, ging es mir durch den Kopf, würde ich heute für Alfreds Traum sterben.

Ich dachte an Bebbanburg und seine sturmgepeitschten Wälle, ich dachte an Eadith, an meinen Sohn, und dann an Benedetta, und weil ich dieses letzte Bedauern nicht spüren wollte, rief ich Rumwalds Männern zu, sie sollten sich bereitmachen. Sie standen in drei Reihen und hatten einen Halbkreis um das offene Tor gebildet. Es war ein gefährlich kleiner Schildwall, den bald die versammelte Macht von Wessex angreifen würde. Nun war nicht mehr die Zeit nachzudenken, sich dem Bedauern hinzugeben oder über den christlichen Himmel nachzusinnen, sondern es war Zeit zu kämpfen. «Ihr seid Mercier!», rief ich. «Ihr habt die Dänen besiegt, ihr habt die Waliser abgewehrt, und jetzt werdet ihr ein neues Lied von Mercien schreiben! Einen neuen Sieg erringen! Euer König kommt!» Ich wusste, dass ich log, aber Männer wollen im Angesicht der Schlacht nicht die Wahrheit hören. «Euer König kommt!», rief ich erneut. «Also bleibt standhaft! Ich bin Uhtred! Und ich bin stolz, an eurer Seite zu kämpfen!» Und die armen, todgeweihten Bastarde jubelten, als sich Finan und ich durch die Reihen schoben, um uns dort aufzustellen, wo der Schildwall die Straße absperrte.

«Du solltest nicht hier sein», murmelte Finan.

«Ich bin aber hier.»

Und ich hatte noch immer Schmerzen von Waormunds Misshandlungen. Mein ganzer Körper schmerzte. Ich hatte Schmerzen, und ich war müde, während sich meine Schulter unter dem Gewicht des Schildes anfühlte, als würde ein Gewindespieß in den Gelenkspalt gedreht. Ich senkte den Schild, um ihn auf der Straße abzustützen, dann schaute ich nach Westen, doch die Truppen aus der Festung waren noch nicht aus dem flachen Tal des Weleas aufgetaucht. «Wenn ich sterbe…», begann ich mit gesenkter Stimme.

«Still», knurrte Finan. Dann fügte er wesentlich leiser hinzu: «Du solltest nicht hier sein. Geh in die letzte Reihe.»

Ich erwiderte nichts, und ich rührte mich auch nicht

von der Stelle. In all meinen Jahren hatte ich nie anderswo gekämpft als in der vordersten Reihe. Ein Mann, der andere an die Schwelle des Todes führt, muss vorangehen, nicht folgen. Es kam mir vor, als würde ich ersticken, also löste ich den Knoten, der die Wangenstücke aus gesiedetem Leder zusammenhielt, sodass ich leichter atmen konnte.

Pater Oda ging vor dem Schildwall auf und ab, sprach zu uns und schien die Ostanglier vergessen zu haben, die hinter ihm standen. «Gott ist mit uns!», rief er. «Gott ist unsere Stärke und unser Schild! Heute werden wir die Mächte des Bösen zerschmettern! Heute kämpfen wir für Gottes Land!»

Ich achtete nicht länger auf ihn, denn nicht weit im Westen erschienen die ersten Banner über dem Rand des Welea-Tals. Und ich konnte die Trommelschläge hören. Der Herzschlag des Krieges rückte näher. Ein paar Schritt entfernt beugte sich ein Mann in unserer ersten Reihe vor und übergab sich. «Was Falsches gegessen», sagte er, doch das stimmte nicht. Unsere Schilde lehnten an zitternden Beinen, bittere Galle stieg uns in die Kehlen, Säure biss in unsere Mägen, und unser Gelächter über schlechte Scherze war gezwungen.

Die ersten Männer aus Wessex tauchten aus dem flachen Tal auf, eine graue Linie, über der Speerspitzen funkelten. Die Ostanglier, die sich uns so hartnäckig gegenübergestellt hatten, begannen sich zurückzuziehen, als wollten sie der anrückenden Horde Platz machen. Wir hatten recht gehabt, dachte ich hoffnungslos. Diese Ostanglier wollten nicht kämpfen, weder für die Westsachsen noch, so schien es, für uns.

Die Gegner aus der Festung kamen näher. Ihre Banner leuchteten; Banner mit Kreuzen, mit Heiligen, mit dem Drachen von Wessex, mit Æthelhelms springendem Hirsch, und sie alle wurden von einem Banner angeführt, das ich noch nie zuvor gesehen hatte. Es wurde von einer Seite auf die andere geschwenkt, sodass wir es deutlich erkennen konnten, und es zeigte einen plumpen, grauen Drachen von Wessex unter einem in Scharlachrot eingestickten springenden Hirsch. In der oberen Ecke befand sich ein kleines Kreuz.

«Gott ist mit uns!», rief Oda. «Und euer König kommt!»

Ich hoffte, dass er recht hatte, und wagte nicht, den Schildwall zu verlassen, um es herauszufinden. Das Tor war offen, und wir mussten es offen halten, bis Æthelstan eintraf.

Rumwald stand rechts von mir. Er zitterte leicht. «Bleibt dicht zusammen!», rief er seinen Männern zu. «Haltet stand!» Seine Stimme war unsicher. «Kommt er, Herr?», fragte er mich. «Gewiss kommt er. Er wird uns nicht im Stich lassen.» Er redete weiter, ohne etwas Wichtiges zu sagen, redete einfach, um seine Angst zu überspielen. Die Trommeln wurden lauter. Reiter begleiteten die anrückenden Westsachsen auf den Flanken, und es kamen immer mehr Fußtruppen, über ihnen ein Wald aus Speeren. Ich konnte inzwischen den springenden Hirsch auf den Schilden erkennen. Die erste Reihe, die ungeordnet vorrückte, weil die Männer über die Mauerreste der Brachfläche stiegen, bestand aus etwa zwanzig Kriegern, doch hinter ihnen kamen wenigstens noch zwanzig weitere Reihen. Es war eine abschreckende Masse von Hauskriegern, die einer Reitergruppe vorausging, und hinter diesen berittenen Männern rückten weitere Reihen an. Sie hatten angefangen zu brüllen, doch sie waren noch zu weit entfernt, sodass wir ihre Beleidigungen nicht verstehen konnten.

Ich nahm meinen Schild auf, zuckte unter dem stechenden Schmerz zusammen, dann zog ich Wespenstachel, und selbst diese kurze Klinge schien mir schwer. Ich schlug sie gegen den Schild. «Æthelstan kommt!», rief ich. «Æthelstan kommt!» Ich dachte an den Jungen, den ich das Töten gelehrt hatte, einen Jungen, der auf meinen Befehl seinen ersten Mann getötet hatte. In einem Graben, in dem Gagelsträucher wuchsen, hatte er einen Verräter hingerichtet. Nun war dieser Junge ein Kriegerkönig, und mein Leben hing von ihm ab. «Æthelstan kommt!», rief ich wieder und schlug immer weiter Wespenstachels Klinge an die eisenbeschlagenen Weidenbretter. Rumwalds Männer nahmen den Ruf auf und begannen, ihre Schwerter an die Schilde zu schlagen. Die zweite Reihe stimmte in den Ruf ein. Sie trugen Speere, deren Schäfte auf die halbe Länge gekürzt worden waren. Ein Speer muss mit zwei Händen geführt werden, aber ein kurzer Speer lässt sich mit einer Hand schwingen. Sie würden sich dicht hinter uns halten und die Speere zwischen unseren Schilden vorrammen. Der Kampf auf der Wehrmauer hatte geendet, denn unsere Gegner dort waren von unseren behelfsmäßigen Sperren entmutigt und begnügten sich inzwischen damit zuzusehen, wie uns die größere Streitmacht überwältigen würde. Wihtgar hatte zwanzig Mann von der Mauer heruntergeführt und wartete nun mit ihnen unter dem Torbogen ab, bereit, jeglichen Abschnitt unseres Schildwalls zu verstärken, der schwächer wurde. Im Stillen wünschte ich mir, ich hätte Wihtgar neben mir und nicht Rumwald, der weiter unnützes Zeug schwatzte, doch Rumwald hatte die meisten Männer für diesen Kampf zur Verfügung gestellt, und ich konnte ihm seinen Ehrenplatz an meiner Seite nicht verwehren.

Ehre war sein Wort, nicht meines. «Es ist eine Ehre, mit Euch in einem Schildwall zu stehen, Herr», hatte er mehr als einmal gesagt. «Davon werde ich noch meinen Enkeln erzählen!» Und das hatte mich dazu gebracht, den silbernen Thorshammer zu berühren, den ich unter meinem Kettenhemd herausgezogen hatte. Ich berührte ihn, weil meine Enkel in Eoferwic waren und niemand die Gerüchte von der Pest im Norden zerstreut hatte. Lass sie leben, betete ich, und ich war weder der einzige Mann, der in diesem Schildwall betete, noch der einzige, der sein Gebet an Thor richtete. Diese Männer mochten sich allesamt Christen nennen, doch in vielen Kriegern lauerte die Angst, dass es auch die älteren Götter gab, und wenn der Gegner anrückt und die Kriegstrommeln geschlagen werden und die Schilde schwer sind, dann beten Männer zu jedem beliebigen Gott.

«Gott ist unser Schild!» Pater Oda war in den Halbkreis gekommen, den unsere Männer bildeten, und stand nun auf der Treppe, die auf die Wehrmauer führte. «Wir müssen obsiegen!», schrie er heiser, und er musste schreien, denn die Westsachsen waren nun sehr dicht vor uns. Ein Reiter führte sie vor unsere Linie, trieb die Ostanglier noch weiter weg.

Ich musterte unseren Gegner. Gute Truppen, dachte ich. Ihre Kettenhemden, ihre Helme und ihre Waffen wirkten ordentlich instand gehalten. «Æthelhelms Haustruppen?», murmelte ich Finan zu.

«Sieht danach aus», sagte er. Es war zu warm für die Männer, um Æthelhelms rote Umhänge zu tragen, und überdies ist ein Umhang eine Behinderung im Kampf, doch alle Schilde waren mit dem springenden Hirsch bemalt. Sie blieben vierzig Schritt entfernt stehen, zu weit für einen Speerwurf, richteten sich zu uns aus und begannen, ihre Schwerter gegen die Schilde zu schlagen. «Vierhundert?», schätzte Finan, aber diese Männer waren nur der Anfang, denn es kamen immer weitere, die ihre Klingen an die Schilde schlugen, von denen einige mit dem Hirsch und andere mit den Abzeichen westsächsischer Adelsmänner bemalt waren. Dies war das Heer von Wessex, von Alfred zum Kampf gegen die Dänen zusammengeschmiedet und nun aufgereiht, um gegen ihre sächsischen Landsleute zu kämpfen, angeführt von den Männern zu Pferd, die unter ihren grellen Bannern heranritten, um uns entgegenzutreten.

Æthelhelm, trotz der Hitze mit einem roten Umhang angetan, saß auf einem prachtvollen Braunhengst. Sein Kettenhemd war gereinigt und abgerieben worden, bis es schimmerte, und vor seiner Brust hing ein Kreuz aus Gold. Sein Gesicht wurde von den goldgeschmückten Wangenstücken seines Helmes verborgen, der von einem goldenen Hirsch gekrönt war. Das Heft seines Schwertes glitzerte vor Gold, das Zaumzeug und der Sattelgurt seines Hengstes waren mit Goldplättchen besetzt, und selbst seine Steigbügel waren mit Gold verziert. Seine Augen lagen im Schatten seines aufwendigen Helms, aber ich zweifelte nicht daran, dass er uns mit Verachtung ansah. Zu Æthelhelms Rechter, im Sattel eines großen grauen Hengstes und in einen weißen Umhang mit rotem Besatz gehüllt, war sein Neffe Ælfweard, der als Einziger der Reiter keinen Helm trug. Er hatte ein ausdrucksloses Mondgesicht mit herabhängenden Mundwinkeln, auf dem sich nun allerdings Erregung zeigte. Das Bübchen konnte es kaum abwarten, mit anzusehen, wie wir abgeschlachtet wurden, und zweifellos rechnete Ælfweard damit, sich am Töten derjenigen von uns zu beteiligen, die den Ansturm überlebten, auch wenn das Fehlen eines Helmes darauf hinwies, dass sein Onkel keine Beteiligung Ælfweards am Kampf wünschte. Er trug ein schimmerndes Kettenhemd und eine lange Schwertscheide mit einem Rautenmuster aus Goldstreifen, aber was den Blick viel mehr auf sich zog, war das, was er sich anstelle eines Helmes auf den Kopf gesetzt hatte. Er trug König Alfreds Krone, die mit Smaragden besetzte, goldene Krone von Wessex.

Zwei Priester auf Wallachen und sechs Speermänner auf Hengsten warteten hinter Æthelhelm. Die Speermänner schützten offenkundig Ælfweard und seinen Onkel, ebenso wie der Reiter an Æthelhelms linker Seite, ein Reiter, der zu groß für seinen Hengst wirkte. Es war Waormund, eine hochaufragende und unheilverkündende Gestalt, die im Gegensatz zu den anderen Reitern schäbig aussah. Sein Kettenhemd war matt, sein Schild mit dem Hirsch von Schwerthieben vernarbt, und sein abgenutzter Helm besaß keine Wangenstücke. Er grinste. Dies war Waormunds größte Lust. Er hatte einen gegnerischen Schildwall aufzubrechen und Männer zu töten, und als könne er den Beginn der Schlacht nicht erwarten, schwang er sich aus dem Sattel, sah höhnisch zu uns herüber und spuckte aus.

Dann zog er sein Schwert. Er zog Schlangenhauch. Er zog mein Schwert, und die Windungen in der Stahlklinge warfen einen Sonnenstrahl zurück, der mich blendete. Er spuckte ein zweites Mal vor uns aus, dann drehte er sich um und schwang Schlangenhauch zur Ehrbezeugung vor Ælfweard. «Herr König!», brüllte er.

Darauf schien Ælfweard zu kichern. Es war jedenfalls gewiss, dass er lachte, als all seine Einheiten dieselben Worte riefen. «Herr König! Herr König!» Bei ihrem Singsang schlugen sie weiter ihre Schwerter gegen die Schilde, bis Æthelhelm seine Hand im Lederhandschuh hob, um sie zum Schweigen zu bringen, und dann seinen Hengst vorwärtstrieb.

«Er weiß nicht, dass du hier bist», murmelte Finan mir zu. Er meinte Waormund. Die Wangenstücke meines Helms hingen offen herab, doch ich hielt den Schild hoch, verdeckte halb mein Gesicht.

«Er wird es noch merken», sagte ich grimmig.

«Aber ich kämpfe gegen ihn», beharrte Finan, «nicht du.»

«Männer von Mercien!», rief Æthelhelm und wartete auf Ruhe. Ich sah ihn zum westlichen Abschnitt der Wehrmauer hinaufsehen, wo sein Blick einen Moment aufmerksam verharrte, und mir wurde klar, dass er nach einer Meldung über Æthelstans anrückende Einheiten Ausschau hielt. Dann kehrte sein Blick wieder zu uns zurück, ohne Beunruhigung zu zeigen. «Männer von

Mercien!», rief er noch einmal und winkte einen Standartenträger nach vorn. Der Mann schwenkte langsam seine Flagge, die neue Flagge, auf der zu sehen war, wie der Hirsch von Æthelhelm über den Drachen von Wessex herrschte.

Æthelhelm hatte die goldziselierten Wangenstücke seines Helmes gelöst, sodass die Männer sein schmales Gesicht sehen konnten; ein gutaussehendes Gesicht, länglich und entschlossen, der Bart sauber abgeschabt, und darüber tiefliegende braune Augen. Er deutete auf die Flagge. «Diese Flagge», rief er, «ist die neue Flagge Englalands! Es ist unsere Flagge! Eure Flagge und meine Flagge, die Flagge eines geeinten Landes unter einem einzigen König!»

«König Æthelstan!», schrie ein Mann aus unseren Reihen.

Æthelhelm achtete nicht auf den Ruf. Wieder sah ich ihn zur Wehrmauer hinaufschauen, und wieder kehrte sein Blick unaufgeregt zu uns zurück. «Ein geeintes Land!» Seine Stimme trug mühelos bis zu den Männern auf den Wehrgängen der Mauer. «Das wird unser Land sein! Eures und meines! Wir sind keine Gegner! Die Gegner sind die Heiden, und wo sind die Heiden? Wo regieren die verhassten Nordmänner? In Northumbrien! Schließt euch mir an, und ich verspreche euch, dass jeder Mann seinen Anteil an dem Reichtum dieses Heidenlandes erhalten wird. Ihr werdet Land haben! Ihr werdet Silber haben! Ihr werdet Frauen haben!»

Dazu grinste Ælfweard und sagte etwas zu Waormund, der zur Antwort laut auflachte. Er hielt noch immer Schlangenhauch in der Hand. «Euer König»,

Æthelhelm deutete auf seinen grinsenden Neffen, «der König von Wessex und König von Ostanglien, bietet euch Gnade, Schonung und Vergebung an. Er bietet euch das Leben an!» Erneut ein schneller Blick zur Wehrmauer. «Gemeinsam», fuhr Æthelhelm fort, «werden wir ein geeintes Land aller Sachsen schaffen!»

«Aller Christen!», rief Pater Oda. Æthelhelm sah den Priester an und musste ihn als den Mann erkannt haben, der vor Abscheu aus seinen Diensten geflüchtet war, doch er zeigte keinen Unmut, sondern nur ein Lächeln. «Pater Oda hat recht», rief er, «wir werden ein Land für alle Christen schaffen! Und Northumbrien ist das Land von Guthfrith dem Heiden. Gemeinsam werden wir sein Land erobern, und ihr, die Männer von Mercien, werdet ihre Gehöfte bekommen, ihre Wälder, ihre Herden, ihre Jungfern und ihre Weiden!»

Guthfrith? Guthfrith? Fassunglos starrte ich Æthelhelm an. Guthfrith war Sigtryggrs Bruder, und wenn er wirklich König war, dann war Sigtryggr, mein Verbündeter, tot. Und wenn er tot war und wenn er an der Pest gestorben war, wer war in Eoferwic dann noch gestorben? Sigtryggrs Erbe war mein Enkel, der zu jung für eine Regentschaft war, aber hatte Guthfrith tatsächlich den Thron übernommen? Finan stieß mich mit seinem Schwertarm an, um mich aus meiner Erstarrung zu holen.

«Wenn ihr hier gegen mich kämpft», rief Æthelhelm, «dann kämpft ihr gegen den gottgeweihten König! Ihr kämpft für einen Bastard, den eine Hure geboren hat! Lasst ihr aber eure Schilde fallen und steckt eure Schwerter in die Scheide, teile ich unter euch das

Land unseres wahren Gegners auf, der kein anderer ist als der Gegner des gesamten christlichen Englalands! Ich werde euch Northumbrien geben!» Er hielt inne, Stille breitete sich aus, und mir wurde bewusst, dass Rumwalds Männer genau zugehört hatten und dass Æthelhelm sie beinahe überzeugt hatte mit seinen Lügen, die er als Wahrheit verkündete. «Ich werde euch Wohlstand schenken», versprach Æthelhelm. «Ich werde euch Northumbrien schenken.»

«Was dir nicht gehört, kannst du nicht verschenken», knurrte ich. «Du verräterischer Bastard, du Schneckenschiss, du Earsling, du Sohn einer blatternarbigen Hure, du Lügner!» Finan versuchte, mich zurückzuhalten, aber ich machte mich los und trat vor. «Du bist Schleim aus einer Jauchegrube», spie ich Æthelhelm entgegen, «und ich werde deine Ländereien allesamt an die Männer von Mercien verschenken!»

Er starrte mich an. Ælfweard starrte, und Waormund starrte, und langsam dämmerte allen dreien, dass sie mich, so heruntergekommen ich auch war, noch immer zum Gegner hatten. Und einen Herzschlag lang, das schwöre ich, sah ich Angst in Æthelhelms Gesicht. Sie kam, und sie ging, dennoch ließ er sein Pferd ein Stück rückwärtsgehen. Er sagte nichts.

«Ich bin Uhtred von Bebbanburg!» Ich sprach nun zu dem westsächsischen Schildwall. «Viele von euch haben unter meinem Banner gekämpft. Wir haben für Alfred gekämpft, für Edward, für Wessex, und nun wollt ihr für dieses Stück Wieseldreck sterben!» Ich deutete mit Wespenstachel auf Ælfweard.

«Tötet ihn!», kreischte Ælfweard.

«Herr?», versicherte sich Waormund knurrend bei seinem Gebieter.

«Töte ihn!», blaffte Æthelhelm.

Ich bebte vor Zorn. Guthfrith regierte? Trauer erfüllte mich, drohte mich zu überwältigen, aber ich war auch zornig. Zornig darüber, dass Æthelhelm glaubte, er könne mein Land verschenken, und dass sein widerwärtiger Neffe König über die Felder Bebbanburgs werden würde. Ich wollte nur noch töten. Aber auch Waormund wollte töten, und er war der Größere von uns beiden. Ich erinnerte mich an seine Schnelligkeit im Kampf. Er war auch geschickt, so geschickt mit Schwert, Speer oder Axt, wie ein Mann nur sein konnte. Er war jünger, er war größer, er hatte mehr Reichweite, und er war vermutlich flinker. Was die Geschwindigkeit anging, hätte ich es vielleicht sogar mit ihm aufnehmen können, wenn ich nicht von seinem Pferd über die Felder geschleift worden wäre, doch mein ganzer Körper war aufgescheuert, ich hatte Schmerzen, und ich war erschöpft.

Aber da war immer noch mein Zorn. Ein kalter Zorn, der meine Trauer im Zaum hielt, ein Zorn, der sowohl Waormund als auch sein Ansehen zerstören wollte, das er auf meine Kosten gewonnen hatte. Langsam kam er auf mich zu, der Kies auf der Straße zum Tor knirschte unter seinen schweren Stiefeln, und in seinem Gesicht stand ein Grinsen. Er trug keinen Schild, nur mein Schwert.

Ich ließ meinen Schild auf die Straße fallen, nahm Wespenstachel in die linke Hand und zog mit der rechten das erbeutete Schwert. Finan unternahm einen letzten Versuch, mich zurückzuhalten, indem er mit ausgestrecktem Arm auf mich zukam.

«Halt dich da raus, du irischer Abschaum», knurrte Waormund, «du bist als Nächster dran.»

«Mein Kampf», erklärte ich Finan.

«Ich…»

«Mein Kampf», wiederholte ich lauter.

Während ich langsam auf meinen Gegner zuging, kam mir in den Sinn, dass Æthelhelm einen Fehler gemacht hatte. Warum hatte er gewartet? Warum hatte er nicht versucht, uns zu überwältigen und das Tor zu schließen? Und indem er Waormund gegen mich kämpfen ließ, gab er Æthelstan mehr Zeit, uns zu erreichen. Aber vielleicht wusste Æthelhelm mehr als ich, etwa, dass die Männer, die er zu den westlichen Toren geschickt hatte, schon jenseits der Wehrmauer gegen die mercische Streitmacht kämpften und dass Æthelstan dadurch zu stark eingebunden war, um hierherzukommen. Wieder sah ich Æthelhelm zur Wehrmauer schauen, aber auch dieses Mal zeigte er keine Beunruhigung. «Töte ihn, Waormund!», rief er.

«Verkrüpple ihn!», befahl Ælfweard mit hoher Stimme. «Ich muss ihn töten! Verkrüpple ihn nur für mich!»

Waormund war stehen geblieben. Er winkte mich mit der linken Hand zu sich. «Komm!», gurrte er, als wäre ich ein Kind. «Komm und lass dich zum Krüppel machen.»

Also blieb ich stehen und rührte mich nicht mehr. Falls Æthelstan auf dem Weg war, musste ich ihm so viel Zeit verschaffen, wie ich nur konnte. Und deshalb wartete ich ab. Schweiß brannte in meinen Augen. Es war heiß unter dem Helm. Ich hatte Schmerzen.

«Hast du Angst?», fragte Waormund und lachte. «Er hat Angst vor mir!» Er hatte sich umgedreht und rief den Westsachsen hinter Æthelhelm zu: «Das ist Uhtred von Bebbanburg! Und ich habe ihn schon einmal geschlagen! Hab ihn nackt hinter meinem Pferd hergezogen! Und das ist sein Schwert!» Er hielt Schlangenhauch in die Höhe. «Es ist ein gutes Schwert.» Er richtete seine kalten, grausamen Tieraugen wieder auf mich. «Du verdienst diese Klinge nicht», knurrte er, «du feiger Scheißhaufen.»

«Töte ihn!», rief Æthelhelm.

«Verkrüpple ihn!», verlangte Ælfweard mit seiner schrillen Stimme.

«Komm, alter Mann.» Waormund winkte mich erneut zu sich, «komm.»

Männer sahen uns zu. Ich bewegte mich nicht. Ich hielt mein Schwert niedrig. Die Klinge hatte keinen Namen. Schweiß lief mir übers Gesicht. Da griff Waormund an. Er griff schlagartig an, und für einen großen Mann war er schnell. Er hielt Schlangenhauch in der rechten Hand, seine linke war leer. Er wollte den Kampf rasch beenden, und ich machte es ihm nicht leicht, indem ich mich nicht rührte, und deshalb hatte er sich für den Angriff entschieden, wollte Schlangenhauch in einem einzigen gewaltigen Hieb auf mich niederfahren lassen, um meine Verteidigung zu brechen, mich dann mit seinem ganzen Gewicht rammen, sodass ich zu Boden ging, wo er mich entwaffnen konnte, und mich dann Ælfweards Gnade ausliefern. Also tu das Unerwartete, sagte ich mir und trat einen halben Schritt nach rechts, was er erwartete, doch dann warf ich mich geradewegs gegen ihn. Ich traf ihn mit meiner linken Schulter, und der Schmerz war unvermittelt und heftig. Ich hatte gehofft, Wespenstachel würde sein Kettenhemd durchbohren, doch im letzten Augenblick bewegte er sich auf mich zu, und bei unserem Zusammenprall glitt meine Klinge an seiner Mitte vorbei, und ich roch das Ale in seinem Atem und den Gestank des schweißgetränkten Leders unter seinem Kettenhemd. Es war, als würde ich mich mit meinem gesamten Gewicht gegen einen Ochsen werfen, aber ich war auf den Aufprall gefasst gewesen und vorbereitet, und Waormund war es nicht. Er schwankte etwas, bewahrte jedoch das Gleichgewicht, dann drehte er sich schnell und Schlangenhauch schwingend herum. Ich fing den Hieb mit Wespenstachel ab, sah Waormunds linke Hand nach mir greifen, doch er hatte noch keinen sicheren Stand, und ich wich aus, bevor er mich packen konnte. Ich drehte mich, um mit dem erbeuteten Schwert zuzustoßen, doch er war zu schnell und schon zurückgewichen.

«Mach es kurz!», rief Æthelhelm. Er musste erkannt haben, dass er mit diesem Kampf Zeit vergeudete, Zeit, die er möglicherweise nicht hatte, aber er wusste auch, dass mein Tod die Mercier entmutigen würde, sodass sie leichter niedergemacht werden konnten, und deshalb überließ er mich Waormund. «Bring es hinter dich, Mann!», fügte er gereizt hinzu.

«Du nordländischer Scheißhaufen», sagte Waormund, dann grinste er höhnisch, «im Norden sind schon alle tot! Und du bist es auch bald.» Er machte einen Halbschritt auf mich zu, hatte Schlangenhauch gehoben, doch ich bewegte mich nicht. Ich hatte seinen Blick beobachtet und wusste, dass es eine Finte war. Er trat wieder zurück. «Ein gutes Schwert ist das», sagte er, «besser, als es ein Kackhaufen wie du verdient.» Dann griff er mich erneut an, dieses Mal ernsthaft, stieß Schlangenhauch vor und hoffte wieder darauf, mich mit seinem Gewicht von den Füßen zu holen, aber ich setzte mein Langschwert ein, um Schlangenhauch nach rechts abzulenken, und tat einen Schritt nach links. Er schwang die Klinge mit der Rückhand herum, während er sich zu mir drehte, ich fing sie mit meinem Schwert ab, spürte den Aufprall von Stahl auf Stahl, dann ging ich nach rechts, immer noch dicht bei ihm, lief in seinen Schwertarm, ohne stehen zu bleiben, und in der Bewegung stieß ich Wespenstachel gegen seinen Bauch vor.

Im selben Moment wusste ich, dass ich einen Fehler beging, dass er mich genarrt hatte und dass ich genau das tat, was er wollte. Mir kam der Kampf auf der Terrasse über der Temes in den Sinn und wie er mein Kettenhemd gepackt hatte. Das war seine Art zu kämpfen. Er wollte mich dicht bei sich haben, damit er mich packen und schütteln konnte, wie ein Terrier eine Ratte schüttelt. Er wollte mich dicht bei sich haben, wo er mich mit seiner Größe, seinem Gewicht und seiner Stärke überwältigen konnte, und nun war ich sehr dicht bei ihm. Als ich rechts an ihm vorbeikam, sah ich seine linke Hand nach mir greifen, und beinahe wäre ich noch ausgewichen, doch der Gedanke war zu spät gekommen, ich war auf die Bewegung festgelegt, und so stach ich mit dem Sax zu. Ich achtete nicht auf den glühenden

Schmerz in meiner linken Schulter, rammte nur Wespenstachel so heftig vor, wie ich es vermochte. Er bereitete mir Qualen, dieser Stoß, schreckliche Qualen. Die Anstrengung ließ mich laut aufkeuchen, aber ich drückte die Klinge weiter vor, achtete nicht auf den Schmerz.

Waormund hatte nach einem meiner Wangenstücke greifen wollen, doch Wespenstachel war schneller. Die Klinge durchdrang Kettenglieder und Leder. Sie schnitt durch feste Muskeln. Sie versenkte ihre halbe Länge in seinen Gedärmen, und seine ausgestreckte Hand sank herab, als er sich mit verzerrtem Gesicht hastig wegdrehte, so hastig, dass er mir Wespenstachels Heft aus der Hand zog und die Klinge in seinem Bauch stecken blieb, während das erste Blut zwischen den Kettengliedern hervortrat, die sie durchbohrt hatte. Ich wich zurück. «Du bist langsam», spottete ich – die ersten Worte, die ich zu ihm gesagt hatte.

«Bastard», knurrte er, und ohne auf den Sax in seinen Gedärmen zu achten, ging er wieder auf mich los. Nun war er wütend. Zuvor war er verächtlich gewesen, jetzt aber raste er vor Zorn, hackte in wilden, kurzen Schwüngen mit Schlangenhauch auf mich ein, und unsere Klingen trafen hallend aufeinander, als er mich mit der schieren Wucht seiner Schwerthiebe zum Rückzug zwang. Doch sein Zorn war blind, raubte ihm die Überlegung, und die Hiebe, obwohl gnadenlos hart, waren recht leicht abzuwehren. Ich verspottete ihn. Nannte ihn einen schwachköpfigen Kuhfurz, sagte, seine Mutter hätte ihn ausgeschissen, statt zu gebären, und dass man ihn in ganz Britannien Æthelhelms Arschkriecher nennen würde. «Du stirbst, du Made», höhnte ich, «die

Klinge in deinem Bauch bringt dich um!» Er wusste, dass es vermutlich so kommen würde. Ich habe erlebt, wie sich Männer von grausigen Verletzungen erholten, aber kaum je von tiefen Bauchwunden. «Es wird ein langsames, qualvolles Sterben», erklärte ich ihm, «und man wird sich an mich als den Mann erinnern, der Æthelhelms Arschkriecher getötet hat.»

«Bastard!» Waormund weinte beinahe vor Zorn. Er wusste, dass er wahrscheinlich nicht überleben würde, doch zumindest konnte er mich zuvor töten und dadurch sein Ansehen retten. Wieder holte er aus, und ich wehrte Schlangenhauch ab und spürte, wie die Erschütterung des Hiebes meinen Arm hinaufschnellte. Schlangenhauch hatte so manche Klinge zerschlagen, doch wie durch ein Wunder war mein erbeutetes Schwert unter keinem seiner Hiebe zerbrochen. Waormund stieß schnell vor, ich drehte mich weg, stolperte fast über lose Steine, und nun brüllte Waormund, halb vor Zorn und halb vor Schmerz. Wespenstachel steckte tief in seinen Eingeweiden, hatte sie aufgerissen, und das Blut aus seinem Bauch quoll durch das Kettenhemd und tropfte auf die Straße. Er wollte die Klinge herausziehen, doch sein Fleisch hatte sich darum geschlossen, sich festgesaugt, und sein Versuch vergrößerte seine Schmerzen nur, also ließ er die Klinge, wo sie war, stieß erneut vor, doch langsamer, und ich wehrte seinen Hieb seitwärts ab, stieß selbst vor, zielte auf sein Gesicht, ließ dann jedoch meine Klinge abwärtsfahren, um Wespenstachels Heft zu treffen. Damit fügte ich ihm weitere Qualen zu, das sah ich in seinem Blick. Er schwankte zurück, stolperte, dann fand er neuen Zorn und neue Kraft. Wie rasend griff er an, trieb mich mit einem gewaltigen Hieb nach dem anderen zurück, bei jedem Schwung grunzend vor Anstrengung. Ich wehrte einige Hiebe ab, wich anderen aus, gab mich zufrieden damit, dass ihn Wespenstachel langsam tötete und uns so weitere Zeit verschaffte. Waormund wurde schwächer, doch seine Kraft war ungeheuer, und er zwang mich bis zu Rumwalds Schildwall zurück. Die Mercier hatten gejubelt, als sie mich Wespenstachel in Waormunds Gedärme rammen sahen, nun aber waren sie still, überwältigt von dem Anblick des hünenhaften Kriegers, der, obwohl eine Klinge bis zum Heft in seinem Bauch steckte, mit solch irrsinniger Raserei angriff. Er litt Qualen, er wurde langsamer, aber noch immer versuchte er, mich niederzumachen.

Dann erklang von Westen her ein Horn. Ein drängender, warnender Ton. Das Horn wurde auf der Wehrmauer geblasen, und das Geräusch ließ Waormund zögern. «Jetzt!», brüllte Æthelhelm. «Jetzt!»

Damit befahl er seinem Schildwall vorzurücken, befahl seinen Männern, uns zu töten, befahl ihnen, das Tor zu schließen.

Doch Waormund hatte sich bei dem Befehlsruf seines Gebieters einen Moment lang umgedreht, und mein erbeutetes Schwert, dessen Kante von den wuchtigen Angriffen Schlangenhauchs eingekerbt war, fuhr durch seinen wirren Bart und in seine Kehle. Blut spritzte in die warme Luft. Sein Blick schnellte wieder zu mir herum, aber alle Kraft war aus ihm gewichen, und einen Moment lang starrte er mich nur ungläubig an. Er öffnete den Mund, als wolle er etwas sagen, doch nur Blut quoll über seine Lippen, und dann, merkwürdig langsam, ging er auf dem staubigen, steinigen, mit seinem Blut getränkten Grund in die Knie. Noch immer sah er mich an, nun allerdings mit einem Ausdruck, als wolle er mich um Erbarmen bitten, doch ich hatte kein Erbarmen. Ich schlug erneut auf Wespenstachels Heft, und Waormund wimmerte, und dann kippte er seitwärts um.

«Tötet sie alle!», brüllte Æthelhelm.

Ich hatte gerade genügend Zeit, um das blutbesudelte erbeutete Schwert fallen zu lassen, mich vorzubeugen und Waormund Schlangenhauch aus den erschlaffenden Fingern zu winden. Dann rannte ich, oder stolperte vielmehr, zurück zu unserem Schildwall, wo mir Finan meinen abgeworfenen Schild reichte. Der Trommelschlag setzte wieder ein. Das Horn blies weiter seine drängende Warnung. Und die Krieger von Wessex kamen, um uns zu töten.

Sie kamen langsam. Die Dichter erzählen uns, dass Männer in den Kampf stürmen, die Schlacht ebenso eifrig willkommen heißen wie eine Geliebte, doch ein Schildwall ist eine furchterregende Sache. Die Männer von Wessex wussten, dass sie unsere Linie nicht mit einem wilden Angriff durchbrechen konnten, sondern das Tor hinter uns nur erreichen würden, wenn sie ihre Reihen dicht geschlossen hielten und ihre Schilde überlappten, und so rückten sie auf uns zu, mit aufmerksamen, grimmigen Mienen über den eisenbeschlagenen Rändern ihrer mit dem springenden Hirsch bemalten Schilde. Jeder dritte Mann trug einen gekürzten Speer, die anderen kamen entweder mit einem Sax oder einer

Axt. Ich hatte Wespenstachel in Waormunds Bauch stecken lassen, und ich brauchte ihn. Ein Langschwert ist keine Waffe für einen Schildwall, doch nun hatte ich Schlangenhauch in der Hand und musste das Schwert benutzen.

«Unser König kommt!», rief ich. «Haltet sie auf!»

«Tötet sie!», ertönte Ælfweards schrille Stimme. «Schlachtet sie ab!»

Die westsächsischen Speere waren gesenkt. Ich hatte angenommen, sie würden aus den hinteren Reihen Speere werfen, doch kein einziger kam, obwohl Wihtgars Männer Speere über unsere Köpfe hinwegschleuderten. Die Klingen fuhren in westsächsische Schilde. «Brecht ihre Reihe auf!», rief Æthelhelm, und sie rückten vorwärts, noch immer vorsichtig, einen Bogen um Waormunds massigen Körper schlagend. Unaufhörlich dröhnten ihre Schilde mit den Kanten aneinander. Sie waren nun sehr dicht vor uns, so dicht. Sie starrten uns in die Augen, wir starrten in ihre. Männer atmeten tief ein, wappneten sich für den Zusammenprall der Schilde. Schroffe Stimmen befahlen sie weiter vorwärts. «Tötet sie!», schrie Ælfweard erregt. Er hatte ein Schwert gezogen, hielt sich jedoch ein gutes Stück von dem Kampf entfernt.

«Für Gott und den König!», rief ein Westsachse, und dann kamen sie. Sie brüllten, sie schrien, sie stürmten die letzten beiden Schritte vor, und unsere Schilde trafen mit dem Donner aufeinanderstoßenden Holzes zusammen. Mein Schild wurde zurückgedrückt, ich hielt dagegen. Eine Axt hackte auf den Rand, verfehlte knapp mein Gesicht, und ich hatte die Grimasse eines Kriegers mit zusammengebissenen Zähnen und einem schlecht ausgebesserten Helm vor mir. Er versuchte, einen Sax an meinem Schildrand vorbeizustoßen, während der Axtmann meinen Schild herunterziehen wollte, doch die Axtklinge glitt von der Delle ab, die er in den Rand geschlagen hatte, und ich hielt wieder dagegen, drückte den Grimassenmann zurück, und Finan musste seinen Sax in ihn gerammt haben, denn er sank zu Boden und gab mir so Raum genug, um mit Schlangenhauch auf den Axtmann vorzustoßen.

Männer schrien. Klingen trafen aufeinander. Priester riefen ihren Gott darum an, dass er uns töten solle. Ein mercischer Speermann hinter mir stieß an meinem Schild vorbei. Ich hörte Æthelhelm, der seinen Männern mit einem schreckerfüllten Beiklang in der Stimme zubrüllte, sie sollten das Tor schließen. Ich schaute zu ihm auf, und für einen Moment kreuzten sich unsere Blicke. «Schließt das Tor!» Seine Stimme war schrill. Ich sah wieder von ihm weg, als eine Axt in meinen Schild fuhr. Ich schüttelte die Klinge ab, während ein mercischer Speermann seine Waffe an mir vorbeirammte. Ich stieß Schlangenhauch vor, spürte die Klinge auf Holz treffen und stieß erneut vor, doch mein Ellbogen wurde von Rumwald behindert, der gegen mich getaumelt war. Er wimmerte, dann fiel sein Schild herab, und er sank zu Boden. Der Speermann hinter mir versuchte, seinen Platz einzunehmen, doch Rumwald schrie vor Schmerzen und ruderte wild mit den Gliedern, sodass der Speermann nicht vorrücken konnte. Ein westsächsischer Speer durchbohrte Rumwalds Kettenhemd, dann spaltete eine gnädige Axt seinen Helm und zerschmetterte seinen Schädel. Unser Speermann stieß gegen den Krieger vor, der Rumwald getötet hatte, doch ein Westsachse packte den Eschenschaft und zog daran, bis sich Schlangenhauch in seine Achselhöhle bohrte.

«Tötet sie!», kreischte Ælfweard. «Tötet sie! Tötet sie! Tötet sie alle!»

«Ihr müsst das Tor schließen!», brüllte Æthelhelm.

«Gott ist mit uns!» Pater Odas Stimme war heiser. Die Männer in unserer letzten Reihe spornten uns zum Töten an. Verwundete stöhnten, die Sterbenden schrien, der Schlachtengestank von Blut und Exkrementen erfüllte meine Nase.

«Haltet sie auf!», brüllte ich. Ein Speer oder ein Sax streifte meinen Oberschenkel, Finan schlug zurück. Der Speermann aus der zweiten Reihe war über Rumwalds Körper hinweggestiegen, und sein Schild berührte meinen. Er war vielleicht lange genug an meiner Seite, um seinen Speer einmal vorzustoßen, dann fuhr eine Axt in seine Schulter, spaltete sie, und er fiel neben seinen Herrn, und der Axtmann, ein hellhaariger Mann mit blutgesprenkeltem Bart, schwang seine Klinge gegen mich, und ich hob den Schild, um den Hieb aufzuhalten, sah das Holz splittern, wo die Klinge einschlug, schwang den Schild nach unten und fuhr mit Schlangenhauch gegen seine Augen vor. Er zuckte weg, ein anderer Mann hatte den Platz des sterbenden Merciers eingenommen und rammte einen gekürzten Speer vor, trieb die Klinge in den Schritt des Axtmannes. Die Axt fiel herab, der Mann schrie vor Qual und ging, wie Waormund, in die Knie. Tote und Sterbende lagen zwischen uns und den Gegnern, die auf die Körper treten mussten, um uns zu erreichen und zu versuchen, sich stechend, stoßend und hackend einen Weg zu dem Tor zu bahnen. Noch immer wurden die Trommeln geschlagen, Schilde splitterten, und die Westsachsen drängten uns mit der Macht ihrer Überzahl zurück.

Dann ertönte ein Schrei hinter mir, ein Jubeln, Hufgeklapper, und etwas rammte meinen Rücken, warf mich auf die Knie, und als ich aufsah, schleuderte ein Reiter einen langen Speer über meinen Kopf hinweg. Weitere Reiter tauchten auf. Der Jubel der Mercier wurde lauter. Es gelang mir, wieder auf die Füße zu kommen. Finan hatte seinen Sax fallen lassen und Seelenräuber gezogen, denn die Reiter trieben die Westsachsen zurück, verschafften uns Platz für längere Klingen. «Brecht ihren Schildwall auf!», rief eine neue Stimme, und ich erhaschte einen Blick auf Æthelstan, sein Helm eine Pracht aus schimmernd blankgeriebenem, mit Gold umreiftem Stahl, während er seinen Hengst in die westsächsischen Reihen trieb. Der Kriegerkönig war gekommen, glorreich in Gold, erbarmungslos in Stahl, und er ließ wieder und wieder ein Langschwert herabfahren, schlug seine Gegner nieder. Seine Männer galoppierten zu ihm, Speere stießen zu, und schlagartig brachen die gegnerischen Reihen auf. Sie brachen einfach auf. Die längeren Speere der mercischen Reiter waren weit in die westsächsischen Reihen vorgedrungen, und an einem anderen Tag, auf einem anderen Schlachtfeld, hätte dies keine Bedeutung gehabt. Pferde sind leicht zu verwunden, und ein verängstigtes Pferd ist keine Hilfe für seinen Reiter, doch an diesem Tag, an dem Tor der Krüppel, kamen die Reiter mit wilder

Entschlossenheit, geführt von einem König, der selbst kämpfen wollte und an der Spitze seiner Männer ritt. Auf der Brust seines Hengstes war Blut, doch das Pferd galoppierte weiter, ging auf die Hinterbeine, ruderte mit schweren Hufen, und Æthelstan hob sein rot triefendes Langschwert, rief seine Männer voran, und unseren Schildwall, der vor dem Tod gerettet worden war, erfüllte neue Leidenschaft. Unsere Linie, so kurz und so verletzlich, stürmte voran. Brihtwulf war zurück und schloss sich dem Angriff an, brüllte seinen Männern zu, dass sie ihm folgen sollten, dann spalteten Æthelstans Reiter den gegnerischen Schildwall, und die Ordnung der Westsachsen löste sich in kopflosem Schrecken auf.

Denn ein König war gekommen, und ein König ergriff nun die Flucht.

«Lieber Herr Jesus», sagte Finan.

Wir saßen auf der untersten Stufe der Treppe zur Wehrmauer, von der die Gegner nun eilig verschwanden. Ich zog den Helm ab und ließ ihn zu Boden fallen. «Verdammte Hitze», sagte ich.

«Sommer», kam es knapp von Finan.

Immer mehr von Æthelstans Männern strömten durch das Tor. Die Ostanglier, die uns zuerst entgegengetreten waren, hatten ihre Schilde abgelegt, und was in der Stadt geschah, schien ihnen gleichgültig zu sein. Einige waren auf der Suche nach Ale zum Tor zurückgewandert, und sie schenkten uns keine Beachtung, so wie auch wir sie nicht beachteten. Immar hatte mir Wespenstachel gebracht. Der Sax lag vor mir auf dem Boden, wartete darauf, gereinigt zu werden, während

Schlangenhauch auf meinen Knien lag. Immer wieder berührte ich die Klinge des Langschwertes, konnte kaum glauben, dass ich es wiederhatte.

«Den Bastard hast du ausgeweidet», sagte Finan und wies mit einem Nicken auf Waormunds Leichnam. Um ihn herum lagen etwa vierzig oder fünzig Tote aus Æthelhelms Schildwall. Den Verwundeten war in den Schatten geholfen worden, wo sie vor Schmerzen stöhnten.

«Er war schnell», sagte ich, «aber er war ungeschickt. Das habe ich nicht erwartet. Ich dachte, er wäre besser.»

«Trotzdem ein gewaltiger Bastard.»

«Ein gewaltiger Bastard», stimmte ich ihm zu. Ich senkte den Blick auf meinen linken Oberschenkel. Die Blutung hatte aufgehört. Die Wunde war nur oberflächlich, und ich begann zu lachen.

«Was ist denn so lustig?», fragte Finan.

«Ich habe einen Eid geschworen.»

«Du warst schon immer ein Narr.»

Ich nickte. «Ich habe geschworen, Æthelhelm und Ælfweard zu töten, aber ich habe es nicht getan.»

«Du hast es versucht.»

«Ich habe versucht, einen Eid zu halten», sagte ich.

«Inzwischen sind sie vermutlich beide tot», sagte Finan, «und sie wären nicht tot, wenn du das Tor nicht erobert hättest, also hast du deinen Eid doch gehalten. Und wenn sie nicht tot sind, werden sie es bald sein.»

Ich blickte über die Stadt, wo das Töten weiterging. «Es würde mir trotzdem gefallen, sie beide zu töten», sagte ich sehnsüchtig.

«Du hast genug getan, zum Teufel!»

«Wir haben genug getan», stellte ich richtig. Æthelstan und seine Männer durchkämmten die Straßen und Gassen Lundenes nach Æthelhelm, Ælfweard und ihren Unterstützern, und zahlreich waren diese Unterstützer nicht. Die Ostanglier wollten nicht für sie kämpfen, und viele der Westsachsen legten einfach ihre Schilde und Waffen ab. Æthelhelms vielgepriesene Streitmacht, eine Streitmacht, wie sie in Britannien seit vielen Jahren nicht gesehen worden war, hatte sich als so zerbrechlich erwiesen wie eine Eierschale. Æthelstan war König.

Und als an diesem Abend der Rauch über Lundene im Widerschein der sinkenden Sonne glühte, schickte der König nach mir. Er war nun König von Wessex, König von Ostanglien und König von Mercien. «Es ist alles ein Land», erklärte er mir in dieser Nacht. Wir waren in dem großen Saal von Lundenes Palast, ursprünglich erbaut für die Könige von Mercien, dann von Alfred von Wessex besetzt, danach von seinem Sohn, Edward von Wessex, und nun im Besitz von Æthelstan, doch Æthelstan von was? Von Englaland? Ich schaute in seine dunklen, klugen Augen, die den Augen seines Großvaters Alfred so ähnlich waren, und wusste, dass er an das vierte sächsische Königreich dachte, Northumbrien.

«Ihr habt einen Eid geschworen, Herr König», erinnerte ich ihn.

«Das habe ich in der Tat», sagte er, ohne mich anzusehen. Stattdessen blickte er von dem Podest mit der Ehrentafel in den Saal hinunter, wo die Anführer seiner Krieger an zwei langen Tischen zusammensaßen. Finan war mit Brihtwulf dort, ebenso wie Wihtgar und Merewalh, und sie tranken Ale oder Wein, denn dies war ein Festmahl, eine Feier, und die Sieger aßen, was den Besiegten gehört hatte. Auch einige der besiegten Westsachsen waren dabei, diejenigen, die sich schnell ergeben und ihrem Eroberer Gefolgschaft geschworen hatten. Die meisten Männer trugen noch immer ihr Kettenhemd, Æthelstan allerdings hatte seine Kampfrüstung abgelegt und sich in eine kostspielige schwarze Jacke unter einem kurzen, tiefblau gefärbten Umhang gekleidet. Die Säume des Umhangs waren mit Goldfäden bestickt, er hatte eine Goldkette mit einem goldenen Kreuz um den Hals hängen, und um seinen Kopf lag ein einfacher Goldreif. Er war nicht länger der Junge, den ich all die Jahre beschützt hatte, während seine Gegner versuchten, ihn zu vernichten. Nun hatte er das ernste Antlitz eines Kriegerkönigs. Er sah auch wie ein König aus; er war groß, von aufrechter Haltung und gut aussehend, aber das war nicht der Grund, aus dem ihn seine Gegner Faeger Cnapa genannt hatten. Sie hatten diesen Spottnamen verwendet, weil Æthelstan sein dunkles Haar hatte lang wachsen lassen und es seither mit Golddrähten in ein Dutzend Locken drehte. Vor dem Festmahl, als ich herbefohlen worden war, um an der Ehrentafel Platz zu nehmen, hatte er bemerkt, wie ich die glitzernden Strähnen unter dem Goldreif angestarrt hatte, und meinen Blick herausfordernd erwidert.

«Ein König», hatte er zu seiner Verteidigung gesagt, «muss königlich auftreten.»

«Das muss er in der Tat, Herr König», hatte ich erwidert. Er hatte mich mit diesen klugen Augen angesehen, abgeschätzt, ob ich mich über ihn lustig machte, doch bevor er mehr sagen konnte, hatte ich mich auf ein Knie niedergelassen. «Euer Sieg ist mir eine Freude, Herr König», hatte ich demütig gesagt.

«Ebenso wie ich dankbar für alles bin, was Ihr getan habt», hatte er gesagt, mich aufstehen lassen und darauf bestanden, dass ich zu seiner Rechten Platz nahm, wo ich ihn nun, den Blick auf die feiernden Krieger im Saal gerichtet, an den Eid erinnerte, den er mir geschworen hatte.

«Ich habe in der Tat einen Eid geschworen», sagte er. «Ich habe geschworen, nicht in Northumbrien einzurücken, solange Ihr lebt.» Er hielt einen Augenblick inne und griff nach einem Silberbecher, in den Æthelhelms Hirsch eingeätzt war. «Und Ihr könnt gewiss sein», fuhr er fort, «dass ich diesen Eid achte.» Seine Stimme klang verhalten, und er schaute noch immer in den Saal, doch dann wandte er sich mir zu und lächelte. «Und ich danke Gott, dass Ihr lebt, Herr Uhtred.» Er schenkte mir Wein aus dem Krug ein. «Wie ich höre, habt Ihr Königin Eadgifu gerettet?»

«Das habe ich, Herr König.» Es erschien mir noch immer seltsam, ihn so anzusprechen, wie ich seinen Großvater angesprochen hatte. «Soweit ich weiß, ist sie sicher in Bebbanburg.»

«Das war gut gemacht», sagte er. «Ihr könnt sie nach Cent schicken und ihr versichern, dass sie unter unserem Schutz steht.»

«Und ihre Söhne auch?»

«Gewiss!» Er klang ungehalten darüber, dass ich überhaupt gefragt hatte. «Sie sind meine Halbbrüder.» Er trank einen Schluck Wein, den Blick nachdenklich auf die Tische unterhalb von uns gerichtet. «Und ich höre, dass Ihr Æthelwulf als Gefangenen haltet.»

«So ist es, Herr König.»

«Ihr werdet ihn zu mir schicken. Und lasst den Priester frei.» Er wartete nicht auf meine Einwilligung, sondern ging ohne weiteres davon aus, dass ich ihm gehorchen würde. «Was wisst Ihr von Guthfrith?»

Diese Frage hatte ich erwartet, denn Guthfrith, der Bruder Sigtryggrs, hatte den Thron in Eoferwic eingenommen. Sigtryggr war an der Pest gestorben, und das war schon fast alles, was Æthelstan von den Geschehnissen im Norden wusste. Er hatte gehört, dass die Krankheit vorübergegangen war, und befohlen, die Straßen nach Eoferwic wieder freizugeben, doch von Bebbanburg konnte er mir nichts berichten. Weder wusste er etwas über das Schicksal seiner Schwester, Sigtryggrs Königin, noch über das meiner Enkel. «Alles, was ich weiß, Herr König», antwortete ich zurückhaltend, «ist, dass Sigtryggr seinen Bruder nicht gemocht hat.»

«Er ist ein Norweger.»

«Gewiss.»

«Und ein Heide», sagte er mit einem Blick auf den silbernen Thorshammer, den ich immer noch trug.

«Und einige Heiden, Herr König», gab ich scharf zurück, «haben mitgeholfen, das Crepelgate für Euch offen zu halten.»

Dazu nickte er nur, goss den letzten Wein in seinen Becher, stand auf und klopfte mit dem leeren Krug auf den Tisch, damit im Saal Ruhe einkehrte. Er klopfte wenigstens ein Dutzend Mal, bevor der Lärm versiegte und ihn sämtliche Krieger ansahen. Er hob seinen Becher. «Ich muss dem Herrn Uhtred danken», er neigte den Kopf in meine Richtung, «der uns am heutigen Tag Lundene wiedergegeben hat.»

Die Krieger jubelten, und ich hatte den König daran erinnern wollen, dass mich Brihtwulf unterstützt hatte und der arme Rumwald bei seiner Unterstützung umgekommen war und dass so viele gute Männer beim Crepelgate gekämpft und damit gerechnet hatten, für ihn zu sterben, und einige auch gestorben waren, doch bevor ich irgendetwas sagen konnte, wandte sich Æthelstan schon zu Pater Oda um, der zu seiner Linken saß. Ich wusste, dass er den dänischen Priester einlud, in seinem Hausstand zu dienen, und ich wusste, dass Oda diese Einladung annehmen würde.

Æthelhelm war tot. Er war gefasst worden, als er durch eines der westlichen Stadttore hatte fliehen wollen, und Merewalh, der sich Æthelstans Einheiten angeschlossen hatte, war einer der Männer gewesen, die ihn mit Speeren durchbohrten. Ælfweard hatte den Anschluss an seinen Onkel verloren und mit gerade einmal vier Mann versucht, über die Brücke von Lundene zu entkommen, nur um festzustellen, dass ihm die Festung am südlichen Ende von der Handvoll Männer versperrt wurde, die wir dort zurückgelassen hatten. Er hatte sie angefleht, ihn durchzulassen, hatte ihnen Gold angeboten, und sie hatten zugestimmt, doch als er durch das geöffnete Tor geritten war, hatten sie ihn vom Pferd gezogen und ihm sowohl sein Gold als auch seine Krone abgenommen. Seine vier Mann hatten tatenlos zugesehen.

Nun, nach dem Festmahl, als Männer anfingen zu

singen und ein Harfenist spielte, wurde Ælfweard vor Æthelstan gebracht. Kerzen erleuchteten den Saal mit flackernden Flammen, deren Schatten über die hohen Deckenbalken zuckten. Der Junge – er war zwanzig Jahre alt, sah jedoch sechs oder sieben Jahre jünger aus – wurde von zwei Kriegern bewacht. Er wirkte vollkommen verängstigt, das Mondgesicht vom Weinen verquollen. Er trug nicht mehr seine schöne Kampfrüstung, sondern ein schmuddeliges Hemd, das ihm bis zu den Knien herabhing. Er wurde über die Treppen auf das Podest mit der Ehrentafel geschoben, der Harfenist hörte auf zu spielen, der Gesang verstummte, und Æthelstan erhob sich und ging um den Tisch herum nach vorn, sodass jeder Mann in dem nun stillen Saal diese Begegnung der Halbbrüder mitverfolgen konnte. Der eine so groß und gebieterisch, der andere so jämmerlich, als er auf die Knie sank. Einer der beiden Bewacher Ælfweards hielt die Krone in der Hand, die der Junge in der Schlacht getragen hatte, und nun streckte Æthelstan die Hand aus und übernahm sie. Er drehte sie zwischen seinen Fingern, sodass die Smaragde im Kerzenlicht blitzten, dann hielt er sie Ælfweard entgegen. «Setz sie auf!», befahl er seinem Halbbruder. «Und erheb dich.»

Ælfweard hob den Blick, sagte jedoch nichts. Seine Hände zitterten.

Æthelstan lächelte. «Komm, Bruder», sagte er und streckte die linke Hand aus, um Ælfweard auf die Füße zu helfen, dann gab er ihm die Krone. «Trage sie mit Stolz! Sie war das Geschenk unseres Vaters an dich.»

Ælfweard hatte zunächst erstaunt gewirkt, doch nun

grinste er, weil er glaubte, er würde weiterhin König von Wessex sein, wenn auch Æthelstan untergeordnet, und er setzte sich die Krone auf. «Ich werde dir treu ergeben sein», versprach er seinem Halbbruder.

«Gewiss wirst du das», sagte Æthelstan mit sanfter Stimme. Er wandte sich an einen der Bewacher. «Dein Schwert», befahl er, und als er die lange Klinge in der Hand hielt, deutete er damit auf Ælfweard. «Und jetzt wirst du mir einen Schwur leisten», sagte er.

«Mit Freuden», blökte Ælfweard.

«Berühre das Schwert, Bruder», sagte Æthelstan immer noch sanft, und als Ælfweard zögernd die Hand auf die Klinge legte, stieß Æthelstan einfach zu. Ein gerader, wilder Stoß, der den Brustkorb seines Halbbruders zertrümmerte, ihn zurückwarf, während Æthelstan der Bewegung folgte, und dann durchbohrte das Schwert Ælfweards Herz. Einige Männer keuchten auf, eine Dienstmagd schrie, Pater Oda bekreuzigte sich, doch Æthelstan sah einfach nur zu, wie sein Bruder starb. «Bringt ihn nach Wintanceaster», sagte er, als der Körper zu bluten aufhörte und die letzten Zuckungen endeten. Er zog die Klinge frei. «Bestattet ihn neben seinem Vater.»

Die Smaragdkrone war unter den Tisch gerollt und an meinen Knöchel gestoßen. Ich hob sie auf und hielt sie ein paar Herzschläge lang in den Händen. Dies war die Krone von Wessex, Alfreds Krone, und ich erinnerte mich daran, wie mir der sterbende König erklärt hatte, sie sei eine Dornenkrone. Ich legte sie auf das Leintuch, das die Tafel bedeckte, und sah Æthelstan an. «Eure Krone, Herr König.»

«Nicht, bevor mich Erzbischof Athelm weiht», sagte Æthelstan. Der Erzbischof, der in dem Palast als bevorzugter Gefangener gehalten worden war, saß ebenfalls an der Ehrentafel. Er wirkte verwirrt, seine Hände zitterten beim Essen und Trinken, doch er nickte zu Æthelstans Worten.

«Und Ihr werdet zu der Zeremonie kommen, Herr Uhtred», verlangte Æthelstan, was bedeutete, dass ich dem feierlichen Moment beiwohnen sollte, in dem der Erzbischof von Contwaraburg den königlichen Helm auf das Haupt des neuen Königs setzte.

«Mit Eurer Erlaubnis, Herr König», sagte ich. «Ich möchte nach Hause gehen.»

Er zögerte einen Moment, dann nickte er unvermittelt. «Ihr habt meine Erlaubnis», sagte er.

Ich würde nach Hause gehen.

Nach einiger Zeit erfuhren wir, dass Æthelstan gekrönt worden war. Die Zeremonie wurde in Cyningestun an der Temes abgehalten, wo seinem Vater der königliche Helm von Wessex verliehen worden war, doch Æthelstan lehnte den Helm ab, bestand stattdessen darauf, dass ihm der Erzbischof die Smaragdkrone auf sein golddurchwirktes Haar setzte. Die Aldermänner dreier Königreiche erkannten das Geschehen durch ihren Beifall an, und so rückte Alfreds Traum von einem christlichen Königreich einen Schritt näher.

Und nun saß ich auf dem hohen Felsen von Bebbanburg, hatte den von Kerzen erleuchteten Palas hinter mir, die vom Mond versilberte See vor mir und dachte an den Tod. An Folcbald, getötet von einem Speerstoß in dem Schildwall am Crepelgate. An Sigtryggr, niedergeworfen vom Fieber und mit einem Schwert in der Hand in seinem Bett sterbend. An seine zwei Kinder, meine Enkel, beide tot. An Eadith, die nach Eoferwic gegangen war, um für die Kinder zu sorgen, von ihnen mit der Pest angesteckt worden war und nun unter der Erde lag.

«Warum ist sie dort hin?», hatte ich meinen Sohn gefragt.

«Sie dachte, du würdest wollen, dass sie es tut.»

Ich hatte nichts dazu gesagt, nur Schuldgefühle empfunden. Die Pest war im Norden nicht bis nach Bebbanburg vorgedrungen. Mein Sohn hatte die Straßen sperren lassen, Reisenden bei Todesstrafe verboten, auf unser Gebiet zu kommen, und so hatte die Krankheit das Land von Lindcolne bis Eoferwic heimgesucht und sich dann über die Gehöfte des weiten Tals im Umkreis der Stadt weiter ausgebreitet, war jedoch von Bebbanburg ferngehalten worden. Als wir Eoferwic auf unserer Reise nach Norden erreichten, war die Pest schon zum Erliegen gekommen.

Und in Eoferwic war Guthfrith König, nachdem seine Wahl von den dänischen Jarlen unterstützt worden war, die noch immer weite Teile Northumbriens regierten. Ich war ihm kurz begegnet. Wie sein Bruder Sigtryggr war er ein magerer, hellhaariger und gutaussehender Mann, doch anders als Sigtryggr besaß er ein verdrießliches, misstrauisches Wesen. An dem Abend unserer Begegnung, an dem er mich widerwillig in seinem großen Palas bewirtete, hatte er Gefolgschaft von mir gefordert, hatte gefordert, dass ich ihm den Treueid schwor, doch er hatte den Eid nicht sofort gewollt, hatte angenommen, dass nach dem Festmahl noch genügend Zeit für diese kurze Zeremonie sein würde. Dann hatte er Met und Ale getrunken, hatte nach mehr Met verlangt, dröhnend gelacht, als einer seiner Männer eine Dienstmagd auf einen Tisch drückte. «Bringt sie hierher!», rief er. «Bringt das Weibsstück her!» Doch bis die Magd auf das Podest gezerrt worden war, auf dem wir aßen, hatte sich Guthfrith schon auf die Binsenstreu übergeben und war gleich darauf eingeschlafen. Wir brachen am nächsten Vormittag auf, mit Pferden, die wir uns von Æthelhelms besiegter Streitmacht geholt hatten, und ich hatte keinen Eid geschworen.

Ich war mit meinen Männern nach Hause geritten. Mit Finan, einem Iren, mit Gerbruht, einem Friesen, mit Immar, einem Dänen, mit Vidarr, einem Norweger, und mit Beornoth und Oswi, beide Sachsen. Wir waren sieben Krieger, doch wir waren auch Brüder. Und mit uns ritten die Kinder, die wir aus Lundene gerettet hatten, ein Dutzend der Sklaven, die wir von Gunnalds Schiff befreit hatten, und Benedetta.

Und Eadith war tot.

Und ich war endlich zu Hause, dort, wo der Meereswind über den Felsen fegte und wo ich über die Toten nachdachte, wo ich über die Zukunft nachdachte und wo ich über die drei Königreiche nachdachte, die nun eines waren und nach einem vierten strebten.

Benedetta saß neben mir. Wie immer war Alaina in ihrer Nähe. Das Kind kauerte neben ihr, sah zu, wie Benedetta meine Hand nahm. Ich umklammerte ihre Hand, womöglich zu fest, doch sie beschwerte sich nicht und zog ihre Hand auch nicht weg. «Du hast dir nicht gewünscht, dass sie tot ist», sagte sie.

«Doch, das habe ich», sagte ich trostlos.

«Dann wird Gott dir vergeben», sagte sie und lehnte ihren Kopf an meine Schulter. «Er hat uns erschaffen», fügte sie hinzu, «also muss er uns nehmen, wie wir sind. Das ist Sein Schicksal.»

Ich war nach Hause gekommen.

Nachwort des Autors

Edward der Ältere, wie er genannt wird, starb im Juli 924. Er hatte in der Nachfolge seines Vaters Alfred seit dem Jahr 899 fünfundzwanzig Jahre lang regiert. In den meisten Regentenlisten ist nach ihm Æthelstan verzeichnet, doch es gibt zahlreiche Belege dafür, dass Ælfweard, der Halbbruder Æthelstans, nach dem Tod seines Vaters etwa einen Monat lang in Wessex regiert hat. Wenn dies zutrifft, was ich aus erzählerischen Gründen so übernommen habe, dann kam Ælfweards Tod Æthelstan überaus gelegen, denn er wurde dadurch zum König der drei südlichen Königreiche des sächsischen Britanniens: Wessex, Ostanglien und Mercien.

Vieles in diesem Roman ist Erfindung. Wir wissen nicht, wie Ælfweard starb, und sein Tod fand wohl eher in Oxford statt als in London, und danach dauerte es einen weiteren Monat, bis die Westsachsen Æthelstan als ihren neuen König anerkannten. Er wurde noch in demselben Jahr in Kingston upon Thames gekrönt, und er war der erste König, der darauf bestand, mit der Krone und nicht mit einem Helm in sein Amt eingesetzt zu werden. Das Widerstreben, Æthelstan als König anzuerkennen, wurde sicherlich zum großen Teil durch das Gerücht ausgelöst, Edward habe Æthelstans Mutter nicht geheiratet und Æthelstan sei in Wahrheit ein Bastard.

Nach Edwards Regentschaft war das südliche England in weiten Teilen von der Plage der Nordmänner befreit. König Alfreds Strategie der Errichtung von Wehrstädten, stark befestigten Ansiedlungen, war von Edward und von seiner Schwester Æthelflæd in Mercien übernommen worden. Ostanglien, zuvor ein dänisches Königreich, war erobert und seine Städte waren befestigt. Edward errichtete weitere Wehrstädte entlang der walisischen Grenze und im Norden Merciens, um Raubzüge aus dem westlichen Northumbrien mit dessen mächtigen norwegischen Siedlungen zu verhindern. Sigtryggr, ein Norweger, war König von Northumbrien, das er von York aus regierte, und aus rein erzählerischen Gründen habe ich seinen Tod drei Jahre vorverlegt.

König Alfred träumte unzweifelhaft von einem geeinten England, oder Englaland, das ein Reich all derer sein sollte, die «Ænglisc» sprachen. Das klingt einfach, doch in Wahrheit hätte ein Bewohner von Kent das Englisch eines Northumbriers reichlich unverständlich gefunden und umgekehrt ebenso, aber es war dennoch dieselbe Sprache. Alfreds Traum allerdings beschränkte sich nicht auf die Sprache. Er war für seine Frömmigkeit berühmt, ein Mann, der sich der Kirche verschrieben hatte, und er bezog das ganze Christenvolk, ob es nun Sachsen waren, Dänen oder Norweger, in seinen Traum mit ein. Die Missionierung hatte deshalb eine ebenso große Bedeutung wie die Eroberung. Als Æthelstan den Thron seines Vaters übernahm, erbte er ein viel größeres Reich, ein Königreich, zu dem das meiste englisch sprechende Volk gehörte; trotzdem war da immer noch dieses widerständige Königreich im Norden, ein Königreich, das teils christlich und teils heidnisch war, teils sächsisch und teils von Dänen und Norwegern besiedelt; das Königreich Northumbrien. Die Erzählung vom weiteren Schicksal dieses Landes muss auf einen anderen Roman warten.

Æthelstan regierte fünfzehn Jahre lang und vollendete die Vereinigung der Englisch sprechenden Völkerschaften. Er hat nie geheiratet, also keine Erben hinterlassen, und seine Nachfolge trat zunächst Edmund an, der älteste Sohn von Edward und Eadgifu, und nach ihm Edmunds jüngerer Bruder Eadred.

Ich habe die Schlacht am Ende dieses Romans am Crepelgate, Cripplegate, spielen lassen, und auch wenn der Name bis in sächsische Zeiten zurückreicht, entstammt Alfreds Dekret, das den schwer Versehrten das Recht gab, bei diesem Tor zu betteln, meiner Phantasie.

Das Königsschwert ist Fiktion, dennoch hoffe ich, dass es einen wenig bekannten geschichtlichen Ablauf aufscheinen lässt; die Erschaffung eines Landes namens England. Seine Geburt ist noch immer geraume Zeit entfernt, und sie wird sich als blutig erweisen, Uhtred aber wird sie miterleben.

Weitere Titel

1356

Das Fort

Das letzte Königreich / Der weiße Reiter

Das Zeichen des Sieges

Der Bogenschütze / Legenden des Krieges: Das blutige Schwert / Vespasian: Das Schwert des Tribuns

Galgendieb

Narren und Sterbliche

Rotröcke

Stonehenge

The Last Kingdom

Waterloo

Die Artus-Chroniken

Der Winterkönig

Der Schattenfürst

Arthurs letzter Schwur

Die Bücher vom Heiligen Gral

Der Bogenschütze

Der Wanderer

Der Erzfeind

Die Segel-Thriller

Hart am Wind

Sea Lord

Sturmbucht

Unter Segeln

Die Starbuck-Chroniken

Starbuck: Der Rebell

Starbuck: Der Verräter

Starbuck: Der Gegner

Starbuck: Der Kämpfer

Die Uhtred-Saga

Das letzte Königreich

Der weiße Reiter

Die Herren des Nordens

Schwertgesang

Das brennende Land

Der sterbende König

Der Heidenfürst

Der leere Thron

Die dunklen Krieger

Der Flammenträger

Wolfskrieg